I0749741

DREAMSPINNER
PRESS

Veröffentlicht von
DREAMSPINNER PRESS

5032 Capital Circle SW, Suite 2, PMB# 279, Tallahassee, FL 32305-7886 USA
www.dreamspinnerpress.com

Konflikt des Blutes
Urheberrecht der deutschen Ausgabe © 2021 Dreamspinner Press.
Originaltitel: Conflict in Blood
Urheberrecht © 2014 Ariel Tachna
Original Erstausgabe. May 2009
Deutsche Erstausgabe. Januar 2016
Zweite Erstausgabe. Oktober 2014
Übersetzt von Anna Doe.

Umschlagillustration
© 2014 DWS Photography
Die Illustrationen auf dem Einband bzw. Titelseite werden nur für darstellerische Zwecke genutzt. Jede abgebildete Person ist ein Model.

Deutsche ISBN. 978-1-64405-969-2
Deutsche eBook Ausgabe. 978-1-63477-143-6
Deutsche Erstausgabe. Januar 2016
v 1.0

Gedruckt in den Vereinigten Staaten von Amerika.

KONFLIKT DES BLUTES

ARIEL TACHNA

Für meine Adoptivschwestern Nancy, Holly, Connie, Cat, Carol, Madeleine, Gwen und Julianne, die den Text wieder und wieder gelesen und Verbesserungsvorschläge gemacht haben. Ohne euch wäre dieser Traum nicht wahrgeworden.

1

„WAS WILL der Mann mit dieser … dieser Farce nur erreichen?", schimpfte Serrier und schaltete nach Chaviniers Bekanntgabe der Allianz zwischen den Magiern der Milice und den Vampiren von Paris angewidert den Fernseher aus. Ihm drehte sich der Magen um, wenn er nur daran dachte, dass diese Kreaturen ein Mitspracherecht in den Geschicken ihres Landes haben sollten. Für Serrier war es ein weiterer Grund, diese Regierung zu stürzen und durch Magier – *seine* Magier – zu ersetzen. Dieses Land brauchte eine Führung, die den Wert der Magie zu schätzen wusste und die niederen Teile der Bevölkerung in ihre Schranken wies. „Er muss doch wissen, dass ihn diese Allianz auch nicht mehr retten kann. Was kann ein Vampir schon gegen unsere Magie ausrichten? Und selbst dann, wenn sie unseren Flüchen widerstehen könnten – wir müssten unsere Pläne nur auf den Tag verschieben. Chavinier wird sich nicht in die natürliche Ordnung einmischen und Tag und Nacht vertauschen können; diese Macht hat selbst er nicht. Er setzt seinen Ruf aufs Spiel für nichts und wieder nichts."

„Dann muss mehr dahinterstecken, als er öffentlich zugibt", meinte Eric Simonet. „Er mag ein Gutmensch sein, aber er stellt keine Behauptungen auf, die er nicht durchzuziehen gedenkt. Chavinier ist nicht dumm. Er weiß genau, dass er damit nicht nur seinem Ruf, sondern auch der Moral seiner Leute schaden würde."

„Worum geht es ihm dann?", fragte Serrier. „Was kann er mit dieser Aktion gewinnen?"

„Wenn die Vampire die nächtlichen Patrouillen übernehmen, kann er mehr Magier tagsüber einsetzen", warf Simon Aguiraud ein.

„Dann stehen sie ihm nicht mehr zur Verfügung, wenn wir nachts angreifen", widersprach ihm Simonet. „Er hat die Wahrheit gesagt, als er darauf hingewiesen hat, dass sie seit der Allianz mit den Vampiren weniger Verluste und mehr Erfolge haben. Aber dennoch, sie müssen eine Schwäche haben. Joëlle hat ihnen eine empfindliche Niederlage zugefügt, bevor sie getötet wurde."

„Sonnenlicht und Feuer", sagte Serrier nachdenklich. „So hat es Bellaiche auf der Pressekonferenz gestern formuliert. Sonnenlicht und Feuer."

„Worauf willst du hinaus?"

„Einige Minuten vor Sonnenaufgang", erklärte Serrier. „Wenn wir eine Patrouille kurz vor Sonnenaufgang angreifen, werden sie innerhalb kürzester Zeit einen Teil ihrer Leute verlieren. Die Vampire müssen entweder Schutz suchen oder sie fallen der Sonne zum Opfer."

„Vernichtet die Sonne sie so schnell?"

„Das weiß ich auch nicht", gab Serrier zu. „Aber unser Blutsauger vom Dienst wird uns darüber informieren können. Und er wird mir die Wahrheit sagen, denn sonst besorge ich ihm keine Opfer mehr. Holt Claude, ich will ihn sprechen."

Eric runzelte die Stirn, befolgte aber den Befehl des dunklen Magiers. Er ließ sich nicht anmerken, dass ihm allein bei dem Gedanken an den Vampir schlecht wurde. „Was ist mit der Frau?"

„Was soll mit ihr sein?", fragte Serrier.

„Du brauchst sie nicht mehr, oder?"

Serrier zuckte mit den Schultern. „Man weiß nie, wofür sie noch gut sein kann. Selbst wenn sie uns keine neuen Informationen geben kann, wird Claude bestimmt gern mit ihr spielen. Es ist schon einige Zeit her, seit ich ihm ein Spielzeug überlassen konnte."

Eric zuckte innerlich zusammen bei Serriers Vorschlag, die schlanke junge Frau, die er auf dessen Befehl hin entführt hatte, Claudes perversen Spielchen auszuliefern. Er hatte sich nie falsche Vorstellungen gemacht, was ihr Schicksal anging. Trotzdem hatte er gehofft, Serrier würde sie wenigstens schnell töten, wenn sie ihm nichts mehr sagen konnte. Eric hatte sich nach dem Tod seiner Familie zwar Serriers Rebellen angeschlossen, aber manchmal ließen ihn ihre Methoden an der Richtigkeit seiner Entscheidung zweifeln. Wie auch immer. Er hatte alle Brücken hinter sich abgebrochen und es blieb ihm nichts anderes übrig, als andere Wege zu finden, sich seine Menschlichkeit nicht ganz zerstören zu lassen. Er hatte schon einmal – versehentlich angeblich – einem Gefangenen den Gnadentod geschenkt. Claude oder Serrier würden es ihm wahrscheinlich nicht ein zweites Mal abnehmen.

„Sonnenlicht und Feuer", wiederholte Serrier erneut. „Wir können die Sonne nicht früher aufgehen lassen, aber es gibt genug Flüche, mit denen wir Feuer bewirken können. Wir müssen daran arbeiten, sie für den direkten Kampf einsatzfähig zu machen. Simon?"

„Ich kümmere mich darum", erwiderte Aguiraud und machte sich auf den Weg zur Tür. „Die Vampire werden noch bedauern, uns diese Schwäche offenbart zu haben."

Sobald Simon das Zimmer verlassen hatte, wandte sich Serrier wieder Eric zu. „Wir müssen wissen, was in Chaviniers Kopf vor sich geht, jetzt mehr als zuvor", sagte er zu seinem Leutnant. „Hast du schon darüber nachgedacht, ob du zu ihm zurückkehren willst, um ihn für mich auszuhorchen?"

„Habe ich", erwiderte Eric. „Es ist ein verlockender Gedanke, seine eigene Naivität gegen ihn auszunutzen. Aber ich glaube nicht, dass ich ihn von meiner Läuterung überzeugen kann. Ich kann nicht so tun, als hätte ich dem Mörder meiner Frau vergeben, um wieder mit ihm zusammenzuarbeiten – auch dann nicht, wenn ich ihn damit vernichten will. Ich bin noch viel zu wütend, und das ist meinem Verhalten und meiner Magie anzumerken. Nein, sie werden mich nicht wieder aufnehmen. Wir müssen einen anderen Spion finden, der noch nicht so viel mit der Milice zu tun hatte."

„Was ist dein Vorschlag?", fragte Serrier neugierig.

„Monique", antwortete Eric nach kurzem Nachdenken. „Sie ist skrupellos genug, um das Nötige zu tun, aber sie kann sich auch gut genug verstellen, um damit durchzukommen."

„SIE MACHEN es mir nicht leicht, General Chavinier. Das wissen Sie, nicht wahr?", fragte Denise Cadoret und warf einen Blick auf den Text, der vor ihr auf dem Schreibtisch lag. „Gleiche Rechte für Vampire in der Verfassung. Das ist ein schwieriges Thema. Und dann erwarten Sie noch, dass sich die gesamte Regierung hinter Ihren Antrag stellt?"

Marcel ersparte der Justizministerin einen wütenden Blick. „Wie Sie sehr gut wissen, Madame le Ministre, ist die Angelegenheit dringlich."

„Warum?", wollte Madame Cadoret wissen. „Warum gerade jetzt? Seit es in Frankreich eine Regierung gibt, die Rechte einräumen kann, war die Situation der Vampire die gleiche. Was ist so dringend, dass wir das ausgerechnet jetzt ändern müssen? Ich will damit nicht sagen, dass wir ihnen nicht die gleichen Rechte zugestehen sollten, aber ich verstehe nicht, warum das Gesetz nicht die üblichen Entscheidungsprozesse über das Parlament durchlaufen kann. Sie verlangen, dass die Regierung in einer sehr kontroversen Angelegenheit vorprescht und, falls die Nationalversammlung den Gesetzentwurf ablehnt, zurücktreten muss. Das ist ein großes Risiko."

„Weil es nur richtig ist", unterbrach sie André Guy, der Menschenrechtsbeauftragte. „Die Vampire riskieren Leib und Leben für unseren Schutz. Wir sind es ihnen mehr als schuldig, dieses vergleichsweise kleine Risiko einzugehen."

„Sie riskieren Leib und Leben für unseren Schutz", wiederholte Marcel. „Und seit sie damit begonnen haben, sind wir gegen Serriers Rebellen nur einmal unterlegen. Das Patt hat ein Ende und wir gewinnen zunehmend die Oberhand."

„Das ist ja alles schön und gut", wollte der Minister für Wirtschaft, Finanzen und Arbeit widersprechen, merkte aber dann, wie unfreiwillig sarkastisch es sich anhörte. Er drehte sich gewichtig zu dem Chef de la Cour um, der an Chaviniers rechter Seite saß. „Ich meine es ehrlich. Es ist eine ausgesprochen erfreuliche Entwicklung, dass wir gegen die Rebellen Fortschritte erzielt haben. Aber so plötzlich einer unüberschaubaren Menge Menschen Bürgerrechte zu gewähren … Es ist ein Albtraum für die Verwaltung. Wir müssen uns um Arbeitsplätze kümmern, um die Gesundheitsversorgung, die Sozialversicherung …"

„Ja", stimmte ihm Jean zu. „Es gibt Tausende von uns. Aber wir werden die bestehenden Systeme weit weniger belasten, als Sie befürchten. Wir brauchen keine Gesundheitsversorgung. Wir müssen nur trinken, und darum können wir uns sehr gut selbst kümmern. Wir werden nicht alt und gebrechlich, deshalb ist auch keine Sozialversicherung nötig. Die Chefs des Cours kennen ihre Städte.

Sie können jederzeit und kurzfristig Listen aufstellen mit allen Vampiren in ihrem Verwaltungsbezirk, damit ihnen Ausweise ausgestellt werden können. Wir haben unsere eigenen Einkünfte und wir haben Wohnungen und Häuser, sonst würden wir den Tag nicht überleben. Auch darum muss sich niemand kümmern."

„Es ist nicht nur die Verwaltung, die auf eine solche Maßnahme unvorbereitet ist", warf Madame Cadoret ein. „Vampire waren noch nie unserer Gesetzgebung unterworfen. Wenn wir ihnen jetzt gleiche Rechte geben, werden auch die Gerichte sich umstellen müssen."

„Wir haben die menschliche Gesetzgebung nie anerkannt, weil wir von ihr nicht anerkannt wurden", gab Jean zu. „Aber das heißt nicht, dass wir unregierbar sind. Wir haben unsere eigenen Gesetze und Gerichte. Unser Justizsystem ist sehr viel älter als diese Republik."

„Das ist noch ein Grund mehr, die Sache langsam anzugehen und sich Zeit zu lassen", sagte Madame Cadoret beharrlich. „Wir wissen nichts über dieses Justizsystem, müssen erst herausfinden, ob es mit unserem kompatibel ist. Alles andere führt zu Chaos und Problemen." Als Jean verärgert die Stirn runzelte, fuhr sie schnell fort: „Ich will damit nicht sagen, dass wir den Gesetzentwurf nicht in die Nationalversammlung einbringen sollen. Ich denke nur, dass General Chaviniers Zeitplan unrealistisch ist."

„Ich will versuchen, auf Ihre Bedenken einzugehen und sie in ein realistisches Licht zu rücken", erwiderte Jean kalt. „Meine Leute und ich kämpfen freiwillig in einem Krieg, der eine Regierung stützen soll, die uns derzeit das pure Recht auf Existenz abspricht, von anderen Rechten gar nicht zu reden. Zu Ihrem Glück ist uns bewusst, dass es um mehr geht als diese Regierung. Das ist mehr, als Sie und Ihre Kollegen in Ihrer Kurzsichtigkeit und Ignoranz anerkennen. Dieses Gesetz ist das einzige Zugeständnis, das wir für unsere Hilfe verlangen."

„Wir haben uns kaum von der letzten Störung des magischen Gleichgewichts erholt", warf Marcel ein. „Durch die Unterstützung der Vampire können wir Magier abstellen, die sich mit diesem Problem und seinen Folgewirkungen beschäftigen. Wie wollen Sie dem französischen Volk erklären, dass durch Ihren Widerstand die Allianz zu Scheitern verurteilt wurde und die Milice den Krieg verloren hat, dass durch Ihren Widerstand diese Republik dem Untergang geweiht wurde, Madame le Ministre?"

„WAS FÜR ein Biest", knurrte Jean, als Marcel sie aus dem Kabinettssaal wieder in sein Büro transportierte.

„Wenn sie nett wäre, wäre sie jetzt nicht in dieser Position", gab ihm Marcel recht. „Aber sie ist nicht reaktionär, nur vorsichtig. Sobald der Premierminister entschieden hat, wird sie ihn unterstützen und dafür sorgen, dass wir ein gutes Gesetz bekommen. Wir müssen nur Monsieur Pequignots Entscheidung abwarten."

Jean zögerte einen Augenblick, gab sich aber dann einen Ruck. „Du weißt hoffentlich, dass wir die Allianz nicht aufkündigen, auch wenn die Vorlage 49-3 nicht eingebracht wird, oder? Egal, was passiert, unser Bündnis steht."

„Ich weiß", erwiderte Marcel. Er hatte sich schon gedacht, dass die Vampire zu der Allianz stehen würden, auch wenn die Regierung ihren Gesetzentwurf nicht unterstützte und zur sofortigen Abstimmung vorlegte. „Und ich vermute, der Premierminister weiß das auch. Indem du auf der Pressekonferenz öffentlich an meiner Seite gestanden hast, seid ihr für Serrier genauso zum Zielobjekt geworden, wie die Magier der Milice. Du solltest wahrscheinlich auch die Vampire, die uns nicht direkt unterstützen, warnen und zur Vorsicht mahnen. Wenn Serriers Magier sie finden, werden sie nicht erst lange fragen, ob sie uns helfen oder nicht. Sie werden angreifen, und auch wenn der *Abbatoire* bei Vampiren nicht wirkt, gibt es genug andere Flüche, die sie vernichten können. Ich weiß, warum du den Pressevertretern gesagt hast, außer Sonnenlicht und Feuer hätten Vampire nichts zu fürchten. Ich weiß auch, dass Sonnenlicht für Vampire mit Partnern kein Problem mehr darstellt. Aber es war trotzdem ein riskanter Schachzug, denn jetzt weiß Serrier, auf welche Flüche er sich spezialisieren muss, um euch zu verwunden."

„Ich habe an eurer Seite gekämpft", erinnerte ihn Jean. „Ich habe erlebt, wie ihr die Flüche neutralisieren könnt, bevor sie Schaden anrichten. Ihr müsst euch jetzt nur auf andere Sprüche einstellen, dann könnt ihr auch die neutralisieren. Und die Verbindung zwischen den Partnern wird genug Motivation sein, um die dunklen Magier erfolgreich zurückzuschlagen." Jean erwähnte die persönliche Seite der Partnerschaften nicht, die offensichtlich eine immer größere Rolle einnahm. Er wollte nicht, dass der General sich durch diesen persönlichen Aspekt beeinflussen ließ. Aber Jean konnte sich noch gut an die intimen Geräusche erinnern, die aus dem Zelt auf Réunion zu hören gewesen waren, als er und Raymond nach dem Taifun die Störung der Elementarkräfte kontrollierten.

„Sie werden bald ihre Chance bekommen, fürchte ich", meinte Marcel niedergeschlagen. „Wir brauchen Thierry, wahrscheinlich auch Alain. Unser junger Spion hat uns neue Informationen zugespielt, auf die wir reagieren müssen. Ich werde zwar die nötigen Befehle geben, aber ich möchte vorher mit Thierry die strategische Seite diskutieren. Er ist darin besser als ich."

Jean biss die Zähne zusammen, als die Erwähnung von Thierry ihn an den Partner des blonden Magiers erinnerte. Dieser Vampir war vor fünfhundert Jahren nach Paris gekommen und hatte ihm, kaum dass er angekommen war, den Geliebten, den möglichen Avoué, direkt vor der Nase weggeschnappt. Sie hatten sich zwar kürzlich darüber ausgesprochen und eine Art Waffenstillstand erreicht, aber Jean mochte Sebastien nicht leiden und hatte den Verdacht, dass der ihm auch nicht vertraute. Bedauerlicherweise schien Marcel große Stücke auf Sebastien zu halten, sodass Jean nichts anderes übrig blieb, als sich mit dem Mann zu arrangieren.

Jean lächelte Orlando zu, der mit den anderen den Raum betrat. Er behielt das Lächeln auch bei, als er Sebastien begrüßte, der ihm höflich zunickte. Jean war es leid, selbst mit vermeintlichen Verbündeten das Jeu des Cours zu spielen, doch es saß ihnen zu sehr im Blut, um es aufzugeben. Er beobachtete Orlando und Alain und fragte sich, ob die beiden sich wieder versöhnt hatten. Sein junger Freund wirkte sichtlich ruhiger als bei ihrem letzten Zusammentreffen, aber Jean wollte trotzdem ein Auge auf ihn haben und gegebenenfalls mit dem Magier reden, sollte sich im Laufe des Tages Anlass zur Besorgnis ergeben. Jean hatte sich zu lange um Orlando gekümmert und konnte diese Rolle noch nicht aufgeben. Er lehnte sich an die Wand, um Marcels Bericht abzuwarten und zu sehen, welchen Verlauf die Diskussion nehmen würde.

„Was gibt es Neues?", fragte Alain, nachdem alle Platz genommen hatten. Er spürte, dass Jean, der hinter ihm an der Wand stand, ihn beobachtete, wusste aber nicht, wie er den älteren Vampir beruhigen sollte, zumal in diesem öffentlichen Rahmen. Marcel musste wichtige Neuigkeiten haben, sonst hätte er diese Besprechung nicht einberufen. Der Krieg ging vor, *musste* vorgehen.

„Unser junger Spion hat uns heute früh neue Informationen übermittelt, über die wir reden müssen", berichtete Marcel. „Demnach hat Serrier vor, an Samhain seine Macht zu demonstrieren und einen größeren Anschlag zu verüben. Er scheint zu wissen, dass wir den Feiertag nutzen wollen, um die Elementarkräfte zu stabilisieren. Offensichtlich denkt er, dass wir dadurch zu abgelenkt sind, um ihm einen Strich durch seine Pläne zu machen."

„Das ist keine große Überraschung", meinte Thierry. „Obwohl er durch die Bekanntgabe der Allianz seine Pläne vermutlich noch an die neue Situation anpassen wird."

„Ich habe die Nachricht erst nach unserer Pressekonferenz erhalten", erwiderte Marcel. „Aber du hast recht, er kann immer noch Änderungen vornehmen. Mein Stand der Dinge ist, dass er vorhat, um zwölf Uhr mittags den Eiffelturm zum Einsturz zu bringen."

„Das allein zeigt, dass er unsere Allianz bei seinen Planungen schon berücksichtigt hat", bemerkte Alain. „Bisher hat er seine Aktionen immer im Schutz der Dunkelheit durchgeführt und das Tageslicht gemieden."

„Richtig. Wenn die Vampire immer noch durch das Sonnenlicht in ihrer Bewegung eingeschränkt wären, müssten wir uns entscheiden, ob wir seinen Anschlag auf ein Wahrzeichen von Paris verhindern wollen – von den Menschleben, die er kosten wird, gar nicht zu reden – oder ob uns unser Ritual wichtiger ist als der Eiffelturm", bestätigte Marcel. „Glücklicherweise sind unsere Verbündeten nicht mehr diesen Einschränkungen unterworfen."

„Wenn sie dabei die Hilfe ihrer Partner bekommen", ergänzte Jean. Er wusste genau, dass die anderen verstanden, was er damit meinte. Raymonds Abwesenheit nagte an ihm. Sie behinderte ihn zwar nicht in der Erfüllung seiner Pflichten, aber sie war eine ständige Irritation.

„Hat Raymond gesagt, wann er zurückkommen wird?", wollte Marcel wissen und sah Jean direkt an. „Seine Einschätzung der Lage wäre eine wertvolle Hilfe für uns."

„Wir schaffen es auch ohne ihn", grummelte Thierry.

„Sicher", stimmte Marcel ihm zu. „Aber das heißt nicht, dass wir auf ihn verzichten werden, falls er schon zurück sein sollte. Keiner von uns hat die Elementarkräfte so intensiv studiert wie Raymond. Warum sollten wir nicht auf seine Erfahrung und sein Wissen zurückgreifen?"

Jean gefiel es ganz und gar nicht, wie hier über seinen Partner geredet wurde. Thierrys Haltung war auch unter den Vampiren weit verbreitet und er konnte damit umgehen. Marcels Vorschlag war auf jeden Fall effektiver. Und doch störte es Jean ungemein, dass Raymonds Fähigkeiten so gering geschätzt und abgewertet wurden. „Wie viele Magier sind nötig, um das Ritual erfolgreich durchzuführen?"

„Wir brauchen Raymond wegen seines Feingefühls. Thierry hat sich freiwillig gemeldet, weil er schon vor dem Krieg Erfahrungen damit gesammelt hat", zählte Marcel auf. „Wir benötigen weitere fünfzig Freiwillige, die uns ihre magische Energie zur Verfügung stellen. Das Ritual ist zwar ungefährlich, aber sehr anstrengend. Alle Beteiligten werden danach einige Tage Ruhe brauchen, um wieder zu Kräften zu kommen. Ich nehme von jeder Einheit höchstens zwei Freiwillige, damit sie einsatzfähig bleibt und wir den Dienstplan der Patrouillen nicht ändern müssen."

„Ich übernehme die Patrouille am Eiffelturm", meldete sich Alain. „Wenn Thierry wegen des Rituals ausfällt, bin ich am besten geeignet, ihn zu ersetzen."

Orlando war nicht sehr begeistert über diesen Vorschlag, verkniff sich aber jede Reaktion. Er und Alain hatten sich nach dem dummen Missverständnis über Orlandos Grenzen und Alains Befürchtungen, Orlandos Vertrauen verloren zu haben, gerade erst wieder versöhnt. Und nun meldete Alain sich freiwillig für einen Einsatz, der in einer blutigen Schlacht enden konnte. Orlando verstand die Notwendigkeit dieses Krieges. Er verstand auch, warum Alain daran teilnahm. Dennoch lief sein Beschützerinstinkt Amok bei der Vorstellung, dass sein Avoué sich so in Gefahr begab. Er nahm sich vor, Alain nicht von der Seite zu weichen, aber auch er war nicht allmächtig, wenn es um den Schutz seines Magiers ging. Das galt besonders dann, wenn Serriers dunkle Magier ihre Flüche modifizierten, um die Vampire wirkungsvoller bekämpfen zu können, eine Möglichkeit, die sehr real war und über die sie schon seit Beginn der Allianz diskutiert hatten.

„Nimm wenigstens den Rest meiner Einheit mit, besser sogar noch eine dritte", schlug Thierry vor. „Serrier braucht einen Sieg. Er wird nicht nur eine Handvoll Magier schicken. Wir können von Glück sagen, wenn er nicht seine gesamte Streitmacht einsetzt."

„Was ist, wenn der Anschlag nur ein Ablenkungsmanöver ist?", fragte Jean. „So würde ein Vampir vorgehen. Er würde dafür sorgen, dass ein bestimmtes Vorhaben bekannt wird, während er insgeheim ein anderes plant. Ich will damit nicht sagen, dass wir die Bedrohung ignorieren sollen, aber es kommt mir trotzdem alles ziemlich offensichtlich vor. Serriers düstere Gedanken sind normalerweise nicht so leicht zu durchschauen."

„Das ist durchaus möglich", gab Thierry zu. „Unser Spion steht nicht sehr hoch in Serriers Hierarchie. Es könnte eine Falle sein, entweder für ihn oder für uns."

„Das könnte es", meinte Marcel nachdenklich. „Aber der junge Dominique ist nicht meine einzige Informationsquelle. Wie sagt man doch? *Je ne suis pas né de la dernière pluie*. Die Informationen Dominiques sind mir von anderer Seite bestätigt worden. Sie sind glaubwürdig. Der Anschlag auf den Eiffelturm hat keine strategische Bedeutung. Es geht Serrier vielmehr um die symbolische Wirkung. Wenn sie es schaffen, ihn zum Einsturz zu bringen, wird das Image der Milice und der Regierung irreparablen Schaden nehmen."

„Dann werden wir dafür sorgen, dass es ihnen nicht gelingt", erklärte Thierry mit entschlossener Stimme.

2

DIE SONNE ging gerade auf, als Raymond ins Hauptquartier der Milice zurückkam. Er hatte seine Rückkehr von Réunion nicht weiter hinauszögern wollen und torkelte vor Erschöpfung. Seit Jean die Insel verlassen hatte, war Raymonds Verlangen, wieder an der Seite seines Partners zu sein, ins Unermessliche gestiegen und er war sich jeder Minute ihrer Trennung schmerzhaft bewusst gewesen. Dass dieses Bedürfnis nach Nähe magische Ursachen hatte, änderte für ihn nichts an den Tatsachen. Jetzt musste er nur noch schnell Marcel seinen Bericht geben, dann wollte er sich auf die Suche nach Jean begeben und dafür sorgen, dass der Vampir sich satt trank. Sein Herz schlug wie wild vor Eifersucht bei der Vorstellung, dass Jean in der Zwischenzeit das Blut eines anderen Menschen getrunken haben könnte. Raymond hatte auf Réunion bis an die Grenzen seiner Kraft daran gearbeitet, die Lage zu stabilisieren, um die Verantwortung an Leutnant Raynaud de Lage und ihren Partner übergeben zu können. Er wusste sehr wohl, dass mit jeder Stunde die Schutzwirkung seines Blutes nachließ und Jean schwächer wurde. Vor zwei Tagen hatte er in den Nachrichten gesehen, wie Jean und Marcel die Allianz der Öffentlichkeit bekanntgaben. Jean war zurückhaltend elegant gekleidet gewesen und sein Anblick hatte Raymond nicht mehr losgelassen. Ob magisch verursacht oder nicht – Raymond war ehrlich genug, sich einzugestehen, dass er sich in den Vampir verliebte. Die Erkenntnis durchdrang sein ganzes Wesen, aber er war immer noch misstrauisch und fürchtete sich davor, sich dem Einfluss der Elementarmagie zu unterwerfen. Daher wollte er sich zurückhalten und darauf beschränken, Jean die Nahrung und den magischen Schutz seines Blutes anzubieten, so oft der Vampir dessen bedurfte.

Raymond machte sich auf den Weg durch die menschenleeren Gänge des Hauptquartiers. Er kam zu Marcels Büro, lehnte sich erschöpft an die Wand und klopfte an.

„Raymond?"

Raymond richtete sich auf, als er seinen Namen hörte. Er wollte keine Schwäche zeigen, da die anderen seine Anwesenheit auch so schon kaum tolerierten. Nach einigen Sekunden erkannte er die Stimme. „Wieso bist du noch hier, Jean?", fragte er. „Die Sonne geht schon auf und ich bin mir sicher, dass mein Blut dich nicht mehr schützt."

„Das ist richtig", gab Jean zu. „Die Wirkung hat nur bis gestern Nachmittag angehalten. Ich bin gestern nach Einbruch der Dunkelheit gekommen, um eine Nachtpatrouille zu begleiten und um mit Marcel über die Gesetzesinitiative zu reden. Nachdem wir alle Neuigkeiten ausgetauscht hatten, war es schon zu spät für mich, nach Hause zu gehen. Marcel ist zu einer Verabredung aufgebrochen. Ich wollte in dein Büro gehen und dort den Tag verbringen, weil es keine Fenster hat. Wieso bist du hier?"

„Ich wollte Marcel von meiner Rückkehr unterrichten", erklärte Raymond. „Außerdem wollte ich ihn fragen, wo du dich aufhältst. Er ist zwar nicht hier, aber wenigstens habe ich dich gefunden. Du musst trinken."

Jean lachte leise. „Das hat Zeit bis heute Abend. Du bist erschöpft. Geh nach Hause und schlaf dich aus."

Raymond lehnte sich mit einem müden Lächeln an die Wand. „Ich glaube nicht, dass ich noch bis zur Métro komme, ohne unterwegs einzuschlafen. Und einen magischen Transport schaffe ich auch nicht mehr. Ich suche mir hier eine ruhige Ecke und lege mich hin, nachdem du getrunken hast."

Der Vampir runzelte die Stirn, legte einen Arm um Raymond und führte ihn zu seinem Büro. Jean genoss die Nähe des Magiers, verdrängte aber seine Gefühle und versteckte sie hinter seiner Besorgnis um Raymond. „Das wirst du nicht tun. Wir gehen jetzt in dein Büro und du wirst dir dort ein Bett machen. Während du schläfst, kann ich lesen. Es gibt mehr als genug Bücher dort. Wir sind jetzt Verbündete und ich sollte so viel wie möglich über euch lernen. Ich kann trinken, wenn du wieder aufgewacht bist. Dann überlegen wir, was wir als Nächstes tun. Gibt es etwas, was Marcel dringend erfahren muss? Ich kann es ihm ausrichten. Du schläfst ja schon im Stehen ein."

„Nein, es kann warten", murmelte Raymond, als sie sein Büro betraten. „Ich wollte ihn nur darüber informieren, dass ich zurück bin."

„Ich werde es ihm ausrichten", versprach Jean. „Mach dir jetzt ein Bett und ruhe dich aus."

Raymond nickte und murmelte einen Spruch, mit dem er seinen Schreibtisch in eine kleine Liege umwandelte. „Ein richtiges Bett!", verlangte Jean streng. „Auf dem Ding kann man doch nicht schlafen."

Raymond lächelte und murmelte wieder vor sich hin. Die Liege verschwand und wurde durch ein kleines, aber bequemes Bett ersetzt. Die Beschwörungen hatten seine letzte Energie aufgebraucht und er ließ sich auf die Matratze fallen. Sein Kopf hatte kaum das Kissen berührt, da war er auch schon eingeschlafen. Jean legte kopfschüttelnd Raymonds Beine aufs Bett und deckte ihn zu. Für ihn hatte das Zimmer eine angenehme Temperatur, aber er wusste, dass Sterbliche mehr Wärme brauchten als Vampire. Raymond war erschöpft und Jean wollte nicht riskieren, dass sein Partner sich zu allem Überfluss auch noch eine Erkältung zuzog.

Jean setzte sich mit einem Buch über die Geschichte der Magie in den Schreibtischstuhl. Es war wahrscheinlich eine recht trockene Lektüre, aber Monsieur Lombard hatte darauf hingewiesen, dass Vampire und Magier schon in der Vergangenheit aufeinandergetroffen waren. Das hatte Jeans Neugier geweckt. Er wollte herausfinden, ob es Überlieferungen darüber gab. Wenn er mehr darüber erfuhr, konnte er vielleicht verhindern, dass seine Vampire bei den kommenden

Kämpfen wieder die gleichen Verluste zu beklagen hatten, wie Monsieur Lombard sie angedeutet hatte. Jean war sich sicher, dass ihre neuen Partnerschaften ein wichtiger Schritt waren, denn sie schützten die Vampire nicht nur vor der Sonne, sondern stellten ihnen auch einen Magier an die Seite, der sie beschützte. Aber nicht jeder Vampir hatte einen Partner gefunden und jetzt, da Serrier über die Allianz Bescheid wusste, würden die dunklen Magier ihre Taktik anpassen und neue Flüche entwickeln, die für die Vampire gefährlich werden konnten.

Jean schaffte es, die ersten beiden Kapitel zu überfliegen. Dann wurden seine Gedanken von dem Mann abgelenkt, der neben ihm auf dem Bett lag und schlief. Er hatte nicht erwartet, Raymond so sehr zu vermissen. Das Blut und der magische Schutz, den es ihm gewährte – ja, er hatte damit gerechnet, dass ihm das fehlen würde. Aber nicht damit, auch den Mann selbst zu vermissen. Er hatte sich in den letzten Tagen mehr als einmal dabei ertappt, seine Gedanken mit dem Magier teilen zu wollen oder sich zu fragen, was Raymond wohl davon hielt. Wenn er ehrlich war, konnte er kaum glauben, den Magier erst seit zwei Wochen zu kennen. In dieser kurzen Zeit war Raymond – seine Nähe und die magische Verbindung zwischen ihnen – ein fester Bestandteil von Jeans Leben geworden. Sicher, er konnte auch ohne Raymond an seiner Seite überleben. Aber es fühlte sich an, als würde ihm etwas Grundlegendes fehlen, als wären seine Sinne irgendwie abgestumpft. Jetzt, wo Raymond wieder in Paris war, wurde alles wieder klar und der Schleier vor Jeans Augen lüftete sich. Jean redete sich ein, dass seine Reaktion lächerlich wäre, aber er konnte sie nicht ignorieren.

Er legte das Buch zur Seite. Dann ging er zum Bett und setzte sich auf die Bettkante, um den dunkelhaarigen Magier zu betrachten. Jean konnte die braunen Augen nicht sehen, weil Raymond schlief. Aber er konnte sie sich gut vorstellen. Er konnte sich vorstellen, wie sie sich langsam öffneten, wie sich die schmalen Lippen zu einem Lächeln verzogen und Raymond die Hand hob …

Bevor er es verhindern konnte, hatte die Vorstellung von ihm Besitz ergriffen. Er hob selbst die Hand, um Raymond über den Kopf zu streicheln. Nur Zentimeter von den dunklen Haaren entfernt hielt er inne. Er kämpfte mit sich selbst. Auf der einen Seite stand sein Wissen um die magischen Ursachen ihrer Verbindung, auf der anderen das unstillbare Verlangen, diesen Mann für sich zu beanspruchen. Jean hatte nicht mehr getrunken, seit er Réunion verlassen hatte. Er sollte halb verhungert sein und gierig nach dem nächsten Schluck Blut. Achtundvierzig Stunden waren kein Problem. Zweiundsiebzig Stunden ließen sich aushalten. Aber er hatte schon seit neunzig Stunden nicht mehr getrunken, und trotzdem waren die Konsequenzen ausgeblieben. Sicher, er hatte Durst, aber er war lange nicht so geschwächt, wie es unter normalen Umständen zu erwarten gewesen wäre. Jean wusste, dass Raymond ihn trinken lassen würde, sobald er aufwachte. Raymond hatte es ihm ja schon davor angeboten, aber das hatte Jean ihm nicht zumuten wollen. Jean hatte Raymonds Vertrauen nicht missbrauchen wollen. Es hätte ihm sehr schwerfallen sollen, Raymonds Angebot abzuschlagen. Aber das war nicht der

Fall gewesen, im Gegenteil – er saß geduldig hier bei seinem Magier auf dem Bett und wartete ab, bis sein Partner wieder aufwachte.

Als hätte Raymond Jeans Gedanken lesen könnten, blinzelte er und öffnete die Augen. Er schaute Jean überrascht an und konnte kaum glauben, was er sah. Raymond hatte in den vergangen zwei Wochen oft davon geträumt, Jean beim Aufwachen an seiner Seite vorzufinden. Aber das waren Träume geblieben. „Träume ich?", fragte er verschlafen.

Jean schüttelte den Kopf. „Nein, du bist wach."

„Ich war mir nicht sicher", murmelte Raymond im Halbschlaf. „Ich habe geträumt …" Er verstummte, als er erkannte, was er Jean beinahe verraten hätte. Kopfschüttelnd hielt er dem Vampir seinen Arm hin. „Du solltest jetzt trinken."

Jean griff nach Raymonds Hand, hob sie aber nicht zum Mund. Sein Blick war auf den pochenden Puls am Hals seines Partners gerichtet. Jean wollte den Mund auf diese Stelle legen und seine Zähne in Raymonds Hals schlagen, aber dazu war er nicht eingeladen worden und er wollte den fragilen Waffenstillstand nicht gefährden, der zwischen ihnen herrschte. Er sehnte sich danach, durch seinen Vampirkuss mehr über Raymond zu erfahren, doch damit hätte er den Frieden zwischen ihnen aufs Spiel gesetzt. Raymond schien das Verlangen in Jeans Blick erkannt zu haben, denn er sah ihm in die Augen. Dann legte er langsam, sehr langsam, den Kopf zur Seite. Tausend Jahre Erfahrung als Vampir, tausend Jahre, in denen er sich vom Blut seiner Opfer ernährt hatte, hätten Jean nicht auf diesen Augenblick vorbereiten können. Raymonds Angebot hätte eine Selbstverständlichkeit sein sollen, die Jean nicht sonderlich überraschte. Seit seiner Umwandlung zum Vampir hatte er solche Momente schon öfter erlebt, als er zählen konnte. Immer wieder hatten ihm Sterbliche – ob wissentlich oder nicht – ihren Hals zum Biss angeboten. Vermutlich war es Raymonds bisheriges Zögern, das dieses erste Mal zu einer solchen Versuchung machte. Jean musste ein Lachen unterdrücken. ‚Zögern' war diplomatisch ausgedrückt. ‚Abscheu' wäre die bessere Bezeichnung für Raymonds Verhalten gewesen. Vielleicht lag es daran, dass sein letzter Biss schon so lange zurücklag. Vielleicht lag es daran, dass die magische Natur ihrer Partnerschaft ihn so besitzergreifend machte. Was immer auch der Grund sein mochte, Jeans Hände zitterten unkontrollierbar, als er sich über seinen Partner beugte, um dessen Angebot anzunehmen.

Raymond lief eine Gänsehaut über den Rücken, als Jean sich über ihn beugte. Er kämpfte dagegen an, sich zu wehren und die Flucht zu ergreifen, weil er sich vorkam, als wäre er Jean in die Falle gegangen. Dann spürte er Jeans Lippen an seinem Hals und der Fluchtreflex verschwand von einer Sekunde zur nächsten wieder. Stattdessen legte er den Kopf noch weiter in den Nacken und entblößte seinen Hals für den Biss des Vampirs.

Jean hielt ungläubig inne. Eben noch hatte er Raymond versichert, dass es kein Traum wäre. Jetzt kam es ihm vor, als würde er selbst träumen und müsste sich zwicken, um aus seinem Traum aufzuwachen. Er holte tief Luft und kämpfte um die Selbstbeherrschung, die Raymonds unerwartetes Angebot ihm geraubt hatte. Sein Geruchssinn wurde von der Mischung aus Sand, Schweiß und Sandelholz überwältigt, die von Raymond ausging. Sorgfältig bereitete Jean der Hals seines Partners auf den Biss vor. Raymonds Puls klopfte verführerisch und seine Haut schmeckte salzig nach Schweiß oder Meer. Jean konnte es nicht genau bestimmen, aber es zog ihn immer mehr in Raymonds Bann, und nur das zählte für ihn. Er spürte Raymonds keuchenden Atem, der ihm die Haare aus dem Gesicht blies. Dann fühlte er die Hand des Magiers um seinen Kopf und wurde nach unten gezogen.

Jean gab jede Zurückhaltung auf. Seine Zähne fuhren aus, so schnell, dass es ihn schmerzte. Sie bohrten sich fast ohne sein Zutun in Raymonds Hals und er trank in tiefen Zügen von dem kostbaren Blut, überwältigt von der Intimität und dem Vertrauen, das Raymond ihm entgegenbrachte.

Der Biss war so schmerzhaft, wie Raymond immer befürchtet hatte. Doch der Schmerz hielt nicht lange an. So schnell, wie er gekommen war, verschwand er auch wieder. Er wurde von einem Gefühl der Verbundenheit ersetzt, wie Raymond es schon von Jeans früheren Bissen ins Handgelenk kannte, nur dass es diesmal viel tiefer und intensiver war. Er schloss die Augen, während Jean kräftig an seinem Hals saugte und ihm mit den Lippen über die Haut glitt. Der Hunger, den Jean seit zwei Tagen unterdrückt hatte, brach nun mit aller Macht über ihn herein. Raymonds Blut schmeckte heiß und war so komplex, wie der Mann selbst. Jean speicherte die Vielfalt der Geschmacksrichtungen, um sie später genauer zu analysieren. Im Moment war er viel zu gefangen in dem unvergleichlichen Erlebnis ihrer Vereinigung, um sich näher damit zu befassen. Nach einiger Zeit schob sich ein bestimmter Geschmack in den Vordergrund. Es war Raymonds Erregung, ein Gefühl, das Jean zu gut kannte, um es falsch zu interpretieren. Aber nachdem Raymond sich auf Réunion so ablehnend geäußert hatte, wollte Jean dieses Gefühl nicht weiter fördern. Raymond fiel es auch ohne diese zusätzlichen Probleme schon schwer genug, mit den Veränderungen in seinem Leben zurechtzukommen, die durch ihre Blutspartnerschaft ausgelöst worden waren. Daher beschränkte Jean sich darauf, seine eigenen Reaktionen unter Kontrolle zu behalten und alles zu tun, um ihre Beziehung nicht noch weiter zu belasten. Er hatte unerträglichen Hunger und sich durch seine Zurückhaltung in den letzten Tagen selbst gefährdet. Trotzdem wollte er Raymond jetzt nicht durch seine Maßlosigkeit erschrecken. Um das Beste für das Gelingen ihrer Allianz geben zu können, brauchte er den Schutz noch, den das Blut seines Partners ihm gewährte.

Jean presste sich wie ein Geliebter an Raymonds Körper und löste erotische Fantasien aus, die den Magier vor Sehnsucht und Begehren erschauern ließen. Während ihrer Trennung hatte Raymonds Unterbewusstsein sich mit den Tatsachen abgefunden, die sein Verstand immer noch ablehnte. Er krallte sich mit der Hand in Jeans Haaren fest und drückte ihn an seinen Hals, um ihn zu ermuntern, mehr und tiefer zu trinken. Jeans Zähne lösten eine Erregung in ihm aus, die ihn unruhig werden ließ. Er schlängelte sich unter Jeans Körper hin und her und tastete mit der anderen Hand suchend nach der des Vampirs. Als er sie fand, griff er zu und verschränkte ihrer Finger miteinander, während Jean seinen Hunger nach Blut befriedigte.

Bei jedem anderen Menschen hätte Jean das als untrügliches Signal aufgefasst, über das Trinken hinaus zu erfreulicheren Aktivitäten überzugehen. Die zunehmende Erregung, die er in Raymonds Blut schmecken konnte, verstärkte dieses Bedürfnis noch zusätzlich. Aber er war nicht zum Chef de la Cour aufgestiegen, indem er seinen Bedürfnissen nachgab. Raymond war nicht ein beliebiger Fremder, den er in einem der Clubs aufgegabelt oder für den er im Sang Froid bezahlt hatte. Er war Jeans Partner, sein Schutz gegen das Sonnenlicht und sein Verbündeter in diesem Krieg. Außerdem hatte Jean in den letzten beiden Wochen gelernt, Raymond zu respektieren, denn hinter dem gut aussehenden Äußeren und dem manchmal so abweisenden Verhalten des Magiers verbargen sich profundes Wissen und ein starker Charakter. Darum hielt Jean sich zurück. Er stützte sich mit einer Hand über dem Magier ab, um sich nicht allzu fest an ihn zu drücken, während er die andere in Raymonds Hand ruhen ließ. Jean war überzeugt, das Richtige zu tun, aber das konnte die Versuchung nicht mindern, der Raymond ihn durch seine Nähe und sein heißes Blut aussetzte. Jean hatte schon genug getrunken, um den Hunger der letzten Tage zu stillen. Jetzt wollte er Raymonds Erfüllung schmecken. Er würde wahrscheinlich nie erfahren, wie es war, den Magier zu lieben, würde sich wahrscheinlich immer auf Momente wie diesen beschränken müssen. Aber wenigsten dieses Mal wollte er Raymond zeigen, welche Freuden der Kuss eines Vampirs bereiten konnte. Jean war selbstsüchtig genug, um zu hoffen, dass es Raymonds Lust nach mehr weckte und sie – unabhängig von den Erfordernissen ihrer Allianz – vielleicht in Zukunft auch persönlich Freude daran finden konnten.

Raymond spürte sofort, dass Jeans Biss eine neue Dimension bekam, auch wenn er nicht sagen konnte, was passiert war. Die Zähne des Vampirs bohrten sich noch genauso tief in seinen Hals und er saugte noch genauso gierig, aber alles hatte sich verändert. Plötzlich schien Raymonds Genuss im Mittelpunkt zu stehen und er wollte mit dem Kopf schütteln, wollte Jean erklären, dass es nicht nötig wäre. Aber er wusste nicht mehr, was ‚es' eigentlich war. Jean hatte nicht nur der Allianz wegen vier Tage nicht getrunken. Sie hatten vereinbart, dass Jean sich diskret verhalten würde, wenn er von einem anderen Menschen trank. Niemand hätte dem Vampir daraus einen Vorwurf gemacht, schon gar nicht, so lange Raymond sich auf einem anderen Kontinent aufhielt. Raymond selbst wäre der Letzte gewesen, der dafür kein Verständnis gehabt hätte. Die Allianz war auch nicht der Grund, warum Jean Raymonds Hand hielt und zärtlich drückte. Vielleicht gehörte es zu der Verbindung, die sich durch die Macht der Magie zwischen ihnen entwickelt hatte. Aber die hatte schon früher auf sie eingewirkt, noch bevor sie auf der Insel mehr über ihre Wirkung herausgefunden hatten. Diese Macht wirkte schon auf sie ein, seit Jean ihn das erste Mal gebissen hatte. In diesem Moment leckte Jean ihm über die Haut, direkt unter den Zähnen, die immer noch tief in seinem Hals versenkt waren. Raymond konnte nicht mehr klar denken. Nur eine letzte Erkenntnis schoss ihm noch durch den Kopf, bevor er die Beherrschung über seine Sinne verlor: Jean wollte ihn lieben.

Mit einem letzten Seufzer kam Raymond zum Höhepunkt. Er klammerte sich an Jeans Hand und Haaren fest, bog den Rücken durch und presste sich an ihn, dann schlugen die Gefühle über ihm zusammen und er fiel aufs Bett zurück. Verwirrt versuchte er, seine Gedanken zu sortieren und seine Reaktion zu analysieren. Aber er konnte sich nicht konzentrieren. Das Einzige, was er fühlte, war Jeans Zunge, die ihm zärtlich über die Bisswunden am Hals fuhr.

„Köstlich."

Dieses eine Wort, fast liebevoll geflüstert, brach den Bann. Raymond wäre vor Scham am liebsten in der Matratze versunken und wurde rot, als er den feuchten Fleck spürte, der sich auf seiner Hose ausbreitete. Er zog eine verärgerte Grimasse, setzte sich auf und murmelte einen Spruch vor sich hin, um die Spuren seines Fehltritts wieder zu beseitigen. Die Zufriedenheit in Jeans Miene machte ihn nur noch ärgerlicher und er flüchtete sich, wie es seine Art war, in wissenschaftliche Distanz. „Nach allem, was ich gelesen habe, hätte ich nicht erwartet, dass ein Vampir vier Tage auf Blut verzichten kann."

Jean unterdrückte einen resignierten Seufzer und ging auf den Themenwechsel ein. Er war davon genauso überrascht worden wie Raymond. Er hätte zwar nicht viel länger auf Raymonds Rückkehr warten können, aber es hatte ihn dennoch überrascht, dass er die vier Tage überhaupt durchgehalten hatte. „Normalerweise können wir das auch nicht", stimmte er Raymond zu. „Zwei Tage, vielleicht auch drei, sind in der Regel die Grenze. Ich kann es mir nicht erklären. Möglicherweise hat Orlando recht. Er hat mir erzählt, dass er nach dem ersten Schluck von Alains Blut so satt gewesen wäre, als hätte er einen anderen Menschen komplett ausgesaugt. Damals habe ich mir nichts dabei gedacht. Später habe ich es auf den Aveu de Sang zurückgeführt, der ihm eines Tages erlauben wird, länger ohne Blut durchzuhalten als wir alle. Aber vielleicht hat es doch mit dem magischen Bund zu tun. Der Aveu de Sang verhindert nur, dass Orlando zu viel trinkt und davon krank wird. Theoretisch kann er jeden Tag so viel trinken wie er will, ohne seinen Avoué zu gefährden. Für die anderen Partnerschaften sollte das – normalerweise zumindest – nicht zutreffen. Andererseits haben sie sich in keiner Weise so entwickelt, wie wir es vermutet hatten. Vielleicht beschützt dein Blut mich nicht nur vor dem Sonnenlicht, sondern ernährt mich auch länger, sodass ich nicht mehr so oft trinken muss."

Raymond dachte darüber nach. „Wir können uns nicht erlauben, diese Vermutung zu testen", sagte er nach einigen Minuten. „Ich weiß nicht, was mit einem Vampir passiert, der zu lange hungert. Ich will nicht riskieren, dass jemand durch einen Versuch ernsthaft geschwächt wird."

„Es ist wie bei einem Auto, wenn das Benzin ausgeht", erklärte Jean. „Wenn der Vampir schnell genug frisches Blut bekommt, ist es kein Problem und er erholt sich rasch wieder. Aber wenn er zu lange wartet, fällt er in eine Art Winterschlaf. Dann kann er nur noch durch das Blut eines anderen Vampirs wieder geweckt werden, der seiner Linie entstammt."

„Seiner Linie?", wollte Raymond wissen.

„Vampire haben keine Familien wie die Sterblichen. Wir haben nur eine Art Abstammungslinie, die auf den Vampir, der uns geschaffen hat, und auf dessen Schöpfer zurückgeht. Ich bewahre die Stammbäume auf, habe mich damit aber noch nie genauer befasst. Wenn du mehr wissen willst, müsstest du dich an Monsieur Lombard wenden. Für uns spielt diese Information keine große Rolle, solange wir jederzeit trinken können. Nur für einen Vampir wie Orlando, der nur von einem Menschen trinken kann, könnte es wichtig werden. Oder für einen Vampir, der eingeschlossen und ausgehungert wird."

Raymond lächelte. „Hoffentlich finde ich gelegentlich Zeit, der Frage nachzugehen. Ich setzte es auf jeden Fall auf die Liste der Themen, die ich nach dem Krieg, wenn wir wieder ein normales Leben führen können, erforschen will."

Jean sah ihn verblüfft an, fasste sich dann aber doch ein Herz. „Du willst dich auch nach dem Krieg noch mit Vampiren befassen?", fragte er.

Raymond wandte verlegen den Blick ab. Ihm war immer noch peinlich, was zwischen ihnen vorgefallen war. Doch dann siegte seine Ehrlichkeit. „Wenn meine Neugier erst geweckt ist, bin ich sehr beharrlich."

3

„DU WILLST mir doch nicht sagen, dass du ihr vertraust!", rief Thierry.

„Nicht blind", versicherte ihm Marcel. „Aber das heißt nicht, dass sie nicht doch die Wahrheit sagen könnte."

„Findest du es nicht auffällig, dass sie genau zwei Tage nach Bekanntgabe der Allianz und zwei Tage vor dem Rite d'équilibrage aufgetaucht ist?", wollte Alain wissen.

„Ich finde es sogar sehr auffällig", stimmte Marcel ihm zu. „Aber auch das heißt nicht, dass sie lügen muss. Du hast es auch unglaubwürdig gefunden, als Raymond sich von Serrier lossagte und zu uns gekommen ist. Erinnerst du dich? Und ohne Raymonds Hilfe wären wir nicht ansatzweise so weit, wie wir es jetzt sind."

Weder Alain noch Thierry waren allzu glücklich über Marcels Argument, konnten ihm aber auch nicht widersprechen. „Was tun wir also?", fragte Alain. „Sie aufnehmen, ihr einen Partner suchen und riskieren, dass sie alles an Serrier verrät?"

„Ich bin optimistisch, nicht naiv", erwiderte Marcel. „Wir können sie einer Einheit zuweisen, die nachts auf Patrouille geht. Wir informieren die anderen, dass sie nicht mit ihr über die Details der Allianz sprechen sollen. Sie wird sehen, wie die Vampire mit uns arbeiten und kämpfen, aber sie wird nicht erfahren, wie es funktioniert."

„Es gibt Möglichkeiten, in Erfahrung zu bringen, ob sie die Wahrheit sagt", erinnerte Jean die Anwesenden. „Wenn Antonio oder Blair oder einer der anderen Vampire ohne Partner sie beißt, wissen wir sofort, ob sie ehrlich war oder nicht."

„Und wenn sie nicht ehrlich war, weiß sie nach dem Biss mehr über die Funktionsweise der Allianz, als Serrier jemals erfahren darf", bemerkte Thierry.

„Dann sagen wir ihr eben nicht, warum er sie beißt", schlug Jean vor. „Ihr könnt sie auch mit einer Beschwörung belegen, so wie ihr es bei Dominique Cornet auf dem Gare de Lyon gemacht habt."

„Damit würden wir ihr verraten, dass wir ihr nicht vertrauen. Wenn sie ehrlich ist, spielt das keine Rolle. Aber wenn sie eine Spionin ist, weiß sie sofort, dass wir etwas zu verbergen haben. Wir müssen ihr irgendeine Erklärung geben, bevor jemand sie beißen kann", warf Raymond ein. „Sie wird nicht einfach ihren Arm ausstrecken, ohne dass wir ihr einen Grund dafür nennen."

Jean lachte leise. „Nein, das kann ich mir auch nicht vorstellen. Aber vor der Allianz mussten wir alle Opfer finden, und wir haben willige Opfer bevorzugt, weil ihr Blut süßer schmeckt. Antonio kann sehr überzeugend sein, wenn er es will."

„Holt ihn", befahl Marcel. „Wir werden mit ihm reden. Wenn er dazu bereit ist, werden wir ihn Monique vorstellen."

Einige Minuten später traf Antonio ein und Marcel erklärte ihm die Situation. „Wir haben eine Magierin, die uns um Schutz gebeten hat. Sie sagt, sie habe Serrier verlassen, weil der einen Vampir aufgenommen hat, der Menschen tötet. Das wussten wir bereits. Aber sie behauptet, die Grausamkeit des Vampirs habe sie dazu getrieben, Serrier zu verlassen. Der Zeitpunkt scheint uns etwas … verdächtig zu sein. Wir müssen wissen, ob sie die Wahrheit sagt und vertrauenswürdig ist. Jean hat vorgeschlagen, dich um Hilfe zu bitten."

Antonio nickte. „Wenn sie erlaubt, dass ich sie beiße, kann ich euch sagen, was ich in ihrem Blut schmecke."

„So einfach ist die Lage nicht", mischte sich Jean ein. „So lange wir nicht wissen, ob sie ehrlich ist, wollen wir sie nicht in unsere Methoden einweihen. Wir können ihr nicht verraten, warum du sie beißen willst."

„Wir wollen nicht, dass sie erfährt, dass es mit der Allianz zu tun hat", fügte Marcel hinzu. „Sie darf es nicht mit uns in Verbindung bringen."

Antonio nickte erneut. „Das geht. Es dauert vielleicht etwas länger; vor allem dann, wenn sie wegen dem Gesetzlosen Angst vor Vampiren hat. Aber ich werde es in Erfahrung bringen. Wo finde ich sie?"

„Im Untergeschoss", antwortete Alain. „Wir haben dort Schlafräume für Notfälle. Wir haben ihr gesagt, dass sie hier sicherer ist als zuhause, weil Serrier nach ihr suchen wird, wenn er von ihrer Desertion erfährt. Ich weiß nicht, ob sie uns glaubt. Aber sie konnte das Angebot schlecht ablehnen, ohne ihre eigene Geschichte unglaubwürdig zu machen. Schließlich hat sie uns selbst um Schutz gebeten."

„Wenn mich jemand zu ihr bringt, kann ich ihr mein Mitgefühl aussprechen. Wir sind beide dort unten gefangen – sie aus Angst vor Serrier, ich aus Angst vor der Sonne. Es wird sowieso bald hell und ich hätte es nicht mehr nach Hause geschafft. Das gibt mir den perfekten Grund, ihr Gesellschaft zu leisten."

„Gut", entschied Marcel. „Berichte uns anschließend, was du erfahren hast. Wir müssen in der Zwischenzeit die kommende Schlacht und das Rite d'équilibrage vorbereiten."

„Dann mache ich mich jetzt auf den Weg", sagte Antonio, stand auf und ging zur Tür.

„Ich bringe dich zu ihr", bot Sebastien an und erhob sich ebenfalls. „Ich bin hier sowieso keine große Hilfe mehr und es sieht nicht so verdächtig aus, wenn wir ihr zu zweit ‚zufällig' begegnen. Außerdem kennt sie mich noch nicht."

Thierry runzelte die Stirn und fragte sich eifersüchtig, ob Monique Sebastien wohl attraktiver finden würde als Antonio. Bevor er den Gedanken zu Ende bringen konnte, lächelte Sebastien ihn an und streichelte ihm über den Hals. „Ich komme zurück, sobald die beiden sich getroffen haben."

Thierry wusste, dass er und Sebastien sich nichts versprochen hatten, konnte seine Erleichterung allerdings dennoch nicht verbergen. Er wollte den Vampir mit niemandem teilen. Er warf Alain, der ihn feixend angrinste, einen bösen Blick zu, musste seinem besten Freund aber insgeheim recht geben.

„Die Partnerschaften scheinen sehr … intensiv zu sein", meinte Antonio nachdenklich, als sie sich durch die verwinkelten Korridore auf den Weg zu Monique machten, die noch auf Marcels Entscheidung wartete.

„Das sind sie", bestätigte Sebastien. „Nur die Beziehung zu meinem Avoué war damit vergleichbar."

„Ich hatte auch gehofft, einen Partner oder eine Partnerin zu finden. Aber bisher hatte ich kein Glück", sagte Antonio leise. „Ich komme mir vor, als würde ich Jean im Stich lassen."

Sebastien zuckte mit den Schultern. „Das weiß ich nicht. Ich weiß nur, dass du uns jetzt nicht mehr helfen könntest, wenn du einen Partner hättest. Die Verbindung ist nicht so exklusiv wie ein Aveu de Sang. Dennoch kann ich mir nicht vorstellen, von einem anderen zu trinken. Dazu müsste ich schon in einer sehr großen Notlage sein. Ich will kein fremdes Blut mehr schmecken, obwohl ich es noch trinken kann. Du solltest die Hoffnung nicht aufgeben. Ich weiß nicht, ob du schon davon gehört hast, dass der Chef de la Cour von Amiens vor wenigen Tagen hier seine Partnerin gefunden hat. Wenn die Allianz noch mehr Verbündete bekommt, ist vielleicht auch der richtige Magier für dich dabei."

„Ich habe davon gehört", erwiderte Antonio, als sie im Untergeschoss ankamen. „Wo ist mein Zielobjekt?"

Sebastien zeigte ans Ende des Ganges. „Die letzte Tür links."

Antonio grinste verwegen. „Ich glaube, ich muss mich etwas ausruhen. Ich melde mich, sobald ich mehr erfahren habe."

„Pass auf dich auf", warnte ihn Sebastien und stieg wieder die Treppe hinauf ins Erdgeschoss. „Selbst wenn sie ehrlich bereut – sie hat zwei Jahre lang an Serriers Seite gekämpft."

„Ich werde auf der Hut bleiben", versprach Antonio. Dann ging er durch den Flur zu der Tür, hinter der die dunkle Magierin wartete. Er öffnete sie schwungvoll und trat ein, als würde er ein leeres Zimmer erwarten. „Oh, das tut mir leid", entschuldigte er sich dann. Vor ihm stand eine vollbusige Frau mit langen, dunklen Haaren. „Ich wusste nicht, dass sich hier unten noch jemand aufhält. Ich habe nur einen Platz zum Schlafen gesucht, weil ich vor Sonnenuntergang nicht aus dem Haus kann."

Monique drehte sich zu ihm um und verbarg ihre Nervosität hinter der stoischen Fassade, die sie in der Gesellschaft von Serriers Halsabschneidern gelernt hatte. Sie wusste sehr wohl, dass Äußerlichkeiten trügen konnten. Das hielt sie allerdings nicht davon ab, die Latino-Schönheit des Mannes anerkennend zu mustern. Er hatte dunkle Haare, dunkle Augen, helle Haut und die leise Andeutung eines spanischen Akzents. Mit seinem muskulösen, hochgewachsenen Körper war er alles, was eine Frau sich in einem Mann wünschen konnte.

„Du musst einer der Vampire sein", stellte sie fest. Serrier hatte ihr aufgetragen, so viel wie möglich über die Allianz und die Vampire in Erfahrung zu bringen, egal, mit welchen Mitteln. Sie wusste nicht, ob Vampire an fleischlichen Genüssen interessiert waren – abgesehen von ihrem Appetit nach Blut –, doch Monique hatte keine Hemmungen, es herauszufinden. Chavinier schien ihr noch nicht zu vertrauen, was sie nicht überraschte. Aber sie war nicht auf ihn angewiesen, um an Informationen zu kommen. Vielleicht war der Vampir, der so überrascht vor ihr stand und hier offensichtlich nicht mit ihr gerechnet hatte, sogar der geeignetere Informant. Er wusste nichts über sie und war deshalb nicht so misstrauisch wie Chavinier. „Ich bin froh, dass ihr euch dem Kampf gegen Serrier angeschlossen habt."

Antonio ließ sich keine Reaktion anmerken auf ihren plumpen Versuch, sein Vertrauen zu erlangen. Er musste ihr Blut nicht schmecken, um sie zu durchschauen. Aber er wollte ihr Spiel noch etwas länger mitmachen und sie, sollte sich die Gelegenheit ergeben, beißen, um seine Einschätzung der Lage zu bestätigen. „Es scheint mir in unserem besten Interesse zu sein, Serrier nicht gewinnen zu lassen", stimmte er ihr zu. Es war die Wahrheit und bestätigte nur das, was Jean schon in aller Öffentlichkeit mitgeteilt hatte.

„Dann machst du dir bestimmt wegen der Sonne Sorgen", bohrte sie nach und winkte ihn ins Zimmer. „Wenn sie dich im Freien überrascht ..." Sie sah auf ihre Armbanduhr und lenkte damit seinen Blick auf ihren schlanken Arm, den sie unter ihren wohlgeformten Busen hielt.

„Wir sind keine Frischlinge", erwiderte Antonio und kam ins Zimmer. „Wir gehen dem Sonnenlicht schon seit Jahren aus dem Weg, einige von uns sogar seit vielen hundert Jahren. Wir können auf uns aufpassen."

Monique lächelte, aber in ihren Augen lag eine grausame Befriedigung. Sie ahnte nicht, wie leicht ihre Fassade für jemanden zu durchschauen war, der das Jeu des Cours beherrschte. In Gedanken freute sie sich schon, Serrier berichten zu können, dass die Vampire bei Sonnenaufgang immer noch verwundbar waren und das Kampfgeschehen verlassen mussten. „Und die Magie?", hakte sie nach. „Macht ihr euch keine Sorgen um die Wirkung ihrer Flüche?"

„Wir kämpfen nicht allein", antwortete Antonio ausweichend und ging einen Schritt auf sie zu. „Wir haben Magier an unserer Seite, die die Flüche neutralisieren oder erwidern können." Als die Frau nicht vor ihm zurückwich, lächelte er sie gewinnend an und streckte die Hand aus. „Ich heiße übrigens Antonio."

„Monique Leclerc", erwiderte sie und reichte ihm die Hand. Anstatt sie zu schütteln, hob Antonio sie an die Lippen. Er verbeugte sich galant und gab ihr einen Handkuss. Monique konnte die prickelnde Erregung nicht verhindern, die sie bei seiner Geste durchfuhr.

Antonio ließ ihre Hand nicht los und zog Monique mit sich zu der kleinen Couch, die an der gegenüberliegenden Wand stand. „Und warum bist du hier?", fragte er scheinbar ahnungslos. „Ich habe hier unten bisher nur Vampire angetroffen."

„Bist du oft hier?", wich Monique mit einer Gegenfrage aus. Sie wollte mit einem Unbekannten nicht über ihre Lage reden, solange noch alles in der Schwebe hing.

Antonio zuckte mit den Schultern. „Ab und zu", sagte er und streichelte ihr mit dem Daumen über den Handrücken. Es war der Beginn jener subtilen Verführung, mit der er seine Opfer dazu brachte, ihn von ihrem Blut trinken zu lassen.

Monique zuckte bei der unerwarteten Berührung zusammen. Antonio summte beruhigend, bis sie sich wieder entspannte. Monique erinnerte sich daran, dass sie alle Mittel einsetzen musste, um Serrier die begehrten Informationen zu beschaffen. Sonst hatte sie andere Sorgen als einen Vampir, der sich für sie zu interessieren schien.

Antonio wunderte sich nicht über Moniques erschrockene Reaktion auf seine Annäherungsversuche. Sicher, sie war attraktiv und musste es gewöhnt sein, das Interesse von Männern zu erwecken. Aber hier, im Hauptquartier der feindlichen Milice und mit einer ungewissen Zukunft, die in Marcels Händen lag, hatte sie wahrscheinlich nicht damit gerechnet. Antonio erkannte natürlich, dass ihre Nachgiebigkeit nicht ehrlich gemeint war und sie nur ihren Auftrag erfüllen wollte. Doch das konnte er ihr nicht vorwerfen, denn seine Motivation war genauso eigennützig.

„Dann bist du also jede Nacht hier?", fragte sie beharrlich. „Im Hauptquartier der Milice, meine ich."

Antonio beugte sich lächelnd zu ihr herab. „Das könnte ich sein", schnurrte er ihr ins Ohr. „Wenn ich wüsste, dass du auch hier bist ..."

Monique hätte ihn gerne in seine Schranken verwiesen, riss sich jedoch zusammen. Der Vampir konnte ihr Kontakte zur Milice vermitteln und – was noch wichtiger war – vermutlich auch Interna über die Allianz verraten. Sie hatte schon vor langer Zeit gelernt, ihre weiblichen Reize einzusetzen, wenn sie sich Informationen beschaffen wollte. Die Situation war ihr nicht unbekannt. Sie lächelte freundlich und legte eine Hand auf sein Bein. „Das ließe sich vermutlich einrichten."

Antonio hätte beinahe den Kopf geschüttelt. Kein Vampir würde sich jemals so offensichtlich verhalten. Aber sie hatte ihm die Gelegenheit geboten und er nutzte sie. Er senkte den Kopf und fuhr ihr mit den Lippen über die Haare. Als sie sich seiner Annäherung nicht entzog, ließ er den Mund nach unten gleiten und küsste sie auf den Hals. Sie legte den Kopf in den Nacken und er ließ sie seine Zunge spüren. Ihr Atem stockte. Ermutigt durch ihre Reaktion fuhr er mit den Zähnen über die Haut an ihrem Hals und kratzte sie leicht. Dann leckte er sich das Blut von den Zähnen.

Zwei Eindrücke stürmten auf ihn ein: Ihr falsches Spiel und das Gefühl, von ihrer Magie umhüllt und beschützt zu werden. So hatten die anderen Vampire die Wirkung des Blutes ihrer Partner beschrieben. Schnell zog Antonio sich zurück und zwang sich zu einem Lächeln. „Ich wäre kein guter Gastgeber, wenn ich dir nichts anbieten würde. Möchtest du etwas essen? Eine Flasche Wein vielleicht? Ich bin mindestens noch bis Sonnenuntergang hier."

„Ich habe etwas Hunger", gestand Monique geziert. „Soll ich dich begleiten?"

„Nein, das ist nicht nötig", lehnte Antonio ab. „So schnell kannst du gar nicht schauen, dann bin ich auch schon wieder zurück."

Monique schmollte. Aber was bei anderen Männern unfehlbar wirkte, schien den Vampir nicht zu beeindrucken. „Dann beeile dich."

„Das werde ich", versprach er und verließ das Zimmer. Hinter ihm fiel die Tür ins Schloss. Er war unschlüssig. Er konnte sie nicht als Partnerin akzeptieren, solange alles, was sie taten und sagten, an Serrier weitergegeben würde. Aber das änderte nichts an der unvorstellbaren Tatsache, dass sie seine Partnerin war. Er brauchte sie, wenn er seinen vollen Beitrag für die Allianz leisten wollte.

Antonio kannte seine Loyalität, auch wenn er sich nichts mehr wünschte, als endlich wieder das Sonnenlicht zu erleben. Er warf einen letzten, sehnsuchtsvollen Blick auf die geschlossen Tür. Dann stieg er die Treppe hinauf und machte sich auf den Weg zu seinen Freunden.

„Das ging aber schnell", meinte Marcel, als Antonio das Zimmer betrat. „Konntest du herausfinden, was wir wissen müssen?"

„Ja. Sie ist eine Spionin", berichtete Antonio pflichtgemäß. „Ich musste sie nicht erst beißen, um unseren Verdacht zu bestätigen. Ihre Gefühle sind eindeutig. Ihre Verachtung, ihre Lügen und ihre Berechnung haben sie verraten."

„Merci", bedankte sich Marcel. „Jetzt müssen wir nur noch entscheiden, was wir mit ihr machen."

„Mit ihr machen?", wollte Antonio wissen. Die Frau würde ihn zerstören, ohne auch nur mit der Wimper zu zucken. Trotzdem hatte er das lächerliche Bedürfnis, sie in Schutz zu nehmen. Obwohl er die Skrupellosigkeit in ihrem Blut geschmeckt hatte, konnte er nicht vergessen, dass sie seine Partnerin war. Den anderen gegenüber erwähnte er das allerdings nicht. Es hatte mit ihrer gegenwärtigen Diskussion nichts zu tun und auch keine Auswirkung auf sein eigenes Verhalten – Antonio würde niemals zu Serrier überlaufen –, deshalb mussten sie es nicht erfahren.

„Wir könnten sie wegen Verschwörung ins Gefängnis werfen lassen. Ich bin mir allerdings nicht sicher, ob wir es ihr nachweisen können", meinte Thierry. „Oder wir können sie mit falschen Informationen versorgen und versuchen, Serrier damit in die Irre zu führen."

„Er fragt sich wahrscheinlich, wo wir das Rite d'équilibrage durchführen wollen", überlegte Alain. „Vielleicht könnten wir ihm einen falschen Ort zuspielen."

„Wenn er weiß, dass ich an dem Ritual teilnehme, dann weiß er auch, dass es in der Nähe von Wasser stattfindet", warf Raymond ein.

„Dann müssen wir nur einen unterirdischen See außerhalb von Paris finden", schlug Thierry vor. „Wir können Sicherheitsbedenken vortäuschen und ihn damit aus der Stadt locken. Es lenkt ihn zumindest von unserem tatsächlichen Zielort ab."

„Was schlägst du vor?", fragte Marcel.

„Der See in Saint-Léonard bietet sich an", erwiderte Thierry. „Aber Serrier wird uns nicht abnehmen, dass wir uns die diplomatischen Verwicklungen angetan haben, nur um die Erlaubnis zu bekommen, das Ritual in der Schweiz durchzuführen. Es gibt auch in Frankreich passende Orte, beispielsweise die Grottes de Choranche."

„Gibt es einen Grund, der gegen die Höhlen sprechen würde?", fragte Jean neugierig.

„Sie sind offen für Besucher", erklärte Thierry. „Aber unter diesen Umständen können wir sie wahrscheinlich für einen Tag schließen lassen."

„Warum nicht die Grotte de Thaïs?", schlug Alain vor. „Sie ist ab Mitte Oktober geschlossen und öffnet erst wieder im Frühjahr. Dort sind wir ungestört genug, um uns auf das Ritual konzentrieren zu können."

„Es ist ja nicht so, dass wir die Höhle wirklich benutzen wollen", mischte sich Sebastien ein.

„Nein", stimmte Raymond zu. „Aber Serrier ist nicht dumm. Wenn unser Köder nicht glaubwürdig genug ist, wird er Lunte riechen."

„Ist es denn überhaupt den Aufwand wert, ihm eine glaubwürdige Falle zu stellen?", fragte Jean. „Glaubt ihr wirklich, dass er das Ritual verhindern will?"

„Ehrlich gesagt, weiß ich das auch nicht", erwiderte Raymond. „Das Ungleichgewicht der Elementarkräfte ist eine der Nebenwirkungen dieses Krieges, die er nicht zu seinem Vorteil ausnutzen kann. Er wird einen Vorteil daraus ziehen wollen, dass wir durch das Ritual abgelenkt sind. Aber ich kann mir nicht vorstellen, dass er das Ritual selbst verhindern will."

„Dann lasst uns eine Möglichkeit finden, wie wir ihm etwas Sand ins Getriebe seiner Pläne werfen", schlug Jean frustriert vor. Ein Vampir käme nie auf die Idee, eine solche Gelegenheit ungenutzt verstreichen zu lassen. Erfolgreiche Intrigen verbesserten die Aufstiegschancen in der Gesellschaft der Vampire. „Wir müssen ihm eine Falle stellen oder ein Gerücht streuen, das uns gleichzeitig nutzt und unsere Schwächen kaschiert. Es gibt keinen Grund, diese Gelegenheit nicht wahrzunehmen, nur weil wir keinen direkten Vorteil daraus ziehen."

„Und was schlägst du vor?", wollte Marcel wissen.

Jean seufzte. „Eine Falle hat den Vorteil, dass wir sofort einige dunkle Magier ausschalten können, indem wir sie gefangen nehmen oder im Kampf töten. Ein Gerücht wirkt eher langfristig, daher halte ich es für vorteilhafter."

„Würde er uns abnehmen, dass die Vampire die nächtlichen Patrouillen alleine übernehmen?", fragte Orlando.

„Das funktioniert nicht", warf Antonio ein. „Ich habe der Spionin schon gesagt, dass wir zusammen kämpfen."

„Und selbst wenn er es glauben würde, könnten wir ihn damit nur einmal täuschen", fügte Raymond hinzu. „Sobald der erste dunkle Magier einer solchen ‚Vampirpatrouille' entkommt, erfährt Serrier, dass auch Magier dabei waren. Wie wäre es, wenn wir der Spionin eine Schwäche der Vampire verraten, die Serrier noch nicht kennt und die in Wahrheit eine Stärke ist?"

Jean dachte darüber nach. „Auf der Pressekonferenz habe ich Sonnenlicht und Feuer erwähnt." Er kicherte vor sich hin. „Vielleicht können wir die bestehenden Vorurteile ausnutzen. Die Legenden berichten zum Beispiel, dass Weihwasser Vampire verbrennt. Es schadet uns nicht mehr und nicht weniger, als anderen Menschen auch. Wir werden nass. Aber vielleicht nimmt Serrier es uns ab. Wenn er dann Weihwasser einsetzt und es wirkt nicht, wird er nur glauben, dass an der Patrouille keine Vampire teilgenommen haben. Irgendwann wird er natürlich dahinterkommen, aber es könnte einige Zeit dauern, bevor er misstrauisch wird. Bis es soweit ist, wird er viel Zeit und Ressourcen verbrauchen, um Flüche zu entwickeln und Methoden einzusetzen, die keinem von uns schaden. Außer, dass wir frieren, falls er kaltes Wasser benutzt."

„Was hältst du davon, Raymond?", fragte Marcel. „Du weißt am besten, wie Serrier denkt."

„Bei ihm kann man sich nie sicher sein", überlegte Raymond. „Aber es würde seinen engstirnigen Rassismus befriedigen. Ich kann mir durchaus vorstellen, dass es klappt."

„Monique wartet auf mich", unterbrach Antonio ihre Überlegungen und gab sich Mühe, seine Ungeduld nicht zu zeigen. Trotz allem, was er über die Frau wusste, wollte er zu ihr zurück und ihr Blut schmecken. „Ich habe ihr versprochen, einen Imbiss und Wein zu besorgen, damit ihr die Zeit schneller vergeht. Wenn ihr wollt, kann ich das Weihwasser erwähnen."

„Wunderbar", stimmte Marcel zu. „Wenn es von dir kommt, wird es glaubwürdiger sein, als wenn sie es von jemandem erfährt, den sie schon kennt und dem sie nicht vertraut."

4

„GOTT, ICH dachte schon, dieser Tag würde nie mehr enden", brummte Thierry und ließ sich aufs Sofa fallen. Es war ein ruhiger Tag gewesen, als würde die Stadt den Atem anhalten, um sich auf den drohenden Sturm vorzubereiten. Thierry hatte eigentlich keinen Grund, sich über eine routinemäßig verlaufene Schicht zu beschweren, aber zusammen mit den Vorbereitungen für das Ritual am nächsten Tag war es nur langweilig und ermüdend gewesen. Raymond hatte auf seine pedantische Art darauf bestanden, jedes noch so kleine Detail zwei- und dreimal zu überprüfen. Thierry hatte Verständnis dafür, aber er konnte es einfach nicht ertragen, der Befehlsempfänger zu sein, anstatt selbst die Anweisungen zu geben.

„Hier", sagte Sebastien und setzte sich neben ihn. „Trink einen Schluck und entspanne dich."

Thierry nahm das Getränk entgegen, das ihm sein Partner anbot. Dann schnüffelte er neugierig an dem Inhalt des Glases. „Hat Alain dir verraten, dass ich gerne Kir trinke?", wollte er wissen. Sebastien hatte den Apéritif perfekt nach Thierrys Geschmack gemischt.

„Nein. Aber du hast dir vor einigen Tagen einen Kir gemacht, deshalb dachte ich mir, ich könnte damit nicht falsch liegen", sagte Sebastien.

Thierry versuchte erst gar nicht, seine Begeisterung über Sebastiens Aufmerksamkeit zu verbergen. Er nahm einen kleinen Schluck und stöhnte genießerisch. Der Kir war wirklich perfekt. Thierry legte den Kopf auf die Sofalehne und ließ die Anspannung des Tages von sich abfallen. Es war erstaunlich, wie sehr er und Sebastien sich in der vergangenen Woche aufeinander eingespielt hatten. Nach dem Dienst kamen sie nach Hause und ruhten sich etwas aus. Sebastien trank von Thierrys Blut und hielt ihn in den Armen, wenn er einschlief. Thierry seufzte tief. Daran konnte man sich gewöhnen. Es war schön, wieder einen Partner zu haben, mit dem er sein Leben teilen konnte. Jemanden, um den er sich kümmern konnte und der sich um ihn kümmerte.

Als hätte Sebastien Thierrys Gedanken gelesen, legte er ihm die Hände auf die Schultern. Thierry öffnete die Augen und sah Sebastiens besorgten Blick auf sich gerichtet. „Du bist verspannt", sagte der Vampir. „Dreh dich um, damit ich an deinen Rücken komme. Ich helfe dir, dich zu lockern."

Thierry drehte sich nach Sebastiens Anweisungen um und legte den Arm auf die Sofalehne. Er nippte an seinem Drink und überließ sich Sebastiens magischen Händen, die ihm schon so oft geholfen hatten. Sebastien massierte ihm durch das Hemd die Schultern und den Rücken. Thierry unterdrückte ein lautes Stöhnen. Dann gab er seine Zurückhaltung auf, weil Sebastien ihm gesagt hatte, er würde ihn gerne stöhnen hören. Ihm lief eine Gänsehaut über den Rücken. Thierry konnte kaum glauben, was in den letzten neun Tagen geschehen war. Mittlerweile vertraute er Sebastien fast genauso vorbehaltlos wie Alain, seinem besten Freund. Sein Verlangen nach dem dunkelhaarigen Vampir widersetzte sich jeder logischen Erklärung. Thierry hatte nach dem ersten Kuss aufgegeben, darüber nachzudenken. Seine Gefühle für Sebastien hatten nichts mit Logik zu tun. Thierry hatte sich unsicher gefühlt, weil er keine Erfahrungen mit Männern hatte. Glücklicherweise schien Sebastien von der Entwicklung ihrer Beziehung genauso überrascht zu sein. Doch der Vampir hielt sich zurück und drängte ihn zu nichts, und auch darüber war Thierry außerordentlich erleichtert. Sebastien biss ihn zwar jede Nacht und es führte zu dem bekannten, explosiven Ende, aber darüber hinaus hatten sie wenig mehr getan, als sich zu küssen. Es hatte dazu geführt, dass Thierrys Verlangen nach Sebastien ständig gewachsen war, ohne dass er sich unter Druck gesetzt fühlte. Thierry trank den letzten Schluck Kir und stellte das Glas ab. Er wollte nicht länger darauf warten, bis Sebastien sich zu dem nächsten Schritt entschloss. Jetzt war er selbst am Zug.

„Ich brauche eine Dusche", sagte er, drehte sich um und sah Sebastien entschlossen an.

„Gute Idee", stimmte der Vampir zu. „Es ist entspannend und danach wirst du besser schlafen können. Letzte Nacht warst du sehr unruhig."

Thierry grinste ihn raubtierhaft an. „Warum kommst du nicht mit? Dann können wir uns gemeinsam entspannen."

„Thierry …", begann Sebastien mit warnender Stimme, aber Thierry schnitt ihm mit einem Kuss das Wort ab.

„Kein Widerspruch", sagte er und zog Sebastien vom Sofa hoch.

Sebastien war schmerzhaft erregt, als er sich von Thierry ins Badezimmer führen ließ. Er schüttelte den Kopf und trat einen Schritt zurück, als der Magier ihn ausziehen wollte. Wenn Thierry das getan hätte, wäre es um Sebastiens Selbstbeherrschung geschehen gewesen und – was immer Thierry auch dachte – er war noch lange nicht soweit, es mit einem außer Kontrolle geratenen Vampir aufzunehmen. „Geh unter die Dusche", befahl er Thierry. „Ich werde nicht wieder verschwinden."

Thierry beeilte sich, der Aufforderung nachzukommen. Er zog sich aus und drehte in der Dusche das Wasser auf – schön heiß und stark. Egal, was sie sonst noch vorhatten, der harte Wasserstrahl löste die Verspannungen in seinem Nacken und am Rücken. Sebastien, der sich ebenfalls auszog, hielt kurz inne, um den nackten Magier zu bewundern. Die breiten Schultern, die schlanken Hüften und die langen, langen Beine … Sebastien klammerte sich am Waschbecken fest, bis seine Knöchel weiß hervortraten. Er musste alle Kraft aufbringen, um Thierry nicht einfach an die Wand zu drücken und über ihn herzufallen. Er hatte seinem Partner versprochen, dass ihr erstes Mal etwas Besonderes sein würde, und dieses Versprechen wollte er halten. Aber angesichts von Thierrys nacktem Hintern fiel es ihm schwer, und als

Thierry sich vorbeugte, um die Wassertemperatur zu regeln, war es um Sebastiens Beherrschung beinahe geschehen.

„Du darfst mich gerne anfassen", sagte Thierry, ohne sich umzudrehen. „Ich beiße nicht."

„Nein", krächzte Sebastien. „Aber ich."

Thierry sah ihn über die Schulter an. Seine grünen Augen glänzten vor Lust. „Das weiß ich. Und ich bin noch jedes Mal reichlich belohnt worden, wenn du mich gebissen hast."

Sebastien hätte sich beinahe umgedreht und fluchtartig den Raum verlassen, weil er sich selbst nicht mehr zutraute, sein Versprechen einzuhalten. Thierry musste ihm seine Zweifel angesehen haben, denn er richtete sich auf und kam mit bedächtigen Schritten auf Sebastien zu. „Du nimmst dir nichts, was ich dir nicht angeboten habe", erinnerte er den Vampir.

„Ich weiß", sagte Sebastien mit rauer Stimme. „Aber …"

„Aber nichts", erwiderte Thierry und nahm Sebastiens Kopf zwischen die Hände, um ihn zu küssen. Sebastien gab jeden Widerstand auf. Es war zwecklos. Stattdessen versuchte er, Thierry mit seinem Kuss von gefährlicheren Aktivitäten abzulenken. Beispielsweise davon, Sebastien zu berühren.

Als Sebastien den Kuss erwiderte, erkannte Thierry sofort, dass der Vampir seinen Widerstand aufgegeben hatte. Sebastiens Küsse waren atemberaubend und schwindelerregend. Sie brachen über Thierry herein und raubten ihm den Verstand. Wenn er wieder klar denken konnte, fragte er sich oft, ob es an Sebastiens dominanter Natur lag oder daran, dass der Vampir auf hunderte von Jahren Erfahrung zurückblicken konnte. Jedenfalls konnte er in diesem Augenblick nicht klar denken, und deshalb war es ihm egal. Was immer auch die Gründe sein mochten, Sebastiens Küsse versetzten Thierry in eine Erregung, die ihn so sehr überwältigte, dass er nur noch ein Ziel kannte – in Sebastien das gleiche Verlangen zu wecken. Er ließ die Hände über Sebastiens Schultern nach unten gleiten, froh, ihn endlich berühren zu können und die nackte Haut zu spüren. Sebastien zog in Thierrys Gegenwart selten sein T-Shirt und nie die Unterhose aus, selbst wenn sie nachts zusammen im Bett lagen und sich in den Armen hielten. Deshalb wollte sich Thierry diese Gelegenheit nicht entgehen lassen. „Du bist kalt", flüsterte er. „Lass uns unter die Dusche gehen. Das Wasser ist schön warm und wird dir guttun."

Das Wasser konnte an Sebastiens Körpertemperatur nichts ändern, dazu hätte er Blut trinken müssen. Aber er widersprach nicht, als Thierry ihn losließ und die Duschkabine betrat. Er nutzte die kurze Unterbrechung, um sich wieder in den Griff zu bekommen. Dann zog er die Boxershorts aus, holte tief Luft und ging zu Thierry unter den heißen, prasselnden Wasserstrahl der Dusche.

Thierry hatte die letzte Woche dazu genutzt, sich mit dem Gedanken an einen männlichen Geliebten vertraut zu machen. Er wusste, was Frauen gefiel, wo er sie berühren musste und wie ihre Reaktionen zu verstehen waren. Sebastien konnte er nicht auf diese Weise lesen und er wusste auch nicht, welche Berührungen dem Vampir gefallen würden. Thierry hatte sich schließlich dazu entschieden, einfach das zu tun, was ihm selbst in dieser Lage gefallen würde. Ein Schwanz war ein Schwanz, egal, zu wem er gehörte. Thierry wusste, was seinem Schwanz gefiel, weil er oft genug auf seine eigene Hand angewiesen war, wenn er keine Partnerin hatte. Sobald Sebastien in die Dusche kam, ging er zum ihm und schob ihn unter den Wasserstrahl. Sebastien hatte sich in der letzten Woche immer wieder Entschuldigungen ausgedacht, um Körperkontakt zu vermeiden. Thierry hatte es zugelassen, weil er die plötzlichen Veränderungen in seinem Sexualleben erst noch verdauen musste. Damit war es jetzt vorbei. Jetzt wollte er mehr, als nur einige atemberaubende Küsse. Er fuhr mit den Händen über Sebastiens nasse Haut, erkundete die Unterschiede zwischen Sebastiens hartem, männlichem Körper und den weichen, runden Formen, die er von den Frauen kannte. Dann kam er näher, bis ihre Körper sich zum ersten Mal Haut an Haut berührten.

Sebastien war auf vieles vorbereitet gewesen, aber diese neue, aggressive Seite Thierrys überraschte ihn nicht nur, sie erregte ihn auch bis an die Grenze des Erträglichen. Er warf jeden Gedanken an Zurückhaltung über Bord und konzentrierte sich nur noch darauf, diese Begegnung zu einem beiderseitig befriedigenden Abschluss zu bringen, ohne dabei sein Versprechen zu brechen. Er schob Thierry mit dem Rücken zur Wand und küsste ihn, während er mit der anderen Hand zwischen ihre Körper griff und sie um ihre erigierten Schwänze legte. Thierry ließ stöhnend den Kopf nach hinten fallen und schlug an die Kacheln.

„Merde!", fluchte er heiser. Das Gefühl von Sebastiens Hand, der auf und ab über ihre harten Schwänze rieb und sie aneinanderpresste, war so hochgradig erregend, dass er fast gekommen wäre.

„Probleme?", fragte Sebastien scherzend.

„Ja. Wenn du nicht gleich weitermachst", sagte Thierry, stieß sich von der Wand ab und schob Sebastien vor sich her an die gegenüberliegende Seite. Dann griff er nach unten, um Sebastien zu zeigen, was er damit meinte.

„Maudit, Thierry!" Jetzt war es Sebastien, der fluchte. „Wo hast du das gelernt?"

„Nur weil ich noch nie einen fremden Schwanz angefasst habe, heißt das noch lange nicht, dass ich meinen nicht kenne", keuchte Thierry und ließ seinen eigenen Schwanz los, um sich mehr auf Sebastien zu konzentrieren.

Sebastiens schaffte es nicht mehr, darauf zu antworten. Thierrys Daumen fuhr ihm über die Eichel und rieb ihm über den tropfenden Schlitz. Dann zog Thierry ihm die Vorhaut zurück und Sebastien stöhnte tief. Er versuchte sein Bestes, um sich bei Thierry zu revanchieren, denn er wollte seinen Geliebten nicht vernachlässigen.

„Brauchst du was, Liebster?", neckte ihn Thierry, fasste mit der anderen Hand zwischen Sebastiens Beine und legte sie um seine Eier.

Sebastien wusste genau, was er brauchte. Aber er hatte nicht vor, Thierry umzudrehen und an die Wand zu ficken, also gab er sich mit den Händen des

Magiers zufrieden. „Genau das brauche ich“, sagte er und gab Thierry seine Zärtlichkeiten zurück. Er wollte ihn genauso um den Verstand bringen, wie Thierry es mit ihm machte.

Ohne jede Vorwarnung wurde Thierry von seinem Orgasmus überrascht, noch während er seinen Partner ebenfalls zum Höhepunkt bringen wollte. Seine Knie zitterten und er konnte sich kaum auf den Beinen halten. Sebastien schob ihn wieder an die Wand und hörte nicht auf, ihn zu streicheln und zu reiben, bis Thierry völlig ausgepumpt war. Der Magier versuchte mit letzter Kraft, Sebastien mitzunehmen. Er wurde belohnt, als er einen heißen Strahl spürte, der ihm aus Sebastiens Schwanz an den Bauch spritzte. Thierry ließ sich mit dem Rücken an die Wand fallen und hob den Kopf, um Sebastien zu küssen. „Merde!“, fluchte er dann wieder, aber dieses Mal klang seine belegte Stimme zutiefst befriedigt.

Sebastien griff grinsend nach der Seife. Er war auch nicht viel sicherer auf den Beinen als Thierry. Nachdem er sie beide gewaschen hatte, drehte er das Wasser ab und begleitete seinen Geliebten ins Schlafzimmer. „Das war noch nicht alles.“

Thierry war froh, dass dieser Abend noch nicht enden würde. Er ließ sich begeistert mit Sebastien aufs Bett fallen und zog ihn auf sich. „Und was hast du noch für mich geplant?“

„*Geplant* hatte ich gar nichts“, meinte Sebastien. „Ich wollte dir nur helfen, dich etwas zu entspannen.“

„Mit Erfolg“, schnurrte Thierry. „Aber du hast gesagt, das wäre noch nicht alles. Also was hast du jetzt vor?“

Sebastien schüttelte nachsichtig den Kopf und küsste Thierry hinters Ohr. „Ich habe Hunger.“

Thierry reagierte sofort. Er ließ den Kopf in den Nacken fallen und bot Sebastien seinen Hals an. Dann hob er die Hüften und suchte Kontakt. Als er das Handtuch um Sebastiens Hüfte spürte, zischte er leise und zog es zur Seite. Er wollte nichts zwischen ihnen fühlen, wenn ihre Körper sich berührten. „Bediene dich.“

Sebastien erstarrte. Thierry würde ihn nicht aufhalten, wenn er einfach über ihn herfiel, die Zähne in seinen Hals schlug und seinen Hunger stillte. Aber sein Verantwortungsbewusstsein hielt ihn zurück. Thierry nahm morgen an dem Rite d'équilibrage teil und würde alle seine Kraft brauchen, um die Bedrohung durch die Elementarkräfte zu bekämpfen. Sebastien wollte nicht, dass Thierry sich dieser Herausforderung geschwächt und ausgelaugt stellen musste. Trotzdem brauchte er Blut, um seine Immunität gegen die Sonnenstrahlen nicht zu verlieren. Außerdem hatte er Hunger und konnte daher nicht warten, bis sich Thierry nach dem Ritual wieder erholt hatte. Wenn er jetzt nicht trank, würde er fremdes Blut brauchen, und dieser Gedanke war ihm unerträglich. Sebastien musste die richtige Balance finden – genug trinken, um einige Tage durchzuhalten, bis Thierry sich wieder erholt hatte, aber nicht so viel, um Thierrys Teilnahme an dem Ritual zu gefährden.

„Sebastien?“, fragte Thierry, der Sebastiens Zögern nicht verstand.

„Immer so in Eile", scherzte Sebastien. Er wollte nicht zugeben, wie sehr sein Instinkt, Thierry zu besitzen und zu beschützen, ihn zurückhielt. Sebastien wusste, dass Thierry ihn begehrte. Das hatte er unter der Dusche gerade zweifelsfrei bewiesen. Aber sie hatten keine Verpflichtungen jenseits der Allianz. Vielleicht würde das noch kommen, doch heute Nacht wollte Sebastien sich nicht mit Spekulationen aufhalten. Nach dem Ritual, wenn sie Geliebte im wahrsten Sinne des Wortes waren – und vorausgesetzt, Thierry wollte es dann noch –, konnten sie weitersehen und entscheiden, was aus ihrer Beziehung wurde. Sebastien senkte den Kopf und leckte Thierry zärtlich über den Hals. Er war bereits von kleinen Bisswunden übersät. Thierrys Hingabe erregte ihn und er wurde wieder hart. Es war lange her, seit er das letzte Mal so regelmäßig getrunken hatte. Damals hatte ein Aveu de Sang es ihm ermöglicht. Aber das durfte er nicht vergleichen, denn es wäre sowohl seinem Avoué als auch Thierry gegenüber nicht fair. Er hob den Kopf. „Kannst du etwas tun, um die Wunden schneller heilen zu lassen?", wollte er wissen. „Ich hasse es, wenn deine Haut so zerbissen ist."

Thierry fuhr ihm mit den Fingern durch die Haare. „Ich nicht", erwiderte er. „Ich werde gerne daran erinnert, dass du mich gebissen hast."

Sebastien stöhnte und kämpfte dagegen an, seinen Schwanz genauso tief in Thierry zu versenken wie seine Zähne. „Sag das nicht", murmelte er tadelnd.

„Warum nicht?", fragte Thierry lächelnd. „Hast du Angst, die Beherrschung zu verlieren und über mich herzufallen?"

Sebastien knurrte tief, fasste Thierry an den Haaren und zog seinen Kopf zur Seite. Dann bohrte er die Zähne tief in Thierrys verführerisches Fleisch. Heißes Blut strömte ihm in den Mund und verwirrte seine Sinne. Sebastiens wild schwankende Gefühle vermischten sich mit Thierrys Begehren, bis er zwischen sich und Thierry nicht mehr zu unterscheiden vermochte. Nur eines wusste Sebastiens noch – sein Verlangen nach diesem Mann wurde von Tag zu Tag stärker.

Thierry schnappte vor Freude nach Luft, als Sebastiens Zähne sich in seine Haut bohrten. Er bog den Rücken durch und suchte die vertraute Nähe zu Sebastiens schlankem Körper, der sich an ihn presste. Stöhnend rieb er sich an der nackten Haut seines Partners. Obwohl Thierry erst vor wenigen Minuten einen überwältigenden Höhepunkt erreicht hatte, war er schon wieder aufs Äußerste erregt. Die Kombination von Sebastiens nacktem Körper mit den scharfen Zähnen und weichen Lippen an seinem Hals – es war ein unvergleichliches Gefühl und Thierry war froh, es endlich zum ersten Mal zu erleben. Als Sebastien ihm mit der Hand über den Rücken streichelte, erschauerte er genussvoll. Dann fühlte er die Hand über den Rücken nach unten gleiten, über seinen Hintern und zwischen seine Beine. Ein Finger drückte sanft zu und fuhr nach oben zwischen seine Arschbacken. Thierry zitterte vor Erregung. „Fick mich."

Sebastien unterbrach seinen Biss und hob den Kopf, um Thierry in die Augen zu sehen. „Noch nicht."

Thierry stöhnte frustriert. „Wann?", krächzte er.

„Wenn das Ritual vorbei ist und du dich wieder erholt hast", versprach Sebastien. „Ich kümmere mich um dich, aber lass es mich heute noch anders machen."

Thierry nickte zustimmend und ließ den Kopf wieder auf die Matratze fallen, als er Sebastiens Mund an seinem Hals spürte. Die scharfen Vampirzähne glitten wieder in die frischen Wunden und die aufreizenden Finger nahmen ihre erregenden Zärtlichkeiten wieder auf. Sebastien fluchte innerlich, weil er nicht an ein Gleitmittel gedacht hatte, um seinen Finger in Thierrys Körper schieben zu können. Er überlegte, ob er ihn stattdessen in Thierrys Mund schieben sollte, damit sein Partner ihn ablecken konnte. Wenn Thierry erfahrener gewesen wäre, hätte Sebastien nicht gezögert, es zu tun. Aber er wollte seinen Magier nicht überfordern und ihm die Freude an ihren Erkundungen nehmen. Er sehnte sich viel zu sehr danach, sich in Thierrys warmem Körper zu versenken, und zwar nicht nur einmal. Deshalb wollte er nicht riskieren, dass der Magier seine Meinung wieder änderte.

Thierry war weit davon entfernt, seine Meinung wieder zu ändern. Sebastiens Finger streichelte und massierte ihn, drückte sich an seinen Schließmuskel, bis Thierry nicht mehr still liegen konnte und ihn am liebsten in sich hineingezogen hätte. Das letzte, woran er dachte, waren so profane Dinge wie Gleitmittel. Er rieb sich an Sebastien, ständig auf der Suche nach mehr. Er stützte sich mit den Füßen auf dem Bett ab, presste sich abwechselnd an Sebastiens Körper und diesen Finger, der ihn unweigerlich um den Verstand brachte. Die wachsende Erregung schoss ihm durch die Adern und würzte sein Blut.

Sebastien musste es nicht erst in Thierrys Blut schmecken, um zu wissen, dass der Magier mehr wollte. Er drückte den Finger tiefer in Thierry hinein, hörte aber auf, als Thierry die Luft anhielt. Weiter ging es nicht ohne Gleitmittel. Dann saugte er fester an Thierrys Hals, bis die doppelte Stimulation Thierry in den erlösenden Orgasmus katapultierte. Sebastien fühlte die warme Feuchtigkeit an seiner Hüfte, saugte noch einmal an Thierrys Hals und lies sich von dem explosiven Geschmack im Blut seines Geliebten ebenfalls über die Klippe stoßen. Vorsichtig zog er die Zähne zurück und leckte über die Wunden, um sie zu verschließen. Dann legte er den Kopf auf Thierrys Schulter.

„Besser?", fragte er, als er wieder normal atmen konnte.

Thierry lachte nur leise. „Ja. Aber jetzt habe *ich* Hunger."

5

ORLANDO WUSSTE nicht, wie oft er in der letzten Stunde schon auf die Uhr geschaut hatte. Noch vierzehn Stunden und zwölf Minuten. In vierzehn Stunden und zwölf – nein, elf – Minuten würden sie am Eiffelturm eintreffen, um die Zerstörung des Wahrzeichens von Paris zu verhindern. In vierzehn Stunden und … zehn Minuten würden sie ihr Leben aufs Spiel setzen für ein Gebäude aus Metall. Sicher, der Turm war ein Symbol. Aber er war eben auch nur ein Gebäude. Orlando wusste genau, was Alain darüber sagen würde – dass es nicht nur um das Gebäude ging und dass dort auch Menschen wären, Touristen, Angestellte und unschuldige Passanten, die ihren Schutz bräuchten. Orlando interessierte sich nur für einen von ihnen, und das war Alain. Alain, der seinen Leuten ein Beispiel sein wollte und deshalb in der Vorhut kämpfen würde, anstatt aus dem Hintergrund Befehle zu geben. In vierzehn Stunden und … acht Minuten würde er Alain in die Schlacht folgen, um ihn vor den dunklen Magiern zu beschützen. Es war so wenig, was er gegen sie tun konnte. Orlando wusste, dass Alains bester Schutz fehlen würde, weil Thierry zur gleichen Zeit sein Leben aufs Spiel setzte, um die Elementarkräfte wieder ins Gleichgewicht zu bringen. Und das wusste Alain und es würde ihn ablenken, würde ihn noch gefährlicheren Risiken aussetzen. In vierzehn Stunden und …

„Orlando."

Orlando riss den Blick von der Uhr los und sah seinen Geliebten fragend an.

„Hör auf, dir Sorgen zu machen. Der nächste Tag kommt schnell genug."

Orlando lachte humorlos. „Das sagst du so einfach. Ich habe dich doch gerade erst gefunden. Der Gedanke, dich schon wieder zu verlieren …"

Alain schüttelte den Kopf. „So darfst du nicht denken. Ja, ich könnte bei dem Kampf morgen ums Leben kommen. Aber ich könnte auch von einem Auto überfahren werden, bevor wir überhaupt am Eiffelturm ankommen. Das Leben ist voller Risiken und Gefahren. Wir müssen uns darauf beschränken, den Augenblick zu genießen, sonst wird die Furcht uns lähmen." Er zog den Vampir in die Arme. „Ich liebe dich. Nichts außer dem Tod wird uns jemals trennen." Er rollte sich auf den Rücken und zog Orlando mit sich.

Orlando sah in die blauen Augen seines Geliebten und wusste, dass Alain sein Versprechen ernst meinte. Er musste es nicht erst in Alains Blut schmecken, um es zu wissen. Stöhnend beugte er sich zu seinem Gefährten hinab und küsste ihn liebevoll auf den Mund. Er nahm sich Zeit, den unvergleichlichen Geschmack Alains auszukosten, küsste ihn zärtlich, aber gründlich und spielte mit Alains Zunge. Dann erkundete er ihn, seine Zähne, sein Gaumen, jeden Winkel von Alains Mund. Er spürte, wie Alains Körper reagiert und sich unter ihm zu regen begann. Orlandos Schwanz war auch schon steinhart. Die Angst um Alain weckte das Bedürfnis in ihm, seinen Geliebten zu besitzen und ihm zu beweisen, dass nichts, aber auch gar nichts sie trennen konnte. Was immer morgen auch passierte, heute Nacht waren sie zusammen. Orlando sehnte sich instinktiv danach, diesen Anspruch auf zweifache Weise zu bestätigen und die Zähne in den Hals seines Avoué zu schlagen, während er ihn liebte. Aber er verdrängte diesen Instinkt aus Furcht, die Kontrolle zu verlieren und Alain zu verletzen. Das könnte er sich nie verzeihen. Orlando wusste genau, dass Alain sich nicht verweigern würde, dass er sich sogar danach sehnte, und dieses Wissen machte die Versuchung nur noch verführerischer. Aber es bestärkte ihn auch in seiner Entschlossenheit, sich zu beherrschen und ihr nicht nachzugeben. Er durfte nicht zum Höhepunkt kommen, solange er noch die Zähne in Alains Hals hatte. Er konnte seinen Biss nur benutzen, um die Leidenschaft seines Geliebten anzufeuern. Orlando hoffte von Herzen, damit sowohl seinen Instinkt als auch Alains Verlangen befriedigen zu können.

Nachdem er sich entschieden hatte, ließ er die Lippen über Alains Hals gleiten und legte sie auf das Brandmal, das ihren Bund besiegelte. Jeder Vampir im Cour wusste, dass Alain zu ihm gehörte, auch wenn der Rest der Welt es nie ganz verstehen würde. Orlando konnte immer noch nicht glauben, dass Alain sich freiwillig an einen Verdammten gebunden hatte. Irgendwann in den letzten Tagen hatte er jedoch damit aufgehört, es infrage zu stellen. Er wusste in seinem Innersten, dass Alain sein Versprechen ernst meinte. Nur der Tod konnte den Magier noch von Orlandos Seite reißen. Überwältigt von seiner Liebe zu Alain bereitete er die Haut auf seinen Biss vor. Dann schlug er die Zähne in Alains Hals, direkt über dem Symbol des Aveu de Sang, der sie für immer miteinander verbunden hatte.

Alain schnappte überrascht nach Luft und krallte die Hände ins Bettlaken, als Orlando so unvermutet zubiss. Er spürte Orlandos saugenden Mund direkt über dem Mal an seinem Hals und drehte den Kopf zur Seite, damit Orlando besser trinken konnte. Sein Körper wurde von der Leidenschaft überwältig und sein Verstand setzte aus. Er konnte nicht mehr reagieren, ließ nur noch mit sich geschehen. Orlando hatte komplett die Initiative übernommen und ihn in eine Ekstase versetzt, die ihn zu überwältigen drohte. Alain ergab sich den Gefühlen, die Orlando in ihm weckte und hoffte, sich eines Tages dafür revanchieren zu können. Bis dieser Tag kam, musste er sich auf das beschränken, was Orlando akzeptieren konnte. Und so egoistisch Alain sich dabei auch vorkam, es fiel ihm nicht schwer, sich einfach zurückzulegen und von Orlando lieben zu lassen.

Der Geschmack von Alains Blut hatte eine atemberaubende Vielfalt. Sie stillte nicht nur Orlandos Hunger, sondern heilte auch sein Herz. Er konnte die Leidenschaft auf der Zunge spüren, die zwischen ihnen aufflammte, wenn sie so zusammen lagen. Alain hatte sich nach dem Duschen ein Handtuch um die Hüfte gewickelt und Orlando trug noch seine Hose, aber die dünnen Lagen Stoff konnten ihre Erregung nicht eindämmen.

Orlando fuhr Alain mit den Fingern durch die Haare und ertastete die Konturen seines Gesichts. Dann blieben sie auf der Narbe an Alains rechter Wange liegen. Er fragte sich, woher sie stammte. Als er sie das erste Mal bemerkt und danach gefragt hatte, war Alain einer Antwort ausgewichen.

Alain ließ das Laken los, legte eine Hand auf Orlandos Kopf und drückte ihn an seinen Hals, um ihn zu ermutigen, mehr zu trinken. Seine Berührung war sanft, mehr zärtlich als fordernd, weil er sich noch gut an die Worte erinnern konnte, mit denen Orlando ihm von den Grausamkeiten seines Schöpfers berichtet hatte. Trotz seiner Vorsicht spürte Alain, wie Orlandos Körper sich leicht anspannte. Alain summte leise und flüsterte ihm leise Liebkosungen ins Ohr, um ihn in die Gegenwart zurückzuholen und ihn daran zu erinnern, mit wem er zusammen war.

Langsam entspannte sich Orlando wieder und streichelt Alain über den Arm. Die zärtlichen Berührungen zeigten Alain, dass Orlando wieder bei ihm war. Er legte vorsichtig den Arm um Orlandos Schulter und streichelte ihm über die nackte Hand. Dann hob er den Kopf und sah seinen Geliebten an. Orlando war ein wunderbarer Anblick mit seinem nackten, schlanken Oberkörper und den langen Beinen, die immer noch in der dunklen Hose steckten. Alain stieg das Blut in die Wangen vor Erregung. Er spürte Orlandos Hand, die seinen Arm losließ und ihn an der Hüfte fasste, um das Handtuch zur Seite zu ziehen. Sie rieben sich aneinander und Alain ließ den Kopf wieder aufs Kissen fallen. Ein lautes Stöhnen kam über seine Lippen, so sehr fühlte er sich von seinem Vampir geliebt. Selbst die Erinnerung an die ersten Monate mit Edwige, als er und sie noch frisch verliebt waren, verblasste vor den Gefühlen, die Orlando in ihm auslöste. „Ich liebe dich", keuchte er, atemlos und überwältigt vor Liebe.

Orlando hob den Kopf und sah ihm tief in die Augen. Sein Gesicht war rot vor Leidenschaft. Ohne darauf Rücksicht zu nehmen, wie Alain auf den Geschmack seines eigenen Blutes in Orlandos Mund reagieren würde, senkte er den Kopf, um ihn zu küssen. „Ich brauche dich so sehr", stöhnte er.

„Ich bin doch bei dir", versicherte ihm Alain und bedeckte seinen süßen Mund mit kleinen Küssen. Sie umarmten sich und ihre Zungen spielten miteinander. Alain konnte das Blut auf Orlandos Zunge schmecken und wusste, wie es dorthin gekommen war. Es war ein berauschender Geschmack, ganz so, wie Orlando ihn immer beschrieben hatte. Alain hatte sich in den letzten beiden Wochen, nachdem er seine Vorurteile über Vampire aufgegeben hatte, sehr verändert. Er machte sich schon lange keine Gedanken mehr darüber, was diese Veränderungen für ihn bedeuteten. Es war wie ein Wunder, das er nie vergessen wollte. „Ich werde immer bei dir sein."

Orlando drückte sich mit dem Gesicht an Alains Hals, weil er seinem Geliebten den Schmerz nicht zeigen wollte, den er bei diesen Worten empfand. Eines Tages würde der Tod ihm Alain rauben. Es war unvermeidlich. Alain konnte sein Versprechen nicht halten, auch wenn Magier eine höhere Lebenserwartung hatten als normale Menschen. Selbst wenn sie beide diesen Krieg überlebten, wenn die Milice die dunklen Magier besiegte … Eines Tages würde der Tod kommen und sie für immer trennen. Orlando biss sich auf die Lippen, um nicht laut zu schluchzen. Voller Verzweiflung zog er den Gürtel aus der Hose, zerriss dabei noch eine Schlaufe, und zerrte sich das lästige Kleidungsstück vom Leib.

Alain keuchte überrascht, als Orlando plötzlich vollkommen nackt auf ihm lag. Er konnte seine Leidenschaft, die durch den Biss des Vampirs schon geweckt worden war, jetzt kaum noch zügeln. „Bitte", bettelte er verzweifelt.

Orlando ließ sich nicht zweimal bitten und kniete sich über Alains Beine. Bisher hatte er seine Hände nur benutzt, um sich und Alain durch seine zärtlichen Berührungen zu beruhigen. Jetzt wollte er seinen Geliebten überall fühlen. Er streichelte Alain über jede sensible Stelle, die er kannte – an den Brustwarzen, auf dem Bauch, an den Oberschenkeln. Alain reagierte so, wie Orlando es erwartet und sich gewünscht hatte. Er krümmte und wand sich unter Orlandos Händen wie elektrisiert.

Nur mit Mühe hielt Orlando seine Zähne unter Kontrolle, als er sich über Alain beugte und ihn von der Schulter bis zur Brust mit Küssen bedeckte. Er nahm einen der kleinen, steifen Nippel in den Mund und saugte daran, während er Alain über die Beine streichelte und sich so von oben und unten gleichzeitig seinem Ziel näherte.

Orlando hatte Alains Blut geschmeckt und wusste, welche Gefühle in seinem Geliebten schlummerten. Aber er wollte auch Alains Haut, seinen Schweiß und seinen Samen schmecken. Er wollte alles schmecken, auch wenn er den Geschmack durch seine begrenzten Sinne nur erahnen konnte.

Alain war von Orlandos Leidenschaft so überwältigt, dass er nur mühsam mithalten konnte. Jedes Mal, wenn er sich soweit gefangen hatte, dass er Orlando ermutigen oder sich bei ihm revanchieren wollte, schien es schon wieder zu spät zu sein. Auch wenn sein Herz ihn dazu drängte, Orlando etwas zurückzugeben – er war machtlos. Ihm blieb nichts anderes übrig, als Orlandos Zärtlichkeiten hinzunehmen. „So wunderbar", flüsterte er und beschränkte sich auf Worte, als die Taten ihn im Stich ließen.

„Gut", murmelte Orlando und küsste ihn auf den Bauch. „So soll es auch sein." Er saugte an Alains Hüfte und erfreute sich an der Reaktion, die er damit hervorrief.

„Bitte!", rief Alain, weil er es nicht mehr aushalten konnte, Orlandos Mund so nah an seinem Schwanz zu fühlen, ohne dort auch berührt zu werden. „Blas mich!"

„Gleich", versprach Orlando. Ihm lief ein Schauer über den Rücken, als er Alains raue Stimme hörte. „Wenn ich soweit bin."

„Du hast ja keine Ahnung, was du mit mir anstellst, oder?", fragte Alain, als er Orlandos Reaktion spürte. Wenn er Orlando mit seinen Worten ermutigen konnte, dann wollte er so lange reden, bis er keinen zusammenhängenden Satz mehr über die Lippen brachte. „Kannst du dir vorstellen, wie ich mich fühle?"

„Sag es mir", forderte Orlando ihn auf und fuhr ihm mit der Zunge über die Lenden.

„Als ob ich über Wasser gehen oder fliegen könnte", keuchte Alain. „Jede Berührung von dir entflammt mich und macht mich unbesiegbar. Wenn du mich küsst, fühle ich mich wie Don Juan, Cyrano de Bergerac, Romeo und d'Artagnan in einer Person."

„Das bist du auch. Das und mehr", erwiderte Orlando. Seine Hände waren mittlerweile oben angekommen und während er die eine unter Alains Hoden schob, fasste er ihn mit der anderen um den Schwanz und führte ihn an seine Lippen. Dann leckte er die Tropfen von der Spitze ab.

Alain sah Orlando zu, der mit feucht glänzenden Lippen über ihm hockte. Der Anblick jagte eine Welle der Lust durch seinen Körper. „Küss mich", flüsterte er.

Orlando erfüllte ihm die Bitte und legte sich der Länge nach auf ihn. Ihre Lippen berührten sich und sie trafen sich zu einem Kuss, so tief wie der magische Bund, der ihre Seelen für immer vereinte.

Aber so erregend der Kuss auch war, sie brauchten mehr. Ein Kuss allein konnte ihre Lust nicht mehr stillen. Orlando hob den Kopf und leckte Alain über die Bisswunden am Hals, aus denen kleine Blutstropfen hervorquollen. Der Aveu de Sang würde sie in wenigen Stunden heilen, bis nichts mehr von ihnen zu sehen war. Orlando war versucht, noch mehr zu trinken, aber er war satt und wollte durch seine Gier nicht Alains Gesundheit gefährden. Doch die Lust und Liebe, die er in Alains Blut schmecken konnte, lockten ihn an und zogen ihn in ihren Bann wie der Gesang einer Sirene.

Alains Finger fanden ihren Lieblingsplatz in Orlandos Haaren. Orlando zuckte nicht einmal zusammen. Alain war glücklich darüber, denn es gab ihm Hoffnung. Vielleicht würde Orlando eines Tages auch andere Zärtlichkeiten akzeptieren können, die im Moment immer noch schlechte Erinnerungen in ihm weckten und ihm Angst machten. Alain streichelte seinem Geliebten mit der anderen Hand über den Rücken, um langsam eine mehr aktive Rolle einzunehmen. Aber Orlando fasste kopfschüttelnd nach der Hand und drückte sie über Alains Kopf auf die Matratze.

Alain akzeptierte Orlandos Reaktion. Was immer sie auch taten – jede Berührung war ein Zeichen ihrer Liebe und Zuneigung. Und was Alain nicht mit seinem Körper ausdrücken konnte, musste er eben mit seinen Worten sagen. „Weißt du, was ich am allerliebsten habe?", flüsterte er.

„Was?", fragte Orlando und sah ihm in die Augen.

„Wenn ich deine Lippen an meinem Hals spüren kann", sagte Alain. „Wenn sie das Mal an meinem Hals berühren. Von dort nimmt alles seinen Anfang. Nichts ist schöner für mich."

Orlando lächelte zärtlich, stützte sich mit den Händen auf Alains Brust ab und küsste ihn auf das Brandmal. Er massierte die harten Muskeln und rieb über die steifen Nippel.

Alain keuchte. „Aber das ist auch nicht schlecht."

„Das?", fragte Orlando und wiederholte die Berührung.

Alain nickte. „Fühlt es sich für dich auch so gut an, wenn ich deine Nippel berühre?", fragte er. Seine Stimme klang heiser vor Erregung.

Orlando wurde rot und senkte schüchtern die Augen. Es war ihm peinlich, über solche intimen Details zu reden, aber Alains Stimme entlockte ihm eine Antwort. „Alles fühlt sich gut an, wenn du es bist."

Warum erlaubst du mir dann nicht mehr?, dachte Alain, aber laut sagte er: „Dann zeige mir, wie ich dich berühren soll." Er wollte diesen wunderbaren Augenblick zwischen ihnen nicht durch eine Auseinandersetzung gefährden.

Orlando zögerte mit einer Antwort. Er war hin- und hergerissen, wollte einerseits Alains Wunsch erfüllen, ihn aber andererseits auch wieder berühren. Das Verlangen in Alains Miene gab schließlich denn Ausschlag. Orlando schloss die Augen und ließ die Hände über seine Brust gleiten. Er streichelte sich und ließ die Fingerspitze sanft um seine Nippel kreisen. Die Berührung erregte ihn und sein Atem ging schneller. Er fühlte Alains Blick auf sich gerichtet und die Spannung zwischen ihnen nahm zu, während er sich auf sein eigenes Vergnügen konzentrierte. Vorsichtig nahm er seine Nippel zwischen die Finger und drückte zu. Es gefiel ihm und er kniff fester zu, entdeckte langsam die Freuden, die ihm sein eigener Körper schenken konnte. In den Jahren, seit Jean ihn aus den Klauen seines Schöpfers befreit hatte, hatte Orlando sich oft selbst befriedigt. Aber es war immer eine verstohlene, hastige Angelegenheit gewesen, als hätte er Angst gehabt, dabei beobachtet und für seine Bedürfnisse ausgeschimpft zu werden. Alains liebevoller, verlangender Blick ließ die Ängste und Zweifel verschwinden. Orlando konnte frei sein und es genießen.

„Du siehst zum Anbeißen aus", flüsterte Alain. „Ich könnte die ganze Nacht hier liegen und dir zusehen – wenn ich dich nur berühren dürfte. Bitte, Orlando. Lass mich dich berühren."

Orlandos Finger verweilten noch auf seinen Brustwarzen, aber er schüttelte den Kopf. „Sag mir, was ich tun soll."

Alain seufzte innerlich und griff wieder nach dem Laken, um seine Hände von Orlando fernzuhalten. „Lass die eine Hand da, wo sie jetzt ist", sagte er. „Mach das, was sich am besten anfühlt. Nimm die andere Hand, um dich zu streicheln. Langsam. Es ist wunderbar, wenn du mich so berührst. Ich will, dass du dich auch so gut fühlst. Zeig mir, wie ich dich anfassen soll, wenn du soweit bist und es mir erlaubst."

Orlando hatte ein beklemmendes Gefühl in der Brust, weil er Alain immer noch so viel verweigerte. Er wünschte sich, er könnte seine Ängste einfach ignorieren. Aber er wusste auch, dass es zu nichts Gutem führen konnte. Er wollte am Vorabend der Schlacht kein Missverständnis, keinen Streit riskieren, der sie morgen ablenken und gefährden konnte. Er schloss die Augen und ließ den Kopf in den Nacken fallen. Dann legte er die Hand um seinen harten Schwanz und bewegte sie langsam auf und ab.

Alain sah fasziniert zu und merkte sich alles – jede Bewegung, die Geschwindigkeit, den Rhythmus, einfach alles. Dann konnte er sich nicht mehr zurückhalten, griff nach seinem eigenen Schwanz und machte es Orlando nach. „Mach die Augen auf. Schau mich an, Orlando."

Orlando öffnete die Augen. Sie glänzten vor Erregung. „Ich will dich berühren."

„Ich halte dich nicht auf", sagte Alain. „Ein Wort genügt, und ich nehme die Hand weg. Ich gehöre dir. Du musst es mir nur sagen."

„Nimm die Hand weg."

Alain ließ sofort los und legte sich wieder zurück. Dann wartete er gespannt darauf, was Orlando tun würde. Der Vampir streckte zögernd die Hand nach ihm aus. Es war fast, als würde er daran zweifeln, ihn berühren zu dürfen, als könnte er nicht glauben, dass Alain es sich wirklich wünschte.

„Was immer du willst, Orlando. Ich gehöre dir", wiederholte Alain.

Orlandos Mund verzog sich zu einem Lächeln. Dann senkte er den Kopf und saugte zärtlich an Alains Hals. „Ich will in dir sein."

„Worauf wartest du?", fragte Alain. Ihm brach fast die Stimme. Gott, wie sehr er Orlando begehrte! Er spreizte die Beine und zog die Knie an, um Orlando in sich aufnehmen zu können.

Orlando konnte plötzlich nicht mehr warten. Er griff nach der Flasche mit dem Gel und bereitete Alain in aller Eile vor. „Mach schon", drängte Alain.

Seine raue, heisere Stimme ließ Orlando alle Vorbehalte und Ängste vergessen. Er konnte hören, dass Alain genauso erregt war wie er selbst, dass er auch nicht mehr warten konnte. Mit einem langen, tiefen Stoß versenkte er sich in Alains Körper und vereinigte sich mit seinem Geliebten. „Ich liebe dich", flüsterte er und küsste ihn auf das Mal an seinem Hals.

„Ich liebe dich auch", keuchte Alain und bog den Rücken durch, um sich Orlandos Stößen anzupassen. Nach dem Biss und ihrem Spiel stand er bald an der Schwelle zum Orgasmus.

„Komm für mich", befahl Orlando und fasste zwischen ihre Körper nach Alains Schwanz. „Ich kann nicht mehr lange warten."

„Dann lass es", erwiderte Alain, der schon am ganzen Körper bebte. „Lass dich gehen und nimm mich mit."

Orlandos Stöße gerieten außer Kontrolle, dann zuckte er zusammen und wurde von einem mächtigen Orgasmus erschüttert. Kaum war er über Alain zusammengebrochen, zeigte sich die Wirkung von Orlandos Stößen auf die Prostata des Magiers und er kam ebenfalls zum Höhepunkt.

Vorsichtig legte Alain die Arme um Orlando und drückte ihn an sich. „Eines Tages …", flüsterte er ihm ins Ohr. „Eines Tages werde ich an der Reihe sein. Und dann wirst du genauso wild sein vor Erregung wie ich es immer bin. Eines Tages wirst du mir genug vertrauen, und dann zeige ich dir, wie gut es sich anfühlt, so berührt und geliebt zu werden."

Orlando zuckte leicht zusammen, blieb aber in Alains Armen liegen. Er sehnte sich danach, Alains verführerische Worte in die Tat umzusetzen. Er wollte endlich frei sein von den Fesseln seiner Vergangenheit, wollte endlich Alains Zärtlichkeiten ohne Angst und Zögern akzeptieren können, wollte seinen eigenen Wünschen nicht mehr im Wege stehen. Er schmiegte sich mit dem Gesicht an Alains Hals, wo nur noch zwei kleine, rote Punkte zu sehen waren, die bis morgen auch verschwunden wären. Aber das Brandmal, das Symbol ihres Aveu, würde sie immer verbinden.

Orlando fühlte, wie Alain sich unter ihm entspannte und einschlief. Er rollte sich zur Seite, um seinen Geliebten nicht zu stören. Alain musste ausgeruht sein, denn in zwölf Stunden und vierzig Minuten begann der Kampf um den Eiffelturm. In zwölf Stunden und … neununddreißig Minuten mussten sie um ihr Recht auf Leben und Liebe kämpfen. In zwölf Stunden und … achtunddreißig Minuten würden sie Seite an Seite stehen und sich gegen die Rebellen verteidigen. In zwölf Stunden und … siebenunddreißig Minuten würde sich entscheiden, wer diese Schlacht überlebte und wer nicht.

6

Am Morgen von Samhain versammelten sich die Freiwilligen für das Rite d'équilibrage um neun Uhr im Salle des Cartes. Raymond sah sich im Raum um und ging in Gedanken die Details des Rituals durch, um die einzelnen Teilnehmer am sinnvollsten einsetzen zu können. Hinter ihm unterhielten sich Jean und Marcel. Thierry sah ihn von der anderen Seite des Raums nachdenklich an, während sein Partner ihm nicht von der Seite wich. Raymond nahm sie kaum zur Kenntnis und konzentrierte sich ganz auf ihr bevorstehendes Unternehmen. Er hatte die Verantwortung dafür übernommen, die Energie der versammelten Magier zusammenzuführen. Jede Ablenkung, jede Störung konnte fatale Folgen haben. Das konnten sie sich nicht leisten. Unglücklicherweise war Raymonds Partner allein durch seine Anwesenheit schon eine Ablenkung, obwohl der Magier alles getan hatte, um Jean aus seinen Gedanken zu verbannen. Nachdem sie alle Vorbereitungen getroffen hatten und bereit waren, zu dem unterirdischen See der Opéra Garnier aufzubrechen, kreisten Raymonds Gedanken nur noch um Jean Bellaiche.

Raymond hatte versucht, den Vampir davon zu überzeugen, dass seine Anwesenheit bei dem Ritual nicht nötig wäre und er für die Magier, die noch nicht an ihn gewöhnt waren, sogar eine Ablenkung darstellen würde. Die Wahrheit war, dass Jean für ihn selbst eine Ablenkung war. Raymond schaffte es einfach nicht, Jean aus den Augen zu lassen, wenn sie sich im gleichen Raum aufhielten. Wenn sie getrennt waren, war es sogar noch schlimmer. Dann war sein Bedürfnis, den Vampir zu sehen, so groß, dass er zunehmend nervös und unleidlich wurde. Jean hatte ihn genauso aus dem Gleichgewicht gebracht, wie der Krieg die Elementarkräfte. Raymond konnte nur hoffen, dass das Ritual ihn auch genauso stabilisieren würde. Er musste eine Möglichkeit finden, dieses irrationale Verlangen nach seinem Partner unter Kontrolle zu bekommen, sonst würde er noch irgendeinem armen Idioten den Kopf abschlagen oder sich in einem Anfall von Wahnsinn in die Seine stürzen.

Bei der Ironie des Gedankens musste er grinsen. Als er vor zwei Jahren Serriers Rebellen verlassen hatte und sich nicht sicher war, ob Marcel ihm Glauben schenk würde, hatte er ernsthaft darüber nachgedacht. Damals hätte er sein Leben lieber beendet, als es im Gefängnis zu verbringen oder in Serriers Folterkammer zu landen. Aber sein Selbsterhaltungstrieb hatte schließlich gesiegt. Er hatte sich Marcel ausgeliefert und auf dessen Gnade gehofft. Der alte Magier hatte ihn nur einmal kurz angesehen, dann hatte er ihn in ihren Reihen akzeptiert. Raymond hatte seine Entscheidung nie bereut und all sein Wissen, all seine Macht in den Dienst der Milice gestellt.

Jetzt zahlte sich das endlich aus. Seine eigenen Bemühungen und die geheimnisvolle Beziehung ihrer Partnerschaft, die ihn mit dem Chef de la Cour verband, hatten ihm endlich einen anerkannten Platz in der Milice und der Allianz gesichert. Selbst Alain und Thierry, die noch vor wenigen Wochen an seiner Loyalität gezweifelt und das bei jeder passenden Gelegenheit deutlich gemacht hatten, hörten jetzt auf Raymonds Meinung und nahmen seine Vorschläge ernst. Das Ritual und die Rolle, die er darin spielen würde, waren die Bestätigung dafür. Raymond war der Dreh- und Angelpunkt des Rituals. Von ihm hingen Erfolg oder Misserfolg ab. Die anderen Magier, selbst Dumont, waren im Vergleich dazu nur Statisten. Lediglich Thierry hatte als Raymonds Stellvertreter eine wichtige Funktion, weil er einspringen musste, falls Raymond selbst ausfiel.

„Sind alle da?", fragte Marcel, der an Raymonds Seite aufgetaucht war.

Raymond nickte. „Fünfzig Freiwillige, alle anwesend und registriert. Wir müssen uns nur noch auf den Weg machen und anfangen. Bei Sonnenaufgang beginnt das Äquinoktium. Wir vergeuden hier nur Zeit."

„Dann nutze sie", sagte Marcel.

„Ich schicke jemanden zurück, bevor die Patrouillen zum Eiffelturm aufbrechen. Dann wisst ihr über den Stand der Dinge Bescheid."

„Gut", stimmte Marcel ihm zu. „Alain wird sich wohler fühlen, wenn er weiß, dass es keine Probleme gibt."

Natürlich. Alain durfte sich nicht aufregen. Raymond verkniff sich eine bissige Bemerkung. Er konnte Marcel keinen Vorwurf machen, dass der Alain in bester Verfassung in den Kampf schicken wollte. Dazu war der Eiffelturm zu wichtig. Raymond wandte sich den versammelten Magiern zu und erhob seine Stimme. „Wir treffen uns in zehn Minuten am Ufer des Sees unter der Opéra Garnier", befahl er. Es war das erste Mal, dass der Ort für das Ritual öffentlich genannt wurde. Bisher waren nur Marcel und der innere Führungskreis der Milice darüber informiert gewesen. Obwohl die Spionin noch im Untergeschoss des Hauptquartiers festgehalten wurde, hatten sie sich entschieden, den Ort erst im letzten Moment bekannt zu geben. Sie wollten nicht riskieren, dass Serrier die Zeremonie störte. „Seid pünktlich."

Während die Magier aus dem Raum verschwanden und sich zu dem See transportierten, drehte Raymond sich noch einmal zu Jean um. „Du bist hier sicher, bis ich wieder zurückkomme?", fragte er unnötigerweise.

„Natürlich", versicherte ihm Jean, der seinen Partner am liebsten zum Abschied geküsst hätte. Er hatte nach ihrer leidenschaftlichen Episode nach Raymonds Rückkehr von Réunion noch einmal von Raymonds Blut getrunken. Es war genauso intensiv gewesen, aber viel entspannter. Trotzdem hatte Jean sich nicht getraut, seinen Biss durch Intimitäten zu würzen. Und jetzt war auch nicht der richtige Moment dafür, denn sie standen mitten im Salle des Cartes und verabschiedeten sich vor den Augen der anderen Anwesenden. „Marcel und ich müssen noch über unsere politische Strategie reden. Wir müssen einen Weg finden, um diejenigen Mitglieder des Conseils des Ministres zu überzeugen, die immer noch nicht hinter den Gleichstellungsgesetzen stehen. Wir werden noch hier sein, wenn du zurückkommst."

Raymond schnaubte. „Das kann ich mir vorstellen." Er warf Marcel einen Blick zu. „Pass gut auf ihn auf."

Der General der Milice und der Chef de la Cour sahen sich verwirrt an, aber bevor sie Raymond fragen konnten, wen von ihnen er damit gemeint hatte, transportierte der Magier sich zur Opéra und verschwand aus dem Zimmer.

„Ich werde den Jungen nie verstehen", sagte Marcel kopfschüttelnd.

„Und ich werde mich bei dem Versuch nie langweilen", erwiderte Jean.

Marcel enthielt sich eines Kommentars und grinste heimlich. Raymond war schon viel zu lange allein gewesen. Der alte Magier war froh, dass sein Schützling endlich eine Chance hatte, glücklich zu werden. Natürlich würde Raymond, wenn man ihn danach fragte, alles ableugnen – sowohl seine lange Einsamkeit als seine Zufriedenheit in der Partnerschaft mit Jean. Marcel war es recht. Raymond musste es nicht zugeben; es reichte aus, wenn er es nicht ablehnte.

Tief unter der Stadt versammelten sich die Magier an dem unterirdischen See, der noch unter den Katakomben von Paris lag. Einer nach dem anderen tauchten sie am Ufer auf und verteilten sich rund um den See. Hierher hatte das Phantom der Oper seine geliebte Christine gebracht, und wenn man den Legenden glauben durfte, ging sein Geist hier immer noch um. Raymond hielt nichts von diesem Aberglauben, aber er konnte die geheimnisvolle Macht spüren, die dieser Ort ausstrahlte. Trotz des Sees war die Luft in der Höhle nicht feucht oder stickig. Im Sommer wäre es hier vielleicht empfindlich kühl, aber jetzt, im Spätherbst, waren die Temperaturen vergleichsweise angenehm. Raymond nahm seine Position am Nordufer ein und wartete darauf, dass Thierry ihm gegenüber am Südufer eintraf. Zwischen ihnen verteilten sich die achtundvierzig Magier, bis sie einen magischen Kreis bildeten, der sich an den Himmelsrichtungen orientierte. Die Gruppe bestand aus fünfundzwanzig Männern und fünfundzwanzig Frauen. Sie waren perfekt ausbalanciert, um das magische Gleichgewicht wieder herzustellen, das die Erde beherrschte.

Mit geschlossenen Augen begann Raymond zu singen und seine Magie in das Wasser des Sees zu lenken. Im Uhrzeigersinn fielen die Magier, einer nach dem anderen, in seinen Gesang ein, bis der Kreis geschlossen war und ihre Stimmen sich zu einer vereint hatten. Ihre Magie floss durch die beiden Ankerpunkte und von Thierry zu Raymond, der sie vereinigte und ins Nichts leiten sollte.

Die Ansammlung magischer Macht füllte Raymond. Er konzentrierte sich, um eine Verbindung zur Elementarmacht herzustellen, über die er sie nicht nur beobachten, sondern auch aktiv beeinflussen konnte. Der Kontakt kam zustande.

Die Quelle aller natürlichen und magischen Energie nahm sein Opfer an. Sie saugte so stark an ihm, dass sie ihn fast mit sich ins Nichts zog. Er rang um Atem, als er spürte, wie ihm die Kontrolle über die Verbindung entrissen wurde – nicht von einem anderen Magier, sondern von der Magie selbst. Dann beruhigte er sich wieder und tastete sich langsam an die Verbindung heran, um einen neuen Ansatzpunkt zu finden, über den er seine Unterstützung und Hilfe anbieten konnte. Auf der anderen Seite des Sees sank Thierry auf die Knie und legte den Kopf in die Hände. Mit einem leisen Fluch unterbrach Raymond seine Verbindung und weckte den Magier neben sich aus seiner Trance. „Hol Alain", befahl er barsch und konzentrierte sich wieder auf das Ritual, ohne darauf zu achten, ob und von wem sein Befehl befolgt wurde. Er musste das Ritual abschließen, ob mit Erfolg oder nicht, sonst würden sie Magier an die Elementarmacht verlieren.

Er konnte spüren, wie Thierry gegen die Macht kämpfte, wie er versuchte, seine eigene Magie und die der anderen unter Kontrolle zu behalten, aber die Macht zog ihn tiefer und tiefer ins Nichts. Raymond versuchte, den Sog abzuschwächen, indem er die verfügbare Magie verminderte. Er weckte einen Magier nach dem anderen aus seiner Trance und brach so den magischen Kreis, der sie zusammenhielt. Um die Balance zu erhalten, wechselte er zwischen den Magiern zu seiner Rechten und zu seiner Linken ab. Balance war der Kern des Rituals. Alles, was diese Balance störte, konnte ihm seine Aufgabe nur erschweren. Ein Magier nach dem anderen wurde freigesetzt. Die meisten sanken sofort zu Boden, weil ihre mentalen, körperlichen und magischen Kräfte erschöpft waren, obwohl sie die Elementarmagie kaum tangiert hatten. Schließlich blieben nur noch Thierry und Raymond selbst übrig, die mit einer Macht kämpften, die all ihr Wissen und ihre Erfahrung in den Schatten stellte.

Raymond versuchte, Thierry ebenso zu befreien, wie es ihm mit den anderen gelungen war. Aber Thierry widersetzte sich und blockierte Raymonds Versuch, weil er in seinem eigenen Kampf gegen die Elementarmacht gefangen war. Raymond fluchte, als auch sein zweiter Versuch von Thierry abgewehrt wurde. Dann gab er auf und beschränkte sich darauf, Thierrys schwindende Energie zu erneuern, indem er ihm seine eigene Kraft zur Verfügung stellte. Raymond konnte nur hoffen, dass Alain bald eintraf, sonst würde er hier nur noch ausgebrannte Hüllen vorfinden.

Thierry hatte sich mental und körperlich weggeduckt, als der Ansturm der Elementarmacht über ihn hereingebrochen war und ihn zu überwältigen drohte. Ein Farbenmeer wirbelte um ihn herum und durch ihn hindurch. Es machte jeden Konzentrationsversuch zunichte. Brennende Hitze fuhr durch seinen Körper und verwirrte ihn noch mehr. Erinnerungen an die Nacht mit Sebastien vermischten sich mit dem Gefühl, der Elementarmacht hilflos ausgeliefert zu sein. Thierry versuchte verzweifelt, die Realität von den magisch verursachten Visionen zu trennen. Er hatte das Gefühl, als würden seine Erinnerungen gegen ihn benutzt, um ihn der Kontrolle über seine Magie zu berauben und in diesem Limbo festzuhalten.

Seit er noch ein Junge gewesen war und das erste Mal seine magischen Fähigkeiten entdeckte, hatte er sich seiner eigenen Macht gegenüber nicht mehr so hilflos gefühlt. Alles um ihn herum – Geräusche, Farben, Temperatur – schien ihn von der Realität auszuschließen. Er konnte seinen Wahrnehmungen nicht mehr vertrauen. Thierry versuchte wieder und wieder, sich zu konzentrieren und seine magische Selbstbestimmung gegen diesen Ansturm zu verteidigen. Sein Kontakt zur Außenwelt ließ langsam nach, aber er konnte erkennen, dass die anderen Magier nicht mehr bei ihm waren. Raymond schien sich aus den Fängen der Macht befreit zu haben. Er glaubte auch, Raymonds Magie zu spüren, die ihn erreichen wollte. Aber Thierry vertraute nur noch sich selbst und blockierte den Kontaktversuch. Er wollte nicht einer Täuschung erliegen und als leere Hülle enden, deren magischer Kern ausgelöscht wurde wie ein brennendes Streichholz von einem Sturm.

„Wo ist Alain?", rief Michel Lestrade aufgeregt, als er im Salle des Cartes materialisierte. „Ich muss Alain finden!"

„Was ist passiert?", fragte Marcel erschrocken und kam an seine Seite. Michel war kein sehr mächtiger Magier, aber er neigte auch nicht zu Panikanfällen. „Warum brauchst du Alain?"

„Raymond sagt … Alain holen … Es ist etwas schiefgegangen … mit dem Ritual … Thierry ist … gefangen", keuchte Michel atemlos. Er zitterte immer noch von den wenigen Sekunden, die er selbst in dem magischen Wirbelsturm gefangen gewesen war.

„Was?", rief Sebastien und fasste ihn am Arm, um ihn auf die Beine zu ziehen. „Sag mir, was passiert ist!"

Bevor Michel antworten konnte, kam Alain ins Zimmer gestürmt. „Thierry ist gefangen", japste Michel. Er hatte kaum zu Ende gesprochen, da war Alain auch schon aus dem Raum verschwunden.

Sebastiens warf den Kopf in den Nacken und schrie so laut, dass es von den Wänden widerhallte. Es war ein jammernder Schrei, ein Schrei voller Wut, Angst und Hilflosigkeit. Orlando sah Jean an und konnte das widerwillige Mitgefühl erkennen, das der Chef de la Cour für Sebastien empfand. Er wusste, dass Jean von sich aus nicht tätig werden würde, also ging er selbst zu Sebastien und Marcel. „Kannst du uns zu ihnen transportieren?", fragte er den General.

Marcel sah die beiden Vampire an, sah Orlandos Entschlossenheit und Sebastiens Verzweiflung. Dann nickte er entschieden und transportierte die beiden an die Seite ihrer Partner. Er konnte sich darauf verlassen, dass Alain die Lage im Griff hatte. Aber durch diesen Notfall fiel Alain als Befehlshaber für die Schlacht am Eiffelturm aus. Marcel musste neue Pläne machen. Er drehte sich um und ging an die Arbeit.

„ZUM TEUFEL, was ist hier los?", rief Alain, als er am See materialisierte. Überall am Ufer lagen Magier zusammengebrochen am Boden. Nur Raymond stand noch aufrecht. Selbst Thierry war in die Knie gegangen.

„Er lässt mich nicht helfen", knirschte Raymond. Die Anstrengung, seine Aufmerksamkeit zwischen dem Ritual und Alain aufteilen zu müssen, war ihm deutlich anzuhören. „Wir müssen ihn befreien."

Alain nickte, lief zu Thierry und kniete sich an dessen Seite. „Komm schon, Thierry", bat er seinen Freund. „Ich will dir helfen."

Thierry war immer noch in seinen Visionen gefangen und hielt Alains Stimme für eine Erinnerung, die nichts mit der Realität zu tun hatte. Er wusste, dass Alain jetzt am Eiffelturm kämpfen musste. Alain konnte gar nicht hier sein.

„Wir müssen seine Verbindung zur Elementarmagie brechen", rief Raymond. „Wir müssen ihn komplett davon lösen, bis er wieder frei ist. Ich schaffe es nicht allein, Alain."

Alain nickte widerwillig. Raymonds Vorschlag war riskant. Wenn sie Thierry zu lange komplett von der Magie lösten, konnte es sein, dass er seine magischen Fähigkeiten, und damit auch einen Teil von sich selbst, verlor. Aber wenn sie es nicht taten, konnte die Macht ihm alle Kraft aussaugen und sie würden ihn ganz verlieren. Wenn Thierry nicht nur seine magische Kraft, sondern auch seine Lebensenergie verlor, würde er sterben. „Ich nehme die Beschwörung vor."

„Alain, du weißt …", wollte Raymond widersprechen.

„Ja, ich weiß, dass du es wahrscheinlich besser kannst. Aber wenn es schief geht, wird er es mir eher verzeihen als dir", erinnerte ihn Alain. „Wir haben schon genug Probleme und können darauf verzichten, dass Thierry dich dafür verantwortlich macht und angreift."

Diesem Argument hatte Raymond nichts entgegenzusetzen. Er winkte Alain zu, mit der Beschwörung zu beginnen.

Alain schloss die Augen und stellte sich eine Spindel vor, um die sich die Stränge der Magie wickelten. Dann fühlte er Raymond, der den Schluss zu seiner Kette bildete. Hinter sich nahm er Unruhe wahr, als würden die anderen Magier sich einer Bedrohung in den Weg stellen oder eine Einmischung in ihre Beschwörung verhindern wollen.

„Lasst mich zu ihm", brüllte Sebastien, als die Magier ihn aufhalten wollten. Er schleuderte den Ersten zur Seite, dann zog Orlando ihn zurück. „Lass mich los!"

„Du kannst ihm nicht helfen, Sebastien", sagte Orlando. „Alain und Raymond müssen sich um ihn kümmern. Mach es ihnen nicht noch schwerer."

„Und wenn Alain an seiner Stelle wäre?", fragte Sebastien aufgebracht.

„Dann würdest du mich zurückhalten", gab Orlando zerknirscht zu. „Aber das heißt nicht, dass du recht hast. Lass sie ihre Arbeit machen."

Der Klang von Orlandos Stimme riss Alain für einen kurzen Moment aus seiner Konzentration. „Nicht!", hörte er Raymonds Stimme in seinem Kopf. „Du musst jetzt an Thierry denken!"

Alain verdrängte seine Besorgnis über Orlandos Anwesenheit und nahm die Stränge seiner Beschwörung wieder auf. Er arbeitete mit Raymond zusammen, bis sie ein Netz geknüpft hatten, das sie über Thierry werfen wollten, um ihn von der Elementarmagie zu trennen. Alain sah Raymond über den See an, der zwischen ihnen lag. Raymond hielt immer noch seine Stellung in dem magischen Kreis, um Thierry besser zu stabilisieren. Sie nickten sich zu und warfen gemeinsam das Netz, das Thierry in ihre eigene Magie einhüllte.

Der Wirbelsturm, der um Thierry tobte, geriet außer Kontrolle. Er suchte ein neues Opfer, aber die anderen Magier waren auf die Gefahr vorbereitet und widerstanden der Versuchung seiner unvorstellbaren Macht. Als er keine neue Kraftquelle fand, beruhigte sich der Sturm langsam. Raymond fragte sich, was es wohl für ihre Zukunft bedeutete, dass sie das Ritual nicht formal abgeschlossen hatten. Dann löste sich der Wirbelsturm vollständig auf. Alain und Raymond zogen das magische Netz wieder zurück. Thierry sackte zusammen und Alain fing ihn in seinen Armen auf.

Sebastien befreite sich aus Orlandos Griff und rannte auf die beiden zu. „Thierry?", rief er verzweifelt. „Thierry? Rede mit mir!"

„Er ist bewusstlos", sagte Alain. „Wir müssen abwarten, bis er wieder zu sich kommt. Dann werden wir sehen, welche Schäden er davongetragen hat."

„Schäden?", schnauzte Sebastien. Er zog Thierry von Alain weg und nahm ihn behutsam in die Arme. Niemand fügte seinem Magier Schaden zu! „Was meinst du damit? Welche Schäden?"

„Er war von einer Macht gefangen, die stärker ist als er selbst", erklärte Raymond, der zu ihnen gekommen war. „Es kann einige Tage dauern, bis wir wissen, ob sie seiner Magie geschadet hat."

„Gib ihn mir zurück", befahl Alain. „Er muss in die Krankenstation gebracht werden, wo sie sich um ihn kümmern können."

Sebastien fauchte ihn an. „Geh zum Teufel, Magier. Sag mir, was ich für ihn tun kann, dann sorge ich dafür, dass er es bekommt."

„Du kannst gar nichts tun, Vampir", fauchte Alain zurück. Es konnte noch so viel schiefgehen, nachdem sie Thierry befreit hatte. Alain hatte Angst um seinen Freund und schnappte den nächstbesten an, der sich ihm in die Quere stellte. Alain hatte Thierry gesagt, dass er diesen Krieg nicht ohne seinen besten Freund bestreiten wollte. Das war noch vor der Gründung der Allianz gewesen, doch bis heute hatte sich daran nichts geändert. „Er braucht magische Pflege."

Orlando ging dazwischen, um dem sinnlosen Hick-Hack der beiden ein Ende zu machen. „Damit helft ihr Thierry auch nicht", erklärte er ihnen. Er wäre auch aufgebracht gewesen, wenn Jean etwas passiert wäre. Aber er konnte auch Sebastiens Ängste nachvollziehen, deshalb streichelte er Alain beruhigend über die Wange. „Schick sie beide dorthin, wo man sich am besten um Thierry kümmern kann. Dann sorge dafür, dass Sebastien ihm auch helfen darf. Los jetzt."

Alain hörte auf die Stimme der Vernunft und nickte. Er überzeugte sich schnell davon, dass Thierry keine Verletzungen davongetragen hatte, dann transportierte er seinen Freund und Sebastien auf die Krankenstation. „Folge ihnen", drängte Orlando. „Ich weiß, dass du bei ihm bleiben willst. Raymond wird dafür sorgen, dass ich wieder ins Hauptquartier zurückkomme."

Raymond nickte zustimmend, aber Alain zögerte. Er fühlte sich hin- und hergerissen zwischen seiner Loyalität zu Thierry und dem Bedürfnis, Orlando nicht aus den Augen zu lassen.

„Geh schon", forderte Orlando ihn auf. „Ich komme in einigen Minuten nach. Er braucht dich jetzt mehr als ich."

Alain sah ihn dankbar an und transportierte sich in die Lobby der Krankenstation.

7

„ADÈLE!"

Die Magierin sah auf, als sie ihren Namen hörte. „Sir?", fragte sie, als sie erkannte, wer vor ihr stand.

„Du musst heute den Einsatz am Eiffelturm leiten", informierte Marcel sie.

„Ich?" Adèle war sicher, sich verhört zu haben. „Was ist mit Alain?"

„Es gab Probleme mit dem Rite d'équilibrage", erklärte Marcel. „Alain musste Thierry aushelfen. Damit bist du die ranghöchste Offizierin der drei Einheiten, die wir dort einsetzen."

„Aber ich habe keinerlei Pläne gemacht", protestierte Adèle. „Ich wüsste so schnell gar nicht, wie ich vorgehen soll."

„Ich habe Alains Pläne", sagte Marcel und reichte ihr die Unterlagen seines Captains. „Ich setze mein ganzes Vertrauen in dich. Ich bin mir sicher, dass du es schaffst. Deine Leute sind gut ausgebildet. Sie halten sich an ihre Befehle, können aber auch eigenständig entscheiden, wenn es nötig werden sollte. Auf Alains und Thierrys Einheiten trifft das ebenfalls zu. Dieser Einsatz hat nur zwei Ziele: Die Zerstörung des Eiffelturms durch die Rebellen zu verhindern, und dabei so viele wie möglich außer Gefecht zu setzen. Es ist kein normaler Kampf, bei dem wir Gefangene machen wollen. Mir ist es egal, wie viele von ihnen du zurückbringst oder ob du überhaupt welche zurückbringst. Die Hauptsache ist, dass nach der Schlacht der Turm noch steht."

Adèle nickte. Marcel hatte es nicht offen ausgesprochen, aber sie hatte ihn verstanden. Heute gingen sie in den Kampf, um zu töten. Jeder Fluch musste tödlich sein, solange sie damit keine Unbeteiligten gefährdeten. Jetzt musste sie das nur noch ihrem Partner erklären.

„Endlich hat er erkannt, dass wir auch ein Kommando führen können", sagte Jude, nachdem sie ihm von den geänderten Plänen berichtet hatte.

„Marcel weiß sehr genau, was wir können", erwiderte Adèle ungerührt. „Und wir werden es ihm heute beweisen, indem wir uns buchstabengetreu an Alains Pläne halten. Vielleicht hätte ich die gleichen Entscheidungen getroffen wie er, vielleicht auch nicht. Aber ich werde mich daran halten und sie nicht vermasseln – und du wirst es auch nicht tun, dafür sorge ich. Wir werden uns beide daran halten, ohne sie zu hinterfragen. Außerdem kann ich in den Plänen Thierrys Handschrift erkennen, und Thierry ist der beste Stratege, den wir haben."

Jude schnaubte verächtlich, behielt seine Meinung aber für sich. Was wusste ein Sterblicher schon von Strategie, verglichen mit einem Vampir, der seit hunderten von Jahren das Jeu de Cours spielte. Er würde Adèle schon in die richtige

Richtung schubsen, wenn die Sache den Bach runterging, weil die Magier die Lage falsch eingeschätzt hatten. Aber vielleicht waren die Pläne ja auch ausreichend, wenn man bedachte, dass ihre Gegner auch Magier waren, die keine Ahnung von den vielschichtigen Strategien hatten, wie die Vampire sie mit links beherrschten.

Wie dem auch sein mochte, Jude war entschlossen, sowohl sein eigenes Überleben als auch das seiner Partnerin zu sichern. Er war nicht allzu begeistert von ihren Attitüden, aber er hatte sich mittlerweile recht gut daran gewöhnt, dass er seit Beginn der Allianz keine Rücksicht mehr auf den Sonnenaufgang nehmen musste.

UM PUNKT zwölf Uhr mittags zischten die ersten Flüche durch die Luft. Während Adèle einen nach dem anderen abwehrte, musste sie zugeben, dass der Eiffelturm jetzt schon nicht mehr stehen würde, wären sie nicht rechtzeitig vor dem Angriff gewarnt worden. So wie die Dinge standen, konnten sie froh sein, den dunklen Magiern halbwegs gewachsen zu sein und ihre Stellung zu halten, obwohl sie mit Alains, Thierrys und ihrer eigenen Einheit die besten und erfahrensten Magier im Einsatz hatten.

„Fouquet! Hinter dir!", schrie sie und sprang eine Treppe hinab, um auf einen dunklen Magier zu feuern. Sie machte sich nicht die Mühe, ihn zu identifizieren. Sie hatte ihn getroffen, das reichte für den Augenblick.

„Danke!", rief Fouquet zurück und suchte nach dem nächsten Angreifer.

Adèle duckte sich gerade noch rechtzeitig, um einem *Abbatoire* auszuweichen, der sie unweigerlich am Kopf getroffen hätte. So schlug er nur an das Metallgerüst, schlug einige Funken und verpuffte harmlos. Sie ging hinter einem Eisenpfosten in Deckung und suchte nach dem Verursacher des Fluchs. Bevor sie etwas gegen ihn unternehmen konnte, sprang Jude direkt vor den dunklen Magier und verwickelte ihn in einen Kampf Mann gegen Mann. Adèle bebte innerlich, als sie die beiden Männer mit einer Beschwörung belegte, die den Magier erstarren ließ, an ihrem Partner jedoch abprallte. Sie hätte Jude wahrscheinlich der Form halber warnen sollen, aber was den Vampir anging, hatte sie keine Lust mehr, auf Höflichkeiten zu achten. Es verschaffte ihr eine gewisse Genugtuung. Es konnte dem Kerl nicht schaden, der nichts Besseres zu tun hatte, als sie ständig niederzumachen.

Eine Detonation erschütterte den Turm. Ihre Magier gingen in die Knie und mussten nach Halt suchen, um nicht von der Plattform in die Tiefe zu fallen. „Guy!", rief sie ihrem Leutnant zu. „Geh nach unten und finde heraus, was dort los ist."

Er winkte ihr zu und verschwand. Dann tauchte er auf dem Boden wieder auf und zog seinen Stab, um nach der Ursache der Explosion zu suchen. Adèle gab ihm von oben Feuerschutz. Aber sie musste sich auch um ihre anderen Leute kümmern und verlor ihn deshalb in dem Chaos, das unten herrschte, bald aus den Augen.

Guy schaffte es, einen der großen Pfeiler des Turms zu erreichen. Er benutzte ihn als Deckung und suchte von dort aus weiter. Er entdeckte einen Explosionskrater und kroch vorsichtig darauf zu, um ihn zu untersuchen. Als er am Kraterrand ankam, sah er in die Tiefe und murmelte leise eine Beschwörung. Sie enthüllte ihm eine magische Landmine als Ursache für die Explosion. Guy runzelte die Stirn. Diese Dinger konnten sich hier überall verbergen, sowohl unter dem Turm, als auch auf dem angrenzenden Champs de Mars. Selbst wenn sie die Schlacht gewinnen würden, müssten sie höllisch aufpassen, um die Dinger alle zu entschärfen und nicht versehentlich eins auszulösen.

Allein konnte er es nicht schaffen, sie alle zu neutralisieren. Schon gar nicht, solange der Kampf noch tobte. Aber er konnte zumindest diejenigen entschärfen, die direkt an den vier Pfeilern des Eiffelturms angebracht waren, und die ihn mit ihrer Wucht zum Einsturz bringen konnten. Mit einer Beschwörung lokalisierte er die genaue Position der Flüche, die er neutralisieren musste, um seine Kameraden zu schützen. Überall unter und um den Turm blitzte es auf. Fluchend überlegte er, wie er am besten vorgehen sollte. Er musste sich durch ein ganzes Minenfeld schlagen, um den nächsten Pfeiler zu erreichen. Auf dem Weg konnte er die Minen neutralisieren, an denen er vorbeikam. Er wollte sich nicht magisch transportieren, weil er befürchtete, bei seiner Ankunft an dem Pfeiler eine der Minen auszulösen.

„Ich brauche Hilfe hier unten!", rief er Adèle zu. Sie winkte, um ihm zu zeigen, dass sie ihn verstanden hatte. Aber bevor sie ihm Hilfe schicken konnte, geriet sie selbst unter Beschuss. Guy wusste, dass er noch etwas warten musste. Er begann mit der Beschwörung, um die Minen direkt vor sich zu entschärfen.

So schlug er sich langsam, eine Mine nach der anderen, zum zweiten Pfeiler durch. Dann löste ein fehlgeleiteter Fluch von oben eine Mine an dem dritten Pfeiler aus und brachte den Turm wieder ins Wanken. Guy warf sich zu Boden und bedeckte den Kopf mit den Händen. „Merde", fluchte er leise, als die Erschütterung nachließ. Er stand auf und arbeitete sich weiter zu dem Pfeiler vor.

Am liebsten hätte er den anderen Magiern der Milice eine Warnung zugerufen, damit sie mit ihren Flüchen besser zielten. Aber er wollte Serriers Leute nicht auf sich aufmerksam machen, weil er nicht riskieren konnte, dass sie ihre Minen gezielt auslösten. Eine zweite Explosion zwang ihn, erneut Deckung zu suchen. Dieses Mal löste der Fluch eine Kettenreaktion aus. Guy schleuderte einen Gegenfluch nach dem anderen, um die Explosionen zu stoppen. Seine Freunde waren da oben und wurden bei jeder neuen Detonation durchgeschüttelt wie Blätter im Sturm. Dann schaffte er es endlich, die Kaskade zu unterbrechen. Die letzte Mine, die hochging, lag direkt vor seinen Füßen.

Einige Stockwerke höher musste Adèle in hilfloser Wut zusehen, wie die Explosionen Guy näher und näher kamen. „Guy!", schrie sie. „Verschwinde von da!" Sie glaubte, ihn noch nicken zu sehen, aber er kam nicht mehr dazu, sich aus der Gefahr zu transportieren. Die nächste Explosion warf ihn zu Boden. Adèle stürzte taumelnd über die Brüstung, über die sie sich gelehnt hatte, um Guy besser sehen zu können. Sie bekam ein Metallkabel zu fassen und klammerte sich daran fest. Dann verlor sie ihren Stab und fluchte laut, als er unten aufschlug. Ohne den Stab konnte sie sich nicht von hier wegtransportieren, weder auf den Boden, noch zurück auf die Plattform.

Ihre Finger waren steif vor Kälte und sie baumelte hilflos an dem Kabel, ein leichtes Ziel für jeden, der sie hier hängen sah. Aber selbst wenn keiner der dunklen Magier sie hier entdeckte, konnte sie sich nicht viel länger festhalten. Es würde nicht mehr lange dauern, bis sie das Gefühl in den Händen verlor und loslassen musste. Aber so schnell gab Adèle nicht auf. Entschlossen ließ sie sich an dem Kabel nach unten und hoffte, nahe genug an eine der Streben zu gelangen, um sich in Sicherheit bringen zu können.

„Nicht bewegen!"

Adèle erstarrte, als sie einen Stab auf sich gerichtet sah. Wer immer diese Magierin war, sie konnte jederzeit einen Fluch auf Adèle schleudern. Ohne den Stab konnte Adèle sich nicht dagegen wehren. Aber sie würde der Frau niemals die Genugtuung geben, um ihr Leben zu betteln. In diesem Augenblick öffnete die fremde Magierin den Mund, doch es war kein Ton zu hören. Dann wurde der Kopf der Frau nach hinten gerissen und sie fiel leblos zu Boden. „Vielleicht gibst du ja jetzt zu, dass ich nicht ganz nutzlos bin", hörte Adèle die Stimme ihres Partners.

„Halt den Mund und zieh mich hoch", knurrte sie, weil sie dem arroganten Kerl ihre Dankbarkeit nicht zeigen wollte.

„Das ist aber keine Art, mein Wohlgefallen zu erregen", wies Jude sie zurecht, während er sich über die Brüstung beugte und nach ihrer Hand fasste.

„Hol mich einfach hier weg", knurrte sie. „Ich komme mir vor, wie beim Tontaubenschießen."

Jude zog sie zurück auf den Turm und drückte sie an das Gerüst.

„Geh mir aus dem Weg", schnauzte sie ihn an. „Ich brauche meinen Stab und muss nach Guy sehen."

Jude sah sie wütend an. Er mochte es nicht, wie sie von dem anderen Mann sprach. „Eine deiner Eroberungen?"

„Salaud", schimpfte sie. „Einer meiner Soldaten. Und außerdem geht dich das gar nichts an. Geh mir jetzt aus dem Weg, Mann. Er könnte dort unten sterben."

„Oder er könnte schon tot sein", erwiderte Jude.

„Verdammtes Arschloch", fluchte Adèle und versetzte ihm eine klatschende Ohrfeige. „Vielleicht ist er das. Aber mein Stab liegt auch dort unten, und wenn ich den nicht zurückbekomme, haben wir beide keine allzu große Chance, diese Schlacht zu überleben. Jetzt geh mir aus dem Weg, ich habe zu tun."

Jude Kopf wurde durch die Kraft ihres Schlages zur Seite geschleudert. Sie schlüpfte an ihm vorbei und ging zu der Treppe, die nach unten führte. Inzwischen hatte Jude sich wieder erholt, fasste sie am Handgelenk und hielt sie zurück. „Du bleibst", befahl er. „Rühr dich nicht von Fleck. Ich hole deinen Stab und sehe nach deinem geschätzten Kameraden. Du bist ohne den Stab verwundbarer als ich."

Adèle starrte ihn mit offenem Mund an. Trotz seines herablassenden Tonfalls – er hatte recht. Und er hatte freiwillig angeboten, ihr zu helfen. „Vielen Dank."

Jude nickte kurz und lief die Treppe hinab. Durch seine übernatürliche Schnelligkeit war er in kürzester Zeit unten angekommen. Ein Blick in das verbrannte Gesicht des Soldaten sagte ihm alles. Dennoch prüfte er pflichtbewusst den Puls des Mannes, konnte aber nichts mehr spüren. Das hatte er erwartet. Er schloss dem Mann vorsichtig die Augen, senkte den Kopf und bekreuzigte sich. Es war eine alte Angewohnheit aus der Zeit, als er noch ein normaler Sterblicher war.

Nachdem er seine unangenehme Pflicht erledigt hatte, sah er sich suchend nach Adèles Stab um. Glücklicherweise war Guys Beschwörung auch nach seinem Tod noch aktiv, sodass Jude den Minen ausweichen konnte, die überall um ihn herum aufblitzten. Die Kaskade, die Guy getötet hatte und der beinahe auch Adèle zum Opfer gefallen wäre, hatte zahlreiche Explosionskrater hinterlassen. Aber sie hatte so viele Minen ausgelöst, dass er sich relativ gefahrlos seinen Weg durch die Kraterlandschaft zu dem Eichenholzstab bahnen konnte, der nicht weit entfernt auf dem Boden lag. Jude zögerte kurz, bevor er ihn aufhob. Er fragte sich, ob der Stab ihn wohl verletzen könnte. Aber er hatte sich freiwillig bereit erklärt, ihn zu holen, und Adèle hockte hilflos auf dem Turm, während er hier unten rumtrödelte. Deswegen seine Partnerin zu verlieren, wäre wirklich das allerletzte, was er brauchen konnte. Er konnte die Frau zwar kaum ertragen, aber ihr Blut war nicht zu verachten.

Als Jude zurücklief, wurde er von einem Fluch getroffen und zu Boden geworfen. Glücklicherweise war es einer der Flüche, die einem Vampir nichts anhaben konnten. Sein Sturz hatte ihn etwas erschrocken, aber er rappelte sich sofort wieder auf und brachte sich auf dem Turm in Sicherheit. So schnell wie möglich lief er die Treppe hinauf, um den Stab zu seiner Eigentümerin zurückzubringen. „Er ist tot", sagte er leise. „Es tut mir leid."

Sie sah ihn ausdruckslos an und wusste nicht, ob sie weinen oder das Schicksal verfluchen sollte. Ihre Gefühle schwankten von einem Extrem ins andere. Adèle spürte, wie ihre Magie nach einem Ventil suchte und ihre Selbstkontrolle ins Wanken geriet. Schnell drehte sie sich um und suchte sich ein passendes Ziel für ihren Ausbruch.

Valérie Lavie wusste nicht, wie ihr geschah. Sie hatte keine Chance mehr, sich zur Wehr zu setzen oder herauszufinden, woher der Fluch kam, der sie traf. Sie spürte nur noch die Fassungslosigkeit, die sie überkam, dann verlor sie das Bewusstsein.

Adèle suchte gerade nach einem zweiten Ziel, da wurde der Turm von einer weiteren Detonation erschüttert. Blind suchte sie Halt und zog eine Grimasse, als sie erkannte, dass Jude sie aufgefangen hatte. „Was soll das?", fauchte sie ihn an, als das Beben wieder aufhörte.

„Ich wollte nur verhindern, dass du wieder über die Brüstung fällst", schnappte er zurück. „Es hat mir gereicht, dich einmal retten zu müssen."

Adèle sah ihn wütend an, bis er sie endlich losließ. Sie weigerte sich, die Erregung zur Kenntnis zu nehmen, die wie ein Blitz durch ihren Körper schoss, als sie in Judes Armen lag. Ihr Leben war schon kompliziert genug, auch ohne die sexuelle Komponente. Als Jude sich bewegte, konnte sie die Erektion des Vampirs spüren. Sie verfluchte sich innerlich selbst für das Verlangen, das Judes Reaktion in ihr weckte. Um sie herum tobte eine entscheidende Schlacht! Für solche Ablenkungen hatte sie jetzt wirklich keine Zeit. Adèle stieß ihn von sich und konzentrierte sich wieder auf ihren Kampf. Überall um sie herum verschwanden die dunklen Magier aus ihren Stellungen. Offensichtlich hatten sie den Befehl zum Rückzug bekommen. Es war Adèle vollkommen entgangen.

„Sichert das Gelände", befahl sie Leutnant Fouquet. Fouquet betätigte den Befehl und ging mit seiner Einheit zum Champs de Mars. Sie arbeiteten zügig und errichteten eine magische Barriere, die Passanten aus dem Gebiet fernhielt, bis es wieder sicher war.

„Leutnant Gastineau! Ihr kümmert euch um die verbliebenen Landminen!"

„Jawohl, Madame!"

„Wir brauchen Ingenieure, die sich um die Schäden am Turm kümmern, bevor er wieder geöffnet wird.", überlegte Adèle.

„Adèle." Judes Stimme hörte sich heiser an. Überrascht drehte sie sich zu ihm um. Sein Gesichtsausdruck ließ sie vor Begehren erzittern und sie hätte beinahe vergessen, dass sie sich noch um die Aufräumarbeiten kümmern musste. Sie konnte nicht einfach von hier verschwinden. Sie trug die Verantwortung. Aber sein Blick ließ nicht locker. Er weckte Bedürfnisse in ihr, die sie so nicht kannte. Er führte sie in Versuchung, alles um sich herum zu vergessen. Alles, außer dem Versprechen in seinem Blick.

„Captain Rougier!"

Adèle riss sich los und sah sich nach dem Rufer um. Es war Jérôme, der neben Guys Leiche auf dem Boden kniete. „Kümmere dich um ihn", sagte sie und versuchte, sich aus dem Bann des Vampirs zu befreien. Sie wusste, dass es nicht Magie war, die der Vampir ausübte. Aber sie kannte die Macht einer magischen Anziehung. Und genauso fühlte es sich an. Sie konnte sich für einige Zeit dagegen zur Wehr setzen, aber irgendwann würde sie ihr erliegen. Ihr blieb keine andere Wahl. Seufzend sah sie Jude an. „Gib mir noch eine halbe Stunde", sagte sie. „Ich muss mich um die Gefallenen kümmern. Dann komme ich mit."

8

„BEEIL DICH“, zischte eine Stimme hinter ihm. „Wenn sie uns hier erwischen, sind wir tot.“

Eric machte sich nicht die Mühe, sich umzudrehen. „Wenn ich versehentlich einen von Chaviniers Abwehrzaubern auslöse, sind wir auch tot“, erwiderte er kalt. „Solange du also nicht glaubst, seine Beschwörungen gut genug zu kennen, um sie neutralisieren zu können, hältst du besser den Mund, damit ich mich konzentrieren kann.“

Dazu fiel dem anderen Magier nichts mehr ein, aber er grummelte weiter ungeduldig vor sich hin, während Eric die Abwehrzauber entschärfte. Den Mann hinter sich ignorierte er. Er wollte sich nicht auf einen Streit mit ihm einlassen, der unweigerlich zu ihrer Entdeckung geführt hätte. Sie waren im Untergrund der Stadt unterwegs und arbeiteten sich langsam zur Sainte-Chapelle und zum Justizpalast vor. Eric musste zugeben, dass Chavinier gut vorgesorgt hatte. Doch mit etwas Geduld ließen sich auch die besten Hindernisse überwinden, selbst wenn Eric nicht anmaßend genug war, um sich das regelmäßig zuzutrauen. Aber in diesem Fall hatte er die Schwachstelle in der Verteidigung der Milice gefunden. Nur noch wenige Beschwörungen trennten sie von der Sainte-Chapelle und einem erfolgreichen Anschlag auf das Herzstück der französischen Regierung.

„Merde!“, hörte er hinter sich einen Magier fluchen.

„Was ist los?“, flüsterte er barsch und drehte sich um. „Was ist passiert?“

Jean-Claude Vuillemin, ein neuer Rekrut aus Arles, sah ihn entschuldigend an. „Ich glaube, ich habe eine Abwehr ausgelöst. Ich bin gestolpert und wollte mich an der Wand abstützen …“

Eric wusste schon, wie es weiterging. So nahe am Justizpalast waren die unterirdischen Tunnel mit Abwehrzaubern gespickt. Eric hatte sich nur um die Beschwörungen auf dem Boden gekümmert und die Wände außer Acht gelassen, weil sie die nicht berühren mussten. „Dann ist er jetzt gewarnt und weiß, dass wir kommen“, sagte er zu seinen Begleitern. „Wir können nur hoffen, dass unser doppeltes Ablenkungsmanöver sie weit genug über die Stadt verteilt hat, um nicht rechtzeitig hier zu sein. Los, beeilt euch!“

Sie mussten jetzt keine Rücksicht auf Entdeckung mehr nehmen und kamen dadurch schneller vorwärts. Eric setzte nur noch die wenigen Zauber außer Kraft, die sie ernsthaft gefährden konnten. Als sie auf dem Vorhof vor dem Eingang zur Sainte-Chapelle ankamen, zogen sie ihre Stäbe, um jeden Widerstand aus dem Weg zu räumen. Eric sah einen Wächter, der über Funk Verstärkung anforderte. Er ließ das Funkgerät durch den Hof fliegen, obwohl er davon ausging, dass die

Wächter im Inneren des Gebäudes schon gewarnt waren. Sie mussten sich auf die Gendarmerie, vielleicht sogar auf das Militär einstellen. Und natürlich auf diejenigen von Chaviniers Magiern, die schnell genug hierher abgesandt werden konnten. Nur Serrier und Eric selbst hatten über dieses Unternehmen Bescheid gewusst. Eric war sich daher sicher, dass Chaviniers Spione die Milice nicht vorgewarnt haben konnten.

Die Schreie der Touristen, die von dem Angriff überrascht wurden, drangen kaum zu Eric durch. Die meisten liefen beim ersten Anzeichen einer Gefahr davon und stellen für ihn und die anderen Magier keine Bedrohung dar. Die übrigen kauerten sich Schutz suchend auf den Boden und behinderten ihr Vordringen durch das Haupttor und in den Eingangsbereich der Kapelle ebenfalls nicht. Zu jedem anderen Zeitpunkt hätte Eric die Deckengewölbe mit ihren blauen und goldfarbenen Dekorationen bewundert. Doch er konnte bereits die schweren Schritte hören, die sich rasch näherten und ihre Gegner ankündigten. „Vincent und Jean-Claude", rief er. „Verschließt die Tür. Wir wollen uns nicht von hinten überraschen lassen."

Die beiden Magier befolgten seinen Befehl, schlossen die Tür und sicherten sie magisch, indem sie die Schlösser mit dem Riegel verschmolzen. Selbst einem Magier würde es nicht leicht fallen, den Mechanismus wieder zu öffnen.

Über die Wendeltreppe waren aus dem oberen Stockwerk laute Rufe zu hören, die sie aufforderten, sich der Polizei zu ergeben. Eric sah seine Begleiter lachend an. „Glauben sie denn immer noch, sie könnten uns mit ihren Waffen etwas anhaben?", fragte er. „Kommt, wir wollen ihnen das Gegenteil beweisen."

Sie liefen die Treppe hinauf bis zu der letzten Kurve, hinter der sie noch vor den Polizisten verborgen waren. Auf Erics leisen Befehl warteten sie ab, bis er die Wand vor ihnen mit einem Reflektionszauber belegt hatte, der ihre Flüche abprallen lassen und in die oberen Räume der Kapelle lenken würde. „Verstopft die Läufe ihrer Waffen", befahl er und ignorierte die Widersprüche einiger Magier, die nicht einsehen wollten, warum sie das Problem nicht viel schneller mit einem *Abbatoire* lösen konnten.

„Verstopft die Läufe", wiederholte Eric und sah jeden einzelnen an, bis sie zustimmend nickten.

Dann gab er das Signal und ihre Flüche prallten von der Wand ab in die obere Kapelle. Sie schossen durch den Raum und verbogen die Metallteile der Waffen, bis keine Kugel mehr den Lauf verlassen konnte. Eric lächelte befriedigt, als er die bestürzten Schreie der Polizisten hörte. „Los jetzt!"

Sie stürmten den Raum, von dem aus sie in den Justizpalast eindringen wollten. Aber sie wurden nicht von Polizisten oder Soldaten daran gehindert, sondern von einer durchdringenden Kommandostimme, die sie nur zu gut kannten. „Lasst die Stäbe fallen!"

„Putain de merde! Was macht Chavinier hier?", flüsterte Jean-Claude erschrocken.

„Ganz ruhig", befahl Eric. Dann schaute er sich um, ob der alte Magier allein war oder Verstärkung mitgebracht hatte. Eric war sich immer darüber im Klaren gewesen, dass er eines Tages seinem alten Lehrer gegenüberstehen würde, aber diese Erkenntnis machte es ihm nicht leichter.

„Du machst einen großen Fehler, Eric", versuchte Chavinier, ihn zur Aufgabe zu überreden. „Trauer lässt uns manchmal falsche Entscheidungen treffen. Wir verstehen das gut, Eric."

„Vieux con!", schimpfte Eric. Der Schmerz seines Verlustes wurde ihm übermächtig bewusst, als er die Menschen erkannte, die er mit glücklicheren Zeiten in Verbindung brachte. Er hatte sich immer eingeredet, dass er diesen schrecklichen Tag hinter sich gelassen und vergessen hatte, aber Augenblicke wie dieser bewiesen ihm, dass er sich etwas vorgemacht hatte. „Ich bin nicht aus Trauer gegangen, sondern weil ihr mir Gerechtigkeit verweigert habt. Geht mir aus dem Weg, dann passiert euch nichts."

„Du weißt genau, dass ich das nicht tun kann", erwiderte Marcel traurig. Er hätte alles getan, um Eric wieder in ihren Reihen aufnehmen zu können. Aber so lange dieser Krieg tobte, war das höchst unwahrscheinlich. Trotzdem gab Marcel die Hoffnung nicht auf, dass sich die Lage eines Tages ändern würde.

„Und du weißt, dass ich nicht zurückkommen kann", konterte Eric. „*Abbatez*!"

Bevor der Fluch seine Wirkung entfalten konnte, wurde Marcel von einem dunkelhaarigen Mann zur Seite gestoßen, den Eric noch nie zuvor gesehen hatte. Der Mann wurde von dem Fluch an die Brust getroffen und ging zu Boden. Es war das Signal für die anderen Magier, ebenfalls anzugreifen. Sie konzentrierten sich auf die Tür zum Justizpalast, denn ihr eigentliches Ziel war nicht Sainte-Chapelle, sondern der Kassationshof, das höchste Gericht Frankreichs. In diesem Moment wurden sie unvermutet von hinten angegriffen. Die Magier, die Chavinier begleitet und sich hinter den Polizisten versteckt hatten, kamen jetzt ihrem General zur Hilfe. Erics Einheit bildete einen Kreis, Rücken an Rücken, und richtete ihre Stäbe auf die Magier der Milice. Zu Erics Überraschung blieben auch viele der Polizisten im Raum und beteiligten sich an dem Kampf. Sie verwickelten die dunklen Magier in Handgefechte, wann immer sie nahe genug an sie herankommen konnten.

„Die Fenster!", rief Vincent und schleuderte einen Fluch auf die Glasscheiben, die mit einem lauten Knall zersplitterte. Die dunklen Magier lenkten die Scherben auf die Truppen der Milice, die schwer getroffen wurden.

Der Boden war schon schlüpfrig von Blut, aber keine Seite gab sich geschlagen. Der Kampf tobte hin und her und die Magier beider Seiten bombardierten sich mit Flüchen. Eric fand sich plötzlich einer Magierin der Milice gegenüber, die er kannte und die seine Skrupellosigkeit ins Wanken brachte. Caroline war die beste Freundin seiner Frau gewesen und hatte mit ihm getrauert, als Danielle und die Kinder ums Leben kamen. Mit ihr hatte ihn eine ebenso tiefe Freundschaft verbunden, wie mit Thierry und Alain. Die Freundschaft zu den beiden Männern hatte an dem Tag geendet, als Alains Fluch seine Familie getötet hatte, aber mit Caroline hatte er nie gebrochen. Der *Abbatoire* blieb ihm im Halse stecken und er suchte verzweifelt nach einem anderen Fluch, mit dem er Caroline außer Gefecht setzen konnte, ohne ihr ernsthafte Verletzungen zuzufügen. Bevor er reagieren konnte, wurde er von der Seite angegriffen. Eine tobende, rothaarige Frau stürzte sich auf ihn und rannte ihn nieder – ein noch nie dagewesenes Erlebnis, wenn man seine Größe bedachte. Eric hatte keine Zeit mehr, sich gegen sie zur Wehr zu setzen, da hörte er auch schon Caroline, die ihn mit einem Schlafzauber belegte. Er wollte die Beschwörung blockieren, aber die rothaarige Frau hielt ihn immer noch an den Armen fest, sodass er sich nicht rühren konnte. Ihm wurde schwarz vor Augen.

Als Vincent sah, dass Eric überwältigt worden war, befahl er den Rückzug der dunklen Magier. Er schnappte seinen Freund am Arm und wollte ihn mit sich aus der Kapelle transportieren. Vincent hoffte, dass Eric keine offenen Wunden hatte, sonst würde ihn der magische Transport töten. Aber das war immer noch besser, als in die Hände der Milice zu fallen. Die anderen Magier ihrer Einheit folgten seinem Beispiel, soweit sie noch dazu in der Lage waren.

„Aufhören!", rief Marcel, nachdem Serriers Leute verschwunden waren. „Jean, du kannst wieder aufstehen. Und vielen Dank für deine Hilfe und deine List."

Der Chef de la Cour erhob sich vom Boden, wo er bewegungslos gelegen hatte, seit er den *Abbatoire* vor die Brust bekommen hatte. „Wie viele sind uns entkommen?"

„Ich weiß nicht, wie viele sie ursprünglich waren. Sie wären bestimmt misstrauisch geworden, wenn mein Erretter nicht tot geblieben wäre", meinte Marcel mit einem dünnen Lächeln. „Wir müssen Serrier so lange wie möglich im Ungewissen lassen."

„Das nächste Mal muss ein anderer den toten Mann spielen", entschied Jean. „Es passt nicht zu meinem Stil, alles mit anzuhören, ohne eingreifen zu können."

„Wenn ich einem anderen so vertraut hätte wie dir, hätte ich dich nicht darum gebeten", versicherte ihm Marcel. Er sah sich in der Kapelle um und seufzte, als er die zerbrochenen Scheiben sah. „Sie haben für nichts Respekt. Es geht ihnen nur um ihre eigene Macht. Glücklicherweise steht es in *meiner* Macht, einige der Schäden wieder zu reparieren. Kümmerst du dich um unsere Gefangenen? Georges kann dir helfen, sie zu fesseln."

Jean nickte und ging zu dem blonden Magier, um ihm zu helfen, die Gefangenen einzusammeln. „Caroline", rief Marcel. „Sieh nach den Verwundeten!"

Sie winkte ihm zu und ging zu den Verwundeten. Einfache Verletzungen durch die Glasscherben konnte sie leicht heilen, obwohl die Beschwörung sie so viel Kraft kostete, dass sie sie nur bei den tieferen Schnitten anwandte. Draußen waren schon die Sirenen der Ambulanz zu hören, die gleich eintreffen würde, um die Verletzten zu behandeln und ins Krankenhaus zu bringen. Viele der Gendarmen brauchten mehr, als die erste Hilfe, die sie ihnen geben konnte.

Sie litt mit den Männern, die sie behandelte. Ihre Gedanken kreisten um die dunklen Magier, von denen sie verraten worden waren. Caroline verstand Erics Trauer um Danielle und die Kinder. Sie verstand sogar seine Wut, obwohl sie sich gegen die Falschen richtete. Was sie Eric aber nicht verzeihen konnte, war, dass er Danielles tragischen Tod zum Anlass genommen hatte, um die Seiten zu wechseln. Danielle wäre darüber entsetzt gewesen. Caroline hatte Eric noch einmal gesehen, nachdem er sich Serrier angeschlossen hatte. Damals wollte sie mit ihm darüber reden, aber er hatte sich geweigert, ihr zuzuhören. Mireille tauchte an ihrer Seite auf.

„Was ist los mit dir?", fragte sie besorgt. „Du siehst so verstört aus."

„Der große Magier, den du angegriffen hast … Er war früher mein Freund", erklärte Caroline. „Ich habe nie darüber nachgedacht, was passieren könnte, wenn wir uns in einem Kampf gegenüberstehen. Und jetzt ist es passiert und ich weiß immer noch nicht, wie ich damit umgehen soll."

In diesem Moment kamen die Sanitäter in den Raum. Caroline musste sich wieder um die Verwundeten und Gefallenen kümmern. „Wir reden später darüber. Jetzt habe ich anderes zu tun."

IN DEN Tunneln unter der Stadt machte Vincent erschöpft eine Pause. Er hatte sich nicht getraut, sie direkt in Serriers Hauptquartier zu transportieren, damit Chavinier der Spur ihrer Magie nicht folgen konnte. Vincent hielt seinen Freund auf den Armen und holte tief Luft. Eric atmete noch. Wenigstens war der Fluch von Bontoux nicht tödlich gewesen. Trotzdem musste er Eric so schnell wie möglich zu einem Mediziner bringen. Vincent hatte in diesem Krieg schon viel zu viele Freunde verloren. Er wollte nicht auch noch Eric verlieren.

Vincent verzog grimmig das Gesicht, als er über die Verluste nachdachte, die sie durch ihren missglückten Anschlag erlitten hatten. Hätten sie Erfolg gehabt, wäre es ein großer Gewinn gewesen. Er hätte der Regierung einen empfindlichen Schlag versetzt und die Übermacht der dunklen Magier unwiderlegbar unter Beweis gestellt. Aber unglücklicherweise war es kein Erfolg gewesen. Vincent warf Vuillemin einen bösen Blick zu. Die Unachtsamkeit dieses Mannes hatte Chavinier alarmiert, auch wenn Vincent sich nicht erklären konnte, wie der alte Mann so schnell eine Verteidigung organisiert hatte. Aber das war auch nicht sein Problem. Die strategischen Überlegungen überließ er Serrier und Eric und noch einigen anderen, die darin gut waren. Seine eigene Rolle in diesem Krieg war eine andere: brutale Gewalt. Das hatte er von Anfang an akzeptiert, als Serrier ihnen das erste Mal seine Doktrin der magischen Oligarchie erklärt hatte. Vincent stimmte den Methoden Serriers nicht immer zu, aber er konnte sich noch allzu gut an seinen Jugendfreund erinnern, der solange schikaniert worden war, bis er sich mit seiner Magie zur Wehr gesetzt hatte. Danach war er wegen angeblicher Verbrechen gegen Nichtmagische bestraft worden. Vincent konnte die Erinnerung daran nicht abschütteln. In Serriers Welt wären solchen Ungerechtigkeiten nicht mehr erlaubt. Vincent hoffte nur, dass mit dem Ende des Krieges auch Serriers extreme Methoden, die Gewalt und die Folter, wieder ein Ende finden würden. Sonst, so fürchtete er, wäre er mit der neuen Ordnung genauso unzufrieden wie mit der alten.

Aber jetzt musste er an Eric denken und handeln. Er befahl den anderen, auf unterschiedlichen Wegen zu Serriers Hauptquartier zurückzukehren, damit eventuelle Verfolger denken würden, sie hätten sich getrennt. Dann nahm er Eric fest in die Arme und missachtete seinen eigenen Befehl, indem er sie direkt in Serriers Krankenstation transportierte, damit die Mediziner sich um Erics Verwundung kümmern konnten.

„Was ist passiert?", schnappte Serrier ihn an, der sofort nach den Medizinern ins Zimmer gestürmt kam.

„Vuillemin hat einen Abwehrzauber ausgelöst", erklärte Vincent entschuldigend. „Ich weiß nicht, wie Chavinier so schnell darauf reagieren konnte, aber er hat uns in der Kapelle schon am Durchgang zum Justizpalast erwartet. Vielleicht hat vorher schon jemand einen Alarm ausgelöst und es nicht gemeldet."

Serrier sah ihn scharf an. „Ich werde mich selbst um Vuillemin kümmern. Sorge dafür, dass sie Eric bald wieder auf die Beine bekommen. Ich will seine Meinung über die Angelegenheit erfahren."

Vincent nickte. Als Serrier wütend den Raum verließ, zog er einen Schwarm magischer Funken hinter sich her. Vincent war froh, dass diese Wut nicht auf ihn gerichtet war. Der arme Jean-Claude tat ihm fast leid. Wenn Serrier wütend war, rollten Köpfe. Manchmal wortwörtlich.

„In einigen Stunden ist er wieder auf den Beinen", unterbrach die Medizinerin Vincents Gedanken. „Der Fluch hat ihm nur das Bewusstsein genommen. Er wird keine dauerhaften Folgen haben; aber es ist besser, wenn er von sich aus wieder aufwacht."

„Danke", sagte Vincent zu der Frau. „Ich werde es Serrier ausrichten. Melde dich bei ihm oder mir, sobald Eric wieder bei Bewusstsein ist."

„Ja, Sir", erwiderte die Frau.

Als Vincent die Krankenstation verließ, schallte ein lauter Schmerzensschrei durch die Gänge. Die Mediziner würden bald noch mehr Arbeit bekommen, da war er sich sicher. Er drehte sich um und ging in die andere Richtung, weil er nicht sehen wollte, was von dem ungeschickten Magier übrig blieb. Für heute hatte er genug Blutvergießen erlebt.

9

„Wieso dauert das so lange?”, brummte Sebastien. Er lief unruhig vor der kleinen Kabine hin und her, in der die Mediziner mit Thierry verschwunden waren, nachdem Sebastien mit seinem Partner auf den Armen in der Krankenstation erschienen war.

„Keine Ahnung”, erwiderte Orlando, der sich ebenfalls Sorgen machte. Alain war zwar körperlich unversehrt, aber falls Thierry sich nicht wieder erholte, würde ihn das schwer treffen. Dazu kam, dass Orlando den blonden Magier mittlerweile auch persönlich zu schätzen gelernt hatte. Sebastien ging es offensichtlich nicht viel anders. „Wenn er auf der Krankenstation nicht die beste Behandlung bekommen würde, hätte Alain ihn nicht hierher gebracht. Er würde nie etwas tun, das Thierry schaden könnte.”

Sebastien sah das nicht ganz so wie Orlando. Ohne Alains Eingreifen wäre Thierry nie auf der Krankenstation gelandet. Soweit Sebastien beurteilen konnte, was unter der Opéra Garnier passiert war, schien dem Magier allerdings keine andere Wahl geblieben zu sein. Das machte es für ihn jedoch nicht unbedingt einfacher, die Folgen für Thierry zu akzeptieren.

Der Mediziner kam aus der Kabine. „Sie können ihn jetzt sehen”, informierte er sie. Sofort schob Sebastien sich an ihm vorbei in den kleinen Raum. Er knurrte, als er Alain auf der Matratze sitzen sah. Thierry war immer noch bewusstlos.

„Was ist los mit ihm?”

„Das werden wir erst genauer erfahren, wenn er wieder aufgewacht ist”, antwortete Alain schuldbewusst. Es konnte so vieles schiefgegangen sein.

Seine Auskunft trug nicht dazu bei, Sebastiens Nerven zu beruhigen. „Und wann wacht er wieder auf?”, fragte er barsch.

„Das wissen wir nicht.”

Sebastien fasste ihn am Hemdkragen und zog ihn hoch. „Was wisst ihr eigentlich?”, fragte er mit wutverzerrtem Gesicht.

Ohne lange nachzudenken, fasste Orlando den Vampir am Arm. „Loslassen.” Er holte tief Luft und kämpfte um Beherrschung. „Damit änderst du nichts”, fügte er hinzu und versuchte, die Situation zu entschärfen. Körperlich war Sebastien Alain überlegen, aber der konnte sich mit seiner Magie wehren, die auf den Vampir wirkte. Orlando wusste, dass Alain keinen Stab dazu brauchte. Ein überflüssiger Streit würde keinem von ihnen nutzen, am allerwenigsten Thierry.

Sebastien lockerte langsam seinen Griff. „Was könnt ihr mir sagen?” Er wusste, dass er die Kontrolle verloren hatte, konnte allerdings nicht viel dagegen tun. Das letzte Mal war ihm das mit Thibault passiert, doch damals hatte das Brandmal am Hals seines Avoué Sebastiens Reaktion erklärt. Thierrys Hals war zwar von Bisspuren übersät, aber er trug nicht Sebastiens Mal. Noch nicht. Dennoch fühlte Sebastiens sich genauso an ihn gebunden, wie es bei Thibault der Fall gewesen war.

„Er hat dir von dem Rite d'équilibrage erzählt?", wollte Alain wissen.

Sebastien nickte.

„Es ist etwas schiefgelaufen", erklärte Alain. „Raymond sollte unser Ankerpunkt sein, aber als er die Verbindung zur Elementarmacht hergestellt hat, hat sie sich stattdessen auf Thierry konzentriert und die Magie aus ihm herausgesogen. Was immer auch passiert ist – Thierry war nicht darauf vorbereitet und konnte sich nicht mehr befreien. Er hat sich abgeschottet. Stell dir vor, du würdest von einem mächtigen Sturm überrascht und müsstest Schutz suchen. Wir haben versucht, ihn zu erreichen, aber wir konnten nicht zu ihm vordringen, weil er komplett im Bann der Elementarmacht stand. Wir mussten ihn von außen befreien, indem wir seine Verbindung zu Magie gekappt haben. Die Gefahr liegt darin, dass wir diese Verbindung möglicherweise dauerhaft unterbrochen haben. Das werden wir erst erfahren, wenn er wieder aufwacht. Dann kann er uns sagen, ob er seine Magie noch spüren kann oder nicht."

„Aber ihr wisst nicht, wie lange es dauert, bis er wieder aufwacht", fragte Sebastien nach.

Alain zuckte hilflos mit den Schultern. „Das kommt darauf an, wie sehr ihn das Ritual und unser Eingreifen erschöpft haben. Magie ist keine äußere Macht, die irgendwo da draußen ist." Er wedelte mit dem Arm, um seine Worte besser zu erklären. „Sie kommt auch aus dem Inneren eines Magiers und erfordert körperliche Stärke. So ausgelaugt zu werden wie Thierry und sich dann noch dagegen wehren zu müssen – das kostet sehr viel Energie. Er muss sich erholen, muss körperlich und magisch wieder zu Kräften kommen."

„Auch wenn er noch sehr schwach ist, wenn er wieder aufwacht, wird er sofort wissen, ob er seine Magie noch hat. Das stimmt doch, oder?", wollte Orlando wissen. Er hatte eine Idee.

„Ja", versicherte Alain. „Aber es kann Tage dauern. Es hängt davon ab, wie viel Kraft es ihn gekostet hat."

„Ich kann eure Magie schmecken, wenn ich euch beiße", erklärte Orlando. „Könnte Sebastien nicht feststellen, ob Thierrys Magie noch vorhanden ist?"

„Wenn er wirklich so schwach ist, schade ich ihm damit vielleicht noch zusätzlich", widersprach Sebastien.

„Du musst nicht sehr viel trinken", erinnerte ihn Orlando. „Ein kleiner Blutstropfen ist mehr als genug, um euch davon zu überzeugen, dass er sich wieder erholen wird." *Und dann hört ihr vielleicht endlich auf, euch anzufauchen*, dachte er im Stillen. Er wollte ihnen nicht direkt sagen, wie lächerlich ihr kleinliches Gezänke war. Thierry musste sich schließlich nicht zwischen ihnen entscheiden. Der Magier hatte mehr als genug Zeit und Aufmerksamkeit, um für sie beide da zu sein.

Alain dachte über Orlandos Vorschlag nach. Er wog die Vor- und Nachteile sorgfältig ab. Auf der einen Seite könnten sie erfahren, ob Thierry sich wieder erholen würde. Auf der anderen Seite stand das Risiko, ihn körperlich und magisch noch mehr auszulaugen. Alain dachte an Orlandos ersten Biss auf dem Friedhof zurück. Der Vampir hatte nur einen kleinen Blutstropfen gebraucht, um Alain ins Herz zu sehen und die Magie zu schmecken. Es war lange nicht so viel gewesen, als wenn Orlando seinen Hunger gestillt hätte. Alain stellte fest, dass seine Erinnerung an diese erste Nacht verblasste vor dem Wohlgefühl, das der Aveu de Sang in ihm auslöste. „Ich weiß nicht, was wir tun sollen", gab er schließlich zu. „Es würde wahrscheinlich funktionieren. Aber ich kann nicht entscheiden, ob und wie es seine Genesung beeinflussen wird."

„So wichtig ist es nicht", entschied Sebastien. „Ich will nichts tun, um ihn noch mehr zu gefährden."

„Genau das ist das Problem", erwiderte Alain. „Wenn wir wüssten, ob seine Magie Schaden genommen hat, könnten die Mediziner ihn besser behandeln. Doch falls sie unbeschadet geblieben ist, würden sie ihn damit noch mehr schwächen. Es ist, als ob man einen Autoreifen aufpumpt. Wenn man einen leeren Reifen aufpumpt, kann man wieder fahren. Wenn man einen vollen aufpumpt, platzt er. Je früher die Mediziner Bescheid wissen, umso effektiver können sie ihn behandeln. Deshalb ist es so wichtig, dass er bald wieder aufwacht."

„Oder dass Sebastien ihn beißt", warf Orlando ein.

„Und wenn es ihn noch mehr schwächt?", fragte Sebastien beharrlich nach.

Orlando warf frustriert die Arme in die Luft. „Wie fühlst du dich, nachdem ich dich gebissen habe?", fragte er Alain, der sofort rot wurde. Orlando ignorierte es. „Fühlst du dich geschwächt?"

„Natürlich nicht", mischte sich Sebastien ein. „Der Aveu de Sang verhindert es."

„Dann fragt eben einen anderen Magier oder eine andere Magierin", sagte Orlando seufzend. „Und während ihr euch hier nicht entscheiden könnt, liegt Thierry unbehandelt im Bett, obwohl es Möglichkeiten gäbe, ihm zu helfen. Ich weiß, dass es nicht meine Entscheidung ist. Aber ich verstehe euer Problem nicht. Ich kann mir wirklich nicht vorstellen, dass ein kleiner Tropfen Blut einen solchen Unterschied machen soll."

„Was meinst du?" Sebastien sah Alain ernsthaft an. Sein Verstand sagte ihm, dass der Magier die Lage am besten einschätzen konnte, auch wenn sein Instinkt sich dagegen wehrte. Sebastien hoffte, dass sich das mit der Zeit ändern würde und dass sie diese Zeit noch hatten. Aber noch musste er auf Alains Entscheidung vertrauen. „Du kennst ihn besser als ich. Wenn Thierry einem Menschen vertraut, für ihn zu entscheiden, dann dir."

Was würde Thierry wollen?, fragte sich Alain. Sein bester Freund hatte immer die Taten den Worten vorgezogen, hatte nie Angst gehabt, ein Risiko einzugehen, wenn er sich davon einen Vorteil versprach. Manchmal ging es gut aus und manchmal nicht. Aber das hielt Thierry nie davon ab, sein Glück aufs Neue zu versuchen. Wenn ihre Lage umgekehrt wäre, würde Thierry alles daran setzen, Alain so schnell wie möglich die beste Behandlung geben zu können. „Wer nicht wagt, der nicht gewinnt", erwiderte er leise. „Trink so wenig wie möglich, damit es ihn nicht noch mehr schwächt. Aber finde heraus, ob er seine Magie noch hat. Wir lassen euch allein."

„Schon gut", meinte Sebastien. „Ihr könnt ruhig bleiben. Es ist nur ein kleiner Kuss."

Alain warf Orlando einen fragenden Blick zu. Orlando nickte. Sebastien wollte nicht trinken, und außerdem hatte er sie eingeladen. Wichtig war, dass Alain das Angebot gemacht hatte, Sebastien und Thierry allein zu lassen. Orlando trat einen Schritt zurück und zog Alain mit sich. So störten sie Sebastien nicht, der langsam auf das Bett zuging.

Sebastien setzte sich vorsichtig an Thierrys Seite auf die Matratze. Er sah seinem bewusstlosen Partner ins Gesicht und fasste ihn an der Hand. Im Schlaf sah Thierry jünger aus. Die Sorgenfalten um seinen Mund und auf der Stirn hatten sich geglättet und er wirkte entspannt. Aber mit der Anspannung war auch die Energie verschwunden, die der Magier sonst ausstrahlte. In seinem Gesicht war nichts mehr von der scharfen Intelligenz und dem bissigen Humor zu erkennen, die Sebastien an seinem Geliebten zu schätzen gelernt hatte. Sebastien hob die Hand und streichelte Thierry sanft über die Stirn.

Auf der anderen Seite des Raums wandte Alain den Blick ab. Sebastien mochte den Biss nur als einen kleinen Kuss bezeichnet haben, aber der Magier erkannte sehr wohl, dass zwischen den beiden Männern mehr vor sich ging, als es auf den ersten Blick den Anschein hatte. Thierry hatte sein Interesse an Sebastien offen zugegeben, als Alain das letzte Mal mit ihm gesprochen hatte. Offensichtlich hatte Thierry in der Zwischenzeit auch danach gehandelt, denn wenn man die Zärtlichkeit sah, mit der Sebastien Thierrys Hand an den Mund hob, bestand kein Zweifel mehr daran, dass die beiden Geliebte waren. Alain hoffte sehr, dass Sebastien Thierrys Herz fürsorglicher behandeln würde, als Aleth es getan hatte. Sonst würde er den Vampir zur Rechenschaft ziehen müssen.

Alain und Orlando standen nebeneinander an der Wand. Sie berührten sich nicht, aber sie gehörten eindeutig zusammen. Sebastien warf ihnen einen kurzen Blick zu. Er beneidete sie um die Nähe und die Verbundenheit, die sie durch den Aveu de Sang eingegangen waren. Er drehte sich wieder zu Thierry um und leckte ihm zärtlich über die Haut am Handgelenk. Dann biss er zu, gerade tief genug, um einige Blutstropfen auf der Zunge schmecken zu können. Er spürte die unendliche Erschöpfung und Müdigkeit in Thierry, die er auf die Anstrengungen des Rituals zurückführte. Zu seiner Erleichterung konnte er aber auch die Magie schmecken, die kraftvoll durch Thierrys Adern floss. Sebastien zog die Zähne zurück und leckte über die Wunde, um sie wieder zu schließen. In diesem Augenblick fühlte er, wie Thierrys Hand sich in seiner leicht bewegte.

„Sebastien?" Thierrys Stimme war ein leiser Hauch und seine Lider flatterten. Dann öffnete er die Augen. „Wo bin ich?"

Alain, der automatisch einen Schritt vorgetreten war, als er die Stimme seines Freundes hörte, blieb zögernd wieder stehen. Er war sich unsicher, was er tun sollte. Noch vor wenigen Wochen wäre das keine Frage gewesen. Er wäre an Thierrys Seite geeilt und hätte ihn bis zu dessen vollständiger Genesung nicht mehr aus den Augen gelassen. Aber jetzt schien Alain durch einen anderen Mann ersetzt worden zu sein. Er spürte eine Hand, die ihn sanft am Arm nahm, und drehte sich zu Orlando um. Der Vampir forderte ihn mit einer leichten Kopfbewegung auf, das Zimmer zu verlassen. Alain nickte und folgte ihm vor die Tür.

„Jetzt ist Thierry wach und kann selbst entscheiden, ob er magische Hilfe braucht, nicht wahr?", wollte Orlando wissen.

„Ja."

„Dann sollten wir die beiden jetzt allein lassen", schlug Orlando vor.

Alain war immer noch hin- und hergerissen zwischen dem Bedürfnis, für Thierry da zu sein, und der Logik in Orlandos Worten. Aber er musste akzeptieren, dass Sebastien für Thierry jetzt an erster Stelle stand. Alain konnte den beiden keine Vorwürfe machen, denn schließlich hatten sich seine Prioritäten auch gewandelt und galten dem schlanken Vampir an seiner Seite. „Wir müssen herausfinden, was bei dem Ritual falsch gelaufen ist", sagte er. Thierry war wieder bei Bewusstsein und es wurde Zeit, dass sie sich auf die drängenden Probleme konzentrierten.

„Dann sollten wir mit Raymond reden."

„Raymond ist wahrscheinlich in seinem Büro und stöbert in den alten Büchern, um die Ursachen zu ergründen", überlegte Alain. „Lass uns zu ihm gehen. Vielleicht hat er schon Hinweise gefunden."

Sie gingen durch die verwinkelten Gänge des Hauptquartiers zu Raymonds Büro. Ihr Klopfen wurde mit einem abwesenden „Herein!" beantwortet.

Als Alain und Orlando das Büro betraten, hob Raymond den Kopf. „Wie geht es Thierry?", fragte er sofort, als er die beiden erkannte. „Ich suche nach Gründen für das, was passiert ist. Wenn ich mehr darüber herausgefunden habe, weiß ich vielleicht auch, wie man ihm besser helfen kann."

„Er ist vor einigen Minuten aufgewacht", informierte ihn Alain.

„Ist seine Magie noch intakt?"

„Das wissen wir nicht. Wir sind nicht lange genug geblieben, um ihn zu fragen", erwiderte Alain.

Raymond stand die Überraschung über Alains Antwort ins Gesicht geschrieben.

„Sein Partner ist bei ihm", erklärte Orlando. „Wir hielten es für besser, die beiden allein zu lassen. Wir Vampire können sehr besitzergreifend sein."

Wir stellen das Objekt unserer Leidenschaft auf ein Podest. Unsere gesamte Existenz dreht sich nur noch um die Dinge oder die Personen, denen unsere Zuneigung gilt. Monsieur Lombards Worte schossen Raymond durch den Kopf.

Orlandos Bemerkung bestätigte ihre Vermutung, dass der Bund zwischen den Partnern eine vorteilhafte Wirkung auf die Elementarmagie ausübte.

„Er war bei Bewusstsein und hat gesprochen", führte Alain aus. „Falls er magische Hilfe braucht, wird er darum bitten. Uns interessiert jetzt vor allem, was am See passiert ist."

„Ich habe keine Ahnung", sagte Raymond seufzend. „Alles verlief erwartungsgemäß, bis sich die Beziehung zwischen uns und der Elementarmacht plötzlich geändert hat. Wir konnten den Strom der Magie nicht mehr lenken. Die Elementarmacht hat unsere Magie irgendwie in den Griff bekommen und einfach aus uns herausgesogen. Ich habe dieses Ritual schon ungezählte Male durchgeführt, aber das ist mir noch nie passiert."

„War das magische Ungleichgewicht schon jemals so stark wie zurzeit?", fragte Alain nach.

„Nein, das war es nicht", gab Raymond zu. „Aber es war stark genug, um auszufallen."

„Worin lag dann der Unterschied zu diesem Ritual?"

„Das weiß ich eben nicht!", rief Raymond. „Wenn ich es wüsste, wäre es nie so weit gekommen."

„Was könnte denn dieses Mal anders gewesen sein?", hakte Orlando nach. „Habt ihr den See schon früher für das Ritual benutzt?"

Raymond nickte. „Ab und zu. Meistens dann, wenn besonders viele Magier an dem Ritual teilgenommen haben."

„Dann liegt es nicht am Ort."

„Nein. Darüber habe ich auch schon nachgedacht und es ausgeschlossen. Es liegt auch nicht an der Anzahl der Teilnehmer. Ich habe Unterlagen über Rituale, an denen sogar noch mehr Magier teilgenommen haben. Es gab keine Probleme."

„Ich weiß, dass Thierry nicht mit deiner führenden Rolle in dem Ritual einverstanden war", gestand Alain. „Könnte sein Widerstand sich vielleicht negativ ausgewirkt haben? Könnte er sich – bewusst oder unbewusst – deiner Kontrolle widersetzt haben?" Die Vorstellung war Alain unangenehm, aber er konnte sich durchaus vorstellen, dass Thierry so reagierte. Besonders dann, wenn ihm etwas an dem Ritual merkwürdig vorgekommen war.

Raymond rief sich die Details des Rituals ins Gedächtnis zurück. „Ich hatte das Gefühl, die Störung kam von außen", wiederholte er. „Es war nicht so sehr, dass wir die Kontrolle verloren haben, sondern eher, dass die Elementarmagie sie an sich gerissen und sich auf Thierry gestürzt hat. Die Frage ist nur, warum sie das getan hat. Wenn es Marcel gewesen wäre, hätte mich das nicht gewundert. Aber Thierry ist nicht sehr viel mächtiger als ich. Falls er überhaupt mächtiger ist."

„Als ich gekommen bin, hast du noch auf den Beinen gestanden. Thierry nicht", warf Alain ein.

„Ja. Aber ich war auch nicht im Mittelpunkt des Wirbels", erinnerte ihn Raymond. „Als wir das Netz über Thierry geworfen haben, konnte ich spüren, wogegen er kämpfte. Ich hätte mich an seiner Stelle nicht viel besser geschlagen."

„Richtig", stimmte Alain ihm zu. Es hatte es auch gefühlt. Die Elementarmagie war mit aller Macht gegen den Schutzschild geprallt, als sie Thierry ihrem Zugriff entzogen hatten. „Aber worin lag denn dann der Unterschied?"

„Mir fällt nur noch eine Möglichkeit ein", sagte Raymond bedächtig. Er war sich nicht sicher, ob er ohne Marcels Einwilligung darüber reden sollte. „Es liegt an der Natur der Partnerschaften."

„Was?", riefen Alain und Orlando wie aus einem Mund.

Raymond seufzte. Er musste es ihnen erklären. „Wenn wir recht haben mit unseren Vermutungen, dienen die Partnerschaften nicht nur der Allianz. Sie tragen auch zum magischen Gleichgewicht bei. Und wenn das der Fall ist, kann es durchaus sein, dass es die enge Verbindung zwischen Thierry und Sebastien war, die ihn zum Mittelpunkt des Rituals gemacht hat."

Alain und Orlando sahen sich an. Sie hatten mit eigenen Augen gesehen, wie zärtlich Sebastien auf der Krankenstation zu Thierry gewesen war. „Thierry hat erwähnt, dass Sebastien lieber oft und wenig Blut von ihm trinkt, anstatt sich seltener ganz zu sättigen", meinte Alain zögerlich, weil Thierry es wahrscheinlich nicht sehr schätzen würde, dass Alain ein vertrauliches Gespräch weitergab.

„Vielleicht hat das die Aufmerksamkeit der Elementarmacht auf ihn gelenkt. Vielleicht war das der Unterschied zwischen Thierry und den anderen Teilnehmern des Rituals", überlegte Raymond. „Es wäre eine logische Erklärung."

„Es könnte auch noch andere Aspekte geben, die eine Rolle gespielt haben", ergänzte Alain. „Ich habe Thierry nicht nach seinen Erfahrungen gefragt, aber ich selbst fühle mich gestärkt, nachdem Orlando von mir getrunken hat. Jedenfalls fühle ich mich danach eher mächtiger, nicht schwächer. Falls das nicht nur am Aveu de Sang liegt, könnten Sebastiens zahlreiche Bisse die gleiche Wirkung gehabt und Thierry so zum Ankerpunkt für die Elementarmagie gemacht haben. Dann ist das Ritual vielleicht nur deshalb aus dem Ruder gelaufen, weil Thierry nicht darauf vorbereitet war und überrascht wurde."

„Das hört sich vernünftig an", stimmte Raymond ihm nach kurzem Überlegen zu. „Obwohl mir nicht sehr wohl ist bei dem Gedanken, es auf die Probe stellen zu müssen."

„Was sollen wir denn sonst tun? Es beim nächsten Mal nur mit Magiern versuchen, die keine Partner haben?"

„Hat es denn nicht funktioniert?", fragte Orlando. Er hoffte nicht, dass Alain sich für den nächsten Versuch als Ankerpunkt anbieten würde.

Raymond wurde rot. „Ich war so sehr damit beschäftig, nach den Ursachen zu suchen, dass ich die Wirkung des Rituals noch nicht überprüft habe."

„Dann solltest du es jetzt nachholen", meinte Alain.

„Ich brauche dazu eine Schale mit Wasser."

„Dann überprüfe ich es", bot ihm Alain an. „Meine Magie beruht auf der Affinität zu Luft."

Raymond gab ihm mit einer Geste sein Einverständnis. Alain schloss die Augen und konzentrierte sich auf die magische Kraft der Luft, die sie umgab. Er kanalisierte sie so, wie Raymond es am See mit der Magie des Wassers getan hatte. Leichte Vibrationen lagen in der Luft, dann beruhigte sie sich wieder. Von dem Ungleichgewicht war nichts mehr zu spüren.

Orlando sah verwirrt zwischen Alain und Raymond hin und her. Er erkannte Alains Konzentration, dann die Überraschung im Gesicht der beiden Magier. Orlando hatte ihr Gespräch nur halb verstanden, weil sie über Dinge geredet hatte, von deren Existenz er bis vor wenigen Wochen noch keine Ahnung gehabt hatte. „Was ist los?", fragte er, als Alain wieder die Augen öffnete. „Was ist passiert?"

„Nichts", antwortete Alain erstaunt. „Nicht ist los und nichts ist passiert. Das habe ich seit Beginn des Krieges nicht mehr erlebt. Es gibt keinerlei Anzeichen für ein örtliches Ungleichgewicht. Aber ich habe sicherheitshalber nur in unmittelbarer Nähe danach gesucht."

Raymond war begeistert. „Selbst wenn es nur eine lokale Verbesserung ist, ist das ein unglaublicher Erfolg. Das magische Gleichgewicht war in Paris seit Jahren nicht mehr so stabil."

„Aber zu welchem Preis?", fragte Alain und dachte an Thierry, der oben in der Krankenstation lag. Sicher, Thierry war wieder bei Bewusstsein, aber er war beileibe nicht unversehrt davongekommen.

„Das bleibt abzuwarten", gab Raymond zu. „Aber für den Moment haben wir ein stabiles Gleichgewicht und müssen es nur aufrechterhalten. Da uns jetzt die Vampire in unserem Kampf unterstützen, können wir vielleicht sogar einige Magier abstellen, die sich permanent um die Aufgabe bemühen."

„Das muss Marcel entscheiden", meinte Alain. Sein Gewissen nagte immer noch an ihm, weil er Thierry einfach verlassen hatte. „Ich will jetzt erst nachsehen, wie es Thierry geht."

Raymond nickte, als Alain mit Orlando das Büro verließ. Er wusste, was die anderen Magier von ihm hielten. Er war ihre Informationsquelle, aber er war nicht ihr Freund. Raymond hatte gelernt, damit zu leben. Aber er sehnte sich nach einem Menschen, dem etwas an ihm lag und der sich um ihn kümmerte, so wie die anderen sich umeinander kümmerten. Seine verräterischen Gedanken schweiften zu seinem Partner ab, der sich irgendwo mit Marcel eingeschlossen hatte, um politische Strategien zu diskutieren. Vielleicht konnte Jean ihn ja im Laufe der Zeit mit den gleichen Augen sehen.

Als sie wieder auf der Krankenstation ankamen, blieb Alain vor Thierrys kleiner Kabine stehen. „Darf man eintreten?", fragte er scherzhaft.

Sebastiens Kopf kam zwischen den Vorhängen hervor. „Er ist wieder eingeschlafen. Er sagt, dass sich seine Magie genauso anfühlt, wie vor dem Ritual.

Er ist nur völlig erschöpft, aber seine Magie scheint keinen Schaden genommen zu haben."

„Dieu merci!", murmelte Alain. „Haben die Mediziner ihn schon untersucht?"

„Sie sagen, dass er wieder nach Hause darf, sobald er aufwacht. Aber er muss sich für den Rest der Woche noch schonen", sagte Sebastien. „Er war nicht sehr glücklich darüber, aber er war zu müde, um ihnen zu widersprechen."

„Das wird nicht lange so bleiben", warnte Alain.

„Er braucht mehr als eine Woche Ruhe, um es mit mir aufnehmen zu können", meinte Sebastien. „Ich sorge schon dafür, dass er sich schont."

Hinter den Vorhängen waren leise Geräusche zu hören. Thierry war aufgewacht und versuchte, sich im Bett aufzusetzen.

„Lass das sein", rief Sebastien und lief zum Bett zurück. „Du solltest noch schlafen!"

„Er hat es schon immer gehasst, krank zu sein", sagte Alain mit einem breiten Grinsen.

Thierry warf ihm einen wütenden Blick zu.

„Wir fühlst du dich?", fragte Alain unbeeindruckt.

„Als wäre ich vor einen Zug gelaufen."

„So siehst du auch aus", scherzte Alain.

„Fick dich", gab Thierry zurück.

„Das ist mein Job!", mischte sich Orlando ein, bevor Alain etwas erwidern konnte. Dann schlug er sich erschrocken die Hand vor den Mund. Seine Verlegenheit ließ rasch nach, als die drei anderen nur laut lachten.

„Ernsthaft, Thierry", sagte Alain, nachdem sich das Gelächter wieder gelegt hatte. „Wir fühlst du dich?"

„Müde", erwiderte Thierry. „Ich glaube, ich war noch nie so müde. Die Mediziner meinen, das wäre normal. Sie hatten nicht damit gerechnet, dass ich so schnell wieder zu Bewusstsein komme. Sie haben keinerlei Auswirkungen auf meine Magie feststellen können, und ich selbst kann auch keine Veränderung erkennen."

„Gut. Sebastien sagt, du kannst schon wieder nach Hause gehen. Ich suche nach einem Mediziner, der die Entlassungsformalitäten erledigt", bot Alain an.

Thierry lächelte müde. „Danke."

Alain erwiderte sein Lächeln und ging mit Orlando zurück auf den Flur. „Dein Job?", neckte er und Orlando wurde wieder rot. Alain beugte sich zu ihm und küsste ihn auf den Mund. „Jetzt kümmern wir uns um Thierry, und danach gehen wir nach Hause, damit du deinen Job erledigen kannst."

Orlando hielt das für die beste Idee des ganzen Tages.

Hinter dem Vorhang nahm Sebastien Thierry an der Hand. „Wir holen dich hier so schnell wie möglich raus."

„Ich will nach Hause", gestand Thierry. „Und dann will ich in mein eigenes Bett. Ich kann den Geruch von Krankenhäusern nicht ertragen."

„Bald", versprach Sebastien. „Bald kannst du in deinem eigenen Bett schlafen."

Thierry kämpfte gegen seine Müdigkeit. Wenn er einschlief, konnten die Mediziner ihn nicht nach Hause transportieren. „Bleibst du bei mir?", fragte er leise.

Sebastien drückte ihm die Hand. „Solange du mich brauchst."

10

„Es wird Zeit."

Adèle nahm den Vampir, der plötzlich an ihrer Seite aufgetaucht war, nicht zur Kenntnis. Stattdessen gab sie in aller Ruhe Charlotte und dem Rest der Einheit ihre Befehle.

Ungeduldig packte Jude sie am Arm und zog sie zu sich herum.

Adèles Augen funkelten zornig. „Wir sehen uns später, Charlotte", sagte sie und entzog sich Judes Griff. „Ich muss mich noch um eine andere Angelegenheit kümmern."

Charlotte nickte und ging. Sie war froh, nicht die Einzige zu sein, die ab und zu Probleme mit ihrem Partner hatte. „Mach dir keine Sorgen. Ich erledige alles."

„Danke", erwiderte Adèle und drehte sich wieder zu Jude um. „Wie kann ein Mensch nur so unerträglich sein", fuhr sie ihn an und machte sich an ihm vorbei auf den Weg zur Haltestelle der U-Bahn, mit der sie in ihre Wohnung fahren wollten. Sie fragte ihn nicht danach, wo er wohnte und ob er lieber zu sich nach Hause fahren wollte. Wenn sie sich schon mit ihm einließ – und sie konnte es selbst noch nicht recht glauben –, dann nur zu ihren eigenen Bedingungen.

„Oh, du hast mich noch nicht in Hochform erlebt", schnauzte Jude sie an und nahm sie am Arm, als wäre sie sein Besitz. Er fragte nicht, wohin sie gingen. Es war ihm auch egal, solange sie nur ungestört waren. Er konnte sogar auf ein Bett verzichten. Eine glatte Oberfläche reichte aus – horizontal oder vertikal.

„Lass mich los", zischte sie ihn an, als sie die Treppe hinab zur Métro gingen. Die Nachricht von dem Kampf am Eiffelturm hatte sich offensichtlich schon verbreitet, denn am Bahnsteig war kein Mensch zu sehen.

„Versuch's doch", forderte Jude sie heraus und drückte sie mit dem Rücken an die Wand, um sich lüstern an ihr zu reiben.

Sie konnte die Erregung nicht unterdrücken, die in ihr aufflammte, als sie seine Erektion spürte. Dafür war *sie* verantwortlich, aber sie wusste nicht, wie sie darauf reagieren sollte. Sie weigerte sich, ihm einfach nachzugeben. Ihre Bedingungen oder keine. In der Hoffnung, dass Vampire nicht immun gegen Schmerzen waren, zog sie ihn mit aller Kraft an den Ohren. Als er den Kopf zurückzog, schlüpfte sie an ihm vorbei und rannte zu dem Zug, der gerade eingefahren war. Sie grinste, als sich hinter ihr die Türen schlossen, aber Jude schaffte es, im letzten Moment noch in den Zug zu springen. Adèle warf ihm einen finsteren Blick zu.

Bevor sie reagieren konnte, war Jude schon bei ihr und drückte sie in einen Sitz. Er fasste sie an den Haaren und zog ihren Kopf nach hinten. Die andere Hand legte er auf ihre Hüfte und hielt sie damit auf dem Sitz fest. Adèle wehrte sich gegen ihn, auch wenn es für sie mehr eine Frage des Prinzips war. Dann fühlte sie seine Lippen und seine Zähne am Hals und gab ihren Widerstand auf. Sie legte ihm die Hand auf die Schulter und zog ihn näher, als die Erregung des Bisses von ihr Besitz ergriff.

Der Geschmack von Adèles Blut explodierte auf Judes Zunge. Er hatte sich daran gewöhnt, ihre Abwehr zu schmecken. Jetzt war davon nichts zu spüren. Nur noch Lust und Erregung lagen in ihrem Blut. Jude schwirrte der Kopf, so berauschend war diese Kombination. Er fragte sich, was er wohl tun musste, um diese Mischung öfter zu schmecken. Jude ließ die Hand von ihrer Hüfte nach oben wandern, um ihr die Bluse aus der Hose zu ziehen und ihre glatte Haut zu fühlen. Er war zu eifersüchtig, um sie in der Öffentlichkeit auszuziehen. Niemand außer ihm sollte sie nackt erblicken. Aber er konnte sie berühren und seine eigene Erregung, durch den zurückliegenden Kampf angefacht, mischte sich mit dem Geschmack in ihrem Blut und ließ ihn seine Bedenken vergessen. Adèle gehörte ihm und er wollte sie auf jede Art in Besitz nehmen, die einem Vampir zur Verfügung stand. Sie war in diesem Augenblick nicht in der Lage, ihn zurückzuweisen. Jude konnte die Akzeptanz in ihrem Blut schmecken, als ihr Körper sich an ihn drückte.

Während der Zug durch die dunklen Tunnel in Richtung Chevaleret fuhr und die fast menschenleeren Haltestellen passierte, nutzte er jede Möglichkeit, ihre Lust noch weiter anzustacheln. Sie stöhnte leise und presste sich an ihn, als er ihre Brüste massierte. Ihre Hände fuhren ihm verlangend über den Rücken, die Schultern und den Hals. Durch das Hemd und den BH konnte er ihre Brustwarzen spüren, die sich unter seinen Händen versteiften. Er saugte fester an ihrem Hals, schwelgte im Geschmack ihrer Erregung und zwickte die harten Nippel mit den Fingern. Es löste einen weiteren Ansturm der Erregung in ihr aus und ihr Körper bebte unter seinen Händen. Jude konnte ihre Hände auf seinem Arsch spüren und vergaß alles um sich herum, bis auf die Würze ihres Blutes und den Wunsch, sie so schnell wie möglich zum Höhepunkt zu bringen. Er verfluchte den Tag, an dem modernen Frauen das Tragen von Hosen erlaubt worden war. Er sehnte sich nach den weiten Röcken seiner Jugendzeit, die es ihm erlaubt hätten, sie überall zu berühren, ohne mehr preiszugeben, als er selbst wollte. Jude beschränkte sich darauf, sie durch die Kleidung mit der Hand zu reiben. Er musste insgeheim lächeln, als er die Reaktion darauf in ihrem Blut schmecken konnte. Sie mochte schimpfen und fluchen, aber sie war doch nur eine Frau. Und wie jede Muschi, schnurrte auch sie unter seinen Händen, wenn er sie erst in den Griff bekam.

Adèles Kopf fiel ihr in den Nacken und schlug an die Metallwand des Wagens, als sie seine Hände zwischen den Beinen spürte. Sie sollte sich dagegen wehren, zumal sie in einem öffentlichen Verkehrsmittel unterwegs waren. Allerdings waren sie momentan vollkommen allein in dem Abteil und es war so lange her, seit jemand sie mit solcher Meisterschaft berührt hatte. Sie konnte sich nicht dazu durchringen, die Worte zu finden, um ihn aufzuhalten. Sie brauchte einen starken Mann, sonst würde sie ihn verschlingen, bis nur noch ein Nervenbündel von ihm übrig war und sie selbst unbefriedigt blieb. Mit Jude musste sie das nicht befürchten. Sie fühlte seine Finger, die sich so tief in ihren Schoß schoben, wie es der Stoff ihrer Hose erlaubte. Ihr ganzer Körper brannte vor Lust, als er die empfindlichsten Stellen ausfindig machte und daran rieb. Adèle musste sich auf die Zunge beißen, um ihn nicht anzuflehen. Niemals würde sie diesem unerträglichen Mann die Befriedigung geben, sie betteln zu hören.

Als der Zug in die nächste Station einfuhr, musste Adèle sich zwingen, die Augen zu öffnen. Pasteur. Die nächste Haltestelle war Montparnasse. Selbst wenn hier niemand einstieg, in Montparnasse würde sich das ändern. Adèle nahm all ihre Selbstbeherrschung zusammen und zog den Stab, um die Türen zu ihrem Abteil mit einem Zauber zu belegen und den Eindruck zu erwecken, dass hier schon alle Plätze besetzt waren. Einen anderen Magier konnte sie damit nicht hinters Licht führen, aber auf normale Passagiere würde es wirken.

Danach ließ sie den Stab einfach fallen und konzentrierte sich nur noch darauf, sich bei Jude zu revanchieren. Sie legte die Hand auf seine Erektion, die sich unerbittlich an ihre Hüften presste, und streichelte sie mit der gleichen Hingabe, die Jude ihr zukommen ließ.

Der Geschmack nach Magie in Adèles Blut ließ Jude für einen kurzen Moment zu sich kommen und er hörte ihre Beschwörung. Dann fühlte er ihre Hand an seinem Schwanz und konnte nur noch an die Magie ihrer Berührung denken. Seine eigene Erregung und die Lust, die er in ihrem Blut schmeckte, ließen ihn an seine Grenzen stoßen, aber er weigerte sich, die Kontrolle aufzugeben. Stattdessen verdoppelte er seine Anstrengungen, sie um den Verstand zu bringen und gab dem Begehren nach, sie noch intimer zu berühren. Er öffnete den Knopf an ihrer Hose und zog den Reißverschluss auf. Er wusste, dass sie ihn willkommen heißen würde, als er die Hand in ihren Slip schob und seine Finger in die feuchte Wärme zwischen ihren Beinen gleiten ließ. Mit einem befriedigten Lächeln leckte er sich über die Zähne. Er wollte ihr keine Chance mehr geben, sich gegen ihr Verlangen zu wehren.

Adèle bog mit einem leisen Schrei den Rücken durch, als sie seine Finger in sich spürte. Als er mit dem Daumen ihre Klitoris massierte, floss sie fast über. Jude hob den Kopf, leckte sie am Hals und fuhr ihr mit der Zunge übers Ohr. „Komm für mich, meine kleine Muschi." Er knabberte an ihrem Ohrläppchen und biss sie dann, bis ein kleiner Blutstropfen hervorquoll. Jude leckte ihn genießerisch ab und schloss die Wunde wieder.

„Bastard", zischte Adèle, als seine Worte den Bann brachen, den seine Sinnlichkeit über sie geworfen hatte. Sie wollte sich ihm entziehen, aber die Versuchung und das Versprechen, das in seinen Berührungen lag, waren zu groß. „Du bist nicht Manns genug, um mich kommen zu lassen."

Jude fühlte sich durch diese Zweifel an seiner Männlichkeit noch mehr herausgefordert. Er zog ihren Kopf zurück und fiel in einer Mischung aus Blutdurst und Leidenschaft über ihren Hals her. Er schob einen zweiten Finger in sie hinein und rieb sie fester mit seinem Daumen. Dann lockerte er seinen Griff und wartete ab, ob sie sich gegen seinen Biss zur Wehr setzen würde. Als sie nicht versuchte, den Kopf zu heben, ließ er ihre Haare ganz los und widmete sich ihren Brüsten. Er zog ungeduldig an der störenden Bluse und riss sie in der Mitte auseinander, bis ihn nichts mehr von der nackten Haut trennte, die darunter verborgen lag.

„Arschloch", fluchte sie und krallte die Hände in seinen Hals. „Das war meine Lieblingsbluse." Sie zahlte es ihm heim, indem sie ihn an den Haaren zog, bis er die Zähne aus ihrem Hals ziehen musste. Die andere Hand drückte sie an seinen Schwanz in dem Versuch, die Kontrolle wiederzuerlangen. Sie hätte wahrscheinlich darauf verzichtet, wenn sie sich mit Judes Augen gesehen hätte. Für ihn verkörperte sie das Sinnbild der Lüsternheit und seine Erregung ließ ihn alle Skrupel vergessen. Adèles Wangen waren rot angelaufen vor Leidenschaft und Zorn. Ihr Mund war wutverzerrt und nahezu unwiderstehlich. Aus der Bisswunde an ihrem Hals tropfte Blut wie ein Sirenengesang, der ihn nicht mehr losließ. Ihre nackten Brüste bebten unten den Resten der zerrissenen Bluse. Sie hatte die Beine gespreizt und Jude schob seine Finger tiefer in ihren Körper, fest entschlossen, ihr auch noch die letzte Selbstbeherrschung zu rauben.

„Bald", sagte er mit einer Stimme, die vor männlicher Überheblichkeit nur so triefte. „Bald werde ich nicht nur mit den Fingern in deinem heißen Körper sein. Du kannst sagen, was du willst, meine Muschi. Ich weiß genau, was du wirklich willst, und genau das bekommst du von mir."

„Wenn die Hölle einfriert", erwiderte sie und drückte seinen steifen Schwanz bis hart an die Schmerzgrenze. „Ich nehme mir selbst, was ich will, wann ich es will und wo ich es will."

„Mein Kätzchen hat also Krallen?" Er fasste sie am Handgelenk und drückte ihre Hand an die Rücklehne des Sitzes. „Wir werden ja sehen, wie es schnurren kann, wenn ich erst mit ihm fertig bin." Seine Finger waren unerbittlich und ließen sie nicht mehr klar denken. Sie wehrte sich dagegen, wollte nicht so einfach aufgeben. Aber sie hatte zu lange keinen Liebhaber mehr gehabt und ihr Körper hatte seinen eigenen Willen. Sie mochte sich gegen Jude wehren können, aber nicht gegen sich selbst. Adèle ergab sich in das Unausweichliche, schloss die Augen und überließ sich ihrem Orgasmus, ohne auf Judes lüsterne Kommentare zu achten, der die Finger aus ihr zog und sie genießerisch brummend ableckte. „Wenn du an meinen Fingern schon so gut schmeckst, kann ich kaum abwarten, dich auf meiner Zunge zu schmecken."

Adèle zog den Mantel vor sich zusammen, um ihre zerrissene Bluse zu bedecken. Dann stand sie auf. Ihre Knie zitterten immer noch von dem überwältigenden Orgasmus, den Judes Finger in ihr ausgelöst hatten. „Träum schön", sagte sie sarkastisch, drehte sich um und ging durch die geöffnete Tür auf den Bahnsteig. Jude lief ihr fluchend nach, fasste sie am Arm und drehte sie zu sich um.

„Wir sind noch nicht fertig miteinander."

Sie sah ihn höhnisch von oben bis unten an. Seine Hose war ausgebeult und sein steifer Schwanz musste ihm entschieden unangenehm sein. „Wie?", fragte sie herausfordernd. „Du bist nicht gekommen? Meine Schuld ist das nicht." Sie entzog sich seinem Griff und lief, zwei Stufen auf einmal nehmend, die Treppe hinauf zur Straße.

Wütend lief Jude hinter ihr her. Er war versucht, sie einfach an die Wand zu pressen, um sie hier und jetzt zu ficken. Aber es war früher Nachmittag und zu viele Passanten unterwegs. Selbst wenn sie sich nicht wehrte – und er machte sich keine Illusionen über ihre Reaktion –, würde sich mit Sicherheit jemand wegen Verletzung des öffentlichen Anstands beschweren. Wenn sie erst in ihrer Wohnung waren – oder wo immer sie ihn auch hinführte –, wollte er sich nehmen, was ihm zustand. Und er würde ihr schon zeigen, was sie verpasst hatte.

Adèle war sich sehr wohl bewusst, dass Jude ihr folgte. Aber sie wusste nicht, wie sie ihn loswerden sollte. Sie wollte nicht um Hilfe schreien, obwohl ihre zerrissene Bluse und das Blut an ihrem Hals ihn mit Sicherheit für die nächsten Stunden hinter Gitter gebracht hätten. Sie nahm sich vor, ihn mit in ihre Wohnung zu nehmen, ihm einen runterzuholen und ihn dann vor die Tür zu setzen. Der Kerl hatte sie so um den Verstand gebracht, dass sie es ihrer Selbstachtung schuldig war, mit ihm das Gleiche zu machen.

Den kurzen Fußweg über den Boulevard Vincent Auriol zu ihrer Wohnung legten sie schweigend zurück. Keiner von ihnen sagte ein Wort, um nicht die Aufmerksamkeit der Passanten auf sich zu ziehen. Adèle gab den Sicherheitscode ein und sie betraten das Gebäude. Sie achtete sorgfältig darauf, dass Jude die Nummer nicht erkennen konnte, weil sie nicht wollte, dass er unerwartet vor ihrer Tür auftauchte. Als sich die Haustür hinter ihnen schloss, drehte sie sich zu ihm um. „Immer noch da?", fragte sie höhnisch.

„Ich habe noch nicht bekommen, was ich von dir wollte", erwiderte er mit gepresster Stimme.

„Nun, das ist wirklich sehr schade für dich", meinte sie herablassend und stieg die Treppe hinauf zu ihrer Wohnung im dritten Stock. Als sie oben ankamen, wirbelte sie herum und drückte ihn mit dem Gesicht zur Wand. Sie schob die Hand in seinen Hosenbund und fasste nach seinem mehr als respektablen Schwanz. „Ich bin froh, meine Zeit nicht vergeudet zu haben", sagte sie und fing an, ihn zu reiben. „Ich ziehe es vor, meine Liebhaber zu fühlen, wenn sie mich ficken." Er wollte sich dagegen wehren, aber sie griff fester zu und ließ ihn nicht entkommen. Es dauerte nicht lange, bis er reagierte und in ihre geballte Hand stieß. „Und wer ist jetzt das unersättliche Luder?", spornte sie ihn verächtlich an. „Du kannst dich nicht mehr zurückhalten, ja? Fickst meine Hand? Du bist wie ein kleiner Junge. Keine Selbstbeherrschung. Komm schon, spritz in deine Hose wie ein geiler Teenager. Es ist ja nicht so, dass ich etwas davon hätte."

Jude hätte sie wegstoßen können und sie hätte nichts dagegen ausrichten können. Doch er schaffte es nicht, sich ihrem Griff zu entziehen. Trotz ihrer abwertenden Worte machte sie ihn so geil, wie er es seit Jahren nicht mehr erlebt hatte. Wenn er erst gekommen war, würde es ihm leichter fallen, ihr zu zeigen, wer in diesem Spiel die besseren Karten hatte. Jude machte sich keine Sorgen, wieder hart zu werden. Ihre permanenten verbalen und physischen Auseinandersetzungen waren anregend genug, um ihn wieder in Form zu bringen. Er entspannte sich und überließ sich seinem Orgasmus, kam über ihre Hand und seinen Bauch, bis seine Hose und das Hemd ihm feucht am Körper klebten.

„Oh, das wirst du kaum verstecken können", rief sie, zog die Hand zurück und wischte sie dreist an seinem Hosenbein ab. „Zu schade, dass du keinen Mantel trägst."

Sie drehte ihm den Rücken zu und ging zu ihrer Wohnungstür. Der Schutzschild erkannte sie auch ohne den Stab, den sie in der U-Bahn verloren hatte. Sie fluchte innerlich, weil sie sich einen neuen kaufen musste, eine Unannehmlichkeit, auf die sie hätte verzichten können. Frustriert wollte sie hinter sich die Tür zuwerfen, als Jude sich im letzten Moment in ihre Wohnung drängte. „Ich kann mich nicht erinnern, dich eingeladen zu haben", fauchte sie ihn an.

„Ich bin noch nicht mit dir fertig."

„Zu schade. Ich bin nämlich mit dir fertig. Du hast bekommen, was du wolltest. Jetzt scher dich zum Teufel."

Jude grinste und nahm sie an den Armen. Er zog sie an sich und küsste sie. Ihre Lippen schmeckten so süß wie ihr Blut. Er fasste sie am Kinn und drückte ihren Mund auf, um ihn so in Besitz zu nehmen, wie er es mit dem Rest ihres Körpers beabsichtigte.

Adèle war gleichermaßen erregt wie angewidert. Sie tat das Einzige, was ihr in dieser Situation übrig blieb – sie biss zu. Fest.

„Ich wäre kein Gentleman, wenn ich nicht auf deine Bedürfnisse Rücksicht nehmen würde", zog er sie auf. „Ich wette, wenn ich jetzt meine Hand in deine Hose schiebe, bist du wieder tratschnass. Habe ich recht, Adèle? Du hältst dich gut, aber hinter deiner Fassade bist du nicht anders, als die anderen Weiber auch. Du machst die Beine breit, sobald ein Mann kommt, der stark genug ist, um dich zu nehmen."

Sie sah auf den feuchten Fleck an seiner Hose und schnaubte verächtlich. „Wenn du ihn wieder hochkriegst, wäre ich vielleicht zu überzeugen. Ich kenne deinen Typ. Ich kann hier wahrscheinlich stundenlang warten und Däumchen drehen, bis du dich wieder erholt hast. Aber ich habe mit meiner Zeit noch besseres vor."

„Im Zug habe ich meinen Schwanz nicht gebraucht, um dich zu befriedigen", erinnerte er sie und kam mit raubtierhaften Schritten auf sie zu. „Ich muss auch jetzt nicht hart sein."

Bevor sie ihm widersprechen konnte, zog er ihr den Mantel von den Schultern und drückte ihr die Arme an den Körper. Mit einem lüsternen Grinsen riss er ihr die letzten Fetzen ihrer Bluse vom Leib. „Gib einfach auf und leg dich hin, kleine Muschi. Ich zeige dir schon, was du brauchst."

Sie versuchte, sich aus den Fesseln des Ledermantels und seiner Arme zu befreien, aber sie schaffte es nicht, den Mantel loszuwerden und ihn wegzustoßen. Er fasste sie um die Hüften und hob sie hoch, bis ihre Brüste vor seinem Mund waren. Sie trat nach ihm, war aber zu nah, um ihren Tritten die richtige Kraft zu geben. Er legte die Lippen um ihren Nippel und die feuchte Hitze, die durch den dünnen Stoff des BHs drang, raubte ihr den Willen.

Jude spürte ihre Kapitulation und drückte sie mit dem Rücken an die Wand des Flurs. Mit der freien Hand zog er ihr den BH von den Brüsten. Bei dem Anblick lief ihm das Wasser im Munde zusammen. Er senkte den Kopf und leckte über die nackte, zarte Haut. Zu seiner Überraschung schlang Adèle die Beine um seine Hüften, als er zu saugen begann. Jude war sich nicht sicher, ob er ihrer Hingabe trauen konnte. Er fuhr mit den Zähnen sanft über ihre Brust. Als der Kratzer tief genug war, um zu bluten, leckte er sie ab. Er konnte nur Begehren schmecken. Die Würze ihres Blutes fuhr ihm durch die Adern und weckte seinen Schwanz zu neuem Leben. Er widmete sich der anderen Brust und schenkte ihr die gleiche Aufmerksamkeit. Als sie sich unruhig an ihm zu reiben begann, biss er zu. Seine Eckzähne drangen in ihr Fleisch ein und ihrer Kehle entrang sich ein erregtes Stöhnen. „Das gefällt dir, nicht wahr?", fragte er. „Erregt es dich, mein Zeichen zu tragen? Meine kleine Magierin."

„Ich gehöre niemandem", fauchte sie ihn an und nahm ihre Gegenwehr wieder auf.

„Oh doch, Muschi", schnurrte er. „Es braucht nicht viel, dich zu zähmen. Nur die richtige Berührung oder der richtige Biss, und schon …" Er zwickte sie in die Brust und hinterließ einen roten Fleck. „Siehst du", sagte er, als sie stöhnte. „Und mach dir nicht die Mühe, es zu leugnen. Ich kann es in deinem Blut schmecken. Du bist so erregt, dass du alles tun würdest, was ich von dir verlange, um von mir berührt oder gebissen zu werden."

„Fick dich."

„Nein, nein, Muschi. Umgekehrt wird ein Schuh draus. Ich werde dich ficken, noch bevor dieser Nachmittag zu Ende ist. Aber erst will ich hören, wie du mich anbettelst."

„Ich bettele nicht", schnappte sie ihn an und schlug ihm die Fersen in den Rücken. „Niemals."

Der plötzliche Tritt ließ ihn zurückzucken und sie entkam ihm. Sie riss sich den Mantel von den Schultern und bereitete sich darauf vor, ihn auf ihre Weise zu bekämpfen. Jetzt bereute sie den Verlust ihres Stabes nicht nur deshalb, weil sie ihn ersetzen musste. Ihre Magie wirkte nicht gegen Jude, aber mit dem Stab hätte sie Gegenstände aus ihrer Wohnung gegen ihn schleudern können, bis er die Botschaft endlich verstanden hatte und sie in Ruhe ließ. „Du scheinst es auch nicht gerade eilig zu haben", sagte sie. „Wenn es dir so wenig bedeutet, warum bist du dann noch hier?"

„Ich habe nie bestritten, dich zu begehren", erwiderte Jude. „Ich bin sicher nicht der erste, der dir sagt, dass du schön genug bist, um einen Toten zum Leben zu erwecken. Ich muss dich nicht mögen, um dich ficken zu wollen."

„Dann geht es dir also um Revanche?"

„Ganz und gar nicht", widersprach Jude und kam langsam auf sie zu. „Um Lust. Pure Lust. So einfach ist das. Und ich gehe nicht, bevor ich nicht bekommen habe, was ich will. Dich – geil und willig im Bett."

„Träum weiter", fauchte sie und brachte das Sofa zwischen sich und Jude.

„Dazu muss ich nicht träumen. Du bist doch hier." Er sprang über das Sofa und zog sie in die Arme, bevor sie ihm wieder entkommen konnte. Den einen Arm legte er um ihren Rücken, mit dem anderen hielt er ihre Beine fest. Dann biss er sie wieder in die Brust und grinste, als er immer noch die Erregung schmecken konnte, die ihr durch die Adern schoss. Sie konnte ihm noch so sehr widersprechen, aber sie wollte das genauso sehr wie Jude.

Er hob sie hoch und ging mit ihr durch die Wohnung, bis er das Schlafzimmer fand. Dort schleuderte er sie aufs Bett und warf sich auf sie, bevor sie die Flucht ergreifen konnte. „Du hast die Wahl. Entweder ich ziehe dir die Hose aus oder ich zerreiße sie, so wie deine Bluse", stellte er klar und rieb seinen harten Schwanz an ihrem Unterleib. „Egal, wie du dich entscheidest, du wirst in spätestens dreißig Sekunden nackt sein."

Adèle war innerlich zerrissen. Sie wusste, dass sie nicht so leicht nachgeben sollte. Doch sie konnte ihn auch nicht überwältigen. Sie konnte sich zwar weiter gegen ihn wehren, aber der Ausgang dieses Kampfes war unausweichlich. Daran hatte sich nichts geändert, seit sie den Eiffelturm verlassen hatten. Wenn es vorbei war, würde sie Marcel einige deutliche Worte sagen über diese verdammte magische Anziehungskraft zwischen den Partnern, die ihr keine Wahl ließ. Aber vorher würde sie nachgeben. Wenn sie sich kooperativ zeigte, konnten sie beide davon profitieren. Jude hatte ihr bereits bewiesen, dass er sie fliegen lassen konnte. Die Versuchung, dieses Erlebnis zu wiederholen, war zu stark, um ihr zu widerstehen.

„Wenn du auf mir liegst, kann ich mich schlecht ausziehen", knurrte sie und drückte ihn an den Schultern nach oben.

Jude sah sie misstrauisch an. Ja, sie wollte ihn immer noch kontrollieren und beherrschen, aber ihr Kampfgeist schien sie verlassen zu haben. Jude entschied sich, auf Nummer Sicher zu gehen. Er fasste sie am Kinn, drehte ihren Kopf zur Seite und biss sie wieder in den Hals, um sich von ihrer Aufgabe zu überzeugen.

„Bastard", schimpfte sie, als er sich auf die Knie hockte, um ihr Platz zu geben. „Du hast schon heute früh und in der U-Bahn getrunken. Wie oft willst du mich eigentlich noch beißen?"

„Du liebst es, Muschi", sagte er rau. Die Anspannung war aus seiner Stimme verschwunden, nachdem sie ihre Gegenwehr aufgegeben hatte. „Und Blut lügt nicht."

Er ließ sie nicht aus den Augen, während sie sich die Stiefel auszog und die Hose von den Hüften streifte. Dann schälte sie sich aus den zerfetzten Überresten ihrer Bluse und stand vor ihm, nackt und stolz. „Jetzt du", sagte sie kühl. „Wenn du eine Peepshow bekommst, will ich auch etwas sehen."

„Freches Gör", schalt er und stand auf, um sein Hemd aufzuknöpfen. „Du könntest mir helfen."

„Ich bin nicht deine Dienerin", wies sie ihn zurecht, setzte sich aufs Bett und starrte ihn unverblümt an. Sie konnte ihn zwar nicht leiden, aber seine kräftigen Muskeln und der knackige Arsch waren zu verführerisch. Als Jude sich bückte, um sich die Schuhe auszuziehen, griff sie zu. Er drehte sich zu ihr um und ließ die Hose nach unten rutschen. Sein großer, harter Schwanz ragte vor ihr auf und ließ sie erbeben.

„Gar nicht so schlecht", bemerkte sie mit einer Spur Herablassung, um seinen Stolz zu dämpfen. Seine Reaktion auf ihre Provokationen war immer höchst zufriedenstellend gewesen.

„Biest", knurrte er und stieß sie zurück aufs Bett.

„Ich dachte, ich wäre eine Muschi", entgegnete sie. Judes Gewicht lag schwer auf ihr und drückte sie in die Matratze. Seine kühle Haut war ein reizvoller Kontrast zu der Hitze, die sie bei seiner Berührung überkam.

„Das bist du auch", erwiderte er und fasste ihr zwischen die Beine, um seinen Worten Nachdruck zu verleihen. „Eine triefende Muschi. Aber das ändert nichts daran, dass du auch ein Biest bist."

Adèle hatte genug von dem Gezänk. Sie hatte ihn da, wo sie ihn haben wollte. Sie zog seinen Kopf zu sich herab und biss ihn in die Lippe, um ihn zum Schweigen zu bringen.

Er knurrte und schob ihr die Zunge in den Mund, um ihn in Besitz zu nehmen und zu erkunden. Ihre Zungen duellierten um die Vorherrschaft, bis Adèle schließlich nachgab. Er stieß mit den Hüften gegen ihren Bauch und hinterließ eine feuchte Spur auf ihrer Haut und in den Haaren zwischen ihren Schenkeln. Der Geruch nach Sex feuerte ihre Leidenschaft an.

Sie unterbrach den Kuss und gähnte theatralisch. „Ich frage mich, wo ich wohl meinen Vibrator gelassen habe", überlegte sie laut, obwohl ihr fast die Stimme versagte, als er die Lippen über ihr Schulterbein gleiten ließ und sie auf die Brust küsste. „Du bist offensichtlich nicht in der Lage, endlich zur Sache zu kommen."

Jude ärgerte sich über sich selbst, weil er so vorhersehbare auf ihre Provokationen reagierte. Er hockte sich auf und sah sie wütend an. „Ich sollte dich einfach hier liegenlassen."

Sie zuckte mit den Schultern. „Mach doch. Ich brauch dich nicht …" Ihre Worte gingen in ein lang anhaltendes Stöhnen über, als er die Finger in sie stieß, während er den Kopf senkte und anfing, an ihrer Klitoris zu saugen. Sie bog sich ihm entgegen und verlangte nach mehr.

Judes Instinkt drängte ihn, sie wieder zu beißen und auf jede denkbare Weise in Besitz zu nehmen. Ihr Hals und ihre Brüste wiesen bereits die Male seiner Dominanz auf, aber ihr Verhalten machte überdeutlich, dass sie ihr Vergnügen bei jedem Mann suchte, der ihr gelegen kam. Das konnte er nicht erlauben. Seine Eckzähne wurden länger und er sehnte sich danach, sie auch hier, an ihrer intimsten Stelle, zu zeichnen. Schnell drehte er den Kopf zur Seite und biss sie in den Schenkel. Seine Blutlust kämpfte gegen das Verlangen, sich in ihrem Körper zu versenken. Er konnte ihre Erregung schmecken, die ihn in ihren Strudel mitriss und um den letzten Rest seiner Kontrolle brachte. Er zog den Finger aus ihrer Scheide und fiel mit dem Mund über sie her, penetrierte sie mit seiner Zunge, um sich keinen Aspekt ihres Geschmacks entgehen zu lassen. Das Tier in ihm, durch die Gesetze der Vampire nur mühsam im Zaum gehalten, verlangte nach ihrem Blut. Er ließ die Zähne über ihre Haut gleiten, bis der Geschmack ihres Blutes sich mit dem ihrer Erregung in seinem Mund mischte.

Bevor er sie ernsthaft verletzen konnte, hob er den Kopf und legte sich auf sie. Sein Mund saugte sich an ihrem Hals fest, während er mit dem Schwanz in sie hineinstieß. Adèle ließ den Kopf in den Nacken fallen, als sie seine Lippen am Hals spürte. Seine Zähne fanden ihr Ziel so selbstverständlich wie sein Schwanz und wurden genauso bereitwillig aufgenommen. In einem unkontrollierten Wettlauf jagten sie dem Gipfel der Leidenschaft entgegen. Jude konnte Adèles Orgasmus in ihrem Blut schmecken, noch bevor sich ihr Körper krampfhaft um seinen Schwanz zusammenzog. Er stieß härter und tiefer zu, um sie noch mehr anzufeuern und es ihr unmöglich zu machen, nicht zu ihm zurückzukehren.

Der gemeinsame Höhepunkt fuhr ihnen durch die Körper und schlug wie eine mächtige Welle über ihnen zusammen, bis sie keuchend liegenblieben und die Welt um sie herum schwarz wurde.

11

„WILLST DU darüber reden?"

Caroline riss den Blick von der Wand los, die sie seit einer Stunde, vielleicht auch schon länger, anstarrte. Sie hatte keine Ahnung, wie spät es war. Nach dem Kampf von Sainte-Chapelle hatten sie alles für die Verwundeten und Toten getan, was in ihrer Macht stand. Auch um die Schäden an dem Gebäude hatten sie sich gekümmert, bevor Marcel sie wieder nach Hause schickte. Caroline war unglaublich erleichtert gewesen, ihre Schicht vorzeitig beenden zu können. Marcel war ins Hauptquartier der Milice zurückgekehrt, wo er sich wahrscheinlich bis spät in die Nacht um die Anpassung der Dienstpläne und andere Aufgaben kümmerte. Caroline hatte ein schlechtes Gewissen, schon gegangen zu sein, aber sie war sehr erleichtert, keine Fragen über Eric beantworten zu müssen.

Sie wussten alle, dass er die Seiten gewechselt hatte, aber ihm in dem Kampf gegenüberzustehen und zu erleben, dass er seinen Stab auf sie richtete, dass er in seiner sonst so milden Stimme einen *Abbatoire* gegen Marcel schleuderte … Es hatte sie mehr erschüttert, als sie jemals zugeben würde.

„Caroline? Du musst darüber hinwegkommen, sonst kannst du nicht weiterarbeiten", sagte Mireille leise, um Caroline aus ihren Gedanken zu reißen. „Rede mit mir."

„Bruder gegen Bruder, ein geteiltes Haus", flüsterte Caroline mit leerem Blick. „Das sind wir. Das hat der Krieg aus uns gemacht. Weißt du … Ich habe die meisten von ihnen gekannt, bevor dieser Wahnsinn begonnen hat. Wir waren nicht alle beste Freunde, aber wir kannten die anderen Magier von Paris mehr als nur oberflächlich. Und dann hat Serrier mit diesem Unsinn von der Vorherrschaft der Magier angefangen und aus Freunden wurden plötzlich Feinde."

„Der Magier, der dich angegriffen hat?", fragte Mireille verständnisvoll.

„Ihn habe ich am besten gekannt", sagte Caroline. „Obwohl ich mehr mit seiner Frau befreundet war als mit ihm. Ich habe die beiden miteinander bekanntgemacht, nachdem Danielle und ich von Nantes nach Paris gekommen sind. Wir haben dort zusammen studiert und zusammen gewohnt. Bis zu ihrer Heirat mit Eric haben wir uns auch hier eine Wohnung geteilt."

„Und was sagt sie zu Erics Verhalten?", fragte die Vampirin neugierig.

„Sie hat es nicht mehr erlebt", erklärte Caroline und ihr stiegen die Tränen in die Augen, als sie an die Folgen dieses ersten, grausamen Angriffs der Rebellen zurückdachte. „Er hat für uns gekämpft, bis Danielle und die Kinder ums Leben kamen. Sie war keine Magierin und konnte sich nicht verteidigen, als Serrier das Haus überfallen hat, in dem sie sich aufhielten. Sie waren bei Freunden zu Besuch.

Mein einziger Trost ist, dass sie sofort gestorben sind und nicht mehr mitbekommen haben, was geschehen ist." Jedenfalls hoffte Caroline das aus tiefstem Herzen, denn sonst hätte sie es nicht ertragen können, dass Danielle durch Magie ums Leben gekommen war. Allein der Gedanke daran, dass ihre Freundin noch gelitten hatte, brachte sie halb um den Verstand. „Ich habe an diesem Tag meine beste Freundin verloren und eine Woche später ihren Ehemann. Er war das Einzige, was mir noch von ihr geblieben war."

Mireille nahm ihre weinende Partnerin in die Arme und zog sie sanft an sich. Sie ignorierte die aufkeimende Eifersucht, die Carolines Tränen um eine andere Frau in ihr auslösten. Er war ein Gefühl, das Mireille sich nicht erklären konnte. Die beiden waren Freundinnen gewesen, keine Geliebten. Danielle hatte einen Ehemann und Kinder gehabt. Mireilles Eifersucht entbehrte jeder Grundlage, selbst wenn zwischen Caroline und Danielle mehr als Freundschaft gewesen wäre. Danielles Tod lag schon zwei Jahre zurück.

„Aber wieso hat ihr Mann die Seiten gewechselt, wenn sie bei einem Angriff von Serrier getötet wurde? Hätte er dann nicht erst recht für die Milice kämpfen müssen?" Diesen Aspekt der Geschichte konnte Mireille nicht verstehen.

„Es waren nicht Serriers Magier, die sie getötet haben", erklärte Caroline. „Alain ist für ihren Tod verantwortlich. Es war keine Absicht, aber es war sein Fluch, der sie getroffen hat. Eric konnte es ihm einfach nicht verzeihen."

„Aber du hast es ihm verziehen", bemerkte Mireille. Sie hatte Caroline und Alain zusammen bei der Arbeit erlebt. Die beiden standen sich zwar nicht nahe, aber sie schienen sich gut zu verstehen.

„Danielle war keine Magierin, aber sie hasste jede Form von Vorurteilen und Intoleranz. Sie hätte Erics Verhalten niemals akzeptiert. Er hat sich aus Wut und Verzweiflung auf einen falschen Weg begeben. Ich konnte das nicht tun. Es hätte ihr Andenken beschmutzt, und das konnte ich ihr nicht antun. Besonders nach Erics Entscheidung", erwiderte Caroline. „Alains Fluch hat sie getroffen, aber er war vor Trauer außer sich, weil er in dem Haus seine frühere Frau und seinen kleinen Sohn tot vorgefunden hat. Er wusste nicht, dass Danielle und die Kinder auch da waren, sonst wäre er vorsichtiger gewesen. Ich bin nicht immer einer Meinung mit Alain, aber ich weiß, dass er ein Ehrenmann ist. Er lebt jeden Tag mit dem Wissen, Unschuldige getötet zu haben. Menschen, die wir mit unserer Magie beschützen sollten. Niemand kann ihn härter bestrafen als die Erinnerung daran, mit der er jeden Tag leben muss."

„Du bist weniger nachtragend, als ich es jemals sein könnte", gestand Mireille aufrichtig.

„Vielleicht würde ich nicht so denken, wenn Danielle ein anderer Mensch gewesen wäre. Aber Rachsucht und Vergeltung waren ihr fremd." Caroline lächelte trotz ihrer Tränen. „Ich habe nie einen Menschen mit einem besseren Herzen gekannt. Sie hätte die Vorstellung gehasst, dass ihr Tod – oder der Angriff, der zu ihrem Tod geführt hat – diesen Krieg ausgelöst hat. Sie hätte es gehasst, dass andere ihretwegen leiden müssen." Caroline drehte sich in Mireilles Armen um und drückte sich mit dem Gesicht an die Schulter ihrer Partnerin. „Als wir nach Paris gekommen sind, haben wir die Conciergerie besucht. Wo Marie-Antoinette vor ihrem Tod gefangen gehalten wurde, gibt es einen Altar. Überall im Raum sind Inschriften von Sätzen aus ihrem letzten Brief. Es ist ein Denkmal ihres Lebens und ihres Todes. In einem Satz bittet sie ihre Kinder, ihren Tod nicht zu rächen. ‚*Que mon fils n'oublie jamais les derniers mots de son père que je lui répète-expressément: qu'il ne cherche jamais à venger notre mort'* steht auf dem Altar. Ich weiß nicht warum, aber Danielle hat mir an diesem Tag gesagt, dass sie genauso empfindet. Sie sagte, wenn sie jemals eines tragischen Todes sterben würde, wollte sie nicht, dass jemand dafür die Schuld gegeben wird, sondern dass Verzeihung geübt wird. Wie konnte ich da anders handeln?"

„Glaubst du, sie hat eine Vorahnung gehabt?", wollte Mireille wissen.

„Möglicherweise", gab Caroline zu. „Sie hat nie irgendwelche Andeutungen gemacht. Aber sie hat ihr ganzes Leben im Kreis von Magiern verbracht. Die Großmutter, bei der sie aufgewachsen ist, war Magierin. Sie war mit einem Magier verheiratet und ihre Kinder wären wahrscheinlich auch Magier geworden, hätten sie lange genug gelebt, um die Manifestation ihrer magischen Kräfte zu erleben. Danielle hat keine Magie besessen, aber ich habe schon unwahrscheinlichere Dinge erlebt."

Caroline legte den Kopf auf Mireilles Schulter. „Ich vermisse sie so sehr", schluchzte sie. „Es ist ein Schmerz, mit dem ich leben muss und der mich nie verlassen wird. Manchmal denke ich einige Tage lang nicht an sie, aber dann passiert wieder etwas, das mich an sie erinnert. Wir haben hier sechs Jahre lang zusammen gelebt, haben alles zusammen unternommen. Der einzige Ort, der mich nicht an sie erinnert, ist das Hauptquartier der Milice, weil sie nie dort gewesen ist. Als sie getötet wurde, war die Milice noch in ihren Anfängen und das Haus nur eines von vielen Bürogebäuden der Regierung."

Mireille hielt Caroline in den Armen und ließ sie trauern. Die Vampirin wusste, wie es war, geliebte Menschen zu verlieren. Als sie umgewandelt wurde, hatte sie nach und nach ihre ganze Familie und alle alten Freunde verloren. Erst die Zeit und der Wille, weiterzuleben, konnten die Trauer um den Verlust dämpfen. Seit Danielles Tod waren zwei Jahre vergangen, aber es war noch nicht lange genug, um Carolines Trauer zu mindern. Mireille wiegte die weinende Frau sanft hin und her und hoffte, ihr wenigsten etwas Trost spenden zu können.

„Zeig mir, dass wir noch am Leben sind", sagte Caroline unvermittelt und sah Mireille mit feuchten Augen an. „Danielle hat immer gesagt, man muss das Leben feiern. Hilf mir dabei."

„Wie?", fragte Mireille.

„Komm mit ins Bett und liebe mich", bat Caroline. „Lass mich alles vergessen. Ich will nur noch deine Hände spüren und deine Lippen schmecken."

Mireille runzelte die Stirn. Sie war sich nicht sicher, ob das bei Carolines aufgewühlten Gefühlen eine gute Idee war. Aber ihr Instinkt freute sich über die Einladung und war begierig, Carolines zartes Fleisch zu genießen und ihre erregten Schreie zu hören. Mireille war überrascht über diese Reaktion. Obwohl ihr Verstand ihr davon abriet, Carolines Wunsch nachzugeben, konnte sie ihn ihr nicht abschlagen. Sie brachte es einfach nicht übers Herz.

Stattdessen schlang sie die Arme fester um ihre Partnerin und hob sie hoch, um sie ins Schlafzimmer zu tragen. Sanft legte sie Caroline aufs Bett, streckte sich an ihrer Seite aus und streichelte ihr übers Gesicht. Sie wollte Caroline dieses Geschenk geben, wollte sie trösten und dabei auch ihr eigenes Verlangen stillen. Mireille wunderte sich, wie schnell sich die Beziehung zwischen ihnen vertieft hatte, aber sie stellte diese Entwicklung nicht infrage. Sie wollte nirgends anders sein als in Carolines Armen und in ihrem Bett, wollte ihrer Magierin Geborgenheit geben und sich bei ihr geborgen fühlen. Es war das erste Mal seit ihrer Umwandlung, dass ein Mensch sie nicht als Konkurrenz, als ein Monster oder einfach nur als unerlaubten Nervenkitzel wahrnahm. Und Caroline behandelte sie auch nicht nur als Kameradin in diesem Krieg, sondern sah immer zuallererst die Frau in Mireille. Für sie schien es keine Rolle zu spielen, dass Mireille eine Vampirin war. Mireille senkte den Kopf und küsste Caroline zärtlich. Dann begann sie mit der langsamen Verführung, die sie so meisterlich beherrschte.

Caroline fuhr mit den Fingern in Mireilles lange, rote Haare und zog ihren Kopf zu sich heran. „Ich will es nicht zärtlich", flüsterte sie an Mireilles Mund. „Ich will es wild und schnell und so hart, dass ich alles um mich herum vergesse." Sie knabberte an Mireilles Kinn. „Ich will deine Finger und deine Zunge und deine Zähne spüren, bis ich nur noch an dich denken kann."

Mireilles Hände zitterten vor Erregung, als sie Caroline aus ihren Kleidern schälte und sie achtlos zu Boden fallen ließ. Sie musste dagegen ankämpfen, sie ihrer Partnerin einfach vom Leib zu reißen. Sie stöhnte, halb aus Lust und halb vor Schmerz, weil sie ihre Zähne kaum noch kontrollieren konnte. Als Caroline nackt war, drückte Mireille sie an den Schultern aufs Bett und hockte sich, immer noch voll bekleidet, über sie. Caroline krümmte sich unter ihr, presste ein Bein an Mireilles Schoß und rieb es aufreizend hin und her. Dann warf sie den Kopf zurück und bot Mireille ihren Hals an, aber die hatte im Moment andere Prioritäten. Sie hielt Caroline mit einer Hand fest und streichelte sie mit der anderen an den Brüsten, erst auf der einen, dann auf der anderen Seite. Sie zwickte und zog an Carolines Nippeln, härter und fester, als sie es normalerweise getan hätte. Doch normal war auch nicht das, was ihre Magierin wollte. Nichts war normal. Caroline hatte sich noch nie so verzweifelt gefühlt und Mireille noch nie so die Beherrschung verloren. Sie senkte den Kopf und saugte an Carolines Nippel. Als Caroline sich ihr entgegen bog, drückte Mireille sie unsanft auf die Matratze zurück. Sie leckte und knabberte, aber ohne mit ihren scharfen Zähne die Haut zu durchdringen.

„Beiß mich", bat Caroline und versuchte, sich in Mireilles unerbittlichem Griff zu bewegen. „Ich will deine Zähne spüren."

Mireille hielt sich zurück. Wenn sie erst anfing, Carolines Blut zu trinken, würde sie nicht mehr aufhören wollen, und sie hatte mit ihrem Mund noch anderes vor, bevor es soweit kam. Sie leckte Caroline ein letztes Mal über den Nippel, dann ließ sie die Lippen über den Körper der Magierin nach unten gleiten und atmete dabei den berauschenden Duft des Blutes ein, das durch Carolines Adern pulsierte. Sie griff Caroline zwischen die Beine und fuhr ihr mit den Fingern durch die blonden Locken und die feuchten Falten. Caroline bäumte sich auf und spreizte die Beine. „Geduld", flüsterte Mireille und hob den Kopf, um ihr in die grünen Augen zu sehen.

„Vergiss die Geduld", erwiderte Caroline barsch und schob ihren eigenen Finger dorthin, wo sie Mireilles Finger spüren wollte. Wenn die Vampirin ihren Wunsch nicht erfüllen wollte, musste sie sich eben selbst darum kümmern. Sie verschwendete keinen Gedanken daran, sich über ihr Verhalten zu wundern. Sie war viel zu erregt, um noch denken zu können.

„Oh nein", schnurrte Mireille, fasste sie am Handgelenk und hob ihre Hand an den Mund. Dann leckte sie genüsslich Carolines Finger ab und drückte sie mit beiden Armen in die Matratze zurück. „Aber ich werde dich ficken. Wenn ich es will." Sie unterstrich jedes ihrer Worte mit kleinen Küssen zwischen Carolines Beine und nach dem letzten Wort stieß sie ihr die Zunge tief in den Schoß. Carolines Hüften zuckten und hoben sich ihr entgegen. Mireille musste lächeln, als sie den Lustschrei ihrer Partnerin hörte.

Caroline hob die Beine und schlang sie um Mireilles Schultern, um sich besser an sie drücken zu können. Sie warf den Kopf hin und her und ihre blonden Haare flogen übers Kissen. „Beiß mich", bettelte sie wieder.

Und wieder schüttelte Mireille den Kopf. Sie kannte Vampire, die ihre Geliebten angeblich so abgerichtet hatten, dass sie beim Sex von ihren Geschlechtsteilen trinken konnten. Aber Mireille wollte Carolines Verlangen nicht mit dieser Art Schmerz verbinden. Wenn sie ihren Hunger nach dem Geschmack ihrer Geliebten gestillt hatte, wollte sie eine andere Stelle finden, an der sie Caroline beißen konnte, ohne sie ernsthaft zu verletzen.

Sie zog ihre Zunge aus Carolines feuchter Scheide, ersetzte sie durch ihre Finger und streichelte sie, bis sie die Stelle fand, die Caroline um den Verstand brachte. Mit der Zunge massierte sie Carolines Klitoris, bis deren Beine zu zittern begannen. „Beiß mich", bat die Magierin Mireille zum dritten Mal.

Mireille drehte den Kopf zur Seite und biss ihr tief in den Oberschenkel. Carolines heißes Blut überschwemmte ihre Sinne wie eine Flutwelle. Mireille schob die Finger tiefer in Carolines Schoß, drehte sie und zog sie zurück, um sie dann wieder in sie hineinzustoßen. Sie wollte ihrer Magierin jeden Wunsch erfüllen.

Carolines Orgasmus kam ohne jede Vorwarnung. Er durchfuhr sie mit der Macht eines Taifuns, raubte ihr erst den Atem und schließlich auch das Bewusstsein.

Der Geschmack von Carolines Orgasmus war ein unvergleichliches Aphrodisiakum und brachte Mireille ebenfalls zum Höhepunkt. Vorsichtig zog sie die Zähne aus Carolines Schenkel und schloss die Wunde mit ihrer Zunge. Sie hatte die zarte Haut weit aufgerissen, als sie selbst zum Höhepunkt gekommen war. Jetzt war sie froh, dass sie Carolines Verlangen nicht nachgegeben und sie nur ins Bein gebissen hatte. Es war auch so schon schmerzhaft genug. Mireille hob den Kopf und lächelte Caroline zärtlich an, die entspannt und befriedigt unter ihr lag. Dann stand sie leise auf und zog sich aus. Ihre Kleidung war blutverschmiert und erinnerte sie an die Schlacht, die hinter ihnen lag. Mireille zitterte. Carolines warmes Blut hatte sie empfindlicher gemacht für die kühlen Temperaturen in dem Schlafzimmer. Weil sie sich nicht schmutzig ins Bett legen wollte, gab sie der schlafenden Caroline noch einen Kuss auf die Brust, dann ging sie ins Badezimmer, um zu duschen. Vielleicht kam Caroline ja nach, falls sie rechtzeitig aufwachte. Wenn nicht, wollte Mireille sich zu ihr ins Bett legen und den Rest der Nacht in den Armen ihrer Geliebten verbringen.

12

ANGÉLIQUE WAR nervös.

Ihre Hände juckten. Ihre Eckzähne drückten an den Gaumen, wollten sich befreien. Im Bauch tanzten ihr Schmetterlinge und sie bebte vor Verlangen, obwohl sie allein im Zimmer war. Sie hätte das Gefühl noch verstehen können, wäre sie mit einem Geliebten hier gewesen. Aber ein leeres Zimmer war sicherlich kein Anlass, in solche Gefühle auszubrechen.

Sie sollte auch keinen Durst haben, da sie erst am Abend vorher von David getrunken hatte, um sich auf ihre Patrouille vorzubereiten. Der Biss war genauso unbefriedigend gewesen, wie alle anderen der letzten Tage. Er gab ihr sein Blut, und nicht mehr. Sie nahm es, und nicht mehr. Sie hatte keine Ahnung, was David dabei fühlte, aber sie selbst war damit nicht zufrieden. Vielleicht erklärte das die merkwürdigen Gefühle, die sie überkamen. Und vielleicht sollte sie deshalb einen ihrer gelegentlichen Liebhaber aufsuchen, damit er etwas dagegen unternahm und sie sich wieder ihren Geschäften widmen konnte. Sie nahm ihr Adressbuch und blätterte es durch, um jemanden zu finden, den sie mitten am Tag anrufen konnte. Jemanden, der Zeit hatte, um sie zu besuchen. Sie konnte das Haus nicht verlassen, sonst müsste sie ihre Immunität gegen das Sonnenlicht erklären. Bertrand Avéline arbeitete in einer Bar in der Nachbarschaft und hatte dort ein kleines Zimmer gemietet. Außerdem hatte er nie versucht, aus ihrer Liaison mehr zu machen, als sie war – eine gelegentliche, für beide Seiten befriedigende Begegnung. Ja, Bertrand war die perfekte Wahl. Sie nahm den Hörer in die Hand und wählte seine Nummer. Sie musste lächeln, als er sie erkannte und seine verschlafene Stimme sich plötzlich hellwach anhörte.

Sie unterhielten sich einige Minuten über Belanglosigkeiten, dann kam sie zum Grund ihres Anrufes und lud ihn für den Nachmittag ein. „Dann sehen wir uns also in einer Viertelstunde", schnurrte sie und legte den Hörer auf.

Sie musste niemandem etwas vormachen, also zog sie sich um und tauschte ihre praktische Kleidung, mit der sie auf Patrouille gegangen war, gegen einen Seidenkimono aus, der ihre Kurven betonte und dessen lange Seitenschlitze beim Gehen den Blick auf ihre schlanken Beine freigaben. Sie kämmte ihre langen, schwarzen Haare und schaute in den Spiegel. Würde Bertrand einen natürlichen Stil bevorzugen oder war Eleganz angesagt? Als sie aufstand, ohne auch nur einen Hauch Lippenstift aufgetragen zu haben, wurde ihr plötzlich klar, woher dieser Impuls kam. Schnell setzte sie sich wieder hin und schminkte sich mit sicherer Hand. Sie weigerte sich, ihr Aussehen den Vorlieben ihres Partners anzupassen, zumal er mehr als deutlich gemacht hatte, dass er außerhalb der Erfordernisse der Allianz nichts mit ihr zu tun haben wollte.

Das Klopfen an der Tür riss sie aus ihren Überlegungen. Sie ersetzte ihr nachdenkliches Stirnrunzeln durch ein herzliches Lächeln und ging zur Tür. Bertrand mochte nicht ihr Partner sein, aber er war ein attraktiver Mann, der ihr im Bett jeden Gefallen tat und mit dem sie viel Spaß hatte. Angélique öffnete die Tür und winkte ihn ins Zimmer. Er zog sie sofort in die Arme und sie konnte zu ihrer Freude spüren, dass er bereits erregt war. Sie erwiderte seinen Kuss und ging rückwärts zu ihrem Schlafzimmer. Auf dem Weg zog sie ihn langsam aus. Dann fielen sie zusammen aufs Bett und ihr Kimono öffnete sich, während sie mit dem Mund nach seinem Hals suchte und zubiss. Sein Blut war so süß wie immer, aber ihm fehlte der spezielle Kick, an den sie sich gewöhnt hatte. Angélique verdrängte alle Gedanken an David und saugte an Bertrands Hals, während seine Hände über ihren Körper glitten.

DAVID GING unruhig in seiner Wohnung auf und ab. Er verspürte ein unwiderstehliches Verlangen, Angélique zu sehen, wusste aber, dass er ihre Geduld besser nicht auf die Probe stellen sollte. Wenn sie ihm nur die Tür vor der Nase zuschlug, konnte er sich wahrscheinlich noch glücklich schätzen. Bei dem, was er wirklich von ihr wollte, musste er mit Schlimmerem rechnen.

David hatte Angéliques Schönheit vom ersten Anblick an bewundert. Sie war genau sein Typ. Sie hatte volle Kurven, ohne dick zu sein, lange, dunkle Haare und dunkle Augen. Ihr Körper war wie dazu geschaffen, einen Mann zu verführen. Wenn er auf der Suche nach einer Geliebten gewesen wäre, hätte er keine bessere finden können. Angélique war perfekt. Unglücklicherweise standen die Erfordernisse der Allianz über allen anderen Erwägungen. Jetzt war er mit einer Partnerin geschlagen, die er nicht wollte. Die Chance, Angélique zu seiner Geliebten zu machen, hatte sich dadurch zerschlagen.

Er musste nur die Augen schließen, um sich ihre hennabemalten Hände vorzustellen, die ihm sinnlich über den Körper fuhren. Angélique würde genau wissen, wo ihre Berührungen die beste Wirkung hatten. Sie war Lustsklavin in einem Harem gewesen und hatte Erfahrung in der Liebe. Ihre Hände waren zart, ihre Haut duftete nach exotischen Gewürzen und Ölen. Sie würde so süß schmecken, wenn er jeden Quadratzentimeter ihrer nackten Haut küsste und sie seine Zärtlichkeiten mit ungehemmter Leidenschaft erwiderte.

Das Bild stand ihm so lebhaft vor Augen, dass es ihn aus seinen Träumen riss. Ja, sie war wunderschön. Ja, sie war sein Ideal einer Frau. Aber er hatte sich bewusst dazu entschieden, in ihr nicht mehr zu sehen, als die Partnerin, die sie war. Diese Art von Fantasien hatten in ihrer Beziehung nichts zu suchen, und das wusste David. Warum also konnte er sie auf einmal nicht mehr verdrängen? Warum hatte er heute versagt, wo es ihm doch in der Vergangenheit immer gelungen war?

David murmelte eine kurze Beschwörung, um seine Wohnung nach Zaubern abzusuchen, die für dieses Verhalten verantwortlich sein könnten. Er fand nur seine eigenen Schutzschilde. Trotzdem hatte er das merkwürdige Gefühl, dass irgendeine Form von Magie ihn beeinflusste. Er schnippte mit seinem Stab, um im Kamin ein Feuer anzuzünden. Dann suchte er weiter nach magischen Störungen, die diese unerklärliche Anziehung erklären konnten. Die Elementarmagie war so ausbalanciert, wie seit Beginn des Krieges nicht mehr. David genoss die Wärme des Feuers und ging weiter in seiner Wohnung auf und ab.

Er konnte sich nicht konzentrieren. Bilder von Angélique und einem unbekannten, gesichtslosen Mann suchten ihn heim. Er redete sich ein, dass sie Unsinn wären, konnte aber das Gefühl nicht abschütteln, betrogen zu werden. Angélique gehörte *ihm*!

Unvermittelt blieb er mitten im Zimmer stehen. Woher kam dieser Gedanke? Er konnte auf Angélique keinerlei persönliche Ansprüche erheben. Er hatte zu den ersten gehört, die sich gegen die Möglichkeit gewehrt hatten, dass die Vampire mehr als eine militärische Allianz verlangen könnten. Woher kam dieses Bedürfnis, Angélique für sich zu beanspruchen? David erkannte, dass er mit Marcel darüber reden musste. Und zwar bald.

Er zog seinen Mantel an, schloss die Wohnung ab und aktivierte den Schutzschild. Dann machte er sich auf den Weg zum Hauptquartier, um in Erfahrung zu bringen, was Marcel ihm darüber sagen konnte.

NACHDEM BERTRAND wieder gegangen war, ließ Angélique sich befriedigt aufs Bett fallen. Bedauerlicherweise war es eine oberflächliche, rein körperliche Befriedigung. Bertrand hatte sich so gut um sie gekümmert, dass sie vollkommen entspannt sein sollte, aber ihre Nervosität hatte sich nicht gelegt. Sie sah David mit seinen roten Haaren vor ihrem inneren Auge, verdrängte das Bild aber sofort. Er hielt sie sowieso schon für eine Schlampe, sie musste es ihm nicht mehr beweisen. Außerdem wusste sie nicht, wo er sich aufhielt.

Angélique beschloss, einen kleinen Spaziergang zu machen. Sie zog sich an, um in die Stadt zu gehen. Als sie den Boulevard Clichy entlang ging, musste sie lächeln. Es war schön, ihre Heimatstadt auch bei Tageslicht erkunden zu können. Ohne den Trubel des Nachtlebens kam ihr Montmartre wie eine andere Welt vor. Sie kam zum Place Clichy und schlenderte dann ziellos durch die Gegend nördlich des Boulevard des Batignolles. Vor einem der Mietshäuser in der Rue Nollet blieb sie stehen. Sie verspürte ein unerklärliches Verlangen, das Haus zu betreten. Neugierig trat sie näher und studierte die Namensschilder an der Haustür.

D. Sabatier.

MONIQUE GING ruhelos durch ihre kleine Studiowohnung im Norden von Paris. Es war ihr nicht gelungen, sich in die Milice einzuschleichen, wie Serrier es von ihr erwartet hatte. Sie fühlte die Folgen ihres Versagens immer noch schmerzhaft in ihren Muskeln. Es wäre noch schlimmer geworden, hätte sie nicht wenigstens einige neue Informationen beschaffen können. Serrier plante schon Maßnahmen, um seine Einheiten mit genügend Weihwasser auszustatten, das er in ihren zukünftigen Kämpfen gegen die Vampire einsetzen wollte.

Aber obwohl Serrier sein Möglichstes getan hatte, um sie ihr Versagen nicht zu schnell vergessen zu lassen, waren es nicht die Schmerzen, die Monique nicht zur Ruhe kommen ließen. Auch Serriers Kriegsstrategie war ihr im Moment vollkommen gleichgültig. Was ihr nicht aus dem Kopf gehen wollte, war die Erinnerung an einen bestimmten spanischen Vampir. Sie hatte ihn in dem kleinen Zimmer im Untergeschoss von Chaviniers Hauptquartier nach allen Regeln der Kunst verführt, hatte sich sogar von ihm beißen lassen. Es sollte ein Leichtes sein, ihn genauso schnell wieder zu vergessen, wie jedes andere unbedeutende Techtelmechtel auch.

Sicher, sie konnte sich nicht erinnern, in den letzten Jahren jemals einen so befriedigenden Liebhaber erlebt zu haben. Trotzdem, es war nur Sex, eine schöne Erinnerung für magere Zeiten, wenn sie nachts allein im Bett lag. Alles andere war Zeitvergeudung. Und doch konnte sie nicht aufhören, an ihn zu denken. Sie hatte versucht, mit einem anderen Mann zu schlafen, um den Vampir zu vergessen. Aber obwohl es ihr gefallen hatte, waren ihre Gedanken sofort zu Antonio zurückgekehrt, als sie wieder alleine im Bett lag. Sie hatte sich sogar von einem Mediziner nach einer Beschwörung oder einem Liebeszauber untersuchen lassen, obwohl Vampire keine Magie besaßen. Der Mediziner hatte nichts feststellen können und ihr beste Gesundheit bescheinigt. Monique kämpfte gegen das Verlangen an, ihre Wohnung zu verlassen und ins Hauptquartier der Milice zurückzukehren. Sie wusste genau, was passieren würde, wenn sie diesem Wunsch nachgab. Das letzte Mal hatte Chavinier sie noch mit freundlichen Worten weggeschickt und ihr geraten, sich unauffällig zu verhalten, damit Serrier sie nicht aufspüren konnte. Aber er hatte ihr weder seinen Schutz noch einen Platz in der Milice angeboten. Wenn sie jetzt wieder auftauchte und Antonio sehen wollte, würde er sie wahrscheinlich ins Gefängnis werfen lassen. Das war der Vampir nicht wert. Er konnte es nicht wert sein.

ANTONIO HATTE die schweren Vorhänge zugezogen und verfluchte das Sonnenlicht, das ihn effektiver gefangen hielt, als jede Gefängniszelle es vermocht hätte. Er hatte den Geschmack der Freiheit nur für einen kurzen Moment erfahren, und das in einem kleinen, unpersönlichen Zimmer. Er hatte Monique mit falschen Informationen gefüttert und sie verführt, weil sie es auch gewollt hatte. Und weil er es brauchte, hatte er so viel von ihr getrunken, wie er sich in dieser Lage getraut hatte. Er konnte den Geschmack ihres Blutes immer noch auf der Zunge spüren. Seitdem konnte er fremdes Blut nicht mehr genießen. Es schmeckt schal und war nur noch eine Lebensnotwendigkeit, nicht vergleichbar mit dem unvergleichlich erfüllenden Geschmack von Moniques Blut.

Antonio hätte am liebsten vor Wut um sich geschlagen, um die Frustrationen loszuwerden, die sich in den letzten Stunden in ihm aufgestaut hatten. Er hatte die Grenzen seine Existenz als Vampir schon lange akzeptiert, aber heute wollte er nur noch raus hier. Er wollte auf die Straße laufen, wollte die Frau finden, deren Blut ihn aus diesem Gefängnis befreien würde. Es war ein schier überwältigendes Verlangen, und nur das Wissen um sein sicheres Ende hielt ihn zurück, denn die Wirkung ihres Blutes hatte schon lange nachgelassen. In diesem Augenblick hätte er alles aufgegeben – seine Loyalität zu Jean, seine Verantwortung gegenüber dem Cour, den Unterschied zwischen Gut und Böse –, nur um Moniques Blut schmecken zu können. Antonio wusste, wer Monique war. Er konnte sich auch ausmalen, was sie in Serriers Diensten getan hatte. Aber er wollte sie trotzdem. Er wollte sie mit einer Macht, die ihm Angst einjagte. Wie konnte ein einziger Biss ihn so um den Verstand bringen? War es nur deshalb so schlimm, weil er sie nicht haben konnte? Oder ging es den anderen Vampiren mit ihren Partnern genauso? Spürten sie auch dieses alles verzehrende Verlangen? Und wenn ja – was würde dann passieren, wenn dieser Krieg zu Ende war und die Partnerschaften ihren Zweck erfüllt hatten? Antonio wollte nicht daran denken. Doch er konnte die Frau nicht vergessen, die ihn nach dem ersten Biss an sich gefesselt hatte.

Aber Antonio konnte sein Leben und seine Überzeugungen nicht aufgeben für eine dunkle Magierin, die niemals die Seiten wechseln würde. Er konnte es einfach nicht tun.

RAYMONDS SINNE waren durch den Kampf mit der Elementarmacht noch so angeschlagen, dass er den Ansturm auf seine Schutzschilde zunächst ignorierte. Die Schilde waren so stark, dass niemand sie durchdringen konnte. Doch als der magische Druck nicht nachlassen wollte, musste er zugeben, dass es kein Zufall sein konnte. Jemand wollte in seine Wohnung eindringen. Er lockerte für einen Augenblick die Kraft eines Schildes, um dahinter blicken zu können. Sofort wurde er von einer Welle der Lust erfasst und aktivierte den Schild wieder in voller Stärke. Nachdenklich legte er die Stirn in Falten. Sie hatten nach dem Ritual kein Ungleichgewicht in der Elementarmacht mehr feststellen können. Sofern die neue Balance nicht nur ein flüchtiges Phänomen gewesen war, konnte sie nicht die Ursache für den Angriff auf seine Schutzschilde sein.

Raymond beschloss, der Angelegenheit methodisch auf den Grund zu gehen. Er ging ins Badezimmer und füllte die Badewanne mit etwas Wasser. Dann ließ er seine Magie in das Wasser strömen und konnte, wie schon in seinem Büro, keinerlei Ungleichgewicht mehr erkennen.

Das war es also nicht. Ein Grund weniger zur Beunruhigung. Mit einer Beschwörung überprüfte er den Zustand seiner Schutzzauber und stellte auch hier keinerlei Beeinträchtigungen fest. Das sprach dafür, dass die Ursache für das Problem nicht bei Serrier zu suchen war. Der dunkle Magier war hinterhältig, aber nicht sonderlich erfinderisch. Wenn Serrier nicht einen anderen Magier gefunden hatte, der neue Beschwörungen für ihn entwickelte, gab es nichts in seinem bisherigen Arsenal, das Raymonds Schilde gefährden konnte.

Es musste sich also um wilde Magie handeln. Raymond wäre fast lieber gewesen, Serrier hinter dem Ansturm zu wissen. Dann hätte er nur einen Gegenzauber finden müssen und die Sache wäre wieder im Lot gewesen. Wilde Magie konnte jedes magische Wesen in der Stadt und darüber hinaus beeinflussen, je nachdem, wie stark der Ausbruch sich manifestierte. Als Raymond die Schilde wieder senkte, musste er erneut gegen das Verlangen ankämpfen, sich auf den Weg in Jeans Wohnung zu machen, um den Vampir zu sehen.

Raymond wurde fast schlecht, als er die Zusammenhänge erkannte. Dafür waren er und Alain verantwortlich. Es waren die Folgen des fehlgeschlagenen Rituals, bei dem sie Thierry aus dem magischen Limbo befreit hatten. Sie mussten irgendwie die Hülle beschädigt und wilde Magie freigesetzt haben, die jetzt über jedes magische Wesen herfiel, das nicht darauf vorbereitet war und sich nicht rechtzeitig dagegen schützen konnte. Und da sie das Ritual geheim gehalten hatten, traf das auf jedes einzelne Wesen der Stadt zu, das auch nur eine Spur von Magie besaß – nicht nur auf die Magier und Vampire, auch auf die Werwölfe, Kobolde, Gnome und was es sonst noch so alles gab. Raymond war sich nicht sicher, ob die wilde Magie auf alle gleich wirken würde, aber er befürchtete es. Das nahezu unwiderstehliche Begehren nach seinem Partner ließ trotz der starken Schutzschilde kaum nach. Ihn schauderte bei der Vorstellung, welche Wirkung es auf weniger entwickelte Wesen haben könnte. Trolle und Elfen hatten nur ein gering ausgeprägtes Gewissen. Wenn sie unter den Einfluss der magischen Lust gerieten, stand ihnen eine Katastrophe bevor.

Raymond ließ den Kopf auf den Tisch fallen und verfluchte sein unüberlegtes Handeln. Er hätte es besser wissen müssen. Eine Beschwörung oder ein Ritual ordnungsgemäß abzuschließen war das erste, was ein junger Magier lernte. Alain konnte man unter den gegebenen Umständen seine Nachlässigkeit noch nachsehen. Sein bester Freund war unter dem Angriff der Elementarmacht zusammengebrochen. Für Raymond gab es diese Entschuldigung nicht. In seiner Hand hatte die Verantwortung für das Ritual gelegen. Er hätte es unter allen Umständen zu Ende bringen müssen.

Raymond musste sofort Marcel aufsuchen und ihn warnen. Vielleicht konnten sie noch rechtzeitig eine Möglichkeit finden, um die wilde Magie wieder einzufangen und unschädlich zu machen. Ihm drehte sich der Magen um bei dem Gedanken, einen solchen Fehler eingestehen zu müssen, von den Folgen seiner Dummheit gar nicht zu reden. Raymond atmete noch einige Male tief durch, dann transportierte er sich ins Hauptquartier der Milice.

TIEF IN den Gewölben seines alten Anwesens regte sich der Vampir. Er wurde aus seinen Träumen geweckt durch Gefühle, die er seit fünfzehnhundert Jahren nicht mehr empfunden hatte. Seine dunklen Augen öffneten sich und sein stechender Blick durchdrang die Dunkelheit, während er seine wiedererwachten Gefühle mit den Erinnerungen an längst vergangene Zeiten verglich.

Damals war es ein Magierkönig gewesen, der das weitere Vorrücken der Alemannen nach Westen verhindern wollte. Die Alemannen waren ein germanischer Stammesverband, der von mächtigen Magiern angeführt wurde. Es waren weniger zivilisierte, weniger aufgeklärte Zeiten gewesen, deshalb hatte der Krieg der Magier viel weitreichendere und zerstörerische Konsequenzen gehabt. Bei dem gegenwärtigen Krieg war das noch nicht der Fall gewesen und Lombard wusste, dass sie das Chavinier zu verdanken hatten. Der General hatte bisher verhindert, dass andere magische Rassen in die Auseinandersetzungen verwickelt wurden, wenn man von den Auswirkungen der Propaganda Serriers absah. In Lombards Zeit hatten die Vampire sich bereit erklärt, die Alemannen bei Nacht anzugreifen, weil sie nicht länger dem magischen Einfluss ausgesetzt sein wollten und lieber den Teufel unterstützen, den sie kannten. Der Angriff hatte in einer Katastrophe geendet. Die Vampire waren in einen Hinterhalt geraten und niedergemetzelt worden. Es hatte hunderte von Jahren gedauert, bis der Cour de Reims sich davon wieder erholt hatte.

Selbst in Paris, weit weg vom Hauptgeschehen, hatten die Vampire damals die Macht der wilden Magie noch gespürt. Sie schwächte die Vernunft und ließ den Instinkten freien Lauf, was zu wüsten Ausschreitungen geführt hatte, die mit der Gefangennahme und Hinrichtung von Vampiren geendet hatten.

Dieses Mal war der magische Zwang nicht so übermächtig. Er weckte Lombards Instinkte, aber er konnte seine Urteilskraft nicht beeinträchtigen. Lombard dachte an Mireille, die Tochter, die ihm das Schicksal nie vergönnt hatte. Würde sie sich dem Wahnsinn widersetzen können, den die wilde Magie auslöste?

Lombard überlegte, wie die Magie sich auf die Partner auswirken würde. Vielleicht fühlten sie sich zueinander hingezogen und konnten so den schlimmsten Folgen entgehen. Dann wäre wenigstens ein Teil der Vampire in Sicherheit. Andererseits war zu befürchten, dass es zu neuen Verfolgungen führte; dann würden die Behörden sich nicht mehr dafür interessieren, ob ein Vampir auf der Seite der Allianz kämpfte oder nicht.

Noch schien draußen die Sonne und Lombard konnte nichts unternehmen. Doch er wollte sicherheitshalber Mireille warnen, sobald sie wieder zurückkam. Mireille hatte nicht seine Stärke, war aber dennoch nicht zu unterschätzen. So wie er die Lage einschätzte, war es wahrscheinlich ausreichend, sich der Gefahr bewusst zu sein, um die Kontrolle zu behalten und das Schlimmste zu verhindern.

Sollte sich die Situation verschärfen, musste er allerdings mit Jean in Verbindung treten und ihn warnen. Wenn es hart auf hart kam, würde er auch mit Chavinier selbst reden müssen. Was damals in Reims passiert war, durfte sich nicht wiederholen. Lombard würde es nicht zulassen.

13

ALS SIE den Hof von Orlandos Haus betraten, zog Alain ihn in die Arme und legte ihm die Hand auf die Hüften. „So, jetzt ist unser Dienst zu Ende und Thierry wieder sicher zu Hause. Zeit für deine anderen Aufgaben", scherzte er.

„Oh ja?", fragte Orlando im gleichen Tonfall. Sein Herz schlug schneller, als er daran dachte, Alain über die Treppe nach oben in seine Wohnung zu ziehen, die störende Kleidung zwischen ihnen loszuwerden und sich mit ihm zu vereinen.

„Oh ja", erwiderte Alain mit fester Stimme. Ihm lief ein Schauer über den Rücken, wenn er nur daran dachte, seinen Vampir zu lieben. Es war zwar erst einige Stunden her, aber nach dem Ritual und den Sorgen um Thierry kam es ihm viel länger vor. Es war so viel geschehen, seit sie sich das letzte Mal geliebt hatten.

„Dann sollten wir besser nach oben gehen", meinte Orlando lächelnd. „Außer, du hast einen Hang zum Exhibitionismus, von dem ich noch nichts erfahren habe." Er errötete über seine eigenen Worte, schrieb sie aber der Tatsache zu, dass er sich endlich in seiner eigenen Haut wohlfühlen konnte. Meistens jedenfalls. Außerdem hatte er einen Geliebten, der ihn so akzeptierte, wie er war.

„Niemand außer mir wird dich nackt sehen", knurrte Alain besitzergreifend, nahm Orlando bei der Hand und zog ihn zur Treppe. Ihm war der Gedanke absolut unerträglich, Orlandos Schönheit mit anderen Menschen teilen zu müssen.

Orlando zog überrascht die Augenbrauen hoch, als er den eifersüchtigen Ton in Alains Stimme hörte, aber er folgte ihm willig nach oben. Als die Wohnungstür hinter ihnen ins Schloss fiel, schleuderte Alain ihn herum und drückte ihn mit dem Rücken an die schwere Holztür. Auch das war ein Verhalten, das Orlando von seinem Magier nicht gewöhnt war. Doch der Kuss, der dann folgte, war so zärtlich und liebevoll, wie Orlando es sich nur wünschen konnte. Er entspannte sich und überließ für den Augenblick Alain die Initiative.

Alain wunderte sich nicht über die leidenschaftlichen Gefühle, die Orlandos Nähe in ihm auslöste. Aber er konnte sich das plötzliche Verlangen nicht erklären, seinen Geliebten einfach umzudrehen und gegen die Wand zu ficken. Alain bezwang seinen Impuls und küsste und streichelte Orlando zärtlich, ohne ihn unter Druck zu setzen. Orlando ergriff die Gelegenheit, sich ebenfalls auf Entdeckungsreise zu begeben.

„Warum stehen wir noch hier, wenn wir nur wenige Schritte weiter ein bequemes Bett haben?", fragte er neckend, als Alain ihn nach einiger Zeit immer noch an die Tür presste.

Wieder wollte Alain von ihm Besitz ergreifen, und dieses Mal fasste er Orlando fest an den Hüften, bevor er sich zurückhalten konnte. Obwohl Orlando nicht dagegen protestierte, trat Alain schließlich einen Schritt zurück und gab ihn frei. Dann starrte er ungläubig auf seine ungehorsamen Hände.

„Was ist los?", fragte Orlando beunruhigt, als er Alains fassungsloses Gesicht sah. Besorgt ging er zu ihm und nahm ihn an den Händen.

Alain wirbelte sie herum und presste Orlando erneut mit dem Körper an die Wand. Sein Kuss hatte jede Zärtlichkeit verloren.

„Alain!"

Der Klang seines Namens und die Betroffenheit in Orlandos Stimme brachen den Bann und gaben Alain die Kraft, ihn wieder loszulassen. Irritiert rieb er sich mit den Händen übers Gesicht.

„Was ist los?", wollte Orlando wissen.

„Ich weiß es nicht", erwiderte Alain aufrichtig. Seine Stimme zitterte und er musste schon wieder dagegen ankämpften, Orlando einfach mit einem Kuss zum Schweigen zu bringen und ihn auf den Boden zu werfen. „Aber es gefällt mir gar nicht. Ich scheine die Kontrolle verloren zu haben."

„Worüber?"

„Über mich", antwortete Alain leise. „Es kommt mir vor wie eine *Forçage*, eine Beschwörung, mit der man Menschen unter seine Kontrolle bekommt und gegen ihren Willen zu etwas zwingen kann. Ich kenne niemanden, der das tun würde." Er wollte Orlando berühren, konnte sich aber selbst nicht vertrauen. Seine Hände verkrampften sich schmerzhaft und wollten sich seiner Kontrolle entziehen. „Du darfst nicht zulassen, dass ich dich verletze", warnte er Orlando. Er sollte die Wohnung verlassen, aber er wusste, dass er dazu nicht mehr die Kraft aufbringen konnte. „Ich meine es ernst", bekräftigte er seine Warnung. „Was immer auch mit mir los ist, ich weiß nicht, wie lange ich mich noch dagegen wehren kann. Und ich will keinen Keil zwischen uns treiben, indem ich deine Wünsche missachte. Lass nicht zu, dass ich dich verletze. Wenn es nötig wird, musst du mich fesseln."

Orlando runzelte die Stirn, als er den Kampf sah, der in seinem Geliebten tobte. Er hatte darauf vertraut, bei Alain immer sicher zu sein. Dieses Vertrauen hatte ihnen erlaubt, ihre Beziehung zu vertiefen. Wenn Alain es jetzt missbrauchte, und sei es gegen seinen eigenen Willen, dann würde das die Grundlagen ihrer Beziehung erschüttern. „Vielleicht sollte ich gehen", schlug er Alain vor.

Alain wollte zustimmen, brachte die Worte aber nicht über die Lippen. „Ich würde dir nur folgen", gab er schließlich zu. „Diese Magie ist auf dich oder uns gerichtet. Ich weiß nicht, wie ich sie brechen soll."

Orlando ging ohne langes Zaudern auf ihn zu und wollte ihn trösten, aber Alain schüttelte den Kopf. „Du darfst mir jetzt nicht trauen", warnte er erneut, obwohl ihm die Worte das Herz zerrissen. Warum musste das ausgerechnet jetzt passieren, wo sie ihre Beziehung gerade erst wieder auf den richtigen Weg gebracht hatten? „Ich brauche all meine Kraft, um einfach nur stillzuhalten."

„Was soll ich tun?", fragte Orlando ernst. „Was soll ich tun, wenn ich nicht gehen kann und es gleichzeitig gefährlich ist, hierzubleiben?"

Die Luft um Alain knisterte, als er sich erfolglos gegen den Zauber wehrte und vor Anstrengung in die Knie ging. „Du musst mich fesseln. Wenn ich mich nicht rühren kann, kann ich dich auch nicht verletzen."

Orlando schüttelte den Kopf bei der Vorstellung, Alain ans Bett zu binden und seiner eigenen Blutlust auszuliefern. Es erinnerte ihn zu sehr an die Foltern, denen Thurloe ihn ausgesetzt hatte.

„Tu es, Orlando", verlangte Alain. „Ich weiß wirklich nicht, wie lange ich es noch aufhalten kann. Ich will dir nie wieder einen Grund geben, mir nicht zu vertrauen."

Orlando nickte zögernd. Dann sprang er auf Alain zu und drückte ihm die Arme an den Körper, bis der Magier sich nicht mehr rühren konnte. Orlando konnte den Widerstand spüren und hätte beinahe wieder losgelassen, doch das durfte er nicht tun. Er wollte Alain helfen und es hatte nichts mit dem zu tun, was ihm selbst widerfahren war. Auch wenn er Alain fesselte, bis die Wirkung der Magie nachließ, er hatte nicht vor, Alains Hilflosigkeit auszunutzen und ihn zu quälen.

Orlando zog mit einer Hand zwei Schnüre aus einer Schublade, um Alains Hände damit an das Kopfende des Bettes zu binden. Der Magier wehrte sich immer noch und gab Orlando keine andere Wahl, als ihn mit seinem eigenen Körpergewicht auf die Matratze zu drücken und festzuhalten, bis er die erste Hand gefesselt hatte. Orlando keuchte überrascht, als er Alains Zähne spürte, die sich durch das Hemd um seinen Nippel legte. Sein Griff ließ nach und Alain konnte die zweite Hand wieder befreien. Er fasste Orlando an den Haaren und zog seinen Kopf nach unten, um ihn hungrig zu küssen.

Ohne den Kuss zu unterbrechen brachte Orlando die freie Hand wieder in seine Gewalt und band sie ebenfalls ans Bett.

„Und was soll ich jetzt tun?", fragte er dann.

„Mich wieder küssen", verlangte Alain mit rauer Stimme und zerrte an seinen Fesseln. Sie saßen so fest, dass er kaum die Arme bewegen konnte. Orlando war in Sicherheit. Alain entspannte sich und gab seinem Verlangen nach. Jetzt konnte er bitten und betteln, er konnte sogar befehlen. Aber er konnte sich nichts nehmen, was Orlando ihm nicht gab.

„Das habe ich nicht gemeint", widersprach Orlando, obwohl er gegen Alains Wunsch nichts einzuwenden hatte. „Ich wollte wissen, wie ich dir helfen kann."

„Küss mich wieder", wiederholte Alain und suchte vergeblich nach einer Antwort auf Orlandos Frage. Die Magie, die ihn in ihren Bann gezogen hatte, kannte nur ein Ziel – Orlando. Vorzugsweise stöhnend unter Alain liegend und dessen harten Stößen ausgeliefert. Ohne bewusst darüber nachzudenken, versuchte Alain erneut, sich aus dem Bann der Magie zu befreien, aber er konnte sich nicht auf seine eigene Macht konzentrieren. Die fremde Magie war stärker und schien seine eigene Magie zu kontrollieren. Da er sich nicht befreien und nehmen konnte, wonach ihn verlangte, beschränkte er sich darauf, das zu nehmen, was Orlando ihm geben konnte. Mit einem kleinen, funktionierenden Rest seines Verstandes stellte er erstaunt fest, dass er selbst jetzt noch in der Lage war, sich mit der Realität abzufinden, anstatt sinnlos gegen seine Fesseln anzukämpfen, um sich zu nehmen, was er wollte.

„Ich weiß nicht, wie das helfen soll", meinte Orlando und senkte den Kopf, um Alains Wunsch zu erfüllen. Alain schnappte gierig nach Orlandos Lippen, der sich erschrocken zurückzog, bevor er den Kuss wieder aufnahm. Ihre Zungen kämpften um die Vorherrschaft und es erregte Orlando auf eine Weise, wie es ihre bisherigen Küsse nicht vermocht hatten.

Mit einem entschlossenen Knurren übernahm er die Initiative und drückte Alain von den Schultern bis zu den Beinen in die Matratze. Dann rieb er sich mit den Hüften am harten Schwanz seines Geliebten. „Das gefällt dir, nicht wahr?", fragte er keuchend. „Es gefällt dir, mir ausgeliefert zu sein."

„Es würde mir noch mehr gefallen, wenn wir die Rollen tauschen könnten", knurrte Alain zurück.

„Träum süß", entfuhr es Orlando spontan. Er riss erschrocken die Augen auf, als ihm bewusst wurde, was Alain gerade gesagt und wie er selbst reagiert hatte. Er wusste, dass Alains Worte der Magie zuzuschreiben waren, aber er selbst stand nicht unter dem Einfluss dieser Magie. Oder etwa doch? Alain bäumte sich unter ihm auf, als wollte er ihn abwerfen. Orlando wandte seine Aufmerksamkeit wieder seinem Geliebten zu.

„Stillhalten", zischte er und erhob sich auf die Knie, um Alains Hüften festzuhalten.

„Zwing mich doch", forderte Alain ihn heraus. Die Mischung aus seinem Verlangen nach Orlando und dem magisch verursachten Bedürfnis nach Beherrschung und Aggressivität brachte ihn fast um den Verstand. Es war so ganz anders als die Zärtlichkeit, mit der sie sich normalerweise liebten. Alain konnte nur hoffen, dass es die Macht der Magie brach, wenn er sich ihr hingab.

Die Herausforderung in Alains Stimme weckte Orlandos Instinkte und seinen Durst nach Blut. Seine Eckzähne wurden länger und schoben sich durch seine Lippen ins Freie. Er wollte sie in Alains Fleisch schlagen und seine Macht über den Magier ein für alle Mal unter Beweis stellen. Es war ein so übermächtiges Verlangen, dass ihm davon schwindelig wurde und er erschrocken zurückzuckte. Mit zitternden Händen kämpfte er dagegen an.

„Was ist los?", fragte Alain unter ihm. Er wollte diese Zähne in seinem Hals spüren. „Bist du nicht Manns genug, um dir zu nehmen, was du willst?"

„Lass das", flüsterte Orlando so leise, dass Alain ihn kaum verstehen konnte. „Zwing mich nicht dazu, dir wehzutun."

„Du könntest du gar nicht, selbst wenn du es wolltest", zischte Alain und hasste den Klang seiner Stimme, hasste den Ausdruck in Orlandos Gesicht, den diese Worte getroffen hatten. Aber Alain konnte sie nicht zurücknehmen und konnte es auch nicht lassen, Orlando weiter herauszufordern.

„Nein, das könnte ich nicht", gab Orlando nach einigen Sekunden zu. „Weil ich es niemals wollte. Ich würde dich niemals verletzen wollen." Er schloss die Augen, um sich wieder in den Griff zu bekommen und seine gefährlichen Zähne zurückzuziehen. Es dauerte länger als jemals zuvor, aber schließlich gelang es ihm doch. Er kam zu Alain zurück und sah ihn an, erkannte die Erregung und das unnatürliche Glitzern in Alains Augen, das nur von der fremden Magie verursacht sein konnte, die seinen Geliebten in ihrem Bann hielt.

„Ist es wirklich das, was du willst?", fragte er ernst. Er traute sich noch nicht, Alain anzufassen. „Glaubst du wirklich, dass ich dadurch die Macht der Magie brechen kann?"

Ja!, wollte Alain spontan schreien, aber dann zwang er sich, erst darüber nachzudenken. Er hatte immer Zärtlichkeit den Vorzug vor Aggressivität gegeben. Jetzt kam ihm die Aussicht auf die sanften Berührungen seines Geliebten schal und belanglos vor. „Ich weiß es nicht", gab er zu. „Ich sehne mich danach, aber ich kann nicht sagen, ob es helfen wird oder alles nur noch schlimmer macht."

„Was soll ich tun?", fragte Orlando hilflos.

„Fick mich", erwiderte Alain. „So hart und fest du dich traust."

Orlando fühlte sich in seinem Stolz verletzt und seine Eckzähne kamen wieder zum Vorschein. Er wollte Alain nicht beißen, obwohl der Magier mit Sicherheit keine Einwände dagegen hätte. Aber der Biss war auch das Einzige, was er Alain vorenthalten wollte. Er fasste nach dem Kragen von Alains Pullover und riss ihn in der Mitten entzwei. Alains erstauntes Keuchen war Musik in seinen Ohren. Orlando beugte den Kopf und saugte hart an Alains Nippel. Er freute sich über die Reaktion seines Magiers, der sich unter ihm aufbäumte und zu betteln anfing: „Beiß mich!"

„Alles andere, aber nicht das", erwiderte er. „Das kannst du nicht von mir verlangen."

Alain gab nach, musste sich aber auf die Lippen beißen, um nicht zu widersprechen. Dann schlossen sich Orlandos Lippen um seinen anderen Nippel und er hatte wieder andere Probleme. Seine Erregung wuchs ins Unermessliche und er würde wahrscheinlich gleich abgehen wie eine Rakete. „Dann fick mich jetzt", verlangte er.

Orlando hockte sich auf die Fersen, öffnete Alains Jeans und zog sie ihm aus. Alain spreizte seine langen Beine und Orlando holte das Gel von dem kleinen Nachttisch. Mit zitternden Händen rieb er Alain hastig ein und war erleichtert, dass er sich nicht allzu lange mit den Vorbereitungen aufhalten musste, weil Alains Schließmuskel von der letzten Nacht noch entspannt und locker war. Er wollte Alain keine Schmerzen bereiten, wie er sie selbst zu oft gespürt hatte. Aber Alain war nicht in der Stimmung, noch lange zu warten. Wenn Orlando ehrlich war, ging es ihm nicht viel anders. Doch er konnte der aggressiven Seite dieser Besessenheit offensichtlich besser widerstehen als Alain.

„Mach schon", feuerte Alain ihn an. „Zeig mir endlich, dass du es ernst meinst."

Orlando kniete sich mit einem unmutigen Knurren zwischen Alains Beine und stieß seinen harten Schwanz durch den Schließmuskel, was Alains Erregung keinen großen Abbruch tat. Er klammerte sich an die Schnüre, die seine Arme an das Bettgestell fesselten, und ließ den brennenden Schmerz der ersten Penetration über sich ergehen. Orlando gab ihm kaum Zeit, wieder zu Atem zu kommen. Er stieß mit hartem, unerbittlichem Rhythmus in ihn hinein.

Alains Reaktion nahm Orlando seine letzten Bedenken und er ließ seiner Leidenschaft freien Lauf. Mit einer Ausnahme. Er hielt seine scharfen Eckzähne in sicherem Abstand von Alains Haut. Sie konnten sich durch die harten und schnellen Bewegungen sowieso nicht richtig küssen.

Alain waren die Augen zugefallen, als Orlando in ihn eindrang. Jetzt öffnete er sie mühsam wieder und stöhnte laut, als er Orlando über sich sah. Orlandos Zähne glänzten gefährlich und zogen ihn mit ihrer bedrohlichen Schönheit unwiderstehlich an. Sie waren der perfekte Gegensatz zu der dunklen Schönheit seines Vampirs. Orlandos Stirn war schweißgebadet. Die feuchten Haare fielen ihm ins Gesicht und warfen ihre Schatten auf seine goldene Haut. Alain wünschte sich, er hätte die Hände frei, um Orlandos Lust noch mehr anzufeuern und ihn aus seiner Konzentration zu reißen. Er sehnte sich nach diesen Zähnen genauso, wie er sich nach dem Schwanz gesehnt hatte, der gerade dabei war, ihn um den Verstand zu bringen. Alain wusste, wie gut sich der Biss anfühlte, wusste, dass dieser Biss ihn in tausend Stücke springen lassen und wieder neu erschaffen konnte. Dann packte Orlando ihn an den Hüften und schob ihm die Knie bis fast hinter die Ohren, während seine Stöße noch wilder und härter wurden. Zum ersten Mal konnte Alain Orlandos Zurückhaltung verstehen. Der Vampir war so übermenschlich stark, dass er Alain mit seinen Zähnen ernsthafte Verletzungen zufügen konnte, wenn er sich nicht beherrschte. Alain musste ihn erst in diesem Zustand – kurz vor dem endgültigen Kontrollverlust – erleben, um zu erkennen, wie sehr Orlando seine Erregung bisher immer gezügelt hatte. Er hoffte immer noch, dass Orlando ihm eines Tages genug vertrauen konnte, um sich nicht mehr zurückzuhalten. Aber er akzeptierte endlich, dass die Bedenken seines Geliebten nicht grundlos waren.

Für Orlando gab es kein stärkeres Aphrodisiakum, als Alain so hilflos unter sich liegen zu sehen. Diese Erkenntnis war erregend und abstoßend zugleich. Orlando wollte kein wehrloses Opfer. Er wollte einen Geliebten, der ihm in jeder Beziehung gleichgestellt war. Doch in diesem Augenblick konnte er der Wirkung, die Alain – gebunden und hilflos ausgeliefert – auf ihn ausübte, nichts entgegensetzen. Ein wildes Knurren entrang sich Orlandos Kehle und er hob Alains Hüften hoch, um ihn aus diesem Winkel noch tiefer ficken zu können. Er war über seine eigene Reaktion überrascht, konnte es aber nicht verhindern. Gott, er musste nur den Kopf zu Seite drehen, dann könnte er Alain in den Oberschenkel beißen. Der Magier würde ihn nicht zurückhalten. Auch ohne die Magie, die Alain in ihren

Bann geschlagen hatte, würde er Orlando nicht zurückhalten. Orlando kämpfte mit letzter Kraft gegen seinen Instinkt an. Seine Ängste saßen zu tief, um dem Impuls nachzugeben. Er wollte seinen Geliebten nicht verletzen. Punkt.

Mit aller Macht stieß er in Alains willigen Körper, jagte sie beide dem Höhepunkt entgegen, der zum Greifen nahe war und nur auf ein letztes Signal zu warten schien. Orlando warf den Kopf in den Nacken, als sein Verlangen nach Alains Blut übermächtig zu werden drohte. Das war es offensichtlich, was die Magie von ihnen verlangte, aber Orlando weigerte sich, dem nachzugeben. „Komm für mich", befahl er und hoffte, dass Alain zum Orgasmus kommen konnte, ohne sich dem Drang der Magie ausliefern zu müssen. „Komm für mich. Jetzt!"

Alain bäumte sich unter ihm auf. Sein ganzer Körper schrie nach Erlösung, aber sie entzog sich ihm um Haaresbreite. *Beiß mich.* Die Worte lagen ihm auf den Lippen, doch er hielt sie zurück, weil er das Versprechen nicht brechen wollte, das er Orlando gegeben hatte. Nur das nicht. „Fass mich an", keuchte er stattdessen.

Orlando schloss die Hand um Alains vernachlässigten Schwanz und rieb ihn im Rhythmus seiner Stöße. Endlich. Das war es, was Alain gebraucht hatte. Der Samen schoss in dicken Strahlen aus seinem Schwanz und bedeckte ihm die Brust und den Bauch. Er zuckte zusammen und wurde von Krämpfen geschüttelt, die auch bei Orlando einen mächtigen Orgasmus auslösten. Orlando brach über Alain zusammen und ließ seine Beine los. Dann wurde er von seinem Geliebten in die Arme genommen. In die Arme genommen?

„Wie hast du das gemacht?"

„Magie", sagte Alain und grinste müde. Die letzten Spuren der fremden Magie verflogen und ihm fielen die Augen zu.

„Schlaf jetzt", flüsterte Orlando und streichelte ihm mit dem Daumen über die Augen. Er wollte jetzt nicht darüber nachdenken, wieso Alain sich aus den Fesseln befreien konnte. Alain war eingeschlafen. Wenn er wieder aufwachte, würden sie sehen, ob die Magie ihn immer noch in ihrem Griff hatte. Dann würde Orlando ihn einfach wieder überwältigen, falls es nötig wurde. „Ich bewache deine Träume."

14

ALAIN SCHLIEF tief und fest. Als er zwei Stunden später aufwachte, war er so erholt, als hätte er viel länger geschlafen. Er öffnete die Augen und sah Orlandos Kopf auf seiner Schulter liegen. Es war mittlerweile ein vertrauter Anblick geworden und Alain lächelte zärtlich. Dann kam seine Erinnerung zurück.

„Oh Gott, es tut mir so leid", keuchte er.

„Was?", fragte Orlando, der durch Alains Worte aus seinen Gedanken gerissen wurde.

„Vorhin. Wie ich über dich hergefallen bin", sagte Alain.

„Nein", korrigierte Orlando ihn. „Du hast dich bis an die Schmerzgrenze dagegen gewehrt, über mich herzufallen."

„Aber du musstest mich fesseln, damit ich dich nicht verletzen konnte!"

„Und du hast mich nicht verletzt", erwiderte Orlando sachlich. „Obwohl du der Magie ausgeliefert warst, hast du mich nicht verletzt."

„Und wenn ich mich das nächste Mal nicht dagegen wehren kann?"

Orlando stützte sich seufzend auf die Ellbogen und sah Alain in die Augen. „Du bist entschlossen, daraus ein Problem zu machen, nicht wahr?"

„Orlando! Was ich mit dir machen wollte … Das ist ein Teil von mir. Die Magie hat etwas in mir geweckt, das lange geschlafen hat. Aber es ist noch da."

Orlando zuckte mit den Schultern. Er konnte sich noch an Alains krampfhaft geballte Fäuste erinnern. „Du hast dagegen angekämpft. Du wirst wieder dagegen ankämpfen. Und wenn du es nicht kannst, kämpfe ich für dich. Du stehst jetzt nicht mehr unter dem Einfluss der Magie. Sag mir jetzt, dass ich dich wieder fesseln soll, falls es ein zweites Mal passiert. Wenn ich weiß, dass du meine Hilfe willst, kann ich alles tun, was du brauchst."

„Du darfst niemals zulassen, dass ich dich verletze", verlangte Alain und nahm Orlandos Hand. „Was immer du auch tun musst, um das zu verhindern. Du bist nicht mehr der junge Soldat, der sich nicht wehren kann. Du bist stärker als ich, wenn es nötig sein sollte. Ich bete darum, dass es nie soweit kommt. Aber nichts wäre schlimmer für mich, als dir auch nur den geringsten Schmerz zuzufügen."

„Ich verspreche es. Kannst du mir jetzt sagen, was mit dir los war?"

„Ich weiß es immer noch nicht", erwiderte Alain. „Es hat sich angefühlt wie eine *Forçage*. Aber ich wüsste nicht, wer dafür verantwortlich sein sollte. Außer der Milice weiß niemand, dass ich hier bin. Serriers Schergen sollten nicht in der Lage sein, diese Beschwörung aus der Ferne auszuführen. Selbst wenn sie mich gefunden hätten, wären die Schutzschilde zu stark, um sie zu durchdringen."

„Was kann es denn sonst gewesen sein?"

„Keine Ahnung. Aber wir müssen es Marcel berichten. Er muss darüber Bescheid wissen, auch wenn es nur ein Zufallstreffer war. Und falls es ein neuer Trick von Serrier sein sollte, müssen wir so schnell wie möglich Gegenmaßnahmen ergreifen."

„Lass dir Zeit und wasche dich", meinte Orlando, als Alain das Bett verließ und seine Hose aufhob. „Du riechst nach Sex. Sie werden dir dumme Fragen stellen, die du nicht beantworten willst."

Alain runzelte die Stirn und erledigte das Problem mit einem Reinigungszauber.

„Das wirkt aber nicht bei mir", erinnerte ihn Orlando. „Gib mir fünf Minuten, dann können wir gehen."

Alain nickte und wünschte sich, er hätte seine Magie nicht so voreilig eingesetzt.

Orlando schien Gedanken lesen zu können, denn er blieb in der Badezimmertür stehen und drehte sich zu Alain um. „Du kannst trotzdem mitkommen, wenn du willst."

Mit einem erleichterten Lächeln folgte Alain ihm ins Bad und schloss die Tür.

DER ANBLICK, der sich Adèle bot, als sie wieder zu Bewusstsein kam, hätte unwillkommener nicht sein können. Ihr tat alles weh, und das nicht auf eine gute, befriedigte Weise. Die Bissspuren an ihrem Hals, an ihren Brüsten und Oberschenkeln schmerzten mehr, als die Wunden, die Jude bei seinen früheren Bissen hinterlassen hatte. Und der Grund für das alles lag neben ihr im Bett und schlummerte friedlich. Sie blieb noch einen Augenblick liegen und dachte über ihre Gefühle nach. Das unwiderstehliche Verlangen, das sie mit Jude ins Bett getrieben hatte, war verschwunden. Sie war frei, aufzustehen und herauszufinden, was geschehen war.

Leise verfluchte sie den Verlust ihres Stabes, dann nahm sie eine schnelle Dusche und zog sich an. Ohne den Stab konnte sie nichts gegen die Bisswunden unternehmen, aber das war vielleicht auch gut so. Sie waren ein unwiderlegbarer Beweis dafür, was ihr widerfahren war. Jude hatte sich immer noch nicht gerührt. Adèle beschloss, ihn einfach weiterschlafen zu lassen. Er konnte keinen Schaden anrichten und es geschah ihm nur recht, wenn er hier allein aufwachte. Es war eine angemessene Revanche für die Ereignisse an diesem Nachmittag. Er hatte genug Blut getrunken, um nicht in der Wohnung festzusitzen, auch wenn die Sonne noch nicht untergegangen war. Sie hatte ihm gegenüber keine Verpflichtungen mehr. Außerdem waren sie nach wie vor keine Geliebten und würden es auch nie werden, so wie der Mann sich verhielt. Adèle ignorierte beflissen die Tatsache, dass er trotz allem nur ihr eigenes Verlangen befriedigt hatte. Eine Beziehung bestand aus mehr als nur einem Wahnsinnsorgasmus. Die Schutzschilde der Wohnung würden sich automatisch wieder aktivieren, also schlug sie einfach die Tür hinter sich zu, als sie ging. Es bereitete ihr eine klammheimliche Befriedigung, ihn mit dem Knall wahrscheinlich geweckt zu haben.

Während der Fahrt ins Hauptquartier versuchte sie, die Ereignisse emotionslos zu analysieren. Marcel konnte mit ihrer Wut über Jude nicht viel anfangen, so berechtigt sie auch sein mochte. Sie mussten herausfinden, was heute wirklich geschehen war, wenn sie verhindern wollten, dass es sich wiederholte. Die Schlacht selbst war nicht ungewöhnlich verlaufen, was ihre Zusammenarbeit mit Jude anging. Sie hatten sich die ganze Zeit gestritten, es aber trotzdem geschafft, Serriers Magier abzuwehren. Dieser Fluch – eine *Forçage* vermutlich – hatte erst nach dem Kampf zugeschlagen. Rückblickend betrachtet fiel ihr allerdings auf, dass sie schon gegen Ende des Kampfes Judes Anwesenheit anders wahrgenommen hatte. Sie konnte sich deshalb gut vorstellen, dass einer von Serriers Magiern für den Fluch verantwortlich war. Was sie sich nicht erklären konnte, war, welchen Zweck er damit hätte verfolgen sollen. Was konnte es den dunklen Magiern nützen, wenn sie nach dem Kampf nach Hause gingen und sich in Grund und Boden fickten? Da gab es sinnvollere Möglichkeiten, die Milice zu schwächen. So hatten sie nur erreicht, dass ihr Bericht an Marcel verzögert wurde, aber da sie Charlotte vorausgeschickt hatte, war auch das nur eine Lappalie. Das Einzige, was Marcel noch nicht kannte, waren Adèles persönliche Einschätzungen über dem Verlauf der Schlacht. Sie überlegte, ob es außergewöhnliche Vorkommnisse gegeben hatte, die für die Strategie der dunklen Magier von Relevanz sein könnten. Ihr fiel nichts ein. Es gab keinen Grund, sie mit einer *Forçage* zu belegen, außer der ziemlich abwegigen Vermutung, dass einer der dunklen Magier eine persönliche Befriedigung daraus zog, sie in eine sexuelle Begegnung zu treiben, die sie unter normalen Umständen abgelehnt hätte.

Adèle war sich nicht sicher, ob sie sich durch diese Erkenntnis beruhigt fühlen sollte oder nicht.

„Wo ist Marcel?", fragte sie David, der vor dem Büro des Generals im Flur stand.

„Er spricht noch mit Raymond", erwiderte David missmutig. „Raymond ist kurz vor mir gekommen und ich warte jetzt schon seit zwei Stunden hier."

„Er würde dich nicht warten lassen, wenn sie nicht etwas Wichtiges zu besprechen hätten."

„Das weiß ich auch", erwiderte David schulterzuckend. „Aber hier geht etwas Merkwürdiges vor sich. Es ist fast wie eine *Forçage*."

„Du hast es auch gespürt?", fragte Adèle überrascht. „Du warst doch gar nicht am Eiffelturm."

David runzelte die Stirn. „Mir gefällt die Sache nicht. Was ist mit dir passiert?"

Adèle wurde rot. „Was ist mit dir passiert?", gab sie die Frage zurück.

„Ein fast unwiderstehliches Verlangen, meine Partnerin aufzusuchen", antwortete David ausweichend. „Und mit dir?"

„So ähnlich", erwiderte Adèle und klopfte an die Tür. „Es ist mir egal, ob wir sie stören oder nicht. Marcel muss darüber informiert werden. Sofort."

„Tut mir leid, dass wir euch stören", sagte sie, als Marcel die Tür öffnete.

„Marcel!", unterbrach sie Alains Stimme, der mit Orlando durch den Flur gerannt kam. „Irgendetwas geht auf magischer Ebene vor sich. Entweder hat Serrier einen neuen Fluch entwickelt oder wir haben ein ernsthaftes Problem."

Marcel sah in ihre betroffenen Gesichter. Dann seufzte er und winkte sie in sein Büro. „Wir haben ein Problem", bestätigte er und schloss hinter ihnen die Tür. „Raymond, Jean und ich haben schon nach Wegen gesucht, es wieder in den Griff zu bekommen, bevor es sich weiter ausbreitet. Es scheint offensichtlich schon zu spät zu sein."

„Was genau ist das Problem?", fragte Alain angespannt. Orlando legte ihm beruhigend die Hand auf den Rücken, aber Alains Besorgnis ließ nicht nach. Wenn sein Geliebter kein Vampir wäre … Er wollte gar nicht daran denken, was dann geschehen wäre.

„Wilde Magie", erklärte Marcel. „Als wir Thierry aus den Fesseln der Elementarmagie befreit haben, haben wir die Verbindung nicht gekappt. Jetzt ist die wilde Magie in die Stadt eingedrungen."

„Dann sind alle Magier davon betroffen?"

„Und auch einige der Vampire", fügte Jean hinzu. „Die Vampire mit Partnern scheinen es auch zu spüren. Mit anderen habe ich noch nicht gesprochen."

„Was können wir dagegen unternehmen?", fragte Adèle. „Und warum zum Teufel wollte ich deswegen mit einem Mann ins Bett, den ich verachte?"

Raymond und Marcel warfen sich resignierte Blicke zu. „Es scheint, als ob das Blut, das unsere Partner vor der Sonne schützt, auch zu einer gewissen Verbindung zwischen den Partnern führt", erklärte Marcel bedächtig. „Ein Vorteil dieser Verbindung ist die Stabilisierung der Elementarmacht. Der Nachteil ist offensichtlich, dass die Partner empfänglicher füreinander werden und ihre Anfälligkeit für magische Einflüsse von außen wächst."

„Soll das heißen, dass ich jetzt jedes Mal, wenn das magische Gleichgewicht instabil wird …" Alain verstummte, weil er seine Befürchtung nicht in Worte fassen konnte. Er wollte nicht, dass jemand – schon gar nicht Orlando – erfuhr, wie kurz davor er gewesen war, sein Versprechen an Orlando zu brechen.

„Nein!", versicherte ihm Raymond. „Es wird sich nicht wiederholen. Wenn wir das nächste Mal ein Rite d'équilibrage durchführen müssen, werden wir uns besser vorbereiten und verhindern, dass wieder wilde Magie entweicht."

„Das hilft aber den Betroffenen jetzt nicht. Bis wir diesen Schlamassel wieder behoben haben, wird jeder, der nicht darauf vorbereitet ist, so reagieren wie ihr", führte Marcel aus. „Darüber haben wir gesprochen, bevor ihr gekommen seid."

„Was haben die Vampire damit zu tun?", fragte David neugierig.

„Sie sind auch von der wilden Magie betroffen", erwiderte Jean scharf. Er hatte keine Geduld mit dem überheblichen Verhalten, das einige Magier der

Milice gegenüber den ‚niederen' magischen Wesen zeigten. Nachdem er mit Marcel am Conseil des Ministres teilgenommen hatte, waren ihm Serriers wahre Absichten erst richtig klar geworden. Umso entschlossener war Jean jetzt, diesen Krieg siegreich zu Ende zu führen. Wenn er jetzt etwas unduldsamer reagierte als üblich, so lag das nur an seinem beharrlichen Verlangen, alle aus dem Raum zu scheuchen und über seinen Partner herzufallen. Seit Raymond das Büro betreten hatte, war dieses Verlangen beständig gewachsen. „Wir sind magische Wesen, wie du mittlerweile auch erkannt haben solltest. Ein Ausbruch wilder Magie trifft uns genauso wie euch."

„In einigen Fällen vielleicht sogar stärker", ergänzte Raymond. „Wir Magier sind es gewohnt, einen Schutzschild um uns herum zu errichten. Vampire können das nicht."

„Zu welchem Ergebnis seid ihr gekommen?", mischte Alain sich ein, um eine bevorstehende Auseinandersetzung zu verhindern.

„Es gibt mehrere Möglichkeiten", meinte Marcel. „Raymond kann sie euch besser erklären, weil er in solchen Dingen der Experte ist."

„Die Frage ist, wie wir die wilde Magie am besten wieder einfangen und neutralisieren können", begann Raymond seine Ausführungen. „Je länger wir damit warten, umso weiter wird sie sich verbreiten. Deshalb reicht es nicht aus, einfach nur die Verbindung zu ihrer Quelle zu unterbrechen. Wir müssen auch die freigewordene Magie wieder einsammeln, die uns und andere in der Stadt schon getroffen hat."

„Wie soll das funktionieren?", fragte Adèle argwöhnisch.

„Ist dir schon einmal ein Thermometer zerbrochen?", fragte Raymond. „Eines mit Quecksilberfüllung?" Adèle nickte. „Die wilde Magie reagiert so ähnlich wie Quecksilber. Sie sucht sich Ziele, an die sie sich heften kann. Ich schlage zwei Maßnahmen vor. Als erstes brauchen wir vier Magier mit Partnern, die die vier Elemente repräsentieren."

„Du hast doch die Elementarmagie gespürt!", rief Alain. „Keiner von uns ist stark genug, um sich diesem Nichts entgegenzustellen."

„Nicht, wenn wir es allein versuchen oder es in seiner Gesamtheit konfrontieren", stimmte Raymond ihm zu. „Aber das werden wir nicht tun. Je mehr Zeit vergeht, umso mehr zersplittert die Magie und teilt sich in kleinere, kontrollierbare Felder auf. Aber was noch wichtiger ist, sind unsere Partner. Wenn sie sich bereit erklären, uns zu helfen, können wir es wahrscheinlich sogar mit dem Nichts aufnehmen."

„Wie das?", verlangte Alain zu wissen.

„Was fühlst du, wenn Orlando dich beißt? Auf magischer Ebene?", fragte ihn Raymond. „Kannst du den Austausch der Magie in eurem Blut spüren?"

Alain nickte. „Aber ich fühle mich nicht geschwächt. Willst du damit sagen, dass der Biss unserer Partner uns sogar stärkt?"

„Ich weiß nicht, wie lange diese Wirkung anhält“, gab Raymond zu. „Aber ich bin mir verdammt sicher, dass unsere Macht sich im Augenblick des Bisses vervielfacht.“

„Dann können wir also unsere Partner vor diesem Nichts schützen und verhindern, dass ihnen das Gleiche passiert wie Thierry, wenn wir während des Rituals von ihnen trinken?“, hakte Orlando nach.

„Theoretisch ja“, gab Jean ihm recht. „Das Problem ist, dass wir diese Theorie nicht vorher testen können.“ Er dachte an seine Partnerschaft mit Raymond und die starke Verbindung, die sich zwischen ihnen entwickelt hatte. Noch vor wenigen Wochen hatte er darauf bestanden, dass Thierry den Raum verließ, als Orlando vor Alain trinken wollte. Jetzt schlug er etwas vor, was mehr oder weniger einer Orgie gleichkam. Vier Paare, die gleichzeitig und am selben Ort ihr Blut austauschten. Noch unglaublicher war jedoch, dass Jean keinen Augenblick daran zweifelte, dass die betroffenen Vampire sich dazu bereit erklären würden. Es war nicht zu vermeiden. Sie mussten es tun, um ihre Partner zu schützen. Und sie würden keine Sekunde zögern.

„Aber wir müssen bis morgen warten. Heute sind wir alle zu erschöpft, entweder vom Rite d’équilibrage und seinen Folgen oder von den beiden Kämpfen, an denen wir heute Nachmittag teilgenommen haben“, sagte Marcel. „Wir können nicht wieder das Risiko eingehen, ein solches Ritual unvorbereitet durchzuführen.“

„Und was ist mit der wilden Magie? Sie wird sich in der Zwischenzeit neue Opfer suchen“, protestierte David.

„Was ist dir lieber?“, fragte Marcel pragmatisch zurück. „Sex mit deiner liebenswerten Partnerin oder der Verlust deiner Magie, weil du zu erschöpft warst, um den Anforderungen dieses neuen Rituals gerecht werden zu können?“

Davids Reaktion zeigte, dass ihm keine dieser beiden Optionen sonderlich behagte.

„Und was ist mit der Anfälligkeit?“, wollte Adèle wissen. „Was sollen wir dagegen tun?“

„Was ihr wollt“, erwiderte Raymond. „Ihr widerstehen, ihr nachgeben … Es hat keinerlei Einfluss, egal, was ihr tut.“

„Aber wie werde ich diese Anziehung los?“, fragte sie gereizt nach.

„Solange Jude regelmäßig von dir trinkt, wirst du dich vermutlich damit abfinden müssen“, erwiderte Jean sachlich. „Du musst ihr ja nicht nachgeben.“

„Das sagst du so einfach“, schimpfte sie. „Du bist nicht von dieser Lawine überrollt worden.“ Sie zog den Ausschnitt ihrer Bluse nach unten und zeigte ihm zum Beweis die Bisswunden auf ihren Brüsten, die immer noch bluteten.

„Umgebe dich mit einem Schutzschild, bis der Ansturm der wilden Magie wieder gebändigt ist. So ähnlich, als ob du dich auf einen Kampf vorbereiten würdest“, riet ihr Raymond. „Wenn die Magie sich nicht in deiner Psyche einnisten kann, solltest du ihrer Macht widerstehen können.“ Er blickte verlegen zur Seite, weil er weder ihr noch Jean in die Augen sehen konnte. „Ich mache es auch so.“

„Du fühlst es immer noch?", fragte Alain scharf.

Raymond nickte. „Du nicht?"

„Es war verschwunden, als ich wieder aufgewacht bin."

„Nein", mischte sich Orlando ein. „Es ist schon vorher wieder verschwunden, schon bevor du eingeschlafen bist und nachdem wir …" Orlando verstummte und wurde rot.

„Du meinst, nachdem ihr euch geliebt habt", ergänzte Jean einfühlsam.

„Kannst du es noch fühlen, Adèle?", wollte Marcel wissen.

„Nein", antwortete sie. „Es scheint, als ob Sex den Bann bricht. Zumindest für eine gewisse Zeit." Sie würde dafür sorgen, dass ihre Schilde so undurchdringlich wie möglich waren. Adèle hatte nicht die geringste Absicht, dieser wilden Magie ein zweites Mal zum Opfer zu fallen.

„ICH MUSS nach Thierry sehen", sagte Alain zu Orlando, als sie Marcels Büro verließen. „Ich habe ihn magisch abgeschirmt, damit er nicht vergisst, in den nächsten Tagen auf seine Magie zu verzichten. Aber ich will sicher sein, dass er nicht doch von dieser wilden Magie erwischt worden ist. In seinem Zustand hätte er sich nicht gegen sie wehren können."

„Ich warte zuhause auf dich", meinte Orlando, weil Alain sich ohne ihn transportieren konnte und schneller zurückkommen würde. Außerdem vermutete er, dass Thierry die Neuigkeiten besser aufnahm, wenn Alain sie ohne ihn überbrachte.

Nach den Enthüllungen der letzten Stunde zögerte Alain kurz, aber dann gab er Orlando doch einen Abschiedskuss. Er weigerte sich, seinen Glauben an ihre Beziehung durch diese Ereignisse untergraben zu lassen. Welche Mächte auch immer sie zusammengeführt hatten, sie waren jetzt ein Paar, und nur das zählte noch. Aber als Orlando seinen Kuss erwiderte, fragte er sich doch, ob der Vampir nicht genauso verunsichert war wie er selbst. Sie würden darüber reden müssen, um sich an die Kraft ihres Versprechens zu erinnern. Das hatte jedoch noch Zeit, bis Alain von Thierry zurückkam. „Ich liebe dich", flüsterte er. Dann transportierte er sich vor die Haustür seines besten Freundes.

Alains Worte zauberten ein Lächeln auf Orlandos Lippen. In diesem Augenblick tauchte Jean an seiner Seite auf und sprach ihn an. „Wir haben uns lange nicht gesehen. Wie geht es dir?"

„Ich bin etwas beunruhigt", gab Orlando zu. „Zu hören, dass meine Gefühle nicht meine eigenen sein sollen …"

„Lass das", unterbrach ihn Jean. „Die Magie mag die Entwicklung eurer Beziehung etwas beschleunigt haben, aber Alain verhält sich nicht wie ein Mann, der unter Druck handelt. Und du auch nicht. Ich habe dich noch nie so glücklich erlebt, wie in den wenigen Wochen, seit du Alain kennengelernt hast. Ich kann auch nicht erkennen, dass Adèle oder David ihre Partner genauso ansehen. Oder Raymond. Wir lernen zwar, miteinander zu arbeiten, aber es ist nicht vergleichbar mit dem, was du für Alain empfindest. Zwischen Lust und Liebe liegt ein himmelweiter Unterschied."

„Wie kann ich mir sicher sein, dass es Liebe ist?"

Jean lächelte. „Jüngling", neckte er Orlando. „Komm für ein oder zwei Stunden mit zu mir. Vielleicht kann ich dir helfen, es besser zu verstehen."

„Ich habe Alain versprochen, zuhause auf ihn zu warten", sagte Orlando zögernd.

Und genau das ist der Unterschied, dachte Jean schmunzelnd. „Du kannst trotzdem noch deinen eigenen Interessen nachgehen", sagte er laut zu Orlando. „Ich nehme an, er ist zu Thierry gegangen, um mit ihm zu reden. Es gibt keinen Grund, warum du nicht auch mit deinen Freunden reden solltest."

Nach einer halbstündigen Fahrt mit der Métro waren sie sicher in Jeans Wohnung angelangt. Der Chef de la Cour schenkte ihnen Wein ein, obwohl sie ihn kaum schmecken konnten. Dann setzte er sich in seinen bequemen Sessel und wartete darauf, dass Orlando ebenfalls Platz nahm. „Soll ich uns ein Feuer anzünden?"

„Nein", erwiderte Orlando und schüttelte den Kopf. „Aber sag mir, wie ich mir sicher sein kann, keinen Fehler gemacht zu haben."

„Die Lust mag dich vielleicht in sein Bett treiben", erklärte Jean sehr direkt. „Aber ich kann mir nicht vorstellen, dass du deinen Avoué so mit blutigen Bissen übersät hast, wie Jude es mit Adèle getan hat."

„Natürlich nicht!"

„Das war ungezähmte Lust. Ich möchte wetten, dass es nicht die einzigen Spuren sind, die er an ihrem Körper hinterlassen hat. Die Lust, die durch die wilde Magie in ihnen geweckt worden ist, hat zu Wunden, Wut und Kränkungen geführt. Wenn ich Alain richtig verstanden habe, dann war er wütend, weil er befürchtet hat, seine Selbstbeherrschung zu verlieren und dich zu verletzen. Diese Wut war auf ihn selbst gerichtet, nicht auf dich oder deinen Mangel an Selbstbeherrschung."

„Das stimmt."

„Dann war es mehr als Lust", erklärte Jean. „Seine Sorge galt dir und seine Wut ihm selbst. Das wäre nicht der Fall gewesen, wenn ihm nicht sehr viel an dir liegen würde. Und du hast dich offensichtlich auch nicht ganz gehen lassen, sonst hätte er genauso ausgesehen wie Adèle. Deine Gefühle für ihn haben dir geholfen, der wilden Magie Widerstand zu leisten."

„Ich habe sie kaum gespürt", gab Orlando zu. „Jedenfalls glaube ich das. Ich war viel zu sehr damit beschäftigt, mich um Alain zu kümmern. Er war so besorgt und die Folgen der Magie haben ihn gepeinigt."

„Und da zweifelst du noch an deinen Gefühlen?", fragte Jean ungläubig. „Ich habe diese Magie auch gespürt, Orlando. Ich fühle sie immer noch. Ich musste all meine Kräfte zusammenreißen, um nicht auf die Suche nach Raymond oder Karine zu gehen. Oder wem auch immer. In Marcels Büro ist es noch schlimmer geworden. Wenn du sagst, du hättest es kaum gespürt, dann … Mehr Beweis für deine wahren Gefühle kannst du nicht verlangen."

„Warum hat Alain die Magie dann so stark gefühlt? Heißt das, dass er mich weniger liebt, als er gesagt hat?"

Jean seufzte. Er hatte gehofft, Orlando hätte seine Unsicherheit mittlerweile überwunden. „Alain ist ein Magier", erinnerte er seinen Freund. „Die wilde Magie trifft ihn anders als uns. Keiner von euch hat uns offen gesagt, was ihr gefühlt habt oder was zwischen euch passiert ist. Das ist auch in Ordnung. Aber wenn es dich so sehr beunruhigt, musst du mir mehr erzählen."

„Wir haben am Anfang nur gescherzt", berichtete Orlando. „Alles war wunderbar, bis er mich plötzlich gepackt hat. Er hat sofort wieder losgelassen, aber es ist ihm sehr schwergefallen. Und es wurde schwerer und schwerer für ihn, sich zurückzuhalten."

„Hat er dir wehgetan?", fragte Jean scharf. Er bezweifelte, dass Alain Orlando verletzen würde, so lange er bei klarem Verstand war. Aber unter dem Einfluss der wilden Magie mochte das anders gewesen sein.

„Aber nein! Natürlich nicht", rief Orlando. „Er würde mich niemals verletzen. Eher würde er sich selbst etwas antun."

„Dann kann ich mich nur wiederholen. Wieso zweifelst du an seinen Gefühlen?"

„Ich habe wahrscheinlich noch viel zu lernen", meinte Orlando niedergeschlagen.

„Ein Außenstehender kann das immer besser beurteilen. Betroffenen fehlt oft der Abstand, da ist es egal, wie alt man ist oder wie viel Erfahrung man hat", versicherte ihm Jean. „Wer weiß, vielleicht brauche ich eines Tages *deinen* Rat."

Orlando schüttelte kichernd den Kopf. „Das möchte ich erleben!"

15

ALAIN ATMETE erleichtert aus, als er durch den Schutzschild Thierrys Haus betrat. Der *Vide*, den er selbst angebracht hatte, hielt noch. Mit etwas Glück war Thierry von der wilden Magie verschont geblieben. In seinem geschwächten Zustand hätte sie ihm extrem gefährlich werden können.

„Ist alles in Ordnung?", begrüßte ihn Sebastien, der die Haustür öffnete. „Ich habe nicht erwartet, dich heute noch zu sehen."

„Ich habe auch nicht erwartet, euch heute noch zu besuchen", meinte Alain. „Wie geht es Thierry?"

„Gut, soweit ich das beurteilen kann. Er schläft immer noch."

„Das ist gut. Wenn es dir recht ist, möchte ich kurz mit ihm reden."

„Er ist ein erwachsener Mann", erwiderte Sebastien. „Er kann selbst entscheiden."

Alain lachte leise. „Das mag sein. Aber ich weiß, wie es ist, einen Vampir zum Geliebten zu haben."

„Ich bin nicht Thierrys Geliebter", gab Sebastien zu. Es war die Wahrheit, auch wenn er es bedauerte.

„Noch nicht", meinte Alain. „Aber ich bezweifle, dass du noch lange warten musst."

„Que Dieu t'entende", erwiderte Sebastien inbrünstig.

Dieses Mal klang Alains Lachen schon herzlicher. „Ich lege ein gutes Wort für dich ein. Aber erst muss ich mit Thierry eine andere Angelegenheit besprechen. Ich würde auch gern mit dir über den Aveu de Sang reden, vor allem über deine Beziehung zu deinem Avoué. Natürlich nur, falls es dir recht ist."

Sebastien schluckte. Wie immer, wenn er an die Vergangenheit dachte, wurde er von seinen Erinnerungen an Thibault überrollt. „Ich bin hier", sagte er ausweichend. Er wollte sich Alains Fragen anhören und dann spontan entscheiden, welche er beantwortete und welche nicht.

Das war nicht die Antwort, auf die Alain gehofft hatte. Aber er musste sich damit zufriedengeben. „Danke. Ich gehe jetzt zu Thierry." Er ging mit der Vertrautheit eines alten Freundes durchs Haus. Alain fühlte sich hier genauso wohl, wie er sich in seinem eigenen Haus gefühlt hatte. Alte Erinnerungen kamen zurück, als er durch das Wohnzimmer und den Flur zu Thierrys Schlafzimmer ging. Er und Edwige hatten hier mit Thierry und Aleth viele Stunden verbracht, glückliche Stunden voller Freundschaft. Hier hatte er nach dem Tod von Edwige und Henri getrauert und sich an seine Erinnerungen geklammert, als könnte er die beiden dadurch zurückbringen. Sogar nach Thierrys Auszug war er noch einmal hierhergekommen, um mit Aleth zu reden. Thierry hatte unter der Trennung gelitten und Alain hätte alles getan, um ihm zu helfen. Aleth hatte ihm in aller Offenheit erklärt, dass sie nicht vorhatte, in Thierrys Leben den zweiten Platz hinter dem Krieg einzunehmen. Solange Thierry mit dem Krieg verheiratet war, müsste er auf sie verzichten. Alain hatte stundenlang auf sie eingeredet, aber sie ließ sich von ihrem Entschluss nicht abbringen. Entweder sie stand in Thierrys Leben an erster Stelle oder er musste auf sie verzichten. Alain waren die Argumente ausgegangen. Die Erinnerung an den Tod von Edwige und Henri, von Erics Frau und Kindern war zu frisch in seinem Gedächtnis, um nicht alles zu geben, damit Serrier gestoppt wurde. Auch jetzt, zwei Jahre später, hatte sich an diesem Entschluss noch nichts geändert. Nur seine Gründe waren nicht mehr die gleichen. Die Rebellion der dunklen Magier hatte sich ausgebreitet. Das einzig Gute, was sie bewirkt hatte, war die neue Allianz zwischen Magiern und Vampiren. Und selbst die war gefährdet, weil die Partner mit Konsequenzen in ihrer Beziehung rechnen mussten, die nicht bei jedem auf Zustimmung stießen.

Alain sah sich stirnrunzelnd um. Er konnte nicht verstehen, warum Thierry Sebastien hierher gebracht hatte, warum die beiden hier lebten. Er hielt es für keine gute Idee, dass sie ihre Beziehung in einem Haus begannen, das noch von Aleth' Geist heimgesucht wurde. Alain ging in Thierrys Schlafzimmer, zog einen Stuhl ans Bett und setzte sich. „Thierry", sagte er leise und schüttelte seinen Freund an der Schulter.

„Alain? Was willst du hier?" Thierrys Stimme klang so verschlafen und verwirrt, dass Alain darüber lächeln musste. Es war noch nie sehr leicht gewesen, Thierry aufzuwecken.

„Ich wollte nur nachsehen, wie es dir geht."

„Das glaubst du doch selbst nicht", grummelte Thierry. „Ich bin verschlafen, aber nicht blöd. Was ist passiert?"

„Ich wollte wirklich nach dir sehen", protestierte Alain. „Es hat einen Ausbruch wilder Magie gegeben, die durch das Rite d'équilibrage freigesetzt wurde. Ich wollte sichergehen, dass sie dich verschont hat."

„Ich habe die ganze Zeit über geschlafen", meinte Thierry. „Aber das hätte dir auch Sebastien sagen können. Also, was ist noch passiert?"

„Ich bin auch von der wilden Magie getroffen worden", gestand Alain nach einer längeren Pause.

„Geht es dir wieder gut?", wollte Thierry wissen.

„Körperlich und magisch, ja", versicherte ihm Alain. „Aber ich bin immer noch etwas durcheinander. Als die Magie mich in ihrem Griff hatte, habe ich die Beherrschung verloren. Ich konnte mit meiner Magie nichts dagegen ausrichten und …"

Thierry wartete geduldig darauf, dass Alain weiterredete. Sein Freund war ziemlich aufgeregt und ihn zu drängen, wäre keine große Hilfe. Die Stille zog sich in die Länge. Thierry runzelte besorgt die Stirn und setzte sich auf.

„Orlando musste mich ans Bett binden", fuhr Alain schließlich fort. „Ich weiß nicht, was ich ihm sonst angetan hätte."

Thierry schüttelte den Kopf. „Du hättest ihn niemals verletzt."

„Nein, das hätte ich nicht", stimmte Alain zu. „Aber … wenn er nicht stark genug gewesen wäre, um mich zurückzuhalten, hätte es doch passieren können. Nicht absichtlich vielleicht. Aber nach dem, was er in seiner Vergangenheit erlebt hat, hätte ich ihn bestimmt verloren, wenn ich getan hätte, was ich wollte."

„Was wolltest du denn tun?", fragte Thierry weiter.

„Ihn beherrschen", erwiderte Alain. „Ihn gegen die nächste Wand drücken und so hart ficken, dass er es in einer Woche noch gespürt hätte. Über ihn herfallen … Wenn er es auch gewollt hätte, wäre das kein Problem gewesen. Aber er hätte es nicht gewollt. Ich hätte ihn vergewaltigt. Mein Gott, Thierry … Ich bin nicht besser als der Bastard, der ihn gefoltert hat."

„Stopp!", unterbrach ihn Thierry. „Lass das. Hast du ihm auf irgendeine Art wehgetan?"

Alain schüttelte den Kopf. „Er hat mich rechtzeitig daran gehindert."

„Was ist danach passiert?"

„Er hat mit mir das gemacht, was ich mit ihm machen wollte."

„Und du hast es auch gewollt?"

„Natürlich! Er hätte es niemals getan, wenn ich es nicht auch gewollt hätte."

„Wenn ich dich also richtig verstehe, hast du durch die wilde Magie den heißen, geilen Fick bekommen, den du dir gewünscht hast."

„Das ist es ja", sagte Alain. „Ja, es war aufregend – und ja, es hat mich aus dem Bann der wilden Magie befreit. Aber es war nicht das, was ich ursprünglich wollte."

„Du bist von Natur aus ein dominanter Mann", sagte Thierry sachlich. „Ich nehme an, dass du in einer sexuellen Beziehung normalerweise der Top bist, nicht umgekehrt. Orlando sieht trotz seines Alters nicht aus, als ob er ein Top wäre."

„Das Aussehen hat damit nicht das Geringste zu tun", wies Alain seinen Freund zurecht. „Sebastien ist älter als Orlando, aber er ist nicht sonderlich groß. Ich möchte trotzdem wetten, dass er dir einiges zeigen kann, wenn du das erste Mal unter ihm liegst."

Thierry wurde rot und senkte verlegen den Blick. Er dachte daran, wie gut es sich angefühlt hatte, von Sebastien gedehnt zu werden. Thierry musste noch einige Tage warten, bis mehr daraus wurde. Aber Alain hatte zweifellos recht. „Darum geht es nicht. Du bist es gewohnt, aktiver zu sein. Es ist nur natürlich, dass du das auch bei Orlando sein willst. Das heißt nicht, dass du ihn zu etwas zwingen musst; aber es ist auch nicht falsch, dass du es willst. Was sagt Orlando dazu? Ist er verärgert?"

„Überraschenderweise nicht", wunderte sich Alain. „Er sieht nur, dass ich der wilden Magie lange genug widerstanden habe, um mich von ihm ans Bett fesseln zu lassen. Und danach hat es keine Rolle mehr gespielt, was ich wollte. Ich konnte nur noch da liegen und abwarten."

„Er ist also nicht verletzt worden, er ist dir nicht böse, der Bann der wilden Magie ist gebrochen und alles wieder in Ordnung. Wo liegt das Problem?"

„Es ist eben nicht alles wieder in Ordnung. Marcel weigert sich, ein Ritual durchzuführen, so lange wir noch erschöpft sind von dem Rite d'équilibrage und den Kämpfen. Die wilde Magie kann jederzeit wieder zuschlagen. Payet meint allerdings, er hätte sich dagegen wehren können, indem er seinen Abwehrschild gestärkt hat. Und hier hat dich der *Vide* offensichtlich auch schützen können."

„Dann war es kein isoliertes Vorkommnis, was dir und Orlando passiert ist?"

„Nein. Zumindest Adèle und ihr Partner, Payet und Bellaiche sowie Sabatier waren auch davon betroffen", erklärte Alain. „Adèle hat einen ziemlich wilden Ritt hinter sich."

„Du weißt genau, dass ihr das gefällt."

Alain schüttelte den Kopf. „Dieses Mal nicht. Sie war ganz und gar nicht glücklich darüber. Wir konnten die Bissspuren an ihrem Hals und Oberkörper sehen. Sie sieht aus, als wäre ein wildes Tier über sie hergefallen. Unter normalen Umständen hätte ich sie gefragt, wen ich dafür zur Rechenschaft ziehen soll."

Thierry lachte. „Als ob sie dich dafür braucht."

Darüber musste auch Alain lächeln. „Stimmt. Dennoch, die wilde Magie scheint gezielt Magier und Vampire auszuwählen, die sich in einer Partnerschaft befinden. Und das heißt, dass Sebastien und du auch zu ihren potentiellen Zielen gehört."

„Wie meinst du das?"

„Es scheint eine gewisse … Anziehung zwischen den Partner zu geben, die durch die wilde Magie verstärkt wird und außer Kontrolle gerät. Deshalb hat Adèle mit ihrem Partner geschlafen, den sie hasst und verachtet. Und ich habe mir etwas nehmen wollen, von dem mir mein Verstand gesagt hat, dass ich es nicht haben kann."

„Soll das heißen, dass ich mich zu Sebastien nur hingezogen fühle, weil mein Blut ihn beschützt?"

„Wenn ich das wüsste", gab Alain zu. „Aber ich glaube nicht, dass es der einzige Grund ist. Sebastien ist ein bewundernswerter, attraktiver Mann. Ich bin schließlich nicht blind. Ohne die magische Natur der Partnerschaften wäre er dir vielleicht nicht aufgefallen. Aber was daraus wird, ist eine andere Sache. Ich bin mir sicher, dass Adèle ihren Partner nicht angerührt hat, bevor die wilde Magie über sie hergefallen ist. Davids Partnerin redet immer noch nicht mit ihm, wenn sie es vermeiden kann. Er hat sich vielleicht mehr gewünscht, aber er hat es nicht bekommen."

„Das mag sein. Aber du hast dich so schnell in Orlando verliebt, dass selbst mir schwindelig geworden ist. Und ich denke das erste Mal in meinem Leben darüber nach, eine Beziehung mit einem Mann einzugehen. Findest du das nicht auch merkwürdig?", hakte Thierry nach.

Alain seufzte. „Ich liebe Orlando. Ich mag mich schneller in ihn verliebt haben, weil wir die Partnerschaft eingegangen sind. Aber es geht weit darüber hinaus. Du weißt so gut wie ich, dass es keine wirksamen Liebestränke gibt. Menschliches Verhalten kann magisch beeinflusst werden, menschliche Gefühle nicht. Die Elementarmagie, ob wild oder nicht, kann mich nicht dazu zwingen, Orlando zu lieben. Und ich liebe ihn."

„Also ende ich vielleicht in Sebastiens Bett, aber die Magie kann mich nicht zwingen, ihn am nächsten Morgen noch zu respektieren?", versteckte Thierry sein Unwohlsein hinter einem Scherz.

„Mit dem *Vide*, der das Haus beschützt, kann die Magie selbst das nicht erzwingen", erinnerte ihn Alain. „Jedenfalls hat sie es bisher nicht gekonnt. Du solltest deine Entdeckungsreise genießen. Analysieren kannst du sie später noch."

„Das sagst du so einfach. Kannst du dich noch erinnern, wie aufgeregt und unsicher du warst, als du dich das erste Mal verliebt hast? Kannst du dich noch erinnern, wie du dich gefühlt hast, als du das erste Mal einen Mann, nicht eine Frau, begehrt hast?"

Alain nickte. Thierry hatte es miterlebt und ihn dazu aufgefordert, das Risiko einzugehen und seinen Gefühlen zu folgen – nachdem Alain endlich den Mut aufgebracht hatte, sich seinem besten Freund zu outen. „Ich kann mich erinnern. Aber du musst nicht befürchten, dass Sebastien dich abweisen wird. Das weißt du doch hoffentlich, oder?"

Thierry hätte fast gelacht. Das war wirklich nicht das Thema. Schließlich hatte Sebastien schon die Finger in Thierrys Arsch gehabt. „Das ist nicht der Punkt. Es ist nur verwirrend, in meinem Alter noch mit einem so neuen Aspekt meiner Persönlichkeit konfrontiert zu werden. Ich dachte immer, ich wüsste über meine Sexualität Bescheid. Bis Sebastien mich berührt hat, war das auch der Fall. Ich komme mir vor wie ein Teenager. Aleth hat nie die Dinge über meinen Körper gelernt, die Sebastien jetzt schon weiß."

Alain grinste ihn lüstern an. „Ist es nicht wunderbar?"

Thierry wurde feuerrot. „Ja", grummelte er und dachte daran, wie gut er sich mit Sebastien gefühlt hatte. „Ja, es ist absolut wunderbar."

„Es wird noch besser sein, wenn du es bist, der in seinen heißen Arsch gleitet. Sebastien scheint ein versatiler Liebhaber zu sein. Keine Frau fühlt sich so gut an wie der Arsch eines Mannes, das kannst du mir glauben. Besonders dann, wenn er lange keinen Liebhaber hatte."

Thierry rutschte unbehaglich im Bett hin und her. „Tut es weh?"

„Wenn er vorsichtig ist, dich vorbereitet und sich Zeit nimmt, ist es nur ein leichtes Brennen am Anfang. Danach gibt es nicht mehr, als Lust und das reine Vergnügen", versprach Alain. „Und wenn er nicht gut zu dir ist, ziehe ich ihm persönlich das Fell über die Ohren."

„Er wird vorsichtig sein", erwiderte Thierry, ohne lange darüber nachzudenken.

Alain grinste. „Oh ja? Hat er schon angefangen, dich darauf vorzubereiten?"

Thierry wurde wieder rot, sagte aber kein Wort.

„Du kannst mich nicht mehr schockieren, Thierry", versicherte ihm Alain. „Mein Arsch ist schon lange nicht mehr unschuldig." Er wurde wieder ernst. „Aber Scherz beiseite – du weißt, dass du jederzeit mit mir über alles reden kannst, ja?"

„Ja. Aber das ist es nicht. Ich vertraue Sebastien. Ich bin mir nur nicht sicher, ob ich mir selbst vertraue. Aleth ist erst vor einigen Wochen gestorben. Bis zu ihrem Tod habe ich immer noch gehofft, mich wieder mit ihr zu versöhnen", erklärte Thierry. „Wenn ich mit Sebastien allein bin, ist es so einfach, das alles zu vergessen. Dass wir uns noch nicht geliebt haben, liegt nur an Sebastien. Er hat es sich in den Kopf gesetzt, dass unser erstes Mal perfekt sein muss. Deshalb hält er sich zurück. Ich weiß auch nicht, worauf er noch wartet."

Dass du selbst soweit bist, dachte Alain bei sich. Aber er nickte nur verständnisvoll und bewunderte Sebastiens Zurückhaltung. Alain bezweifelte, dass er selbst sich so edel verhalten hätte, wenn ein attraktiver Mann wie Thierry nur darauf warten würde, endlich von ihm geliebt zu werden. Der einzige Grund, warum er Thierry in der Vergangenheit niemals selbst angesprochen hatte, war dessen offensichtliches Interesse an Frauen gewesen. Bis vor wenigen Wochen hatte Thierry sich beharrlich geweigert, Details über Alains Sexualleben zu diskutieren und lediglich zur Kenntnis genommen, dass es existierte und Alain Männer bevorzugte.

„Warum seid ihr hier?", fragte Alain ihn schließlich.

„Wie meinst du das?"

„Warum seid ihr in Aleth' Haus? Warum hast du ihn hierher gebracht, obwohl du eine absolut angemessene Wohnung hast?", erklärte Alain seine Frage.

„Meine Wohnung ist sehr klein und hier sind die Schutzschilde stärker. Hier konnte ich Sebastien ein Bett anbieten und er musste nicht auf der Couch schlafen. Am Anfang wollte ich noch nicht mehr von ihm", sagte Thierry.

„Geht in deine Wohnung", riet ihm Alain. „Oder nimm dir die Zeit, Sebastiens Wohnung zu schützen. Aber bleibt nicht hier. Du kannst kein neues Leben beginnen, wenn Aleth' Geist euch ständig umgibt."

„Im Moment beginne ich gar nichts", erinnerte ihn Thierry. „Außer du bist hier, um mich aus meiner Schutzhaft zu befreien."

Alain lachte. „Du liegst mit einem absolut umwerfenden Mann im Bett und willst hier raus? Schande über dich."

Thierry verzog das Gesicht. „Ich habe nichts dagegen, den ganzen Tag mit meinem Geliebten im Bett zu verbringen. Ich hasse es nur, hier festzusitzen."

„Nur noch ein oder zwei Tage", beruhigte ihn Alain. „Du weißt selbst, dass es so besser ist."

„Deshalb muss es mir noch lange nicht gefallen", knurrte Thierry. Die erzwungene Untätigkeit ging ihm auf die Nerven. Solange er bettlägerig war, hatte er viel zu viel Zeit, um ins Grübeln zu geraten. Er wollte nicht so viel denken und sich nicht ständig mit seinen Gefühlen auseinandersetzen. Er sehnte sich danach zurück, abends erschöpft nach Hause zu kommen, ins Bett zu fallen und in Sebastiens Armen einzuschlafen. Vorzugsweise, nachdem sie noch Zeit für vergnüglichere Aktivitäten gefunden hatten. Thierry war ein Mann der Tat, ein Krieger; er war kein Philosoph, der ständig über sich und die Welt nachdachte. Er fühlte sich unwohl, wenn er mit seinen Gedanken allein war und keine Ablenkung hatte. Und Sebastien hatte ihm unmissverständlich klar gemacht, dass er ihn nicht anfassen wollte, bevor es ihm wieder besser ging.

„Ich weiß", sagte Alain mitfühlend. „Ruh dich aus und versuche, so viel wie möglich zu schlafen. Ehe du dich versiehst, bist du wieder auf Patrouille."

„Das ist immer noch nicht schnell genug", grummelte Thierry.

Alain kicherte und stand auf. „Schlaf jetzt. Ich komme morgen zurück, um nach dir zu sehen."

„Das hast du heute früh schon gesagt."

„Dann lass uns hoffen, dass nicht wieder etwas passiert und ich früher zurückkomme", sagte Alain. „Ruf mich sofort an, falls du mich brauchst oder den Eindruck hast, dass der *Vide* schwächer wird. Ich bin mir nicht sicher, ob du in deinem Zustand die wilde Magie aus eigener Kraft bekämpfen kannst. Und es wäre mir lieb, wenn Sebastien seine Versprechen über euer erstes Mal einhalten könnte."

Thierry grummelte leise vor sich hin. Alain legte ihm die Hand auf die Schulter und sah ihn an. „Ich meine es ernst, Thierry. Was immer du dir auch wünschst – du willst nicht, dass es unter dem Einfluss der wilden Magie geschieht, die ihr beide nicht kontrollieren könnt."

Thierry musste zugeben, dass Alain recht hatte. Es wäre ihm auch lieber, wenn die Beziehung zwischen ihm und Sebastien nichts mit Magie zu tun hätte. Aber da sich das nicht ganz verhindern ließ, wollte er es nicht noch zusätzlich mit der wilden Magie aufnehmen müssen. „Ich melde mich sofort, wenn mir etwas verdächtig vorkommt", versprach er und konnte ein Gähnen nicht unterdrücken. „Es scheint, als ob ich doch noch etwas Schlaf brauchen kann."

„Das habe ich dir doch gesagt", scherzte Alain und ging zur Tür. „À demain."

„Salut."

Seufzend schloss Alain hinter sich die Tür. Er wollte nicht, dass Thierry durch sein Gespräch mit Sebastien gestört wurde. Sein Besuch bei Thierry war gleichzeitig besser und schlechter verlaufen, als er es befürchtet hatte. Einerseits hatte Thierry nicht schreiend die Flucht ergriffen, aber andererseits hatte ihre Unterhaltung Alains Besorgnis nicht ganz zerstreuen können.

Alain hatte kaum das Wohnzimmer betreten, als Sebastien aus einem anderen Zimmer auftauchte. „Geht es ihm gut?"

„Er scheint noch rechtzeitig entkommen zu sein", erwiderte Alain wahrheitsgemäß. Es traf in mehrerlei Hinsicht zu. „Jetzt muss er sich ausruhen und wieder zu Kräften kommen."

„Und was war so wichtig, dass es nicht so lange warten konnte?", fragte Sebastien höflich. Er wusste, dass Alain Thierry nicht leichtfertig aus seinem Erholungsschlaf geweckt hatte. Dafür musste es einen gewichtigen Grund geben und Sebastien hatte nicht vor, ihn sich vorenthalten zu lassen.

„Ich wollte mich davon überzeugen, dass die Schutzschilde des Hauses noch intakt sind", erklärte Alain vage. „Es gab einen Ausbruch wilder Magie, der ihm in seinem geschwächten Zustand hätte gefährlich werden können."

„Dazu hättest du nicht mit ihm reden müssen", bemerkte Sebastien. „Schon gar nicht eine halbe Stunde lang."

Alain seufzte. Es war mit Thierry schon schwierig genug gewesen. Diese Unterhaltung mit einem Fremden zu führen, war noch schlimmer. „Die wilde Magie richtet sich bevorzugt gegen Magier und Vampire, die in einer Partnerschaft sind. Sie hat meinen Schild durchbrochen und ist in Orlandos Wohnung eingedrungen. Allerdings hatte ich sie nicht mit einem *Vide* gesichert, wie es hier der Fall ist. Es war nicht ausreichend, dass er noch intakt war. Ich musste auch sicher gehen, dass die wilde Magie ihn nicht durchdrungen hat."

„Wenn ich dich recht verstehe, war das nicht der Fall", hakte Sebastien nach.

Alain schüttelte den Kopf. „Nein, der *Vide* hat der wilden Magie widerstanden." Er holte Luft und nahm all seinen Mut zusammen, um auch das andere Thema anzusprechen, über das er mehr erfahren musste. Sebastien war vermutlich der Einzige, der ihm seine Fragen aus eigener Erfahrung beantworten konnte. „Ist ein Aveu de Sang immer so … so mächtig, wie zwischen Orlando und mir?"

Sebastien kicherte. „Eine leichtere Frage fällt dir nicht ein?" Er dachte kurz darüber nach. „Ich kann natürlich nur für mich selbst sprechen. Ich habe mich von der ersten Sekunde an zu meinem Avoué hingezogen gefühlt, obwohl wir uns noch einige Wochen Zeit gelassen haben, bis ich ihm seinen Wunsch nach dem Aveu de Sang erfüllt habe. Aber soweit ich gehört habe, seid ihr beiden diesen Bund eingegangen, ohne zu wissen, welche Konsequenzen er haben wird."

Alain wurde rot. „Nein, das wussten wir nicht. Aber es hätte auch nichts geändert. Wenn ich mehr darüber gewusst hätte, hätte ich vermutlich noch weniger Bedenken gehabt. Ich dachte … Nun, es spielt eigentlich keine Rolle mehr, was ich dachte. Ich bedauere es nicht. Es war nur logisch und richtig, was wir uns versprochen haben. Aber rückblickend betrachtet, ging es atemberaubend schnell. Ich kannte Orlando noch keine zwei Tage, da hatte ich schon sein Mal am Hals. Er hatte mich zwar schon einige Male gebissen, aber nur einmal richtig getrunken. Es ist die Geschwindigkeit, mit der es sich abgespielt hat, die mir Sorgen bereitet."

„Warum ausgerechnet jetzt?", wollte Sebastien wissen. Er konnte Alains Besorgnis verstehen. Viel mehr wunderte er sich darüber, dass Alain sie erst nach so langer Zeit äußerte. „Was hat sich geändert, dass du jetzt nach Antworten suchst?"

„Ich bin der einzige Magier, der dieses Zeichen am Hals trägt", erwiderte Alain. „Doch ich bin nicht der Einzige, der sich plötzlich und unerklärlich zu seinem Partner hingezogen fühlt. Wir haben die Allianz auf Grundlage der Partnerschaften gegründet. Aber wir haben dadurch einen Prozess in Gang gesetzt, mit dem wir nicht gerechnet haben und den wir immer noch nicht richtig verstehen. Was immer es auch ist, es führt zu Beziehungen, die nicht in jedem Fall auf Gegenseitigkeit beruhen." Alain wunderte sich, wie ehrlich er mit einem Mann sprach, den er kaum kannte. Aber niemand hatte Sebastiens Einsicht in den Aveu de Sang; kein anderer konnte Alain erklären, welche Aspekte seiner Beziehung zu Orlando auf Magie beruhten und welche nicht.

„Was meinst du damit?", wollte Sebastien wissen.

„Die Magie in Thierrys Blut, die dich vor der Sonne schützt. Soweit ich es verstehe, macht sie dich auch empfänglich dafür, dich … zu ihm hingezogen zu fühlen." Alain suchte nach Worten, weil er nach den Erkenntnissen dieses Nachmittags seine eigenen Gedanken noch sortieren musste. „Damit hatten wir nicht gerechnet, als wir die Partnerschaften eingegangen sind. Ich glaube nicht, dass sich zwei Menschen durch magische Einflussnahme ineinander verlieben können. Das würde allem widersprechen, was ich jemals über Magie gelernt habe. Aber sie kann Verhalten ändern."

„Wann habt ihr das herausgefunden?"

„Erst heute Nachmittag", versicherte ihm Alain. „Ich habe euch nichts verheimlicht. Ich habe dir doch von dem Ausbruch der wilden Magie erzählt. Sie scheint einen ähnlichen Einfluss auszuüben, wie der Biss eines Partners. Aber dieser Einfluss ist um ein Vielfaches stärker. Deshalb ist es uns erst jetzt aufgefallen."

„Und deshalb fragst du dich, ob du das Brandmal an deinem Hals nur trägst, weil die Magie des Blutes stärker war als dein freier Wille. Ist es nicht so?", stellte Sebastien fest.

Alain nickte beschämt. Er hätte es Orlando gegenüber niemals zugeben können, auch Thierry gegenüber nicht. Aber diesem relativ fremden Mann, dem einzigen, von dem Alain wusste, dass er auch einen Avoué gehabt hatte – diesem Mann konnte er von den Zweifeln erzählen, die an ihm nagten, seit Raymond sie über die magische Anziehung zwischen den Partner informiert hatte. „Ich kann einfach nichts richtig machen, wenn es um Orlando geht. Ich frage mich, ob er einen Fehler gemacht hat, als er sich für mich entschieden hat. Ich will mit ihm zusammen sein, aber ich kann ihm nicht geben, was er von mir braucht."

Sebastien brach in ungläubiges Gelächter aus. „Glaubst du etwa, dafür wäre der Aveu de Sang da? Oh Alain, da täuschst du dich gewaltig. Ja, der Aveu de Sang bindet euch aneinander. Aber er ist keine unabhängige Macht, die von außen auf zwei Menschen einwirkt und sie füreinander bestimmt. Es ist ein magischer

Bund, den sie eingehen, so wie jeder andere Bund oder Vertrag auch. Ihr seid nicht plötzlich perfekt füreinander gemacht und alle Missverständnisse lösen sich in Wohlgefallen auf. Der Aveu de Sang ist ein Versprechen und ein Gelöbnis. Wie dieses Versprechen zum Leben erweckt wird, liegt ganz in den Händen der Betroffenen – in den Händen von fehlbaren, alles andere als perfekten Menschen, die manchmal unsäglich dumme Dinge tun und sagen, die sie eigentlich nicht so meinen. Menschen, die sich manchmal wünschen, sie hätten lieber alles andere getan, als diesen Bund zu schließen. Das einzige, was den Aveu de Sang zu etwas Besonderem macht, ist die Tatsache, dass die Partner ihre Probleme irgendwie lösen müssen, weil der Vampir nicht mehr ohne das Blut seines Avoué leben kann."

„Aber …"

„Kein aber", unterbrach ihn Sebastien. „Ich habe in meinem langen Leben schon viel gesehen. Doch ich habe noch nie ein Paar getroffen, das perfekt war. Jeder Mensch hat seine Fehler. In jeder Beziehung gibt es ab und zu Probleme. Ich kenne Orlando noch nicht sehr gut, aber dass er überhaupt eine Beziehung mit dir eingegangen ist, spricht Bände. Du bist gut für ihn. Ich kann dir auch nicht sagen, ob eure Partnerschaft deine Entscheidung beeinflusst hat, und ich weiß nicht, ob du auf diese Frage jemals eine Antwort erhalten wirst. *Aber das spielt auch keine Rolle mehr*. Ihr habt eure Entscheidung getroffen und könnt sie nicht mehr rückgängig machen. Vergesst eure Zweifel und findet einen Weg, wie ihr zusammen leben könnt. Wenn es Probleme gibt, sucht gemeinsam nach einer Lösung. Wenn es Missverständnisse gibt, redet darüber und klärt sie auf. Lasst nicht zu, dass sich die ständige Frage nach dem Was-wäre-wenn in euer Leben einmischt. Die einzige Alternative ist, Orlando zu verstoßen und verhungern zu lassen, denn so lange du lebst, wird er von deinem Blut abhängig sein, weil er von keinem anderen trinken kann."

„Das würde ich niemals tun!", protestierte Alain.

„Dann müsst ihr lernen, miteinander zu leben", stellte Sebastien klar. „So einfach ist das."

So einfach. Alain hätte über die Absurdität dieser Behauptung fast laut gelacht. Wenn es um ihn und Orlando ging, war nichts einfach. Das hatte dieser Nachmittag wieder gezeigt. „Danke", sagte er. „Ich gehe jetzt besser nach Hause. Ich will nicht, dass er sich Sorgen macht."

„Ich werde mich darum kümmern, dass Thierry im Bett bleibt und sich ausruht", versprach Sebastien.

„Warum kümmerst du dich nicht lieber darum, dass er im Bett bleibt und sich nicht ausruht?", erwiderte Alain. „Dann hat er wenigstens bessere Laune, wenn ich morgen zurückkomme."

Er hatte sich schon aus dem Haus transportiert, bevor Sebastien auch nur den Mund aufmachen konnte, um ihm zu antworten. Der Vampir schüttelte den Kopf, fassungslos über Alains widersprüchliches Verhalten. Einerseits ermutigte der Magier ihn und Thierry, ihrer ungewöhnlichen Beziehung eine Chance zu geben, andererseits zweifelte er am Wert seiner eigenen Beziehung. Aber darüber konnte Sebastien später noch nachdenken. Trotz Alains aufmunternder Worte war er fest entschlossen, Thierrys Genesung abzuwarten, bevor er den nächsten Schritt machte. Zumal Thierry durch Alains Neuigkeiten wahrscheinlich genauso beunruhigt war, wie er selbst. Sie hatten Zeit. Sie konnten warten, bis sie beide dazu bereit waren.

16

CLAUDE BEWUNDERTE erregt sein Werk. Die Frau war schon wunderschön gewesen, bevor er sie mit seiner Peitsche bearbeitet hatte: Kräftige, blonde Haare, die ihr bis auf die Schultern hingen, alabasterfarbene Haut und großzügige Kurven. Jetzt war ihr Haar schweißgetränkt und ihre Augen rot von den Tränen, die sie geweint hatte. Ihre Haut war von Striemen übersät, aus denen heißes Blut quoll. Er fasste in die Hose und rieb über seine Erektion, während er das erotische Bild bewunderte und überlegte, womit er sich als Nächstes befassen wollte.

Langsam ging er um die Frau herum. Am Anfang folgte sie seinen Bewegungen noch mit den Augen, eine stumme Bitte um Gnade. Er hatte sie mit einer Beschwörung zur Sprachlosigkeit verdammt. Nur ihre Schreie waren zu hören gewesen, bis auch die verstummt waren und nur noch ihre bittenden Blicke ihm folgten. Jetzt hatte sie auch die aufgegeben und ihr Kopf hing schlaff zwischen ihren ausgestreckten Armen.

Er hatte mit seiner Peitsche erreicht, was damit zu erreichen war. Entschlossen warf er sie zur Seite und nahm sich ein gezacktes Messer aus seinem Arsenal. Dann fuhr er mit der flachen Seite der Schneide über ihren Arm. Als er in ihren Achseln ankam, drehte er es mit einem Ruck um und durchtrennte mit einem sauberen Schnitt ihre Haut und ihre Muskeln.

Sie schrie.

Sein lüsternes Grinsen wurde wild und seine Hand bewegte sich schneller über seinen steifen Schwanz. Er ging auf die andere Seite, weil ihr asymmetrischer Anblick seine Augen beleidigte. Dieses Mal wusste sie, was ihr bevorstand. Sie zuckte und wollte sich ihm entziehen, soweit ihre Fesseln es erlaubten. „Gib dir keine Mühe", sagte er, seine Stimme rau vor Lust. „Du entkommst mir nicht. Ich werde mich um dich kümmern, meine Süße. Ich werde dich noch schöner machen, als du es dir in deinen kühnsten Träumen vorstellen kannst."

Seine Stimme hat jetzt einen beruhigenden, fast zärtlichen Klang. Aber sie hatte gelernt, ihr nicht zu vertrauen. Seit der Nacht, in der sie entführt worden war, bestand ihr Leben nur noch aus Momenten unerträglicher Pein, gefolgt von Stunden, manchmal Tagen, in denen sie eingesperrt auf seinen nächsten Besuch wartete. Am Anfang hatte sie noch die Hoffnung gehabt, sie würden ihren Fehler einsehen, würden erkennen, dass sie ihnen nichts sagen konnte und sie wieder gehen lassen. Sie wusste nichts. Es gab keinen Grund, sie hier festzuhalten.

Dann hatte sie sich an die Hoffnung geklammert, Jean würde zu ihrer Rettung kommen. Aber sie wusste nicht, ob ihm ihr Verschwinden überhaupt aufgefallen war. Sie sahen sich so selten und unregelmäßig, dass vielleicht noch Wochen vergingen, bevor er sie wieder besuchen wollte.

Wieder schnitt das Messer in ihr Fleisch. Sie stöhnte, ihre Kehle zu rau, um noch schreien zu können. Sie hatten ihr schon seit Tagen keine Fragen mehr gestellt und sie stattdessen in die Hände dieses Monsters gegeben. Er sah so harmlos aus, fast jungenhaft nett, aber hinter seinem hübschen Gesicht verbarg sich eine Seele, so schwarz wie die Nacht und so verdorben wie die Fratzen der Wasserspeier an den Türmen von Notre-Dame. Sie hatte schnell gelernt, dass sie von ihm keine Gnade erwarten konnte.

Vor fünf Tagen hatte er sie das erste Mal in seine Folterkammer geschleppt. Die Wunden und Prellungen waren fast verheilt, weil er sich noch zurückgehalten hatte. Damals, als er sie zwischen den Schlägen noch verhört hatte, war ihr das nicht so vorgekommen. Das dünne Metallrohr hatte geschmerzt und ihre Haut mit roten Flecken übersät, aber es hatte keine blutenden Wunden hinterlassen. Danach hatte er sie einen Tag in Ruhe gelassen, aber vor drei Tagen war er wieder in ihre Zelle gekommen und hatte sie geholt. Er hatte mit den Streichhölzern angefangen, nie nahe genug, um sie zu verbrennen, aber doch so nahe, dass ihr ganzer Körper von roten Flecken bedeckt war. Danach hatte er ihr wieder zwei Tage Pause gegönnt, aber dafür musste sie jetzt bezahlen.

Claude zog die Hand aus der Hose und legte sie nachdenklich auf ihre nackte Brust. Er hatte ihre Brüste verschont, als er sie vorhin ausgepeitscht hatte. Er zog die glatten Oberflächen ihres Rückens, ihres Bauchs und ihres Hinterns vor, die er mit langen, regelmäßigen Schwielen bedeckt hatte. Aber mit dem Messer konnte er viel feiner zu Werke gehen. Er setzte mit der Spitze an und zog einen langen Schnitt über ihre Brust bis zu ihrer Brustwarze. Dann beugte er den Kopf und leckte das Blut ab, das aus der Wunde quoll. Als er an ihrem Nippel ankam, gönnte er sich eine kurze Pause und saugte ihn genüsslich in seinen Mund.

Karines gebrochenes Schluchzen war Musik in seinen Ohren. Diese langsame Tortur vergewaltigte ihren Körper und ihre Seele schlimmer, als die Qualen zuvor. Als es nur die Schmerzen waren, hatte sie sich damit abgefunden, dass es Menschen gab, die in ihrer Grausamkeit die Folter genossen. So schlimm es auch war, sie hatte es akzeptiert. Aber diese Art der Folter hatte eine andere Qualität.

Claude gefiel ihre Reaktion und er hob wieder den Kopf, um sich ihre andere Brust vorzunehmen. Dieses Mal biss er leicht zu, als er an ihren Nippel kam. Zu seiner Freude wurde ihr Schluchzen lauter. „Ich wusste doch, dass ich einen Weg finden kann, um dir Lust zu bereiten", schnurrte er und zog sein Messer wieder über ihren Körper, dieses Mal quer über die Brust, um ihre Brustwarzen mit einem Schnitt zu verbinden.

Karine wimmerte und schloss die Augen, um nicht mitansehen zu müssen, wie seine Lippen ihr über die Haut fuhren, als seien es die Lippen eines Geliebten. Sie konnte diesen Anblick nicht ertragen. Dieser perverse Bastard war nicht ihr

Geliebter. Jean war ihr Geliebter. Jean liebte sie zwar nicht, aber er war immer gut zu ihr gewesen. Sie fühlte, wie sie langsam allen Bezug zur Wirklichkeit verlor. Sie floh in ihre Erinnerungen, gute und schöne Erinnerungen. Die Realität ihrer Schmerzen konnte ihre Seele nicht mehr berühren.

Claude runzelte irritiert die Stirn, als ihr Schluchzen verstummte. Er hatte noch viel mit ihr vor, denn Serrier hatte sie ihm geschenkt und niemand interessierte sich für sie. Aber er musste ihr klarmachen, dass er ihre Mitarbeit erwartete. Sonst machte es keinen Spaß. Er sah auf sein Messer, dann auf ihren Körper. Er musste sich gut überlegen, was er damit anfing, denn er wollte sie noch nicht töten. Nachdem er sich entschieden hatte, stieß er es in ihren Schenkel. Ihr gellender Schrei hallte durch den Raum, ein so wunderbarer Schrei, dass er nicht mehr länger warten konnte. Er zog den Schwanz aus der Hose und musste ihn nur einige Male reiben, dann mischte sich sein Sperma mit ihrem Blut.

Der Schrei war so scharf und kam so unerwartet, dass Eric und Vincent draußen auf dem Flur stehenblieben. Sie sahen sich überrascht an, dann öffneten sie die Tür zu dem Raum, aus dem der Schrei gekommen war. Vincent warf einen Blick durch den Raum, sah die blutüberströmte Frau, sah Claude, der mit entspanntem Gesicht vor ihr stand und immer noch seinen Schwanz in der Hand hielt. Bei dem Anblick drehte sich ihm der Magen um. „Du bist ekelhaft", entfuhr es ihm, bevor er über die möglichen Konsequenzen seiner Worte nachdenken konnte.

Eric sagte nichts. Seine Miene sprach für sich. Als Claude das letzte Mal einen Gefangenen folterte, hatte er sich noch eingemischt und dem armen Kerl den Gnadentod gegeben. Das konnte er sich nicht schon wieder erlauben. Noch vertraute ihm Serrier, aber der dunkle Magier war sehr wankelmütig. Eric hatte nicht vor, ihm einen Grund zu liefern, seine Meinung zu ändern.

„Mach die Schweinerei sauber, wenn du fertig bist", befahl Vincent, drehte sich um und zog Eric mit sich auf den Flur. „Wir brauchen das Zimmer morgen früh."

Claude zeigte ihnen den Stinkefinger, sagte aber nichts, als die beiden Männer wieder gingen.

„Er ist wie ein tollwütiger Hund", sagte Vincent nachdenklich, während sie sich auf den Weg zum Ausgang machten. „Ich weiß nicht, warum Pascal ihn nicht einfach abknallt."

„Er kann hier und da nützlich sein", erwiderte Eric schulterzuckend und bemühte sich, gleichgültig zu wirken. „Wenn sie uns etwas verschwiegen hätte, wüssten wir jetzt Bescheid."

„Du willst mir doch nicht sagen, dass du solche Grausamkeiten gutheißt", sagte Vincent ungläubig.

„Nein, natürlich nicht", erwiderte Eric hastig. „Aber es amüsiert Pascal, und solange es ihn bei Laune hält, hat es keinen Sinn, sich darüber zu beschweren. Für dich ist das anders, du bist von Anfang an dabei gewesen. Aber es gibt immer noch Leute, die mir nicht vertrauen. Ich will ihnen keinen Grund geben, meine Loyalität in Zweifel zu ziehen."

Vincent zuckte mit den Schultern. „Manche Leute sind so misstrauisch, dass sie jeden hinterfragen. Ich kann mir gut vorstellen, dass Chavinier das gleiche Problem hat.”

Eric schüttelte den Kopf. „Chavinier ist ein vertrauensseliger alter Narr. Er glaubt noch an das Gute im Menschen. Er würde sogar versuchen, Claude wieder auf den Pfad der Tugend zurückzubringen.”

„Hast du jemals darüber nachgedacht, wieder zu ihm zurückzukehren?”

„Gott, nein!”, rief Eric. „Sie haben ihre Chance vergeigt, als sie Magnier nicht für seine Morde zur Rechenschaft gezogen haben. Ich mag Serriers Methoden nicht immer zustimmen, aber eine Regierung, die einen Mörder laufen lässt, obwohl es Beweise für seine Taten gibt, ist eine Regierung, die sich ändern muss. Ich werde für Gerechtigkeit sorgen, und wenn es mich das Leben kostet.”

Vincent biss sich auf die Zunge, weil er sich nicht sicher war, ob er seine Gedanken laut aussprechen sollte. Doch sie gaben ihm keine Ruhe, sodass er das Risiko schließlich einging. „Ich habe manchmal Angst, dass diese Gerechtigkeit auch nicht viel anders aussieht als das, was wir gerade erlebt haben.”

Eric sah ihn ungerührt an. „Solange es damit endet, dass Magnier in Ketten liegt, werde ich mich nicht beschweren.”

„Und wenn es stattdessen Caroline ist, Danielles Freundin?”, fragte Vincent leise. Er wusste auch nicht so recht, warum er Eric auf diese Art herausforderte.

„Sie hat sich frei entschieden, auf Chaviniers Seite zu kämpfen. Damit hat sie ihr Schicksal besiegelt”, erklärte Eric kalt und erwiderte Vincents ernsten Blick. Er fühlte ein merkwürdiges Verlangen in der Magengrube. Wieso hatte er noch nie auf die Farbe von Vincents Augen geachtet? Oder darauf, wie lang und wunderschön gebogen seine Wimpern waren?

Mit einem verwirrten Blinzeln wandte er den Blick ab.

„Was ist los?”, fragte Vincent, dem Erics seltsame Reaktion aufgefallen war.

„Nichts”, meinte Eric schulterzuckend und ignorierte das Mitgefühl in der Stimme seines Freundes, das eine neue Welle des Begehrens durch seine Adern jagte. „Nur …”

„Nur was?”, fragte Vincent und gab dem Impuls nach, die Hand auf Erics Schulter zu legen. Die Berührung durchzuckte ihn wie ein Blitz, aber im Moment hatten sie wirklich andere Probleme.

Eric sah Vincent zitternd in die Augen und erblickte darin ein Begehren, das dem seinen in nichts nachstand. „Fühlst du es auch?”

Vincent nickte zögernd. „Ich dachte, es ginge nur mir so.”

Eric schüttelte den Kopf. „Wir sollten das nicht tun”, sagte er. „Wenn Serrier davon erfährt …”

Vincent lachte und drückte Erics Schulter. „Es gibt keinen Grund, warum er es erfahren sollte. Wir sind außer Dienst und gleich hier raus. Niemand kann uns beobachten.”

„Deine Wohnung liegt näher", überlegte Eric und hoffte, dass er seine Entscheidung nicht bereuen würde.

„So ist es", stimmte Vincent ihm zu und ein Lächeln huschte über seine sonst so einschüchternde Miene. „Treffen wir uns dort?"

Eric nickte und sah ihn einladend an, als er den Stab zog, um sich aus dem Hauptquartier der dunklen Magier in Vincents Wohnung zu transportieren.

„Mist", murmelte Vincent und folgte ihm. „Ich habe keine Ahnung, woher das kommt, aber ich hoffe sehr, dass es noch lange anhält." Er hatte schon früh gelernt, sich zurückzuhalten und sich sein Interesse an Männern nicht anmerken zu lassen. Serrier hatte aus seiner Meinung über Homosexualität nie ein Hehl gemacht, genauso wenig, wie aus seiner Meinung über die Gleichstellung der anderen magischen Wesen. Vincent hatte nicht vor, den verdrehten moralischen Ansichten des dunklen Magiers ein Ventil zu liefern.

Eric stand bereits vor Vincents Wohnung und stellte sich genau die gleichen Fragen. Im Gegensatz zu Vincent war er von dem plötzlichen sexuellen Interesse an seinem Freund überrascht worden, aber er war selbstbewusst genug, um nicht dagegen anzukämpfen. Außerdem fühlte es sich gut an. Als Vincent neben ihm auftauchte und die Tür aufschloss, schob Eric ihn in die Wohnung und trat hinter ihnen die Tür zu.

„Ich hoffe, dass sich dein Schutzschild automatisch reaktiviert", sagte er, fuhr Vincent mit den Händen über die kurz geschnittenen Haare und fiel über seinen Mund her.

„Nghn", versuchte Vincent ihm zu antworten, aber Erics Zunge war im Weg. Reden wurde überschätzt, entschied er und ließ Taten sprechen. Es war ein unglaublich erregendes Gefühl, von einem starken Mann wie Eric so überwältigt zu werden. Vincent drehte sie um und revanchierte sich dafür, indem er Eric rückwärts vor sich her schob.

Eric schnappte nach Luft, als Vincent die Initiative übernahm und ihn so leicht vor sich herschob, als würde er nur die Hälfte seiner einhundertzwanzig Kilo wiegen. Er fasste nach Vincents muskulösen Armen, nicht, um sich dagegen zu wehren, sondern um Halt zu finden. Eine Welle des Begehrens schoss durch seinen Körper und sie stolperten blind ins Schlafzimmer, bis sie mit verschlungenen Armen und Beinen aufs Bett fielen.

Vincent rollte sich auf den Rücken. Erics Gewicht drückte ihn in die Matratze. Vincent bäumte sich auf und presste sich an seinen Freund und Geliebten, bis Eric fast abgeworfen wurde. Aber Eric reagierte schnell und hielt ihn unter sich fest. Vincent krallte die Hände in Erics braune Haare und zog seinen Kopf nach unten, um ihn zu küssen. Als Eric abgelenkt war, nutzte Vincent die Chance und warf ihn auf den Rücken, um ihn seinerseits ins Bett zu drücken.

„Mist, du bist stark", keuchte Eric und holte tief Luft.

Vincent lachte heiser und rieb sich mit dem Schwanz an Erics Hüfte. „Ich habe gerade erst angefangen", knurrte er.

„Wir werden ja sehen", meinte Eric und schlang die Beine um Vincents Hüften, um ihn festzuhalten.

Vincent zog den Stab aus seiner Jackentasche und murmelte leise vor sich hin. Eine Sekunde später waren sie beide nackt. „Oh Gott", stöhnte Eric und rollte mit den Augen, als Vincents nackter Körper sich an ihn presste. Er stützte sich mit den Füßen auf die Matratze und schob Vincent nach oben, wollte sich von ihm befreien, um ihn mit den Händen erkunden zu können.

Vincent ließ es erst zu, aber kaum hatte Eric sich befreit, wurde er an der Hüfte gepackt und auf den Bauch geworfen. Dann lag Vincent wieder auf ihm und rieb sich mit seinem harten Schwanz an Eric Arsch.

Eric erstarrte. Bis zu dieser Sekunde hatte er noch nicht darüber nachgedacht, was Sex mit Vincent bedeuten würde. Sie waren beide dominante Männer und kämpften um die Vorherrschaft. Eric kam schnell zu dem Schluss, dass Vincent diesen Kampf gewinnen würde. Er schluckte tief, als sich sein Körper für Vincent öffnete. „Sei vorsichtig", bat er leise.

„Du machst wohl Witze", knurrte Vincent und wühlte in der Schublade des Nachttisches nach etwas, das er als Gleitmittel benutzen konnte. Fluchend nahm er wieder seinen Stab und beschwor eine Flasche Bodylotion aus dem Badezimmer. „Du willst es genauso wie ich – hart, schnell, und so tief wie möglich."

Eric stöhnte. Die Bilder, die Vincents Worte in ihm wachriefen, ließen ihn am ganzen Körper erzittern. Die Mischung aus Begehren und Furcht lähmte ihn. Vincent nutzte die Gelegenheit, ihm die Arschbacken auseinanderzuziehen und einen kalten Finger in sein unerfahrenes Loch zu schieben. Eric biss sich auf die Lippen, um ein Stöhnen zu unterdrücken. Vincents Vorbereitung war rau, aber selbstbewusst. Er suchte zielstrebig nach Erics Prostata und drückte zu. Eric entfuhr ein überraschtes Japsen.

„Siehst du?", meinte Vincent. „Hart und schnell und tief." Er biss Eric in den Hintern und schob einen zweiten Finger in ihn hinein. „Verdammt, du bist so eng. Du wirst dich so wahnsinnig geil anfühlen um meinen Schwanz. Ich kann es kaum abwarten."

Mit geübten Fingern lockerte er Erics Schließmuskel. An jedem anderen Tag hätte er wahrscheinlich stundenlang mit Erics Arsch gespielt. In Gedanken sah er seinen Freund vor sich, auf allen Vieren, den Kopf gesenkt und Arsch in die Luft gereckt. Heute hatte Vincent jedoch nicht die Geduld für solche Spielchen. Er brauchte das Gefühl, seinen Schwanz in einem willigen Loch zu versenken, es zu dehnen und zu ficken, bis der Mann unter ihm nicht mehr wusste, wo oben und unten war.

Vincent brachte sich in Position und stieß zu, bis es nicht mehr weiterging. Eric bäumte sich unter ihm auf und hätte ihn fast aus dem Bett geworfen. „Ist es das, was du willst?", knurrte Vincent und packte ihn an den Hüften. „Ich will mir nicht vorwerfen lassen, einen Liebhaber enttäuscht zu haben."

„Nein", keuchte Eric, als Vincent sich in ihm zu bewegen begann. „Mist, verdammter. Lass mir eine Minute Zeit."

Vincent hielt still und fasste nach Erics Schwanz, der wieder schlaff geworden war. „Was ist denn das?", fragte er erstaunt.

„Es tut verdammt weh", stöhnte Eric. „Ich will doch sehr hoffen, dass es bald besser wird."

Vincent runzelte die Stirn und wartete ab, während er Erics Schwanz und Eier streichelte. Die Wirkung war eher bescheiden, also nahm er Eric an der Schulter, zog ihn hoch und drückte ihn an seine Brust. Dann spielte er mit Erics Brustwarze und biss ihn zärtlich in die Schulter. „Sag Bescheid, wenn du soweit bist."

Eric nickte. Die Schmerzen ließen langsam nach und er kam sich merkwürdig ausgestopft vor. Es war kein unangenehmes Gefühl, aber definitiv ungewohnt und irgendwie seltsam. „Langsam, ja?", bat er. „Lass mir etwas Zeit, mich an das hart und schnell und tief zu gewöhnen."

Die Falten auf Vincent Stirn wurden tiefer, während er sich vorsichtig bewegte. Die verführerisches Hitze und Enge von Erics Körper war unwiderstehlich. „Du machst das doch nicht das erste Mal, oder?", wollte er wissen.

„Was? Sex?" Eric schnaubte verächtlich, weil er Vincent nicht verlieren wollte. Die Schmerzen waren kaum noch spürbar und Erics Erregung nahm wieder zu, als Vincent ihm mit dem Schwanz über die Prostata glitt. „Natürlich nicht."

Die Antwort beruhigte Vincent wieder und seine Bewegungen gewannen an Sicherheit. Er hielt immer noch Eric Schwanz in der Hand, der sich langsam wieder erholte und aufrichtete. Das war ein gutes Zeichen. Mit der anderen Hand drückte er Eric aufs Bett zurück. Er wollte nicht rücksichtslos sein, aber sein Verlangen ließ sich kaum noch zügeln. Er wollte Eric ficken, und das richtig.

Eric stützte sich auf der Matratze ab und kam Vincents Stößen entgegen, um ihn zu ermuntern. Vincent nahm die Aufforderung an, gab seine Zurückhaltung auf und stieß mit aller Macht in Erics Arsch, der sich ihm einladend entgegenstreckte. Eric grunzte und schnaubte bei jedem Stoß und hielt sich am Bettgestell fest, um sich nicht den Kopf anzuschlagen.

„Ich halte nicht lange durch", keuchte Vincent. Eric enger Arsch krampfte sich um seinen Schwanz zusammen und ließ ihn nicht aus dem Griff. „Du fühlst dich so gut an."

„Du musst auch nicht lange durchhalten", gestand Eric, der schon seinen Orgasmus in den Eiern fühlen konnte. Viel brauchte er nicht mehr, dann würde er in Vincents Hand kommen.

Mehr musste Vincent nicht hören. Seine Hüften zuckten unkoordiniert, dann füllte er Eric mit seinem Saft.

Als es vorbei war, zog er sich zurück und sah zu, wie der Samen aus Erics Arschloch tröpfelte. „Verdammt, das sieht so unglaublich geil aus", stöhnte er und fuhr mit dem Finger durch die Spuren seines Höhepunkts.

Eric stöhnte heiser. „Geh runter von mir", verlangte er. Er war kurz vor dem Orgasmus, aber es fehlte noch etwas.

„Drängler", neckte ihn Vincent und fasste ihm zwischen die Beine. Er nahm Erics steifen Schwanz fest in die Hand und saugte an seinen mit Samen verschmierten Eiern.

Eric warf den Kopf in den Nacken und kam mit einem lauten Schrei. Dann sackte er zusammen und fiel aufs Bett, mitten in die klebrigen Reste seines Orgasmus. Alle Kraft hatte ihn verlassen und er konnte keinen klaren Gedanken mehr fassen.

Mit einem zufriedenen Grinsen legte Vincent sich hinter seinen neuen Geliebten und fragte sich, ob Eric wohl morgen früh fit genug wäre für eine zweite Runde.

17

SEBASTIEN LIEF unruhig in Thierrys Wohnzimmer auf und ab. Die Sonne war schon vor Stunden untergegangen. Ihre Strahlen hätten ihn zwar nicht mehr hier zurückhalten können, aber die wilde Magie fesselte ihn ans Haus. Er kam sich vor, wie ein Tiger im Käfig. Wilde Magie. Eine Magie, die Menschen unter ihren Einfluss brachte und sie handeln ließ, wie sie es unter normalen Umständen niemals tun würden. Magie, unter deren Einfluss er seinen Partner verletzen konnte, wenn sie Alains Schutzschild überwand und ins Haus eindrang. Bis jetzt war noch nichts passiert, aber es machte ihn wahnsinnig, hier festzusitzen und darauf zu warten, dass wieder Entwarnung gegeben wurde.

Alain hatte das ganze Haus gesichert, also musste der Balkon vor dem Wohnzimmer sicher sein. Sebastien öffnete die Tür und ging nach draußen. Tief atmete er die kühle Nachtluft ein. Im Nordosten waren am Horizont die Lichter von Paris zu sehen, aber hier, weit weg von der Stadt, war der Himmel schwarz und die Luft frei von den Gerüchen und dem Gestank, der oft über der Innenstadt lag.

Sebastien konnte spüren, wie sich seine Sinne schärften. Eine kühle Brise wehte und kündigte schon den kommenden Winter an. Sebastien lächelte. Er hatte die dunkle Jahreszeit schon immer geliebt. Als er noch ein Kind war, brachte sie die willkommene Ruhe und das Ende der anstrengenden Arbeit auf den Feldern. Als Vampir schätzte er die zusätzlichen Stunden, in denen er vor den tödlichen Strahlen der Sonne geschützt war.

Die Glocken von Saint-Louis verkündeten die Mitternacht. Samhain war vorbei und das Allerheiligenfest begann. Überall im Land würden die Menschen die Gräber der Verstorbenen besuchen und ihrer gedenken. Ihre Zahl hatte in den letzten beiden Jahren durch den Krieg zugenommen. Sebastien fragte sich, ob Thierry wohl Aleth' Grab besuchen wollte. Selbst wenn Alain Entwarnung gab und sie das Haus verlassen konnten, wäre Thierry wahrscheinlich noch nicht stark genug dazu. Aber wenn er gehen wollte und es sicher war, würde Sebastien ihm dabei helfen, selbst wenn er ihn tragen musste.

Sebastien hatte Thibaults Grab am Jahrestag ihres Aveu de Sang besucht. Er zog es vor, den Beginn ihrer Liebe zu feiern, nicht ihr Ende. Thierry mochte das anders sehen und Sebastien würde die Entscheidung des Magiers respektieren, auch wenn ihm der Gedanke unangenehm war, dass Thierry um seine verlorene Liebe trauerte. Ihm war bewusst, dass er mit zweierlei Maßstab maß, aber er konnte es nicht ändern. Nachdenklich spielte er mit dem Medaillon, das ihm Thibault geschenkt hatte. Es lag in seiner Natur, ein besitzergreifender, eifersüchtiger Geliebter zu sein. Damit musste er sich abfinden.

Die Gedanken an Thierrys verstorbene Frau und an Thibault weckten seine Instinkte. Seine Eckzähne wurden länger und schoben sich zwischen seinen Lippen hervor. Sebastien runzelte überrascht die Stirn. Mit dieser Reaktion hatte er nicht gerechnet. Er war ein alter, mächtiger Vampir, der selten die Kontrolle über seinen Blutdurst verlor. Normalerweise kamen seine Zähne nur dann zum Vorschein, wenn er zu trinken beabsichtigte. Ihn schauderte, weil er genau das jetzt wollte. Er wollte ins Haus zurückkehren und seine Zähne tief in Thierrys Hals schlagen. Sein Verlangen danach drohte fast ihn zu überwältigen.

„Verdammt, was ist das?", murmelte er und krallte sich am Geländer fest, um sich wieder unter Kontrolle zu bringen. Seine Knöchel waren weiß vor Anstrengung. Plötzlich durchzuckte ihn eine Erkenntnis.

Die wilde Magie.

Alain hatte ihn gewarnt. Sebastien hätte sich denken müssen, dass der *Vide* nur das Haus, nicht aber den Balkon abschirmte. Er war nicht Teil des Hauses. Vorsichtig ließ Sebastien das Geländer los und ging über die Türschwelle ins Haus zurück. Er ballte die Fäuste und wartete darauf, dass der *Vide* wirksam wurde und die wilde Magie wieder neutralisierte.

Sekunden vergingen. Eine Minute verging, dann zwei. Nichts geschah. Das Verlangen ließ nicht nach. Sebastien wollte in Thierrys Zimmer laufen und sich nehmen, was ihm gehörte. Er verfluchte seine Dummheit und lief wieder im Zimmer auf und ab. Er hatte schon vor langer Zeit gelernt, sein Verlangen zu beherrschen. Er war kein Anfänger mehr, kein frisch erschaffener Jüngling, der sich gegen seine Blutlust nicht wehren konnte. Sebastien weigerte sich, die Beherrschung zu verlieren. Seine einzige Option war Thierry, und der brauchte Ruhe. Er war noch viel zu schwach, um den magisch verursachten Blutdurst eines unvorsichtigen, aus dem Ruder gelaufenen Vampirs zu stillen.

Die Anstrengung machte sich bemerkbar und Sebastien spürte sie am ganzen Leib. Er dachte kurz darüber nach, das Haus zu verlassen und auf die Jagd zu gehen, so wie er es früher getan hatte, bevor Thierry sein Partner geworden war. Aber diesen Gedanken verwarf er schnell wieder. Er brauchte kein Blut, hatte keinen Hunger nach fremdem Blut. Ihn verlangte nach Thierry, und es war weniger ein Verlangen nach Blut, als vielmehr nach Sex. Aber seine Leidenschaft war außer Kontrolle geraten. In dieser Verfassung konnte er Thierry nicht das geben, was der Magier verdient hatte. Sebastien hatte ihm ein Versprechen gegeben, und dieses Versprechen wollte er halten.

Er musste sich nur zusammenreißen und durchhalten.

„Sebastien?"

Sebastien hörte seinen Namen und lief in den Flur, bevor ihm bewusst wurde, was er getan hatte. Er blieb stehen. „Ja, Thierry?", rief er. „Brauchst du meine Hilfe?"

„Könntest du bitte zu mir kommen?", verlangte Thierry.

Sebastien unterdrückte einen Fluch und ging zu Thierrys Zimmer. Er klammerte sich am Türrahmen fest, um das Zimmer nicht zu betreten. Thierry lag im Bett und sah ihn mit seinen grünen Augen verschlafen an. Seine blonden Haare waren verstrubbelt. Sebastien verspannte sich bei dem Anblick und er holte tief Luft. „Was ist los?", fragte er barsch.

„Du fühlst es auch, nicht wahr?", wollte Thierry wissen. „Ich weiß nicht, wie die wilde Magie durch Alains Schild gelangt ist, aber sie hat uns beide erwischt."

„Merde!", fluchte Sebastien. „Es tut mir leid, Thierry. Ich bin auf den Balkon gegangen. Mir war nicht klar, dass er nicht gesichert ist."

Thierry zuckte mit den Schultern. „Es lässt sich nicht mehr ändern. Wir müssen einen Weg finden, damit zurechtzukommen."

„Wir werden sie ignorieren", erwiderte Sebastien sofort.

„Das wird auf Dauer nicht möglich sein", erklärte Thierry ihm sanft. „Und je länger wir warten, umso schlimmer wird es werden. Alain und die anderen werden sich morgen darum kümmern und verhindern, dass sie noch mehr Opfer findet. Aber ich bin mir nicht sicher, ob uns das helfen wird."

„Was sollen wir denn sonst tun?", fragte Sebastien mit rauer Stimme.

„Alain hat gesagt, dass ihre Macht durch sexuelle Erlösung gebrochen wird."

„Nein", widersprach Sebastien bestimmt. „Ich werde dich nicht das erste Mal lieben, wenn … wenn diese Magie uns dazu treibt. Ich werde nicht riskieren, dich zu verletzen."

Thierry musste lachen, obwohl er sich von der Magie genauso getrieben fühlte wie Sebastien. Er hätte sich denken können, dass der Vampir sich mit seinem unerschütterlichen Willen bis zum bitteren Ende wehren würde. „Das musst du auch nicht tun, um uns beide zum Orgasmus zu bringen", erwiderte er frech. „Es reicht, wenn du von mir trinkst."

Sebastien schüttelte sich. Thierrys Angebot war so verführerisch, dass ihm beinahe die Knie nachgaben. „Das können wir nicht tun."

„Doch. Besser jetzt als später, wenn die Magie dich noch mehr um die Beherrschung gebracht hat", meinte Thierry sachlich.

„Putain de merde!", fluchte Sebastien. „Du solltest mir lieber helfen, diesem Drang zu widerstehen. Es ist schon schwierig genug, auch wenn du mich nicht noch zusätzlich in Versuchung führst."

„Du sagst es", erwiderte Thierry ernst und richtete sich auf. „Wenn ich davon überzeugt wäre, dass wir uns wehren können, dass wir durchhalten können, bis die Aufräumarbeiten morgen erledigt sind – dann hätte ich kein Wort darüber verloren. Aber so stark bin ich zurzeit nicht. Und ich weiß, wie ich auf deinen Biss reagiere. Es ist für meine Magie viel ungefährlicher, wenn ich mich von dir beißen lasse, als wenn ich mich gegen die wilde Magie verteidigen muss."

„Thierry."

Thierry wusste nicht, ob er das als Ermutigung oder Kapitulation interpretieren sollte. Es spielte auch keine Rolle. Er stützte sich auf die Unterarme und ließ die Decke über seine nackte Brust nach unten gleiten. Seine Brustwarzen waren schon hart vor Erregung. Dann streckte er die Hand nach Sebastien aus. „Zieh dich aus und komm ins Bett."

„Das ist keine gute Idee", murmelte Sebastien, während er den alten Pulli über den Kopf zog. „Es fällt mir bekleidet schon schwer genug, mich zu beherrschen."

„Mach weiter", forderte Thierry ihn auf, weil Sebastien aufs Bett zukam, ohne die Hose auszuziehen. „Je schneller wir kommen, umso schneller sind wir wieder frei. Nackte Haut kann da nur förderlich sein, oder?"

„Und wenn ich die Beherrschung verliere?"

„Dann werde ich gründlich gefickt", erwiderte Thierry mit einer Zuversicht, die er so nicht fühlte. Aber er vertraute Sebastien. Selbst wenn der Vampir die Beherrschung verlor, würde er Thierry nicht verletzen. Thierry hob die Hüften und schob sich die Shorts über die Beine nach unten. Dann hob er die Decke, gab einen Blick auf seinen nackten Körper frei und lud Sebastien ein, sich zu ihm zu legen.

Sebastien gab nach und kroch zu Thierry ins Bett. Ohne lange Vorbereitung fiel er über Thierrys Hals her. Thierry ließ den Kopf mit einem lustvollen Stöhnen nach hinten fallen, damit Sebastien zubeißen konnte. Er drehte sich mit dem Unterkörper zur Seite und rieb sich an Sebastiens Erektion. Sebastien entfuhr ein Zischen, dass den Magier noch mehr anfeuerte. „Fass mich an."

Sebastien spürte, wie ihm durch den Geschmack von Thierrys Blut die Kontrolle über seinen Kuss entglitt. Er fuhr Thierry mit der Hand über den Arm und die Brust, spürte die lockigen Haare unter den Fingerspitzen, die Thierrys harte Muskeln nur leicht bedeckten. Dann verlangten Thierrys rosa Nippel nach Aufmerksamkeit und richteten sich bei der ersten Berührung auf. Sebastien saugte stärker an Thierrys Hals und ließ sich von dem An- und Abschwellen des Begehrens lenken, das er im Blut des Magiers schmecken konnte. Er spielte mit Thierrys Nippeln, zwickte sie und rollte sie zwischen den Fingern, bis Thierry nicht mehr ruhig liegen konnte und leise zu stöhnen begann.

Sebastien merkte sich jede Reaktion Thierrys für spätere Gelegenheiten, wenn die wilde Magie sie nicht mehr im Griff hatte. Aber jetzt wollte er sich nicht allzu lange aufhalten und legte deshalb die Hand um Thierrys harten Schwanz. Sebastien wollte sie so schnell wie möglich zum Orgasmus bringen, damit sie diesem Wahnsinn endlich entkommen konnten.

So gut Sebastiens Hand sich auch anfühlte, Thierry hatte etwas anderes im Sinn. Als sie das letzte Mal zusammen gewesen waren, hatte Sebastien ihn auch hinten gestreichelt. Nach seinem Gespräch mit Alain wusste Thierry, dass er das und mehr auch jetzt wieder wollte. Er fasste Sebastien am Handgelenk und führte die Hand nach hinten, wo er sie spüren wollte. „Fass mich an", wiederholte er.

Sebastien hob stöhnend den Kopf und sah ihm in die Augen. „Ich habe kein Gel", sagte er bedauernd. „Ich will dir nicht wehtun."

Thierry legte die Stirn in Falten und dachte angestrengt nach. Plötzlich grinste er und zog die Nachttischschublade auf. „Reicht das?", fragte er und zog eine Dose mit Handcreme hervor, die noch von Aleth stammte.

Sebastien öffnete die Dose und rümpfte skeptisch die Nase, als er den Lavendelduft roch. Aber die Creme war feucht und nicht zu fest. „Wenn es dich nicht stört, wie ein Parfümladen zu riechen."

„Ich wasche es wieder ab", meinte Thierry gleichgültig und zog Sebastiens Kopf wieder an seinen Hals zurück. Das Blut rauschte ihm in den Ohren und sein harter Schwanz pochte. Er konnte es kaum abwarten, Sebastiens Zähne und Finger zu spüren.

Auf beides musste er nicht lange warten. Sebastiens Zähne bohrten sich wieder in die Löcher, die sie vorhin in Thierrys Hals geschlagen hatten. Gleichzeitig verteilte er die Creme großzügig zwischen Thierrys Beinen und Arschbacken und massierte sie ein, während Thierry sich wild unter ihm hin und her wälzte. Sebastiens Zähne waren das einzige, was ihn halbwegs im Zaum halten konnte.

Dann fasste Sebastien ihn an den Hüften und hockte sich über eines seiner Beine, um ihn festzuhalten. Er fuhr ihm mit der Hand über das andere Bein und deutete ihm an, es anzuwinkeln und zu spreizen, damit Sebastien ihn besser erreichen konnte. Er saugte weiter an Thierrys Hals, um sofort gewarnt zu sein, falls der Magier Schmerzen fühlte. Erst dann befeuchtete Sebastien einen Finger mit der Creme und schob ihn vorsichtig durch Thierrys Schließmuskel. Thierry keuchte, aber Sebastien schmeckte weder Schmerz noch Furcht, sodass er den Finger tiefer schob, bis es schließlich nicht weiterging.

Thierry hatte erwartet, dass sich der Finger in seinem Arsch fremd anfühlen würde. So war es auch. Doch es war lange nicht so unangenehm, wie er insgeheim befürchtet hatte. Stattdessen fühlte er sich irgendwie ausgefüllt, besonders, als Sebastien anfing, den Finger zu drehen und über eine Stelle in Thierrys Höhle rieb, die so empfindlich war, dass er laut stöhnte und ein Feuerwerk hinter seinen geschlossenen Augenlidern explodierte.

Das Gesicht an Thierrys Hals gedrückt, musste Sebastien lächeln. Er schmeckte jeden einzelnen Ausbruch der Erregung in Thierrys Blut, während er immer wieder über dessen Prostata rieb. Thierrys Schwanz tröpfelte und Sebastien wollte den Geschmack des Blutes durch einen neuen Geschmack ersetzen, der noch köstlicher war. Er zog die Zähne aus Thierrys Hals, rutschte nach unten und leckte ihm über den feuchten Schwanz.

Thierry ließ das Laken los, in dem er sich festgekrallt hatte, und legte die Hände um Sebastiens Kopf. Seine Hüften bewegten sich hin und her zwischen dem Finger, der nie ganz genug war, und der Zunge, die ihm über die Eichel leckte und in den Wahnsinn trieb.

Sebastien wollte Thierrys Schwanz in den Mund nehmen, aber seine widerspenstigen Zähne weigerten sich, sich wieder zurückzuziehen. Da er Thierry nicht versehentlich damit verletzen wollte, musste er sich auf seine Zunge beschränken. Frustriert nahm er sich vor, es sobald wie möglich nachzuholen und Thierry morgen Nacht einen richtigen Blowjob zu geben. Er leckte über Thierrys harten Schwanz und der Geruch nach Lavendel drang ihm in die Nase, als er sich den dichten Haaren an der Wurzel näherte. Er nahm sich außerdem vor, auf jeden Fall auch an Gleitmittel zu denken, wenn er morgen wieder das Haus verlassen konnte. Dann rieb er die Nase zwischen Thierrys Beinen, um unter dem überwältigenden Blütenduft den Geruch seines Geliebten aufzuspüren. Als er Thierry über die Eier leckte und Lavendel schmeckte, musste er auch dieses Vergnügen auf den nächsten Tag verschieben.

Sebastien legte den Kopf auf Thierrys Bauch und drückte einen sanften Kuss auf die harten Muskeln. „Ich muss dich wieder schmecken", sagte er und sah ihm in die Augen. „Darf ich dich hier unten beißen?"

Thierry nickte erregt. Sebastien leckte ihm über die zarte Haut direkt neben dem Hüftknochen und bereitete sie auf seinen Biss vor. Thierry spürte das bekannte Stechen und die Lust, die Sebastiens Zähne in ihm erweckten. Der Finger in ihm wurde zurückgezogen und er stöhnte protestierend, aber Sebastiens freie Hand streichelte ihn beruhigend. Dann kam der Finger, frisch in Creme getaucht, zurück und wurde von einem zweiten begleitet. Die magischen Finger dehnten ihn und fanden seine Prostata.

Mit einem gebrochenen Aufschrei kam Thierry zum Orgasmus. Das leichte Brennen und die intensive Stimulation seiner Prostata waren eine Kombination, der er nicht mehr widerstehen konnte. Sebastiens Zähne und sein Saugen begleiteten Thierry durch den magisch verursachten Höhepunkt, bis er schlaff auf die Matratze zurückfiel.

Der süße Geschmack von Thierrys Erlösung zauberte ein Lächeln in Sebastiens Gesicht, dessen eigener Höhepunkt in Griffweite lag, sich ihm aber immer noch entzog. Vorsichtig zog er die Finger aus Thierrys Arsch, bevor er seinem Impuls folgen und einen dritten Finger hineinschieben konnte, um ihn zu einer Fortsetzung anzustacheln. Das nächste Mal wollte er sich nicht mit seinen Fingern zufriedengeben, sondern seinen Schwanz in Thierry versenken. Aber nicht heute. Nicht so. Sie hatten schon genug Magie in ihrem Leben und in ihrer Beziehung, sie brauchten nicht auch noch die wilde Magie, die alles nur zusätzlich verkomplizierte.

Thierry fuhr ihm zärtlich mit den Fingern durch die dunklen Haare. „Lass mich aushelfen", bat er Sebastien. „Lass mich dir etwas von der Freude zurückgeben, die du mir geschenkt hast."

Sebastien hob den Kopf. Seine blutigen Zähne glänzten im Mondlicht. Er nickte und kam nach oben aufs Bett gekrochen. Thierry drückte ihn mit dem Rücken auf die Matratze und streichelte ihn mit seinen starken Händen am ganzen Körper. Er ließ sie über Sebastiens Brust und Bauch nach unten gleiten, nahm den harten Schwanz in die eine Hand und fuhr sich mit der anderen über den eigenen Bauch, um sie mit dem Samen zu befeuchten, den sein Orgasmus dort hinterlassen hatte. Dann schob er die Hand zwischen Sebastiens Beine und legte sie um seine Hoden. Sebastien spannte sich an und wunderte sich, wie weit Thierry gehen würde in seinem Wunsch, Gleiches mit Gleichem zu vergelten. Aber Thierrys Hand wanderte nicht weiter nach hinten, sondern streichelte und drückte ihn dort, wo sie war. Mit beachtlichem Erfolg.

Thierry hatte durchaus darüber nachgedacht, Sebastiens Zärtlichkeiten auf die gleiche Weise zurückzugeben, aber seine Hand blieb wo sie war. Die Kombination aus seiner eigenen Unerfahrenheit und der plötzlichen Anspannung in Sebastiens Körper hielten ihn zurück. Vielleicht ein andermal, wenn der Schatten der wilden Magie nicht mehr über ihnen lag. Heute wollte er sich auf das beschränken, was er konnte. Es würde reichen, um Sebastien zum Höhepunkt zu bringen und den Bann der Magie zu brechen.

Es reichte tatsächlich und es dauerte nicht lange, bis Sebastien sich unter ihm aufbäumte und kam. Dicke Strahlen heißen Spermas schossen aus seinem Schwanz und bedecktem ihm den Bauch und die Brust. Thierry ließ ihn nicht los, bis alle Anspannung aus Sebastien entwichen war und seine Erektion nachließ. „Fühlst du dich jetzt besser?", fragte er, als Sebastien wieder die Augen öffnete.

Sebastien brauchte einen Moment, um zu sich zu kommen. Die Ruhelosigkeit, die ihn geplagt hatte, war verschwunden, genauso wie das unstillbare Verlangen, Thierry wider besseres Wissen in Besitz zu nehmen. Sebastien wollte immer noch in Thierrys Nähe sein, aber dieses Gefühl kannte er schon. Er hatte bei ihm sein und sein Bett teilen wollen, seit er das Blut des Magiers das erste Mal auf der Zunge gefühlt hatte. Aber die Unkontrollierbarkeit war aus seinem Verlangen verschwunden. Von der Wirkung der wilden Magie war nichts mehr zu spüren. „Ich denke schon. Und du?"

„Ich auch", erwiderte Thierry. „Es hat funktioniert. Ich konnte spüren, wie sich wilde Magie verflüchtigt hat, als ich zum Orgasmus gekommen bin." Er gähnte. „Aber jetzt muss ich schlafen."

Sebastien setzte sich auf und wollte das Bett verlassen, um Thierry etwas Ruhe zu gönnen. Der Magier hielt ihn zurück. „Nein, bleib bei mir. Bitte. Ich kann besser schlafen, wenn ich in deinen Armen liege. Was soll jetzt noch passieren?"

Wenn du nur wüsstest, dachte Sebastien und Bilder schossen ihm durch den Kopf, in denen er sich auf Thierry rollte und ihn in Besitz nahm, so, wie er es sich schon lange wünschte. Aber er gab nach und legte sich wieder hin. Dann streckte er die Arme nach Thierry aus. „Schlaf jetzt", befahl er knurrend und milderte seinen barschen Ton durch einen sanften Kuss ab.

Thierry legte lächelnd den Kopf auf Sebastiens Schulter und schlief ein.

18

Als Eric aufwachte, spürte er zwei starke Arme, die ihn von hinten umschlungen hielten, und ein merkwürdig wundes Gefühl im Arsch. Langsam kam die Erinnerung daran zurück, dass er in Vincents Bett lag und sich gestern Nacht von seinem Freund hatte ficken lassen. Ihm war unbehaglich zumute und er fragte sich, ob sein wunder Arsch die einzige Folge dieser verrückten Nacht bleiben würde. Eric befürchtete, dass ihre Freundschaft Schaden genommen haben oder ihre Position in Serriers Rebellentruppe gefährdet sein könnte.

„Denk nicht so laut", grummelte Vincent hinter ihm. Eric setzte sich überrascht auf, aber starke Hände zogen ihn wieder aufs Kissen zurück. „Es ist noch zu früh, um so schwere Gedanken zu wälzen."

Eric gab nach. Er hatte gestern Nacht gelernt, dass er gegen diese Hände keine Chance hatte. Vincent konnte körperlich jederzeit mit ihm mithalten, was einem Mann wie Eric selten passierte. Er fragte sich, ob es daran lag, dass er sich zu Vincent hingezogen fühlte. Und wenn ja, warum war ihm das erst gestern aufgefallen? Sie waren schon befreundet, seit Eric sich vor zwei Jahren Serrier angeschlossen hatte. Was hatte sich so plötzlich geändert? Eric wusste zwar seit Langem, dass er auch Männer attraktiv fand, aber seine Liebe zu Danielle hatte ihn immer davon abgehalten, mit dieser Seite seiner Sexualität zu experimentieren. Nach seiner Desertion zu Serrier hatte er jeden Gedanken daran aufgegeben und sich, wenn überhaupt, nur auf kurze Beziehungen mit Frauen eingelassen. Er wollte seine Position nicht durch ein bedeutungsloses Techtelmechtel gefährden. War es das, was in der letzten Nacht zwischen ihm und Vincent geschehen war? Es hatte sich jedenfalls nicht bedeutungslos angefühlt, da war er sich ganz sicher. Und jetzt? Bevor er weiter darüber nachdenken konnte, fühlte er Vincents Hand, die ihm über den Rücken nach unten fuhr und seinen Hintern massierte. Eric zuckte zusammen.

„Was ist?", fragte Vincent und öffnete die Augen. „Habe ich gestern etwas falsch verstanden?"

„Nein", murmelte Eric. „Ich bin nur wund."

Vincent stützte sich auf den Ellbogen und sah ihn stirnrunzelnd an. „So grob war ich doch gar nicht."

Eric zuckte mit den Schultern und blickte verlegen zur Seite. Er wollte die Sache nicht noch mehr verkomplizieren, indem er Vincent gestand, dass er noch nie mit einem Mann geschlafen hatte. „Wahrscheinlich bin ich nur außer Übung."

Vincent fasste ihn am Kinn und sah ihm in die Augen. „Hast du mir etwas zu sagen?", drängte er. Als Eric ihm eine Antwort schuldig blieb, kniff Vincent alarmiert die Augen zusammen. „Du hast mir gesagt, dass du Erfahrung hättest."

„Das stimmt ja auch", erwiderte Eric verlegen. „Nur nicht mit einem Mann."

„Und dann hast du zugelassen, dass ich so über dich herfalle? Entweder bist du ein Narr oder ein besserer Mann als ich. Ich hätte dich verletzen können", schimpfte Vincent.

Eric rutschte hin und her. Er konnte es immer noch spüren. „Ja, das ist mir auch klar geworden."

„Umdrehen", befahl Vincent und rollte ihn auf den Bauch. Er legte die Hände auf Erics Arschbacken und zog sie vorsichtig auseinander. Dabei fiel sein Blick auf die rituelle Narbe an Erics Oberschenkel. Vincent hatte eine ähnliche Narbe auf der Brust. Er fragte sich manchmal, worauf sie sich eigentlich eingelassen hatten, als sie die Narben und das, was sie repräsentierten, akzeptiert hatten. Wenn er früher Bescheid gewusst hätte … Aber es lohnte sich nicht, darüber nachzudenken. Er hatte es damals nicht gewusst, und jetzt war es zu spät.

Eric wollte sich ihm entziehen, aber Vincent hielt ihn mit einem Klaps auf den Hintern zurück. „Ich will nachsehen, ob du blutest", erklärte er und untersuchte ihn vorsichtig. Er war sich sicher, dass Eric Schmerzen hatte, konnte aber zu seiner Erleichterung keine Verletzungen entdecken. Er rollte Eric zur Seite und untersuchte das Laken, aber auch da konnte er keine Blutspuren finden. „Gut", erklärte er. „Du wirst noch einige Tage wund sein, weil du nicht genug Verstand besessen hast, um mir rechtzeitig zu sagen, dass dein Arsch noch unschuldig ist. Aber es sieht nicht so aus, als ob ich dich ernsthaft verletzt hätte." Vincent ließ sich wieder aufs Bett fallen. „Das war's dann wohl mit Runde Zwei."

„Wie bitte?", fragte Eric herausfordernd und richtete sich auf, um seinen Freund anzusehen. „Du kannst also nur austeilen, aber nichts einstecken?"

„Willst du was abhaben?", fragte Vincent grinsend. „Das haben schon bessere Männer versucht."

„Wir werden ja sehen", meinte Eric und grinste ebenfalls. Seine Augen glänzten amüsiert und lüstern, als er Vincent an den Handgelenken packte und ihm die Arme aufs Bett drückte. „Liegenbleiben", befahl er.

„Warum sollte ich?"

„Du wirst es nicht bereuen", versprach Eric und knabberte an Vincents Unterlippe. „Du musst mir nur eine Chance geben."

Vincent lächelte und nahm sich vor, sich gerade so viel wie nötig zu wehren, um die Sache interessanter zu machen. Eric war ein Mann, für den er gerne seine eherne Regel brach. Vor allem dann, wenn er ihn danach wieder toppen konnte. Und dann wollte er das Geschenk von Erics knackigem Arsch angemessen würdigen.

Sie kam im Mondlicht auf ihn zu, ihre vollen Brüste kaum bedeckt von dem roten Seidenstoff, den sie sich über die Schultern drapiert hatte und der ihr bei jedem Schritt verführerisch um die Schenkel schwang. Er wollte die Finger unter den Stoff schieben und sich an dem ergötzen, was so aufreizend darunter verborgen lag.

Sie ließ die hennabemalten Hände über den dünnen Stoff gleiten, der ihren Körper nur unzureichend bedeckte. Sie schien ihn auffordern zu wollen, sie in die Arme zu nehmen und zu berühren. Er setzte sich im Bett auf. Die Decke rutschte nach unten und enthüllte seinen nackten Körper. Er war fest entschlossen, sie hier an seiner Seite zu haben, so bald wie möglich und genau in diesem Zustand.

Sie kam mit schwingenden Hüften auf das Bett zu. Auf ihren Lippen lag ein leichtes Lächeln und jede Bewegung, jede Geste zeigte ihm die perfekte Verführerin, die sie war. Er sehnte sich nach ihr. Er konnte kaum erwarten, sie zu berühren und von ihr berührt zu werden, wollte endlich wissen, wie sich ihr Körper unter seinen Händen und ihre Hände auf seinem Körper anfühlten. Er wollte den Mund aufmachen und sie zu sich ins Bett einladen, doch sie legte ihm einen Finger auf die Lippen und brachte ihn mit einem einzigen Blick ihrer dunklen Augen zum Schweigen. Er nickte und legte sich aufs Bett zurück, während sie sich über ihn kniete und an ihm nach oben glitt, bis sie auf ihm lag und ihn in die Matratze drückte.

Wie von selbst fanden seine Hände ihre Hüften und glitten über die schwellenden Kurven, die sich unter der Seide abzeichneten. Sie war weich, aber nicht schwach. Dann senkte sie den Kopf und legte die Lippen um seinen Nippel. Ihre Finger fuhren durch die roten Haare auf seiner Brust. Er konnte nicht mehr klar denken, schob die Hand unter die rote Seide und entblößte sie bis zur Taille. Mit der anderen Hand löste er die Haken an den Trägern ihres Nachthemds und ließ es über ihre Brüste nach unten fallen. Er leckte sich über die Lippen, als er sie sah. Als hätte sie seine Gedanken gelesen, hob sie den Kopf und richtete sich auf. Ihre Beine pressten sich an seine Flanken und hielten ihn umklammert, dann hockte sie sich auf seinen harten Schwanz und beugte sich vor, um ihm ihre Brüste anzubieten.

Er wickelte sich ihre langen Haare um die Hand und zog sie näher. Mit der anderen Hand streichelte er die Brust, an der er gerade nicht saugte. Er knetete das weiche Fleisch und spielte mit ihrem Nippel, während er an dem anderen knabberte. Ein Keuchen drang aus ihrer Kehle und er hob die Hüften, rieb den Schwanz an ihrer Spalte und hoffte, sie würde sich aufrichten, damit er sich in ihr versenken konnte. Sie war feucht und schlüpfrig und tränkte ihn mit den Spuren ihrer Leidenschaft.

David wurde durch ein störendes Piepsen aus seiner Fantasie gerissen und kam wieder zu sich. Fluchend schaltete er den Wecker ab, ließ sich wieder aufs Bett fallen und starrte angewidert an die Zimmerdecke. So war das die ganze Nacht gegangen. Er war von erotischen Träumen heimgesucht worden, aus denen er jedes Mal schwitzend erwacht war, bevor er Angélique unter sich rollen konnte und seine Befriedigung fand. Es hatte auch nicht geholfen, wenn er sich selbst befriedigte. Er hatte es versucht, mehrmals sogar. Alain und Adèle war es gelungen, den Bann der wilden Magie durch einen Orgasmus wieder zu brechen. Aber das funktionierte offensichtlich nur, wenn man mit seinem Partner zusammen war, und Davids Partnerin war nicht aufzufinden. Er hätte vermutlich nach ihr suchen können – schließlich wusste er, wo sie wohnte und arbeitete –, aber damit hätte er zugegeben, dass er sich von der Magie beherrschen ließ. Wenn Raymond ihr widerstehen konnte, konnte David es auch. Er hoffte nur, Marcel würde bald mit dem Ritual beginnen und diesem Spuk ein Ende bereiten. Sonst konnten ihm auch die besten Absichten nicht mehr helfen.

THIERRY WAR noch nicht richtig wach, da kam auch schon die Erinnerung an die letzte Nacht zurück. Sein Schwanz richtete sich auf und er drehte sich stöhnend um, erleichtert, sofort von Sebastien in die Arme genommen zu werden, der immer noch an seiner Seite lag. Thierry fühlte sich in Sebastiens Armen geborgen und wollte ihn noch nicht gehen lassen. Normalerweise verließ der Vampir sofort das Bett, wenn Thierry aufwachte. Also schloss Thierry die Augen und tat so, als hätte er sich nur im Schlaf bewegt. Sebastien fiel entweder auf das Täuschungsmanöver herein oder er hatte es mit dem Aufstehen auch nicht sehr eilig, denn er sagte kein Wort und blieb bewegungslos liegen.

Thierry war froh, dass er von der wilden Magie nichts mehr spüren konnte, die gestern Nacht über sie hereingebrochen war. Er bedauerte nicht, was geschehen war, aber er wusste, es hätte gefährlich enden können, weil er noch durch das Trauma des Rituals geschwächt gewesen war. Thierry suchte nach dem *Vide* und stellte fest, dass die wilde Magie ihn zwar durchdrungen, aber nicht zerstört hatte. Sie musste mit Sebastien ins Haus gelangt sein. Thierry nahm sich vor, seinen Geliebten nicht mehr aus dem Haus zu lassen, bevor Alain Entwarnung gab.

Er spürte einen leichten Schmerz an der Hüfte und lächelte, als er die beiden kleinen Bisswunden direkt neben seinem Hüftknochen sah. Das leichte Brennen in seinem Arsch kam auch nicht sehr überraschend, denn Sebastien hatte ihn gründlich mit den Fingern bearbeitet. Die Erregung, die sich bei der Erinnerung an gestern Nacht in seinem Unterleib ausbreitete, brauchte keine Verstärkung mehr durch wilde oder andere Magie. Thierry wurde etwas nervös, als er sich vorstellte, etwas Größeres als die beiden Finger im Arsch zu haben. Wenn die Finger ihn schon so wund machten, was würde Sebastiens Schwanz dann mit ihm anrichten? Schnell verdrängte er seine ängstlichen Gedanken wieder und dachte stattdessen an Alains Versprechen, dass es nicht schmerzen würde, wenn Sebastien alles richtig machte.

Er spürte ein Kitzeln in der Kehle und musste husten. Dann stellte er verärgert fest, dass ihm nicht nur der Hintern brannte – was er sich noch erklären konnte –, sondern dass ihn sämtliche Muskeln schmerzten und sich sein Kopf anfühlte, als wäre er mit Watte gefüllt. Es waren die typischen Anzeichen für eine Erkältung. Er stöhnte leise. Jetzt war wirklich nicht der passende Zeitpunkt, um krank zu werden, aber seinem Körper schien das ziemlich egal zu sein.

Thierry musste wieder husten, dieses Mal schon stärker. Er setzte sich mit einem frustrierten Stöhnen auf.

„Was ist los?", fragte Sebastien träge.

„Krank", erwiderte Thierry krächzend und musste schon wieder husten. Er stolperte ins Badezimmer und hoffte, dass er noch irgendein Erkältungsmittel gegen die Symptome finden konnte, bevor sie zu stark wurden. Sie waren sehr plötzlich gekommen und er fragte sich, ob es eine Nebenwirkung der körperlichen und magischen Erschöpfung war. Sollte das der Fall sein, hatte die letzte Nacht es wahrscheinlich noch schlimmer gemacht, denn sein vergnügliches Bettgerangel mit Sebastien hatte ihn mehr Kraft gekostet, als er zugeben wollte. Thierry wühlte in seinem Medizinschrank, bis er eine Flasche mit Hustensaft fand, deren Verfallsdatum glücklicherweise noch nicht abgelaufen war. Er nahm einen tiefen Schluck und spürte sofort die beruhigende Wirkung auf seinen rauen Hals.

„Krank?", wollte Sebastien wissen, der ihm nachgekommen war und in der Tür stand. „Gestern ging es dir doch noch gut."

Thierry nickte. „Aber heute nicht mehr. Es wird etwas länger dauern, bis ich mich wieder erholt habe."

Sebastien runzelte beunruhigt die Stirn. Ihm gefiel es gar nicht, dass Thierry krank wurde. „Haben wir das selbst verursacht?"

Thierry zuckte mit den Schultern. „Möglich. Es könnte aber auch schon vorher im Anmarsch gewesen sein. Das lässt sich nicht mit Sicherheit sagen."

Die Falten auf Sebastiens Stirn vertieften sich. „Sobald ich das Haus verlassen kann, suche ich jemanden, von dem ich solange trinken kann, bis es dir wieder besser geht. Ich will es nicht noch verschlimmern."

Bei diesen Worten flammte eine unerträgliche Eifersucht in Thierry auf. „Niemals. Vergiss es", sagte er ungehalten.

„Wenn ich dich krank gemacht habe …"

„Mit diesem Risiko werden wir leben müssen", erwiderte Thierry. „Ich teile dich nicht mit anderen."

RAYMOND ÖFFNETE langsam die Augen und erwachte aus dem leichten Trancezustand, in dem er die Nacht verbracht hatte. Er hatte Ruhe gebraucht, sich aber nicht getraut, im Schlaf die Kontrolle über seine Schutzschilde zu verlieren und sich dadurch unfreiwillig der wilden Magie zu öffnen. Er musste heute alles tun, um das Chaos wieder in den Griff zu bekommen, das er durch seine Nachlässigkeit verursacht hatte. Da konnte er sich keine Ablenkungen erlauben, egal, welcher Art. Raymond hatte noch bis lange nach Mitternacht über den alten Büchern gesessen und nach Hinweisen über die wilde Magie gesucht, mit der sie es zu tun hatten. Außerdem mussten sie eine Möglichkeit finden, die Macht der Magier während des Reinigungsrituals zu stärken, aber er hatte nichts gefunden, das mehr Erfolg versprach, als der Biss ihrer Partner, der Vampire. Dazu kam noch, dass die Partner offensichtlich wilde Magie anzogen, sodass sie sich zusätzliche Beschwörungen sparen konnten, um sie wieder einzusammeln.

Raymond las die Beschwörung durch, die er gestern Nacht entwickelt hatte. Er suchte nach Schlupflöchern, die es der wilden Magie erlauben könnten, zu entkommen oder die Magier während des Rituals zu beeinflussen. Aber auch auf den zweiten Blick fiel ihm kein Weg ein, sie noch weiter zu verbessern. Trotzdem wollte er seinen Stolz überwinden und Alain und Marcel nach ihrer Meinung fragen, bevor sie mit dem Ritual anfingen. Er konnte nicht riskieren, wieder nachlässig zu arbeiten und dadurch andere Menschen zu gefährden.

Seine Gedanken wanderten zu Jean und er fragte sich, wie der Vampir mit der wilden Magie zurechtgekommen war. Er wusste, dass Jean sie gespürt hatte. Raymond konnte sich an den frustrierten Blick erinnern, mit dem Jean ihn gestern in Marcels Büro angesehen hatte. Der Chef de la Cour hatte zu diesem Zeitpunkt noch nicht gewusst, woher sein plötzliches Verlangen kam, aber er hatte geahnt, dass es von außen auf ihn einwirkte. Raymond schnaufte leise. Natürlich war es eine fremde Macht. Es konnte gar nicht anders sein. Jean hatte unter normalen Umständen nie Problem gehabt, der Anziehung zwischen ihnen zu widerstehen. Was hatte Raymond auch schon zu bieten? Er war nur ein ehemaliger dunkler Magier mit einer absonderlichen Liebe für Bücher und alte Legenden. Als Raymond nach seiner Rückkehr von Réunion von weiteren Intimitäten Anstand genommen hatte, war von Jean nicht der geringste Widerspruch gekommen. Offensichtlich hatte er schon nach einem Versuch genug von Raymond gehabt.

Raymond wusste, dass er sich lächerlich verhielt. Jean hatte versprochen, ihn zu respektieren, und daran hatte der Vampir sich auch von Anfang an gehalten. Von dieser einen Ausnahmesituation abgesehen, in der Jean einen Anstand bewiesen hatte, dem Raymond mit seiner bewegten Vergangenheit nichts entgegenzusetzen hatte. Was Raymond sich wirklich wünschte, spielte in diesem Zusammenhang keine Rolle. Jean würde immer ehrenwert handeln und Abstand wahren. Raymond sollte eigentlich geschmeichelt darüber sein, dass Jean ihn mit so viel Respekt behandelte. Aber das half ihm nicht gegen die Einsamkeit, die ihn aufzuzehren drohte, wenn er daran dachte, wie nahe sich andere Partner gekommen waren, obwohl sie auch nur aus magischen und militärischen Gründen heraus zusammengefunden hatten.

Raymond rief sich zur Ordnung. Das war ein Problem für einen späteren Zeitpunkt. Einen viel späteren Zeitpunkt. Erst musste er ein Ritual planen und durchführen, einen Krieg gewinnen und sich um all die anderen Verantwortlichkeiten kümmern, die auf seinen Schultern lasteten. Er hatte keine Zeit, sich mit dem Unmöglichen aufzuhalten. Raymond ging unter die Dusche und spülte die letzten Reste der Erschöpfung von sich ab, entschlossen, sich nur noch auf seine dringlichen Aufgaben zu konzentrieren.

„WIE GEHT es dir heute, mein Junge?", fragte Marcel, als Alain das Büro betrat.

„Gut", erwiderte Alain, obwohl ihm die Ereignisse des vergangenen Tages noch in den Knochen steckten. Er hatte die Nacht in Orlandos Armen verbracht, aber vor jeder Intimität zurückgeschreckt, weil er befürchtete, dass Sex oder auch nur ein Biss Orlandos die wilde Magie zurückbringen würde und sie dann sogar noch machtvoller sein könnte als zuvor. Alain hatte mit dem Gedanken gespielt, Orlandos Wohnung zumindest vorübergehend durch einen *Vide* zu schützen, aber er wollte ihn das ganze Ausmaß seiner Angst nicht spüren lassen. Es hätte Orlandos Vertrauen in ihn erschüttern können, und dieses Risiko wollte und konnte Alain nicht eingehen.

„Keine Ausbrüche der wilden Magie mehr?", fragte Marcel nach.

„Nein", antwortete Alain. „Ich kann allerdings nicht sagen, ob es an meinen starken Schutzschilden liegt oder ob sie jeden nur einmal trifft. Wie auch immer – ich hoffe, dass wir uns darum bald keine Gedanken mehr machen müssen."

„Da bist du wohl nicht der Einzige", stimmte ihm Marcel zu. „Ich würde gerne deine Meinung dazu hören, mit welchen Paaren wir heute das Ritual durchführen sollten. Du warst nicht dabei, als Raymond und ich gestern darüber gesprochen haben. Er meint, wir sollten mit vier Paaren arbeiten und die Magier sollten die vier Elemente repräsentieren. Sie sollten außerdem zwar zur gleichen Zeit am gleichen Ort, aber unabhängig voneinander arbeiten. Er selbst kann das Wasser repräsentieren und du mit Orlando die Luft. Normalerweise würde ich Thierry bitten, die Erde zu übernehmen, aber das ist nicht möglich, weil er sich noch nicht erholt hat und außerdem erkältet ist."

Alain legte nachdenklich die Stirn in Falten. Erde war das Element, das am seltensten unter den Magiern vorkam. Niemand wusste den Grund dafür. Allerdings wurde dadurch Thierrys Ausfallen zu einem ernsten Problem für die Milice. „Es muss ein Magier mit Partner sein, ja?", fragte er sicherheitshalber nach. Ihm war sofort sein Leutnant eingefallen, doch Hugue Fouquet war zwar ein guter Magier, hatte aber bisher noch keinen Partner gefunden.

„Raymond ist fest davon überzeugt, dass unsere Partner uns stark genug machen können, um das Ritual mit vier Magiern durchzuführen. Ja, er muss einen Partner haben."

„Dann fällt Fouquet aus", überlegte Alain. „Und du auch. Bist du sicher, dass du es nicht ohne Partner schaffen könntest? Du bist stärker, als zwei andere von uns gemeinsam."

„Ich würde es auch ohne Partner versuchen, aber ich muss heute in den Palais de Matignon zu einer Besprechung", erklärte Marcel. „Ich habe vorgeschlagen, sie zu verschieben, bin aber überstimmt worden."

„Dann fällt mir nur noch Magali Ducassé ein. Sie ist versetzt worden, oder? Nach Amiens?", schlug Alain schließlich vor.

„Ich kann jederzeit ihre Rückkehr veranlassen", erwiderte Marcel. „Ich bin mir aber nicht sicher, wie die Vampire darauf reagieren. Du, Raymond und Thierry mit euren Partnern – ihr kennt euch gut genug, um keine Probleme zu haben, wenn ihr euch in einem Raum aufhaltet, während euer Partner von euch trinkt. Aber eure Partner kennen Magali nicht und Magalis Partner kennt euch nicht."

„Fällt dir ein besserer Vorschlag ein?"

„Nein", gab Marcel zu. „Ich hatte nur gehofft, dir fällt jemand ein, den ich vielleicht vergessen habe."

„Wenn wir Magali zurückrufen, sollten wir auch das Feuer durch eine Magierin repräsentieren lassen", meinte Alain. „Das wären zwei Magier und zwei Magierinnen. Es würde die Balance stärken."

„Adèle wäre wahrscheinlich Feuer und Flamme, die wilde Magie persönlich wieder in den Orkus zu jagen", sagte Marcel. „Wäre sie geeignet?"

„Ich denke schon", stimmte Alain ihm zu. „Aber nur, wenn ihr Partner sein arrogantes Maul hält."

„Solange er von ihr trinkt, hat er den Mund voll und kann nicht viel sagen", erwiderte Marcel grinsend.

Alain schüttelte lachend den Kopf. Der alte Halunke war unverbesserlich, daran hatte sich auch durch seine verantwortungsvolle Position als General der Milice nichts geändert.

19

ALAIN NICKTE Magali und Luc zu, als sie ins Zimmer kamen. „Kennt ihr hier schon alle?", fragte er.

„Ja, bis auf Adèles Partner", sagte Magali und reichte dem blonden Vampir die Hand. „Magali Ducassé."

„Jude Leighton", erwiderte er mit einem kurzen Nicken und einem ebenso kurzen Händedruck. Er konnte seine Abneigung darüber nicht verbergen, schon wieder mit einer Frau zusammenarbeiten zu müssen, die nicht wusste, wo ihr Platz war.

„Leighton", knurrte Luc ihm über Magalis Schulter zu. Ihm gefiel die Reaktion des anderen Vampirs auf seine Partnerin ganz und gar nicht. Luc kannte Judes Ruf. Falls der Kerl glaubte, die Partnerin eines Chef de la Cour so herablassend behandeln zu können, wollte er ihn gern eines Besseren belehren.

„Ich glaube, du kennst die anderen Magier hier noch nicht", mischte sich Jean ein, um die Lage zu entspannen. Er hatte nichts dagegen, wenn jemand Jude von seinem hohen Ross herunterholen wollte, aber wenn dieser Jemand der Chef de la Cour von Amiens war, würde es sie mehr kosten, als Jean zu zahlen bereit war.

Luc warf Jude noch einen bösen Blick zu und drehte sich dann zu den anderen Magiern im Raum um.

Jean stellte ihm Raymond, Alain und Adèle vor. Er achtete streng darauf, seinen eigenen Partner zuerst zu erwähnen. Jean wollte von Anfang an klarstellen, dass er seinen Partner genauso schätzte, wie Luc Magali in Ehren hielt.

Luc nickte den drei Magiern höflich zu, hatte Jeans Botschaft aber sofort verstanden und ließ sich etwas mehr Zeit, um Raymond zu begrüßen.

„Lasst uns anfangen", meinte Raymond, sobald sie sich alle vorgestellt hatten. „Wir haben viel zu tun."

In der nächsten Stunde diskutierten sie über geeignete Orte für das Ritual und gingen die Einzelheiten der Beschwörung durch, bis Raymond davon überzeugt war, dass jeder Magier seinen Teil beherrschte. Er war froh, dass Jean sich zurückgehalten und darauf verzichtet hatte, wieder seine Aussprache zu korrigieren.

Dann tauschten sie die Partner und transportierten sich zu dem unterirdischen See. In der großen Höhle war alles vorhanden, was sie brauchten: Wasser für Raymond, Erde für Magali, Luft für Alain und ein sicherer Ort für Adèles Feuer.

Raymond nahm seinen Platz am westlichen Ufer des Sees ein und verteilte Adèle, Magali und Alain um den See, sodass sie einen perfekten Kreis formten. Magalis Macht gab ihnen die sichere Grundlage und Alains schickte ihre Magie in die Atmosphäre. Die vier Vampire warteten ab, bis die Luft um sie herum durch die gesammelte Macht leicht zu vibrieren begann, dann nahmen sie ihre Plätze hinter ihren Partnern ein. Alle vier waren bis zum Äußersten angespannt, weil sie eine so intime Angelegenheit, wie es der Kuss eines Vampirs war, hier in halböffentlichem Rahmen praktizieren mussten.

Es war nicht vergleichbar mit der kleinen Geschmacksprobe, die sie bei der Gründung der Allianz im Wartesaal des Gare de Lyon genommen hatten, obwohl Jude der einzige unter ihnen war, der daran teilgenommen hatte. Dieses Mal mussten sie tief und lang trinken, um ihre natürliche Magie an ihre Partner weiterzugeben und sie zu stärken, damit das Ritual erfolgreich durchgeführt werden konnte.

„Ihr müsst es nicht tun", sagte Raymond leise zu Jean, als er das Unbehagen der Vampire spürte. „Ohne euch wird es länger dauern und uns schwerer fallen, aber wir können es auch alleine schaffen."

Jean schüttelte den Kopf. „Ihr geht schon ein großes Risiko ein, weil ihr nur zu viert seid. Du kannst nicht von uns erwarten, dass wir euch im Stich lassen und euch nicht helfen, die Gefahr in Grenzen zu halten."

Raymond lächelte ihn dankbar an. „Ich bin froh, dass du bei mir bist."

„Ich möchte an keinem anderen Ort sein", erwiderte Jean und lächelte ihm ebenfalls zu. Dann trat er hinter seinen Partner, legte ihm die Hände auf die Hüften und wartete ab, bis Raymonds Anspannung, die durch die unvermutete Berührung ausgelöst worden war, wieder nachließ. Er zog den Kragen von Raymonds Pullover zur Seite und leckte sorgsam über die glatte Haut. Jean dachte an nichts anderes mehr, als an den Mann, mit dem er hier war. Die drei anderen Paare waren zu weit entfernt, um ihn zu stören. Selbst die leise gemurmelten Beschwörungen, mit denen sie die wilde Magie wieder in den Schoß der Elementarmagie zurückdrängen wollten, waren nicht bis hier zu hören. Jean hörte nur noch Raymonds Stimme, ein konstantes Intonieren, das nur ab und zu leicht stockte, wenn er ihm über den Hals leckte, um ihn auf seinen Biss vorzubereiten.

Raymonds Beschwörung geriet ins Stocken, als Jeans Eckzähne sich in seine Haut bohrten und nach einer Vene suchten. Jean streichelte ihm beruhigend über die Seite und wartete darauf, dass Raymond den Faden wieder aufnahm. Dann passte er sein Saugen dem Rhythmus der Beschwörung an.

Raymond lehnte sich zurück, als er die Zähne in seinem Hals spürte. Sein Partner stützte ihn und gab ihm körperlich und magisch den Halt, den er brauchte. Raymond nahm die Beschwörung wieder auf und wurde von einer Welle der Macht überrollt, die ihn in ihrer Intensität überraschte. Wenn es den anderen drei Magiern genauso ging und sie diese Vervielfachung ihrer Macht erlebten, hätten sie wahrscheinlich das Rite d'équilibrage auch ohne die Unterstützung ihrer Kollegen durchführen können. Sie würden jedenfalls kein Problem damit haben, die wilde Magie wieder einzusammeln und zurück ins Nichts zu lenken.

Raymond sammelte seine zerstreuten Gedanken und lenkte Alains Aufmerksamkeit auf sich. Dann gab er ihm das Zeichen, mit der Suche nach der wilden Magie zu beginnen. Alain nickte, schloss die Augen und schickte seine Magie in die Atmosphäre. Die Beschwörung arbeitete auf der einfachen Grundlage eines Analogiezaubers, wonach Gleiches von Gleichem angezogen wurde. Wenn sie genügend magische Macht freisetzten, würde die wilde Magie sich der Anziehung nicht widersetzen können und sich hier in der Höhle versammeln. Dann konnte sie eingefangen und wieder zurückgeschickt werden. Sie mussten nur ihre Konzentration lange genug wahren, um auch die letzten verstreuten Tropfen einzusammeln.

Kaum hatte Alain begonnen, spürten sie, wie die Luft um sie herum sich mit der wilden Magie sättigte. Sie wurde durch Alain auf die drei anderen Magier verteilt, die sie mit der Kraft von Erde, Wasser und Feuer banden und so verhinderten, dass sie wieder entkommen und weiter ihr Unwesen treiben konnte.

Magali schwankte leicht, als Welle um Welle der wilden Magie auf sie einstürmte. Sofort nahm Luc sie von hinten in die Arme und hielt sie aufrecht, während sie ihre ganze Konzentration auf den Fels unter ihren nackten Füßen richtete. Magali konnte seinen heißen Atem spüren, der ihr sanft die Haare ins Gesicht wehte. Das Gefühl, das sie unter anderen Umständen abgelenkt hätte, half ihr jetzt, sich besser auf ihre Aufgabe zu konzentrieren. Sie war nicht allein. Luc war bei ihr und gab ihr seine Kraft. Die gebündelte magische Macht ihrer Partnerschaft floss durch ihre Adern und ließ den Boden unter ihren Füßen erbeben, als sie die wilde Magie an die Erde band.

Adèle musste sich zum Stillhalten zwingen, als Jude hinter sie trat. Seine Nähe erinnerte sie an Dinge, die sie lieber vergessen hätte. Aber sie hatte sich freiwillig bereit erklärt, an dem Ritual teilzunehmen. Sie wusste, was von ihr erwartet wurde. Als Jude ihr ein leises „Hallo, Muschi" ins Ohr flüsterte, nahm sie ihre ganze Wut darüber zusammen und beschwor einen mächtigen Feuerkreis, der sie umgab und von den anderen abschirmte. Das Feuer ließ Jude zurückzucken. Adèle gab sich keine Mühe, ihre Befriedigung über seine Reaktion zu verbergen. Judes Unbehagen störte sie nicht im Geringsten. Der Feuerkreis war weit genug entfernt, um ihn nicht zu verletzen. Jude stieß die Zähne in ihren Hals, ohne sie auf seinen Biss vorzubereiten. Dann packte er sie an den Hüften und zog sie an sich. Sie wollte sich ihm entziehen, aber das hätte er nur als Ermutigung oder als Beweis für ihre Verunsicherung aufgefasst. Beides war für Adèle inakzeptabel. Sie ließ die Flammen noch höher schlagen, als ihr plötzlich eine Welle magischer Energie durch den Körper fuhr. Die ersten Tropfen wilder Magie kamen von Alain auf sie zu und sie hätte fast gelacht, so erbärmlich schwach kamen sie ihr vor. Es war ihr ein Leichtes, sie ins Feuer zu lenken, wo nur ein leichtes Aufflackern ihr Ende andeutete.

Alain lenkte seine Magie mit seinem Geist in weiten Bögen durch die Stadt und suchte nach der wilden Magie, die ihnen so viel Leid zugefügt hatte. Er fing sie ein und lenkte sie zurück zu seinen Freunden, die nur darauf warteten, sie ins Nichts zurückzuschicken. Er konnte Orlandos Arme fühlen, die ihn fürsorglich umfangen hielten, spürte die Zähne in seinem Hals, die ihm Kraft und Halt gaben, während sein Geist hoch über der Stadt schwebte. Er fühlte sich unbesiegbar und hätte es mit jedem Widersacher, jeder Gefahr aufgenommen. Alain wusste, dass dieses Gefühl nur eine Illusion war, so wie auch das Gefühl des Fliegens eine Illusion war, aber er gab sich dieser Illusion hin und schwelgte in dem Gefühl der Allmacht. Für diese wenigen Minuten lag ihm die Welt zu Füßen.

Jean wurde schwindelig durch den plötzlichen Zustrom von Raymonds Magie. Dann fing die Luft um sie herum zu vibrieren an, als die wilde Magie von allen Seiten in die Höhle gezogen wurde wie an einem unsichtbaren Faden. Sie waren zwar davon ausgegangen, dass das Ritual wirken würde, hatten sich aber nicht getraut, es vorher auf die Probe zu stellen. Es funktionierte besser, als sie jemals erwartet hätten. Jean konnte in Raymonds Blut schmecken, wie dessen Macht ununterbrochen zunahm, wie sie von Raymond zu ihm selbst und wieder zu Raymond zurückfloss, ein unendlicher Kreislauf, der so lange anhalten würde, bis die Beschwörung abgeschlossen war und er seine Zähne wieder aus Raymonds Hals zog. Jean spürte das Verlangen, sich an Raymond zu drücken und die Lust zu befriedigen, die der Biss in ihm geweckt hatte. Aber er konnte in Raymonds Blut keine vergleichbaren Gefühle schmecken und hielt sich zurück. So sehr er seinen Partner auch begehrte, er wollte diese Grenze nicht überschreiten, denn Raymonds Reaktion auf seinen letzten Biss hatte ihm deutlich gezeigt, dass er nicht willkommen war.

Luc wusste, dass die zierliche Frau in seinen Armen eine mächtige Magierin war. Er hatte sie schon oft genug bei ihrer Arbeit erlebt. Doch erst jetzt wurde ihm bewusst, wie tief und umfassend diese Macht wirklich war. Magali lenkte die wilde Magie, die in pulsierenden Strömen durch ihren und – da sie durch den Biss vereint waren – auch seinen Körper floss, in die Erde, wo sie in den harten Felsen des Untergrunds verschwand. Luc drückte sie fester an sich und stützte sie, als sie in seinen Armen zu schwanken begann. Magali schmiegte sich an ihn. Ihre entspannte Haltung täuschte über die Konzentration hinweg, die er in ihrem Blut schmeckte, das ihm in steten Strömen durch die Kehle rann. Luc fühlte sich durch ihr Vertrauen geehrt. Er kannte sie schon gut genug, um zu wissen, dass sie nur selten einem Menschen so vorbehaltlos vertraute. Er hielt sie mit einem Arm fest und strich ihr mit der anderen Hand die Haare aus dem Gesicht. Ihre Stirn war schweißbedeckt durch die Anstrengungen, die das Ritual ihr abverlangte. Luc lächelte, als sie den Kopf neigte und an seine Hand drückte.

Adèles Macht war das kraftvollste Aphrodisiakum, das Jude jemals geschmeckt hatte. Die flackernden Flammen ließen jeden Nerv, jede Zelle in seinem Körper vor Erregung vibrieren. Er presste sich fester an sie, weil er von dem Feuer ihrer Magie nicht verbrannt werden wollte. Die Nähe gab der Lust, die in ihm tobte, zusätzlich Nahrung. Es verletzte seinen Stolz, dass sie sich ihm entziehen wollte. Er packte sie an den Hüften und zog sie zurück, dann legte er ihr eine Hand auf den Bauch, um sie festzuhalten. Mit der anderen Hand fuhr er ihr über die Brüste und drückte zu. In ihrem Blut konnte er schmecken, wie sehr sie sich über ihn ärgerte. Aber er schmeckte auch ihre Erregung und saugte fester an ihrem Hals, um die Macht, die sein Biss freisetzte, in noch größere Höhen zu treiben. Dann knetete er wieder ihre Brüste und wartete gespannt auf eine Reaktion. Jude schmeckte die vertraute Mischung aus Wut und Lust, gefolgt von einer erneuten Zunahme ihrer magischen Macht. Grinsend stieß er mit den Hüften an ihren Arsch, saugte im Rhythmus seiner Stöße und kniff ihr in die Brustwarzen.

Orlando hatte in den drei Wochen seit seinem ersten Biss schon vieles in Alains Blut geschmeckt, aber noch nie diese ungehemmte Macht. Alains Magie lag in jedem Tropfen Blut, den Orlando seit ihrem ersten Treffen auf dem Friedhof von Père Lachaise getrunken hatte, aber sie war immer nur latent zu spüren gewesen, war nie so übermächtig und allumfassend gewesen. Als die Magie durch Alains Blut in seinen eigenen Körper floss, setzte sie einen Kreislauf des Gebens und Nehmens in Gang, der unaufhaltsam anstieg und Orlando mit ihrer Macht erfüllte. Mit diesem Machtschub kamen Lustgefühle, wie sie nur Alain in ihm auslösen konnte. Orlando spürte, wie sein Körper auf Alains Nähe reagierte und sein Schwanz in der Hose hart wurde. Er zog seinen Geliebten noch fester an sich und streichelte ihm im Rhythmus seines Saugens über die Hüften. Mit den Fingern der anderen Hand fuhr er ihm zärtlich über das Brandmal am Hals, das ihren Bund symbolisierte und dessen Magie so alt war wie die Zeit. Die Geste ließ die Macht in Alains Blut noch mehr anschwellen. Orlando drückte leise stöhnend mit der ganzen Hand auf das Mal und löste damit einen weiteren Anstieg der magischen Macht aus. Als Orlando sie in Alains Blut schmeckte, zog er die Zähne aus dem Hals seines Geliebten und biss ihn an der anderen Seite direkt in das Brandmal, mit dem er ihn zu seinem Avoué genommen hatte. Alains Körper bäumte sich in Orlandos Armen auf, erfüllt von Erregung, Liebe und Macht, die durch den Biss in Orlando überging.

Orlandos Biss in das Brandmal und der daraus resultierende Machtschub zog die letzten Reste der wilden Magie in der Höhle zusammen. Alain lenkte sie auf Adèle, damit die Magierin sie mit ihrem Feuer neutralisieren konnte. Ein lauter Aufschrei ließ ihn zusammenzucken und er sah, wie die Flammen, die Adèle gerufen hatte, plötzlich außer Kontrolle gerieten.

„Raymond!"

Raymond hob den Kopf, als Alain nach ihm rief. Er sah, wie Adèle in dem Feuerkreis darum kämpfte, ihre Magie wieder unter Kontrolle zu bekommen. Mit einem leisen Fluchen schickte er eine Schockwelle durch den See, der das Wasser aufwühlte und in die Flammen spritzte, um sie zu löschen.

„Bastard!", schrie Adèle und versuchte, sich aus Judes Griff zu befreien, der seine unwillkommenen Annäherungsversuche sofort wieder aufgenommen hatte, als das Feuer um sie herum erloschen war. „Du hättest uns umbringen können!"

Alain wartete mit finsterer Miene darauf, dass der Vampir auf Adèles Worte hörte, seine Belästigungen aufgab und sich zu der Situation äußerte, die er zu verantworten hatte. Aber Jude zeigte keinerlei Reaktion. Mit einem frustrierten

Kopfschütteln schickte Alain eine Beschwörung über den See, um den Vampir zu fesseln. Es war eine Variation der Beschwörung, die sie im Gare de Lyon benutzt hatten, um die dunklen Magier zu binden.

„Was hast du mit ihm gemacht?", fragte Orlando amüsiert.

„Ihn aufgehalten", erwiderte Alain mit einem Schulterzucken. „Adèle hätte es nicht gekonnt, aber ich nehme an, dass sie ihn wieder befreien kann. Falls sie das will."

„War das Ritual erfolgreich?", wechselte Orlando das Thema.

„Ich denke schon", meinte Alain. „Ich konnte keine Überreste der wilden Magie mehr entdecken. Lass uns sehen, was Raymond dazu sagt."

Sie schenkten dem gebundenen Vampir keinerlei Beachtung, als sie auf die andere Seite des Sees zu Raymond und Jean gingen. „Nun?", wollte Alain wissen. „Wie waren wir?"

Raymond lächelte. Er konnte immer noch die Nachwirkungen der Macht fühlen, mit der Jeans Biss ihn erfüllt hatte. „Ich konnte nichts mehr finden, nachdem wir aufgehört haben."

„Gut", sagten Alain und Orlando wie aus einem Mund. Dann drehten sie sich zu Magali und Luc um, die ebenfalls zu ihnen gekommen waren. „Kann ich euch helfen und deinen Partner nach Hause bringen?", fragte Alain Magali.

„Danke, Alain", erwiderte Magali lächelnd. „Aber wir wollen die Nacht in Paris verbringen. Wir kümmern uns morgen selbst um unsere Rückkehr." Sie hatte erwartet, nach dem Ritual so erschöpft zu sein, dass sie sich nicht mehr nach Amiens transportieren konnte. Deshalb hatte sie Luc überredet, die Nacht mit ihr in der Hauptstadt zu verbringen. Magali fühlte durch die Macht immer noch eine starke Verbindung zur Erde. Lucs Hand, die immer noch fürsorglich auf ihrem Rücken lag, ließ sie daher nicht unberührt. Luc hatte sie seit Beginn des Rituals nicht ein einziges Mal losgelassen. Magali überlegte, ob sie einen romantischen Abendspaziergang am Seineufer machen sollten, bevor sie das Zimmer aufsuchten, das sie im Hôtel du 7e Art in Marais, nur wenige Straßenzüge vom Fluss entfernt, reserviert hatten.

„In diesem Fall möchte ich dich bitten, Orlando ins Hauptquartier zu transportieren, damit wir auch nach Hause gehen können", sagte Alain. Er konnte das Stechen von Orlandos Biss noch an seinem Mal am Hals spüren und sehnte sich nach mehr.

„Selbstverständlich", erwiderte Magali und drehte sich zu Orlando um. „Bist du soweit?"

Orlando warf Alain einen fragenden Blick zu. Er konnte ebenfalls das anhaltende Begehren fühlen, das ihn immer überkam, wenn er Alains Blut trank. Alain nickte ihm zu. Dann schnickte Magali mit den Fingern und Orlando verschwand aus der Höhle. Eine Sekunde später war auch Alain nicht mehr zu sehen.

„Soll ich mich auch um deinen … Partner kümmern?", fragte Magali Adèle.

„Spar dir die Mühe", erwiderte die Magierin. „Ich habe ihm noch einiges zu sagen, solange er sich nicht wehren kann und mir zuhören muss. Ich befreie ihn von dem Spruch, bevor ich gehe. Dann kann er selbst sehen, wie er hier wieder rauskommt. Er hat genug getrunken und muss sich nicht um die Sonne kümmern, falls er diesem Labyrinth schon vor Einbruch der Nacht entkommen sollte."

Magali kicherte. „Erinnere mich daran, dass ich mich nie mit dir anlege."

„Vielleicht lernt er das ja auch endlich", murmelte Adèle hoffnungsvoll.

„Darauf würde ich mich nicht verlassen", meinte Jean. „Aber wenn es dir nichts ausmacht, würde ich gerne deine Hilfe in Anspruch nehmen. Oder brauchst du mich noch, Raymond?"

Raymond schüttelte den Kopf. Um das, was er wirklich brauchte, würde er niemals bitten. Er musste ein anderes Ventil finden, um die Macht loszuwerden, die immer noch in ihm pulsierte.

Magali schickte Jean zurück ins Hauptquartier, dann sah sie auf die Uhr und war überrascht, wie viel Zeit seit ihrer Ankunft hier vergangen war. Die Sonne würde bald untergehen. „Wollen wir gehen?", fragte sie Luc und deutete zum Höhlenausgang. Sie hatte vor einiger Zeit einen dunklen Magier durch diese Höhlen verfolgt und sich den Verlauf der verwinkelten Gänge gut eingeprägt.

„Vielen Dank, Magali, Luc", rief Raymond ihnen nach. „Adèle, brauchst du mich noch?"

Adèle schüttelte den Kopf. „Nein. Ich werde ihn nicht allzu sehr malträtieren. Er soll nur etwas mehr Respekt lernen."

Raymond zuckte mit den Schultern und transportierte sich wortlos in seine Wohnung zurück.

20

JEAN RANNTE durch die Rue du 4 Septembre zur Rue de la Michodière. Das Piège-Pouvoir, das Ritual zur Bändigung der wilden Magie, war abgeschlossen und hatte ihrem Einfluss auf die Partnerschaften ein Ende bereitet. Aber die Macht, die er durch Raymonds Blut aufgenommen hatte, floss noch durch seine Adern und verlangte nach Freilassung. Jean bezweifelte, dass er in Raymonds Bett willkommen wäre. Der Magier hatte ihn seit seiner Rückkehr aus Réunion auf Abstand gehalten, hatte ihn zwar trinken lassen, ihm aber nur noch das Handgelenk angeboten. Es war fast, als hätte Raymond Jeans Nähe gefürchtet – bis zu dem Ritual heute.

Trotzdem brauchte Jean mehr. Nicht, weil er hungrig war, sondern weil er ein Ventil brauchte für die aufgestaute Macht, die durch die Kombination von Blut und Sex verursacht wurde. Dafür brauchte er Karine. Auf dem Weg zu ihrer Wohnung nahm er zwei Treppenstufen auf einmal und blieb dann abrupt stehen, als er den verwelkten Blumenstrauß vor ihrer Tür liegen sah. Sie hatte seine Blumen noch nicht einmal aufgehoben und mit in ihre Wohnung genommen.

Jean hatte sie mehr als einmal aufgefordert, ihn wegzuschicken, falls sie mit ihrer Beziehung nicht mehr zufrieden war. Sie musste es ihm nicht zweimal sagen. Es sah aus, als würde Raymond heute Nacht doch noch Besuch bekommen. Jean überlegte zwar, ob er nicht lieber ins Sang Froid gehen sollte, aber die Anonymität, die er dort finden würde, konnte seine Bedürfnisse nicht befriedigen. Heute Nacht brauchte er einen Geliebten, kein Opfer.

Minuten später klopfte er, ohne auf die Nachbarn Rücksicht zu nehmen, laut an Raymonds Tür. Von dem kleinen Flur unter dem Dach des Mietshauses gingen, außer Raymonds, nur noch zwei weitere Türen ab. Jeans übernatürliche Sinne sagten ihm, dass dahinter niemand anwesend war.

Die Tür öffnete sich einen Spalt weit und vor Jeans Gesicht tauchte ein Stab auf. „Ich bin es", sagte er zu Raymond. „Lass mich ein."

Ein Rasseln war zu hören, als Raymond die Kette aus der Halterung nahm und fallen ließ. Dann öffnete er die Tür und ließ Jean eintreten. „Was willst du hier?", fragte er. „Und was noch wichtiger ist – woher weißt du, wo ich wohne?"

„Ich habe deine Wohnung schon gefunden, als du noch auf Réunion warst. Ich bin durch die Straßen gewandert und plötzlich habe ich vor diesem Haus gestanden", erklärte Jean und sah Raymond von oben bis unten an. Der Magier trug eine dunkle Pyjamahose und hatte sich einen Bademantel übergeworfen, der die starke, haarlose Brust nur unzureichend bedeckte. „Was den Grund für mein Hiersein angeht …" Jean konnte nicht die richtigen Worte finden, um die Emotionen zu beschreiben, die in ihm kochten. Er ersetzte sie durch Taten, fasste Raymond an der Hand und nahm ihm den Stab aus Birkenholz ab. Dann hob er sie an den Mund und fuhr mit den Lippen über die sommersprossige Haut. „Ich brauche dich."

„Du …du hast schon getrunken", stammelte Raymond. Er hasste es, von seinem Körper so betrogen zu werden. Selbst ohne die wilde Magie konnte er der Anziehung kaum noch widerstehen, die Jean auf ihn ausübte. „Du solltest nicht hier sein."

„Doch, das sollte ich", erwiderte Jean und ließ seinen Mund über Raymonds Arm nach oben gleiten. „Wir tanzen schon viel zu lange um diese Sache herum."

Raymond schüttelte den Kopf. „Das sind nicht wir", protestierte er. „Es ist nur die Magie der Partnerschaft, die uns so fühlen lässt."

„Meinst du wirklich?", wollte Jean wissen. „Oder ist unsere Partnerschaft so stark, weil wir so fühlen?"

„Adèle …"

„Adèle ist eine wunderschöne Frau, die sich in einer unhaltbaren Lage befindet. Darin stimme ich dir zu", unterbrach ihn Jean. „Aber sie ist nicht du und ich bin nicht Jude. Gib mit nur eine Nacht, um dich davon zu überzeugen. Wenn du morgen früh immer noch willst, dass ich wieder gehe, werde ich es tun und nichts mehr von dir verlangen, was über die Erfordernisse der Allianz hinausgeht."

Raymond schluckte nervös. Er kam sich vor wie ein Kaninchen vor der Schlange, unfähig, sich dem hypnotischen Blick durch Flucht zu entziehen. Ein langer, schlanker Finger strich ihm über den Kehlkopf nach unten und ließ ihn aufstöhnen. Es war schon so lange her, seit ihn jemand so sinnlich berührt hatte. *Außer Jean*, erinnerte ihn eine leise Stimme in seinem Kopf. Der Vampir hatte Raymonds Wünsche mit einer erstaunlichen Geduld respektiert, hatte jeden Biss so unpersönlich wie möglich gehalten. Jean hatte damit bewiesen, dass man der magischen Anziehung widerstehen konnte, wenn man es wirklich wollte. Aber Raymond konnte auch den einen Biss nicht vergessen, bei dem Jean diesen Abstand nicht eingehalten hatte, und in dieser Erinnerung lag ein verlockendes Versprechen. Raymond nickte zaghaft und drehte sich um, um in sein Schlafzimmer zu gehen.

Jean stockte er Atem. Dann folgte er Raymond, zog dabei sein Jackett aus und ließ es auf die Couch fallen. Raymonds Schlafzimmer war, wie die ganze Wohnung, mit Büchern vollgestopft. Nur eine Hälfte des breiten Bettes, auf dem der Magier schlief, war einigermaßen frei davon.

Als sie das Schlafzimmer erreichten, fingen Raymonds Nerven wieder zu flattern an. Nervös trat er von einem Fuß auf den anderen. Es war einige Jahre her, seit er das letzte Mal einen Mann in seinem Bett gehabt hatte. Er fühlte sich unwohl bei dem Gedanken, ausgerechnet jetzt und unter diesen Umständen wieder damit anzufangen.

„Ganz ruhig", sagte Jean und ging langsam auf Raymond zu, bis sich ihre Körper berührten. „Du weißt, dass ich dich niemals verletzen würde. Erinnerst du dich noch daran, was Monsieur Lombard gesagt hat? Es geht gegen jeden Instinkt eines Vampirs, einen geliebten Menschen zu verletzen. Ich kann viele meiner

Instinkte beherrschen, aber nicht diesen. Und ich will es auch gar nicht. Du bist bei mir sicher, Raymond. Du wirst bei mir immer sicher sein."

Es war eine große Erleichterung für Raymond, dass Jean offensichtlich mehr wollte, als nur die Befriedigung seiner Bedürfnisse. Der Vampir hatte sich bewusst dazu entschieden, zu ihm zu kommen. Raymond drehte sich um, ging ins Badezimmer und kam mit einer Tube Handcreme zurück. „Etwas Besseres habe ich nicht gefunden", entschuldigte er sich. „Ich habe kein …"

Jean brachte ihn mit einem Kuss zum Schweigen. Raymond schnappte überrascht nach Luft. Er hätte nie damit gerechnet, von dem Chef de la Cour geküsst zu werden. Jeans Lippen waren weich und warm, auch das war ein unerwartetes Gefühl. Raymond musste zugeben, dass er sie sich immer kalt und hart vorgestellt hatte.

„Denk nicht so viel und küss mich", forderte Jean mit sanftem Tadel in der Stimme. „Es reicht, wenn du es morgen analysierst. Jetzt will ich nur, dass du es genießt."

Raymond lachte leise. „Nachzudenken ist mein natürlicher Verteidigungsmechanismus", gab er zu.

„Ich weiß", erwiderte Jean. „Deshalb habe ich dir ja gesagt, dass du damit aufhören sollst."

„Das ist leichter gesagt als getan", meinte Raymond. „Warum versuchst du nicht, mich daran zu hindern?"

„Willst du mich herausfordern?", fragte Jean erstaunt.

„Wenn du die Herausforderung annimmst …", scherzte Raymond.

„Auf jeden Fall", versicherte ihm Jean und stieß ihn mit der Hüfte an, um ihn seine Erektion fühlen zu lassen. Er konnte spüren, dass Raymond auch schon erregt war. „Und mir scheint, dass es dir genauso geht."

„Es sieht so aus", gestand Raymond. „Was wollen wir dagegen unternehmen?"

„Als Erstes schaffen wir auf deinem Bett genug Platz für uns beide und werden die überflüssige Kleidung los. Danach werden wir weiter sehen", entschied Jean.

Raymond schnipste mit den Fingern und die Bücher flogen in ihre Regale zurück. „Sehr effektiv", meinte Jean grinsend. „Funktioniert das mit der Kleidung auch so gut?"

„Mit meiner eigenen schon. Bei dir bin ich mir nicht sicher, weil du gegen meine Magie immun bist", erwiderte Raymond.

Jean wollte ihm schon vorschlagen, es doch zu versuchen, aber dann entschied er sich doch dafür, Raymond lieber selbst auszuziehen. Er zog ihm den Bademantel über die Schultern. „Ich habe nichts gegen die altmodische Methode." Die Seide fühlte sich weich an und war warm durch den Kontakt mir Raymonds nackter Haut. Jean hob sie ans Gesicht und atmete den Geruch nach Seife und Mann ein.

Raymond trat nervös von einem Fuß auf den anderen. Er fühlte sich im Zwiespalt, denn sie waren keine Geliebten – egal, was sie auch vorhatten – und doch verhielt sich Jean ganz so, wie einem Geliebten gegenüber. Raymond war hin und her gerissen.

Jean legte den Bademantel zur Seite und wendete sich wieder Raymond zu. Sein Partner war zweifellos ein sehr attraktiver Mann: Etwas stachelige, kurze dunkle Haare; ein starkes Gesicht mit erstaunlich hellen Augen; ein voller, weicher Mund, den Jean noch gut kennenlernen wollte, bevor diese Nacht wieder zu Ende war; kräftige, aber nicht übermäßig ausgeprägte Muskeln. In Jeans Augen war Raymond perfekt. In diesem Moment drehte der Magier sich um und Jean sah eine lange, zerklüftete Narbe, die sich über die linke Seite seines Rückens zog. „Wer hat das getan?", zischte er.

„Serrier", antwortete Raymond mit schroffer Stimme. „Alle seine führenden Offiziere – und ja, ich war einer von ihnen – haben irgendwo am Körper eine ähnliche Narbe. Es ist ein Test für ihre Loyalität. Wer ihn besteht, hat bewiesen, dass er unter allen Umständen zu ihm hält."

„Serrier ist ein toter Mann", knurrte Jean. Ihm zog sich der Magen zusammen, wenn er daran dachte, welche Schmerzen diese Narbe Raymond bereitet haben musste. „Ich bringe ihn persönlich um."

„Nein", sagte Raymond. „Nicht deswegen. Nicht meinetwegen. Ich kann mich kaum noch daran erinnern. Die Narbe ist auf meinem Rücken und ich kann sie nicht sehen. Meistens vergesse ich sie einfach."

Jean akzeptierte Raymonds Einwand, aber vergessen wollte er die Narbe nicht. Er wollte auch nicht vergessen, was sein Partner in Serriers Händen erlitten hatte. Jean hatte mehr als genug Gründe, sich dem dunklen Magier entgegenzustellen, aber diese Narbe ließ es persönlich werden. Trotz Raymonds Bitte war aus seinem Kampf soeben ein persönlicher Rachefeldzug geworden, der erst durch Serriers Tod beendet sein würde. Niemand fügte seinem Magier ungestraft solche Schmerzen zu.

Jean trat hinter Raymond und fuhr mit den Fingern sanft über das vernarbte Fleisch. Es war ein Ehrenmal, ein Zeichen für Raymonds Tapferkeit und Mut. Wie viele Leben hatte Raymond nicht schon gerettet, seit er die Seiten gewechselt hatte? Wie viele Menschen lebten nur noch deshalb, weil Raymond wusste, wie Serriers krankes Gehirn funktionierte? Jean senkte den Kopf und küsste die Narbe, fuhr mit der Zunge über die weiße Linie in ihrer Mitte, als könnte sein Speichel dieses Mal genauso spurlos verschwinden lassen, wie er die Bisspuren wieder heilen konnte, die er mit seinen Zähnen hinterließ.

Raymond spürte einen Kloß im Hals. Ihm wurde eng um die Brust vor Erleichterung und Dankbarkeit. Zum ersten Mal, seit Serrier ihn gezeichnet hatte, stand er nackt vor einem anderen Menschen, vor jemandem, der die Narbe sehen und ihn dafür verurteilen oder sich davon abgestoßen fühlen konnte. Aber so hatte Jean nicht reagiert, im Gegenteil. Die Narbe schien eine merkwürdige Faszination auf den Vampir auszuüben, die Raymond sich nicht erklären konnte. Als Jean ihm mit den Fingern über die Narbe streichelte, konnte Raymond vor Erregung kaum noch atmen. Als Jeans Lippen und Zunge die Finger ablösten, ließ die Zärtlichkeit dieser Geste ihn dahinschmelzen.

Raymond lehnte sich zurück an Jean, der die Arme um ihn legte und ihm über die Brust streichelte. Er presste sich an Jeans Hände, die ihm über die glatte Haut fuhren und die harten Muskeln kneteten. Dann fing Jean an, mit Raymonds Nippeln zu spielen. Er hatte schon viele Frauen geliebt und einen Fetisch für die kleinen, harten Knubbel entwickelt, auch wenn er einen männlichen Geliebten hatte. Raymonds Reaktion nach schien er damit auf Gegenliebe zu stoßen, denn der Magier begleitete jedes Ziehen und Zwicken mit einem leisen Stöhnen.

Während Jeans eine Hand so beschäftigt war, ließ er die andere über den straffen Bauch nach unten in den Bund der Pyjamahose gleiten, wo er sie auf Raymonds harten Schwanz legte. Raymonds Stöhnen wurde lauter. „Gefällt es dir?", fragte Jean lächelnd.

„Ja, bei Merlin!", rief Raymond und stieß in Jeans Hand.

„Was glaubst du wohl, wie viel besser sich erst mein Arsch anfühlen wird", scherzte der Chef de la Cour.

Raymonds Knie gaben nach bei der Vorstellung, während sich sein Verstand noch dagegen sträubte. „Aber ich dachte …"

„Du dachtest, das Oberhaupt der Vampire müsste ein Top sein?", wollte Jean wissen. Raymond nickte. „Genau das will ich nicht. Wenn du ein Vampir wärst, wäre das anders. Aber du bist kein Vampir. Bei dir muss ich nicht auf meine Position Rücksicht nehmen, sondern kann für einige Stunden das Jeu des Cours vergessen, um nur noch Jean zu sein. Und Jean will – braucht – jetzt einen Mann, der ihn gründlich fickt. Kannst du mir das geben?"

Raymond biss sich auf die Unterlippe und drehte sich in Jeans Armen um. Er musste sich zusammenreißen, um nicht wie ein Teenager in der Hose zu kommen. Die wenigen Male, die er sich in den letzten Wochen erlaubt hatte, seinen Fantasien nachzugeben, hatte er sich immer Jean in der Rolle des Top vorgestellt. „Ja", flüsterte er heiser. „Was immer du willst."

„Das ist ein sehr großzügiges Angebot", scherzte Jean.

„Ich meine es ernst", erwiderte Raymond. Nachdem Jean bereit war, die Initiative mit ihm zu teilen, fühlte er keine Hemmungen mehr. Raymond war sich so sicher gewesen, dass jeder potentielle Liebhaber einen Rückzieher machen würde, wenn er erst die Narbe auf seinem Rücken sah. Deshalb hatte er nie auf mehr als ein zufälliges Zwischenspiel gehofft und sein ganzer Körper stand wie unter Strom, als ihm bewusst wurde, dass er sich nicht mit einem One-Night-Stand zufriedengeben musste. Selbst wenn ihre Partnerschaft den Krieg nicht überdauerte, schien Jean es zumindest für diese Zeit ernst zu meinen. Außerdem hatte Jean angeboten, morgen früh wieder zu gehen, falls Raymond es so wünschte. Und das hieß umgekehrt auch, dass der Vampir lieber bleiben würde. Raymond senkte den Kopf und knabberte sanft an Jeans Lippen. Endlich konnte er sich entspannt gehen lassen und ihr Verhältnis akzeptieren. Natürlich wäre es ihm immer noch lieber gewesen, wenn sie den magischen Anstoß nicht gebraucht hätten, aber Raymond wusste auch, dass Jeans Worte ihn umgestimmt hatten. Er hatte sich seine Entscheidung nicht durch Druck von außen aufzwingen lassen.

Jean öffnete den Mund, um Raymond einzulassen, doch der ließ sich Zeit und hielt sich noch mit Jeans Lippen auf, die er gerade erst zu entdecken begonnen hatte. Durch den Stoff der leichten Kleidung erkundete er den Körper des Vampirs.

Jean unterbrach ihren Kuss, weil ihm von dem Luftmangel schon schwindelig wurde. „Du kannst sie ausziehen", bot er Raymond atemlos an. Er wunderte sich, dass es Raymond nicht genauso ging, aber der Magier schien so von seiner Entdeckungsreise über Jeans Körper gefangen zu sein, dass er nichts anderes mehr merkte.

„Wie alt warst du eigentlich, als du umgewandelt worden bist?", fragte er neugierig, während er Jeans Hemd aufknöpfte, um die schlanken Formen freizulegen. Er hatte die Stärke erlebt, die sich in diesem geschmeidigen Körper verbarg. Wie ein Gepard, der im Vergleich zu den anderen Raubkatzen zierlich wirkt, konnte auch Jean aus dem Stand heraus eine explosive Kraft und Schnelligkeit an den Tag legen, die sie alle beschämte.

„Achtundzwanzig", flüsterte Jean und bog sich Raymonds Händen entgegen. „Aber es waren harte, magere Zeiten. In jedem Sommer kamen die Wikinger und haben uns ausgeraubt. Sie haben keinen Unterschied gemacht zwischen der Stadt und der Abtei. Wir haben alle gehungert. Das hat sich erst geändert, als der König Rollon zum Herzog der Normandie ernannte. Rollon hat im Ausgleich dafür die Wikinger daran gehindert, die Seine hinauf zu segeln und ihre Raubzüge fortzusetzen."

Das erklärte Jeans zierlichen Körperbau. Raymond erkundete ihn weiter, wollte jeden Quadratzentimeter kennenlernen. Er schob die trennende Kleidung zur Seite und entblößte Jean seinen Blicken. Jean ließ es für einen Moment geduldig über sich ergehen, dann zog er Raymond die Pyjamahose über die Hüften nach unten. Die unter Hälfte des Magiers war genauso perfekt gebaut wie die obere. Jean war mehr als froh über seine Entscheidung, hierhergekommen zu sein, um die Nacht mit Raymond zu verbringen. Der starke, harte Schwanz würde ihm viel Freude bereiten. Nun würde sich zeigen, ob Raymond die Kunst der Erotik genauso gut beherrschte, wie die Kunst der Esoterik.

Jean hätte sich nicht mehr Souveränität wünschen können, als er von Raymond selbstsicher zum Bett geführt wurde. Seit Raymond aufgestanden war und die Tür geöffnet hatte, waren die Laken abgekühlt. Das änderte sich schnell wieder, nachdem Raymond sich auf ihn legte. Der Magier war gerade schwer genug, um ihn fühlen zu können, aber nicht von ihm erdrückt zu werden. Interessanterweise legte er sich so auf Jean, dass er mit jeder Bewegung über die Erektion des Vampirs rieb, während er seinen eigenen Schwanz nicht in die Nähre von Jeans Körper brachte. „Es gibt nichts Besseres, als das Gewicht eines Mannes über sich zu spüren", schnurrte Jean und bewegte sich lasziv unter Raymonds Körper.

Raymond lächelte ihn an und drückte ihn etwas fester aufs Bett. „Sei vorsichtig", scherzte er. „Sonst lasse ich dich nicht wieder los."

„Und ich lasse es vielleicht zu", meinte Jean und legte ihm die Arme um den Hals, um ihn zu sich herabzuziehen und zu küssen. „Ich habe hier schließlich alles, was ich brauche." Er knabberte an Raymonds Kinn und fuhr ihm leicht mit den Eckzähnen über die Haut, ohne sichtbare Spuren zu hinterlassen.

Raymond schloss hilflos die Augen. Gebraucht zu werden … für einen anderen Menschen so wichtig zu sein … Monsieur hatte ihm erklärt, dass es selbst die kühnsten Träume übertraf, für einen Vampir der Lebensmittelpunkt zu sein, von ihm verehrt und geliebt zu werden. Raymond hatte Alain nie gefragt, ob er mit Orlando glücklich war. Es wäre eine vollkommen überflüssige Frage gewesen. Auch nur einen Bruchteil dieser Liebe von seinem eigenen Partner zu erfahren, war mehr, als Raymond sich zu hoffen gewagt hatte.

Raymond war entschlossen, Jean dieses Gefühl zurückzugeben und ihm zu zeigen, dass er auch gebraucht wurde. Er küsste ihn sanft und leidenschaftlich. Ihre Zungen verschlangen sich ineinander und kämpften um Dominanz. Ohne sich von Jeans Lippen zu trennen, rollte Raymond sich auf die Seite, um ihn besser anfassen zu können und eine Hand freizubekommen, mit der er Jean über die glatte, weiche Haut streichelte.

Er erinnerte sich daran, wie der Vampir ihm über die Brust gestreichelt hatte. Jetzt gab er Jean diese Zärtlichkeit zurück und ließ die Finger um dessen harten Nippel kreisen. Als Jean sich ihm entgegendrückte, zog er leicht daran. „Ja, so", keuchte Jean und ließ die Lippen über Raymonds Kinn gleiten. „Das fühlt sich so gut an."

Raymond legte den Kopf in den Nacken und bot ihm vertrauensvoll seinen Hals an. Er fuhr ihm mit der Hand über die Hüften und dann noch tiefer, zog Jeans Bein hoch und legte es sich über seine eigenen Beine. Jean drehte sich etwas auf die Seite und gab Raymond damit die Chance, ihm über den Rücken und den Hintern zu streicheln. Seine Arschbacken teilten sich einladend unter Raymonds Händen.

Raymond drückte anerkennend zu und streichelte ihm über den Oberschenkel und die Hüfte. Er konnte die zähen Muskeln spüren, die sich unter der glatten Haut abzeichneten und ihn herausforderten, seine eigene Stärke mit der des Vampirs zu messen. Jean war kein scheues Reh, bei dem man sich zurückhalten musste, um es nicht in die Flucht zu schlagen. Er stand Raymond in seiner Macht und Intelligenz in nichts nach, war ihm in jeder Beziehung gewachsen und in der Lage, sich zu behaupten. Raymond fühlte sich durch diese Erkenntnis wie befreit. Er öffnete die Tube mit der Handcreme und drückte sich eine größere Menge auf die Finger, um seinen Geliebten vorzubereiten.

„Willst du dich auf den Bauch legen?", fragte er umsichtig.

„Nein“, erwiderte Jean und knabberte wieder an Raymonds Kinn. „Ich will dich sehen, wenn du in mir bist.“ Er hoffte im Stillen, dass Raymond ihm erlaubte, ihn dann zu beißen. Für Jean gehörten Blut und Sex zusammen. Er konnte sich kaum vorstellen, nicht gleichzeitig von einem Geliebten zu trinken. Aber er wollte Raymond nicht zu viel auf einmal zumuten und noch abwarten, bevor er ihn um Erlaubnis bat.

„Putain“, stöhnte Raymond. Die Vorstellung, Jean ins Gesicht sehen zu können, wenn sie sich liebten, ließ ihn vor Erregung zittern. „Wenn du so weiterredest, ist es vorbei, bevor es begonnen hat.“

„Dann fangen wir wieder von vorne an“, versicherte ihm Jean. Er legte sich aufs Bett zurück und spreizte einladend die Beine, damit Raymond ihn besser erreichen konnte. Jean hätte ihn gerne geleckt und gesaugt, bis er wieder hart war, aber Raymonds anfängliche Scheu hielt ihn zurück. Er wollte den Magier nicht noch mehr verunsichern und die Stimmung gefährden. Das nächste Mal konnten sie sich mehr Zeit nehmen und dann wollte er sehen, wie oft er Raymond in einer Nacht zum Orgasmus bringen konnte.

Raymond stöhnte, als er Jean so verletzlich vor sich liegen sah. Er legte einen Finger auf die kleine Rosette und testete ihren Widerstand. Der Muskel gab nur langsam nach und Raymond fragte sich, wie lange es wohl her war, seit Jean das letzte Mal einem Mann diese Intimität erlaubt hatte. Dass er sich Raymond anvertraute, feuerte den Magier noch mehr an. „Entspann dich“, sagte er mit pochendem Herzen und schob vorsichtig den ersten Finger hinein.

„Ich versuche es“, keuchte Jean. „Es ist … einige Zeit her.“ Es war länger als nur einige Zeit her. Es war fast vierhundert Jahre her, aber das musste Raymond nicht wissen. Seit Jean von Thibault betrogen worden war, hatte er keinen sterblichen Mann mehr mit in sein Bett genommen. Und innerhalb der Gemeinschaft der Vampire hatte er es sich nicht leisten können, sich von einem Mann toppen zu lassen.

Der Finger drang tiefer ein und rieb über die empfindsamen Nervenenden von Jeans Prostata. Jean gab sich ganz dem Gefühl hin, schloss die Augen und biss sich auf die Unterlippe. Raymond blieb fast die Luft weg, als er Jeans lustverzerrtes Gesicht sah. Dass er einem so erfahrenen Partner so viel Freude bereiten konnte, gab ihm Selbstvertrauen und er schob den Finger bis zum Anschlag in Jeans Körper hinein. Dann dehnte er den immer noch widerspenstigen Schließmuskel, bis er locker genug wurde für einen zweiten Finger.

„Alles in Ordnung?“, fragte er, bevor er den zweiten Finger in Position brachte. Er konnte an Jeans Gesichtsausdruck nicht erkennen, wie der Vampir sich fühlte und ob es ihn schmerzte.

Jeans Antwort war ein harter Kuss. Dann hob er die Hüften und Raymond führte die beiden Finger ein. Er bewegte sie vorsichtig hin und her, bis er fühlen konnte, dass der Widerstand nachließ.

„Jetzt", sagte Jean und biss ihn leicht in die Unterlippe. „Ich brauche dich jetzt."

Raymond nickte, zog die Finger zurück und rieb sich den Schwanz großzügig mit der Handcreme ein. Dann kniete er sich zwischen Jeans weit gespreizte Beine, beugte sich vor und stieß leicht zu, um das enge Portal zu durchdringen. Es dauerte einen Moment, dann gab der Muskel nach und ließ ihn ein. Raymond rollte stöhnend mit den Augen, als er die enge Hitze spürte, die ihn umfangen hielt und willkommen hieß.

Jean ließ den Kopf nach hinten fallen. Es fiel ihm schwer, sich nicht zu verkrampfen, als Raymonds eindringender Schwanz einen brennenden Schmerz in ihm auslöste. Zu Jeans Erleichterung hielt Raymond kurz inne. Jean konnte sich wieder entspannen und leichter atmen. Dann fing Raymond an, sich langsam und bedächtig zu bewegen, nicht schnell genug, um die empfindliche Haut aufzureiben, aber doch genug, um es Jean spüren zu lassen.

Jean knabberte an Raymonds Hals. Er wollte seinen Geliebten schmecken. „Lass mich dich beißen", verlangte er und leckte über die zarte Haut, die er mit seinen Zähnen zeichnen wollte.

Raymond erstarrte. All seine verinnerlichten Ängste brachen wieder über ihn herein, aber er verdrängte sie entschlossen. Jean hatte schon mehr als einmal von ihm getrunken, hatte seinen Biss sogar dazu benutzt, um ihn zu lieben. Die Tatsache, dass sie jetzt vereint waren, konnte daran nichts ändern. Wenn er Jean einmal vertraut hatte, konnte er es wieder tun, konnte er es sogar jedes Mal tun. Außerdem hatten sie vor wenigen Stunden bewiesen, dass Jeans Biss Raymonds Magie stärkte und ihm Kraft gab. Auch das wäre jetzt nicht anders. „Du … du hast doch schon getrunken", stammelte er.

„Ich kenne unsere Grenzen", versicherte ihm Jean. „Ich trinke nur einen kleinen Schluck."

Raymond gab mit einem zögerlichen Nicken nach und schloss die Augen, als Jeans Zähne seine Haut durchbohrten.

Als Raymonds Blut seine Sinne überschwemmte, nahm Jean sich vor, alles zu tun, um eines Tages nicht mehr die Furcht zu schmecken, die unter Raymonds anderen Gefühlen verborgen lag. Dann konzentrierte er sich darauf, Raymond mit seinem Biss die gleiche Lust zu bereiten, die der Magier ihm schenkte. Und wenn er dem würzigen Geschmack von Raymonds Blut glauben durfte, gelang ihm das auch.

Raymond erbebte und passte seine Stöße unwillkürlich dem Rhythmus von Jeans saugenden Lippen an. Da er der Wirkung der Handcreme nicht ganz vertraute, hielt er sich zurück und sparte sich leidenschaftlichere, tiefe Stöße für das nächste Mal auf. Jean hatte ihn um diese Nacht gebeten, um ihn zu überzeugen, aber so viel Zeit brauchte Raymond nicht. Er würde Jean nicht mehr wegschicken.

Ihre Erregung geriet langsam außer Kontrolle. Raymond schob die Hand zwischen ihre Körper und fasste nach Jeans hartem Schwanz, um ihn zu reiben. Jeans Stöhnen feuerte ihn an, sich schneller zu bewegen, nicht nur mit den Hüften, sondern auch mit der Hand. Augenblicke später fühlte er die heiße Flüssigkeit, die auf seinen Bauch spritze und sich über seine Hand ergoss. Jeans Körper zog sich um Raymonds Schwanz zusammen und hielt ihn umklammert, bis er ebenfalls mit einem leisen Aufschrei zum Höhepunkt kam.

Vorsichtig zog Jean die Zähne aus Raymonds Hals und leckte über die Wunde, um sie wieder zu verschließen. Raymond lag unbeweglich auf ihm und atmete keuchend. Mit einem zärtlichen Lächeln auf den Lippen streichelte Jean ihm über den Rücken und suchte nach der Narbe, als wollte er die Schmerzen, die sie dem Magier verursacht hatte, endgültig vertreiben.

Raymond zitterte, als er Jeans zärtliche Finger auf der Narbe fühlte. Er hätte nie erwartet, dass dieses Schandmal eine erogene Zone sein könnte, doch Jeans liebevolle Berührungen gaben diesem verhassten Symbol seiner Vergangenheit eine andere, eine neue Bedeutung. Raymond ließ die Wut los, die er wie eine Mauer zwischen sich und der Welt errichtet hatte, und ersetzte sie durch die erlösende Macht ihrer Partnerschaft.

21

Adèle ging um den See zurück zu ihrem Partner. Er verfolgte jede ihrer Bewegungen mit den Augen und machte ihr klar, dass Alain zwar seinen Körper gebunden, nicht aber seine Sinne betäubt hatte. „Ich glaube, so gefällst du mir", bemerkte sie und stieß ihn mit der Fußspitze an.

Er warf ihr einen wütenden Blick zu, konnte aber nichts gegen sie unternehmen.

„Ich könnte mit dir alles machen, was ich will", überlegte sie und sah ihn abschätzend an. „Dich schlagen, dich verbrennen oder in den See werfen." Die Macht des Rituals brannte noch in ihren Adern und suchte nach einem Ventil. Sie fuhr sich mit den Händen über die Hüften und konnte die Lust erkennen, die in Jude aufflammte. „Ich könnte dich bis an die Grenze des Erträglichen erregen und unbefriedigt zurücklassen."

Sie zog den dünnen Pullover über den Kopf. Das Seidenhemd, das sie trug, verbarg zwar ihre Haut, betonte aber jede ihrer verführerischen Kurven. Sie legte die Hände unter ihre Brüste und hob sie leicht an, als würde sie sie einem Geliebten anbieten wollen. „Willst du mich berühren?", fragte sie aufreizend. „Mir das Hemd nach unten ziehen und mit meinen Brüsten spielen?" Mit den Händen illustrierte sie ihre Worte und gab ihm einen kurzen Blick auf ihre Nippel frei, bevor sie sie mit den Händen bedeckte und streichelte. Adèle schloss die Augen und genoss die Erregung, die sie dabei überkam. Sie kannte dieses Gefühl gut. Es war eine Mischung aus Adrenalin und der überschüssigen Energie, die sich durch das Ritual in ihr angesammelt hatte. Es würde mit der Zeit wieder vergehen, aber sie konnte es auch durch vergnüglichere Aktivitäten wieder in den Griff bekommen.

Adèle ließ das Hemd wieder über ihre Brüste rutschen und löste ihre Haare aus dem Band, mit dem sie sie während des Rituals gebändigt hatte. Sie schüttelte sie aus und verteilte sie über ihren Schultern. „Oder vielleicht willst du mich wieder beißen", meinte sie und fuhr sich mit den Fingern über die Bisswunden, die Jude am Tag zuvor hinterlassen hatte. Nachdem sie sich gestern einen neuen Stab besorgt hatte, wollte sie nicht mehr an ihre Schwäche erinnert werden und hatte die meisten Wunden wieder geheilt. Heute war es Jude, der schwach und ihrer Gnade ausgeliefert war. Diese Situation wollte Adèle auskosten, denn sie würde sich ihr wahrscheinlich nie wieder bieten. „Es würde dir gefallen, wenn ich dein Zeichen trage, nicht wahr?"

Fast nebensächlich nahm sie ihren Stab und heilte auch die Wunden, die er ihr durch seinen Biss während des Rituals zugefügt hatte. „Zu schade", zischte sie und stellte sich vor ihn. „Ich will nämlich nicht von einem Mann gezeichnet werden."

Sie sah ihn von oben herab an und überlegte, was sie noch mit ihm machen könnte. Sie konnte ihn freilassen und sich ihr Vergnügen woanders suchen. Oder sie konnte ihn um den Verstand bringen und ihm zeigen, was er wollte und nicht haben konnte. Sie wusste sehr wohl, wie kleinlich das von ihr war, aber nach dem gestrigen Tag hatte sie das Bedürfnis, ihm und sich selbst zu beweisen, wer das Heft in der Hand hielt. Sie trat einen Schritt zurück und bückte sich, um sich die Stiefel und die Hose auszuziehen. Es war kühl und sie zitterte leicht. Mit einem schelmischen Grinsen brachte sie den Flammenkreis zurück, den Raymond gelöscht hatte. Die Hitze des Feuers wärmte sie und überzog ihre Haut mit einem rosa Schimmer.

Jude wäre vor den Flammen zurückgezuckt, wenn Alains Beschwörung nicht jede Bewegung verhindert hätte. Er konnte sehen, hören, fühlen, blinzeln, doch das war auch schon alles. Das Blut in seinen Adern brodelte vor Erregung, aber er konnte nichts dagegen unternehmen. Er konnte auch von der kleinen Schlampe nicht verlangen, dass sie etwas dagegen unternahm. Sie stand frech und anmaßend vor ihm, nur in ihre Dessous gekleidet, und fuhr sich mit den Händen durch die verstrubbelten Haare. Die leichte Röte in ihrem Gesicht und auf ihren Brüsten war ein unmissverständliches Zeichen ihrer Erregung. Einer Erregung, die sie ihm verdankte. Er fluchte innerlich bei dem Anblick ihrer makellosen Haut, die immer noch seine Zeichen tragen und damit jedem anderen Mann deutlich machen sollte, dass sie ihm gehörte. Aber dieses Biest hatte sie entfernt, hatte sie zurückgewiesen, so wie sie versucht hatte, ihn zurückzuweisen. Sie würde schon noch lernen, wie töricht es war, einen Vampir zurückweisen zu wollen.

Ihre nackten Zehen stießen ihn zwischen den Beinen an. „Hörst du mir überhaupt zu, du kleiner Scheißkerl? Oh, halt! Dazu müsstest du ein Mann sein, aber das bist du nicht. Du bist nicht Manns genug, um eine Frau zu befriedigen, nicht wahr?" Sie drehte sich um und bot ihm einen Blick auf ihr nacktes Hinterteil, das der Seidentanga, den sie trug, fast komplett freiließ. Dann warf sie ihm einen Blick über die Schulter zu und streichelte sich aufreizend über die nackte Haut. „Gefällt es dir?", wollte sie wissen und fuhr mit den Fingern unter die dünne Schnur. „Zu schade, dass du nie gelernt hast, deine Geliebten mit Respekt und Achtung zu behandeln. Sonst wärst du jetzt nicht in dieser misslichen Lage und könntest deine Finger in meine heiße, feuchte Möse schieben." Während sie das sagte, demonstrierte sie ihm mit ihren eigenen Fingern, was sie damit meinte. Sie beugte sich leicht vor, schob sie langsam in ihren Körper und streichelte sich.

Jude lief vor Erregung das Wasser im Munde zusammen. Er stöhnte leise. Es war das einzige Geräusch, das er von sich geben konnte. Während sie sich noch streichelte, drehte sie sich wieder zu ihm um. „Willst du was?", fragte sie ihn. „Du musst mich nur darum bitten, du kleiner Scheißer. Das weißt du doch. Ich bin ein sehr umgänglicher Mensch, wenn man mich respektvoll behandelt." Dann wandte sie sich wieder ab und fuhr sich mit den Fingern über die harten Nippel, die sich unter ihrem Seidenhemd abzeichneten.

„Putain, das fühlt sich gut an", stöhnte sie und stieß die Finger tiefer in ihren Schoß. Dann zog sie das Hemd zur Seite und kniff sich in die Nippel. Sie war sich seiner Blicke bewusst und konnte erkennen, wie sein Schwanz die Hose ausbeulte. Das hatte Alains Beschwörung nicht verhindert. Ein Gefühl der Macht durchfuhr sie und ließ ihre Lust anschwellen. Sie drehte sich wieder zu ihm um, um seinen grünen Augen einen besseren Blick auf ihre Brüste zu bieten. „Hast du etwas sagen wollen?"

Er warf einen pointierten Blick auf ihren bekleideten Körper. „Oh, ich verstehe. Ich soll mich ausziehen. Willst du mir nicht helfen?", neckte sie ihn und spielte mit dem Saum ihres Hemdchens. Er sah sie düster an und sie musste über den frustrierten Ausdruck in seinem Blick lachen. Dann zog sie sich das Hemd über den Kopf und warf es ihm an die Brust. Ihr Tangaslip folgte Sekunden später. „Kleiner Scheißkerl", schnurrte sie fast liebevoll. „Du brennst innerlich vor Erregung und Frustration, nicht wahr?"

Adèle kniete sich neben ihm auf den Boden und hielt die Hand Millimeter über seinen steifen Schwanz. „Das sieht ja fast schmerzhaft aus", bemerkte sie mitleidvoll und beugte sich vor, um sich mit den Brüsten an seinen Lippen zu reiben. „Du möchtest sie schmecken, oder? Du sabberst wie ein tollwütiger Hund, weil du den Mund aufmachen und mir in die Titten beißen willst, stimmt es?" Sie hockte sich wieder auf die Fersen und streichelte sich nachdenklich. Sie könnte ihm mit ihrer Magie genügend Bewegungsfreiheit geben, damit er ihre Nippel oder ihre Klitoris saugen konnte. Aber damit würde er wieder Macht über sie bekommen, und das wollte sie nie wieder zulassen. Sie wollte seinen harten Schwanz benutzen wie einen Vibrator, aber mehr bekam er nicht von ihr. Jetzt nicht und auch in Zukunft nicht mehr.

„Zu schade, dass du so ein Scheißkerl bist. Ich liebe es, wenn mich meine Liebhaber an den Nippeln saugen. Aber du hast mir bereits bewiesen, dass ich dir nicht vertrauen kann. Ich ziehe meine Finger deinen Zähnen bei weitem vor." Sie öffnete den Gürtel seiner Hose und zog den Reißverschluss auf. Dann holte sie seinen steifen Schwanz aus der Unterhose und rieb einige Male auf und ab, damit er auch richtig hart wurde.

„Ich habe leider meinen Vibrator zuhause gelassen", sagte sie kalt. „Ich könnte natürlich einfach nach Hause gehen und dich hier zurücklassen. Oder ich kann dich benutzen. Blinzele zweimal, wenn dir das lieber ist."

Jude sah sie lange an. Er dachte ernsthaft darüber nach, sie einfach gehen zu lassen. Aber nach ihrer Show brannte sein Körper vor Erregung und er wusste, dass eine andere Frau ihn nicht so befriedigen konnte wie sie. Er konnte ihre Hand an seinem Schwanz fühlen, also würde er auch ihre Muschi fühlen können, wenn sie sich heiß und feucht auf ihn schob. Er konnte sich nicht bewegen und musste ihr die Initiative überlassen, doch er konnte sie zumindest dabei beobachten, wie sie ihn fickte und kam. Langsam und bedächtig blinzelte er. Zweimal.

Sofort hockte sich Adèle auf ihn. Sie beugte sich zurück, als sein Schwanz bis zum Anschlag in sie eindrang. Dann schloss sie die Augen und fickte ihn hart, ließ sich von ihrer Magie durchfließen, die die Luft um sie herum auflud. Kleine Flammen tanzten um sie herum und flackerten im Auf und Ab ihres Begehrens. Als ihr Orgasmus näher rückte, verlangsamte sie ihre Bewegungen und sah Jude lüstern an. „Wenn *ich* soweit bin", teilte sie ihm herablassend mit und hielt seinen Schwanz in sich umklammert, während sie sich mit einem Finger über die Klitoris rieb und mit den Fingern der anderen Hand in die Nippel kniff.

Sie war so geil und feucht und eng, wie er sie in Erinnerung hatte. Sie war perfekt. Körperlich und sexuell gab es keine andere Frau, die so gut zu ihm passte. Ihre Leidenschaft ließ nicht nach, selbst wenn er grob wurde oder sie biss. Wenn sie nur nicht so aufreizend unabhängig wäre … Andererseits musste er zugeben, dass der Sex nicht halb so interessant wäre, wenn ihn ihr Verhalten nicht so aufregen würde. Sie erregte ihn allein durch ihre Anwesenheit bis an die Grenze des Erträglichen. Er konnte sein Verlangen, über sie herzufallen, kaum zügeln. Nur ihre Magie, gegen die er machtlos war, hielt ihn zurück. Adèle mochte viel über Respekt und Achtung reden, aber was sie wirklich brauchte, war ein starker Mann, der sie aufs Bett warf und um den Verstand fickte. Heute mochte das nicht mehr passieren, aber Jude hatte in seiner langen Existenz als Vampir gelernt, geduldig zu sein und seine Zeit abzuwarten. Wenn er sie das nächste Mal allein erwischte, würde er ihr schon zeigen, wie es einer kleinen Muschi erging, die ihren Platz nicht akzeptierte.

Als Adèle sich wieder etwas im Griff hatte, bewegte sie sich erneut auf ihm und überließ sich der Erregung, die ihre Macht über ihn in ihr weckte. Dieses Machtgefühl wurde durch die Bewegungslosigkeit, zu der Jude verdammt war, noch gesteigert. Er konnte nichts tun, um zu seiner eigenen Erlösung beizutragen. Er war ihr ausgeliefert und heute kannte sie kein Erbarmen.

Noch zweimal brachte sie sich fast bis zum Höhepunkt, nur um sich zurückzuhalten und wieder von vorne zu beginnen. Beim vierten Mal konnte Adèle sich nicht mehr beherrschen und fickte ihn härter, bis sie schließlich auf seinem Schwanz kam und an Judes Brust fiel. Ihre Ellbogen bohrten sich schmerzhaft in seine Seiten.

Sie erhob sich, sammelte ihre Kleidung ein und zog sich vor seinen Augen langsam wieder an. Nur ihre verstrubbelten Haare und das gerötete Gesicht verrieten, wie sie die letzte Stunde verbracht hatten. Nachdem sie wieder angekleidet war, sah sie auf ihn herab und verzog das Gesicht, als sie seinen harten Schwanz erblickte. „Das tut mir aber leid", meinte sie und fuhr mit den Fingernägeln der Länge nach über seine Erektion wie eine Katze, die mit ihrer Beute spielt. Dann richtete sie sich auf und löschte die Flammen ihres magischen Feuers, das sie in der kalten Höhle gewärmt hatte. „Bis demnächst."

Sie ging am Ufer des Sees entlang und befreite ihn von Alains Beschwörung, während sie sich selbst unsichtbar machte. Adèle wusste, dass sie einfach gehen sollte, aber sie wollte sehen, wie er auf seine wiedergefundene Freiheit reagierte.

Als Jude spürte, dass die Magie ihn nicht mehr gefangen hielt, machte er das erste, was ihm einfiel. Er nahm seinen Schwanz in die Hand, um sich Erlösung zu verschaffen. Während er die Augen schloss, rief er sich das Bild von Adèle in Erinnerung zurück, wie sie gestern unter ihm gelegen hatte. Es dauerte nur Sekunden, dann kam er. Mit dem Orgasmus fiel alle Anspannung und Frustration von ihm ab. Er kam mit einer Leidenschaft, wie sie nur Adèle in ihm wecken konnte.

Adèle fühlte sich bei dem Anblick merkwürdig beklommen und flüsterte leise eine Beschwörung, um sich in ihre Wohnung zu transportieren. Das Bild ihres Partners, wie er in der Höhle saß und seinen Schwanz in der Hand hielt, ließ sie nicht mehr los und geisterte noch lange durch ihre Gedanken. Sie hatte keinerlei Interesse an ihm, das über die Zusammenarbeit in der Allianz hinausging. Nein, zum Teufel! Sie hatte überhaupt kein Interesse an ihm.

Nicht das allergeringste.

22

ORLANDO KAM stolpernd in Alains Büro an. Magalis Transportzauber unterschied sich von Thierrys, an den er sich schon gewöhnt hatte. Noch bevor er das Gleichgewicht wiederfand, war Alain an seiner Seite, um ihn zu stützen. „Ich hätte mich von ihr nach Hause schicken lassen sollen", sagte Orlando. Dann drehte er sich in Alains Armen um und küsste ihn leidenschaftlich. „Ich will nicht warten, bis wir mit der U-Bahn nach Hause gefahren sind."

Alain musste nicht fragen, worauf Orlando nicht warten wollte. Er spürte die Wirkung des Rituals auch noch im Blut und sehnte sich nach der Erlösung, die ihm nur sein Geliebter schenken konnte. „Wir könnten nach unten gehen", schlug er zwischen zwei Küssen vor. „Dort sind Zimmer …"

„Mit kleinen Betten, die niemals aushalten würden, was ich jetzt brauche", brachte Orlando den Satz zu Ende, während seine Hände ruhelos über Alains Körper fuhren. „Es muss doch jemand in der Nähe sein, der mich in unsere Wohnung transportieren kann."

„Wenn es dich nicht stört, dass die ganze Milice davon erfährt …", meinte Alain schmunzelnd. „Du sprühst regelrecht Funken, und ich bin vermutlich genauso schlimm. Aber Thierry ist noch zuhause und die Bürotür abgeschlossen", fuhr er fort und schob Orlando zur Couch. „Lass uns das Problem etwas lindern, danach können wir nach Hause fahren und du musst dich nicht mehr zurückhalten."

Orlando spannte sich innerlich an, als Alain ihn durchs Zimmer schob. Obwohl die Luft magisch aufgeladen war, hatte es keine Ähnlichkeit mit der wilden Magie von gestern. Dieses Mal war es Alains Magie, und Alain hatte ihm selbst gestern, als er sich fest im Bann der wilden Magie befand, nichts getan. Er würde ihn auch jetzt nicht verletzen. Orlando ließ sich auf die Couch drücken und holte tief Luft, als Alain sich zwischen seinen Beinen auf den Boden kniete, die Hose öffnete und Orlandos steifen Schwanz herausholte. Er ließ den Kopf auf die Lehne fallen und schloss stöhnend die Augen, als Alain ihn in den Mund nahm und ihn sich bis tief in die Kehle schob. Das Gefühl war immer noch so ungewohnt für Orlando, dass ihm davon schwindelig wurde. Er klammerte sich mit aller Macht an die Sofakissen, um nicht nach Alains Kopf zu greifen und ihn noch tiefer zu zwingen. Dann fühlte er Alains Lippen ganz unten an der Wurzel, gab seine Zurückhaltung auf und fuhr ihm mit den Fingern in die rotblonden Haare. Alain schluckte und sein Kopf wippte einige Male auf und ab, bevor er sich zurückzog und Orlando über die Eichel leckte. „Alain!", rief Orlando stöhnend.

„Ja, mein Engel?", fragte Alain und hob den Kopf. „Soll ich aufhören?"

„Nein!", keuchte Orlando. „Es fühlt sich so gut an."

Alain lächelte und leckte ihm über die tropfende Spitze, während er mit der Hand den Schaft rieb. „Das soll es auch."

Orlandos leises Lachen ging in ein Stöhnen über, als Alain die Vorhaut zurückschob und die Zunge um die Eichel kreisen ließ. Orlando schloss genießerisch die Augen und war unglaublich erleichtert darüber, die meisten seiner Ängste besiegt zu haben. Vor einer Woche hätte er sich noch nicht genug entspannen können, um Alain diese Zärtlichkeiten zu erlauben. Aber seitdem war er wieder und wieder daran erinnert worden, dass er Alain vertrauen konnte. Das letzte Mal gestern, als die wilde Magie Alain jede Entschuldigung gegeben hätte, sein Magier ihr aber trotzdem widerstanden hatte. Orlando zuckte kaum mit der Wimper, als Alains Hand ihm zwischen die Beine glitt und sich um seinen Sack legte, während er ihn wieder in den Mund nahm.

Mit einem überraschten Aufschrei bäumte Orlando sich auf und kam zum Höhepunkt. Sein Schwanz zuckte und Alain saugte ihn so tief und fest, bis ihm kein Tropfen Sperma mehr zu entlocken war und Orlando schlaff auf die Couch sank.

Alain leckte sich grinsend über die Lippen und sah Orlando von seinem Platz auf dem Boden an. „Fühlst du dich jetzt besser?"

„Oh ja", seufzte Orlando mit erschöpfter Stimme, hob den Kopf und blickte in Alains glänzende Augen. „Kann ich mich bei dir revanchieren?"

Alain schüttelte den Kopf und wurde unerklärlicherweise rot. „Nicht nötig", sagte er beschämt und deutete auf den feuchten Fleck an seiner Hose. „Das Problem hat sich von selbst erledigt."

Verwirrt und geschmeichelt zog Orlando Alain zu sich auf die Couch und küsste ihn hungrig. „Wir müssen jetzt schnell nach Hause fahren", knurrte er. Der Blowjob hatte in der Tat das Problem gelindert, aber satt war Orlando noch lange nicht.

Alain erschauerte, als er das Verlangen in Orlandos sonst so sanfter Stimme hörte. Er fuhr sich mit der Hand an das Brandmal an seinem Hals, an dem er immer noch die Spuren von Orlandos Biss fühlen konnte. Bis zum Morgen wären sie verheilt, aber noch fühlte er sich doppelt begehrt, und dieses Wissen durchdrang ihn bis ins Innerste. „Ja", stimmte er mit krächzender Stimme zu. Es störte ihn nicht mehr, was sich die anderen Magier bei ihrem überstürzten Aufbruch dachten. Wenn Raymond und Marcel recht hatten, würden sie sich zu ihren Partnern genauso hingezogen fühlen, wie er sich zu seinem wunderbaren Mann. Er murmelte eine hastige Beschwörung, um die Spuren ihrer Leidenschaft zu entfernen. „Wir suchen jemanden, der dich nach Hause schickt."

Kurz darauf waren sie im Salle des Cartes. Der diensthabende Magier verzog keine Miene, als Alain ihm befahl, Orlando sofort in ihre Wohnung zu transportieren. Dann verschwand er, ohne seinen Repère zu deaktivieren. So wusste der Magier, wohin er Orlando schicken sollte. Sekunden später standen sie beide in ihrem Wohnzimmer.

„Ins Schlafzimmer", befahl Orlando und zog Alain hinter sich her.

„Zieh dich aus", schlug Alain vor und schob ihn zur Tür. „Es geht schneller, wenn wir uns selbst ausziehen."

Orlando nickte und zog sich das Hemd über den Kopf, noch bevor er den Flur erreichte. Die Schuhe folgten als nächstes. Als er ins Schlafzimmer kam, warf er die Hose in eine Ecke und drehte sich zu seinem ebenfalls nackten Geliebten um. „Aufs Bett", befahl er, immer noch von dem magisch inspirierten Verlangen getrieben, das auch der Orgasmus in Alains Büro kaum gemindert hatte. Er fragte sich, wie oft er wohl noch kommen musste, um die Energie loszuwerden, die seit dem Ritual durch seinen Körper floss. Und er fragte sich auch, um wie viel stärker Alain sie wohl fühlen mochte, der die wilde Magie in sich gesammelt und weitergelenkt hatte.

Alain gehorchte sofort und kroch aufs Bett. Er japste überrascht, als Orlando plötzlich hinter ihm auftauchte und ihm in den Hintern biss. Er spürte die Zähne zwar kaum und sie drangen auch nicht in seine Haut ein, doch allein der Gedanke, während sie sich liebten dort von Orlando gebissen zu werden, ließ ihn vor Erregung zittern. „Beißt du mich?"

„Nächstes Mal", erwiderte Orlando mit Bedauern in der Stimme, obwohl selbst diese Angst in den letzten beiden Tagen beträchtlich nachgelassen hatte. „Ich habe während des Rituals zu viel getrunken. Ich weiß, dass ich dir damit nicht schaden kann, aber das heißt nicht, dass es mir selbst nicht gefährlich wird."

Enttäuscht akzeptierte Alain die Erklärung und rollte sich auf die Seite. „Dann musst du mich jetzt lieben."

Orlando grinste bis über beide Backen. „Das habe ich auch vor." Er kroch ebenfalls ins Bett und legte sich neben Alain. Dann küsste er seinen Geliebten auf den Mund. Als ihre Zungen sich berührten, saugte er Alains Zunge in den Mund und übernahm die Initiative. Orlando konnte die Magie spüren, die immer noch in seinen Adern pulsierte. Alain musste es ähnlich ergehen. „Was brauchst du von mir?", fragte er, obwohl er die Antwort auf seine Frage bereits kannte.

Alain wurde rot. Er brauchte dasselbe wie gestern, hart und schnell. Aber es hatte ihm Angst gemacht und er zögerte deshalb, Orlando darum zu bitten.

„Sag es mir", drängte Orlando. „Du kannst mich nicht erschrecken. Du hast es gestern nicht getan und du wirst es heute erst recht nicht tun. Die wilde Magie kann dich nicht mehr beherrschen. Was brauchst du?"

„Dich", sagte Alain nur. Wenn die Magie auf Orlando genauso wirkte wie auf ihn selbst, würde er seinen Wunsch erfüllt bekommen, denn dann wollte Orlando dasselbe wie er. Und wenn nicht, war es nicht das erste Mal, dass er diesen magischen Energieschub spürte. Er war auch schon früher damit fertig geworden, als er keinen Geliebten hatte. Er würde es wieder schaffen.

„Ich bin da", versprach Orlando. „So lange du lebst, werde ich immer da sein."

„Dann beweise es mir und nimm mich", verlangte Alain, rollte sich auf den Bauch und erhob sich auf alle Viere.

Orlando ballte die Hände. So erregt Alain auch sein mochte, Orlando wollte nicht einfach über ihn herfallen. Er beherrschte sein Begehren und holte das Gleitgel vom Nachttisch, verteilte es auf seine Finger und fing an, Alain zu dehnen.

Alain ließ den Kopf auf die Hände fallen, als er Orlandos Finger in sich spürte. Es war noch nicht ganz das, was er wollte, aber es fuhr ihm in sämtliche Nerven und er keuchte vor Erregung. Es kümmerte ihn auch nicht mehr, dass ein Teil dieser Erregung der Magie des Rituals und ihrer Partnerschaft geschuldet war. Sie waren magisch verbunden und würden es immer bleiben, denn Orlandos Biss schuf ein Band zwischen ihnen, das keinem anderen gleich kam. Sie teilten ihr Bett, ihr Zuhause und ihr Leben. Alain durchlief ein mächtiger Schauer bei diesem Gedanken und er konnte sein Begehren nicht mehr beherrschen, konnte nicht länger warten. „Orlando! Jetzt! Bitte!"

Wenn er die Wahl gehabt hätte, Orlando hätte noch etwas gewartet und Alain gründlicher vorbereitet. Aber er hatte keine Wahl mehr, denn er konnte Alains bittender Stimme nicht mehr widerstehen. Er zog die Finger aus Alains Körper, rieb sich den Schwanz mit dem Rest des Gels ein und stupste an den zuckenden Muskelring. „Entspann dich und lass mich rein", verlangte er mit angespannter Stimme. Nein, zärtlich und süß würde es nicht werden. Aber er wollte Alain nicht verletzen, und sei es unabsichtlich. Es gab Grenzen, die er auch unter diesen Umständen niemals überschreiten konnte.

Alain versuchte es. Die Mischung aus Erregung und Magie hatte ihn so sehr um die Beherrschung gebracht, dass seine Muskeln ihm nicht mehr gehorchen wollten. „Mach einfach", bettelte er. „Ich brauche dich so sehr."

Orlando durchstieß den widerspenstigen Muskelring und keuchte, als er sich von der Hitze seines Geliebten umgeben fühlte. Nichts kam diesem Gefühl gleich. Nichts. Er versuchte, sich Zeit zu lassen und diesen Moment zu genießen, aber seine Selbstbeherrschung stand auf tönernen Füßen und seine Hüften bewegten sich fast ohne sein Zutun. Er beugte sich vor und drückte sich an Alains Rücken, bedeckte seinen Magier so vollständig wie möglich mit seinem Körper. Nahezu augenblicklich gerieten seine Bewegungen aus dem Takt und er strebte dem Höhepunkt entgegen. Schnell hockte er sich wieder auf und zog Alain ebenfalls hoch, bis Alain auf seinen Oberschenkeln saß und ihm den Kopf auf die Schulter fallen ließ. Orlando streichelte ihm über die Brust und kniff ihn in die Nippel. Dann ließ er seine Hand nach unten wandern und legte sie um Alains harten Schwanz. Alains keuchender Atem klang ihm in den Ohren und ließ ihn an der Erregung seines Magiers teilhaben, die sich in einer ständigen Aufwärtsspirale höher und höher schraubte.

Zu Orlandos Überraschung fing Alain sofort an, sich in seinen Armen zu winden. Der harte Schwanz in seiner Hand pulsierte und ein mächtiger Strahl schoss daraus hervor auf Alains Brust und lief über Orlandos Hand. Alains Köper verkrampfte sich und zog sich um Orlandos Schwanz zusammen. Dann stöhnte Alain ein letztes Mal und sackte in Orlandos Armen zusammen. Orlando hielt ihn aufrecht und hörte nicht auf, ihn zu streicheln, um den erschlaffenden Schwanz wieder zu beleben. „Noch einmal", verlangte er und stieß tiefer in den entspannten Körper seines Partners. „Komm noch einmal. Für mich."

Alain hätte fast widersprochen und ihn daran erinnert, dass er nach dem Orgasmus im Büro und diesem wirklich nicht mehr konnte, aber zu seiner Überraschung richtete sich sein Schwanz wieder auf. Er warf den Kopf in den Nacken und stöhnte leise, als Orlando anfing, ihn im Rhythmus seiner harten Stöße am Ohrläppchen zu saugen. Alain schloss die Augen. Er machte sich nicht mehr vor, auch nur noch einen Rest von Kontrolle zu besitzen, als die Magie sich in ihm austobte und sich um sie herum in kleinen Blitzen entlud, die die Luft zum Vibrieren brachten. Er bäumte sich auf und ein mächtiger Orgasmus durchfuhr ihn. Es war ein trockener Orgasmus, denn sein Körper hat nichts mehr zu geben und war ausgelaugt bis auf den letzten Tropfen. Er schrie, überwältig und dem Wahnsinn nahe, nach Erlösung, doch Orlandos Griff war unerbittlich, hielt ihn fest und erregte ihn aufs Neue, bis er nur noch hilflos zwischen dem Schwanz und der Hand seines Vampirs hin und her zuckte, seiner Magie und seinem Begehren machtlos ausgeliefert. „Bitte!", schrie er verzweifelt.

Orlando kam sich vor, als würde er fliegen. Die Gefühle stürmten von allen Seiten auf ihn ein und Alains Hingabe brachte ihn schier um den Verstand. Es war noch nicht lange her, da hatte er daran gezweifelt, Alain jemals die Liebe geben zu können, die der Magier verdient hatte. Orlando hatte immer Angst gehabt, Alain zu verletzen, anstatt ihm Vergnügen zu schenken. Diese Zweifel waren zwar weniger geworden, aber bis jetzt hatte er insgeheim befürchtet, dass Alain ihm etwas vorspielte, um ihn bei Laune zu halten. Doch jetzt wurden auch die letzten Zweifel zerstreut, die Orlando noch geplagt hatten. Mit einer Wildheit, die ihn selbst erstaunte, wollte er Alain all das zurückgeben, was der ihm so großzügig geschenkt hatte.

Es war der letzte Gedanke, an den Orlando sich erinnerte, bevor er zum Höhepunkt kam. Es war, als würde alles an ihm – sein Körper, sein Verstand und seine Seele – von innen nach außen gestülpt und neu zusammengesetzt. Als es vorbei war, fiel er schlaff zur Seite und schaffte es gerade noch, sich und Alain aufzufangen. Ein plötzliches Verlangen nach Alains Blut durchfuhr ihn, aber darüber wollte er jetzt nicht nachdenken. Alain lag erschöpft an seiner Seite und brauchte Schlaf. Orlando fasste ihn am Kinn und gab ihm einen zarten Kuss auf den Mund. „Ich liebe dich."

„Ich liebe dich auch", flüsterte Alain kaum hörbar. Die Augen waren ihm zugefallen und er tastete blind nach seinem Partner.

„Schlaf jetzt", sagte Orlando mit einem leisen Lachen. „Ich bin morgen auch noch da."

Alains Gesichtszüge entspannten sich und er schlief sofort ein. Orlando legte die Arme um ihn und versuchte, mit seinem plötzlichen Sinneswandel ins

Reine zu kommen. Es war ein Tabuthema für ihn gewesen, seit sein Schöpfer ihn das erste Mal berührt hatte.

Sicher, Alains Geduld hatte ihm einen Teil seiner Ängste genommen. Er hatte Orlando nie zu etwas gedrängt, auch wenn ihm die Frustration über dessen Vorbehalte und Ängste manchmal deutlich anzumerken gewesen war. Alain hatte nie ein Hehl daraus gemacht, dass er von Orlando gebissen und geliebt werden wollte. Bei jedem Biss hatte Orlando das Verlangen in Alain geschmeckt. Auch wenn sie sich liebten, war dieses Verlangen offensichtlich. Alain war hier, schlief in Orlandos Armen, weil er hier sein wollte. Alain wollte jedoch noch mehr und zum ersten Mal fragte Orlando sich ernsthaft, ob er seinem Geliebten nicht auch diesen Wunsch erfüllen konnte.

Zu seiner Überraschung musste Orlando plötzlich gähnen. Normalerweise wurden Vampire nicht müde. Aber das Ritual, Alains Blut und ihr Liebespiel hatten ihn offensichtlich mehr erschöpft, als er erwartet hatte. Er knuddelte sich an Alains Seite und schlief lächelnd ein.

23

Raymond wurde von einer Hand geweckt, die ihm über die Haare streichelte. Er zuckte erschrocken zusammen. Dann kam die Erinnerung an den gestrigen Abend zurück und er wusste wieder, was geschehen war, wo er war und wem die Hand gehörte, die ihn berührte.

„Guten Morgen", flüsterte Jean und gab ihm einen zarten Kuss. „Hast du gut geschlafen?"

Raymond brummte und erwiderte Jeans Kuss. Er hatte seit Beginn des Krieges nicht mehr so gut geschlafen wie heute Nacht. Offensichtlich tat es ihm gut, nicht allein schlafen zu müssen. „Morgen", krächzte er verschlafen. „Ich habe sehr gut geschlafen. Und du?"

„Wie ein Toter", meinte Jean mit einem schiefen Grinsen. „Wann erwartet Marcel dich heute im Hauptquartier?"

„Um neun Uhr", erwiderte Raymond. „Wie spät ist es jetzt?"

„Zu spät für eine Fortsetzung der letzten Nacht", seufzte Jean und zwinkerte Raymond schelmisch zu. „Ich nehme an, ich muss dich heute Abend wieder hier besuchen, wenn ich ein Stück von dir abhaben will."

Raymond lachte über den Scherz. Ihm gefiel der Gedanke, dass Jean ihn auch ohne die treibende Kraft der Magie noch begehrte. „Das wirst du wohl tun müssen", stimmte er dem Vampir zu und stützte sich auf den Ellbogen, um einen Blick auf die Uhr zu werfen. Acht Uhr. Jean hatte recht, zumal er mit der U-Bahn fahren musste, um ins Hauptquartier zu gelangen.

Jean war froh über die Selbstverständlichkeit, mit der Raymond ihre Situation akzeptierte. Er zog ihn lächelnd zu sich herab und küsste ihn wieder. Raymond hatte ihn nicht weggeschickt. In Jeans Augen waren sie damit Geliebte. Und wenn die Art, mit der Raymond den Kuss erwiderte, etwas zu bedeuten hatte, war er mit dieser Einschätzung nicht allein. So gerne Jean auch geblieben und seine Theorie auf die Probe gestellt hätte, sie waren mit Marcel verabredet und durften sich nicht verspäten. Er beendete den Kuss und rieb sich mit der Nase an Raymonds Hals, der von kleinen Bissspuren übersät war. Dann rollte er sich auf den Rücken und streckte sich. Er roch nach Blut und Sex.

„Ich brauche eine Dusche." Wäre da nicht die Besprechung, hätte Jean sich im Laufe des Tages durch den Geruch noch ab und zu an die vergangene Nacht erinnern lassen. Doch als Chef de la Cour konnte er dem General der Milice nicht in diesem Zustand gegenübertreten.

„Dort ist das Badezimmer", sagte Raymond und zeigte auf eine Tür. „Ich glaube nicht, dass meine Anzüge dir passen, aber ich werde versuchen, deine

Sachen mit einem Reinigungszauber wieder frisch zu machen. Wenn du sie nicht anhast, sollte es eigentlich funktionieren. Ich würde auch gerne mit dir duschen, aber ich befürchte, dann kommen wir nie pünktlich zu unserem Treffen."

Jean grinste. „Wenn wir einen freien Tag haben, holen wir es nach. Versuche es mit dem Zauber, wir haben nichts zu verlieren, falls er nicht wirkt." Er gab Raymond noch einen Kuss und stand dann auf, um im Badezimmer zu verschwinden. Er konnte Raymonds Blick fühlen, der ihm folgte, bis er die Tür hinter sich geschlossen hatte. Dann duschte er schnell, weil er Raymond auch noch die Chance geben wollte, sich auf traditionelle Weise zu waschen.

Als Jean wieder aus dem Badezimmer kam, lag seine Kleidung säuberlich gefaltet auf dem Bett. Von Raymond war nichts zu sehen. Er zog sich an und ging ins Wohnzimmer. Auch hier war jede freie Oberfläche mit Büchern und anderen Unterlagen bedeckt. Eine bestimmte Ordnung war nicht feststellbar. Jean musste lächeln. Offensichtlich wusste Raymond auch so, wo er alles finden konnte.

Der Geruch nach frischem Kaffee lockte ihn in die Küche. Jean trank häufig Kaffee, um nicht aufzufallen. Aber da er ihn weder schmecken konnte, noch damit aufgewachsen war, konnte er nicht nachvollziehen, warum dieses Getränk auf Sterbliche eine solche Anziehungskraft ausübte. Sein Partner gehörte offensichtlich auch dazu, denn er inhalierte seine erste Tasse Kaffee geradezu. Jean blieb in der Tür stehen und beobachtete, wie Raymond in der Küche herumwerkelte und das Gesicht verzog, weil sein Baguette schon recht altbacken war. Mit einem leisen Fluch warf Raymond es weg und öffnete einen Schrank, um nach etwas anderem zu suchen.

„Nichts zu finden?", fragte Jean neugierig, als Raymond die Schranktür unverrichteter Dinge wieder schloss.

„Nicht das Geringste", meinte Raymond und sah ihn an. „Ich bin zu selten hier, um mir Vorräte zuzulegen. Meistens besorge ich mir mein Frühstück in einer Bäckerei und mein Abendessen besteht aus einem Sandwich."

„Das reicht auf Dauer nicht", tadelte ihn Jean. „Du musst vernünftig essen, wenn du gesund bleiben willst. Egal, was die anderen sagen oder denken – ohne dich hätten wir das Kriegsglück nie zu unseren Gunsten ändern können."

Raymond senkte verlegen den Blick. „Du bist mein Partner und nicht sehr objektiv."

Jean schüttelte entschieden den Kopf. „Das ist es nicht. Alain hätte Thierry nie allein retten können, nachdem das Rite d'équilibrage schief gelaufen ist. Die Beschwörung, mit der wir die wilde Magie gebannt haben, stammt auch von dir. Es sind vielleicht keine großen Schlachten, aber es sind sehr wichtige Erfolge, auch wenn du es selbst nicht so siehst."

Raymond zuckte mit den Schultern. „Danke. Aber du musst dich nicht für mich einsetzen. Die anderen sind durch meine Vergangenheit voreingenommen. Sie können nicht anders."

„Das ist ihr Verlust", erwiderte Jean. „Jetzt besorgen wir dir ein richtiges Frühstück. Ich werde dafür sorgen, dass du heute vernünftig isst."

„Jawoll, Sir!", rief Raymond scherzhaft und salutierte. Er konnte nicht fassen, wie leicht es ihm fiel, sich zu entspannen und mit Jean zu scherzen. Er hatte auch vor dem Krieg nie etwas mit der ANS zu tun gehabt und sich lieber allein in seine Bücher vergraben, seine Forschungen betrieben und einen Artikel nach dem anderen darüber publiziert. Jean brachte einen Teil seiner Persönlichkeit zum Vorschein, der sich normalerweise hinter der Fassade wissenschaftlicher Arroganz verbarg. Spontan nahm Raymond den Vampir an der Hand und zog ihn an sich, um ihm einen Kuss zu geben. „Danke, Jean."

„Wofür?"

„Dafür, dass du an mich glaubst und dich um mich kümmerst. Und dafür, dass du gestern Abend gekommen bist und heute früh immer noch da bist." Raymond wurde rot. „Ich bin es gewohnt, immer allein zu sein. Es ist eine nette Abwechslung."

Jean legte die Arme um ihn. „Ich habe fast meine gesamte Existenz als Vampir allein verbracht. Unglücklicherweise gehört das zu unserem Leben. Es ist selten, dass jemand länger bei mir bleiben will, als nur für die Dauer eines Bisses. Du hast mir damit auch ein Geschenk gemacht." Jean hatte schon einmal einen solchen Mann gefunden, aber der war ihm wieder vor der Nase weggeschnappt worden. Sebastiens Erinnerung daran war natürlich eine vollkommen andere. Er behauptete, erst nach dem Aveu de Sang erfahren zu haben, dass auch Jean an Thibault interessiert gewesen war. Bei Raymond musste Jean nicht befürchten, dass er ihm von einem anderen Vampir gestohlen wurde.

Raymond schüttelte erstaunt den Kopf. Das Ausmaß von Jeans Erfahrung war für ihn immer wieder ein Grund zur Bewunderung. „Wenn dieser Krieg vorbei ist und ich dann noch lebe, werden wir beide uns zusammensetzen. Dann löchere ich dich so lange, bis ich jede Einzelheit weiß", entschied er. „Ein lebender Zeuge für tausend Jahre Geschichte … Ich werde nie eine bessere Informationsquelle finden!"

Jean zog ihn fester an sich. Er wollte nicht daran denken, dass Raymond diesen Krieg nicht überleben könnte. Vor einigen Wochen hätte es ihn nur deshalb gestört, weil Raymonds Blut ihm Immunität gegen das Sonnenlicht gab. Jetzt war das nicht mehr der Fall. Jetzt wollte er Raymond an seiner Seite haben, ob mit Magie oder ohne. „Du wirst ihn überleben", versicherte er ihm. „Dafür werde ich schon sorgen."

Raymond lächelte. Die Entschlossenheit in Jeans Stimme tat ihm gut. Aber er machte sich nichts vor. Wenn es zum direkten Kampf kam, hatte ein Vampir keine Chance gegen Serrier. Und jeder Biologiestudent im ersten Semester wusste, dass ein tollwütiges Tier besonders bösartig wurde, wenn man es in die Ecke trieb. „Wir sollten jetzt aufbrechen, damit wir rechtzeitig im Hauptquartier sind", wechselte er das Thema.

Jean ließ sich darauf ein, obwohl er sich fest vornahm, Raymond nicht mehr von der Seite zu weichen, wenn sie wieder in eine gefährliche Situation gerieten. Bisher hatten die dunklen Magier immer Flüche eingesetzt, die einem Sterblichen wesentlich mehr Schaden zufügen konnten als einem Untoten.

Sie gingen an einer nahegelegenen Boulangerie vorbei, wo Raymond sich sein Frühstück besorgte. Dann bestiegen sie eine U-Bahn in Richtung Norden. Die Abteile waren überfüllt und sie konnten kein vertrauliches Gespräch führen. Von allen Seiten drängten die Fahrgäste an ihnen vorbei und rempelten sie an. Jeans Instinkt, Raymond zu beschützen, war durch das Gedränge bis aufs Äußerste angespannt. Er war gereizt, als sie die U-Bahn verließen. Erst nachdem sie die Menschenmassen hinter sich gelassen hatten und auf die Straße kamen, entspannte er sich wieder. Jean dachte so objektiv wie möglich über seine Reaktion nach und überlegte, welche Konsequenzen seine Beziehung zu Raymond nicht nur für ihn persönlich, sondern auch für seine Position als Chef de la Cour haben würde.

Niemand konnte ihm einen Vorwurf machen, wenn er Raymond zum Geliebten nahm. Der Magier war ein sehr gut aussehender Mann und passte perfekt zu Jean. Die Vampire würden sich auch nicht daran stören, dass er ein Mann war. Die moralischen Regeln der Gesellschaft verloren ihre Bedeutung, wenn ein Mensch zum Vampir umgewandelt wurde. Raymonds Intelligenz würde ihm auch helfen, sich im Jeu des Cours behaupten zu können. Er würde keine Leichtsinnsfehler machen, durch die Jean einen Gesichtsverlust zu befürchten hatte. Selbst Raymonds Außenseiterrolle war eher von Vorteil, denn die Vampire waren auch Außenseiter der menschlichen Gesellschaft, obwohl sie die Hoffnung hatten, dass sich das nach der Verabschiedung der Gleichstellungsgesetze ändern würde. Aber Vampire hatten ein langes Gedächtnis und würden nicht so schnell vergessen, wie sie als Ausgestoßene gelebt hatten, nur weil sie anders waren als die ‚normalen' Menschen. Jean musste nicht befürchten, dass seine Position als Chef de la Cour durch die Beziehung zu Raymond Schaden nahm – weder jetzt, noch in Zukunft.

Auf persönlicher Ebene wünschte er sich, Raymond würde die Furcht verlieren, die er immer noch vor jedem Biss hatte. Jean war sich ziemlich sicher, dass er dann nur noch von Raymond trinken und auf andere Opfer ganz verzichten würde. Er war schon so alt, dass er nicht mehr so oft trinken musste wie die jungen Vampire. Mit etwas Planung und Selbstbeherrschung konnten sie zusammenbleiben, so lange Raymond lebte.

Jean schüttelte den Kopf. Er war schon wieder den Ereignissen voraus. Raymond hatte ihn gerade erst als Partner und Geliebten akzeptiert. Ob er für eine dauerhafte Beziehung bereit war, wie Jean sie sich wünschte und wie seine Instinkte sie von ihm verlangten, blieb abzuwarten. In diesem Moment kam ihm eine bessere Idee und er musste lächeln. Er wollte Raymond nicht in eine Beziehung drängen, für die der Magier vielleicht noch nicht bereit war. Stattdessen wollte er ihn einfach so behandeln, als ob Raymond schon sein Gefährte wäre, mit all der Fürsorge und

Verehrung, die einem wahren Gefährten zustand. Jedenfalls so lange, wie Raymond keine Einwände dagegen erhob.

„Was ist los?", fragte Raymond, als er das Lächeln in Jeans Gesicht sah.

„Ich habe nur darüber nachgedacht, was als nächstes kommen wird", meinte Jean und sein Lächeln wurde noch strahlender.

„Und darüber musst du lächeln?"

„In der Tat", erwiderte Jean geheimnisvoll. „Es ist schon fast neun Uhr. Wir wollen Marcel nicht warten lassen. Sonst musst du ihm etwas erklären, das du vielleicht lieber für dich behalten willst."

„Die letzte Nacht geht nur uns beide an", sagte Raymond sofort. „Es ist ..."

„Ja", stimmte Jean ihm zu, bevor Raymond weiterreden konnte. „Es geht niemanden etwas an, was wir in unserer freien Zeit machen. Solange es die Allianz nicht tangiert, ist es unsere Privatangelegenheit."

Raymond nickte und betrat das Gebäude. Er ließ alle persönlichen Dinge an der Schwelle zurück und bereitete sich in Gedanken auf den Bericht vor, den er Marcel geben musste. Zum ersten Mal, seit er der Milice beigetreten war, hatte er das Gefühl, sie hätten einen entscheidenden Erfolg errungen. Er hoffte, Marcel würde mit ihm übereinstimmen und wäre bereit, darauf aufzubauen und diesen Vorteil zu nutzen, bevor die dunklen Magier wieder aufholen konnten. Raymond war sich sicher, dass Serrier nicht untätig bleiben und schnell neue Strategien entwickeln würde, um der Allianz etwas entgegenzusetzen. Darauf mussten sie sich vorbereiten.

Aber danach, wenn er wieder allein war, wollte er sich die Zeit nehmen, um über seine neue Beziehung zu Jean nachzudenken und herauszufinden, welche Bedeutung diese Entwicklung für ihn hatte.

„Guten Morgen, Messieurs", begrüßte Marcel sie, als sie sein Büro betraten. Er verzog keine Miene darüber, dass sie gemeinsam eintrafen. „Ich nehme an, dass gestern alles gut gelaufen ist."

„Es sieht so aus", bestätigte Raymond. „Gab es in der Zwischenzeit noch neue Meldungen über wilde Magie?"

„Nicht eine einzige", erwiderte Marcel lächelnd. „Aber wir müssen uns über die Vampire unterhalten, nachdem die Öffentlichkeit über die Allianz informiert wurde und auch Monsieur Cabalet ihr mit seinem Cour beitreten möchte. Wir müssen Wege finden, um Partner für die Vampire zu finden, die uns unterstützen wollen. Wir beide werden nicht immer Zeit haben, uns persönlich darum zu kümmern. Deshalb brauchen wir eine Art Standardverfahren, das möglichst schnell und effektiv zu Erfolgen führt und über das jeder hier Bescheid weiß, damit er Neuankömmlingen helfen kann."

Jean nickte nachdenklich. „Das hört sich vernünftig an. Wir Vampire sind nicht sehr straff organisiert. Zeit spielt für uns unter normalen Umständen keine große Rolle. Wenn etwas heute Nacht nichts wird, dann eben morgen."

„Diesen Luxus können wir uns nicht erlauben", sagte Marcel nickend. „Was schlägst du vor?"

„Ich hätte eine Anregung", unterbrach sie Raymond. „Ihr beiden habt schon genug andere Verpflichtungen, auch ohne euch noch damit zu belasten. Ihr solltet die Entwicklung dieses Verfahrens und seine Umsetzung delegieren. Lasst euch einen Bericht geben, wenn ein konkreter Vorschlag vorliegt. Dann müsst ihr ihn nur noch autorisieren, bevor er umgesetzt wird. Es gibt keinen Grund, dass ihr euch noch mehr Verantwortung aufladet, die euch das Leben schwer macht. Die Abstimmung über die Gleichstellungsgesetze steht vor der Tür. Ihr solltet euch darauf konzentrieren, denn eure Anwesenheit wird nötig sein."

„Es wäre vielleicht eine Aufgabe für Angélique", überlegte Jean. „Mit der Erfahrung, die sie durch das Sang Froid gewonnen hat, wäre es ein Leichtes für sie. Traust du ihrem Partner zu, in dieser Sache die Seite der Milice zu vertreten?"

Marcel seufzte. „David ist ein guter Magier. Aber er hat seine Schwachpunkte. Vielleicht hilft ihm die Zusammenarbeit mit Angélique, sie zu überwinden."

„Falls sie ihn nicht vorher umbringt", sagte Jean lachend. Er musste an das letzte Gespräch denken, das er mit Angélique über ihren Partner geführt hatte. „Andererseits scheint es besser geworden zu sein, nachdem er sich bei ihr entschuldigt hat. Aber ich habe sie in letzter Zeit nicht oft gesehen und kann es nicht sicher sagen."

„Ich habe David vor einigen Tagen getroffen. Er will mit ihr zusammenarbeiten und ist bereit, seine Fehler wiedergutzumachen. Er hat sogar vorgeschlagen, dass sie uns dabei hilft, neue Verbündete unter den Vampiren zu finden. Ihre Kundschaft im Sang Froid besteht überwiegend aus Vampiren ohne Partner."

„Daran hatte ich noch nicht gedacht", bemerkte Jean. „Aber es ist ein vernünftiger Vorschlag. Angélique ist eine gute Menschenkennerin – sie muss schließlich für die Sicherheit ihrer Mitarbeiter garantieren – und riecht sofort, wenn etwas nicht stimmt."

„Es ist bedauerlich, dass wir nicht in den Herzen der Vampire lesen können, so wie ihr in unseren", sagte Raymond. „Dann könnten wir überprüfen, ob ein Rekrut es ehrlich meint."

„Wenn sie Partner finden, sollte das ein Hinweis auf ihre Loyalität sein", erwiderte Marcel. „Ich kann mir nicht vorstellen, dass ein Vampir unsere Pläne sabotieren würde, der bei uns einen Partner gefunden hat."

„Sei dir da nicht so sicher", warnte Raymond. „Es wäre anders, wenn wir bei der Gründung der Allianz mehr über die magische Natur der Partnerschaften gewusst hätten. Aber so haben wir einige Paare, die nicht harmonieren. Es ist durchaus möglich, dass sich das auch auf die Loyalität auswirkt."

„Merde! Ich hoffe sehr, dass wir damit keine Probleme bekommen", fluchte Jean. „Kannst du dir vorstellen, wie ein Vampir reagieren würde, wenn er sich in einem Zwiespalt befindet zwischen seinem Partner und seinem Gewissen?"

Er schüttelte den Kopf. „Ich wage wirklich nicht, darüber zu spekulieren, wie es ausgehen würde."

„Das Problem würde wahrscheinlich eher dann auftreten, wenn der Vampir einen Partner unter Serriers Anhängern findet", meinte Marcel. „Selbst wenn es in einer Partnerschaft mit einem Magier der Milice Spannungen gibt, wird sich der Vampir nicht Serrier anschließen wollen. Der Gesetzlose ist der einzige Vampir in Serriers Reihen. Ich erwarte nicht, dass es mehr werden. Serriers Xenophobie ist legendär und ich frage mich, wie er sie vor dem Gesetzlosen bisher verbergen konnte."

„Wahrscheinlich, indem er ihm Opfer beschafft hat und einen sicheren Ort, an dem er mit ihnen spielen kann", behauptete Jean. „So schrecklich sich das auch anhört, aber damit könnte er sich zumindest vorübergehend die Loyalität des Gesetzlosen erkauft haben. Solange er den Gesetzlosen bei Laune hält, wird der die Augen vor Serriers politischen Zielen verschließen. Die Leiche, die wir vor zwei Wochen gefunden haben, war übel zugerichtet. Er hat der jungen Frau nicht nur alles Blut ausgesaugt, er hat sie auch gefoltert. Dazu braucht er Zeit und einen Ort, an dem er sicher und ungestört ist. Das kann ihm Serrier geben. Es zeigt aber auch, dass dieser Vampir sich nur für sein Vergnügen interessiert. Ich vermute, dass ihm die politischen Ziele Serriers vollkommen gleichgültig sind, solange er seine Spielchen treiben kann."

Raymond verzog angewidert das Gesicht, als er daran dachte, was das Mädchen vor ihrem Tod erlitten hatte. Jean war immer sehr rücksichtsvoll gewesen und Raymond glaubte allmählich, dass sich das auch niemals ändern würde. Trotzdem weckte die Erinnerung an das Schicksal des Mädchens wieder die alten Ängste in ihm. „Wie wollen wir also verhindern, dass sich ein Spion bei uns einschleicht?", fragte er. „Serrier weiß jetzt über unsere Allianz Bescheid. Er könnte sich einen anderen Gesetzlosen suchen und zu uns schicken. Mit einer Magierin hat er es schon versucht und ist gescheitert. Er mag ein Rassist sein, aber es wäre nur logisch, wenn er es jetzt mit einem Vampir versucht."

„Wir können es nicht verhindern", antwortete Jean ehrlich. „Außer, es gäbe eine Art Wahrheitszauber, mit dem wir ihre Absichten erkennen können."

Raymond schüttelte den Kopf. „Das gibt es nicht. Ein Wahrheitsserum gehört genauso in den Bereich der Mythen wie Liebestränke. Sonst hätte ich es schon längst eingesetzt, um endlich alle davon zu überzeugen, dass ich wirklich die Seiten gewechselt habe."

24

„ES MUSS doch eine weniger demütigende Beschwörung geben als die Levitation, die wir als Test für die Partnerschaft benutzen können", überlegte Angélique, die David gegenüber an ihrem Schreibtisch saß. „Solange nur einige Versuche nötig sind, geht es ja noch. Aber ich kann mir nicht vorstellen, dass die Vampire allzu begeistert sind, wenn sie hunderte Male durch die Luft schweben müssen. Und einem Chef de la Cour können wir das schon gar nicht zumuten."

David zuckte mit den Schultern. „Jede Beschwörung hat eine Wirkung. Darum geht es doch. Ich kann jemanden kitzeln, sein Gesicht blau färben oder ihn an einen anderen Ort schicken. Die Beschwörung wirkt bei jedem, nur nicht bei dir. Ich will niemanden beleidigen oder würdelos behandeln, aber wir sind im Krieg, falls du das vergessen hast. Wir haben keine Zeit, um uns mit solchen Kleinigkeiten aufzuhalten."

„Und ihr braucht uns, um diesen Krieg zu gewinnen, falls *du* das vergessen hast", schnappte Angélique ihn an. „Wenn wir sie mit unseren Methoden abschrecken, bevor sie überhaupt zu uns kommen, hilft uns das keinen Schritt weiter."

„Soweit ich es beurteilen kann, gibt es nichts, was einen Vampir *nicht* beleidigt. Also ist es egal, welche Beschwörung wir benutzen", schnappte David zurück.

„Nun, *mich* zu beleidigen, hilft uns jedenfalls auch nicht weiter", fauchte Angélique.

„Schon gut", rief David und warf frustriert die Arme in die Luft. „Aber ich weiß wirklich nicht, was du noch von mir erwartest. Ich kann nicht mehr tun, als mich zu entschuldigen."

„Etwas Respekt wäre ein guter Anfang."

„Das gilt für beide Seiten", erwiderte David. „Es tut mir leid, dich beleidigt zu haben. Ich versuche, es in Zukunft nicht wieder zu tun. Aber du machst es mir nicht leicht, wenn du nichts mit mir zu tun haben willst und jedes Wort von mir auf die Waagschale legst. Es scheint dich ja schon zu beleidigen, wenn du mich beißen musst."

„Du hast mir unmissverständlich klar gemacht, dass dir meine Aufmerksamkeit unangenehm ist", gab sie zurück.

David schnaubte ungläubig.

„Oder etwa nicht?", wollte Angélique wissen. „Habe ich dich etwa falsch verstanden, als du mir deine Meinung über das Sang Froid gesagt hast?"

„*Ich* habe es falsch verstanden", erklärte ihr David. „Ich dachte … Es spielt keine Rolle, was ich gedacht habe. Es war falsch." Er legte bedächtig den Kopf in den Nacken und sah sie an. „Du kannst dich gerne davon überzeugen, falls du mir nicht glaubst."

Die nackte Haut an Davids Hals war verlockend. Angélique wusste, dass sie das Angebot ablehnen und sich um die Aufgabe kümmern sollte, die Marcel ihnen gestellt hatte. Sie hatte zwei Tage damit verbracht, von David zu fantasieren. So merkwürdig es ihr auf den ersten Blick auch vorkam, aber seit Bertrand gegangen war, hatte sie an nichts anderes mehr denken können. David bot es ihr an. Freiwillig. Wenn sie sein Angebot annahm, wurde sie diese lächerliche Besessenheit vielleicht los.

Sie stellte sich vor ihn und stützte sich mit den Händen auf der Stuhllehne ab. Dann beugte sie sich nach unten, fuhr ihm mit den Lippen über den Hals und wartete auf seine Reaktion. David atmete zischend aus und streichelte ihr über die Haare. Er zuckte nicht zurück und hielt sie auch nicht auf. Angélique verdrängte ihre Bedenken und leckte ihm über die Halsschlagader, um seine Haut auf ihren Biss vorzubereiten. Sein Kopf fiel weiter zurück. Die Versuchung war zu stark und Angélique biss zu. Davids heißes Blut floss ihr in den Mund.

Angélique hatte damit gerechnet, Ehrlichkeit und Bedauern zu schmecken. Schließlich hatte David ihr genau aus diesem Grund angeboten, ihn zu beißen. Das Begehren in seinem Blut überraschte sie genauso, wie ihre eigene Reaktion darauf. Sie stützte sich mit einem Knie auf dem Stuhl ab, direkt neben Davids Bein. Dann beugte sie sich weiter vor, ohne den Kopf zu heben und ihn zu fragen, ob er dem Begehren, das sie schmecken konnte, nachgeben wollte. Sie nahm einfach seine Hand, legte sie auf ihre Hüfte und fuhr ihm mit den Fingern verführerisch über den Arm.

David erstarrte, als Angélique sich plötzlich über ihn beugte. Sein Körper reagierte auf ihre Nähe und die Erinnerungen an die Träume, die ihn unter dem Einfluss der wilden Magie heimgesucht hatten, kamen zurück. Er wusste natürlich, dass sie sein Verlangen schmecken konnte, aber das musste sie von anderen Männern gewohnt sein. Trotzdem hatte er ihr sein Blut nicht vorenthalten wollen, um ihre fragile Beziehung nicht noch mehr zu beschädigen. Das wäre schlimmer, als ihr sein Begehren zu zeigen.

Hoffte er.

Sie hatte seine Hand auf ihre Hüfte gelegt und er hielt sie fest, als sie sich näher an ihn drückte. David wagte kaum zu glauben, dass es eine Einladung war. Dann fuhr sie ihm mit den Fingernägeln über den Handrücken und den Arm und er gab nach. Er fasste sie fester um die Hüfte und zog sie mit der anderen Hand auf seinen Schoß. Angélique ließ es mit sich geschehen und setzte sich auf seine Beine. Ihre Brüste drückten sich an ihn und es kam ihm vor, als wären seine Träume plötzlich wahr geworden.

Angélique streichelte ihn im Nacken und spielte mit seinen roten Haaren. Dann hob sie den Kopf und sah ihm in die blauen Augen. „Ich glaube dir", sagte sie bedächtig. „Aber deine Ehrlichkeit ist nicht das Einzige, was ich schmecken kann." Sie stieß mit den Hüften leicht an seine Erektion. „Wenn du das ignorieren willst, musst du es mir jetzt sagen. Dann setze ich mich wieder hinter meinen Schreibtisch und wir tun so, als wäre nichts geschehen. Oder wir können jetzt zum Sofa gehen, wo es viel bequemer ist, um zu sehen, was daraus wird. Du hast die Wahl."

David rutschte unbehaglich auf dem Stuhl hin und her. Sein Verlangen kämpfte noch mit seiner Moral. Sie hatte im Harem eines Sultans gelebt, wo sie keinerlei Kontrolle über ihren eigenen Körper gehabt hatte. Es kam ihm falsch vor, sie jetzt genauso zu behandeln, auch wenn sie es ihm angeboten hatte. „Was willst du?"

Angélique nahm seine Hand und legte sie auf ihre Brust. Er konnte den steifen Nippel fühlen, der sich durch die dünne Bluse abzeichnete. „Du bist es, der meine Vergangenheit nicht vergessen kann, nicht ich."

„Wir sollten eigentlich arbeiten", erinnerte er sie wenig überzeugend.

„Das werden wir auch tun", versprach Angélique und streichelte ihm sanft über die Hand.

„Du hast mir immer noch nicht gesagt, was du willst", erwiderte er heiser. Es fiel ihm zunehmend schwerer, gegen sein Verlangen anzukämpfen. „Du hast dich darüber beschwert, dass ich voreilige Schlussfolgerungen gezogen habe. Aber ich kann deine Gedanken nicht lesen, so wie du meine Gefühle schmecken kannst. Du musst mir sagen, was du willst. Ich will den gleichen Fehler nicht zweimal machen."

Angélique lachte heiser. „Sag mir nicht, dass du nicht spürst, wenn eine Frau dich begehrt", neckte sie ihn. Ihre Augen funkelten, als sie von ihm zu dem Sofa schaute, das an der anderen Wand des Büros stand. Die Lehne hatte gerade die richtige Höhe, um sich bequem mit dem Kopf darauf zu legen. „Ich will, dass du dich auf dieses Sofa legst, vollkommen nackt. Dann reite ich dich so hart, bis wir beide kommen und uns nicht mehr erinnern, wie wir heißen. Aber wenn das bedeutet, dass wir danach nicht mehr vernünftig zusammenarbeiten können, setze ich mich lieber wieder hinter meinen Schreibtisch und ignoriere die ganze Angelegenheit. Wie gesagt – es ist deine Entscheidung."

„Unser Dienst endet in zwei Stunden", sagte er zögernd und folgte ihrem Blick. „Lass uns erst Marcels Auftrag erledigen. Wir können darüber reden, wenn wir außer Dienst sind."

So schwer es Angélique auch fiel, sie respektierte sein Pflichtbewusstsein. Mit einem leichten Lächeln auf den Lippen erhob sie sich langsam von seinem Schoß und rieb sich dabei mit dem ganzen Körper an ihm, bis sie endlich wieder vor ihm stand. Sie wollte die Zeit nutzen und seine Gefühle etwas aufwühlen, damit er ihr nicht noch einmal widerstehen konnte.

David schaute ihr wie gebannt nach, als sie mit schwingenden Hüften hinter ihren Schreibtisch ging. Der lange Rock flatterte ihr um die schlanken Beine und alles an ihr strahlte eine Sinnlichkeit aus, in der er sich verlieren wollte. David rief sich zur Ordnung, weil er Marcel nicht wieder enttäuschen wollte. Er holte tief Luft, um sich zu sammeln und auf ihr früheres Thema zurückzukommen. Es war ein sinnloses Unterfangen und er erreichte damit genau das Gegenteil, denn der ganze Raum duftete verführerisch nach Weihrauch und Patchouli, einem Geruch, den er für immer mit der schönen Vampirin assoziieren würde. „Vielleicht sollten wir es mit einer Beschwörung versuchen, die die Vampire fühlen können", überlegte er. „Etwas mit Hitze oder Kälte. Oder etwas, das sie riechen können."

„Könnten die Magier einen Gegenstand erhitzen, den die Vampire berühren?", erkundigte sich Angélique und spielte mit dem obersten Knopf ihrer Bluse, um Davids Blick auf ihren Ausschnitt zu lenken.

„Das wäre möglich. Aber könnten wir daran erkennen, ob sie Partner sind?", fragte David zurück und räusperte sich. Er hatte einen Kloß im Hals. „Die Magie würde sich auf ein unbelebtes Objekt richten, nicht auf den Vampir."

„Das können wir leicht feststellen", meinte Angélique und sah sich im Zimmer um. Ihr Blick fiel auf das Sofa und sie lächelte verschmitzt. „Was hältst du davon, wenn du es mit meinem Sofa versuchst? Ich muss mich nur hinsetzen und wir wissen, ob ich die Wärme fühlen kann."

David kniff misstrauisch die Augen zusammen, ihm fiel jedoch kein Gegenargument ein. Er belegte das Sofa mit seiner Beschwörung und winkte ihr zu, darauf Platz zu nehmen und es auszuprobieren.

Angélique schlenderte mit einem verführerischen Hüftschwung durch den Raum zu dem Sofa. Sie fuhr mit der Hand über das gemusterte Polster und legte sich dann der Länge nach hin, ein Bein auf dem Sofa, das andere auf dem Boden. Ihr Rock rutschte hoch und gab den Blick auf ihren Knöchel und die Wade frei. „Du solltest das mit allen meinen Möbeln machen", überlegte sie und rekelte sich wohlig. Der Rock rutschte höher. „Es ist hier im Winter immer so kalt."

„Dann funktioniert es also nicht", stellte David fest und verdrängte die Vorstellung, sie mit seinem Körper anstatt seiner Magie zu wärmen.

„Jedenfalls nicht, um zwei Partner zu identifizieren", stimmte ihm Angélique zu und blieb auf dem Sofa liegen. Ihr war genau bewusst, wie ihr Anblick auf David wirken musste. Aber sie hatte auch die Wahrheit gesagt, denn das Sofa fühlte sich wunderbar warm an in dem kühlen Zimmer. Sie gehörte zu den wenigen Vampiren, denen das kalte Winterwetter unangenehm war. Angélique führte es darauf zurück, dass sie in der Wüste geboren und aufgewachsen war. „Könnte man eine Art magisches Feld schaffen, sodass die Vampire nicht mit einem verzauberten Objekt, sondern direkt mit der Magie in Kontakt kommen?"

„Ich kann den Raum oder einen Teil davon erwärmen oder abkühlen", überlegte David. „Aber dann wäre die Magie auch nicht auf dich gerichtet, sondern würde durch die Raumluft wirken. Wollen wir es trotzdem versuchen?"

„Ja", forderte Angélique ihn auf. Es freute sie, dass David sich so viel Mühe gab, auf die Gefühle der Vampire Rücksicht zu nehmen.

David erwärmte die Raumtemperatur um einige Grad. Angélique lächelte spontan, aber dann runzelte sie enttäuscht die Stirn. „Das kann ich auch fühlen."

David ging frustriert zum Schreibtisch. Das altmodische Tintenfass schwappte über und ein schwarzer Fleck breitete sich auf dem Holz aus. Fluchend suchte er nach einem Tuch, um die Tinte wieder aufzuwischen. Sofort war Angélique zur Stelle und reichte ihm ein Papiertaschentuch. Dann nahm sie noch eines aus der Packung und gemeinsam machten sie sich daran, die Schweinerei wieder zu beseitigen.

Als sie fertig waren, war zwar der Tisch wieder sauber, aber dafür ihre Finger schwarz. David murmelte einen Reinigungszauber und sah zu, wie die Tinte von seinen Fingern verschwand. „Wenn das nur auch bei mir …", fing Angélique an und verstummte dann.

„… wirken würde", beendete David ihren Satz und versuchte es sicherheitshalber. Angéliques Finger waren immer noch schwarz verschmiert. „Ob das wohl ginge? Würden die Vampire ihre Hände schmutzig machen, wenn sie dann nicht hunderte Male über dem Boden schweben müssten?"

„Ich denke, es wäre ein vernünftiger Kompromiss", meinte Angélique und kam um den Schreibtisch herum. Ihr Rock rieb sich an seiner Hose. „Damit haben wir unsere Aufgabe gelöst. Kann ich dich jetzt überreden, wieder mit mir zu meinem warmen Sofa zurückzukehren?"

David schluckte. „Wir müssen noch die Details ausarbeiten. Die richtige Beschwörung ist nur der Anfang. Wo werden sie sich treffen? Bringen wir die Magier hierher oder sollen die Vampire in unser Hauptquartier kommen? Und wie können wir dafür sorgen, dass sich zwei potentielle Partner nicht verpassen? Und wenn Vampire von außerhalb kommen …"

Angélique brachten ihn mit einem Kuss zum Schweigen. Nachdem er sich von seiner Überraschung erholt hatte, küsste er sie zurück. Er fuhr ihr mit der Zunge über die zarten Lippen, die sich für ihn teilten. Sie drückte sich sanft an ihn und ihre Kurven passten sich seinem harten Körper an. David gab endgültig jeden Gedanken an ihre Arbeit auf. Er hob den Kopf und sah Angélique in die dunklen Augen. „Ich möchte dich erst zum Essen einladen", schlug er vor. „Ich möchte dir den Respekt zeigen, den du verdient hast."

Angélique lächelte ihn hingerissen an. „Gerne", sagte sie. „Aber nur, wenn ich dich zum Nachtisch bekomme."

David wurde rot. Er bezweifelte, dass er sich jemals an ihre Offenheit gewöhnen würde, doch er begehrte sie zu sehr, um ihr etwas abzuschlagen.

THIERRY MUSSTE schon zum dritten Mal hintereinander niesen. Seine Nase war rot und seine Augen tränten. Er bot einen absolut erbärmlichen Anblick, aber Sebastien fand ihn immer noch begehrenswert. Er hatte Schuldgefühle und machte sich für Thierrys Zustand verantwortlich, obwohl er genau wusste, wie sein Partner auf diese Gedanken reagieren würde. Wenn Sebastien Alain richtig zugehört und seine Warnung ernster genommen hätte, wäre er nicht auf den Balkon gegangen, als die wilde Magie noch über der Stadt lag. Dann wäre Thierry in seinem geschwächten Zustand nicht ihrem Einfluss ausgesetzt worden. Thierry hatte ihm schon mehrfach versichert, dass die Erkältung nichts damit zu tun hätte, aber Sebastien machte sich trotzdem Vorwürfe. Es war seine Schuld, dass Thierry krank geworden war. Er stellte das Tablett neben dem Bett ab und half seinem Partner, sich aufzusetzen.

„Ich hasse es, krank zu sein", grummelte Thierry.

Sebastien schmunzelte. „Das ist der Vorteil, wenn man ein Vampir ist. Kein Husten mehr und keine laufende Nase."

Thierry gab ihm einen spielerischen Klaps. „Erinnere mich nicht auch noch daran."

„Tut mir leid", entschuldigte sich Sebastien und wurde wieder von seinen Schuldgefühlen gepackt. „Komm jetzt, ich helfe dir."

Thierry grummelte noch leise vor sich hin, nahm den Tee und die Suppe jedoch dankbar entgegen. Er hatte zwar keinen großen Hunger, doch die heiße Flüssigkeit tat seinem wunden Hals gut und beruhigte seinen Magen. Erfahrungsgemäß würde es noch zwei oder drei Tage dauern, bis dieses Elend ein Ende hatte und er sich wieder besser fühlte. Zumindest gut genug, um das Bett zu verlassen und sich zu leichtem Dienst zurückzumelden. Bevor er dann wieder auf Patrouille gehen konnte, würde eine weitere Woche vergehen, aber in dieser Zeit konnte er wenigstens Marcel und Alain im Hauptquartier unterstützen.

„Vielleicht bist du ja doch zu gebrauchen", gab er nach einigen Minuten zu.

Sebastien grinste erleichtert. Wenn Thierry schon wieder Scherze machte, konnte es nicht allzu schlimm um ihn stehen. „Für mehr, als nur weltbewegende Orgasmen?"

„Ja", brummte Thierry und verzog keine Miene, obwohl sein Körper von Sebastiens Bemerkung nicht unberührt blieb. Er rutschte im Bett hin und her. Die Nachwirkungen der letzten Nacht waren immer noch spürbar. Es schmerzte nicht mehr, aber er konnte definitiv spüren, wo Sebastien die Finger in ihm gehabt hatte. „Für etwas ... du weißt schon. Für etwas Wichtiges."

Sebastien lachte und gab ihm einen liebevollen Kuss. Es fiel ihm von Tag zu Tag schwerer, Zurückhaltung zu wahren; besonders deshalb, weil Thierrys anfängliche Bedenken sich ebenfalls langsam zu verflüchtigen schienen. Vor zwei Nächten hätte Sebastien beinahe sein Versprechen gebrochen und er wusste nicht, wie lange er noch warten konnte. „Du musst schnell wieder gesund werden", flüsterte er und nahm Thierrys Gesicht zwischen die Hände. „Ich will dich lieben – ohne Magie, die uns antreibt und ohne Hindernisse, die uns im Weg stehen. Nur du und ich."

„Du hast ja keine Ahnung, wie sehr du mir aus der Seele sprichst", erwiderte Thierry und erschauerte bei dem Gedanken. Dann spürte er einen Krampf in der Brust und wurde von einem Hustenanfall durchgeschüttelt. „Aber darauf müssen wir noch etwas warten."

„Solange du brauchst", versicherte ihm Sebastien. „Ich will kein Risiko eingehen."

25

Malika Robin hob den Kopf und lächelte routiniert, als die Tür aufging und ein neuer Gast ihr Internetcafé betrat. Im Schein der flackernden Kerzen und der blau flimmernden Bildschirme erkannte sie den Vampir und das Lächeln gefror ihr auf den Lippen. „Was kann ich für Sie tun?"

Der Vampir studierte die Preistabelle an der Wand, nickte dann und zog einen Euro aus der Tasche. „Ich brauche eine Stunde Internet", sagte er.

Malika nahm die Münze und druckte den Zugangscode aus, mit dem er sich einloggen konnte. Sie sah ihm nervös nach, als er durch den Raum ging. Der Mann war auf der Jagd. Er setzte sich neben eine Studentin, die im Café Techno Stammkundin war. Malika stellten sich die Nackenhaare auf. Sie überlegte, ob sie den Mann direkt ansprechen oder nur ein Auge auf Nicole haben sollte, um sie daran zu hindern, mit dem Vampir das Café zu verlassen. Dann erinnerte sie sich an Jeans Warnung und winkte eine ihrer Mitarbeiterinnen herbei, die die Kasse übernahm, während sie selbst ins Büro ging, um Jean zu verständigen.

Das Klingeln des Telefons kam für sie beide überraschend. Für Raymond, weil er nicht wusste, dass Jean ein Telefon in der Wohnung hatte, für Jean, weil nur wenige seine Nummer kannten. Jean stand auf und ging zu dem umgebauten Speiseaufzug, in dem das Telefon verborgen war. Er öffnete die Schiebetür und nahm den Hörer ab.

Raymond beobachtete schweigend, wie Jeans Miene sich verhärtete und einen bedrohlichen Ausdruck annahm, den er bei seinem Partner noch nie gesehen hatte. Er fühlte sich gleichzeitig beklommen und erregt, ließ sich aber nichts anmerken und wartete ab, bis Jean den Hörer wieder auflegte. „Was ist passiert?"

„Hol deinen Stab", befahl Jean, ohne auf die Frage einzugehen. „Wir müssen einen Gesetzlosen unschädlich machen."

Raymond nickte, schnappte sich seinen Birkenholzstab und zog den Mantel an. „Wo?"

„Im Café Techno. Malika sagt, er hat für eine Stunde Internet bezahlt. Aber sie glaubt, dass er ein Opfer sucht. Wir müssen uns beeilen."

„Soll ich vorausgehen?", fragte Raymond. „Ich kann ihn aufhalten, falls er verschwinden will."

„Er ist gefährlich", warnte Jean.

Raymond zuckte mit den Schultern. „Das sind die dunklen Magier auch. Er kann nichts gegen meine Magie ausrichten."

„Tu ihm aber nichts. Ich will ihn vorher verhören", entschied Jean.

Raymond grinste. „Keine Folter. Versprochen. Ich halte ihn nur fest, bis du eingetroffen bist."

Jean schüttelte den Kopf und nahm ihn an der Hand. Dann zog er ihn an sich und gab ihm einen harten Kuss. „Geh jetzt. Aber sei vorsichtig."

Raymond war hilflos gegen das Verlangen, das ihn bei Jeans Kuss durchfuhr. Der Vampir sorgte sich ehrlich um ihn und gab Raymond zum ersten Mal Hoffnung, dass ihre Beziehung vielleicht doch diese Allianz überdauern könnte. „Bis gleich."

SOBALD MALIKA den Hörer wieder aufgelegt hatte, eilte sie zur Kasse zurück. Hoffentlich war der Vampir noch da. Sie hatte Pech. Die Studentin war verschwunden und der Vampir auch. Schnell lief sie zur Tür und schaute nach rechts und links. Wenn sie Nicole irgendwo entdecken würde, könnte sie ihr eine Warnung zurufen und vielleicht verhindern, dass der Gesetzlose sie in die Fänge bekam. Aber die Straße war menschenleer. Nur ein alter Penner lag im Eingang eines Mietshauses. Sie ging zu ihm, weil er unter Umständen etwas gesehen haben und ihr einen Hinweis geben konnte, wo sie mit ihrer Suche beginnen musste. Sein betrunkenes Schnarchen zerstörte diese Hoffnung.

„Nicole", rief sie trotzdem. Falls das Mädchen noch in Hörweite war, konnte es sich vielleicht bemerkbar machen, selbst wenn der Vampir sie schon in seiner Gewalt hatte. Dann konnte Malika ihr helfen. „Nicole!"

Kein Ton war zu hören.

Malika gab sich geschlagen und ging ins Café zurück, um dort auf Jean zu warten. Sie wusste nicht, ob der Gesetzlose zurückkehren würde. Aber wenn sie erfuhr, dass ihm ein weiteres Mädchen zum Opfer gefallen war, würde sie den Bastard eigenhändig umbringen. Ohne Rücksicht auf die Konsequenzen.

RAYMOND BETRAT das Café. Er erregte weniger Aufmerksamkeit als der Gesetzlose und fiel auch nicht sofort auf, wie Jean, der wahrscheinlich mit seiner übernatürlichen Geschwindigkeit durch Paris lief und ebenfalls bald eintreffen würde. Raymond erkannte die Besitzerin von ihrem früheren Besuch hier, konnte aber unter den Gästen niemanden sehen, den er für einen Vampir gehalten hätte.

„Er ist schon weg", sagte Malika traurig. „Er war schon verschwunden, als ich aus dem Büro zurückgekommen bin. Ich fürchte, er wird wieder morden."

Raymond runzelte die Stirn. Dann drehte er sich um und ging auf die Straße zurück, um nachzusehen, ob Jean schon eingetroffen war. „Er ist schon weg", begrüßte er seinen Partner kurz darauf.

Als sie wieder das Café betraten, ging Jean wütend auf Malika zu. „Ich dachte, er will ein Opfer abschleppen."

„Ja. Und er hat vermutlich eines gefunden." Malika beschrieb ihm die junge Studentin.

„Das erinnert an seine bisherigen Opfer", bemerkte Jean. „Ich nehme an, du hast schon nach ihnen gesucht."

„Ich habe es versucht. Aber ich hatte keinerlei Anhaltspunkte, wohin sie gegangen sein könnten. Wenn er sie umgebracht hat, vernichte ich ihn mit meinen eigenen Händen, falls er jemals hierher zurückkommt", versprach sie ihm.

„Du weißt, dass wir das nicht tun können", warnte sie Jean. „Ich will dich nicht vor Gericht bringen müssen."

„Dann sorge dafür, dass *er* vor Gericht gebracht wird", verlangte Malika erregt. „Er gefährdet uns alle, ganz abgesehen davon, was er mit seinen armen Opfern anstellt."

„Glaubst du etwa, das wüsste ich nicht?", erwiderte Jean. „Aber so leicht ist das nicht. Wir haben noch keine Beweise gegen ihn. Selbst wenn wir die Leiche des Mädchens finden, können wir nicht beweisen, dass er für ihren Tod verantwortlich war. Und selbst wenn wir Beweise hätten – er hat damit keines unserer Gesetze gebrochen. Aber du wirst ein Gesetz brechen, wenn du gegen ihn vorgehst."

„Wenn die Gesetze der Vampire nicht ausreichen, müssen wir ihn nach den französischen Gesetzen belangen", mischte Raymond sich ein. „Er hat schon zweimal getötet, heute Nacht nicht mitgezählt. Das reicht, um ihn für sehr lange Zeit hinter Gitter zu bringen."

Jean seufzte. „Wir können ihm nichts beweisen. Wir wissen zwar, dass er es gewesen sein muss, aber es gibt keine eindeutigen Beweise gegen ihn. Die Polizei wird ihn nicht länger als ein oder zwei Tage festhalten können." Er schlug wütend mit der Faust auf die Theke und erschreckte damit die anderen Gäste. „Wir müssen einen besseren Weg finden, ihn unschädlich zu machen." Jean drehte sich zu Raymond um. „Ich werde ihn verfolgen. Du kannst gerne mitkommen, aber du musst dich beeilen. Ich warte nicht auf dich."

„Dann lass uns gehen", sagte Raymond und nickte Malika zu. Auf der Straße sah er sich suchend um. „Gibt es eine Möglichkeit, seine Spur aufzunehmen?"

„Das wäre schön. Aber wir können nur nach ihm suchen und das Beste hoffen", erwiderte Jean. Er konnte seine Wut nur mühsam unterdrücken und vibrierte am ganzen Leib. „Falls wir sie finden und das Mädchen lebt noch, musst du sie so schnell wie möglich dort raus bringen. Ich kümmere mich selbst um Couthon."

„Vergiss es", widersprach ihm Raymond. „Ich lasse dich nicht allein mit dem Bastard zurück. Ich habe mit eigenen Augen gesehen, wie gefährlich er ist."

„Raymond", knurrte Jean, der vom Bürgersteig aus mit seiner übernatürlichen Sehkraft die dunklen Hauseingänge und Seitengassen nach den beiden absuchte. „Widersprich mir nicht."

„Oder was?", fragte Raymond aufgebracht. „Wir sind Partner. Zusammen sind wir stärker, als jeder von uns allein sein könnte. Das haben wir gestern bewiesen, als wir die wilde Magie besiegt haben."

„Das ist nicht dein Kampf", widersprach Jean nachdrücklich und bog in eine düstere Seitengasse ab, die er von der Hauptstraße nicht ganz übersehen konnte. „Er ist ein Vampir, das macht ihn zu meiner Angelegenheit."

„Und du bist mein Partner. Das macht ihn auch zu meiner."

In der Gasse war nichts zu finden, außer überquellenden Müllcontainern und herumstreunenden Katzen. „Ich mische mich auch nicht in eure Angelegenheiten ein", sagte Jean beharrlich. „Ich will nicht, dass du in die Geschäfte des Cour verwickelt wirst."

„Das ist absoluter Unsinn." Raymond stemmte die Hände in die Hüften und blockierte die Straße. „Du weißt sehr gut, dass ich dir helfen kann."

„Und wie?", fragte Jean. Dann wirbelte er Raymond herum, drückte ihn an eine Hauswand und presste sich mit dem Körper an ihn. „Du magst stark sein für einen Sterblichen. Aber du kannst selbst gegen den schwächsten Vampir nichts ausrichten."

„Ich muss auch nicht stärker sein als ein Vampir", erinnerte ihn Raymond und zog seinen Stab aus der Tasche. „Der hilft mir nicht gegen dich. Aber bei jedem anderen Vampir wirkt meine Magie."

Jean bewegte sich so schnell, dass Raymond nicht mehr reagieren konnte. Er packte den Magier am Handgelenk und drückte fest zu. Der Stab fiel aus Raymonds Hand und schlug auf dem Boden auf. „Und wenn er dich entwaffnet?"

Ein Stück Papier sprang aus einem der Müllcontainer, ballte sich zu einer Kugel und flog auf Jean zu. Es traf ihn hart am Kopf. „Sei froh, dass du mein Partner bist. Ich hätte auch etwas Schwereres benutzen können", meinte Raymond ungerührt. „Ich bin auch ohne den Stab nicht wehrlos. Und dich mit Müll zu bombardieren, ist nicht der gefährlichste Fluch, den ich kenne."

„Ich kann dich da nicht mit reinziehen", erwiderte Jean hartnäckig, ließ ihn los und ging auf die Straße zurück, um seine Suche nach Edouard und dem vermissten Mädchen wieder aufzunehmen. „Wenn ich den Eindruck erwecke, deine Hilfe in Angelegenheiten des Cour zu benötigen, werden die anderen an meiner Stärke und an meiner Eignung als Chef de la Cour zweifeln. Ich habe hart gekämpft, um in diese Position zu gelangen. Wir können uns diese permanenten Machtkämpfe nicht leisten, auch ohne die Allianz und die neuen Gesetze nicht. In der gegenwärtigen Situation wäre ein gespaltener Cour eine Katastrophe."

„Schon wieder dieses dämliche Jeu de Cours", fluchte Raymond und bemühte sich, mit Jean Schritt zu halten. „Es wird sich mit den Magiern abfinden und an ihre Beteiligung anpassen müssen. Die Verbindung zwischen den Partnern ist stark. Ich kann mir nicht vorstellen, dass einer der Vampire wegen des Jeu des Cours die Partnerschaft mit seinem Magier aufgeben will."

Raymond wurde rot, als ihm bewusst wurde, was er damit angedeutet hatte. „Tut mir leid. Ich wollte dich nicht unter Druck setzen. Ich weiß, dass du mich nach dem Krieg so schnell wie möglich wieder los sein willst."

Jean sah ihn ungläubig an. Dann schob er Raymond mit dem Rücken an die nächstgelegene Hauswand und presste sich an ihn. „Ich weiß nicht, wie du auf diese absurde Idee gekommen bist", zischte er. „Das war jedenfalls ganz sicher nicht der Grund, warum ich gestern zu dir gekommen bin und dich gebeten habe, mich zu ficken. Aber vielleicht verstehst du diese Botschaft ja besser."

Er fasste Raymond an den kurzen Haaren und küsste ihn hart. Grob verschaffte er sich mit der Zunge Einlass in Raymonds Mund und fiel mit der Erfahrung von tausend Jahren über ihn her, bis Raymond nur noch ein keuchendes, sich windendes Bündel in seinen Armen war. Jean nahm darauf keine Rücksicht. Er wob sein Netz enger und enger um Raymonds Sinne. Innerhalb weniger Minuten war der Magier so erregt, dass er nur noch eines wollte – endlich den Höhepunkt zu erreichen, der zum Greifen nah war, sich ihm aber immer wieder entzog. Jean öffnete Raymonds Hose, griff nach dem harten Schwanz seines Partners und drückte zu. Mit der anderen Hand fuhr er ihm zwischen die Arschbacken und schob ihm einen Finger in das pochende Loch. Raymond stöhnte tief und kam. Die feuchte, klebrige Flüssigkeit bedeckte seinen Bauch und tränkte Jeans Hose.

Raymond stand, noch benommen von dem Orgasmus, an die Mauer gelehnt, da ließ Jean ihn auch schon wieder los und machte sich auf den Weg die Straße hinab. In aller Eile brachte Raymond seine Kleidung in Ordnung und rannte ihm nach. Unzählige Fragen schossen ihm durch den Kopf, während sie die Straßen rund um das Café absuchten, ohne eine Spur von dem Gesetzlosen zu finden.

Ihre Suche blieb erfolglos. Sie mussten sich eingestehen, dass sie diese Runde verloren hatten, bevor sie richtig begonnen hatte. Raymond begleitete Jean zurück in dessen Wohnung. Die Miene des Vampirs wurde von Minute zu Minute düsterer. Nachdem sie die Tür hinter sich geschlossen hatten und wieder in Sicherheit waren, drehte Raymond sich zu Jean um. Er öffnete den Mund, um eine Erklärung für das Zwischenspiel in der Seitengasse zu verlangen, kam aber nicht mehr dazu.

Bevor Raymond wusste, wie ihm geschah, wurde er durch den Flur in Jeans Schlafzimmer geschoben. Er fiel rückwärts auf das Himmelbett. Die schwarzen, bestickten Vorhänge teilten sich und schlossen sich wieder. Um sie herum wurde die Welt in Halbdunkel getaucht. Jean warf sich auf ihn und zog ihm die Kleidung vom Leib. Raymond keuchte und wunderte sich beiläufig, wo der verspielte, zärtliche Liebhaber geblieben war, den er gestern Nacht erlebt hatte. Aber er hielt sich nicht lange mit dem Gedanken auf. Die dominante Leidenschaft des Mannes über ihm raubte ihm den Verstand und ließ keine klaren Gedanken mehr zu.

Raymond hätte ihm gerne etwas von der Lust zurückgegeben, aber zum ersten Mal in seinem Leben wollte sein Körper seinem Verstand nicht mehr folgen. Er war den Gefühlen hilflos ausgeliefert, die Jean in ihm weckte, war wie Wachs in den Händen des Vampirs. Raymond bewegte sich nur noch, wenn Jean ihn dazu veranlasste. Schließlich lag er nackt auf den schwarzen Laken. Jean rollte ihn auf den Bauch, zog ihn auf die Knie und legte die Arme um ihn. Seine Hände fuhren Raymond über die Brust und spielten mit seinen Nippeln, seine Lippen saugten an Raymonds Ohrläppchen und glitten dann über seinen Hals auf seine Schulter. Raymond lief ein Schauer über den Rücken, als er sich ausmalte, die Zeichen von Jeans Lust am Körper zu tragen. Das war mehr als die Bissspuren, die als Zeichen ihrer Partnerschaft seinen Hals und sein Handgelenk bedeckten. Das waren die intimen Zeichen ihrer Verbindung als Geliebte. Jeans Zähne durchdrangen Raymonds Haut und der Magier schrie überrascht auf. Die Mischung aus Schmerz und Erregung überwältigte ihn. Sein vernachlässigter Schwanz pochte. Raymond hatte die Hände frei, hätte sich mit wenigen Bewegungen zum Orgasmus bringen können. Aber es waren nicht seine eigenen Hände, die er fühlen wollte. Er brauchte Jeans Hände, wollte nur noch Jeans Hände auf seiner Haut fühlen, überall.

Raymond stützte sich auf die Ellbogen und legte den Kopf auf die Matratze. Er bog den Rücken durch und streckte den Arsch in die Luft, eine obszöne Geste der Einladung an das Wesen der Nacht, das hinter ihm auf dem Bett kniete. Als Jean ihm die Arschbacken auseinanderzog und einen feuchten Finger durch seinen Schließmuskel schob, stöhnte Raymond laut. Er drückte sich dem Finger entgegen, um ihn noch tiefer in sich hinein zu locken. Jean gab ihm einen harten Klaps auf den Hintern, der ihn wieder stillhalten ließ. Raymond hatte die Botschaft verstanden und überließ Jean die Initiative.

Sein Schließmuskel wurde gedehnt und langsam aber sicher auf das vorbereitet, was gleich folgen würde. Raymond schlängelte sich stöhnend hin und her und schenkte Jean seine ganze Hingabe. Letzte Nacht war das nicht nötig und auch nicht erwünscht gewesen. Aber heute hatte sich alles geändert und Raymond gab bereitwillig nach. Es war nur ein kleines Zugeständnis an die überwältigenden Veränderungen, die Jean in sein Leben gebracht hatte.

Die Finger wurden zurückgezogen und Raymond stöhnte protestierend, bis er Jeans Schwanz spürte, der sich an sein pochendes Loch drückte. „Ja!", rief er. Jeans Schwanz schob sich langsam, aber unaufhaltsam tief in ihn hinein, dehnte ihn und füllte die Leere in ihm.

Mit jedem Stoß fand Jean zielsicher Raymonds Prostata und trieb ihn immer weiter der Erlösung entgegen. Raymond wand sich wimmernd unter ihm hin und her. „Bitte!", jammerte er verzweifelt.

Jean ließ Raymonds Hüften los, fasste ihn an den Schultern und zog ihn hoch. Er legte ihm die Lippen auf die immer noch blutenden Wunden am Hals und biss wieder zu. Dann fing er an, im Takt seiner harten Stöße an Raymonds Hals zu saugen.

Raymond lief ein Schauer durch den Körper, dann kam er. Aber damit hörte es nicht auf und er wurde wieder und wieder zum Orgasmus gebracht, gefangen zwischen Jeans hartem Schwanz und den scharfen Zähnen. Er konnte kaum noch atmen vor Erregung. „Bitte", bettelte er wieder. Es war nur noch ein leises Wimmern, das keine Ähnlichkeit mehr hatte mit dem üblichen, schneidenden Tonfall des mächtigen Magiers.

Noch ein harter Stoß, noch ein tiefer Schluck, dann kam auch Jean zum Höhepunkt. Raymonds Haut wurde von den Eckzähnen des Vampirs aufgerissen, der hinter ihm in unkontrollierte Zuckungen ausbrach.

Kraftlos fielen sie nach vorne aufs Bett. Jean kam auf Raymond zu liegen und leckte ihm träge über die blutenden Bisswunden. Seine Arme hielten Raymond so fest umschlungen, als wollte er ihn nie wieder loslassen.

Raymond blieb keuchend liegen. Von allen Seiten stürmten Bilder und Gefühle auf ihn ein, während er im Kopf versuchte, die unterschiedlichen Facetten von Jeans Persönlichkeit miteinander zu versöhnen. Er wollte sich umdrehen und in Jeans Arme schmiegen, so, wie er es gestern Nacht getan hatte. Aber der Mann, der hinter ihm lag, hatte nichts mit dem unbekümmerten, sanftmütigen Geliebten zu tun, mit dem er gestern das Bett geteilt hatte.

„Ist alles in Ordnung mit dir?", fragte Jean nach einigen Minuten. „Ich wollte nicht so grob werden."

Jetzt drehte Raymond sich doch um, weil er Jean ins Gesicht sehen wollte, wenn sie sich unterhielten. Jean hielt ihn nicht zurück und Raymond fühlte sich dadurch genauso ermutigt, wie er sich durch die Dominanz seines Geliebten vor kurzer Zeit noch erregt gefühlt hatte.

„Warum hast du es dann getan?", fragte er zurück und gab Jean einen zärtlichen Kuss auf den Mund. „Ich will mich nicht darüber beschweren, ganz im Gegenteil. Aber wenn ich es nicht besser wüsste, würde ich denken, dass ich heute mit einem komplett anderen Mann im Bett liege als gestern."

„Du hast dich nicht nur mit einem Vampir eingelassen", erklärte Jean reumütig. „Du hast dich mit dem Chef de la Cour eingelassen. Das wird man nicht durch Nachgiebigkeit und Passivität. Monsieur Lombard hat mich zwar als seinen Nachfolger auserwählt, aber ich musste nach seinem Rücktritt um meine Position kämpfen. Die gleichen ursprünglichen, wilden Instinkte, die mir damals den Sieg gesichert haben, sind heute auch in mir zum Vorschein gekommen. Das passiert ab und zu. Es ist durch unsere erfolglose Jagd nach dem Gesetzlosen ausgelöst worden, aber du hast es zu spüren bekommen. Es tut mir leid."

„Mir nicht", erwiderte Raymond ehrlich. „Ich will damit nicht sagen, dass ich es mir jedes Mal so wünsche. Aber dieses ungezähmte Verlangen ist … Es hat meinem Ego immens gutgetan."

Jean schüttelte ungläubig den Kopf. Er war unendlich erleichtert, seinen neuen Geliebten nicht durch seine Rücksichtslosigkeit wieder verloren zu haben. „Ich gebe mir Mühe, mich zivilisiert zu verhalten. Aber manchmal ist die Blutlust, die in mir steckt, stärker als ich. Dann lässt sie mir keine andere Wahl mehr."

26

Während David seinen Nachtisch aß, lehnte Angélique sich in ihrem Stuhl zurück und nippte an dem Kaffee, den sie kaum schmecken konnte. Sie flirteten miteinander und ließen sich kaum aus den Augen, seit sie das Restaurant betreten hatten. Ab und zu berührten sich wie zufällig ihre Finger. Angélique spürte eine sexuelle Spannung, die sie innerlich wärmte, aber nicht so stark war, dass sie nach unmittelbarer Befriedigung verlangte. David stellte seine Kaffeetasse ab und rückte mit dem Stuhl näher. Dann streichelte er ihr mit den Fingern über die tätowierten Hände. Er folgte den hennaroten Mustern bis an den Ärmel ihrer Bluse und schob langsam, aber ohne zu zögern, den Stoff zur Seite. „Das will ich schon tun, seit ich das erste Mal deine Hände gesehen habe", gestand er. „Ich möchte wissen, wo sie aufhören."

Angéliques Lächeln war selbstbewusst und verführerisch. „Dann solltest du es herausfinden", bot sie ihm an. Sie wusste genau, wie ihr Vorschlag auf David wirken würde. Er war nicht der erste Mann, der so fasziniert war von den sichtbaren Spuren ihrer Vergangenheit. Genießerisch schloss sie die Augen, als er über die nackte Haut ihres Armes bis zum Ellbogen streichelte, wo die Muster endeten.

Er schmollte wie ein kleiner Junge, als er nur noch ihre makellose Haut sah. „Hören sie wirklich schon auf?"

Angéliques kehliges Lachen fuhr ihm direkt in den Schwanz. „Weiter ist die Herrin des Harems nicht gekommen, weil ich umgewandelt wurde", erklärte sie ihm. „Wenn ich länger im Harem geblieben wäre, hätte sie mir den ganzen Körper verziert. Der Sultan erwartete einen Gast, der seine Frauen so bevorzugte und der meine Gesellschaft schätzte. Da er auf al-Mabruks Dienste angewiesen war, sorgte er immer dafür, dass ich ihm zur Verfügung stand."

David wurde von einer tiefen Eifersucht erfasst, als er sich vorstellte, wie Angélique für einen fremden Mann vorbereitet wurde. Es erinnerte ihn daran, wie viele Männer sie schon besessen hatten. „Wie kannst du so nebensächlich darüber reden?", fragte er. „Du warst eine Sklavin!"

Angélique seufzte. Sie dachte, sie hätten dieses Problem endlich abgehakt, aber das schien nicht der Fall zu sein. „Ich habe im Vorderen Orient gelebt, David. Im fünfzehnten Jahrhundert", erinnerte sie ihn. „Niemand hat mich nach meiner Meinung gefragt, als über mein Leben entschieden wurde. Und selbst wenn, hätte ich vielleicht die gleiche Wahl getroffen. Ich wurde verwöhnt, hatte immer genug zu essen und lebte in einem schönen Haus. Ich war vor den Gaunern und Halunken in Sicherheit, die die Straßen der Stadt bevölkerten. Wenn ich nicht schon als junges Mädchen die Aufmerksamkeit des Sultans erregt hätte, wären mir nur zwei

Möglichkeiten geblieben. Ich hätte mich auf dem Bauernhof eines armen Mannes zu Tode schuften oder mich in der Stadt prostituieren können, wo ich mich der Gnade und Willkür von skrupellosen Männern ausgeliefert hätte, bei denen ich nur hoffen konnte, dass sie mich nicht so schwer misshandeln würden, dass ich am nächsten Tag zu krank war, um zu arbeiten. Wäre ich in eine reiche Familie oder zu einer anderen Zeit geboren worden, hätte ich andere Möglichkeiten oder einen anderen Herrn gehabt … Sicher, wenn nur eine dieser Was-wäre-wenn-Bedingungen zugetroffen hätte, würde ich vielleicht anders über den Harem denken. Aber mein Herr hat mich nicht misshandelt. Er hat mich sogar beschützt, denn ich war die Lieblingskonkubine eines mächtigen Mannes, der oft als Gast beim Sultan weilte. Ich musste nur ab und zu einen Gast empfangen und großzügig stimmen. Im Vergleich zu den anderen Möglichkeiten, die mir offenstanden, war es ein geringer Preis, den ich für mein sicheres Leben in relativem Luxus bezahlt habe."

„Es ist für mich ein abstoßender Gedanke, dass Menschen solche Macht über andere ausüben", erwiderte David zögernd, weil er ihr ebenfalls seinen Standpunkt deutlich machen und seine Reaktion auf ihre Vergangenheit erklären wollte. „Ich bin genauso ein Produkt meiner Zeit, wie du eines der deinen bist. Diese Welt, die du beschrieben und akzeptiert hast, geht gegen jede Überzeugung, mit der ich aufgewachsen bin und an die ich glaube."

„Und ich würde deine Betroffenheit zu schätzen wissen, wenn ich immer noch in dieser Sklaverei leben würde und ihr entkommen wollte", besänftigte sie ihn. „Aber das liegt lange zurück. Es ist eine sehr, sehr weit entfernte Vergangenheit. Seit ich von meinem Schöpfer umgewandelt und aus dem Harem entführt wurde, habe ich nur noch Sex gehabt, wenn ich es selbst wollte und es mir Spaß gemacht hat."

Diese gut gemeinten Worte trugen nicht unbedingt dazu bei, Davids Eifersucht zu mindern. Obwohl er wusste, dass er weder auf ihre Vergangenheit noch – wenn er ehrlich mit sich selbst war – auf ihre Gegenwart Anspruch erheben konnte, hätte er sie am liebsten in die Arme gezogen und jede Erinnerung an sämtliche Männer, die sie jemals berührt hatten, ausgelöscht.

Sie musste ihm seine Gefühle angesehen haben, denn sie zog kopfschüttelnd ihre Hand zurück. „Schau mich nicht so an. Was immer auch mit uns geschehen mag, ich werde nie wieder einem Mann gehören. Ich war einmal in meinem Leben nur ein Besitzstück, und auch wenn es damals meine beste Option war, habe ich mir doch geschworen, dass sich das nie wiederholen wird. Wenn wir heute Nacht ins Sang Froid oder in deine Wohnung gehen und miteinander schlafen, wirst du entweder immer noch die Konkubine oder Hure in mir sehen, oder du wirst glauben, ich wäre deine kleine Frau, die immer für dich da ist und dir gehorcht. Ich bin aber keines von beidem. Ich bin mir sicher, dass ich sehr viel Spaß dabei hätte, mit dir ins Bett zu gehen. Ich denke allerdings, wir sollten damit warten, bis du mich so akzeptieren kannst, wie ich bin."

„Und wie steht es damit, dass du mich so akzeptierst, wie ich bin?", forderte David sie mit ruhiger Stimme heraus. „Darf ich nicht auch Wünsche und Bedürfnisse haben?"

„Selbstverständlich", erwiderte Angélique. „Aber das, was du dir wünschst, ist im Moment nicht das, was ich dir geben kann. Und das, was du geben kannst, ist nicht das, was ich akzeptieren kann. Wir könnten jetzt in deine oder meine Wohnung gehen und uns um den Verstand ficken, aber danach würden wir es beide bedauern. Ich habe lange genug gelebt, um nicht vorsätzlich etwas zu tun, das ich danach bedauere. Wenn das, was wir beide geben können, auch das ist, was wir uns beide wünschen und brauchen, werden wir wieder darüber reden. Bis dahin sollten wir uns darauf beschränken, gute Partner zu sein, aber nicht Geliebte."

„Aber ..."

Angélique schüttelte wieder den Kopf und erhob sich. „Bring mich jetzt nach Hause", sagte sie sanft. „Ich muss noch arbeiten."

David runzelte missbilligend die Stirn, verkniff sich aber einen Kommentar, als er an Angéliques Arbeit dachte. Sie wusste bereits, was er davon hielt, auch wenn sich seine Meinung über das Sang Froid gebessert hatte, nachdem er jetzt mehr darüber wusste. Er bezahlte die Rechnung und folgte ihr auf die Straße.

Sobald er das Restaurant verlassen hatte, hakte Angélique sich bei ihm unter. Seite an Seite gingen sie zum Sang Froid zurück. Vor dem Seiteneingang mit der Aufschrift ‚Nur für Mitarbeiter' blieben sie stehen. Nur das sanfte Licht des zunehmenden Mondes erhellte die Nacht. Angélique drehte sich zu ihm um.

David kam sich vor wie ein Teenager nach seiner ersten Verabredung. Er fragte sich, ob sie ihm wohl einen Kuss erlauben würde, oder ob sie mit einem Lächeln und einem gemurmelten ‚Dankeschön' hinter der Tür verschwand. Zu seiner Überraschung lehnte sie sich an ihn und hob den Kopf. Dann zog sie seinen Kopf zu sich herab und küsste ihn. Sein Schwanz fing zu zucken an und er keuchte leise, als ihr betörender Geruch seine Sinne erregte. David zog sie an sich und ließ sie seine Erektion spüren. Sie rieb sich provozierend an seinem Körper. Durch den offenen Mantel konnte er ihre Brüste fühlen. Als sie den Oberschenkel zwischen seine Beine schob, stöhnte er und legte die Hände auf ihren Hintern, um sie hochzuheben. „Drinnen", flüsterte er und küsste sie wieder.

Angélique schüttelte den Kopf und trat einen Schritt zurück. Sie öffnete die Tür. „Nein", sagte sie und hob die Hände. „Erst, wenn du dich dafür nicht mehr schämst."

Bevor er auch nur den Mund aufmachen und Widerspruch einlegen konnte, warf sie ihm über die Schulter einen heißen Blick zu und schloss hinter sich die Tür. Er blieb allein auf dem dunklen Hof zurück mit seinem harten Schwanz und nichts anderem, als der Aussicht auf seine eigenen Hände. „Du kleines Biest", murmelte er und machte sich auf den Heimweg.

Im Haus lehnte Angélique sich leise keuchend an die Tür und lauschte seinen Schritten, die sich über den Hof entfernten. In ihren Adern pochte die unerfüllte

Lust, ein Gefühl, das sie schon lange nicht mehr so intensiv erlebt hatte. Nicht mehr, seit sie als junges Mädchen für den Harem des Sultans ausgebildet worden war. Heute Nacht wusste sie, dass sie den einzigen Mann weggeschickt hatte, der dieses Verlangen stillen konnte. Sie suchte erst gar nicht nach einem Ersatz.

Angélique stieß sich von der Tür ab und ging durch den dunklen Gang in das Empfangszimmer, wo ihre Mitarbeiter auf Kunden warteten. Sie sah bekannte und unbekannte Gesichter unter den Vampiren, die sich mit ihren Leuten unterhielten. Angélique sollte eigentlich hier bleiben und sich um ihre Geschäfte kümmern, wenn sie schon nicht zur Patrouille eingeteilt war. Aber sie war zu nervös und unruhig, um eine große Hilfe zu sein. Sie winkte François zu sich heran, entschuldigte sich leise bei ihm und bat ihn, etwas länger zu bleiben, da sie noch persönliche Angelegenheiten zu erledigen hätte.

Zuverlässig wie immer, versicherte François ihr, er habe alles unter Kontrolle und sie möge sich keine Sorgen machen.

Angélique dankte ihm lächelnd und ging langsam die Treppe hinauf in ihre Wohnung. Sie konnte sich immer noch nicht erklären, was David von den zahlreichen anderen Männern ihrer bewegten Vergangenheit unterschied. Seit sie entdeckt hatte, welche Macht ihr Körper ihr über die Männer gab, hatte sie immer auch ihren eigenen Willen gehabt und darauf gehört. Begehren, Abneigung, Verehrung, Abscheu … Sie hatte sich immer sehr schnell eine Meinung gebildet und damit auch recht behalten, selbst wenn sie es verbergen musste, weil der Sultan von ihr verlangte, dass sie einem Mann zu Diensten war, den sie verabscheute. Aber David war anders und ihre Gefühle für ihn schwankten wie die Gezeiten von Mont Saint-Michel.

Angélique betrat ihre Wohnung und verschloss hinter sich die Tür, obwohl niemand es wagen würde, sie hier zu stören. Methodisch wie immer hängte sie ihren Mantel auf, zog den Rock und die Bluse aus, schüttelte sie aus und hängte sie zum Auslüften auf. Dann schlüpfte sie aus ihren Schuhen und stellte sie in den Schrank. Durch die Unterwäsche zeichneten sich ihre Brustwarzen ab, die in der kalten Raumluft hart geworden waren. Sie ging ins Badezimmer und bereitete sich auf die Nacht vor, obwohl sie genau wusste, dass sie keine Ruhe finden würde.

Angélique ließ sich Zeit. Sie kämmte sich die Haare, reinigte ihr Gesicht und rieb sich ein duftendes Öl auf die Haut, um sie glatt und geschmeidig zu machen. Immer wieder fiel ihr Blick auf ihre Hände. Die farbigen Muster waren ein lebhafter Kontrast zu der hellen Haut, als sie das Öl auf ihren Beinen, ihrem Bauch und den Brüsten verteilte.

Dann kam ihr eine Idee und sie musste lächeln. Sie nahm einen Waschhandschuh und wischte das Öl wieder von ihren Brüsten ab, ging ins Schlafzimmer und setzte sich vor ihren Schminktisch. In einer der Schubladen fand sie, was sie suchte. Sie nahm einen dünnen Pinsel aus der Holzschachtel und fuhr damit über die Haut. Ja, das fühlte sich richtig an. Angélique legte den Pinsel auf die Kommode und ging in die Küche, um die Hennapaste zu holen, die sie zum

Bemalen benutzte. Zurück im Schlafzimmer, stellte sie das Schälchen ebenfalls auf die Kommode und tunkte den Pinsel in die Paste. Dann fing sie an zu malen.

Normalerweise konzentrierte sie sich sehr auf die Details, wenn sie sich mit dem Henna schmückte. Jeder Pinselstrich, den sie auf der Leinwand ihres Körpers anbrachte, saß genau an der richtigen Stelle, bis ein kompliziertes Muster entstand, wie sie es als junge Frau im Harem gelernt hatte. Heute ging es ihr nicht um Perfektion, sondern um eine Bestätigung ihrer Position. Die Muster auf ihren Händen und Armen waren ebenso wenig ein Zeichen ihrer Schande und Verderbtheit, wie die Muster, die sie jetzt auf ihren Brüsten auftrug. David täuschte sich. Die Muster änderten nichts, machten sie nicht zu einem besseren oder schlechteren Menschen, als sie es ohne die Bemalung wäre. Sie waren nur Schmuck, eine erotische Betonung ihrer Schönheit, an der sie Freude hatte. Dieses Mantra wiederholte sie so oft, bis sie es tief in ihrer Seele spüren konnte. Sie bemalte ihre Brüste und ihren Bauch, bis sie an den Schamhaaren angelangte und aufhören musste. Dann fixierte sie die Farbe und bedeckte sie mit dünnen Tüchern, damit sie trocknen konnte und die Muster nicht verschmierten. Mit einem Lächeln erinnerte sie sich daran, wie sie im Harem einer schwangeren Konkubine den Bauch mit Mustern bemalt hatten, die sie und das ungeborene Kind vor bösen Einflüssen schützen sollten. Die junge Frau aus dem fernen Norden hatte den Sultan mit ihren blonden Haaren und blauen Augen von Anfang an fasziniert. Aber es war ihr schwergefallen, sich mit dem Leben im Harem abzufinden. Durch die Schwangerschaft war sie sanftmütiger geworden und es war das erste Mal, dass sie sich nicht gegen das fremde Ritual wehrte. Als sie mit der Bemalung fertig waren und sie wieder zum Sultan gebracht wurde, war er stundenlang mit dem Finger über jedes einzelne der dunklen Muster auf ihrer Haut gefahren. Später hatte die junge Frau ihnen gestanden, dass sie sich noch nie so begehrt gefühlt hätte.

Wenn David es doch nur genauso sehen könnte. Wenn er doch nur endlich begreifen würde, dass die Muster nicht mehr waren, als ein Schmuck, als eine Betonung ihrer natürlichen Schönheit. Sie erinnerte sich daran, dass sie ihm noch etwas Zeit geben wollte. Außerdem hatte sie sich heute nicht für ihn, sondern nur für sich selbst bemalt. Angélique legte sich aufs Bett, um die Farbe trocknen zu lassen.

Unglücklicherweise schweiften ihre Gedanken immer wieder ab, kehrten zu David zurück, zu seiner Reaktion auf ihre Hände und zu seinen Küssen. Sie sollte ihn einfach vergessen und abschreiben. Bisher war ihr das noch mit jedem Mann gelungen, von dem sie nichts wissen wollte.

Aber genau das war das Problem. Sie wollte ihn. Sie wollten ihn in ihren Gedanken und in ihrem Bett, obwohl alles gegen ihn sprach. David würde sich nicht damit zufrieden geben, sie gelegentlich zu besuchen, wenn ihr der Sinn danach stand, so wie es bei Bertrand der Fall war. David würde sich auch nicht damit abfinden, dass sie sich nicht immer für ihn entschied. Er war genau die Art von Mann, von der sie geschworen hatte, sie nie wieder in ihr Leben zu lassen. Und trotzdem konnte sie ihn nicht aus ihren Gedanken verbannen. Unter den Tüchern spürte sie ein Kribbeln bei der Erinnerung an seine Berührungen. Nur die feuchte Farbe hielt sie davon ab, sich über die Brüste zu streicheln. Sie wollte ihre Kunst nicht zerstören. David und sie waren kurz davor gewesen, miteinander zu schlafen. Er hatte sie begehrt und sich nur durch sein Pflichtbewusstsein zurückhalten lassen. Sie hätte ihm keine Wahl lassen sollen, dachte Angélique und grinste ironisch. Andererseits hätte sie es wieder bedauert, sobald er sie das nächste Mal mit seinen Vorteilen beleidigt hätte.

Angélique ließ die Hand über ihren Bauch gleiten und streichelte sich mit den Fingern zwischen den Beinen. Solange sie so erregt war, konnte sie keine Ruhe finden. Sie schob sich einen Finger in den Schoß, schloss die Augen und stellte sich David vor, der zwischen ihren Beinen auf dem Bett kniete, sie ansah und bewundernd mit der Fingerspitze über die Verzierungen auf ihrem Körper fuhr. Sie wollte von ihm genauso verehrt werden, wie der Sultan Valda verehrt hatte. Angélique schob einen zweiten Finger in sich hinein und streichelte mit dem Daumen über ihre Klitoris, bis sie zum Höhepunkt kam. Schon, als sie sich die Hand am Laken abwischte, wusste sie, dass es ein leerer, bedeutungsloser Höhepunkt gewesen war, der sie nicht wirklich befriedigt hatte.

Aber im Moment war es alles, was sie haben konnte.

Einige Straßen weiter wälzte David sich ruhelos in seinem Bett hin und her. Bilder von Angélique schossen ihm durch den Kopf. Angélique, die einen gesichtslosen Mann fickte, so, wie sie es David im Büro erzählt hatte. In seiner Vorstellung hatte sie den Kopf in den Nacken geworfen, die langen Haare fielen ihr über den Rücken und bis auf die Beine des Fremden, der stöhnend unter ihr lag und sich von ihr reiten ließ. David sah ihre bemalten Hände vor sich, mit denen sie dem Mann über die schweißbedeckte Brust streichelte, bevor die beiden von einem leidenschaftlichen Orgasmus erschüttert wurden.

David legte die Hand um seinen harten Schwanz und rieb sich im Takt von Angéliques Bewegungen, die immer noch den fremden Mann fickte. Sie nahm jetzt die Hände von seiner Brust und streichelte sich selbst, fuhr sich vom Hals über die Brüste und spielte mit ihren Nippeln. Dann ließ sie eine Hand über ihren Bauch nach unten gleiten, wo sich ihr Körper mit dem des Fremden vereinigte. Sie rieb sich über die Klitoris, schneller und schneller, bis sie kam. David stellte sich vor, er wäre dieser gesichtslose Mann, er wäre der geheimnisvolle Liebhaber, der unter Angélique lag und mit seinem harten Schwanz in ihren feuchten Schoß stieß. Davids letzter Gedanke, bevor er selbst kam, war, dass er dafür alles tun würde und dass es ihn keinen Deut mehr scherte, ob dafür nun die Magie ihrer Partnerschaft verantwortlich war oder nicht.

27

„Hallo, Muschi."

Die verhassten Worte in Judes verhasster Stimme ließen Adèle herumwirbeln. Sie suchte nach ihm, konnte ihn aber nicht entdecken. „Arschloch", rief sie zurück und ging durch den Flur in Richtung Ausgang. Sie hatten gerade ihre Schicht beendet und Adèle wollte nur noch nach Hause, die Vorhänge zuziehen und schlafen.

Sie war schon in Reichweiter der Tür, als eine starke Hand sie am Arm packte und eine andere ihr den Mund zuhielt. Adèle wehrte sich instinktiv, aber gegen seine Stärke konnte sie nichts ausrichten. Trotzdem gab sie nicht auf und trat nach ihm. „Du kannst dich wehren, so viel du willst, Muschi", schnurrte Jude ihr ins Ohr. „Aber du entkommst mir nicht."

Als wollte er es ihr beweisen, biss er ihr ins Ohrläppchen und durchbohrte es mit seinen Zähnen. Das heiße, süße Blut floss ihm in den Mund und schmeckte nach Wut und Erregung, eine Kombination, die ihm direkt ins Blut ging. Jude hatte nach dem zweiten Ritual geduldig auf diesen Moment gewartet. Das Jagdfieber schärfte seine Sinne und seinen Verstand. Jetzt musste er nur noch die Hand ausstrecken und sich ihr Blut nehmen. Aber er wollte mehr, als nur ihr Handgelenk oder ihren Hals. Er wollte sie nackt unter sich liegen haben, wollte spüren, wie sie sich ihm zu entwinden versuchte, während er sie überall mit seinen Bissen markierte, sodass jeder Mann, der sie ansah, sofort erkannte, dass sie ihm gehörte. Und wenn er sie morgen wieder verließ, würde er sich diesen Wunsch erfüllt haben. Jude zog sie in ein leer stehendes Zimmer und schloss die Tür hinter ihnen ab. Dann drehte er sie um und drückte sie mit dem Rücken an das harte Holz.

„Was willst du?", fauchte Adèle ihn an, obwohl sie die Antwort auf ihre Frage schon kannte. Das Herz rutschte ihr in die Hose, während ihr Körper gleichzeitig mit Erregung reagierte.

„Vergeltung."

„Und wie?", fragte sie herausfordernd. „Willst du mich einfach festbinden und ficken, ob ich es will oder nicht?"

Jude lächelte selbstbewusst. „Du wirst es wollen", versicherte er ihr. „So sehr du es auch leugnest. Ich weiß genau, wie ich dich so weit bringe. Du wirst mich anflehen, wenn es soweit ist, Muschi." Er sah ihre Reaktion voraus und packte sie am Handgelenk, bevor sie zuschlagen konnte. Dann hielt er ihr die Arme hinterm Rücken fest und öffnete mit der anderen Hand die ersten drei Knöpfe ihrer Bluse, bis die schwarze Seide ihres BHs zu sehen war. „Willst du es uns leichter machen?", fragte er und senkte den Kopf, um ihr mit den Eckzähnen über die nackte Haut zu fahren. „Du siehst wunderschön aus, wenn du meine Zeichen trägst."

Obwohl es sinnlos war, trat Adèle weiter nach ihm. „Dann willst du es also auf die grobe Tour?" Jude zog sie von der Tür weg zu dem schweren Mahagonitisch, der in der Mitte des Zimmers stand. „Ich will mir nicht nachsagen lassen, dass ich auf die Wünsche einer Dame keine Rücksicht nehme, Muschi."

Sie stießen gegen den Tisch und Jude drückte sie mit dem Oberkörper auf die Tischplatte, ohne ihre Handgelenke loszulassen. Die Tischkante presste sich schmerzhaft in Adèles Bauch.

„Du Bastard!", fluchte sie. „Lass mich los!"

„Nicht, bevor ich nicht bekommen habe, was ich will."

„Und was ist mit dem, was ich will?", fragte sie.

„Das hast du dir schon nach dem Ritual genommen und dich nicht darum geschert, was ich will", erinnerte sie Jude. „Jetzt bin ich an der Reihe." Er öffnete ihre Hose und zog sie nach unten, wo sie sich um ihre Beine wickelte und verhinderte, dass Adèle wieder nach ihm treten konnte. Beim Anblick ihres nackten Hinterns grinste er und schlug zu. Sein Handabdruck zeichnete sich rot auf der blassen Haut ab.

„Ich werde hier nicht untätig zulassen, dass du mich fickst", warnte ihn Adèle und nahm ihren Widerstand wieder auf, um sich aus Judes Griff zu befreien.

„Das habe ich auch nicht erwartet", meinte er und drückte sie mit seinem ganzen Körpergewicht auf die Tischplatte, während er die Hand unter sie schob, um die restlichen Knöpfe ihrer Bluse zu öffnen. Einige Knöpfe rissen ab, aber daran war sie selbst schuld, weil sie nicht stillhalten wollte. Jude zog ihr die Bluse von den Schultern und wickelte sie um ihre Unterarme, bis Adèle sie nicht mehr bewegen konnte.

„Sale con!", schrie sie, als sie seine Absicht erkannte.

Jude schnalzte missbilligend mit der Zunge. „Das gehört sich aber nicht für eine Dame", sagte er tadelnd. „Wer so redet, bekommt den Mund gestopft." Er riss ihre Unterhose entzwei und knäulte sie mit einer Hand zusammen. Bevor sie noch einen Ton sagen konnte, schob er ihr den Stoffballen in den Mund.

„Wie gefällt dir das, Muschi?", fragte er und drehte sie auf den Rücken. „Gebunden, geknebelt und vollkommen ausgeliefert." Ihre Augen funkelten ihn wütend an. Jude ignorierte es. „Lass mich nachdenken. Wie war das noch vor zwei Tagen?" Er fuhr ihr mit den Händen über die spitzenbedeckte Brust. „Hast du nicht erwähnt, dass du es magst, wenn dich deine Liebhaber an der Brust lecken?" Jude ließ seinen Worten Taten folgen und leckte ihr fast liebevoll über den Brustansatz. „Hast du das gemeint?", wollte er wissen und hob den Kopf, um sie anzusehen. Sie blickte stoisch zurück und ließ sich keine Reaktion anmerken. „Also nicht, Muschi. Es war dir wohl zu sanft. Du brauchst einen Mann, der stärker ist als du und es dir auch zeigt." Jude senkte wieder den Kopf und biss ihr tief ins Fleisch, um sie zu zeichnen. Dann leckte er das Blut von ihrer Haut und schluckte es. Mit einem befriedigten Grinsen sah er zu, wie sie sich unter ihm aufbäumte, als er sich mit seinem stoffbedeckten, harten Schwanz zwischen ihren Beinen rieb. „Du brauchst einen Mann, der dich seinem Willen unterwirft", sagte er hämisch und biss sie wieder und wieder, bis ihre Brüste von kleinen, blutenden Wunden übersät waren. Sie wollte nicht stillhalten, aber er konnte die Erregung in ihrem Blut schmecken und fühlte sich durch ihren andauernden Widerstand ermutigt. Er riss den BH nach unten und entblößte ihre Brustwarzen. Dann biss er sie direkt über einen der Nippel und saugte ihn in seinen Mund, während er Schluck um Schluck von ihrem heißen, lebensspenden Blut trank.

Während Jude über ihre Brüste herfiel, versuchte Adèle, den Knebel auszuspucken. Sie wollte toben und brüllen, aber sie konnte ihre Zunge nicht weit genug bewegen, um das verdammte Ding loszuwerden. Dann biss er sie am Nippel und fing zu saugen an. Plötzlich war sie froh für den Knebel, der nicht nur ihren Protest erstickte, sondern auch das lustvolle Stöhnen, das ihr in der Kehle steckenblieb. Sie drückte sich ihm entgegen, weil sie seinen Körper fühlen wollte. So sehr Adèle Jude auch hasste, sie konnte die Wirkung seiner groben Berührungen und seiner Bisse auf ihre Libido nicht leugnen. Gefesselt wie sie war, konnte sie ihn nicht aufhalten, aber sie konnte es genießen und sich später überlegen, wie sie ihm seine Unverschämtheiten heimzahlen konnte.

Jude interpretierte ihr erneutes Aufbäumen als den erfolglosen Versuch, sich gegen ihn zu wehren. Er hob grinsend den Kopf und presste sie mit seinem ganzen Körpergewicht fester auf den Tisch. „Es nutzt dir nichts, Muschi", sagte er. „Du kannst mir nicht entkommen. Du kannst nur hier liegenbleiben und es über dich ergehen lassen. Und ich bin noch lange nicht mit dir fertig." Er fuhr mit den Fingerspitzen über die blutenden Wunden an ihrem Nippel und wiederholte seinen Biss auf der anderen Seite. Als sie trotz des Knebels hörbar stöhnte, lächelte er zufrieden. Es interessierte ihn nicht, ob ihr Stöhnen ein Protest oder ein Zeichen ihrer Erregung war. Sie hatte ihn vor zwei Tagen mitleidlos ausgenutzt. Jude war fest entschlossen, es ihr in gleicher Münze heimzuzahlen.

Er zwängte eine Hand zwischen ihre Beine und zwickte sie hart, bis sich seine Fingernägel in ihr Fleisch bohrten. Adèles Schrei war durch den Knebel zu hören, aber er konnte neben dem Schmerz auch die Lust in ihrem Blut schmecken. „Mein kleines Luder mag es also, wenn ich ihr wehtue?", höhnte er. „Willst du noch mehr, Muschi? Zweimal blinzeln, wenn du es willst. So war das doch, oder? Und versuche nicht, mich anzulügen. Ich kann alles in deinem Blut schmecken."

Adèle konnte es nicht abstreiten, aber sie funkelte ihn trotzdem wütend an, bevor sie schließlich zweimal blinzelte. Als er sie wieder zwickte, zuckte sie zusammen. Dann schob er ohne Vorwarnung die Finger in sie hinein und sie schloss die Augen. Sie hob die Hüften, um den Winkel seiner Penetration zu ändern, doch die Hose war immer noch um ihre Beine gewickelt und verhinderte, dass sie sich richtig bewegen konnte. Jude schlug ihr mit der Hand auf den Schenkel. „Lass das, Muschi. Du kannst mich nicht abwerfen und du willst es auch nicht. Du bist triefend nass, wie eine räudige Hündin. Aber keine Sorge. Ich ficke dich so hart, wie du es dir nur vorstellen kannst."

Jude zog die Finger zurück und ersetzte sie durch seinen Schwanz. Dann stieß er einige Male tief und hart zu, bevor er sich wieder zurückzog und sie auf den Bauch warf. Er zog ihre Arschbacken auseinander, versenkte zwei Finger in ihrem Hintereingang und dehnte den Muskel. Ihr ersticktes Schreien ließ ihn breit grinsen. „Du hast mich benutzt und unbefriedigt zurückgelassen", erklärte er ihr kalt. „Wir werden sehen, wie es dir gefällt, wenn ich das Gleiche mit dir mache. Wenn deine feuchte Fotze leer bleibt und ich dich in den Arsch ficke. Zu schade, dass du nicht der Mann bist, der du gerne wärst." Er stieß mit seinem Schwanz durch den engen Schließmuskel. „Ich brauche nur ein passendes Loch, Muschi. Es muss nicht dasselbe sein, in dem du mich gerne hättest."

Adèle hätte fast gegrinst, aber der Knebel ließ es nicht zu. Mochte er doch denken, was er wollte. Er musste nicht wissen, dass es für sie keinen großen Unterschied machte, auch wenn es nicht ihre erste Wahl war. Einige ihrer mehr experimentierfreudigen Liebhaber hatten sie mit dieser Art Sex bekannt gemacht. Sie kam so sogar schneller zum Höhepunkt, als auf die konventionelle Weise. Da ihr ersticktes Stöhnen Jude noch mehr anzuspornen schien, hielt Adèle sich nicht mehr zurück. Wenn er so enthusiastisch reagierte, weil ihn die Vorstellung aufgeilte, sie zu verletzen – umso besser für sie.

Jude schloss die Augen, als ihr Körper sich für ihn öffnete und in seiner samtweichen Hitze aufnahm. Sie bockte immer noch unter ihm und er grinste wild, während er härter zustieß und sich an ihren Hüften festkrallte. Ihr Arsch war eng, enger als jede Fotze es jemals sein konnte, und ihre Schreie brachten ihn vor Erregung um den Verstand. Jude fasste sie an den Haaren und zog sie hoch, um ihr in den Hals zu beißen. Der Geschmack in ihrem Blut raubte ihm den Rest seiner Kontrolle. Hemmungslos stieß er in sie hinein, suchte seine Befriedigung in der sicheren Überzeugung, sie benutzt und auf ihre Gefühle keinerlei Rücksicht genommen zu haben.

Der plötzliche Geschmack von Adèles Höhepunkt in ihrem Blut und die Reaktion ihres Körpers, der sich um seinen Schwanz zusammenzog, ließen auch Jude kommen. Er bebte und zitterte am ganzen Leib. Als es vorbei war, zog er sich sofort aus ihr zurück. Diese unerwartete Wende war mehr als ärgerlich. Seine ganze Wut richtete sich auf das Objekt seiner Verachtung. Er schlug ihr hart auf den Hintern. „Ekelhaftes Luder", fauchte er. „Sogar das hat dir noch gefallen."

Dann richtete er seine Kleidung und ging zur Tür. „Ich hoffe, dass dich bald jemand hier findet. Es mag etwas unangenehm sein, mit den Armen auf den Rücken gebunden und meinem Saft, der dir aus dem Arsch läuft. Nicht zu vergessen meine Bisse auf dem Rest deines Körpers. Aber vielleicht hast du ja Glück und jemand findet es so geil, dass er dich gleich noch einmal fickt, wenn er dich hier entdeckt. Oder soll ich dir jemanden vorbei schicken? Es würde dir doch nichts ausmachen, oder? Noch ein Schwanz, der dein leeres Loch füllt. Mehr interessiert dich doch sowieso nicht."

Adèle kochte vor Wut, als sie ihre Arme aus den Fesseln der Bluse befreite, nachdem Jude sie nicht mehr daran hindern konnte. Er konnte sagen, was er wollte, solange er glaubte, sie unter Kontrolle gehabt zu haben. Letztendlich war es ihr Orgasmus gewesen, der auch ihn zum Höhepunkt gebracht hatte. Sie war nicht unbefriedigt zurückgeblieben. Mochte er ruhig denken, dass er gewonnen hatte. Sie würde ihn noch eines Besseren belehren, bevor er es überhaupt merkte und sie daran hindern konnte.

DAVID ERKLÄRTE Marcel ihren Plan, wie sie mit den Vampiren zu verfahren beabsichtigten, die der Allianz beitreten und einen Partner suchen wollten. Danach konnte er sich an kein Wort mehr erinnern. Er hoffte nur, sich nicht allzu lächerlich gemacht zu haben. Als er zu der verabredeten Besprechung bei Marcel eingetroffen war, hatte er auch Angélique dort vorgefunden. Sie trug eine weit ausgeschnittene Bluse, die nicht nur den Blick auf ihren Brustansatz freigab, sondern auch auf die Hennabemalungen, von denen sich David sicher war, sie gestern noch nicht gesehen zu haben. Sein Blick wurde wie magisch davon angezogen und er konnte sich nicht mehr konzentrieren. Die Vorstellung, dass sie sich bemalt hatte – und der Himmel verhüte, dass es ein anderer getan hatte! –, sei es zu ihrem eigenen Vergnügen oder für einen Geliebten, war so erotisch aufgeladen, dass David keinen klaren Gedanken mehr fassen konnte.

Nachdem Marcel sie entlassen hatte, nahm er Angélique an der Hand und zog sie durch die Gänge und die Treppe hinab zu seinem Büro. „Was ist das?", fragte er zornig. Je länger er die Muster auf ihrer Haut betrachtete, umso mehr wuchs seine Eifersucht. „Hast du dich für einen anderen Mann aufgetakelt, nachdem du mich abgewiesen hast?"

Angélique schüttelte frustriert den Kopf. „Genau aus diesem Grund habe ich dich abgewiesen", seufzte sie. „Du glaubst, du hättest ein Recht darauf, mich zu besitzen. Und das, obwohl wir noch nicht einmal miteinander geschlafen haben. Zu deiner Information … Ich habe es für mich selbst getan, nicht für einen Geliebten. Ich fühle mich weiblicher und stärker, wenn ich mir den Körper bemale."

„Entschuldige", murmelte er, konnte die Augen aber immer noch nicht von ihrem Ausschnitt abwenden. Er war wie hypnotisiert davon und merkte kaum, wie er die Hand hob, um sie zu berühren. Angélique hielt die Luft an, als er mit dem Finger über die Muster fuhr, bis der Stoff ihrer Bluse ihn stoppte.

„Lass mich den Rest sehen", flüsterte er. „Ich will dich sehen."

Angélique zögerte. Schon heute früh, als sie die Hennapaste abwusch und nur noch die Muster auf ihrer Haut zu sehen waren, hatte sie gezögert. Sollte sie eine Bluse tragen, die die Muster erkennen ließ oder eine, die sie verbarg? Sollte sie einen Schal tragen oder nicht? Sie hatte sich schließlich für die ausgeschnittene Bluse und gegen den Schal entschieden, weil sie keinen Grund hatte, sich zu schämen oder zu verstecken. Ihr war bewusst gewesen, dass David es bemerken würde. Sie hatte es sogar gehofft. Nur mit seiner Dreistigkeit hatte sie nicht gerechnet. Mit Anschuldigungen vielleicht, aber nicht mit seiner gewagten Berührung und seiner geflüsterten Bitte. Nicht mit seiner Entschuldigung.

Mit zitternden Händen zog sie die Bluse hoch und entblößte ihren bemalten Bauch. Seine Finger fuhren über die verschlungenen Linien, so wie sie gestern über die Muster auf ihren Händen und Armen gefahren waren. Er wartete nicht auf ihre Erlaubnis und berührte sie mit der Vertrautheit eines langjährigen Geliebten. Angélique schloss die Augen und genoss das Gefühl seiner rauen Finger auf ihrer glatten Haut. Davids Finger wurden durch den Stoff des BHs aufgehalten, der ihre Brüste bedeckte. Ohne zu fragen, schob er ihn nach oben und setzte seine Erkundung auf ihren Brüsten fort. Sie hörte, wie er den Verschluss öffnete, und dann gab es nichts mehr, was seinem Blick, seiner Berührung im Wege stand.

Angélique stand wie erstarrt vor ihm und erschauerte unter der Berührung seiner Finger, die den Mustern über ihre Brüste nach oben bis zu ihren Brustwarzen folgten, wo sich die Linien schnitten. Die Finger glitten über ihre Nippel hinweg, ohne sie sonderlich zu beachten. Angélique fühlte sich dadurch gleichermaßen erregt und frustriert. Dann legte David die Hand auf ihre Hüfte und schob einen Finger in den Hosenbund. „Wie weit gehen sie nach unten?", fragte er leise.

Sie öffnete wortlos den Knopf ihrer Hose und zog den Reißverschluss nach unten. Der Stoff teilte sich und er folgte dem Muster um ihren Nabel und bis zum Saum ihres Slips.

David fiel vor ihr auf die Knie und setzte seine erotische Entdeckungsreise fort, so wie er es schon auf ihrem Oberkörper getan hatte. Er fragte auch dieses Mal nicht um Erlaubnis, als ihn der dünne Stoff ihrer Unterhose störte. Er zog sie einfach nach unten, um den Linien bis zu ihren dunklen Locken folgen zu können. „Du bist göttlich", flüsterte er ehrfurchtsvoll und drückte ihr einen sanften Kuss aufs Schambein.

„Nein", widersprach sie und hielt seinen Kopf für einen Augenblick fest, bevor sie die Hände wieder zur Seite fallen ließ. „Nur eine Vampirin." Langsam und bedächtig drehte sie sich um und brachte ihre Kleidung wieder in Ordnung. Sie war nervös, weil sie sich vorgenommen hatte, ihn noch länger warten zu lassen. Jetzt waren keine zwölf Stunden vergangen und schon war sie bereit, das Versprechen zu brechen, das sie sich selbst gegeben hatte. Trotz seiner Entschuldigung hatte David sie in seiner ersten Reaktion beschuldigt, die Bemalungen für einen anderen Mann angefertigt zu haben. Kaum hatte sie ihn eines Besseren belehrt, war er wie selbstverständlich davon ausgegangen, dass sie für ihn gedacht wären. Er hatte sie berührt, als hätte er jedes Recht dazu, als käme nur er selbst als Nutznießer in Frage. Er hatte Angélique behandelt wie eine Konkubine, die man nicht nach ihrem Einverständnis fragen muss, bevor man sie berührt und in Besitz nimmt. Angélique hatte seine zärtlichen Berührungen akzeptiert und sogar genossen. Doch das änderte nichts an der Tatsache, dass er sich einfach das Recht dazu herausgenommen hatte, ohne sie um Erlaubnis zu bitten. So sehr sie ihn begehrte und so schwer es ihrem

Verstand auch fiel, sich gegen die Bedürfnisse ihres Körpers zu behaupten – sie durfte nicht zulassen, dass er sie nur für eine Odaliske hielt, die er benutzen und wieder fallen lassen konnte. „Wir können das nicht tun. Es tut mir leid."

David sprang auf, packte sie an den Schultern und drehte sie zu sich um. „Warum nicht?", wollte er wissen. „Du hast dich nicht beschwert, als ich dich angefasst habe. Ich kann vielleicht nicht in deinem Blut lesen, aber ich bin mir ziemlich sicher, dass ich merke, wenn eine Frau mich nicht will."

„Ich habe nie behauptet, dass ich dich nicht will", meinte Angélique. „Aber das bedeutet nicht, dass es eine gute Idee wäre. Ich habe dir gestern Nacht gesagt, dass ich es nicht tun kann, solange du mich nur als Sexualobjekt siehst."

„Und doch bist du heute hierhergekommen, geschmückt wie eine Haremssklavin. Wenn du mich fragst, ist das Werbebetrug. Anmache ist noch höflich ausgedrückt."

„Henna wird auch dazu benutzt, um eine Braut an ihrem Hochzeitstag zu schmücken", erklärte sie ihm barsch. „Oder um eine werdende Mutter zu segnen. Haremsmädchen waren beileibe nicht die einzigen Frauen, die so bemalt wurden."

„Ich weiß sehr wohl, dass du keine Jungfrau bist. Und wenn du mir nichts verheimlichst, bist du auch nicht schwanger. Was soll ich denn denken, wenn du einfach so auftauchst, nachdem ich kurz vorher meine Enttäuschung darüber geäußert habe, dass du nicht überall bemalt bist? Wenn du nicht wolltest, dass ich es sehe, wenn es nicht für mich gedacht war – warum hast du es dann nicht besser versteckt?" David war unverkennbar wütend.

„Meine Welt dreht sich nicht nur um dich", fuhr sie ihn an. „Ich habe es für mich selbst getan, weil ich mich dabei gut gefühlt habe. Und ich trage diese Bluse, weil ich es will und weil sie mir gefällt. Sie ist sexy."

„Also doch Anmache", sagte David missbilligend. „Ich hätte nichts anderes von dir erwarten sollen. Du sagst, du willst so akzeptiert werden, wie du bist. Aber du reizt mich mit deiner Sexualität, bis ich darauf reagiere, nur um mir dann vorzuwerfen, ich würde dich wie eine Hure behandeln. Ich bin kein Heiliger, Angélique. Ich bin nur ein ganz normaler Mann und es ist vollkommen natürlich, dass ich auf eine schöne Frau reagiere. Du hast selbst gesagt, dass du dich mit der Bemalung weiblicher und stärker fühlst. Soll ich das etwa nicht bemerken? Ist es das?"

„Du sollst es bemerken", erwiderte Angélique. „Aber du sollst nicht einfach danach handeln, ohne mich vorher um Erlaubnis zu bitten."

David schüttelte den Kopf. „Such dir einen anderen Idioten für deine Spielchen. Ich habe dafür keine Zeit." Mit einem letzten wütenden Blick in ihre Richtung verließ er das Büro und nahm sich vor, nicht einen Gedanken mehr an sie – und ihre verdammten Hennamuster! – zu verschwenden.

Angélique ließ sich enttäuscht auf einen Stuhl fallen und schlug die Hände vors Gesicht. Davids Wut hatte jede Freude zerstört, die sie gestern Nacht empfunden hatte, als sie ihren Körper mit den Bemalungen schmückte. Er täuschte sich. Sie hatte es für sich getan, nicht für ihn. Er konnte nicht recht haben. Sie hatte nicht sehen wollen, wie er darauf reagieren würde. Sie weigerte sich, ihm recht zu geben. Sie hatte ihn nicht verführen wollen.

Er hatte recht. Sie bestrafte ihn dafür, dass es funktioniert hatte.

28

ANTONIO SCHLENDERTE am Ufer der Seine entlang nach Hause. In den frühen Morgenstunden waren die Kais noch menschenleer. Selbst für die ersten Jogger war es noch zu früh. Niemand störte seine Gedanken. Die Patrouille, der Jean ihn zugeteilt hatte, war in der Nacht gegen eine Gruppe dunkler Magier siegreich gewesen und hatte mehrere Gefangene gemacht. Antonio hatte wieder bei den Verhören geholfen, war aber mit dem Herzen nicht bei der Sache gewesen. Er wollte nur noch das Blut einer bestimmten Magierin. Natürlich konnte er das dem Chef de la Cour nicht sagen, denn diese Magierin kämpfte auf der Seite ihrer Feinde.

Glücklicherweise hatte sie nicht zu der Gruppe gehört, die heute Nacht von der Milice daran gehindert worden war, die Nationalbibliothek zu überfallen. Antonio war sich keineswegs sicher, wie er reagiert hätte, wenn sie sich im Kampf gegenübergestanden hätten und er gezwungen gewesen wäre, sich zwischen ihr und seiner Loyalität zum Chef de la Cour zu entscheiden. Es hätte sein Gewissen auf eine harte Probe gestellt. Antonio konnte nur hoffen, dass er sich richtig entschieden hätte, aber er war sich nicht sicher genug, um diese Hoffnung auf die Probe zu stellen.

Er sehnte sich mit seinem ganzen Wesen nach ihr. Er hatte gestern von einer nichtmagischen Frau im Sang Froid getrunken, aber deren Blut hatte ihm nicht mehr geschmeckt, obwohl es von der dunklen Magie frei gewesen war. Jede Frau, die ihm auffiel oder mit ihm flirten wollte, verblasste gegen Monique, selbst wenn sie objektiv schöner war als die Magierin. Sein Bett fühlte sich plötzlich leer an, obwohl Monique noch nie darin geschlafen hatte. Wenn er tagsüber im Bett lag und sich ausruhte, streichelte er über das kühle Laken und erinnerte sich daran, wie sich ihre warme Haut unter seinen Händen angefühlt hatte. Antonio trat mit voller Kraft gegen einen Stein und kickte ihn über den Schotter des Weges in den Fluss. Es musste doch einen Weg geben, etwas gegen diese Anfälligkeit für Monique zu unternehmen. Das Problem war, dass er nicht wusste, wen er fragen konnte, ohne sein Geheimnis preiszugeben. Antonio traute sich nicht, darüber zu reden. Er war sich ziemlich sicher, dass Jean ihn nicht blind verurteilen würde – schließlich hatte er sich nicht freiwillig für die Partnerschaft mit der dunklen Magierin entschieden –, aber ihm war klar, dass er sich und seine Handlungen damit verdächtig machen würde.

Antonio wurde aus seinen Gedanken in die Gegenwart zurückgerissen, als plötzlich ein Stab an seinen Nacken gepresst wurde. „Was hast du mit mir gemacht, zum Teufel?"

Er musste sich nicht erst umdrehen, um ihre Stimme zu erkennen. „Wie meinst du das?", fragte er, obwohl er genau wusste, worüber sie sprach. Offensichtlich hatte sie ihn genauso wenig vergessen können, wie er sie vergessen konnte. Aber das wollte er nicht zugeben, weder ihr, noch Jean oder den anderen Vampiren gegenüber. Vielleicht, wenn sie ehrlich dazu bereit gewesen wäre, Serrier zu verlassen … Aber das war sie nicht.

Sie stieß mit dem Stab an seinen Kopf. „Was ist das für eine Magie, die ihr Vampire habt? Warum gehst du mir nicht mehr aus dem Kopf?"

„So gut hat es dir gefallen, ja?", fragte er herausfordernd. Sie war seine Partnerin und das erlaubte ihm, die Drohung zu ignorieren, die ihr Stab für jeden anderen bedeutet hätte. Er packte sie am Handgelenk und bog ihren Arm nach unten. „Es wäre mir ein Vergnügen, dich zu einer Wiederholung einzuladen."

„Leck mich", fauchte sie ihn an und entzog sich seinem Griff, den Stab zur Verteidigung auf ihn gerichtet.

Antonio grinste und sah sie mit wild funkelnden Augen an. „Umgekehrt wird ein Schuh draus, Schätzchen."

„Glaubst du, du könntest dich einfach bedienen?", fragte sie unbeeindruckt. „Glaubst du, ich hätte dazu nichts zu sagen?"

„Das letzte Mal hattest du nichts dagegen", erinnerte er sie. „Und heute bist du zu mir gekommen, nicht umgekehrt."

„Weil ich herausfinden will, was du mit mir gemacht hast. Was ist das für eine Magie?"

„Keine Beschwörung, keine Magie. Nur mein ganz normaler, altmodischer Charme", versicherte er ihr. „Vampire sind keine Magier. Wäre es so schlimm, einfach zuzugeben, dass dir mein Biss gefallen hat?"

„Ja", erwiderte sie. „Ich will mit Vampiren nichts zu tun haben."

„Den Eindruck hatte ich aber das letzte Mal nicht", widersprach er ihr. „Soll ich dich noch einmal beißen, damit wir die Wahrheit herausfinden können?" Kaum waren ihm diese Worte über die Lippen gekommen, bedauerte er sie auch schon. Sie wusste nichts über diese besondere Fähigkeit der Vampire. Bis jetzt.

„Deshalb hast du mich also gebissen?", wollte sie wissen. „Um Chavinier mitteilen zu können, dass ich eine Spionin bin? Hast du auch nur ein einziges wahres Wort zu mir gesagt? Und musstest du mich deshalb auch noch ficken?"

„Ich war nicht der Einzige, der geflirtet hat", erinnerte er sie, nahm sie am Arm und zog sie an sich. Sie zischte leise vor Schmerz. So hart hatte er sie nicht angefasst. „Was ist mit dir passiert?"

„Nichts", knurrte sie und entzog ihm den Arm. „Es tut kaum noch weh."

„Wer hat das getan?"

„Das geht dich einen feuchten Kehricht an", fauchte sie. „Du hast mich gefickt und dafür gesorgt, dass ich zurückgeschickt wurde. Versagen bleibt nicht ohne Folgen, ja?"

„Ich bringe ihn um", knurrte Antonio. „Ich reiße ihm eigenhändig den Kopf ab."

Monique hätte ihn für seinen Chauvinismus zurechtweisen sollen, aber ein unterdrückter Teil ihrer weiblichen Persönlichkeit fühlte sich geschmeichelt. Normalerweise hielt sie ihre männlichen Mitkämpfer auf Abstand, weil sie keine Schwäche zeigen wollte, doch diese Fassade hatte ihren Preis. Antonio hatte mit seiner Reaktion ein tief verborgenes Bedürfnis in ihr geweckt. „Warum sollte dich das kümmern?", fragte sie ihn, aber ihr Tonfall hatte viel von seiner ursprünglichen Aggressivität verloren.

Antonio fuhr sich seufzend mit den Fingern durch die Haare. „Weiter unten am Fluss steht eine Bank", wich er ihrer Frage aus. „Wir könnten uns dort hinsetzen." Er streckte einladend die Hand aus.

Zu seiner Überraschung nahm sie an. Ihre zierlichen Finger verschwanden fasst völlig in seiner starken Hand.

Seite an Seite schlenderten sie zum Fluss, als wären sie ein Liebespaar, das sich nach einer langen Nacht in der Stadt auf dem Heimweg befand. Antonio führte sie zu der abgeschiedenen Bank am Ufer. Ein geschmiedetes Eisengitter trennte sie vom Fluss und die tief hängenden Äste der Bäume hatten noch genügend Laub, um sie vor neugierigen Blicken abzuschirmen. Antonio kam im Sommer oft hierher, um den Duft der Blumen einzuatmen, die in den Beeten hinter der Bank wuchsen. Im Winter konnte man nur die feuchte Erde und den Fluss riechen. Um diese Uhrzeit waren keine der Touristenboote unterwegs, die mit ihren Lichtern die Sehenswürdigkeiten der Stadt anstrahlten. Das Ufer war in Dunkelheit gehüllt und die Wellen des Flusses schlugen leise an die Steine der Uferbefestigung. Antonio war diese Geräusche gewohnt. Er setzte sich auf die Bank und zog Monique auf seinen Schoß. Sie wehrte sich, aber er gab nicht nach. „Die Bank ist kalt und feucht, und du hast keinen Mantel an. Keine Angst, ich werde nichts gegen deinen Willen tun. Ich will dich nur halten."

„Aber warum?", fragte sie und gab nach. „Ich bin deine Feindin."

Antonio schüttelte den Kopf. „Du magst die Feindin der Milice sein. Du magst vielleicht sogar Chaviniers Feindin sein. Aber du bist nicht meine Feindin."

„Das sollte ich aber sein."

„Aber du bist es nicht."

„Und warum nicht?", wiederholte Monique gereizt ihre Frage. „Ich habe das Gefühl, hier geht etwas vor sich, das ich nicht verstehe."

Antonio zuckte mit den Schultern. „Musst du es denn verstehen? Kannst du es nicht einfach genießen?"

„Was soll ich genießen?"

„Hier mit mir zu sitzen und umarmt zu werden, damit du nicht frierst. Du sollst genießen, dass ich bei dir bin und bei dir sein will, obwohl ich das wahrscheinlich nicht sollte." Er rieb sich mit dem Gesicht an ihrem Nacken und hoffte, sie würde ihn nicht wegstoßen. „Du sollst genießen, dass ich nur noch von dir trinken will, seit ich dich das erste Mal gebissen habe."

Monique sagte sich, dass ihr das vollkommen gleichgültig sein konnte. Trotzdem reagierte sie auf seine Lippen an ihrer Haut und stellte sich vor, wie sich seine Zähne in ihrem Hals anfühlen würden. Sie legte einladend den Kopf zur Seite. Sofort legte er die Hand unter ihren Kopf und stützte sie ab. Diese kleine Geste war so fürsorglich, dass ihr warm ums Herz wurde. Dann spürte sie seine Zunge am Hals und kurz darauf seine scharfen Eckzähne, die ihre Haut durchbohrten.

Sie keuchte leise, als er zu saugen begann. Er hielt sie immer noch mit einer Hand an der Hüfte fest und sie wünschte sich, er würde sie damit streicheln. Aber Antonio stützte sie nur auf seinem Schoß und machte keine Anstalten, sie intimer zu berühren. Nur seine Hände lagen an ihrem Kopf und an ihrer Hüfte und im Hals waren seine Zähne zu spüren.

Monique konnte sich nicht erinnern, jemals so gründlich verführt worden zu sein.

Antonio wurde mit jedem Schluck Blut mehr in den Bann dieser Frau gezogen, die unter ihrer rauen Schale ein so weiches Herz hatte. Sie mochte es nicht zugeben, aber er konnte es in jedem Tropfen ihres Blutes schmecken und er spielte dieses Wissen aus. Deshalb fasste er sie so behutsam an, obwohl er nichts lieber getan hätte, als unter der Kleidung nach ihrer nackten Haut zu suchen. Ihr Blut zu trinken war schon riskant genug. Sie auch noch zu verführen, würde den Bogen überspannen. Antonio wollte nichts beginnen, das er nicht guten Gewissens zu Ende bringen konnte. Er hatte die Vampire der Allianz und ihre Partner genau beobachtet. Er hatte gesehen, wie die Verbindung zwischen ihnen immer stärker wurde, selbst zwischen denjenigen, die sich dagegen sträubten. Als Außenstehender konnte er erkennen, dass die Chemie zwischen ihnen stimmte und sie wie füreinander geschaffen waren. Wenn die Magie ihnen dazu verhalf, sich schneller zu finden, konnte er das akzeptieren. Seine Existenz als Vampir basierte auf Magie und er stellte sie auch dann nicht in Frage, wenn sie andere Lebensbereiche beeinflusste. Aber diese Entscheidung konnte er nur für sich selbst treffen, nicht für die Frau in seinen Armen. Monique wusste nicht, welche Mächte sie in Antonios Arme getrieben hatten. Er konnte es ihr auch nicht sagen, ohne sie in die Geheimnisse der Allianz einzuweihen. Er führte sie schon allein dadurch hinters Licht, dass er ihr Blut trank, ohne dass sie seine wahren Gründe erfuhr und ihm ihre Zustimmung geben konnte. Sich noch mehr zu nehmen, wäre ein unverantwortlicher Vertrauensbruch und er musste damit warten, bis er ihr eines Tages vielleicht mehr über die magische Natur der Partnerschaften erzählen konnte.

Antonio trank in vollen Zügen. Ihr Körper schmiegte sich an ihn und er schmeckte ihre Bereitwilligkeit, hielt sich aber dennoch zurück, während Monique sich in seinen Armen immer mehr entspannte.

Das Geräusch eines Motorboots riss ihn aus seiner Konzentration. Er zog Monique fest an sich und drückte ihren Kopf an seine Brust, um sie vor neugierigen

Blicken zu schützen, bis das Boot vorbeigefahren war. Er wollte kein Risiko eingehen, obwohl er bezweifelte, dass jemand nach ihnen Ausschau hielt. Als das Boot verschwunden war, legte er ihr die Finger unters Kinn und hob ihren Kopf. Sie sah ihn an und er küsste sie sanft auf den Mund. „Dieser Platz ist zu öffentlich, selbst in der Nacht. Ich kann nicht mehr tun, als von dir zu trinken."

„Dann lass uns an einen anderen Ort gehen", schlug sie vor. Das Verlangen pochte immer noch in ihren Adern.

Antonio schüttelte bedauernd den Kopf. „Es wäre nicht sicher, nicht für dich und nicht für mich."

„Das ist mir egal."

„Aber mir nicht", erwiderte er. „Geh nach Hause, wo du in Sicherheit bist. Du musst die Wunden an deinem Hals heilen. Serrier würde sie sofort erkennen und ich könnte es nicht aushalten, wenn er dich für das, was wir hier getan haben, bestraft."

„Ich bin nicht dumm und …", begann sie.

„Das weiß ich", unterbrach sie Antonio. „Aber ich weiß auch, wie leicht man solche Dinge vergessen kann. Es gefällt mir nicht, dass du es verbergen musst. Ich möchte diesen Tag im Bett verbringen und daran denken, dass du mein Zeichen trägst. Doch das geht nicht. Es ist zu gefährlich, solange du für Serrier kämpfst."

„Versuche nicht, mich zu bekehren", sagte sie verbittert. „Ich habe mich schon entschieden."

„Sei nur vorsichtig", bat er sie. „Ich werde mich nicht zurückhalten, falls wir uns in einem Kampf gegenüberstehen. Ich muss für das kämpfen, woran ich glaube, auch wenn ich den Gedanken nicht ertragen kann, dich zu verletzen."

Monique stand auf und sah in traurig an. „Ich auch." Sie murmelte eine leise Beschwörung und schnippte mit ihrem Stab, dann war sie verschwunden. Antonio blieb auf der Bank zurück. Er schlug mit der Faust an die Lehne. Der Schmerz fuhr ihm durch den ganzen Arm, aber er schenkte ihm keine Beachtung. Das Blut der dunklen Magier schmeckte wie Öl, ein übermächtiger Geschmack nach Verdorbenheit und Bosheit, der alles andere überdeckte. Auch in Moniques Blut waren Wut und dunkle Magie zu schmecken gewesen, aber es erregte nicht die gleiche Übelkeit in ihm.

Warum hielt sie dann so unverrückbar an ihrem eingeschlagenen Weg fest? Glaubte sie, keine andere Wahl zu haben? Glaubte sie, dass sie nach ihrer Enttarnung als Spionin von der Milice nicht mehr akzeptiert werden würde? Hatte Serrier ein Druckmittel gegen sie und konnte sie damit zwingen, gegen ihre tiefere Überzeugung für ihn zu kämpfen?

Die vielen offenen Fragen frustrierten Antonio. Monique gehörte nicht in die Reihen der dunklen Magier, aber er wusste nicht, wie er sie da rausholen konnte. Seine Loyalität zu Jean sagte ihm, er sollte sich von ihr fernhalten, bis sie selbst ihren Fehler einsah und zurückkam. Sein Herz weigerte sich, auf dieses Argument zu hören. Sie brauchte einen triftigen Grund, um die Seiten zu wechseln. Einen

Ansporn, der stärker war als alles, was Serrier gegen sie in der Hand hielt. Antonio wusste nicht, ob er ihr helfen konnte, aber versuchen musste er es. Ihr Blut war wie der Nektar der Götter und es rief nach ihm. Es versprach ihm Sicherheit vor der Sonne und einen Geschmack, der alle anderen in den Schatten stellte. Antonio musste es einfach versuchen, sie umzustimmen, sonst würde er es für immer bereuen. Er konnte sie nicht unter Druck setzen, aber er konnte ihr die Vorteile schildern; er konnte herausfinden, was sie bei Serrier hielt und vielleicht etwas dagegen unternehmen. Irgendwie musste er es schaffen.

Jetzt musste er Monique nur noch von seinem Plan überzeugen. Ohne ihr dabei mehr über die Allianz zu verraten, als Serrier jetzt schon wusste.

Ihm war heute schon ein Fehler unterlaufen, als er ihr versehentlich verraten hatte, dass er in ihrem Blut lesen konnte. Aber die Information würde Serrier nicht viel nutzen, denn diese Fähigkeit der Vampire war nicht auf die Allianz und die Partnerschaften beschränkt. Serrier hätte jederzeit den Gesetzlosen danach fragen und eine Antwort bekommen können.

Antonio schüttelte angeekelt den Kopf, als er an Couthon dachte. Dann stand er auf und machte sich auf den kurzen Weg zu seinem Hausboot, auf dem er seit einer Generation lebte. Der Gesetzlose machte sich etwas vor, wenn er glaubte, Serrier würde sich für mehr als sich selbst und vielleicht noch die Magier interessieren, die an seiner Seite kämpften. Antonio hatte in seiner Existenz als Vampir schon viele wahnsinnige Diktatoren kommen und gehen sehen. Im Grundsatz waren sie alle gleich. Sie verkündeten ein übergeordnetes Ziel zum Wohl der Menschheit und nutzten die Gutgläubigkeit der Menschen aus, um ihre eigenen Interessen und die ihres engeren Kreises durchzusetzen. Aber selbst ihre engsten Anhänger wurden nur selten für ihre Treue belohnt. Meistens erkannten die Menschen früher oder später, dass sie in die Irre geführt worden waren und erhoben sich gegen diese Diktatoren. So wie jetzt. Die Allianz würde dafür sorgen, dass Serrier keine Chance bekam, seine verdorbenen Ziele zu verwirklichen.

29

„WAS IMMER wir auch unternehmen, sie wissen darüber Bescheid und erwarten uns schon!", schrie Serrier seine glücklosen Offiziere an. „Der Eiffelturm, der Justizpalast, die Nationalbibliothek. Chavinier hat schon immer mehr Glück gehabt als Verstand, aber das ist kein Zufall mehr! Jemand gibt ihm Informationen, und ich will wissen, wer das ist!"

Die Anwesenden wurden bleich und versanken tiefer in ihren Sitzen, als könnten sie sich dadurch unsichtbar machen. Als Serrier das letzte Mal wegen eines angeblichen Spions einen Amoklauf begonnen hatte, waren fünfzehn seiner Anhänger bei der Säuberungsaktion ums Leben gekommen, bevor er endlich davon überzeugt werden konnte, dass er den Spion schon erwischt hatte. „Vuillemin hat auf dem Weg zur Sainte-Chapelle einen Schutzzauber ausgelöst, der Chavinier alarmiert hat", erinnerte ihn Eric. „Sofern das keine Absicht war, kann ich mir nicht vorstellen, dass Verrat eine Rolle gespielt hat."

„Das erklärt aber nicht, warum sie uns am Eiffelturm erwartet haben. Dort gab es keine Schutzzauber, die ihn alarmieren konnten", warf Vincent ein. „An die Nationalbibliothek sind wir nicht nahe genug herangekommen, um das beurteilen zu können."

„Es ist in den letzten Wochen deutlich schlimmer geworden", bemerkte Claude. „Wen könnte Chavinier dieses Mal rekrutiert haben?"

„Er war bei dem Kampf auf dem Gare de Lyon dabei", überlegte Serrier. „Ist nicht einer von uns diesem Debakel entkommen?"

„Ja", erwiderte Vincent. „Aber er ist fast noch ein Junge." Er versuchte, sich an einen Namen zu erinnern. „Daniel, Denis … nein, Dominique. Dominique Cornet. Ich kann mich noch erinnern, wie überrascht ich darüber war, dass er als Einziger nicht getötet oder gefangen genommen wurde."

„Und dann ist da noch Monique", fügte Serrier hinzu. „Sie behauptet, Chavinier nicht persönlich begegnet zu sein. Aber sie war im Hauptquartier der Milice."

„Das war kurz vor dem Angriff auf den Eiffelturm", meinte Claude. „Wusste sie über unsere Pläne Bescheid?"

„Kann sein", erwiderte Serrier. „Sie war für diese Aktion nicht eingeteilt, weil sie sich bei der Milice einschleichen sollte. Aber unsere Pläne waren kein Geheimnis. Sie kann es von jemandem erfahren haben. Dominique war auch nicht am Eiffelturm eingeteilt."

„Wusste einer der beiden über den Angriff heute Nacht Bescheid?", wollte Eric wissen.

„Soweit ich weiß, nicht", erwiderte Serrier. „Aber ich habe den Anführer der Einheit vor einigen Tagen informiert, damit er den Angriff planen konnte. Wenn er mit seinen Leuten darüber geredet hat, kann einer von ihnen es dem potentiellen Spion weitergesagt haben. Keine der Aktionen, von denen Chavinier erfahren hat, war geheim. Der Kreis der Informierten ist zu groß, um den Spion eindeutig festzunageln. Selbst wenn wir nur von den beiden Verdächtigen ausgehen, über die wir gesprochen haben."

„Überlasse sie mir für einige Stunden", bot Claude an. „Ich werde sie schon zum Reden bringen."

„Und wenn du mit ihnen fertig bist, werden sie den größten Unsinn gestanden haben, nur um deiner Folter zu entgehen", sagte Vincent. „Wenn du wirklich herausfinden willst, wer es war, musst du sie ausräuchern. Gib den beiden – oder einem von ihnen – Informationen, die andere nicht haben. Dann warte ab, ob Chavinier davon erfährt. Wenn er auf die Information reagiert, hast du deinen Beweis."

„Und wenn er nicht darauf reagiert?", gab Serrier zurück.

„Dann war er oder sie entweder kein Spion, oder der alte Narr hat die Informationen zu spät bekommen. In der Zwischenzeit halte deine Pläne bis zum letzten Augenblick geheim und rede nur mit vertrauenswürdigen Offizieren darüber. So kann der Spion – wer immer es auch sein mag – Chavinier nicht mehr rechtzeitig warnen."

Serrier lachte kalt. „Und wen unter meinen Offizieren hältst du für vertrauenswürdig?", wollte er von Vincent wissen.

„Ich denke, wir haben dir alle unsere Loyalität bewiesen", mischte sich Eric ein, um Serrier von Vincent abzulenken. „Mehr als einmal."

Serrier fühlte sich durch diese Unverfrorenheit sichtlich irritiert, hob den Stab und schickte Eric einen harten Stoß seiner Magie durch die Nerven. Der große Mann zuckte zusammen, ließ sich durch die peinvolle Zurechtweisung aber nicht von seinem Vorhaben abbringen. Er sah dem Rebellenführer standhaft in die Augen, während sein Körper sich im Reflex verkrampfte und ihm ein leiser Schmerzensschrei entfuhr. Als hätte Serrier nur darauf gewartet, senkte er den Stab wieder. Eric stöhnte erleichtert. „Eines Tages wirst du es noch zu weit treiben, Simonet."

Eric zuckte mit den Schultern. Seine Muskeln waren immer noch verkrampft von der plötzlichen Attacke Serriers. „Eines Tages wirst du vielleicht wirklich an unsere Loyalität glauben. Wollen wir jetzt diesen Spion enttarnen oder nicht?"

„Gleich", erwiderte Serrier und kniff spekulierend die Augen zusammen, als müsste er noch entscheiden, ob Eric ihn erneut herausfordern wollte. „Wir sind noch nicht fertig."

„Was gibt es denn noch zu bereden?", fragte Vincent.

„Der Blutsauger hat mich enttäuscht. Seine Informationen sind nicht das, was ich mir erhofft habe", erklärte Serrier. „Er hat uns von dem Treffen am Gare de Lyon berichtet, aber was die Allianz angeht …" Serrier zog eine Grimasse. „Wir wissen immer noch nicht, wie sie funktioniert und was wir dagegen unternehmen können. Wir können es uns nicht leisten, noch mehr Schlachten zu verlieren. Sonst bleibt bald niemand mehr von uns übrig."

„Was schlägst du also vor?", wollte Eric wissen.

„Wir brauchen ein Versuchskaninchen, einen Vampir, mit dem wir experimentieren können, um herauszufinden, was sie verwundbar macht. Ich bin versucht, unseren Gast um diesen Gefallen zu bitten, aber er kann sich vielleicht noch als nützlich erweisen, wenn wir ihn nicht allzu sehr vor den Kopf schlagen."

Claude grinste wie ein Wahnsinniger und rieb sich die Hände. „Darf ich das übernehmen? Bitte?"

Eric und Vincent sahen sich an und verdrehten die Augen.

„Später", sagte Serrier beschwichtigend. „Erst müssen wir mehr über ihre Schwächen wissen."

„Und wo willst du einen anderen Vampir finden?", fragte Vincent. „Es war schon schwierig genug, Couthon zum Reden zu bringen. Die anderen werden jetzt doppelt auf der Hut sein, nachdem sie sich der Allianz angeschlossen haben."

„Wir müssen einen fangen", antwortete Serrier. „Vorzugsweise einen von ihnen, der mit Chavinier unter einer Decke steckt. So erfahren wir nicht nur mehr über ihre Schwächen, sondern auch über die Strategien der Milice. Ich denke, es ist an der Zeit, dass wir Montmartre einen Besuch abstatten. Dort scheinen sich viele von ihnen rumzutreiben. Und da wir hinter einem Vampir der Milice her sind, werden wir auch dafür sorgen, dass unser Spion bestens informiert ist und Chavinier genug Leute schickt, um seine neuen Freunde zu beschützen."

„Das ist Selbstmord", platzte es aus Vincent heraus, bevor er sich auf die Zunge beißen konnte.

„Mag sein", stimmte Serrier ihm zu. „Aber wir tun doch alles für die gerechte Sache, nicht wahr? Ich werde euch beiden die Ehre erweisen, diesen Angriff führen zu dürfen. Ihr habt gute Arbeit geleistet, als ihr mir Couthon gebracht habt. Ihr werdet mich auch dieses Mal nicht enttäuschen."

Eric und Vincent warfen sich einen resignierten Blick zu. „Wann?", erkundigte sich Eric dann.

„Morgen Nacht", entschied Serrier. „Wir wollen Chavinier nicht zu viel Zeit geben, um sich auf den Angriff vorzubereiten. Sagt den Spionen morgen früh Bescheid, aber gebt ihnen unterschiedliche Informationen, damit wir anschließend wissen, wer von ihnen Chavinier informiert hat. Ihr seid entlassen."

Die drei Magier standen auf und verließen das Zimmer. Claude verschwand in den Gewölben unter Serriers Hauptquartier. Eric und Vincent sahen ihm angeekelt nach. „Geht er überhaupt jemals hier raus?", knurrte Vincent. „Er ist wie … wie Quasimodo oder so, versteckt sich hier vor der Welt, damit niemand erkennt, was er für ein abscheulicher Kerl ist."

„Wohin sollte er auch gehen?", fragte Eric gleichgültig. „Wenn er sich draußen blicken lässt, landet er sofort im Knast oder in einer Anstalt für Geisteskranke. Lass uns von hier verschwinden. Wir müssen eine Entführung planen." Eric hatte noch mehr geplant, bevor er morgen auf seine möglicherweise letzte Mission ging. Aber die stand an erster Stelle, erst danach kam er selbst.

„Was immer wir den beiden Verdächtigen erzählen, die Wahrheit sollte es nicht sein", sagte Vincent leise, als sie auf der Straße waren. „Willst du vorher noch etwas essen? Ich habe nichts Essbares zuhause. Wir könnten in ein Bistro gehen."

Eric dachte kurz über den Vorschlag nach und schüttelte dann den Kopf. „Ich habe im besten Fall auch nur noch Schimmelkulturen im Kühlschrank. Gibt es ein gutes Bistro in der Nähe deiner Wohnung? Oder wollen wir zu mir gehen? Um die Ecke ist ein Café, in dem es köstliche Crêpes gibt."

„Crêpes, Eric?", neckte Vincent.

„Wieso nicht?", meinte Eric. „Ich bin aus der Bretagne. Wir essen Crêpes, wenn wir uns schlecht fühlen."

Vincent wurde wieder ernst. „Dann brauchen wir sie heute, nicht wahr?"

„Wenn du lieber woanders hingehen willst …"

Vincent schüttelte den Kopf. „Meine Großmutter hat mir früher immer Crêpes gemacht. Lass uns so tun, als wäre die Welt noch in Ordnung – so, wie in unserer Kindheit."

„Dann treffen wir uns vor meiner Wohnung und gehen vor dort zu Fuß. Es ist nicht weit."

Vincent nickte und sie transportierten sich zu Erics Wohnung in der Rue du Hameau. Zehn Minuten später saßen sie in dem kleinen Café. Auf dem Tisch vor ihnen stand eine Flasche Cidre und die Crêpes hatten sie auch schon bestellt. Vincent sah sich in dem leeren Café um und beugte sich dann über den Tisch, damit sie sich leise unterhalten konnten. „Hast du eine Idee, wie wir vorgehen sollen?"

„Ja", erwiderte Eric bedächtig. „Wir erledigen es selbst. Wir geben einem anderen den Befehl über die Einheit und halten uns im Hintergrund. Dann warten wir eine günstige Gelegenheit ab und schnappen uns einen Vampir. Sobald wir ihn haben, bringen wir ihn zu Pascal."

„Aber wen?", fragte Vincent. „Ich bin mir nicht sicher, wem ich noch vertrauen kann. Ich werde den Kampf nicht aufgeben, aber ich glaube nicht, dass wir noch eine Chance haben. Chavinier dezimiert unsere Reihen immer mehr. Er hat in den letzten drei Wochen mehr von uns festgenommen, als seit Beginn dieses Krieges."

„Und genau aus diesem Grund will Pascal den Vampir", meinte Eric. „Sie haben sich einen Vorteil verschafft, dem wir etwas entgegensetzen müssen, sonst sind wir alle verloren."

„Und du hast damit kein Problem?", erkundigte sich Vincent. „Du weißt genau, was sie mit dem armen Kerl anstellen, wenn wir ihn fangen."

„Und du weißt, was mit uns passiert, wenn wir versagen", erinnerte ihn Eric. „Mir tut immer noch alles weh von seinem Ausbruch vorhin. Ich brauche das kein zweites Mal."

„Und das war noch harmlos", stimmte ihm Vincent zu. „Wenn wir seinen Befehl nicht ausführen, wird es wesentlich schlimmer kommen." Er seufzte. „Manchmal würde ich am liebsten von hier verschwinden."

„Und wohin?", fragte Eric. „Wir werden gesucht. Selbst wenn Pascal uns nicht wieder in die Fänge bekommt … Was glaubst du wohl, wie lange es dauert, bis eine nette alte Dame aus der Nachbarschaft uns erkennt und anzeigt? Wir sind nicht gerade unauffällig. Ich will nicht im Gefängnis landen, Vincent."

„Aber würdest du es tun? Abhauen, meine ich. Wenn du nicht ins Gefängnis müsstest?"

Eric schnaubte verächtlich. „Finde einen Weg, und wir können darüber reden. Wir haben uns entschieden. Jetzt müssen wir dafür sorgen, dass wir gewinnen."

„Ja", sagte Vincent nachdenklich. Dann wurde ihre Unterhaltung durch die Kellnerin unterbrochen, die ihnen die Crêpes brachte. Als sie wieder allein waren, schien Vincent wieder bei der Sache zu sein. „Wir müssen herausfinden, wie Chavinier die Vampire im Kampf einsetzt. Dann können wir entscheiden, wie wir ihnen eine Falle stellen. Der Place Pigalle ist zu groß, um ihn zu zweit abzudecken. Wir müssen uns überlegen, wo wir uns am besten positionieren."

Den Rest ihrer Mahlzeit verbrachten sie damit, über die letzten Kämpfe zu diskutieren und einen Schlachtplan zu entwickeln. Nach dem Essen bestellten sie sich noch einen Kaffee, bezahlten ihre Rechnung und verließen das Café. „Kommst du mit zu mir?", fragte Eric.

Vincent grinste. „Ich dachte schon, du würdest nicht mehr fragen."

Eric öffnete lachend die Haustür und ließ Vincent den Vortritt. Er war nervös. Sein Freund war zwar schon hier gewesen, aber das war vor dem Beginn ihrer Affäre gewesen. Vincent nahm ihm den Schlüssel aus der zitternden Hand und schloss die Wohnungstür auf. Dann schob er Eric durch die Tür. „Ganz ruhig", flüsterte er und küsste ihn am Hals. „Ich verspreche dir, dass es nicht so wird, wie das letzte Mal."

„Ich bin nicht nervös", protestierte Eric, aber das Zittern in seiner Stimme besagte das Gegenteil.

„Natürlich nicht", stimmte Vincent ihm trotzdem zu und zog ihn an sich. Ihre Hüften berührten sich und er konnte spüren, wie Eric auf die Nähe reagierte. Vincent fuhr ihm mit den Händen über den Rücken, zog ihm die Lederjacke von den Schultern und warf sie blind in Richtung der Garderobe.

Es war kühl im Zimmer und Eric lief ein leichter Schauer über den Rücken. Vincents Hände wärmten ihn. Sie glitten unter seine Kleidung und über seine nackte Brust, kniffen ihn in die Brustwarzen, bis er sich ihnen mit einem leisen Stöhnen entgegenbog. Er wollte sich bei Vincent revanchieren, doch seine Arme verweigerten den Befehl. Vincent hatte es in kürzester Zeit geschafft, Erics Verstand abzuschalten.

„Schlafzimmer", befahl Vincent mit strenger Stimme. „Sofort."

Eric nickte nur und ging voraus in das einzige Zimmer seiner Wohnung, das Vincent noch nicht kannte. Bis jetzt hatte Eric keinen Grund gehabt, es seinem Freund zu zeigen. Er zögerte kurz, bevor er das Zimmer betrat. Vincent gab ihm von hinten einen Schubs und stieß ihn über die Schwelle. Dann schloss er hinter ihnen die Tür. „Vertrau mir", bat er leise und drückte Eric aufs Bett. „Ich will dir zeigen, wie gut es sich anfühlen kann."

„Es hat sich das letzte Mal schon gut angefühlt", widersprach Eric, weil er nicht wollte, dass Vincent ein schlechtes Gewissen hatte.

Vincent lächelte nur. „Aber dieses Mal wird es noch besser sein." Er zog Eric die Schuhe und die Hose aus, dann hockte er sich über ihn und zog ihm den Pullover und das Hemd über den Kopf, bis Eric nackt vor ihm lag.

Eric ließ es widerspruchlos mit sich geschehen. Wenn er ehrlich war, wollte er von Vincent so behandelt werden. Er konnte die Schmerzen von Serriers magischer Attacke noch in den Gliedern fühlen, obwohl schon über eine Stunde vergangen war und der Cidre ihn etwas betäubte. Die Berührungen seines Geliebten waren ein wohltuendes Gefühl, denn Vincent war heute so zärtlich, wie er das letzte Mal wild gewesen war. Mit jeder Berührung ersetzte er Schmerz durch Lust, heilte die gepeinigten Nerven und besänftigte Erics verletzten Stolz. Vincent verurteilte ihn nicht, weder für Serriers Fluch noch für die Provokation, mit der Eric ihn herausgefordert hatte. Eric wollte sich nicht mit Gedanken an eine mögliche Flucht aufhalten, obwohl er auch gerne einfach verschwunden und nie wieder zurückgekommen wäre. Es war nur ein Wunschtraum ohne Aussicht auf Erfüllung. Nur Vincents sanfte Hände waren Wirklichkeit, so wie die Leidenschaft, die sie zwischen ihnen weckten. Eric brauchte diese Leidenschaft, denn sie half ihm, alles andere zu vergessen. Der nächste Tag kam früh genug, und morgen hatten sie wieder andere Probleme.

Die feuchten Finger zwischen seinen Beinen rissen Eric aus seinen Grübeleien. Er hob die Hüften vom Bett und drückte sich ihnen entgegen. Es war ihm egal, woher Vincent das Gel hatte – ob er es beschworen oder schon den ganzen Tag in der Tasche gehabt hatte. Dieses Mal war Eric vorbereitet, als Vincents Finger seine Prostata fanden. Aber anstatt sich zu beeilen, so wie beim ersten Mal, ließ Vincent sich Zeit. Langsam zog er die Finger zurück und schob sie wieder tiefer in Eric hinein, reizte ihn mehr und mehr, bis Eric das Gefühl hatte, allein durch diese Finger zum Höhepunkt getrieben zu werden.

Wenn sie doch nur noch ein paar Sekunden länger dort bleiben könnten …

Er knurrte protestierend, als Vincent ihn ignorierte und sich vorbeugte, um ihn zärtlich zu küssen. „Ich werde das nicht tun, bevor ich nicht sicher bin, dass ich dir dieses Mal nicht wehtue", tadelte er Eric lächelnd. „Lass mich nur machen."

Eric gab nach und überließ sich Vincents Führung. Er wurde noch etwas länger gedehnt, dann rieb ihm Vincent ein letztes Mal über die Prostata und zog die Finger endlich zurück. Eric blieb stöhnend liegen. Er bebte am ganzen Leib. Glücklicherweise schien Vincent auch am Ende seiner Geduld zu sein. Er rieb sich noch einmal mit der feuchten Hand über den Schwanz, dann brachte er sich in Position und stieß schnell in Eric hinein. Als er durch den Schließmuskel eingedrungen war, hielt er inne, um Eric etwas Zeit zu geben.

Eric atmete keuchend, während sein Körper versuchte, sich an den Eindringling zu gewöhnen. Das Brennen ließ viel schneller nach, als er es nach seiner ersten Erfahrung erwartet hatte. Er öffnete die Augen und sah über sich seinen Freund und Geliebten aufragen. Vincent war ein wundervoller Anblick. Sein Gesicht war ekstatisch verzerrt, während er darum kämpfte, stillzuhalten und nicht wieder so aggressiv über Eric herzufallen.

Eric hob die Hand und streichelte ihm über die Stirn. „Jetzt", flüsterte er atemlos.

Vincent bewegte sich zuerst langsam und ließ ihn nicht aus den Augen, dann fand er einen Rhythmus, der für sie beide gut war, ohne Eric wieder unabsichtlich Schmerzen zu bereiten. Es dauerte nur wenige Sekunden, bis Eric den Rhythmus aufnahm, Vincents Stöße mit den Hüften erwiderte und nach mehr verlangte. Vincent entspannte sich und gab einen Teil seiner Kontrolle auf, nicht um zu verletzen, sondern um ihre Leidenschaft noch weiter zu steigern. Eric reagierte auch jetzt, stieß sich mit den Füßen von der Matratze ab und kam ihm genauso kraftvoll entgegen, bis ihre Hüften hart zusammenstießen.

Als Eric unter ihm plötzlich aufs Bett zurückfiel, hätte Vincent beinahe aufgehört. Doch dann fühlte er, wie Eric die Beine um ihn schlang und ihn mit aller Macht an sich drückte, während er ihm die Arme um den Hals legte und ihn zu sich nach unten zog, um ihn zu küssen. Es war ein leidenschaftlicher, aufwühlender Kuss, der Vincent an die Grenze seiner Selbstbeherrschung brachte. Er gab ihm nach und hielt sich nicht mehr zurück. Eric krallte sich an seinen Schultern fest und Vincent erschauerte ein letztes Mal, dann kam er zum Orgasmus. Als es vorbei war, zog er sich aus Erics Arsch zurück, hockte sich auf und nahm Erics Schwanz in die Hand. Er steckte ihn sich in den Mund und saugte, was das Zeug hielt.

Eric kam mit einem heiseren Schrei, bäumte sich unter der Macht seines Höhepunktes auf und füllte Vincents Mund mit seinem Samen. Dann fiel er keuchend auf die Matratze zurück. Vincent legte sich an seine Seite und nahm ihn in die Arme.

Sie sagten beide kein Wort. Es gab auch nichts zu sagen. Ihr Leben war ständig bedroht und die Versprechen, die sie sich unter anderen Umständen vielleicht zugeflüstert hätten, waren bedeutungslos. Sie blieben in ihren Herzen weggeschlossen, denn sie konnten nur einem Herren folgen – Serrier oder ihrem Herzen.

30

„ER IST fast noch ein Junge", flüsterte Vincent, während er und Eric den jungen Magier beobachteten, dem sie eine Falle stellen sollten. „Ich fühle mich schuldig, weil ich Pascal gestern an ihn erinnert habe."

Eric zuckte mit den Schultern, obwohl er Vincent durchaus verstehen konnte. „Pascal hatte ihn nicht vergessen. Ihm war nur der Name entfallen, aber an den hätte er sich früher oder später selbst erinnert, auch wenn wir nichts gesagt hätten. Ich mache mir mehr Sorgen um Monique. Es war mein Vorschlag, sie zu Chavinier zu schicken, um ihn auszuspionieren. Jetzt steht sie deswegen unter Verdacht."

Vincent schüttelte den Kopf. „Falls einer der beiden der Spion ist – und falls es überhaupt einen Spion gibt –, dann kannte er das Risiko, das damit verbunden ist. Und wenn sie unschuldig sind, haben sie nichts zu befürchten."

Eric schnaubte geringschätzig. „Wenn du nur recht hättest. Du weißt, was das letzte Mal passiert ist, als Pascal eine Hexenjagd veranstaltet hat. Er hat mehr loyale Magier als Spione umgebracht. Und selbst dieses Debakel hat nicht alle davon abhalten können, die Seiten zu wechseln."

„Wir könnten ihnen den geplanten Überfall einfach verschweigen", schlug Vincent leise vor. „Wenn uns Chavinier nicht erwartet, wird Pascal seinen Spion woanders suchen."

„Und vielleicht ein anderes Opfer finden", meinte Eric. „Ob es uns gefällt oder nicht, aber die beiden sind unsere besten Kandidaten. Nur sie hatten Kontakt zur Milice, seit sich das Kriegsglück gewendet hat. Wir müssen ihnen die Informationen zustecken und einfach hoffen, dass sie clever genug sind, um sich nicht erwischen zu lassen."

„Ich weiß", stimmte Vincent schweren Herzens zu. „Aber es gefällt mir trotzdem nicht."

„Ja", erwiderte Eric. „Aber damit müssen wir leben. Rede du mit Dominique und ich mache mich auf die Suche nach Monique. Dann haben wir es hinter uns, bis der Kampf vorbei ist und wir herausfinden müssen, wessen Informationen uns an Chavinier verraten haben."

Vincent warf dem jungen Mann einen kurzen Blick zu. Dominique stand in einer Ecke und verschickte einen Text mit seinem Handy. Putain, er war noch so jung. Vincent runzelte die Stirn und nickte Eric zu. Dann machte er sich auf den Weg und hoffte inständig, dass Dominique sich als unschuldig erweisen würde.

Vincent wusste nicht, was er tun würde, wenn er den Tod des jungen Mannes auf dem Gewissen hätte.

DOMINIQUE SAH sich noch einmal um, dann betrat er die Telefonzelle in der Nähe des Jardin des Tuileries und wählte die Nummer, die Chavinier ihm magisch eingeprägt hatte. Dumont war der Meinung gewesen, dass einfache Methoden immer am besten wirkten. Dominique wusste nicht, wessen Nummer er wählte. Er wusste nur, dass es eine Festnetznummer in Paris war. Jedes Mal, wenn er die Nummer wählte, benutzte er eine andere Telefonzelle. Es war immer eine, die an seinem Weg lag, sodass sich ein potentieller Verfolger nicht wundern würde, warum er einen Umweg machte, nur um zu telefonieren.

Manchmal nahm niemand ab und er wurde aufgefordert, eine Botschaft zu hinterlassen. Aber meistens meldete sich Chavinier schon nach dem zweiten oder dritten Klingelton, hörte sich die Neuigkeiten an und stellte einige Fragen, bedankte sich dann und beschwor Dominique, bei seinem nächsten Anruf noch vorsichtiger zu sein.

Dominique brauchte diese Warnung nicht. Die Stimmung unter Serriers Magiern war schlecht, seit Chavinier über immer mehr ihrer Angriffe informiert war. Dominique fragte sich, woher Chavinier seine anderen Informationen erhielt oder ob der General nur ein verdammtes Glück hatte, denn viele der vereitelten Angriffe gingen nicht auf sein Konto.

Das Telefon klingelte, dann ein zweites und ein drittes Mal. Dominique wollte schon auflegen, als er Chaviniers Stimme hörte.

„Serrier plant einen Angriff", sagte er sofort. „Heute Nacht, auf dem Montmartre."

„Ist er hinter den Vampiren her?" Chaviniers Stimme klang besorgt.

„Ich glaube schon", bestätigte ihm Dominique. „Ich hatte mit der Planung nichts zu tun. Ich bin nur angewiesen worden, heute Nacht um zehn Uhr zu einer Patrouille zu erscheinen, die zum Place Pigalle geschickt wird. Aber er ist frustriert, weil er so wenig über die Vampire und die Allianz erfahren kann. Ich habe gehört, wie er gestern Edouard angebrüllt hat, weil der ihm die Informationen nicht liefern konnte, die er für Serrier besorgen sollte."

„Welche Informationen sind das?", fragte Chavinier.

„Das hat er entweder nicht gesagt oder ich habe es nicht gehört", entschuldigte sich Dominique. „Ich wollte nicht zu lange in der Nähe bleiben. Wenn Serrier in dieser Laune ist, werden Menschen verletzt, auch wenn sie unschuldig sind und nichts damit zu tun haben."

„Hat dir der Magier, der dich eingeteilt hat, auch gesagt, wie viele ihr sein werdet?"

„Nein", erwiderte Dominique und schüttelte automatisch den Kopf. „Aber seit euren letzten Erfolgen schickt er größere Einheiten aus. Ich weiß nicht, ob es etwas zu sagen hat, aber heute bin ich nicht von meinem üblichen Vorgesetzten informiert worden."

„Wer war es?", fragte Chavinier sofort. „Serrier selbst?"

„Nein. Vincent Jonnet", antwortete Dominique. „Ein großer, kräftiger Mann mit Glatze und Muskeln wie Ballons."

„Ich kenne ihn", unterbrach Chavinier. „Sei vorsichtig, Dominique. Es macht mich immer nervös, wenn sie von ihrer Routine abweichen. Es könnte eine Falle sein, nicht nur für die Vampire, sondern auch für dich."

„Ich passe auf. Aber ich glaube nicht, dass wir uns Sorgen machen müssen", versicherte Dominique dem General der Milice. „Serrier organisiert in letzter Zeit alles um, weil so viele von uns gefangen genommen oder getötet wurden. Die wenigen Einheiten, die etwas gegen die Milice ausrichten konnten, hatten das nur ihrer personellen Stärke zu verdanken."

Chaviniers Lachen konnte vieles bedeuten. Dominique fragte ihn nicht danach. Je weniger er wusste, umso weniger konnte er Serrier verraten, falls er enttarnt wurde. Dominique wollte nicht, dass Serrier diesen Krieg gewann. Deshalb war er stolz darauf, seinen kleinen Beitrag zu leisten. Er machte sich keine Illusionen über seine eigene Tapferkeit. Sobald Serrier mit seinem magischen Verhör begann, würde er schreien wie am Spieß. Dominique würde die Folterqualen nicht aushalten, die der dunkle Magier jedem zufügte, der seine Befehle nicht wunschgemäß ausführte oder dessen Loyalität er anzweifelte. Dominique konnte nur hoffen, dass es niemals dazu kam.

ORLANDO BLÄTTERTE gelangweilt in einer Zeitschrift, während der Regionalexpress sich Versailles näherte. Alain hatte ihm genau beschrieben, wie er vom Bahnhof zu Thierrys Haus kam, aber Sebastien hatte ihm angeboten, ihn abzuholen. Sebastien war der Grund für Orlandos Besuch. Er wollte dem älteren Vampir einige Fragen stellen, und da er nicht wusste, welche Antworten Sebastien ihm geben würde, wollte er dieses Gespräch unter vier Augen führen.

Orlando war sehr nachdenklich geworden seit dem Piège-Pouvoir und den neuen Erkenntnissen, die sie daraus gewonnen hatten. Als er und Alain den Aveu de Sang eingegangen waren, hatten sie beide kaum etwas darüber gewusst. Es war Segen und Fluch zugleich. Das Gelöbnis band sie für die Dauer von Alains Leben zusammen, aber es hatte auch Einflüsse auf ihre Beziehung, die Orlando erst nach und nach klar wurden. Er brauchte Rat – praktischen und ehrlichen Rat – von jemandem, der sowohl seine Vergangenheit kannte, als auch die Lage verstand, in der er sich jetzt befand. Unglücklicherweise gab es einen solchen Vampir nicht. Jean kannte zwar seine Vergangenheit, hatte aber nie einen Avoué gehabt und wusste daher nur theoretisch Bescheid, was mit Orlando geschah. Sebastien war einen Aveu de Sang eingegangen, kannte aber nur Bruchstücke aus Orlandos Vergangenheit. Da die beiden Männer sich nicht sonderlich gut verstanden, konnte er ihnen nicht vorschlagen, sich gemeinsam zu unterhalten. Orlando bezweifelte, dass sie sich damit einverstanden erklären würden, ein so intimes Gespräch in der Gegenwart des jeweils anderen zu führen, obwohl sie sich mittlerweile schon zivilisierter verhielten und sich keine tödlichen Blicke mehr zuwarfen, wenn sie sich im gleichen Raum aufhielten.

Orlando war froh, dass Thierry und Sebastien nicht an dem Piège-Pouvoir teilgenommen hatten. Er konnte sich nicht vorstellen, dass Jean oder Sebastien sich dabei wohlgefühlt hätten. Jude war lästig und Luc ein Unbekannter, aber wenigstens waren sie keine Rivalen.

Orlando hatte zwei Tage über seine Fragen nachgegrübelt und das Ritual, von dem er sich immer noch gesättigt fühlte, als Ausrede benutzt, um Alain nicht zu beißen, wenn sie sich liebten. Dann hatte er sich entschlossen, lieber Sebastien in seine Vergangenheit einzuweihen, als auf Jeans theoretisches Wissen zu vertrauen. Jean würde ihm nichts verheimlichen oder ihm gar falsche Informationen geben. Andererseits konnte er Orlandos Probleme nicht richtig verstehen oder ihm die richtigen Antworten auf seine Fragen geben, weil er selbst nie einen Avoué gehabt hatte.

Sebastien hatte sich schon einmal bereit erklärt, mit Orlando zu reden. Allerdings hatten sie sich damals mehr über grundsätzliche Aspekte des Aveu des Sang unterhalten, nicht über ihre persönlichen Erfahrungen. Trotzdem hoffte Orlando, dass der ältere Vampir ihm auch jetzt helfen würde. Er hatte Sebastien am Telefon gesagt, dass er ihm gerne einige Fragen stellen wollte. Sebastien hatte sofort zugestimmt, ihn am Bahnhof zu treffen.

Der Zug hielt an und Orlando verließ das Abteil. Der Bahnsteig lag in hellem Sonnenlicht und er lächelte, als er die wärmenden Strahlen auf seiner Haut spürte, bevor der beißende Winterwind sich bemerkbar machte. Nichts konnte seiner guten Stimmung etwas anhaben. Er war endlich frei von den Einschränkungen, die seine Natur ihm so lange auferlegt hatte. Orlando hoffte, dass die Freude an diesem Erlebnis nie nachlassen würde.

„Orlando!"

Orlando wurde aus seinen Gedanken gerissen. Als er sich umdrehte, sah er Sebastien, der auf der anderen Seite der Drehsperre auf ihn wartete. „Entschuldigung", sagte er und schob seine Fahrkarte in den Schlitz. „Ich war mit dem Kopf in den Wolken."

„Das habe ich bemerkt", meinte Sebastien grinsend. „Du willst also mit mir reden? Wollen wir zu Thierrys Haus gehen oder ist dir ein anderer Ort lieber?"

„Wie geht es Thierry heute?", erkundigte sich Orlando. Ihm wäre es lieber, sich in Thierrys Haus ungestört zu unterhalten, aber er wollte den Magier auch nicht belästigen, falls der sich immer noch nicht ganz erholt hatte.

„Als ich gegangen bin, hat er noch geschlafen", meinte Sebastien. „Er sagt, seine Erkältung hätte sich schon gebessert, aber er wird immer noch schnell müde. Er wird uns nicht stören, falls du das meinst."

„Eigentlich wollte ich *ihn* nicht stören", erklärte Orlando.

„Ich glaube nicht, dass er sich gestört fühlt", versicherte ihm Sebastien. „Aber wenn das der Fall ist, können wir immer noch wieder gehen."

Orlando nickte. „Dann lass uns gehen. Ich diskutiere nicht gern in einem Café über meine Privatangelegenheiten, wo uns jeder hören kann."

Sebastien lachte. „Das kann ich verstehen. Du hast dich am Telefon recht vage ausgedrückt. Ist etwas nicht in Ordnung?", fragte er, während sie über den Place Raymond Poincaré zur Rue Benjamin Franklin gingen, wo sich Thierrys Haus befand.

„So würde ich es nicht nennen", erwiderte Orlando. „Es ist … kompliziert. Ich weiß nicht, was du über meine Vergangenheit gehört hast. Sie ist der Grund, warum ich mit manchen Dingen Probleme habe. Dinge, denen ich durch meine Beziehung zu Alain und den Aveu de Sang nicht mehr ausweichen kann. Ich wollte mit jemandem darüber reden, der den Aveu de Sang versteht und aus eigener Erfahrung kennt, auch wenn er nicht mit einem Magier zusammen war."

„Ich kann meine Erfahrungen auf deinen Fall übertragen", versicherte ihm Sebastien. „Mein Avoué war zwar kein Magier, aber mein derzeitiger Geliebter ist einer. Ich verstehe die Verführung, die seine Magie darstellt. Wenn ich mir dann noch den Aveu de Sang dazu vorstelle, wundere ich mich, dass du Alain überhaupt noch aus dem Bett oder aus den Augen lässt." Er öffnete das kleine Hoftor, das in den Vorgarten von Thierrys Haus führte. Dann winkte er Orlando hinein. „Wir können ins Haus gehen oder uns auf den Balkon setzen."

„Wir sollten vielleicht besser ins Haus gehen, auch wenn dir das seltsam vorkommt, wenn man bedenkt, wie neu die Sonne noch für uns ist. Aber mir ist kalt."

Sebastien lachte. „Ich bin froh, nicht der Einzige zu sein, der tagsüber kaum ein Haus betreten will."

„Ich weiß nicht, ob die anderen es alle zugeben würden. Aber ich kann mir nicht vorstellen, dass es ihnen anders geht", meinte Orlando bedauernd. „Und wenn wir diese Erfahrung öffentlich machen könnten, wäre es wahrscheinlich ein großer Anreiz, um neue Vampire für die Allianz zu rekrutieren."

Sebastien zuckte mit den Schultern. „Diese Entscheidungen überlasse ich Chavinier und Bellaiche. Also, was ist los?"

„Alain will gebissen werden, wenn wir uns lieben", gestand Orlando geradeheraus. „Aber ich habe eine Heidenangst davor, die Kontrolle zu verlieren und ihn zu verletzen."

Sebastien sah ihn überrascht an. „Wie lange ist es her, seit ihr den Aveu de Sang eingegangen seid?", fragte er verwirrt.

„Drei Wochen", antwortete Orlando. „Warum?"

„Dann musst du eine phänomenale Selbstbeherrschung haben, nicht nur im Bett", erwiderte Sebastien kopfschüttelnd. „Wenn du ihn beißt, während ihr euch liebt, stabilisiert das eure Verbindung. Es verlängert die Zeit, bis du wieder trinken musst. Es hilft dir auch, deine Reaktion auf andere Vampire unter Kontrolle zu behalten, wenn sie mit Alain Kontakt haben. Ich hätte nie gedacht … Was genau ist mit dir passiert, Orlando? Warum willst du dieses Bedürfnis unterdrücken?"

Orlando konnte ihm nicht in die Augen sehen und blickte zur Seite. Er überlegte, wie er einem nahezu unbekannten Vampir seine Vergangenheit erklären sollte. Vielleicht war es doch ein Fehler gewesen, sich Sebastien anvertrauen zu wollen.

„Bitte, Orlando", drängte Sebastien. „Ich kann dir nicht helfen, wenn ich die Hintergründe nicht kenne. Ich habe Erfahrung mit dem Aveu de Sang und mit der Versuchung, die ein Magier darstellt. Aber ich weiß nicht, woher du deine Stärke beziehst oder den Wunsch, dich so zurückzuhalten, wie du es offensichtlich getan hast."

„Mein Schöpfer hat sich ein Vergnügen daraus gemacht, einen unschuldigen Jungen zu brechen und in einen Vampir umzuwandeln. Er hat mich schwach gehalten, damit ich mich nicht gegen ihn wehren konnte. Bevor Jean mich gerettet hat, bin ich von ihm über hundert Jahre lang misshandelt worden. Danach war ich zu … zu kaputt, um an eine normale Beziehung zu denken. Ich habe genug getrunken, um zu überleben. Doch ich habe nie mehr gewollt und bin immer sofort verschwunden, nachdem ich getrunken hatte. Das hat sich erst mit Alain geändert. Aber jedes Mal, wenn ich ihn berühre, fürchtet ein Teil von mir, dass er sich von mir abwendet, dass er mich voller Abscheu ansieht, weil ich mir etwas erlaube, was er nicht will."

„Dieser Magier könnte dich gar nicht mehr lieben, als er es schon tut!", widersprach Sebastien. „Ich kann es ihm deutlich ansehen, und ich kenne nur sein öffentliches Gesicht. Du musst doch auch wissen, wie sehr er dich liebt."

„Wahrscheinlich nicht", erwiderte Orlando niedergeschlagen. „Er ist sehr gut darin, es mir zu sagen. Es fällt mir nur schwer, es zu glauben. Nicht, weil ich es ihm nicht abnehmen würde, sondern weil ich mir nicht vorstellen kann, dass jemand mich lieben könnte. Ich weiß, das hört sich ziemlich erbärmlich und jämmerlich an, aber ich werde dieses Gefühl einfach nicht los."

Sebastien nickte nachdenklich, während er Orlandos Geschichte verdaute. „Du kannst ihn nicht verletzen", sagte er schließlich. „Ich weiß nicht, wie ich es dir erklären soll. Aber ich kann dir versprechen, dass du ihn niemals verletzen könntest, selbst wenn du es wolltest. Du kannst es nicht über dich bringen."

„Das stimmt nicht", widersprach Orlando kopfschüttelnd. „Ich habe ihn schon einmal verletzt. Als ich in dieser einen Nacht ohnmächtig geworden bin und du ihm gesagt hast, dass ich trinken müsste. Ich bin aufgewacht, und er hatte sich über mich gebeugt und mich zum Trinken gezwungen. Ich habe ihn vom Sofa geworfen und mich auf ihn gestürzt. Ich konnte die Schmerzen in seinem Blut schmecken."

„War dir bewusst, über wen du hergefallen bist?", bohrte Sebastien nach.

Orlando schüttelte den Kopf.

„Und was hast du getan, nachdem du ihn erkannt hast?"

„Aufgehört."

„Na also", meinte Sebastien. „In dem Moment, in dem dir klar geworden ist, dass du deinen Avoué verletzt hast, hast du sofort aufgehört. Du hast dich nicht erst gefragt, was richtig oder falsch ist. Du hast einfach aufgehört. Du kannst ihn nicht wissentlich verletzen. Du kannst stolpern und ihn versehentlich umwerfen, aber wenn du es absichtlich machen wolltest – mit böser Absicht – dann könntest du es nicht tun. Du würdest es nicht schaffen, ihn anzufassen."

„Ich würde das niemals tun!", protestierte Orlando.

„Nein, das glaube ich auch nicht", bestätigte ihm Sebastien. „Und genau das meine ich. Ich meine, dass du dir keine Sorgen machen musst, die Kontrolle zu verlieren und ihn zu verletzen. Punkt. Du kannst es nicht. Deine Natur, die magische Verbindung zwischen euch beiden, was auch immer es sein mag – es lässt nicht zu, dass du ihn verletzt. Ich hätte nicht gedacht, dass du das nicht weißt."

Orlando schnaubte verächtlich. „Mein Schöpfer war nicht sehr interessiert daran, dass ich etwas lerne. Er wollte mich nur quälen."

„Was kann ich tun, um dir diese Angst zu nehmen?", fragte Sebastien.

Orlando zögerte kurz und überlegte, ob er das andere Thema ansprechen sollte, das ihm Kopfzerbrechen bereitete. Über den Rest konnte er mit Jean reden, der ihn in seinen schlimmsten Momenten erlebt hatte und wusste, wie zerbrochen Orlando wirklich gewesen war. Aber Jean war nicht hier und Orlando wusste nicht, wann er ihn das nächste Mal sehen würde. „Kann er mich verletzen?", fragte er stattdessen und ging dem Thema aus dem Weg.

„Würde er das tun?"

„Ich glaube nicht, dass er es absichtlich tun würde", meinte Orlando. „Nein, das würde er nicht tun. Aber könnte er es tun?"

„Orlando, du bist wesentlich stärker, als er es jemals sein könnte. Seine Magie wirkt nicht auf dich. Selbst wenn er dich verletzen wollte, könntest du ihn jederzeit aufhalten. Du könntest ihm entkommen. Alain ist nicht der Salaud, der dich erschaffen hat. Du tust euch beiden keinen Gefallen, wenn du dich durch diese Zweifel noch länger beeinflussen lässt."

Orlando nickte. „In meinem Verstand weiß ich das auch. Aber es ist nicht so leicht, diese Ängste und Zweifel wirklich zu überwinden. Alain ist der einzige Geliebte, den ich jemals hatte. Meine einzigen sonstigen Erfahrungen sind Thurloes Vergewaltigungen. Das erleichtert es mir nicht gerade, einem anderen Mann mein Vertrauen zu schenken."

Sebastien erkannte plötzlich Orlandos wahres Problem. „Nicht jeder Mann ist ein Bottom. Eigentlich sogar die wenigsten", erwiderte er. „Heterosexuelle, aber auch manche schwulen Männer, machen es nie. Und bei den meisten liegt es nicht daran, dass sie eine traumatische Erfahrung gemacht haben. Es gefällt einfach nicht jedem."

„Aber Alain gefällt die Idee, dass ich es mache", erklärte Orlando leise. „Ich komme mir vor, als müsste ich gegen mich selbst kämpfen, wenn ich es ihm nicht gebe."

„Ach so", sagte Sebastien nickend. „Ich verstehe das Problem. Deine Vampirnatur und der Aveu de Sang wollen ihm seinen Wunsch erfüllen, aber deine Erfahrung hat dich gelehrt, es zu fürchten. Hast du mit ihm darüber gesprochen?"

„Nur andeutungsweise", gestand Orlando.

„Auf das Risiko hin, fremde Geheimnisse auszuplaudern, muss ich dir sagen, dass Thierry deine Furcht teilt, auch wenn er nicht deine Gründe dafür hat", enthüllte ihm Sebastien. „Wenn Alain auch nur ein bisschen Feingefühl hat, fällt er nicht einfach über dich her und fickt dich. Er wird sich Zeit lassen, dich darauf vorbereiten, und zwar über einen längeren Zeitraum – Tage, vielleicht auch Wochen –, bis dein Körper sich daran gewöhnt hat und du es entspannt genießen kannst. Erst dann könnt ihr den letzten Schritt tun. Und wenn es wirklich nicht deine Sache ist, auch nicht mit einem liebevollen Mann wie Alain, dann musst du es ihm sagen. Ich kann mir nicht vorstellen, dass er dich jemals gegen deinen Willen zu etwas zwingen würde, das dir unangenehm ist. Der Aveu de Sang drängt dich, ihm nachzugeben. Aber du bist in einer besonderen Situation, deshalb solltest du auch auf deine eigenen Bedürfnisse Rücksicht nehmen."

In diesem Augenblick klingelte das Telefon und unterbrach ihr Gespräch.

„Âllo?", meldete sich Sebastien.

„Sebastien, hier spricht Alain. Ich weiß, dass Thierry noch krank ist, aber wir brauchen euch beide so schnell wie möglich im Hauptquartier der Milice. Es ist etwas passiert. Richte Orlando bitte aus, dass wir uns dort treffen und er nicht erst nach Hause kommen soll." Bevor Sebastien etwas sagen konnte, hatte Alain wieder aufgelegt.

Sebastien zog überrascht die Augenbrauen hoch und drehte sich zu Orlando um. „Wir sind ins Hauptquartier bestellt worden, alle drei."

31

„WAS IST los?", fragte Raymond, als er mit Jean in Marcels Büro kam. „Du hast gesagt, es wäre eilig."

„Serrier ist hinter den Vampiren her", erwiderte Marcel. „Jedenfalls plant er einen Angriff auf dem Place Pigalle. Das kann nur einen Grund haben – nämlich, dass er sich die Vampire vorgenommen hat."

„Wann?", wollte Jean wissen. Er überlegte schon, wie er seine Leute am schnellsten warnen konnte, sich von den Clubs und Geschäften fernzuhalten und stattdessen zuhause zu bleiben.

„Mein Informant sagt, sie würden heute Nacht um zehn Uhr zuschlagen", antwortete Marcel ruhig. „Das gibt uns unglücklicherweise nicht viel Zeit für Vorbereitungen."

„Es ist immer noch besser, als gar keine Warnung", meinte Raymond. „Jedenfalls können wir rechtzeitig da sein, um den Angriff abzuwehren und seine Absichten zu verhindern."

„Ich fürchte, dass es dieses Mal ernster ist", warnte Marcel. „Er muss mittlerweile gemerkt haben, dass wir unsere Erfolge der Allianz mit den Vampiren verdanken. Ich vermute, dass unsere Leute heute Nacht mit Weihwasser besprüht werden. Und falls er uns diese Geschichte abgenommen hat, wird er so ziemlich jedes Klischee einsetzen, mit dem Vampire angeblich geschwächt oder besiegt werden können."

„Glücklicherweise richten die meisten keinen Schaden an. Aber das heißt nicht, dass wir unbesiegbar sind. Er weiß darüber Bescheid, dass Feuer uns verletzen kann. Wenn er das einsetzt, ist es nicht nur für uns gefährlich, sondern auch für alle anderen", überlegte Jean. „Sollten wir sicherheitshalber die Feuerwehr alarmieren?"

„Sie können mit ihren normalen Löschmethoden gegen magisches Feuer nichts ausrichten", meinte Raymond kopfschüttelnd. „Dagegen müssen wir selbst vorgehen. Welche Waffen er einsetzt, hängt davon ab, was er über die Vampire zu wissen glaubt. Es ist wahrscheinlich mit dem vergleichbar, was wir selbst vor der Gründung der Allianz über sie vermutet haben." Er zwinkerte Jean zu, als ihm der Rosenkranz einfiel, den sein Partner als Repère benutzte und in der Tasche trug. „Ich sehe schon vor mir, wie er uns mit Knoblauch beschießt. Das Schlimmste, was uns von dieser Wunderwaffe droht, ist ein blaues Auge. Aber nicht alle seine Vorurteile müssen sich so harmlos auswirken."

„Knoblauch, Weihwasser, Kruzifixe, Holzpfähle durchs Herz, Köpfen, kein Spiegelbild – aber das kann uns nicht verletzen, selbst den Legenden nach nicht", zählte Jean auf. „Holzpfähle könnten gefährlich werden, aber nur, wenn wir bis zum Sonnenaufgang nicht in Sicherheit gebracht werden. Köpfen ist die einzige Methode, um uns tatsächlich zu vernichten."

„Ich kann mir nicht vorstellen, dass er einen Fluch entwickelt hat, mit dem er euch köpfen kann", konterte Raymond. „Serrier ist zwar für seine Grausamkeit und die Macht seiner Magie bekannt, aber Einfallsreichtum und Innovation waren noch nie seine Stärke. Er hat nicht die Geduld und das Wissen, um einen neuen Fluch zu schaffen."

„Wie sieht es mit seinen Anhängern aus?", fragte Marcel mit ernster Stimme. „Jean hat recht, wir sollten uns auf seine Methoden vorbereiten. Es ist unserer beste Verteidigung."

Raymond dachte kurz über die Frage nach. „Vielleicht Simon Aguirand", meinte er schließlich. „Aber nur, wenn er genug Zeit hat, um einen neuen Fluch zu entwickeln. Er müsste ihn auch erst testen, bevor sie ihn einsetzen können. Ich glaube nicht, dass die wenigen Tage, die seit der Bekanntgabe der Allianz vergangen sind, dazu ausgereicht haben. Besonders dann nicht, wenn er einen vollkommen neuen Fluch entwickeln wollte."

„Worauf müssen wir also unser besonderes Augenmerk legen?", überlegte Marcel.

„Feuer", erwiderte Raymond sofort. „Dazu muss er nur alte und relativ einfache Beschwörungen variieren, wie sie beispielsweise zur Erzeugung von Wärme oder dem Anzünden eines Feuers im Herd benutzt werden. Außerdem hat er von Jean gehört, dass Feuer eine Schwäche der Vampire ist. Alles andere – wie Knoblauch, Kruzifixe, selbst Weihwasser – ist auch eine Option, weil er es einfach mit dem gleichen Fluch auf uns schleudern kann wie das Feuer."

Sie wurden durch ein Klopfen an der Tür unterbrochen. „Herein", rief Marcel.

Es war Alain, der mit entschlossenen Schritten das Zimmer betrat. „Ich habe mit Thierry gesprochen. Sie sind auf dem Weg. Aber sie waren in Versailles, deshalb wird es noch einige Minuten dauern, bis sie eintreffen."

„Wo ist Orlando?", fragte Jean in scharfem Ton. Die Bedrohung durch Serrier gab seinem Beschützerinstinkt zusätzliche Nahrung.

„Er ist bei ihnen, weil er mit Sebastien reden wollte. Sie sind gemeinsam unterwegs", erwiderte Alain. „Ich glaube nicht, dass sie in Gefahr sind. Serrier erwartet nicht, dass Vampire sich tagsüber im Freien aufhalten."

„Aber heute Nacht wird er sie erwarten", knurrte Jean. „Wir müssen dafür sorgen, dass so viele wie möglich im Haus bleiben oder das Viertel meiden. Hast du Angélique schon gewarnt? Das Sang Froid ist in einer Nebenstraße des Place Pigalle. Sie will es heute vielleicht geschlossen lassen, damit ihre Mitarbeiter nicht gefährdet werden."

„Habt ihr daran gedacht, dass es ein Ablenkungsmanöver sein könnte, wie bei dem Angriff auf den Eiffelturm?", erkundigte sich Alain. „Vielleicht wollen sie uns nur zum Place Pigalle locken und der wirkliche Angriff findet an einer anderen Stelle statt. Es wäre nicht das erste Mal."

„Wir können uns nicht erlauben, es als harmlose List zu behandeln", widersprach Jean. „Sicher, einige Flüche wirken bei uns nicht. Aber das gilt nicht für alle. Wenn die Vampire davon überrascht werden, sind sie ein leichtes Opfer für Serriers Magier. Ich werde meine Leute keinem Risiko aussetzen – weder die Mitglieder der Allianz, noch diejenigen, die sich uns bisher noch nicht angeschlossen oder noch keinen Partner haben. Sie sind wehrlos gegen Serrier, was immer er heute Nacht auch vorhaben mag. Ich kann das nicht zulassen. Ich kann sie nicht ahnungslos ins Feuer laufen lassen, ohne sie zu beschützen."

„Das erwarten wir auch nicht von dir", unterbrach ihn Marcel. „Deshalb habe ich Thierry verständigt, obwohl er noch krank ist. Deshalb ist Alain schon hier und Adèle wird in Kürze eintreffen. Deshalb habe ich dir und Raymond zuerst Bescheid gesagt. Ich habe sämtliche Einheiten alarmiert. Ich kann sie nicht alle zum Montmartre schicken, weil es sich tatsächlich um einen Trick handeln könnte. Aber da der Angriff auf den Eiffelturm stattgefunden hat, obwohl er ein Ablenkungsmanöver war, werde ich so viele Patrouillen wie möglich am Place Pigalle und in den umliegenden Straßen in Stellung bringen. Wir werden eine Einheit zurückbehalten, für den Fall, dass Serrier noch an einem anderen Ort zuschlägt. Aber ich werde die Vampire Serrier nicht schutzlos ausliefern, denn diese Allianz gilt für alle. Die Vampire kämpfen für uns und wir werden für sie kämpfen. Ich habe es ernst gemeint, als ich auf der Pressekonferenz den Reportern gesagt habe, dass alle magischen Lebewesen unter dem Schutz der Milice stehen. Die anderen haben sich uns noch nicht angeschlossen, aber das ist ihre Entscheidung. Ich werde nicht zulassen, dass jemand in zusätzliche Gefahr gerät, weil er sich der Milice angeschlossen hat. Also, Raymond und Alain – wie können wir verhindern, dass Serrier heute Nacht ernsthaften Schaden anrichtet?"

„Montmartre", sagte Alain mit Blick auf die Karte hinter Marcels Schreibtisch. Die Ansicht zoomte sofort auf diesen Kartenausschnitt. „Wo, außer auf dem Place Pigalle, halten sich die Vampire in einer normalen Nacht wie dieser auf?", wollte er von Jean wissen.

Jean stand auf und ging auf die Karte zu. „Es gibt Clubs und Geschäfte auf dem Boulevard de Clichy, dem Boulevard Rochechouart und bis zum Place des Abbesses. Einige sind sogar in der Nähe von Sacré-Cœur, in der Rue Chappe und der Rue Gabrielle. Die Wohnungen der Vampire sind über den gesamten Distrikt verstreut."

„Unser Informant hat explizit vom Place Pigalle gesprochen?", fragte Alain bei Marcel nach.

„Richtig", bestätigte der General. „Aber das heißt nur, dass sie vorhaben, dort anzugreifen. Es schließt zusätzliche Attacken an anderen Orten nicht aus."

Alain nickte. „Ich weiß. Es gibt uns allerdings einen Anhaltspunkt für unsere Planungen. Wir müssen am Place Pigalle ausreichend Leute haben, um den Angriff nicht nur zurückzuschlagen, sondern auch zu verhindern, dass er von dort auf die Nachbarschaft übergreift."

„Was ist, wenn sie nicht gemeinsam dort eintreffen, sondern einzeln aus verschiedenen Richtungen kommen?", gab Raymond zu bedenken. „Serrier hat diese Taktik schon mehrmals angewendet. Er schickt kleine Gruppen los, die sich dann an einem Ort versammeln. Wenn sie so vorgehen, können sie schon auf dem Weg dorthin unschuldige Passanten in Gefahr bringen."

Alain runzelte die Stirn und sah auf die Uhr. „Deshalb bräuchten wir jetzt Thierry. Er ist in solchen Fragen viel besser als ich."

„Er wird bald eintreffen", meinte Marcel. „Du hast ihm selbst gesagt, dass es dringend ist und wir wenig Zeit haben. Noch ist es nicht dunkel geworden. Falls Serrier es tatsächlich auf die Vampire abgesehen hat, bringt es ihm keine Vorteile, jetzt schon Aufmerksamkeit auf sich zu ziehen."

„Ich habe das Gefühl, dass wir sehr viele Ressourcen in diese Verteidigung stecken – was auch richtig ist, sollte die Bedrohung wirklich so ernst sein. Aber wir verlassen uns dabei auf eine Informationsquelle, die in Serriers Hierarchie nur einen untergeordneten Rang einnimmt", bemerkte Raymond. „Könnte es sein, dass wir damit einen Fehler machen?"

Marcel zuckte mit den Schultern. „Seine Informationen waren bisher immer zuverlässig", stellte er fest. „Der Eiffelturm sollte zwar nur vom Justizpalast ablenken, aber es war trotzdem ein ernst zu nehmender Angriff. Ohne unser Eingreifen hätten sie den Turm mit ihren Minen zum Einsturz gebracht. Wir halten eine Einheit als Reserve hier zurück, die sofort eingreifen kann, falls etwas Unerwartetes passiert. Aber wir können uns nicht leisten, darauf zu hoffen, dass Serrier uns nur aus der Deckung locken will."

Wieder klopfte es an der Tür. Alain öffnete sie und war erleichtert, Orlando mit Thierry und Sebastien vor der Tür stehen zu sehen. Er lächelte seinem Freund und Sebastien zu, dann drehte er sich zu Orlando um. Alain wusste nicht, was seinem Partner so wichtig gewesen war, den weiten Weg nach Versailles auf sich zu nehmen, um mit Sebastien zu reden. Was immer es auch gewesen sein mochte, das Gespräch schien Orlandos Sorgen zerstreut zu haben. Er wirkte unbeschwert und in seinem Blick lag der Hauch eines Versprechens. Alain fühlte, wie das Verlangen nach seinem Geliebten sich in ihm ausbreitete und er wurde hart. Was mochte wohl hinter diesen dunklen Augen in Orlandos Kopf vor sich gehen?

Thierry warf einen kurzen Blick auf die Karte mit dem Montmartre, dann sah er in die ernsten Gesichter der Anwesenden. „Was ist los?", fragte er. „Es scheint eine ziemlich große Sache zu sein."

Marcel klärte die Neuankömmlinge kurz über die eingegangene Warnung und ihre bisherige Diskussion auf.

Thierry legte die Stirn in Falten und studierte die Karte. „Wenn ich diesen Angriff geplant hätte, würde ich meine Leute nicht direkt auf den Place Pigalle bringen. Das Gelände ist viel zu offen, um sich sicher dorthin zu transportieren."

„Welchen Ort würdest du wählen?" Jean war neugierig. Thierrys strategische Begabung könnte den Magier zu einem kompetenten Mitspieler im Jeu des Cours machen.

„Hier, hier, hier und hier", sagte Thierry und zeigte auf vier kleine Plätze nördlich des Place Pigalle. „Sie können sich einzeln auf diese Plätze transportieren und so die Gefahr eines sofortigen Gegenangriffs vermeiden. Und sie sind weit genug vom Place Pigalle entfernt, um von den Verteidigern nicht sofort bemerkt zu werden. Wenn du recht hast und sich ihr Angriff vor allem gegen die Vampire richtet, haben sie außerdem den Vorteil, dass sie ihre Opfer besser in die Zange nehmen können, weil sie über vier Stellen verstreut ankommen."

„Hat die Milice genügend Einheiten zur Verfügung, um alle diese Punkte abzudecken?", erkundigte sich Sebastien. „Dann wären wir für alle Eventualitäten gerüstet und könnten sofort eingreifen, wenn es ernst wird."

„Das würde ich nicht tun", widersprach Thierry. „Damit würden wir ihm unsere Anwesenheit zu früh zu erkennen geben und ihn warnen. Wir sollten uns nicht an einem Ort sammeln, sondern uns über den ganzen Distrikt verstreuen. Dann ist es auch egal, wo sie eintreffen. Die größte Wahrscheinlichkeit besteht am Place Pigalle, am Place des Abbesses und am Place du Tertre. Wir können uns zwar nicht darauf verlassen, aber dort sollten wir größere Einheiten positionieren. Wir müssen ein möglichst großes Areal abdecken."

„Ich gehe mit meiner Einheit zum Place Pigalle", bot Alain an. „Der Platz ist sein Ziel und wir erwarten ihn dort. Außerdem halten sich dort die meisten Vampire auf. Das hast du doch gesagt, Jean?"

Jean nickte.

„Gut", sagte Thierry und trug die Einheit auf der Karte ein. „Ich kann meine Patrouille auf den Place des Abbesses und die umliegenden Straßen verteilen. Wir werden Adèle und ihre Leute zum Place du Tertre und in die Straßen südlich davon schicken. Drei weitere Einheiten verteilen wir auf die kleineren Plätze und Straßen."

„Das sehe ich etwas anders", unterbrach ihn Alain. „Hast du vergessen, dass du immer noch krank bist?"

„Er hat vollkommen recht", fügte Sebastien hinzu. „Du hast in den letzten drei Tagen kaum das Bett verlassen."

„Aber jetzt habe ich es getan", erwiderte Thierry mit harter Stimme. „Und eine Erkältung hat keinen Einfluss auf meine magischen Fähigkeiten. Wir können auf niemanden verzichten und ich bin immer noch der beste Stratege, den die Milice hat. Wenn irgendetwas schief geht, braucht ihr mich."

„Aber nicht, wenn wir dich dadurch riskieren", widersprach Alain.

„Wir riskieren in jedem Kampf unser Leben", erinnerte ihn Thierry. „Der einzige Grund, warum ich nach dem Piège-Pouvoir nicht sofort wieder meinen Dienst aufgenommen habe, ist diese dämliche Erkältung. Sie ist lästig, aber sie wird mich nicht davon abhalten, heute Nacht dabei zu sein."

„Wirst du dich wenigstens vorher von einem Mediziner untersuchen lassen?", mischte sich Marcel ein.

Thierry nickte.

„Alain, wirst du akzeptieren, was der Mediziner sagt?", wollte Marcel wissen.

Alain nickte widerstrebend. Sollte der Mediziner keine Einwände gegen Thierrys Beteiligung an dem Kampf haben, konnte er selbst schlecht widersprechen. Und wenn Alain ehrlich war, war er auch froh, Thierry an seiner Seite zu wissen.

„Dann auf zur Krankenstation."

„IST ALLES in Ordnung?", fragte Alain, als er und Orlando in dem Büro eintrafen, das er sich mit Thierry teilte.

Orlando nickte, zog Alain in die Arme und küsste ihn leidenschaftlich.

„Thierry und Sebastien kommen gleich nach", protestierte Alain halbherzig.

„Dann ziehe ich dich besser nicht aus, um dich zu lieben, oder?", neckte Orlando und küsste ihn am Hals. „Wir müssen improvisieren. Alles andere muss warten, bis wir wieder zu Hause sind."

Alain wusste nicht, was in Orlando gefahren war. Aber diese neue Seite an seinem Geliebten erregte ihn. Er legte den Kopf in den Nacken und bot Orlando genauso vorbehaltlos den Hals an, wie er ihm sein Herz geschenkt hatte. Orlandos Zähne suchten sofort nach dem Brandmal unter Alains Ohr und bohrten sich tief hinein. Er streichelte Alain durch die Kleidung überall dort, wo der Magier besonders empfindsam war.

Alain wurde unter dem doppelten Ansturm von Orlandos Zähnen und Händen schwindelig. Der Vampir hatte ihn während eines Bisses noch nie so ungehemmt berührt. Hieß das etwa, dass er endlich seine Vorbehalte aufgegeben hatte? Alains Knie gaben nach und er klammerte sich haltsuchend an Orlando fest, sonst wäre er umgefallen. Orlando fuhr mit der Hand nach unten auf Alains Hintern, um ihn zusätzlich zu stützen. Dann schob er ihn mit dem Rücken zum Schreibtisch, wo Alain sich anlehnen konnte. Alain nahm das Angebot dankbar an und ließ den Kopf noch weiter nach hinten fallen, während er sich mit den Hüften an Orlando rieb.

Orlando bekam dadurch die Hände frei und streichelte ihm über den Rücken und durch die Haare. Er spielte mit Alains kurzen Locken, während er ihm mit der anderen Hand die Hose aufknöpfte, sie in die Unterhose schob und um Alains harten Schwanz legte. Alains langes, tiefes Stöhnen erregte Orlando genauso, wie der Geschmack nach Lust und Liebe in Alains Blut. Er wollte seinem Magier vor diesem Kampf alles geben.

„Orlando", flüsterte Alain. In seiner Stimme schwangen Lob und Bitte mit. Orlando hätte beinahe den Kopf gehoben, aber er hatte es Alain versprochen. Er hatte ihm versprochen, ihn das nächste Mal auch zu beißen, wenn sie sich liebten. Es spielte keine Rolle, dass er sich dabei etwas andere äußere Umstände gewünscht hätte. Orlando war fest entschlossen, sein Versprechen zu halten. Später, wenn sie allein waren, konnten sie es wiederholen und richtig auskosten. Er zog Alain fester an sich und ließ die Hand, die mit den Haaren gespielt hatte, über den Rücken in Alains Hose gleiten. Am liebsten hätte er Alain umgedreht und ihn hart und schnell gefickt, aber sie hatten nicht viel Zeit. Orlando wollte nicht erwischt werden, weder mit dem Schwanz im Arsch noch mit den Zähnen im Hals seines Avoué, auch wenn Thierry und Sebastien sie wahrscheinlich nicht nur verstehen, sondern es auch gutheißen würden. Darum beschränkte er sich darauf, Alains Hintern zu massieren und ihm mit den Fingern durch die Spalte zu fahren, um keinen Zweifel daran aufkommen zu lassen, dass er seine Ängste vor der Kombination aus Sex und Biss endgültig überwunden hatte.

Alain erkannte Orlandos Vorhaben und stieß ihn mit den Hüften an. Er fuhr mit den Händen in Orlandos Jeans und fing an, ihn ebenfalls zu streicheln. Aber es war unbekanntes Gelände für ihn und er wollte nicht zu viel auf einmal voraussetzen. Sie hatten jetzt nicht die Zeit, um eventuelle Missverständnisse auszuräumen. Sie mussten noch die Vorbereitungen für die Schlacht am Place Pigalle treffen, einen Kampf, in dem sie sich keine Ablenkung durch persönliche Spannungen erlauben konnten.

Alain klammerte sich an Orlandos Schultern fest und kam mit einem tiefen Stöhnen zum Höhepunkt. Zu seiner Überraschung spürte er, wie Orlando ebenfalls erstarrte und dann wieder erschlaffte. Für einen kurzen Augenblick bohrten sich Orlandos Zähne noch tiefer in Alains Hals und verstärkten das Gefühl der tiefen Verbundenheit zwischen ihnen. Er streichelte mit der Hand über Orlandos dunkle Haare und presste ihn noch fester an seinen Hals, um ihm unmissverständlich zu zeigen, wie sehr er diesen Biss genoss.

„Meldet euch, wenn wir ins Zimmer kommen können", klang Thierrys lachende Stimme durch die Tür.

Alain zuckte erschrocken zusammen. Er war so versunken gewesen in Orlandos Liebe, dass er Thierrys Ankunft nicht wahrgenommen hatte. Orlando hob langsam den Kopf und schaute ihm in die Augen. Dann küsste er Alain sanft auf den Mund. „Wir reden darüber, wenn wir wieder zuhause sind", versprach er, als er Alains fragenden Blick sah. „Jetzt haben wir eine Schlacht zu bestreiten."

„Ich liebe dich", sagte Alain leise und strich ihm mit den Fingerspitzen über die Wange. Dann richtete er seine Kleidung.

„Ich liebe dich auch", erwiderte Orlando mit einem zärtlichen Lächeln. Er wartete, bis Alain seine Hose gerichtet und mit einer kurzen Handbewegung wieder gereinigt hatte, dann ging er zur Tür, öffnete sie und winkte ihre Freunde ins Zimmer.

32

Kurz vor Einbruch der Dämmerung bezogen die Einheiten der Milice ihre Stellungen. Thierry war von einem Mediziner untersucht und diensttauglich erklärt worden. Er war ständig zwischen den einzelnen Stellungen unterwegs und überzeugte sich davon, dass alles plangemäß verlief. Alain hatte die Lage am Place Pigalle in Sichtweite des Moulin Rouge unter Kontrolle. Adèles Einheit sicherte den Place du Tertre und die umliegenden Straßen ab. Raymond und Jean waren unterwegs, um nach Vampiren Ausschau zu halten und sie aufzufordern, wieder nach Hause zu gehen und bis morgen Nacht dort zu bleiben. Ein leichter Nebel lag in den engen Straßen und dämpfte das Licht der Straßenlampen. Thierry runzelte die Stirn. Die potentiellen Komplikationen durch schlechtes Wetter waren unerfreulich. Falls der Nebel dichter wurde, fiel es schwer, zwischen Freund und Feind zu unterscheiden.

Jean besuchte die Clubs und Geschäfte des Place Pigalle und des Place des Abbesses, die von Vampiren geführt wurden. Er erklärte den erschrockenen Eigentümern die Lage und bereitete sie darauf vor, was in den nächsten Stunden vermutlich passieren würde.

„Was können wir tun?", fragte Laetitia Bastian sofort.

„Für heute Nacht schließen", erwiderte Jean. „Ich weiß, es bedeutet einen Umsatzverlust. Aber das ist immer noch besser, als einen Angriff der dunklen Magier mit toten oder verletzten Kunden in Kauf zu nehmen, die sich bei euch sicher gefühlt haben."

Laetitia sah ihn wütend an, während sie die Rollläden ihres Cafés herunterließ. „Du hättest diesen Krieg nicht zu uns bringen sollen. Er gefährdet uns alle."

„Du kannst über mich denken, was du willst", erwiderte Jean. „Wenn dieser Krieg vorbei ist und wir endlich unter dem Schutz des Gesetzes stehen, wirst du diese eine Nacht der Gefahr schnell vergessen haben."

Laetitia runzelte die Stirn, hängte aber ein ‚Geschlossen'-Schild vor die Tür und wartete dann demonstrativ darauf, dass Jean das Café verließ und sie hinter ihm abschließen konnte.

Glücklicherweise musste er die meisten Vampire nicht erst lange dazu überreden, für heute die Türen hinter sich zu verschließen, um kein leichtes Ziel für die dunklen Magier zu bieten. Jean konnte sich nicht vorstellen, dass Serrier genug über den Cour in Erfahrung gebracht hatte, um zu wissen, welche Clubs und Läden Vampiren gehörten. Bis auf das Sang Froid waren die meisten wahrscheinlich uninteressant für ihn und es fiel nicht weiter auf, dass sie heute geschlossen hatten.

Mit Alains Einheit am Place Pigalle war vermutlich auch das Sang Froid vor Angriffen der dunklen Magier geschützt.

Sie hielten nach dunklen Magiern Ausschau, die möglicherweise als Kundschafter vorausgeschickt wurden, konnten aber nichts Verdächtiges feststellen. Die Magier der Milice taten ihr Bestes, um unter den Passanten, die von der Arbeit oder vom Einkauf nach Hause kamen, nicht aufzufallen.

Als es dunkler wurde, leerten sich die Straßen langsam. Bald waren nur noch die Angehörigen der Milice unterwegs. Die Stunde des Überfalls nahte und Thierry gab den Befehl an die Einheiten aus, in Deckung zu gehen. Einer nach dem anderen verschwand in dunklen Hauseingängen und Seitengassen. Nur wenige der Vampire und Magier schlenderten noch durch die Straßen, aber sie stellten keine offensichtliche Bedrohung dar. Thierry hatte gerade selbst seine verabredete Stellung bezogen, als Mireille und Caroline auf den Platz gerannt kamen. Ihre Gesichter waren grimmig und passten überhaupt nicht zu der Kleidung, die sie trugen. Thierry kam aus seiner Deckung und trat ihnen in den Weg.

„Hat Marcel ohne mein Wissen eine neue Uniform eingeführt?", fragte er scherzend. „Ich bin nicht sicher, ob ich etwas im Schrank habe, das mit euch mithalten kann."

Caroline zeigte ihm einen Vogel und verkniff sich nur mühsam das Lachen. „Wir waren nicht im Dienst und wollten gerade ausgehen, als wir die Nachricht von dem geplanten Angriff erhalten haben. Wenn wir uns erst umgezogen hätten, wären wir nicht pünktlich hier gewesen."

„Ihr hättet nicht kommen müssen, wenn …", meinte Thierry.

„Doch, das mussten wir", unterbrach ihn Mireille. „Er will die Vampire angreifen. Unbeteiligte Vampire. Welchen Nutzen hat diese Allianz, wenn wir uns nicht selbst verteidigen und unseren eigenen Leuten helfen?"

Thierry nickte. „Eure Einheit ist nicht hier. Marcel hat sie im Hauptquartier zurückbehalten für den Fall, dass ein unerwarteter Angriff an einem anderen Ort stattfindet. Ihr könnt euch meiner Patrouille anschließen oder zu Alain auf den Place Pigalle gehen. Wir haben beide die gleiche Stärke."

„Dann bleiben wir am besten hier", sagte Caroline. „Es ist bald zehn Uhr und wir sind heute nicht gerade unauffällig."

„Geht vor das Café dort", sagte Thierry. „Tut so, als wärt ihr ein Paar, das ausgeht und sich einen kurzen Moment in den Schatten gönnt."

Mireille und Caroline nickten und überquerten den Platz. Vor dem Café umarmten sie sich und warteten darauf, dass die Schlacht begann.

Eric und Vincent kamen einige Minuten vor zehn am Place d'Anvers an. Sie trugen dicke Wintermäntel und hatten sich Schals um das Gesicht gewickelt, um nicht sofort erkannt zu werden. Zusammen mit anderen Pendlern kamen sie von der U-Bahn auf die Straße. Die Nacht war kühl und feucht und sie wurden kaum beachtet. Die beiden Männer gingen über den Boulevard Rochechouart, als wären sie jeden Tag hier unterwegs, um endlich nach Hause zu kommen. Sie schafften es bis zur Rue des Martyrs, bevor sie angesprochen wurden. Ein Magier forderte sie auf, so schnell wie möglich nach Hause zu gehen.

„Gibt es Probleme?", fragte Eric durch den Schal, der seine Stimme dämpfte.

„Noch nicht", erwiderte der Magier. „Aber es kann jeden Moment losgehen. Wir wollen nicht, dass unbeteiligte Passanten in den Kampf verwickelt werden."

Eric und Vincent nickten. „Danke für die Warnung", sagte Vincent freundlich. „Wir wohnen hier um die Ecke in der Rue Houdon. Wir beeilen uns und schließen hinter uns ab."

Der Magier winkte sie durch und sah ihnen nach, als sie in die Rue Houdon abbogen. Er sah nicht, dass sie in einen Hauseingang gingen und sich unsichtbar machten, um den bevorstehenden Kampf beobachten zu können, bis sich ihnen die Möglichkeit bot, ihren Plan in die Tat umzusetzen.

Dann waren die ersten Kampfgeräusche zu hören. Dunkle Magier kamen durch die Rue Chappe und auf den Parvis de Sacré-Cœur, wo sie die Milice in ein Gefecht verwickelten. Flüche flogen durch die Nacht und Raymond grinste breit, als Ströme von Wasser sie von oben bis unten durchnässten und sich auf der Straße Pfützen bildeten. Mehr passierte nicht. „Es scheint, als wäre Serrier für die alten Legenden noch anfälliger, als die Milice es war", sagte er zu Jean und drehte sich zu den Angreifern um.

Jean schüttelte den Kopf und sprang in einen Hauseingang, als ein dunkler Magier an ihnen vorbeirannte. Er packte den Mann am Jackett und wirbelte ihn herum, um ihm ins Gesicht zu sehen, bevor er ihm das Genick brach. Dann ließ er ihn zu Boden fallen. Das waren nicht mehr nur feindliche Kämpfer. Diese Magier griffen seine Leute an – wehrlose Vampire – und es interessierte sie nicht, ob sie dabei faire Methoden anwendeten oder nicht. Jean hatte keine Skrupel, sie mit allen Mitteln daran zu hindern. Er sprang in die Luft und zog sich am Eisengitter eines Balkons hoch, um auf sein nächstes Opfer zu warten. Als der Ansturm der dunklen Magier unter Raymonds Abwehr zum Erliegen kam, sah Jean seine Chance. Er sprang mitten ins Getümmel und setzte drei der dunklen Magier außer Gefecht, bevor er sich wieder aus dem Kampfgeschehen zurückzog.

Am Place Pigalle kam Alain aus seiner Deckung. „Haltet eure Stellung", befahl er seiner Einheit. „Sie sind auf dem Weg hierher. Adèle und Thierry sichern uns von Norden ab."

Er hatte kaum zu Ende gesprochen, als aus südlicher Richtung die dunklen Magier auf den Platz strömten. Sie kamen durch die Rue Frochot und die Rue Jean-Baptiste Pigalle. Alain drehte sich sofort zu ihnen um. Orlando trat an seine Seite, bereit, sich jeder Bedrohung in den Weg zu stellen. Er wusste, dass sie durch ihre ungedeckte Position der perfekte Köder waren. Alain wollte Serriers Magier in die Mitte des Platzes locken und der Rest der Einheit sollte hinter ihnen die Straßen abriegeln, sodass sie sich dem direkten Kampf mit der Milice stellen mussten.

Die dunklen Magier schleuderten die ersten Flüche und kurz darauf regnete es auch am Place Pigalle Weihwasser. Alain zog Orlando mit sich hinter einen der Büsche in der Mitte des Platzes, von wo sie den Kampf beobachteten. Die Patrouille konterte die Flüche von Serriers Leuten. Alain konnte etwa dreißig von ihnen zählen, also zehn mehr als die Magier seiner eigenen Einheit. Aber dabei waren die Vampire nicht mitgezählt, die sich ebenfalls an dem Kampf beteiligten. Außerdem waren noch Angélique und David sowie mehrere andere Vampire gekommen, die keiner der Patrouillen angehörten. Alain sah zu, wie David einen dunklen Magier niederstreckte, der auf dem Weg zu Angélique und dem Sang Froid war. Dann musste er lachen, als eine Salve Knoblauchknollen in ihre Richtung abgefeuert wurde.

Auf dem Place des Abbesses lauschte Thierry dem Lärm der Kämpfe, die südlich und nördlich seiner gegenwärtigen Position ausgebrochen waren. „Wohin sollen wir gehen?", fragte Sebastien, den es mächtig in den Fingern juckte. Er fühlte sich dem Cour nicht auf die gleiche Weise verpflichtet wie Jean, aber ihm war die Gefahr bewusst, die ihnen durch Serrier drohte. Sebastien konnte sich nicht einfach zurücklehnen und den Kampf den anderen überlassen.

„Wir bleiben vorerst hier", erwiderte Thierry, dem die Ungeduld seines Partners nicht verborgen blieb. „Es ist noch nicht sicher, ob diese beiden Gruppen die einzigen sind, die Serrier geschickt hat. Wir werden einige Minuten abwarten, wie sich die Situation entwickelt. Dann greifen wir ein."

„Du kannst doch nicht einfach hier rumstehen und nichts tun, während die anderen kämpfen!"

„Wir stehen hier nicht rum, wir erfüllen unsere Aufgabe und beschützen die umliegenden Geschäfte. Sobald wir sicher sein können, dass ihnen keine Gefahr droht, werden wir unseren Freunden helfen", beschwichtigte ihn Thierry.

Bevor Sebastien etwas erwidern konnte, kam Adèle auf den Platz gerannt. „Sie wollen über die Rue Chappe nach Süden vorstoßen. Wenn wir uns beeilen, können wir ihnen den Weg abschneiden."

Thierry gab seiner Einheit das Zeichen, sich aufzuteilen. Die Hälfte seiner Leute folgte Adèle zur Kreuzung von Rue Chappe und Rue Trois Frères, um die Patrouille zu unterstützen, die sich dorthin zurückgezogen hatte. Raymond gab das Kommando an Adèle ab. „Am Place des Abbesses und am Place du Tertre ist es noch ruhig", meldete sie ihm. „Aber vom Place Pigalle war schon Kampflärm zu hören."

Raymond warf Jean einen kurzen Blick zu. Der nickte kurz. „Hast du diese Bande im Griff?", fragte Raymond sicherheitshalber.

Adèle grinste grimmig. „Worauf du dich verlassen kannst."

„Dann überlasse ich sie dir. Wir gehen nach Süden."

„Sie werden gar nicht merken, wie ihnen geschieht."

Daran zweifelte Raymond nicht. Adèle verteilte ihre Einheit sofort rund um die Kreuzung, damit sie das Vordringen der dunklen Magier aufhalten konnten. Es konnte nicht mehr lange dauern, bis sie hier eintrafen. Sie würden direkt ins Feuer der Milice laufen. Raymond hörte noch, wie sie ihrem Partner und einigen anderen

Paaren Anweisungen gab, die Flanken mit Vampiren zu besetzen, um die dunklen Magier in die Zange zu nehmen, sobald sie an der Kreuzung eintrafen. Wenn sie so weiter vordrangen, würden sie Adèle direkt in die Falle laufen.

Auf dem Places des Abbesses wartete die andere Hälfte von Thierrys Einheit auf weitere Befehle. „Wir gehen zum Place Pigalle, um Alain zu unterstützen", entschied Thierry.

Sie liefen über die Rue Houdon zum Place Pigalle, wo sie sich mit einem lauten Schlachtruf in den Kampf stürzten.

Eric und Vincent standen unsichtbar am Rand des Geschehens in der Dunkelheit. Sie konnten sich gegenseitig nicht sehen, aber beide runzelten unzufrieden die Stirn. Seit Verstärkung für die Milice eingetroffen war, stand ihre Einheit mit Dumont und Magnier einem nahezu unschlagbaren Team gegenüber. Die Magier der Milice gewannen langsam die Oberhand. Eric und Vincent mussten jetzt noch vorsichtiger sein, wenn sie einen Vampir in ihre Gewalt bringen wollten, ohne dabei erwischt zu werden. Eric tastete nach Vincent. Er legte ihm die Hand auf die Schulter und deutete ihm an, näher an das Kampfgeschehen heranzugehen. Sie schlichen sich leise zu der U-Bahn-Station am Rande des Platzes. Eric hielt sich an Vincents Arm fest, um ihn nicht zu verlieren.

Während sie von dort den Kampf beobachteten, kam Magnier hinter einem Busch hervor und feuerte Flüche auf die dunklen Magier ab. An seiner Seite lief ein Mann, der keinen Stab in der Hand hatte. „Da, bei Magnier", flüsterte Vincent Eric ins Ohr. „Ist das ein Vampir?"

Eric beobachtete die beiden Männer noch etwas länger. Alain verwickelte einen ihrer Leute in ein magisches Gefecht, dann kam der dunkelhaarige Mann so schnell von der Seite angerannt, dass man ihm mit bloßem Auge kaum folgen konnte. Er drehte dem dunklen Magier den Arm auf den Rücken und nahm ihm den Stab ab. „Es muss ein Vampir sein", flüsterte Eric zurück, während Alain den dunklen Magier mit einer Beschwörung band. „Aber warum kann er sich noch bewegen? Warum hat Magniers Beschwörung nicht auf beide gewirkt?", fragte er, während der Vampir den dunklen Magier unbeweglich auf dem Boden zurückließ.

„Keine Ahnung", murmelte Vincent. „Wir wissen, dass Vampire nicht immun sind gegen Magie. Wir haben Beschwörungen benutzt, um Edouard zu Pascal zu bringen."

„Wir können nur hoffen, dass Magnier die Beschwörung irgendwie modifiziert hat, um den Vampir nicht zu treffen", erwiderte Eric. „Sonst haben wir ein Problem."

„Der Vampir weicht Magnier kaum von der Seite. Wir müssen sie trennen, wenn es funktionieren soll", warnte Vincent. „Sonst wird Magnier unsere Magie sofort neutralisieren, wenn er sie spürt."

„Wir müssen eine günstige Gelegenheit abwarten", entschied Eric. „Sie können nicht immer so nahe beieinander bleiben."

Aber da täuschten die beiden sich offensichtlich, denn der Vampir wich auch bei den folgenden Gefechten nicht von Magniers Seite und war nie mehr als eine Armlänge von dem Magier entfernt. „Vielleicht sollten wir es mit einem anderen versuchen?", fragte Vincent nach einigen Minuten.

„Mit wem?", flüsterte Eric zurück. „Die anderen Vampire verhalten sich genauso. Jeder von ihnen klebt praktisch an einem Magier. Wir werden bei Dumont nicht erfolgreicher sein als bei Magnier. Und ich glaube, Payet gesehen zu haben. An dem werden wir auch nicht vorbeikommen."

„Wenn wir mit leeren Händen zurückkommen, sind wir es, die in der Folterkammer landen."

Bevor Eric ihm darauf antworten konnte, wurde Magnier durch einen Fluch von Richard Lapeyre in der Seite getroffen und ging zu Boden. Eric und Vincent warteten gespannt, wie sich die Situation entwickelte. Vielleicht war das ihre Chance.

Orlando konnte den Fluch nicht hören, der Alain traf. Aber er sah, wie sein Geliebter stolperte und in die Knie ging. Er wurde von einer Wut gepackt, wie er sie noch nie gefühlt hatte, selbst gegen seinen Schöpfer nicht. Sofort kam Thierry angerannt und half Alain wieder auf die Beine. Ihm war nichts passiert. Orlando konnte sich unbesorgt um den Mann kümmern, der es gewagt hatte, seinen Magier anzugreifen.

Lapeyre jubelte laut, als Magnier getroffen wurde. Leider war sein Fluch nicht stark genug gewesen, um den Mann permanent außer Gefecht zu setzen. Aber er gab Lapeyre die Möglichkeit zur Flucht. Sein Siegestaumel hielt nur so lange an, bis plötzlich ein schlanker, dunkelhaariger Mann auftauchte und sich auf ihn stürzte. Richard brach in Panik aus und öffnete den Mund, um sich von hier weg zu transportieren. In diesem Augenblick schlossen sich zwei kräftige Hände um seinen Hals und erstickten jedes Wort.

„Niemand verletzt meinen Partner", knurrte Orlando dem dunklen Magier ins Ohr. Dann brach er ihm mit einer fast beiläufigen Handbewegung das Genick.

„Jetzt!", schrie Eric und ließ den Schild fallen, der ihn unsichtbar machte. Dann band er den Vampir mit einer Beschwörung und fing ihn auf, noch bevor Lapeyre zu Boden fiel. An seiner Seite wurde Vincent ebenfalls wieder sichtbar. Mit einer schnellen Handbewegung transportierte er den Vampir und den toten Lapeyre an einen sicheren Ort. „Lass uns von hier verschwinden", rief er. Überall auf dem Place Pigalle drehten sich die Angehörigen der Milice zu ihnen um.

Eric ersparte sich eine Antwort, als er alle Augen auf sie gerichtet sah. Das letzte, was er hörte, bevor er sich und Vincent in Sicherheit transportierte, war der laute Schmerzensschrei Magniers, der ihm bis zu ihrer Ankunft nicht mehr aus den Ohren ging.

33

ALAIN ZOG sich auf die Füße. „Verfolge sie!", schrie er Thierry an und schwankte unsicher von einem Bein auf andere.

Thierry blickte zwischen seinem verletzten Freund und dem leeren Raum hin und her, wo eben noch Orlando gestanden hatte. Dann ging er auf Alain zu, um ihn zu stützen. Die Gewohnheit einer lebenslangen Freundschaft war stärker als seine Sorge um den anderen Mann, der Serrier in die Hände gefallen war. „Verfolge sie!", schrie Alain wieder. Dann verlor er das Gleichgewicht und fiel auf die Knie, bevor Thierry es verhindern konnte. „Bitte", bettelte Alain mit Tränen in den Augen. Seine Seite schmerzte unerträglich und Orlando war von den dunklen Magiern entführt worden. „Ich kann ihnen nicht folgen und ich vertraue keinem anderen."

Thierry schüttelte resigniert den Kopf. Es waren schon wertvolle Sekunden verstrichen, aber er wollte alles tun, was in seiner Macht stand. „Pass auf Sebastien auf."

Alain nickte und fiel auf den Schotter des kleinen Pfades, der durch die Mitte des Platzes ging. Seine Hand umklammerte den Stab. Thierry rannte zu der Stelle, von der Orlando verschwunden war. Er murmelte rhythmische Beschwörungen vor sich hin, um die letzten Spuren der Magie zu identifizieren, die den Vampir entführt hatte. Sein plötzliches Verschwinden gab Alain Hoffnung, Orlando bald wieder in den Armen zu halten.

Der Schmerz in seiner Seite ließ langsam nach. Er musste die Verletzung von einem Mediziner untersuchen lassen. Normalerweise wäre er schon ins Hauptquartier zurückgekehrt und auf die Krankenstation gegangen, um sich behandeln zu lassen. Aber er konnte hier nicht weg, solange Orlando vermisst wurde und Thierry nach ihm suchte. Er konnte es auch den anderen Magiern der Milice nicht antun, die sich auf seine Führung verließen, nachdem Thierry nicht mehr hier war. Alain musste die Zähne zusammenbeißen und durchhalten, bis Orlando und Thierry zurückkamen.

„Feuer!"

Alain sah sich um und suchte nach dem Rufer. Überall auf dem Boulevard Clichy schlugen Flammen an den Mauern der Gebäude empor. „Fouquet!", rief er. „Löscht die Feuer!" Sein Leutnant nickte und führte die Einheit zu den brennenden Gebäuden. Mit ihren Beschwörungen versuchten sie, die magischen Feuer wieder zu ersticken und zu verhindern, dass sie sich weiter ausbreiten konnten.

„Wo ist Thierry?", fragte Sebastien, der an Alains Seite auftauchte.

„Auf der Suche nach Orlando. Ich hoffe, er findet ihn", erwiderte Alain und suchte die Umgebung nach Feinden ab. Bisher hatte er sie nur entwaffnet und gelähmt, aber jetzt entluden sich seine Wut und Furcht in *Abbatoires*. Mit heiserer Stimme schleuderte er einen Fluch nach dem anderen auf die dunklen Magier. „Sie haben ihn mitgenommen", keuchte er, als er kurz Luft holen musste. „Ich kann ihnen nicht folgen, weil ich zu schwer verletzt bin."

„Warum bist du dann überhaupt noch hier?", schimpfte Sebastien. „Du gehörst auf die Krankenstation."

Alain schüttelt den Kopf, obwohl die Schmerzen in seiner Seite wieder zunahmen und Sebastien recht gaben. „Ich muss erst wissen, dass Orlando in Sicherheit ist. Ich kann den Kampf von hier lenken."

Sebastien sah sich auf dem Platz um und runzelte die Stirn. Überall um sie herum verschwanden die Angreifer, nachdem sie noch einen letzten Feuerzauber auf eines der Häuser geschleudert hatten.

„Merde!", fluchte Alain. Der Boden war von toten, verwundeten und gefesselten Magiern übersät. „Raymond!", schrie er. „Wo ist Adèle?"

„Nördlich von hier, in der Rue Chappe."

„Wir müssen diese Feuer löschen, sonst spielt es keine Rolle mehr, wer die Schlacht gewonnen hat."

Raymond nickte. „Ich hole sie. Halte die Mitte des Platzes für ihre Ankunft frei." Er verschwand, ohne Alains Antwort abzuwarten.

„Hilf mir hoch", bat Alain Sebastien. „Wenn sie alle auf einmal ankommen, trampeln sie mich hier sonst in Grund und Boden."

Sekunden später kam Raymond mit Adèle und ihrer Einheit zurück. „Im Norden sind alle Feuer gelöscht. Wir müssen sie nur noch hier unter Kontrolle bekommen."

Und Orlando finden, dachte Alain. Adèles Einheit wartete nicht lange auf Befehle, sondern verteilte sich sofort über den ganzen Platz und in den Straßen, um Alains und Thierrys Patrouillen zu unterstützen.

„Wo ist Orlando?", fragte Jean, der endlich auch eintraf. „Ich habe ihn während des Kampfes aus den Augen verloren."

Alain musste sich auf die Lippe beißen, um die hilflose Wut zu unterdrücken, die in ihm tobte. Mit jeder Minute, die verstrich, wurde es unwahrscheinlicher, dass Thierry Orlando finden und retten konnte. Alain konnte nur beten, nicht seinen Geliebten und seinen besten Freund an einem Tag verloren zu haben.

„Serriers Männer haben ihn entführt", sprang Sebastien für Alain ein. „Thierry hat sich auf die Suche nach ihnen gemacht."

Jean wurde blass und fing an zu schwanken. Sebastien überlegte nicht lange und legte dem Chef de la Cour stützend die Hand auf den Rücken. „Seit wann ist er schon verschwunden?" Jean zwang sich zur Ruhe, aber er brachte vor Angst kaum einen Ton über die Lippen.

„Seit zehn Minuten", antwortete Alain gepresst.

Bevor Jean die nächste Frage stellen konnte, kam Thierry zurück.

Alain erstarrte vor Schreck und wäre wieder auf den Boden gefallen, wenn Sebastien ihn nicht rechtzeitig aufgefangen hätte. „Was ist passiert?"

„Ich bin ihnen bis zu ihrem ersten Ziel gefolgt", berichtete Thierry. „Es war im Parc de la Courneuve, aber sie haben ihn nicht von dem gleichen Punkt aus verlassen, an dem sie angekommen sind. Ich habe die Umgebung abgesucht, um sicher zu sein, dass sie sich nicht dort versteckt halten. Ich konnte nichts finden, auch nicht den Ort, von dem aus sie sich weiter transportiert haben."

„Falls sie das getan haben", sagte Alain mit gebrochener Stimme. „Es waren Eric und Vincent. Sie können sich Orlando einfach über die Schulter geworfen und ihn zu Fuß aus dem Park getragen haben."

„Wir könnten eine Patrouille hinschicken und die Umgebung weiträumiger absuchen", schlug Thierry vor, obwohl er wusste, dass es wahrscheinlich schon zu spät war. Wenn er früher reagiert hätte, wäre es vielleicht noch möglich gewesen, ihnen zu folgen. Seine Unentschlossenheit kam ihnen jetzt teuer zu stehen.

„Ich komme mit", sagte Jean.

Thierry nickte. „Das habe ich erwartet. Alain – hatte Orlando seinen Repère bei sich?"

„Ich denke schon", erwiderte Alain und sah ihn hoffnungsvoll an. „Er musste mir versprechen, ihn immer bei sich zu tragen."

„Gut. Vielleicht hilft uns das, ihn zu finden. Kommst du alleine ins Hauptquartier zurück?"

„Ich glaube nicht", gab Alain zu.

Thierry runzelte die Stirn. „Sturkopf", murmelte er. „Jean, informiere Raymond über unsere Pläne, damit er sich keine Sorgen macht und uns folgen kann, falls er hier nicht mehr gebraucht wird. Sebastien, rufe alle zusammen, die du von meiner Einheit finden kannst. Und du Alain … du machst dich auf schnellstem Weg in die Krankenstation."

„Wir müssen erst herausfinden, wo sein Repère ist."

„Das erledige ich selbst", versprach Thierry. Wertvolle Zeit verging, bis Jean und Sebastien endlich wieder zurückkamen. Orlando mochte Alains Geliebter sein, nicht sein eigener. Doch nachdem Thierry seine Vorbehalte überwunden hatte, hatte er den Vampir zu schätzen gelernt. Und selbst wenn das nicht der Fall wäre, würde Thierry niemandem wünschen, Serriers Folterknechten ausgeliefert zu sein. Sogar Serrier selbst nicht. Er holte sein Handy aus der Tasche und rief Marcel an.

„Chavinier."

Thierry erklärte ihm kurz die Lage.

„Er ist auf der Karte nicht zu sehen", informierte Marcel ihn mit besorgter Stimme.

„Erweitere den Ausschnitt auf die gesamte Île-de-France."

„Das habe ich schon versucht. Er ist nirgends zu finden."

„Putain. Dann müssen wir es mit traditionellen Methoden versuchen." Er drehte sich zu Alain um. „Keine Panik, aber Marcel kann ihn auf der Karte nicht finden. Raymond hat gesagt, Serrier wüsste über die Repères Bescheid und hätte nach einem Weg gesucht, sie zu blockieren. Vielleicht liegt es daran."

„Oder wir kommen zu spät."

„Lass das", befahl Thierry. „Die Repères der Vampire sind an das Objekt gebunden, nicht an die Person. Vielleicht hat Serrier den Ring zerstört. Er hat das in der Vergangenheit auch schon gemacht, wenn er Gefangenen ihre Repères abgenommen hat. Du darfst nicht aufgeben."

„Schließ die Augen", sagte Sebastien zu Alain. „Unterdrücke deine Angst und konzentriere dich nur auf Orlando."

Alain gab sich Mühe, Sebastiens Aufforderung zu folgen.

„Kannst du ihn spüren? Wenn sie ihn nicht vernichtet haben, solltest du eure Verbindung fühlen können."

„Ja", bestätigte Alain ihm leise.

„Dann ist er noch bei uns, wo immer Serrier ihn auch hingebracht hat. Jetzt lass dich in die Krankenstation bringen. Wir machen uns auf die Suche nach Orlando und werden ihn hoffentlich bald finden."

„Sebastien hat recht", bekräftigte Thierry. „Du kannst mir vertrauen."

„Ich vertraue dir immer."

„Adèle!", rief Thierry. „Kannst du hier für uns übernehmen?"

Adèle drehte sich zu ihm um und winkte ihm zu, endlich zu verschwinden, doch Raymond hielt ihn noch zurück. „Ich würde gerne einige von Serriers alten Verstecken durchsuchen. Vielleicht hat er sie wieder in Betrieb genommen. Ich kann Jean nicht mitnehmen, aber ich möchte nicht allein gehen."

„Ich begleite dich", bot Sebastien sofort an. Thierry war nicht sehr glücklich darüber, Sebastien aus den Augen lassen zu müssen. Noch weniger gefiel es ihm, dass sein Partner sich der Gefahr aussetzen wollte, ebenfalls von Serrier gefangen genommen zu werden.

„Ich passe auf ihn auf", versprach Raymond, bevor Thierry gegen ihr Vorhaben Protest einlegen konnte. „Wir wollen uns nur umsehen und werden uns nicht auf Auseinandersetzungen einlassen. Falls ich Hinweise finde, denen wir nachgehen sollten, werde ich sofort zurückkommen und eine Patrouille anfordern. Aber ich will zunächst keine Unterstützung mitnehmen, weil sonst das Risiko zu groß ist, alte Schutzzauber auszulösen, die sich noch in den Gebäuden befinden."

Jean wurde langsam ungeduldig. Er wollte endlich etwas tun, um Orlando zu helfen. Aber er konnte Thierrys Besorgnis um Sebastien nachvollziehen. Ihm ging es mit Raymond nicht viel anders und es gefiel ihm gar nicht, seinen Partner allein losziehen zu lassen. Er blickte Sebastien tief in die Augen. Sebastien nickte ihm leicht zu und versicherte ihm so ohne Worte, dass Raymond sich ebenfalls auf Sebastiens Schutz und Hilfe verlassen konnte.

„Wir sind in einer Stunde zurück", versicherte Raymond Thierry und Jean. Dann nahm er Sebastien am Arm und sie verschwanden.

„Lasst uns aufbrechen", befahl Thierry seiner Einheit.

Als Thierry und seine Patrouille im Parc de la Coursneuve ankamen, teilte sie sich fort auf und durchkämmten den Park nach Hinweisen auf Orlando und die dunklen Magier. Thierry bezweifelte, dass sie noch Überreste der Magie finden würden. Seit Orlandos Entführung war schon viel zu viel Zeit vergangen. Dennoch, wenn sie gründlich genug suchten, konnten sie vielleicht materielle Spuren finden, die ihnen neue Anhaltspunkte gaben. Thierry wünschte sich, dass Alain bei ihnen wäre. Die Verbindung zwischen Alain und Orlando hätte sie vielleicht in die richtige Richtung lenken können. Aber durch Alains Verletzung waren sie auf sich allein gestellt.

„Thierry!"

Thierry drehte sich zu der Stimme um. „Schau dir das an!", rief Jean.

Thierry lief zu ihm und kniete sich neben ihm auf den Boden. „Hier ist etwas Schweres abgesetzt und dann durch den Sand gezogen worden", erklärte Jean aufgeregt. „Kannst du irgendwie herausfinden, ob es die dunklen Magier waren?"

Thierry nickte und schloss die Augen, um sich auf magische Überreste zu konzentrieren. Sein Magen zog sich zusammen, als er eine Signatur erkannte, die ihm so vertraut war, wie Alains oder seine eigene. „Sie waren es", stimmte er Jean zu. „Sie waren definitiv hier. Aber ich kann keine Magie feststellen, mit der sie diesen Ort wieder verlassen haben könnten."

„Dann müssen wir es mit nichtmagischen Mitteln versuchen", entschied Jean und suchte den Boden nach weiteren Spuren ab.

Thierry nickte und ging in die Gegenrichtung, konnte aber nichts finden, was das Ziel der dunklen Magier verraten hätte. Jean war mit seiner übernatürlichen Sehkraft erfolgreicher und entdeckte eine Spur, die sich jedoch ebenfalls wieder verlor, als der Untergrund des sandigen Pfades von einem Steinbelag abgelöst wurde. Thierry versuchte es noch einmal mit seiner Magie, konnte aber auch nichts mehr finden, das ihnen weitergeholfen hätte.

„Mist, Mist, Mist", fluchte er und sank frustriert auf die Knie. Er hatte das Gefühl, Alain im Stich zu lassen, weil er Orlando nicht finden konnte. Sein Freund hatte ihm diese Aufgabe anvertraut und er kam mit leeren Händen zurück. Thierry drückte die Hände auf den Boden und ließ seine ganze Frustration in die Erde fließen, bis die Steine zu glühen begannen. Aber selbst das konnte ihm nicht verraten, was hier passiert war. Thierry wusste, dass Erics Magie keine Verbindung zur Erde hatte, sodass er auch keine Spuren hinterlassen konnte. Und sollte Vincent ein Erdmagier sein, so hatte er seine Magie hier nicht ausgeübt. Trotzdem versuchte es Thierry erneut. Er ließ seine Magie in den Untergrund fließen und versetzte sich in Trance, suchte nach jeder noch so flüchtigen Spur, die sich hier vielleicht verborgen hielt und ihnen bei ihrer Suche helfen konnte.

Er kam wieder zu sich, als ihm jemand eine kräftige Ohrfeige versetzte.

Wütend sah er Jean an. „Was soll das?"

„Du hast geschwankt und warst kurz davor, umzukippen. Außerdem hast du nicht mehr reagiert, als ich dich angesprochen habe. Es war, als würdest du zu Stein werden. Ich wusste mir keinen anderen Ausweg, um dich wieder zurückzuholen", verteidigte sich Jean.

„Wie lange hat es gedauert?", wollte Thierry wissen.

„Etwa fünfzehn Minuten."

Thierry runzelte die Stirn. „Danke", sagte er dann und stand vorsichtig auf. Seine Gelenke waren steif und gefühllos. „Das hätte gefährlich werden können." Er ging einige Schritte auf und ab, bis sich die Verkrampfung wieder löste. Er war mehr als frustriert über seine Erfolglosigkeit. Sich in einer sinnlosen Suche zu verlieren, konnte Orlando jedoch auch nicht zurückbringen. Wenn Orlando wirklich vernichtet worden war, brauchte Alain jeden Freund, den er hatte, um diesen Verlust zu überleben. „Ich … äh … ich nehme nicht an, dass du Sebastien unbedingt erzählen musst, was gerade mit mir passiert ist?"

„Warum sollte ich es nicht tun?"

„Weil er mir vielleicht einiges über unnötige Risiken sagen würde und …"

Jean sah in ernst an. „Du suchst nach meinem besten Freund", sagte er dann. „Es gibt wenig, was ich in diesem Zusammenhang als unnötig bezeichnen würde. Ich mache dir auch nicht das Leben unnötig schwer, nur weil du helfen willst. Wenn ich darüber schweigen soll, werde ich es tun. Aber ich möchte dir raten, es ihm selbst zu erzählen. Dann kann er in Zukunft auf dich aufpassen, falls du wieder in eine vergleichbare Situation gerätst."

„Ich möchte ihm keine überflüssigen Sorgen machen. Ich passe seit über zwanzig Jahren selbst auf mich auf", grummelte Thierry.

Jean warf ihm einen skeptischen Blick zu. „Das hat dir heute Nacht nicht viel geholfen. Sebastien wäre es mit Sicherheit lieber, über die potentiellen Gefahren informiert zu sein, als dich durch seine Unwissenheit zu verlieren. Hast du etwas über Orlando herausfinden können?"

Thierry schüttelte den Kopf. „Wir können nur hoffen, dass Raymond und Sebastien mehr Erfolg haben."

RAYMOND KICKTE einen Stein an die Wand des verlassenen Kellers in einem unscheinbaren Mietshaus, das in einer Seitenstraße der Avenue de Stalingrad stand. Der Stein prallte ab und schlitterte über den Boden, bis er anklagend in einer staubigen Ecke liegenblieb. Raymond und Sebastien hatten schon ein gutes Dutzend solcher Häuser in den Außenbezirken von Paris durchsucht, aber überall mit dem gleichen Ergebnis.

Leer. Verlassen. Aufgegeben.

Ob die Häuser immer noch Serrier oder einem seiner Strohmänner gehörten, konnte Raymond nicht sagen. Aber er konnte in keinem der Gebäude auch nur die geringste Spur von Magie feststellen. Nichts wies darauf hin, dass sie von Serriers Magiern noch benutzt wurden, schon gar nicht als aktive Basisstation.

„Serrier scheint jeden Ort aufgegeben zu haben, über den ich jemals Bescheid wusste", bemerkte er frustriert. „Ich kann es logisch nachvollziehen, aber ich frage mich wirklich, wo er sich jetzt versteckt hält und woher er die Mittel hat, immer wieder neue Verstecke zu finden. Selbst in den Vororten sind die Immobilienpreise hoch. Und alle Gebäude, die wir bisher durchsucht haben, stehen leer. Er hat sie offensichtlich nicht wieder verkauft, sondern einfach nur aufgegeben."

„Weißt du, wie er sich finanziert hat, als du noch bei ihm warst?", fragte Sebastien.

Raymond schüttelte den Kopf. „Als ich mich Serrier angeschlossen habe, bin ich nicht auf den Gedanken gekommen, mich das zu fragen. Später, als ich anfing, an ihm zu zweifeln, habe ich den Mund gehalten, um keine unnötige Aufmerksamkeit auf mich zu ziehen. Er ist nicht der Mensch, der abweichende Meinungen akzeptiert."

„Du hast überlebt", bemerkte Sebastien.

„Aber nur, weil Marcel mir eine Chance gegeben hat", erwiderte Raymond. „Auf mich allein gestellt, hätte ich ihm nicht entkommen können und wäre jetzt tot."

„Was wird er mit Orlando anstellen?" Sebastien konnte sich die Frage nicht verkneifen.

Raymond sah ihn unglücklich an. „Frag mich nicht."

Sebastien nahm ihn am Arm und zog ihn zu sich herum. „Was wird er mit Orlando anstellen?"

Raymonds Züge wurden steinhart, als er sich daran erinnerte, wie Serrier Gefangene und Verräter behandelt hatte. „Im Moment wird er ihn noch verhören. Er wird herausfinden wollen, ob er Orlando auf seine Seite ziehen kann oder ob Orlando sein Wissen freiwillig preisgibt. Wenn er damit keinen Erfolg hat, wird er ihn wahrscheinlich als Versuchsobjekt benutzen. Serrier ist ungehalten, weil bestimmte Flüche nicht auf die Vampire wirken. Er wird wissen wollen, bei welchen das der Fall ist und bei welchen nicht. Er wird nicht mit den Flüchen anfangen, die für Sterbliche tödlich sind, denn er will aus seinen Experimenten möglichst viele Informationen herausholen. Also beginnt er mit den Flüchen, die Schmerzen verursachen, die seine Opfer bluten lassen. Alles das, was ihm die Schwächen der Vampire offenbart. Wenn er damit fertig ist, wird er es mit Flüchen versuchen, die Orlando töten sollten. Oder er übergibt ihn einem seiner Henkersknechte, die Spaß an der Folter finden."

Sebastien lief ein Schauer über den Rücken. „Wir müssen ihn da rausholen. Orlando hat eine Schwäche, die wir anderen nicht haben. Er kann kein Blut trinken, um sich zwischen den Folterungen zu erholen, so wie wir das können. Er braucht Alains Blut, um zu genesen. Fremdes Blut wird ihn nur noch mehr schwächen oder gar vernichten."

Raymond schnaubte frustriert. „Ich weiß nicht, was wir noch tun könnten. Ich habe jedes Schlupfloch durchsucht, von dem ich wusste. Selbst die, über die es nur Gerüchte gab. Ich habe nicht den geringsten Hinweis auf Orlandos Aufenthaltsort gefunden."

„Was ist mit den beiden Magiern, die ihn entführt haben?", hakte Sebastien nach. „Sie müssen doch irgendwo wohnen. Können wir sie nicht ausfindig machen und beschatten?"

„Wir können es versuchen", stimmte ihm Raymond zu. „Aber das setzt voraus, dass sie sich nicht transportieren, sondern ihre Wohnung zu Fuß verlassen. Sie werden ihre Wohnungen gegen Eindringlinge gesichert haben, deshalb können wir sie nur von außen beobachten. Aber du hast recht und wir müssen uns an jeden Strohhalm klammern. Ich werde es Marcel vorschlagen, wenn wir wieder im Hauptquartier sind. Hoffentlich hat Thierry mehr Glück gehabt als wir."

34

ERIC UND Vincent waren kreuz und quer durch Paris gesprungen, um mögliche Verfolger abzuschütteln. Sie hatten streng darauf geachtet, dass zwischen ihrem Ankunftsort und dem Punkt, von dem aus sie sich weiter transportierten, mindestens ein Straßenblock lag. Jetzt waren sie endlich in Serriers derzeitigem Hauptquartier in St. Denis eingetroffen. Ihre Geisel warf ihnen wütende Blicke zu, seit sie sich den Vampir im Parc de la Courneuve geschnappt hatten. Eric hatte sich den magisch gebundenen Mann einfach über die Schulter geworfen, während Vincent vom Park in die Rue Stalingrad vorausgelaufen war. Eric hatte ihren Gefangenen erst in einen alten Unterschlupf in der Nähe bringen wollen, aber er hatte Payet gesehen und der kannte die Adresse. Also waren sie einfach mitten auf der Straße verschwunden und hatten gehofft, dass die Milice zu spät kommen würde, um die Spur noch aufzunehmen.

Sie betraten das Gebäude und gingen durch die verschlungenen Korridore zu Serriers Büro. „Es freut mich, dass ich immer noch einige Anhänger habe, die meine Befehle auszuführen in der Lage sind", begrüßte der bärtige Magier seine beiden Offiziere, als er den Gefangenen sah. „Ist es ein Unbeteiligter?"

„Nein", erwiderte Eric. „Er hat an Magniers Seite gekämpft. Kurz bevor wir ihn erwischt haben, hat er noch Lapeyre getötet."

„Oh, das ist gut", meinte Serrier. „Dann muss ich kein schlechtes Gewissen haben, wenn ich ihn für unsere Experimente benutze. Ich will mit ihm reden. Löst die Beschwörung auf."

Vincent gab dem Vampir seine Sprache zurück, ließ ihn aber körperlich gebunden. Er hatte den Mann kämpfen sehen. Der Vampir hatte Lapeyre das Genick gebrochen, als wäre es nur ein Strohhalm gewesen. So lange sie nicht wussten, wie sie seine Stärke magisch kontrollieren konnten, wollte er ihn nicht freigeben. Der Vampir war in der Lage, sie alle zu töten, bevor sie ihn aufhalten konnten.

„Willkommen", begrüßte Serrier den Vampir. „Du musst uns verzeihen, dass wir dich gebunden haben. Aber wir sind nicht sicher, ob du uns nicht angreifen wirst. Daher ist diese kleine Vorsichtsmaßnahme leider unumgänglich. Mein Name ist Pascal Serrier. Und wer bist du?"

„Der letzte Fehler, den du jemals gemacht hast", antwortete Orlando mit vorgetäuschtem Wagemut. Er wusste, dass Alain die ganze Stadt nach ihm absuchen würde, aber er wusste nicht, wie lange es dauern würde, bis er gefunden und befreit wurde. Er musste einfach lange genug durchhalten, bis sein Geliebter kam.

„Solche prahlerischen Worte von einem Hilflosen", wies Serrier ihn zurecht und schlug ihm mit aller Kraft ins Gesicht. Der Ring an seinem Mittelfinger riss eine blutende Wunde in Orlandos Wange.

Orlando sah den dunklen Magier mit wütend funkelnden Augen an. „Wenn du mich einschüchtern willst, musst du dir schon etwas Besseres ausdenken. Du hast ja keine Ahnung, was du mit meiner Gefangennahme in Gang gesetzt hast. Chaviniers Zorn ist nichts gegen die Vergeltung des Cour."

Serriers manisches, an Wahnsinn grenzendes Lachen ließ Orlando eine Gänsehaut über den Rücken laufen. Er hatte diese Art Lachen schon einmal gehört, als sein Schöpfer den letzten Blutstropfen aus ihm herausgesaugt und ihn zum Vampir umgewandelt hatte. Orlando hatte Thurloe überlebt. Er würde auch Serrier überleben, und dieses Mal musste er nicht so lange auf Befreiung warten wie damals. Er schnaubte verächtlich. „Noch kannst du mich freilassen. Die Wunde ist in wenigen Stunden wieder geheilt und der Cour wird nichts davon erfahren. Aber wenn du das nicht tust, gibt es kein Zurück mehr."

Das Lachen wurde lauter. „Dazu müssten sie mich erst finden", sagte Serrier. „Und das haben sie bisher noch nicht geschafft, obwohl dieser Verräter Payet ihnen hilft."

Orlando dachte lächelnd an sein Gespräch mit Sebastien zurück. Der Aveu de Sang erlaubte ihm, seinen Avoué zu fühlen, auch wenn sie getrennt waren. „Das war, bevor die Vampire sich diesem Krieg angeschlossen haben. Die Milice hat jetzt mehr Ressourcen, als du dir vorstellen kannst."

Serrier runzelte die Stirn. „Und welche Ressourcen sind das?"

„Wenn du wirklich glaubst, ich würde dir das sagen, dann bist du noch verblendeter, als ich befürchtet habe", gab Orlando zurück.

Noch bevor Serrier darauf antworten konnte, öffnete sich die Tür und ein Magier führte zwei weitere Gefangene ins Zimmer. „Die beiden Spione, wie du befohlen hast", meldete Simon.

„Du willst mir vielleicht noch nichts sagen", sagte Serrier zu Orlando. „Aber diese beiden sind bestimmt nicht so dumm. Oder du entschließt sich, dir das Schicksal dieser Verräter zu ersparen."

„Ich habe nur deine Befehle ausgeführt", verteidigte sich Monique. „Du hast mich schon dafür bestraft, dass ich mich nicht in die Milice einschmuggeln konnte. Warum bin ich schon wieder hier?"

„Weil ich es befohlen habe", sagte Serrier ungerührt und schnickte mit seinem Stab einen Fluch direkt in ihren Bauch. Sie krümmte sich zusammen und fiel zu Boden. Es war, als würde jemand ihre Eingeweide verknoten. Der Schmerz nahm ständig zu. „Oder hast du vergessen, was du mir gelobt hast?"

„Unbedingte Treu und Gehorsam", presste Monique mit zusammengebissenen Zähnen hervor. „Ich bin her, oder nicht?"

Serrier senkte den Stab. „Du bist hier, aber du stellst Fragen."

Dominique stand zitternd neben ihr. Er wusste, dass er als nächster an die Reihe kommen würde. Ihm brach der Schweiß aus und er suchte den Raum vergeblich nach einem Fluchtweg ab.

„Und was ist mit dir, Dominique?", fragte Serrier. „Welche Ausreden hast du mir anzubieten?"

„Ich weiß nicht, was mir vorgeworfen wird. Wie soll ich mich da verteidigen?", sagte Dominique mit zitternder Stimme. „Aber ich unterwerfe mich deinem Urteil."

„Sehr klug", lobte Serrier und schickte ihm eine Serie von brennenden Schmerzen durch die Glieder. Dominique fiel keuchend zu Boden.

„Wer von euch beiden hat Chavinier vor unserem Angriff heute Nacht gewarnt?", wollte Serrier wissen. „Ihr beiden seid die Einzigen, die seit der Gründung der Allianz mit ihnen Kontakt hatten. Seitdem sind sie über unsere Pläne informiert. Wer von euch hat uns verraten?"

Monique rappelte sich wortlos vom Boden auf, obwohl sie genau wusste, dass Serrier sich gleich wieder ihr zuwenden würde. Ihr Magen war immer noch schmerzhaft verkrampft. Es würde Stunden, wenn nicht gar Tage dauern, bis die Schmerzen wieder nachließen, selbst wenn Serrier es bei diesem einen Fluch beließ. Wenn er weitermachte … Sie wollte nicht darüber nachdenken.

Serrier gönnte ihr nur eine kurze Atempause. Während Dominiques Stöhnen und Jammern lauter wurde, drehte er sich wieder zu Monique um. Ihre Haut fühlte sich an, als würde sie bei lebendigem Leib verbrennen. Monique hatte Augen im Kopf und wusste, dass es nur eine Illusion war. Aber die Schmerzen waren die gleichen. Ihre qualvollen Schreie gellten durch den Raum.

„Ich war es", keuchte Dominique, als sie neben ihm wieder auf den Boden fiel. Egal, was er auch sagte oder tat, er war ein lebender Toter. Wenn er die Schuld auf sich nahm, konnte er vielleicht Monique retten. Falls sie auch eine von Marcels Spionen war, konnte sie die Arbeit weiterführen und zu Serriers Untergang beitragen. Und falls nicht, wurde Serrier hoffentlich so wütend, dass er Dominique schnell töten würde. „Ich habe ihnen alles verraten."

„*Abbatez*!"

Der junge Magier war sofort tot.

„Warum hast du ihn umgebracht?", fragte Simon. „Wir hätten ihn noch verhören können."

Serrier zuckte mit den Schultern. „Ich werde von unserem neuen Gast mehr erfahren, als der junge Kerl jemals gewusst hat. Claude kann auch nichts mit einem neuen Spielzeug anfangen, weil er sich noch mit der Frau amüsiert."

„Was wird aus Monique?", erkundigte sich Eric vorsichtig. Ihre Schreie verstummten langsam, weil sie kaum noch bei Bewusstsein war.

Serrier lehnte sich an seinen Schreibtisch und sah sie an. „Ich nehme an, dass sie nichts damit zu tun hat."

„Es gibt keine Hinweise darauf, dass sie eine Verräterin ist", stimmte Eric ihm zu.

„Na gut." Serrier beendete seinen Fluch. „Bringt sie hier raus."

Eric wollte sich bücken und sie vom Boden aufheben, aber Serrier hielt ihn zurück. „Wir sind noch nicht fertig. Transportiere sie nach Hause. Sie wird sich schon wieder erholen."

Eric warf Vincent einen zweifelnden Blick zu, gehorchte aber Serriers Befehl und schickte die verletzte Frau in ihre Wohnung. Er hoffte nur, dass sich dort jemand um sie kümmern konnte und dass der magische Transport ihren Zustand nicht noch mehr verschlechterte. Aber wenn er sich dem Befehl Serriers verweigert hätte, wären sie beide die Leidtragenden gewesen.

Orlando hatte schweigend beobachtet, was sich vor seinen Augen abspielte. Er hatte von Serriers sadistischer Ader gehört, aber nicht ahnen können, dass es so schlimm war. Innerlich krümmte Orlando sich jetzt schon zusammen bei der Vorstellung, dass Serrier seine Magie als nächstes gegen ihn selbst richten würde. Doch er ließ sich seine Angst nicht anmerken. Mit dem *Abbatoire* konnte der Magier einen Vampir nicht vernichten, und der Rest … Die Haut der Frau war durch den Feuerfluch nicht verletzt worden. Obwohl sie fürchterliche Schmerzen erlitten hatte, war es nur Illusion gewesen. Serrier konnte ihm Schmerzen zufügen, aber er konnte ihn nicht vernichten. Orlando musste nur lange genug durchhalten, bis Alain und Jean kommen und ihn hier herausholen konnten. Er hatte nicht die geringsten Zweifel daran. Er wusste nur nicht, wie lange es dauern würde.

„Möchtest du noch einmal über eine Zusammenarbeit nachdenken?", fragte Serrier in diesem Augenblick.

Orlando schnaubte verächtlich. „Und wozu? Ich kenne Deinesgleichen. Du machst mit mir, was du willst – egal, ob ich dir vorher etwas verrate oder nicht. Und du willst mich nur benutzen, um meinen Freunden zu schaden."

Serrier zuckte mit den Schultern. „Wie du willst", erklärte er. „Vincent, bringe ihn in eine Zelle. Danach entscheiden wir, was wir noch mit ihm anfangen können."

Vincent warf sich Orlando über die Schulter und ging zur Tür. Serrier schickte ihnen noch einen Fluch nach, der Orlando in den Rücken traf. Er zuckte vor Schmerz zusammen und biss sich in die Lippen, um nicht laut aufzuschreien.

„Er wird zusammenbrechen", sagte Serrier überzeugt zu Eric. „Es mag einige Tage dauern, aber auch er hat seine Grenzen, und die werden wir finden. Es ist schon ein Fortschritt, wenn wir dadurch erfahren, welche Flüche auf Vampire wirken und welche nicht. Chavinier wird uns nach dem Tod des Spions auch nicht mehr so oft in die Quere kommen. Das Blatt wird sich wieder zu unseren Gunsten wenden. Du wirst schon sehen."

Eric warf einen Blick auf den toten Jungen und dachte an Monique, die allein in ihrer Wohnung war. Er fragte sich, was daran gut sein sollte und musste an seine Unterhaltung mit Vincent zurückdenken. Vielleicht hatte sein Freund recht und sie sollten sich von hier absetzen. Wenn es nur einen Weg gäbe …

„ICH MÖCHTE dich bis morgen früh zur Beobachtung hierbehalten."

Alain nickte zwar zustimmend, aber er wollte sich rausschleichen, sobald der Mediziner ihm den Rücken zudrehte. Es widersprach seiner Natur, untätig im Bett zu liegen, während Orlando immer noch vermisst wurde. Wenn Alain schon selbst nicht nach seinem Geliebten suchen konnte – und diese Tatsache hatte er sich widerstrebend eingestanden –, dann musste er eben auf andere Weise helfen. Er musste einfach etwas tun, was auch immer.

Alain schloss die Augen und legte die Hand auf das Brandmal an seinem Hals. Es half ihm, sich Orlando näher zu fühlen. Er war für dieses sichtbare und spürbare Zeichen ihres Bundes noch nie so dankbar gewesen wie in diesem Augenblick. Mit aller Macht konzentrierte er sich darauf und versuchte, eine Verbindung zu Orlando herzustellen. Alain spürte nur Verwirrung. Er hoffte, dass Orlando vielleicht immer noch magisch gebunden war und nicht wusste, was um ihn herum vorging. Sollte das die Ursache für die Verwirrung sein, konnte Alain vielleicht mehr erfahren, sobald Orlando wieder von dem Zauber frei war. Sollte er aber nicht Orlandos Verwirrung, sondern nur seine eigene gespürt haben, dann musste er sich persönlich davon überzeugen, dass sein Geliebter noch lebte.

Alain wollte die Hoffnung nicht aufgeben und daran glauben, dass es Orlandos Verwirrung war, die er fühlen konnte. Er hatte seit Beginn dieses verdammten Krieges schon zu viele Menschen verloren. Er wollte jetzt nicht auch noch Orlando verlieren. Es musste ihm gut gehen, etwas anderes kam nicht infrage. Alain wollte nicht darüber nachdenken, dass es auch anders sein konnte. Er sah Henris tote Augen vor sich, die ihn an die Vergänglichkeit des Lebens erinnerten. Orlando lebte schon viel länger als normale Sterbliche, aber für einen Vampir war er noch ein Jüngling. Er lernte gerade erst, seiner neuen Existenz auch gute Seiten abzugewinnen. Das Schicksal konnte einfach nicht so grausam sein, diese Existenz ausgerechnet jetzt zu vernichten. Doch Alain hatte gelernt, dass das Schicksal auf solche Wünsche keine Rücksicht nahm. Er hatte einen Sohn verloren, hatte Freunde sterben sehen und mehr als einmal selbst getötet. Aber das Orlando der nächste sein könnte? Das konnte Alain nicht akzeptieren.

Er blinzelte. Ihm stiegen schon wieder Tränen in die Augen. Dafür war jetzt keine Zeit. Orlando war erst vor wenigen Stunden entführt worden und Alain konnte ihn fühlen. Das war ein gutes Zeichen. Es machte ihm Hoffnung. Jetzt war es an der Zeit, etwas zu unternehmen, um Orlando zurückzuholen.

Alain schloss die Augen und dachte nach. Er erinnerte sich an den heißen, kurzen Biss vor dem Kampf. Es war das erste Mal gewesen, dass Orlandos Zähne und Hände Alain gemeinsam zum Höhepunkt gebracht hatten. Alain unterdrückte ein leises Schluchzen. Sie waren so kurz davor gewesen, sich zu lieben. Er wünschte sich, einfach ein ‚Bitte nicht stören'-Schild an die Tür gehängt und das Sofa in ein Bett verwandelt zu haben. Dann hätten sie sich richtig lieben können. Aber dazu war es jetzt zu spät. Alain konnte die Zeit nicht zurückdrehen und diesen Traum nachträglich Wirklichkeit werden lassen. Doch es war ein beruhigender Gedanke, dass Orlando sich heute Nacht sattgetrunken hatte. Damit hatten sie einige Tage Zeit, bevor sein Hunger ihn ernsthaft schwächen würde. Falls Serrier Orlando nicht gleich umbrachte, sondern vorher mit ihm experimentieren wollte, hatten sie Zeit, um ihn zu finden.

Und dann wollte Alain jeden Tag seines Lebens damit verbringen, seine Versprechen an Orlando einzulösen. Er flüsterte ein leises Dankesgebet dafür, dass er Orlando vor dem Kampf noch einmal seine Liebe gestanden hatte. Sollte das Undenkbare eintreffen, waren seine letzten Worte zu seinem Geliebten Worte der Liebe gewesen. Auch wenn das nur ein kleiner Trost wäre.

Sobald die Schritte des Mediziners nicht mehr zu hören waren, rollte er aus dem Bett und kam stöhnend auf die Füße. Er holte seinen Stab aus dem kleinen Schränkchen und verließ so leise wie möglich die Krankenstation, um sich in den Salle des Cartes zu begeben. Vermutlich hatte sich nichts geändert, seit Marcel erfolglos auf der Karte nach Orlandos Repère gesucht hatte, doch Alain wollte sich selbst davon überzeugen. Langsam schleppte er sich durch die Gänge und wünschte sich, dass es eine Beschwörung gäbe, die ihn so schnell wieder heilte, wie der Fluch des dunklen Magiers ihn verletzt hatte. Wenn das möglich wäre, hätte der Mediziner ihn zwar schon selbst geheilt, aber wünschen konnte Alain es sich trotzdem.

Wie erwartet, war Orlandos Name auf der Karte nicht zu finden. Alain veränderte die Ansicht immer wieder, vergrößerte und verkleinerte den Ausschnitt in der vagen Hoffnung, dass er doch noch irgendwo auftauchen könnte. Andere Namen kamen und gingen. Es gab Einheiten, die noch auf dem Place Pigalle waren, andere waren offensichtlich schon auf der Suche nach Orlando. Wieder andere machten Routinepatrouillen, um für die Sicherheit der Stadt zu sorgen. Nur Orlandos Name war nirgends zu finden.

Alain machte sich Vorwürfe, dass er den Fluch nicht schnell genug gekontert und Orlando zurückgehalten hatte, der sich sofort auf den dunklen Magier gestürzt hatte. Er hätte merken müssen, dass es eine Falle war. Er hätte Orlando nicht von seiner Seite lassen dürfen, trotz der offensichtlichen Provokation. Aber er hatte es nicht getan. Alain klammerte sich an die schwache Gewissheit, Orlando über ihre magische Verbindung immer noch zu spüren. Er wusste jedoch nicht, wo er seine Suche beginnen sollte, denn er konnte diese Wahrnehmung nicht mit einer bestimmten Richtung verbinden.

Plötzlich spürte er, wie seine Wahrnehmung sich veränderte. Er fiel auf die Knie. Seine schlimmsten Albträume schienen sich zu bewahrheiten.

„Was ist los?", fragte Marcel und kam zu ihm gelaufen.

„Er hat Schmerzen. Sie haben ihm etwas getan", keuchte Alain und rappelte sich wieder auf. „Diese Bastarde. Warum haben sie nicht mich geholt?"

Marcel konnte Alains Schuldgefühle verstehen. Aber sein bester Offizier durfte sich durch seine Trauer und Orlandos Pein nicht lähmen lassen. Es würde ihm seine Aufgabe nur erschweren. „Kannst du die Verbindung unterbrechen?", fragte er Alain besorgt.

„Warum sollte ich das tun?", rief Alain wütend. „Ich habe ihn im Stich gelassen. Seine Schmerzen zu teilen ist das Mindeste, was ich tun kann."

„Aber damit hilfst du ihm nicht", widersprach Marcel. „Und selbst wenn es so wäre, würde es dir nicht helfen, ihn schneller zu finden. Du bist trotz der medizinischen Behandlung noch nicht wieder voll einsatzbereit. Solange du Orlandos Schmerzen fühlen kannst, wirst du dich nicht auf deine Aufgabe konzentrieren können. Kannst du die Verbindung unterbrechen?"

Widerstrebend schloss Alain die Augen und konzentrierte sich darauf, Orlando all seine Liebe zu vermitteln. Er wusste nicht, ob der Vampir ihn ebenfalls spüren konnte, aber er wollte auf keinen Fall das Risiko eingehen, dass Orlando sich verlassen fühlte, wenn ihre Verbindung plötzlich unterbrochen wurde. Es war schlimm genug, dass Serrier schon mit seiner Folter begonnen hatte. Körperlich konnte Orlando das alles überleben und sich wieder erholen, solange Alains Blut ihn bei Kräften hielt. Aber Alain fürchtete die Auswirkungen auf Orlandos Seele und den Fortschritt, den sie in den letzten Tagen bei der Bewältigung seiner Vergangenheit gemacht hatten. Selbst wenn sie Orlando retten konnten – wäre er dann noch der Mann, in den Alain sich verliebt hatte? Oder wäre er nur noch ein Schatten seiner selbst, gebrochen durch Serriers Grausamkeit? Würde Alains Liebe ihn dann wieder heilen können? Alain schwor sich, alles für seinen Geliebten zu tun, falls es soweit kommen sollte. Aber Orlando durfte nicht aufgeben, sonst war alles vergebens.

Wenn die Verbindung zwischen ihnen in beide Richtungen ging, war sie im Moment wahrscheinlich Orlandos Rettungsleine. Es kam Alain unerträglich grausam vor, sie ausgerechnet jetzt vorsätzlich zu kappen. Selbst dass seine Konzentration darunter litt, konnte ihn innerlich nicht davon überzeugen, das Richtige zu tun. Er wollte es nur versuchen, weil Marcel es ihm befohlen hatte. Sobald er nicht mehr offiziell im Dienst war, würde er die Verbindung wieder herstellen. Alain wollte auf keinen Fall, dass Orlando sich von ihm verlassen fühlte. Mit aller Macht konzentrierte er sich darauf, Orlando seine Gründe zu übermitteln und ihn seiner Liebe zu versichern, damit sein Geliebter unzweifelhaft wusste, dass Alain die Suche nicht aufgeben würde, bis er ihn wieder befreit hatte. Er konnte nicht mit Bestimmtheit wissen, ob Orlando diese Gefühle wahrnehmen oder verstehen konnte, aber er musste es versuchen. Orlando musste erfahren, dass Alain ihn niemals verlassen würde.

Alain hasste sich selbst dafür, Marcels Befehl auszuführen. Langsam aber sicher errichtete er eine mentale Blockade, so ähnlich wie vor einigen Tagen, als er die wilde Magie ausschließen musste. Dann verlor er den Kontakt zu Orlando. Er senkte resigniert den Kopf und schloss die Augen. Sein Erfolg machte ihn krank. „Es hat funktioniert."

„Es tut mir leid", sagte Marcel bedauernd. „Es tut mir leid, was passiert ist. Es tut mir leid, dass du seine Schmerzen fühlen kannst. Es tut mir leid, dass ich dir befehlen musste, ihn auszublenden. Wenn ich es könnte, würde ich sofort mit ihm tauschen. Aber du weißt selbst, dass Serrier nicht mit sich verhandeln lässt."

„Kannst du deine Informanten erreichen?", fragte Alain leise. „Vielleicht wissen sie, wo wir Orlando finden können. Ich will dich nicht bitten, eine Einheit zu riskieren. Ich werde allein nach ihm suchen. Ich muss nur wissen, wo ich anfangen soll."

„Das wirst du nicht tun", erwiderte Marcel entschieden. „Wenn wir herausfinden, wo sie ihn gefangen halten, werden wir sofort genügend Leute schicken, um ihn – und dich – sicher wieder nach Hause zu bringen. Und wir werden versuchen, möglichst viele von ihnen außer Gefecht zu setzen. Ich schicke dich nicht auf ein Himmelfahrtskommando. Was meine Informanten angeht, so muss ich abwarten, bis sie mich kontaktieren. Ich kann mich nicht bei ihnen melden, weil das Risiko zu groß wäre, sie zu enttarnen. Aber ich werde versuchen, so viel wie möglich in Erfahrung zu bringen."

„Vielen Dank. Ich weiß, dass du die Milice nicht für Orlando einsetzen müsstest."

„Das ist Unsinn", erwiderte Marcel. „Orlando ist unser Verbündeter. Das wäre er auch, wenn er nicht dein Partner wäre. Ich lasse meine Leute nicht in Serriers Händen, wenn ich es irgendwie verhindern kann. Es ist mir bisher nur noch nie gelungen, sie zu befreien. Meistens hat er sie schon umgebracht, bevor ich überhaupt von ihrem Verschwinden erfahre."

„Wie beruhigend", meinte Alain sarkastisch.

„Er lebt noch", erinnerte ihn Marcel. „So lange er lebt, gibt es Hoffnung."

35

CAROLINE STARRTE wie abwesend an sich herab auf das, was vor Kurzem noch ein rotes Seidenkleid gewesen war. Nach dem Kampf und den anschließenden Aufräumarbeiten waren nur noch schmutzige Fetzen von ihrem Lieblingskleid übrig geblieben. Mireilles goldfarbenem Kleid, das sie zusammen gekauft hatten, erging es nicht viel besser. Als sie sich entschieden hatten, ihre Pläne für den Abend aufzugeben und ihre Kameraden auf dem Place Pigalle zu unterstützen, hatten sie keinen Gedanken an Nebensächlichkeiten wie ihre Bekleidung verschwendet. Sie hätten sowieso keine Zeit gehabt, erst nach Hause zu gehen und sich umzuziehen. In den letzten Stunden war so viel passiert, dass Caroline es kaum verarbeiten konnte und alles sich auf dieses Kleid reduzierte. Es war konkret, eine sichtbare Folge der Ereignisse dieser Nacht. Aber es war auch ein Verlust, der leicht zu ersetzen war. Sie mussten nur in eine der Boutiquen gehen und ein neues Kleid kaufen, und schon wäre zumindest dieser Teil ihres Lebens wieder in seinen alten Bahnen. Der Rest war nicht so einfach zu reparieren.

Sie hob den Kopf und schaute zu Mireille, die schon seit ihrer Rückkehr nach Hause mit leeren Augen aus dem Fenster sah. Mireille hatte kein Wort gesagt, aber es ging ihr offensichtlich nicht gut. Caroline schlüpfte aus ihrem ruinierten Kleid und zog sich einen Bademantel an. Dann ging sie zu ihrer Partnerin und legte ihr den Arm um die Schultern.

Mireille lehnte sich an sie, als bräuchte sie den Trost und die Kraft, den Carolines Nähe ihr geben konnte. Aber sie rührte sich nicht weg von ihrem Platz am Fenster und machte auch keine Anstalten, sich umzuziehen oder sich den Schmutz des Kampfes abwaschen zu wollen. Caroline runzelte besorgt die Stirn. „Komm mit."

Mireille ließ sich widerstandslos von Caroline wegführen. Die schrecklichen Bilder der letzten Nacht geisterten ihr immer noch durch den Kopf. Trotz des Kampfes am Gare de Lyon, trotz ihrer vielen Patrouillengänge, trotz der Zeit auf Réunion und der Schlacht von Sainte-Chapelle … Sie hatte bisher nicht wirklich verstanden, wie grausam, wie erbarmungslos ein Krieg sein konnte. Dieser Kampf hatte es ihr endgültig bewusst gemacht. Der Boden war von Leichen, Sterbenden und Verwundeten übersät gewesen, nachdem die letzten der dunklen Magier die Flucht ergriffen hatten. Der Anblick hatte Mireille zutiefst schockiert. Sie fühlte sich leer und ausgebrannt. Sie wusste, dass jeder Krieg Opfer forderte. Noch vor wenigen Tagen hatte sie versucht, einen Vampir über den Verlust seines Partners hinwegzutrösten. Aber auf das Gemetzel der vergangenen Nacht war sie nicht vorbereitet gewesen. Glücklicherweise war Caroline relativ unbeschadet davongekommen, auch wenn sie noch um die verlorenen Menschenleben, selbst um die Leben der gefallenen dunklen Magier, trauerte. Mireille schüttelte sich und folgte ihr ins Badezimmer. Ihre Gedanken waren weniger bei den Toten, als bei Orlando, der von Serriers Magiern entführt worden war.

„Du darfst dir über ihren Tod keine Vorwürfe machen", flüsterte Caroline ihr von hinten ins Ohr. Sie schob Mireilles rote Haare zur Seite und schmiegte sich mit dem Gesicht an ihren Hals. Dann fuhr sie mit den Händen über die Reste des goldenen Kleides und legte sie auf Mireilles Bauch. „Wir haben alle gewusst, was heute auf dem Spiel stand und welches Risiko wir eingehen."

„Ich nicht", sagte Mireille mit belegter Stimme und drehte sich in den Armen ihrer Partnerin um. „So viele Tote … so viele überflüssige Tote."

Caroline zog sie fester an sich. „Ich weiß", sagte sie tröstend und streichelte Mireille über die Haare. „Es sind vergeudete Menschenleben und es gibt keine Entschuldigung dafür. Aber Serrier lässt uns keine andere Wahl. Marcel hat alles versucht, um diesen Krieg auf diplomatischem Weg zu verhindern. Niemand von uns wollte, dass es soweit kommt. Aber es ist passiert, und jetzt müssen wir alles daran setzen, den Krieg zu überleben und zu gewinnen. Wenn wir das nicht tun, werden wir keine Zukunft mehr haben." Sie zog den Reißverschluss von Mireilles Kleid auf. „Komm jetzt. Wir waschen uns den Schmutz ab. Dann versuchen wir, uns abzulenken und diesen Krieg für einige Zeit zu vergessen."

„Es bekümmert dich nicht?", fragte Mireille und trat einen Schritt zurück, damit Caroline ihr das Kleid ausziehen konnte. Dann stieg sie in die Wanne und drehte das Wasser auf. Hinter sich hörte sie Caroline, die sich ebenfalls auszog. Mireille drehte sich um und sah ihr dabei zu. Ihr Puls beschleunigte sich bei dem Anblick von Carolines nackter, elfenbeinfarbener Haut.

Caroline ließ den Bademantel zu Boden fallen, kam zu Mireille in die Badewanne und zog die verstörte Vampirin in die Arme. Dann setzten sie sich in das warme Wasser. „Doch, das tut es. Aber ich habe schon vor langer Zeit gelernt, dass ich mein Leben nicht davon beherrschen lassen darf", erklärte sie. „Wenn ich das tue, wenn ich zulasse, dass der Krieg bestimmt, wer und was ich bin …" Caroline zeigte an ihren Kopf und legte die Hand aufs Herz. „… dann hat Serrier schon gewonnen. Wir haben heute überlebt. Nur daran sollten wir jetzt denken."

„Ich weiß nicht, ob ich das kann", gestand Mireille niedergeschlagen.

„Schließ die Augen und lehne dich an mich", schlug Caroline vor. „Ich bin für dich da."

Mireille gehorchte und legte den Kopf auf Carolines Schulter. Sie wollte nur noch die vertraute Berührung von Carolines warmen Händen auf ihrer Haut spüren. Caroline nahm einen Waschhandschuh und wusch ihr den Schmutz und das Blut ab, dann spülte sie die Seife ab und streichelte ihr über die Wangen. „Was ist das?", fragte Mireille und setzte sich überrascht auf, als sie eine dicke, cremige Flüssigkeit fühlte, mit der Caroline sie einrieb.

„Die Augen zu lassen", warnte Caroline. „Es brennt, wenn es in die Augen kommt."

„Was ist das?", erkundigte sich Mireille.

„Ich will dich nur verwöhnen", sagte Caroline ausweichend. „Du weißt doch, dass du dich auf mich verlassen kannst."

Mireille wusste es und lehnte sich wieder an ihre Partnerin, um sich verwöhnen zu lassen. Das warme Wasser und Carolines zärtliche Hände entspannten sie. Nach einigen Minuten beruhigten sich auch ihre Gedanken und die Schrecken der Nacht verblassten. Mireille würde es nie vergessen können, aber sie konnte verhindern, dass die Erinnerungen ihr Leben beherrschten. Hoffte sie.

Caroline wartete geduldig ab, bis Mireille sich wieder entspannt hatte. Sie lächelte zufrieden, weil es ihr gelungen war, ihrer Geliebten wieder etwas Frieden zu bringen. Caroline hoffte, dass auch Alain nicht allein war und einen Freund hatte, der ihn über Orlandos Verschwinden hinwegtröstete. Sie hatte Mireille vorschlagen wollen, diese Aufgabe gemeinsam zu übernehmen, so wie sie nach Laurents Tod dessen Partner getröstet hatten. Aber sie hatte den Schrecken in Mireilles Augen gesehen, die selbst kurz davor gewesen war, in Tränen auszubrechen. In diesem Zustand konnte sie Alain keine Hilfe sein. Dann war glücklicherweise Thierry zurückgekommen. Er würde sich um seinen Freund kümmern. Caroline musste zuerst an ihre eigene Partnerin denken.

Es wäre nicht so schlimm gewesen, hätten Thierry oder Raymond eine erfolgversprechende Spur gefunden. Aber die beiden Männer waren mit leeren Händen zurückgekehrt. Alains verzweifelter Schrei war nicht nur im Salle des Cartes zu hören gewesen, sondern durch die Korridore des Hauptquartiers geschallt, in denen sich die Angehörigen der Milice versammelt hatten, um ihm zu helfen. Es gab zurzeit nichts, was sie hätten tun können. Marcel setzte seine Hoffnung in die dunklen Magier, die sie gefangen genommen hatten und die noch nicht verhört worden waren. Vielleicht würden sie Information preisgeben, die ihnen mehr über Orlandos Schicksal und seinen Aufenthaltsort verrieten. Caroline hatte das Ergebnis dieser Verhöre jedoch nicht abwarten wollen, denn Mireille konnte sich kaum noch auf den Beinen halten. Sie mussten weg – weg von allem, was sie an das Gemetzel dieser Nacht erinnerte. Deshalb hatte Caroline ihre Partnerin nach Hause gebracht, wo sie sich um sie kümmern konnte.

„Serrier hatte es auf die Vampire abgesehen, nicht wahr?", wollte Mireille wissen. Viele der leblosen Körper, die nach dem Kampf auf dem Boden lagen, waren Vampire gewesen.

„Ich denke schon", meinte Caroline. „Er weiß jetzt über die Allianz Bescheid und sucht vermutlich nach Wegen, wie er uns besser bekämpfen kann. Einschüchterung ist eine seiner bevorzugten Vorgehensweisen. Nach dieser Nacht werden alle Vampire, die noch nicht auf unserer Seite kämpfen, genau wissen, wozu er fähig ist. Einige werden wahrscheinlich der Allianz beitreten. Aber Serrier hofft vermutlich auch, dass viele von ihnen jetzt Angst vor ihm haben und Jean unter Druck setzen werden, die Allianz wieder aufzukündigen, um nicht mehr zum Ziel seiner Angriffe zu werden."

„Wenn er das glaubt, kennt er Jean schlecht", sagte Mireille und lachte leise. „Je mehr Serrier ihn unter Druck setzt, umso entschlossener wird Jean diesen Krieg gewinnen wollen. Und nach diesem Angriff kann Serrier jede Hoffnung begraben, dass Vampire sich seinem Aufstand anschließen."

„Ich denke nicht, dass er auf die Unterstützung der Vampire gesetzt hat", bemerkte Caroline. „Er will sie wahrscheinlich nur komplett aus dem Spiel nehmen. Wir können nur hoffen, dass er von Orlando keine entscheidenden Informationen bekommt."

„Das kann ich mir nicht vorstellen", erwiderte Mireille. „Wenn Orlando unsere Geheimnisse preisgibt, bringt er Alain in Gefahr. Das geht gegen seine Natur als Vampir und gegen seine tiefsten persönlichen Überzeugungen. Außerdem ist Alain nicht nur sein Geliebter, sondern sein Avoué. Damit werden Orlandos Instinkte, ihn beschützen zu wollen, noch mehr gestärkt."

„ES KOMMT mir so falsch vor", murmelte Sebastien, der mit Thierry in der Tür zum Gästezimmer stand. Alain lag im Bett und schlief. Thierry hatte ihn mit einem Schlafzauber belegt, damit er sich etwas ausruhen konnte und morgen wieder fit war. Alain hatte sich zwar erbittert dagegen gewehrt und darauf bestanden, im Hauptquartier bleiben und bei den Verhören der dunklen Magier helfen zu wollen. Thierry hatte sich jedoch nicht erweichen lassen und ihn vor die Wahl gestellt, entweder auf die Krankenstation zurückzukehren oder sich im Gästezimmer seines Hauses auszuschlafen. Alain hatte sich für das Gästezimmer entschieden, wo er sofort informiert werden konnte, wenn sich eine neue Entwicklung ergab. Nachdem er sich heimlich aus der Krankenstation geschlichen hatte, würden die Mediziner ihn dort nicht mehr unbeaufsichtigt lassen. „Er sollte hier nicht allein sein."

Thierry nickte. Er konnte Alains Verlust nachvollziehen, aber er wusste auch, dass seine eigenen Gefühle nur eine schwache Kopie dessen waren, was Alain empfinden musste. Er hatte vorhin im Salle des Cartes miterlebt, wie Alain mehr und mehr in sich zusammengebrochen war, nachdem erst Thierrys Patrouille und dann auch Raymond mit leeren Händen zurückgekehrt waren. Orlando war in den letzten Wochen zum Mittelpunkt in Alains Leben geworden und hatte ihm Kraft und Zuversicht gegeben. Jetzt hatten Alains Augen ihren Glanz verloren und er kämpfte vergebens gegen die Leere an, die Orlandos Entführung in ihm hinterließ. Thierry hatte Marcel einen scharfen Blick zugeworfen und der General gab einen kurzen Befehl, um den Raum räumen zu lassen. Nur der innere Kreis ihrer Freunde war zurückgeblieben.

Thierry hatte sich Alain behutsam genähert, der verloren im Raum stand. Die Luft um ihn herum war magisch aufgeladen und sein klagender Schrei hallte von den Wänden wieder. Es war ein Schrei, so voller Trauer und Verzweiflung, dass ihn keiner der Anwesenden jemals vergessen würde. Jean hatte sich abgewandt, weil er Alains Zusammenbruch nicht mitansehen konnte. Raymonds besorgter Blick sagte ihnen, dass der Chef de la Cour unter Orlandos Gefangennahme ebenfalls litt und sich nur noch mühsam zusammenreißen konnte. Thierry wusste, dass die beiden Vampire eine tiefe Freundschaft verband, die mit seiner eigenen Freundschaft zu Alain vergleichbar war. Er konnte gut nachempfinden, welche Gefühle die Vorstellung in Jean auslöste, Orlando in Serriers Klauen zu wissen.

Thierry war der Einzige gewesen, der es wagte, sich Alain zu nähern. Er hatte die Arme um seinen Freund gelegt und durch seine Verbindung zur Erde Alains magischen Ausbruch wieder unter Kontrolle gebracht. Alain hatte sich schluchzend zu ihm umgedreht. „Sie tun ihm weh", hatte er voller Schmerz geflüstert. „Serrier hat schon angefangen und ich kann nichts dagegen unternehmen. Orlando lebt noch, aber ich kann nicht fühlen, wo er ist. Ich fühle nur seine Schmerzen."

Thierry hatte sich nicht mehr so hilflos gefühlt, seit er und Alain vor Henris Leiche gestanden hatten. Jetzt betete er aus tiefstem Herzen, dass sie nicht wieder in die gleiche Lage kommen würden. Er war sich nicht sicher, ob Alain einen so schrecklichen Verlust ein zweites Mal überleben würde.

„Bring ihn nach Hause", hatte Marcel befohlen und Alain väterliche eine Hand auf die Schulter gelegt. Alain war am Ende seiner Kräfte gewesen, aber er wollte ohne Orlando nicht nach Hause gehen. Deshalb hatte Thierry vorgeschlagen, ihn mit zu sich zu nehmen.

„Du musst dich ausruhen", hatte er Alain beschworen. „Sonst bist du zu schwach, um Orlando zu helfen, wenn wir ihn finden."

Alain hatte sich noch etwas gewehrt, aber dann hatte seine Erschöpfung ihn gezwungen, auf Thierrys Vorschlag einzugehen.

Thierry riss den Blick von seinem schlafenden Freund los und sah Sebastien an, der immer noch an seiner Seite stand. „Bin ich ein schlechter Freund, weil ich froh bin, dass sie nicht dich mitgenommen haben?"

Sebastien schüttelte den Kopf. „Ich glaube nicht. Du bist auch nur ein Mensch, und es ist normal, dass du darüber erleichtert bist. Wird er die Nacht durchschlafen?"

„Das hoffe ich", erwiderte Thierry. „Es ist eine starke Beschwörung, aber Alain ist sehr mächtig und seine Trauer ist groß. Falls er sich gegen die Beschwörung wehrt, werden wir es allerdings hören können und sind gewarnt."

„Du solltest dich auch ausruhen", drängte Sebastien. „Du hast dich noch nicht von deiner Krankheit erholt und diese Nacht war sehr kräftezehrend."

Thierry schloss wortlos die Tür zum Gästezimmer und ging mit Sebastien in das Schlafzimmer zurück, das sie jetzt teilten. Er zog die schmutzige Kleidung aus und warf sie in Richtung des Wäschekorbs. Er hätte gerne noch geduscht, aber das musste warten. Es gab andere Dinge, die ihm wichtiger waren. Orlandos Gefangennahme hatte Thierry erneut bewusst gemacht, dass sie sich im Krieg befanden und jeder Tag ihr letzter sein konnte. Sebastien hatte ihn lange genug warten lassen. Jetzt war es an der Zeit.

Thierry drehte sich zu Sebastien um und winkte ihn zu sich.

Sofort schüttelte Sebastien den Kopf. „Es geht nicht. Du bist noch zu krank."

„Lass das", sagte Thierry entschieden. „Ich weiß, was du gesagt und versprochen hast. Und du hast deine Versprechen gehalten. Aber wir wissen nicht, was der morgige Tag uns bringt. Wir wissen nicht, ob wir noch mehr als diese Nacht haben. Ich will keine Zeit mehr verschenken. Wenn du heute an Orlandos Stelle gewesen wärst, hätte ich dich verloren, bevor ich dich gehabt habe. Bitte. Liebe mich."

Sebastien konnte der stillen Bitte nicht mehr widerstehen. Er nickte, zog sich aus und kam in all seiner nackten Pracht auf Thierry zu. Sie küssten und streichelten sich zärtlich. Sie mussten auf Alain Rücksicht nehmen, der nebenan lag und schlief. Aber allein das Wissen, sich dieses Mal nicht zurückhalten zu müssen, gab auch der einfachsten Berührung einen besonderen Reiz.

Sebastien übernahm die Führung und schob Thierry mit dem Rücken zum Bett, wo er den großen Mann sanft auf die Matratze drückte und sich auf ihn legte. Er schmiegte sich mit dem Gewicht an Thierrys Hals und küsste ihn, während er mit einer Hand in der Nachttischschublade nach der Tube mit dem Gleitgel tastete, die er nach dem Debakel mit der Lavendelcreme gekauft hatte. Sebastien hatte nicht damit gerechnet, das Gel so bald zu brauchen. Jetzt war er froh, dass er gestern, während Thierry noch schlief, einkaufen gegangen war.

„Ich bin mir nicht sicher, ob ich die Geduld für ein längeres Vorspiel habe", gestand er. „Ich will dir nicht wehtun und alles richtig machen, aber ich kann nicht lange warten."

Thierry zuckte mit den Schultern. „Es ist doch nur ein kleiner Schmerz."

„Der aber nicht sein muss", erwiderte Sebastien stur und rieb sich die Finger mit dem Gel ein. Dann tastete er sich zu Thierrys Schließmuskel vor und war dankbar, dass der enge Muskel schon beim ersten Druck nachgab.

Thierry keuchte leise und hielt die Luft an, wie er es jedes Mal tat, wenn Sebastiens Finger in ihn eindrang. Es spielte für ihn keine Rolle, dass es nur ein Finger war. Er wollte seinen Geliebten in sich spüren. Thierry spreizte die Beine noch weiter und kam Sebastien mit den Hüften einladend entgegen.

Das Vertrauen in dieser stillen Geste rührte Sebastien mehr, als er es für möglich gehalten hätte. Er schloss die Augen und seine langen Eckzähne wurden sichtbar. Dann beugte er sich zu Thierry hinab und küsste ihn leidenschaftlich. All seine Erleichterung, Thierry in Sicherheit zu wissen, all seine Angst um Orlando und seine Frustration, Alain nicht helfen zu können, lagen in diesem Kuss.

Thierry erwiderte den Kuss mit der gleichen Leidenschaft, legte die Hände um Sebastiens Kopf und vergrub die Finger in den langen Haaren. Er wollte spüren, dass sie noch am Leben waren und dass es auch diesem Krieg nicht gelungen war, sie zu trennen.

„Vertraust du mir?", wollte Sebastien wissen und hob den Kopf.

„Das weißt du doch."

„Dann gib mir deinen Hals."

Thierry ließ den Kopf zur Seite fallen, noch bevor er über eine Antwort nachdenken konnte. Die Bissspuren in seiner Haut waren Einladung und Zeugnis zugleich. Sebastien ließ die Lippen über Thierrys Hals gleiten, bis er eine Stelle fand, die er noch nicht gebissen hatte. Dann leckte er über die glatte Haut und versenkte seine Zähne tief in Thierrys Fleisch.

Sebastien wurde schwindelig, als ihm das heiße Blut auf die Zunge floss. Er hoffte, dass Thierry durch den Biss abgelenkt und entspannt war, rieb seinen Schwanz mit dem Gel ein und brachte ihn in Position. Sebastien hätte sich gerne mehr Zeit gelassen, doch er konnte es nicht mehr länger ertragen. Er wollte sich endlich eins fühlen mit seinem Magier.

Vorsichtig drückte er mit dem Schwanz gegen die enge Öffnung. Dann hob er den Kopf und wartete ab, bis Thierry die Augen öffnete. Sebastien wollte sich erst überzeugen, ob sein Geliebter keinen Schmerz fühlte, bevor er weitermachte. Träge öffneten sich Thierrys grüne Augen. Sebastien konnte nur Lust und Leidenschaft in ihrem Blick erkennen. „Fühl mich", flüsterte er erleichtert und schob sich langsam in Thierry hinein.

Thierry keuchte leise, weil das Gefühl der Verbundenheit zwischen ihnen so stark war, dass es ihm den Atem zu rauben drohte. Er klammerte sich an Sebastiens Schultern fest, als müsste er sich vor dem Ertrinken bewahren. Ein flüchtiger Gedanke schoss ihm durch den Kopf. Alain hatte recht gehabt. Es fühlte sich etwas merkwürdig an. Aber es war so unglaublich gut und intim, dass Thierry jetzt schon wusste, dass er dieses Gefühl wieder erleben wollte.

Er drückte den Rücken durch und presste sich mit den Hüften an Sebastien, um ihn aufzufordern, sich zu bewegen. Der Vampir zögerte nicht lange und nahm einen gleichmäßigen, fließenden Rhythmus auf, der Thierry stöhnen ließ. Sebastien hob den Kopf und verschloss ihm den Mund mit einem tiefen Kuss.

Thierry erwiderte den Kuss mit aller Leidenschaft, aber er ließ sich nicht zum Schweigen bringen. Er konnte spüren, wie sich mit jedem Stoß nicht nur sein Körper, sondern auch sein Herz öffnete und sich vertrauensvoll Sebastiens zärtlicher Fürsorge übergab. Nur eine Sache fehlte noch.

Thierry unterbrach den Kuss und drückte sich Sebastiens Kopf an den Hals. „Beiß mich", bat er. „Ich will dich überall in mir spüren."

Sofort schlug Sebastien die Zähne in Thierrys Hals. Er konnte Thierrys Gefühle schmecken, die von der Sorge um Alain dominiert wurden. Aber darunter konnte er die ersten Spuren eines anderen, zärtlichen Gefühls entdecken. Sebastien schloss die Augen, als er dieses Gefühl erkannte. Er tastete nach Thierrys Hand und verschlang ihre Finger miteinander, während er seinen Partner und Magier liebte. Thibault hatte ihn auf dem Sterbebett gebeten, nicht allein zu bleiben und eine neue Liebe zu finden. Sebastien glaubte, dass sich dieser Wunsch endlich erfüllt hatte.

36

ANTONIO STAPFTE am Ufer der Seine entlang und kickte frustriert Kieselsteine aus dem Weg. Er fühlte sich so hilflos. Wenn er nur wüsste, wie er Monique erreichen konnte. Vielleicht wusste sie ja mehr, als die gefangenen dunklen Magier. Und vielleicht hätte er sie dazu bringen können, ihm diese Informationen zu verraten. Irgendwo in der Stadt wurde Orlando gefangen gehalten. Antonio kannte den jungen Vampir kaum, aber das spielte keine Rolle. Es gab ein unumstößliches Gesetz, das jeder Vampir des Cour achtete: Einem Vampir – egal, welchem – Schaden zuzufügen, wurde mit dem Tode bestraft.

Die Morgendämmerung stand kurz bevor, doch die tiefziehenden Wolken und der Nebel vom Fluss würden ihm einige zusätzliche Minuten Schutz vor der Sonne gewähren. Noch war der Himmel dunkel und er musste sich nicht beeilen. Antonio wollte nicht unnötigerweise die Aufmerksamkeit der frühen Passanten auf sich ziehen, die auf dem Weg zur Arbeit waren. Er war auch so schon auffällig genug.

Er ging am Eingang des kleinen Parks vorbei, in dem er vor einigen Nächten mit Monique gesessen hatte. Antonio hätte gerne nachgesehen, ob sie heute vielleicht zufällig wieder hier war, aber die Wolken würden die Sonne nicht unbegrenzt fernhalten und die schützende Wirkung von Moniques Blut hatte in der Nacht nachgelassen. Antonio hatte es spüren können. Er hatte sich, obwohl er bekleidet war, plötzlich wie nackt gefühlt. Orlando und Sebastien hatten die Wirkung der Magie mit einer schützenden Hülle oder Decke verglichen, und die war Antonio mit einem Schlag entrissen worden.

Antonio hatte während des Kampfes heute Nacht nach Monique Ausschau gehalten, sie aber nicht entdecken können. Er war sich nicht sicher, ob das ein gutes Zeichen war oder nicht. Er fragte sich, was sie wohl machte, wenn sie nicht für Serrier kämpfte. Hoffentlich ging es ihr gut. Alain hatte heute gespürt, dass es Orlando nicht gut ging. Doch die beiden waren durch den Aveu de Sang verbunden. Die anderen Paare hatten nicht erwähnt, diese Sensibilitäten für die Gefühle ihres Partners zu haben. Antonio hatte sich auch nicht getraut, sie direkt danach zu fragen. Die Milice wusste noch nicht, dass er eine Partnerin gefunden hatte. Dabei musste es auch bleiben, wenn man bedachte, wer Monique war.

Antonio spuckte aus. Er hatte es in den letzten Tagen schon hundert Mal versucht, doch er wurde den Geschmack nach dunkler Magie und Hass nicht los, der in Moniques Blut gelegen hatte. Er hätte sich ein Opfer suchen und den Geschmack mit frischem Blut überdecken können, hatte dazu aber keine Lust gehabt. Heute Nacht blieb ihm allerdings keine andere Wahl, wenn er nicht hungern wollte. So romantisch sich das auch anhören mochte, es war doch höchst unpraktisch. Antonio bezweifelte außerdem, dass Monique es ihm danken würde – auch dann nicht, wenn sie über die Partnerschaft Bescheid wüsste. Die Nacht war fast vorbei und er hatte nicht mehr viel Zeit. Antonio entschied sich, den Tag zuhause zu verbringen und erst bei Einbruch der Dunkelheit auf die Jagd zu gehen. Danach wollte er wieder seinen Beitrag leisten, um Serriers Tyrannei ein Ende zu bereiten, damit seine Partnerin vielleicht auch wieder frei sein konnte.

Auch wenn ihm das nicht gelingen sollte, hätte er doch die Befriedigung, einen Möchtegern-Diktator verhindert zu haben, der nicht nur das Leben der Vampire zur Hölle auf Erden gemacht hätte.

Antonio ging über den Steg auf sein Hausboot. Er merkte sofort, dass er nicht allein war. „Wer ist da?"

„Sag mir, warum ich dich nicht töten sollte."

Antonio zuckte zusammen, als er Moniques Stimme erkannte. Er wollte ihr nicht erklären müssen, warum ihre Magie gegen ihn nicht funktionierte, deshalb durfte sie es erst gar nicht versuchen, ihn mit einem Fluch zu belegen. „Weil ich schon tot bin?", gab er spöttisch zurück. „Oder weil ich nichts getan habe, um mir deine Wut zu verdienen?"

Monique ließ ihren Stab sinken. Sie hatte zu starke Schmerzen, um genug Wut aufzubringen, ihn mit einem *Abbatoire* zu belegen. Es reichte nicht einmal für eine harmlose Beschwörung. Serriers Fluch hatte zwar keine äußerlichen Spuren hinterlassen, aber ihr tat alles weh. Als sie nach Serriers letzter Attacke – die allerdings wesentlich harmloser gewesen war – Antonio aufgesucht hatte, war es ihr nach seinem Biss wieder besser gegangen. Dieses Mal waren die Schmerzen viel stärker. Sie war für jede noch so kleine Hilfe dankbar, um sich wieder schneller zu erholen.

„Was willst du hier?", fragte Antonio nicht unfreundlich, als sie ihm keine Antwort gab. Er konnte erkennen, wie ihre Anspannung langsam nachließ. Am liebsten hätte er sie in die Arme genommen und ihr versprochen, sich um sie zu kümmern und alle Sorgen von ihr fernzuhalten. Aber zwei Gründe sprachen dagegen. Erstens würde sie seine Geste kaum zu schätzen wissen. Zweitens war er sich nicht sicher, ob er es ihr überhaupt guten Gewissens versprechen konnte, denn die Ursachen ihrer Probleme entzogen sich seiner Kontrolle und er konnte sie allein nicht beseitigen.

„Serrier hat heute Nacht einen Verräter exekutiert", erwiderte sie leise. „Wenn der Junge etwas weniger ehrenhaft und dünnhäutig gewesen wäre, würde ich auch nicht mehr leben. Serrier hat uns beide verdächtigt, weil wir die Einzigen waren, die seines Wissens nach Kontakt zur Milice hatten und nicht im Gefängnis oder auf dem Friedhof gelandet sind." Sie erhob sich schwankend. „Ich habe einen sicheren Ort gebraucht, um zu schlafen und mich zu erholen für den Fall, dass er seine Meinung wieder ändert. Ich wusste nicht, wohin ich gehen sollte."

„Er hat dich wieder verletzt, nicht wahr?", wollte Antonio wissen und streckte die Hand nach ihr aus. „Komm nach unten. Hier kannst du dich ausruhen."

Monique nickte. Seine Freundlichkeit machte sie sprachlos. Sie ließ sich die Treppe hinab in die Kabine führen. Schwere Vorhänge hingen vor den Fenstern und tauchten alles in Dunkelheit. „Ich will dir dein Bett nicht streitig machen", protestierte sie, als sie erkannte, wo sie waren.

„Es gibt nur ein Bett", erklärte Antonio. „Du hast gesagt, dass du schlafen und dich erholen musst. Es wird dir nicht viel helfen, wenn du dich im Wohnzimmer in einem Sessel zusammenrollst. Ich beiße nicht, wenn du es nicht willst."

Monique setzte sich behutsam aufs Bett und wollte sich bücken, um ihre Stiefel auszuziehen, aber die Schmerzen in ihrem Bauch ließen es nicht zu.

„Lass das", befahl Antonio, als er sah, wie sie zusammenzuckte. „Leg dich hin. Ich ziehe dir die Schuhe aus."

Monique gehorchte und ließ sich langsam auf die Matratze sinken. Antonio kniete vor dem Bett auf den Boden und schnürte die Stiefel auf. Dann zog er sie von ihren geschwollenen Füßen und hob ihre Beine aufs Bett. Seine Berührungen waren fast zärtlich.

„Warum bist du so hilfsbereit und kümmerst dich um mich?", fragte sie leise. „Ich bin ein Dorn in deiner Seite, seit wir uns das erste Mal begegnet sind."

Antonio zuckte mit den Schultern. „Ich mag deinen Geschmack", antwortete er wahrheitsgemäß. „Obwohl es mir lieber wäre, dein Blut würde nicht so sehr nach der dunklen Magie schmecken. Aber es ist auch so sehr gut. Es hat eine Süße, die bei den meisten dunklen Magiern fehlt."

„Du hast wohl schon einige Magier getestet, oder?", scherzte sie.

„Jeden, den wir seit Gründung der Allianz gefangen genommen haben", gab Antonio zu. „Es ist mein Job. Ich helfe mit den Verhören und finde heraus, ob sie auf unsere Fragen wahrheitsgemäß antworten. Ich weiß genau, wie dunkle Magie schmeckt. Deshalb hat es mich so gewundert, dass dein Blut anders ist."

„Ich wüsste nicht, warum es anders sein sollte", erwiderte Monique. „Vielleicht machen mir die grausamen Flüche nicht so viel Spaß wie Claude, aber ich habe in den letzten beiden Jahren auch schlimme Dinge getan. Mach keine Heilige aus mit, weil ich das nicht bin."

„Das weiß ich", versicherte ihr Antonio. „Ich kann es in deinem Blut genauso schmecken, wie bei jedem dunklen Magier. Der Unterschied ist, dass du nicht dadurch definiert wirst, so wie es bei ihnen der Fall ist. Jedenfalls nicht für mich."

„Und was definiert mich in deinen Augen?", fragte sie neugierig.

„Die Süße, die ich unter der dunklen Magie spüren kann", erklärte Antonio. „Schau mich nicht so böse an. Ich bin kein Anfänger. Ich bin Jahrhunderte alt und weiß genau, was ich sage. Trotz allem, was du getan hast, wirst du nicht ausschließlich dadurch definiert so wie die anderen, die wir verhört haben."

„Sag nicht so was", erwiderte Monique leise. Antonios Hand, die immer noch auf ihrem Knöchel lag, jagte ihr einen sanften Schauer über den Rücken. Sie wurde von einem Gefühl der Vorfreude erfasst, das nichts damit zu tun hatte, dass sie sich eigentlich an ihm für die ständigen Niederlagen Serriers und damit auch ihre Schmerzen rächen sollte. Umso mehr hatte dieses Gefühl mit der Erregung zu tun, in die sie seine Berührung versetzte.

„Was soll ich nicht sagen?", fragte Antonio nach und streichelte über die nackte Haut ihres Beins. „Dass du süß schmeckst oder dass ich andere Magier verhört und gebissen habe?"

„Beides", flüsterte sie heiser. „Du sollst beides nicht sagen."

„Warum nicht?", wollte Antonio wissen, fuhr mit den Fingern unter den Stoff ihrer Hose und massierte ihr sanft den Unterschenkel. „Es gibt viele Dinge, dir ich dir nicht sagen kann. Aber ich will keine Lügen und Unwahrheiten zwischen uns. Es steht auch ohne dein Misstrauen schon genug Trennendes zwischen uns."

Monique schloss die Augen und genoss das Kribbeln auf der Haut, das seine unerwartete Zärtlichkeit auslöste. Sie wünschte sich sehr, ihm vertrauen zu können. Aber wie konnte sie dem Verfechter eines antiquierten Systems vertrauen, das ihrer Familie so viel Leid zugefügt hatte? Eines Systems, das auf der einen Seite Gleichheit predigte, während es auf der anderen Seite sie und ihre Brüder wegen Disziplinlosigkeit der Schule verwies, nur weil sie noch nicht gelernt hatten, ihre Magie zu beherrschen? Eines Systems, dessen Polizei die vielen ‚zufälligen' Sachbeschädigungen am Eigentum ihrer Familie immer wieder übersah oder sie gar den jungen Magiern selbst in die Schuhe schob?

„Monique?", fragte Antonio, als sie ihm keine Antwort gab.

„Ich will dir vertrauen", gab sie zu. „Aber es ist lange her, dass jemand dieses Vertrauen wert war. Ich fürchte beinahe, dass ich vergessen habe, was Vertrauen ist."

Antonio schüttelte traurig den Kopf. „Ich weiß nicht, wie ich dich von meinem guten Willen überzeugen kann. Vielleicht sollte ich es einfach sein lassen, weil du mir sonst noch weniger vertraust."

Monique lächelte niedergeschlagen und sah ihm in die dunklen Augen. „Wahrscheinlich hast du recht." Sie holte tief Luft und verzog das Gesicht, als ihr ein stechender Schmerz durch den Brustkorb fuhr. „Ich … Du könntest mir einen Gefallen tun, falls du es nicht als Zumutung empfindest."

„Dazu müsstest du mir erst sagen, worum es sich handelt", meinte Antonio, weil er ihr nichts versprechen wollte, was er nicht halten konnte. „Ich höre."

„Als wir uns das letzte Mal getroffen haben, hast du mich gebissen", erklärte ihm Monique zögernd. „Es hat mir gegen die Schmerzen geholfen. Dieses Mal ist es viel schlimmer und meine Beschwörungen helfen kaum. Könntest du mich bitte beißen und von mir trinken?"

Antonio krallte überrascht die Finger in Moniques Bein und entlockte ihr damit ein gepeinigtes Stöhnen. Er ließ sofort wieder los und streichelte ihr beruhigend über die verspannten Muskeln. „Es tut mir leid", entschuldigte er sich. „Ich vergesse nach all meinen Jahren als Vampir manchmal immer noch, wie stark ich bin." Er hob ihre Hand an die Lippen und küsste sie. „Ich möchte nichts lieber tun. Aber nur dann, wenn es dir wirklich hilft."

„Ich weiß im Moment gar nichts", antwortete sie mit schwacher Stimme. Nachdem sie ihm ihre Schmerzen eingestanden hatte, versuchte sie nicht mehr, ihm etwas vorzuspielen. „Das letzte Mal hat es geholfen. Aber selbst wenn es nicht hilft, kann es nicht schlimmer werden, als es jetzt schon ist."

Antonio nickte. „Wo tut es am meisten weh?", fragte er und streichelte weiter über ihr Bein, als könnte er damit die Quelle ihrer Schmerzen ausfindig machen.

„Nach seinem Fluch hat es sich angefühlt, als ob mein Magen sich aus meinem Bauch befreien will", meinte sie und genoss die sanfte Berührung seiner Hände auf der Haut. Das allein reichte schon aus, um die schlimmsten Schmerzen zu lindern. Zumindest kam es Monique so vor.

Antonio fuhr mit den Fingern unter den Bund ihres Pullovers und hob ihn etwas an. Dann wartete er ab, ob sie ihm mehr erlauben würde. Monique nickte und er schob den Pullover halb nach oben, sodass er ihren BH noch bedeckt ließ. Er beugte den Kopf und fuhr mit den Lippen über die zarte Haut ihres Bauches. Als er den Puls fand, leckte er lange genug, um ihr mit seinem Biss nicht noch mehr Schmerzen zuzufügen.

Monique rutschte unruhig auf dem Bett hin und her. Allein Antonios Lippen auf ihrer Haut hatten die Schmerzen schon deutlich verringert. Ihr fiel ein, dass sie diesen Biss nicht magisch heilen musste. An ihrem Bauch würde er niemandem auffallen und sie konnte ihn als Erinnerung behalten, bis er von selbst wieder geheilt war.

Antonios Zähne bohrten sich tief in ihr Fleisch. Er musste tief beißen, um die Ader zu erreichen, die hier nicht so nah an der Oberfläche verlief. Monique schnappte nach Luft, aber sie fuhr ihm mit den Fingern in die Haare und hielt seinen Kopf an ihren Bauch gepresst. Er saugte fest, bis das Blut an die Oberfläche kam. Sofort schmeckte er wieder die dunkle Magie. Wut und Zorn verdeckten die leichte Süße, die darunter kaum noch zu erkennen war. Antonio biss lang und fest, um auch noch die letzte Spur von Serriers Bosheit aus ihr herauszusaugen. Er verschwendete keinen Gedanken daran, dass er sich unter Umständen selbst infizieren könnte. Seine einzige Sorge war ihr Wohlergehen. Antonio konnte nicht zulassen, dass es durch die dunkle Magie gefährdet wurde.

Der Schmerz ließ so schnell nach, dass Monique die Luft wegblieb. Mit seinem Verschwinden kamen andere Gefühle zum Vorschein. Sie spürte Antonios Lippen an ihrer Haut, seine Zunge, die das Blut ableckte und seine Zähne, die sich tief in ihr Fleisch versenkt hatten. Völlig unvorbereitet wurde sie von einem starken Verlangen gepackt und stöhnte leise.

Antonio zog die Zähne aus ihrem Bauch. „Ganz ruhig", besänftigte er sie. „Tut es weh?"

„Überhaupt nicht", schnurrte sie. „Es ist schon viel besser."

„Gut. Dann entspanne dich und überlasse alles andere mir. Ich kann seinen Fluch immer noch schmecken." Außerdem hatte er noch lange nicht genug getrunken von diesem berauschenden Blut. Doch das wollte er ihr sicherheitshalber nicht sagen.

Monique ließ sich aufs Bett zurückfallen und zwang sich, still zu liegen, damit Antonio nicht wieder aufhörte. Er hatte sie schon zweimal gebissen und einmal mit ihr geschlafen, aber dieses Mal fühlte es sich anders an. Dieses Mal lag sie in seinem Bett, nicht irgendwo in einem fremden Zimmer im Untergeschoss des Hauptquartieres der Milice. Dieses Mal stand sie nicht unter Spionageverdacht, obwohl sie davon damals nichts gewusst hatte. Antonio hatte sie schon gekannt, als er sie hierher auf sein Boot brachte. Und sie hatte ihn gekannt, als sie zu ihm gekommen war – nicht um einen Auftrag Serriers zu erfüllen, sondern weil er ihr helfen und Trost spenden konnte.

Sie hatte nicht damit gerechnet, dass sein Biss sie so sehr erregen würde.

Antonio schmeckte das plötzliche Begehren in ihrem Blut. Jetzt war der Moment gekommen, seinen Biss zu beenden, wenn er sich nicht in ihrem Geschmack verlieren wollte. Doch er konnte auch immer noch ihre Schmerzen schmecken, obwohl sie schon sehr nachgelassen hatten. Antonio entschied, sich auf seine Selbstbeherrschung zu verlassen, denn sein Instinkt ließ ihn nicht aufhören, so lange sie noch unter Serriers Fluch litt.

Monique fuhr unruhig mit den Händen über das Laken und lag mit sich selbst im Zwiespalt. Sollte sie auf die Gefühle reagieren, die er in ihr auslöste? Sie begehrte ihn, aber es stand immer noch so viel Trennendes zwischen ihnen, sodass sie sich vor diesem Schritt fürchtete. Monique war in ihrer eigenen Hölle gefangen und fand keinen Ausweg aus diesem Dilemma. Selbst hierfür nicht.

Antonio griff sanft nach ihren Händen und verschränkte seine Finger mit ihren, um ihre aufgeregten Bewegungen zu unterbinden. Als er ihren Schmerz nicht mehr spüren konnte, hob er den Kopf und sah ihr in die Augen. „Hier ist niemand außer uns beiden. In den nächsten Stunden gibt es nur uns. Die Welt dort draußen existiert nicht mehr. Sag mir, was du dir wünschst."

Monique war sich darüber im Klaren, dass es gefährlich war, denn die Welt dort draußen würde nicht für immer verschwinden. Aber es war ein verführerischer Gedanke, sie für einige Stunden zu vergessen. Sie schloss die Augen und dachte über eine Antwort auf seine Frage nach. Was würde sie sich wünschen, wenn nichts zwischen ihnen stehen würde? „Wenn er erfährt, dass ich hier war, wird er mich umbringen."

„Dann geh nicht zu ihm zurück", forderte Antonio sie auf. Der Gedanke an ihren Tod zerriss ihm das Herz. „Bleib bei mir. Ich passe auf dich auf."

Monique schüttelte den Kopf. „Du hast allein keine Chance gegen das, was uns bevorsteht, wenn er von meiner Flucht erfährt."

„Aber die Milice kann dich beschützen."

„Ich habe ihnen nichts zu bieten", widersprach Monique. „Sie haben keinen Grund, mir ihren Schutz anzubieten. Ich habe schon einmal versucht, sie auszuspionieren. Sie würden mir niemals glauben, dass ich es dieses Mal ehrlich meine. Und ich will nicht, dass du meinetwegen ihren Schutz verlierst."

„Ich weiß, was sie umstimmen könnte", erwiderte Antonio bedächtig.

„Was?"

„Serrier hat heute Nacht einen Vampir entführt. Wenn du uns sagen könntest, wo er gefangen gehalten wird, würde Marcel dich aufnehmen."

„Er war in Serriers Hauptquartier in St. Denis, aber mittlerweile könnte er überall sein", sagte Monique. „Serrier behält seine Gefangenen nie lange an einem Ort, damit sie nicht gefunden werden können. Ich könnte zurückkehren und versuchen, mehr über den Vampir herauszufinden …"

Antonio wollte ihr Angebot ablehnen und sie nicht mehr aus den Augen lassen, außer, um sie zu Marcel zu bringen. Aber sie hatte recht. Wenn die Milice in St. Denis auftauchte und Orlando dort nicht mehr vorfand, würde es die Sache nur verschlimmern. Dann wäre Orlando immer noch in Gefahr, aber Serrier wüsste, wie wichtig der Vampir für die Milice war. „Noch nicht", bat er sie. „Ruh dich erst aus und erhole dich, bevor du zu ihm zurückgehst. Vielleicht brauchst du deine Kraft, um ihm wieder entkommen zu können." *Lass mich noch nicht allein.*

Monique wies ihn nicht darauf hin, dass es keinen Unterschied machen würde. Falls er sie töten wollte, würde ihn nichts und niemand aufhalten können. Aber sie hörte im Klang von Antonios Stimme, was er sich wünschte. Sie nickte und entspannte sich. Antonio ließ ihre Hände los und streichelte ihr über den nackten Bauch. Seine Finger fuhren sanft über die Bisswunden, die er in ihrem Fleisch hinterlassen hatte.

Monique bedeckte seine Hand mit ihrer. Sie wollte ihn nicht aufhalten, aber auch nicht ermutigen. Antonio sah ihr ins Gesicht. Sie hatte dunkle Ringe unter den geschlossenen Augen. Er begrub seine Pläne, sie zu verführen, stand stattdessen auf und zog sich die Schuhe aus. Dann nahm er sie in die Arme, hob sie auf und zog die Bettdecke zurück. Als sie erschrocken die Augen aufriss, beruhigte er sie sofort. „Du musst schlafen. Bis es dunkel wird, bist du hier sicher. Dann können wir entscheiden, was wir als nächstes unternehmen. Ich bleibe bei dir und halte dich in den Armen. Darf ich?"

Seine zärtliche Bitte raubte ihr den Atem. Einladend hob sie die Decke. Antonio schüttelte nur den Kopf und legte sich an ihrer Seite auf die Decke. Er schob ihr einen Arm unter die Schulter und rollte sie zu sich heran. Mit dem anderen Arm hielt er sie an sich gedrückt. Dann gab er ihr einen zarten Kuss auf den Kopf. „Schlaf jetzt."

Monique nickte wieder. Sie erwartete nicht, in einem fremden Bett und in den Armen eines fremden Mannes einschlafen zu können. Aber es dauerte nur Sekunden, bis der Schlaf sie übermannte. „Schlaf", wisperte Antonio erneut und schaute in ihr entspanntes Gesicht. Er wollte sie nie wieder loslassen.

37

SEBASTIEN LAG schweigend an Thierrys Seite. Er hatte die Arme um den Magier geschlungen, als könnte er ihn dadurch vor der Welt beschützen, und sei es auch nur für die wenigen Stunden Schlaf, die Thierry sich gönnte, bevor er sich wieder aufraffte und sich auf die Suche nach Orlando machte. Sebastien wollte nicht daran denken, welche Schrecken damit verbunden sein würden, Orlando zu retten. Er musste an den anderen Magier denken, der im Gästezimmer lag und ebenfalls schlief. Seit Sebastien in Thierrys Haus übernachtete, hatte er – bis vor wenigen Tagen – dort selbst geschlafen. Er hatte vor langer Zeit ebenfalls seinen Avoué verloren, aber sein Thibault war eines unvermeidlichen, natürlichen und am Ende sogar herbeigesehnten Todes gestorben. Er war sehr alt geworden für die damalige Zeit, war krank und lebensmüde gewesen. Das hatte den Verlust für Sebastien allerdings nicht weniger schmerzhaft gemacht und er war lange wie gelähmt gewesen. Alain hatte seinen Geliebten und Partner vollkommen unerwartet und auf grausame Weise geraubt bekommen, und das so kurz nach ihrem Aveu de Sang. Sebastien konnte das Ausmaß seines Leidens nur erahnen, aber er war der Einzige in der Milice, der die Macht des Aveu des Sang kannte und zumindest eine Vorstellung davon hatte, wie sich Alain fühlen musste.

Aus dem Nachbarzimmer war ersticktes Schluchzen zu hören. Sebastien überlegte nicht lange. Er glitt leise aus dem Bett und suchte im Dunkeln nach einer Hose und einem sauberen Hemd. Er wollte Thierry nicht wecken und um seine dringend benötigte Ruhe bringen.

„Was ist los?"

Sebastien verfluchte sich innerlich, weil er zu lange getrödelt hatte. „Ich habe Alain gehört. Ich will nur kurz zu ihm gehen und nachsehen, ob alles in Ordnung ist."

„Das mache ich selbst", erwiderte Thierry und setzte sich auf. „Er ist meine Verantwortung."

Sebastien lachte leise. „Ich glaube nicht, dass wir noch zwischen ‚mein' und ‚dein' unterscheiden sollten. Diese Zeiten sind vorbei. Aber ich weiß besser, wie er sich fühlt. Ich habe auch einen Avoué verloren. Kannst du es mir überlassen?"

Thierry nickte nachdenklich, stand aber auf und folgte Sebastien in den Flur, weil er seine Verantwortung nicht ganz abgeben wollte. Als Sebastien das Gästezimmer betrat, blieb er vor der Tür stehen, obwohl er sich sicher war, dass die beiden Männer um seine Nähe wussten.

Es war, wie Sebastien befürchtet hatte. Alain lag eng zusammengerollt auf dem Bett, die Knie soweit an die Brust gezogen, dass er kaum noch als menschlicher Körper zu erkennen war.

„Alain?"

Der Magier blieb regungslos liegen und reagierte mit keinem Wort auf Sebastiens Stimme. Thierry stand im Flur und konnte sein Mitgefühl kaum unterdrücken. Er wäre am liebsten an die Seite seines Freundes gelaufen, um ihn zu trösten, hätte er nicht Sebastien versprochen, sich zurückzuhalten.

„Du weißt, dass Orlando noch lebt", hörte er Sebastien sagen. „Du kannst ihn noch fühlen. Mein Avoué hat es immer geliebt, mich zu überraschen. Er war den ganzen Tag unterwegs und hat sich um seine Geschäfte gekümmert, während ich im Haus eingeschlossen war und mich ausgeruht habe. Dann wurde ich plötzlich von seinen Gefühlen überflutet. Oft war es nur Belustigung, aber meistens war es Liebe. Er hat mich so lange damit überflutet, bis ich mich so sehr nach ihm gesehnt habe, dass ich an der Haustür auf und ab gelaufen bin und es kaum noch erwarten konnte, bis er nach Hause kam und ich über ihn herfallen konnte, oder bis es endlich dunkel wurde und ich zu ihm gehen konnte."

Thierry konnte sich ein amüsiertes Kichern nicht verkneifen. Aus dem Zimmer hörte er Alains Echo, aber im Lachen seines Freundes mischten sich Leid und Belustigung. „Ich wüsste nicht, wie ihm das jetzt helfen soll."

„Glaubst du nicht, dass er gerade jetzt wissen muss, wie sehr du ihn liebst?", fragte Sebastien leise. „Dass er wissen muss, wie sehr du ihn vermisst? Wenn Orlando das jemals wissen musste, dann jetzt."

„Ich fürchte mich", gab Alain flüsternd zu. „Marcel hat mich aufgefordert, unsere Verbindung zu blockieren, als sie angefangen haben, Orlando zu quälen. Ich konnte den Schmerz in meinem Kopf nicht ertragen. Ich habe versucht, ihm zu vermitteln, warum ich es tue. Ich wollte ihm zeigen, dass ich ihn nicht verlasse. Und jetzt habe ich Angst, dass er wütend auf mich ist, wenn ich die Blockade wieder aufhebe."

„Du kannst nicht sicher sein, dass du mit seinem Schmerz auch deine eigenen Gefühle blockiert hast. Es ist durchaus möglich, dass er sie noch fühlt und genau weiß, wie sehr du leidest", erklärte ihm Sebastien. „Und selbst wenn das nicht der Fall ist, wird er deine Gründe sicher verstehen und wartet jetzt geduldig darauf, dass du dich wieder meldest und ihm Zuversicht gibst. Und sollte er wirklich wütend sein – ist es dir nicht lieber, du weißt, dass er lebt und wütend ist, als gar nichts zu wissen?"

„Wo ist Thierry?"

Alains Stimme klang so verzweifelt, dass Thierry sein Versteckspiel aufgab und ins Zimmer ging. Die beiden Männer schien es nicht zu stören, dass er sie belauscht hatte. Sebastien rutschte zur Seite, sodass Thierry sich zwischen ihm und Alain aufs Bett setzen konnte. „Ich bin hier", sagte er und legte seinem Freund die Hand auf die Schulter. Es interessierte ihn nicht mehr, was Sebastien über seine

Einmischung sagen würde. Wie konnte er sich fernhalten, wenn sein bester Freund so unsägliche Qualen litt?

„Hast du etwas gehört?"

„Genug", erwiderte Thierry, der noch nicht zugeben wollte, dass er die gesamte Unterhaltung belauscht hatte. „Ich glaube nicht, dass Orlando dich jemals hassen könnte, was immer du auch getan hast", fuhr er fort, weil er sich denken konnte, was in Alains Kopf vor sich ging. „Und falls ich mich täusche, werden wir einen Weg finden, wie du ihn wieder zurückgewinnen kannst."

„Er wird immer zurückkommen, weil er dein Blut braucht", fügte Sebastien hinzu. „Und er wird die Wahrheit darin schmecken. Er wird ihr vielleicht am Anfang widerstehen wollen – was mich allerdings sehr wundern würde –, aber er wird nachgeben. Vampire sind nicht sehr nachtragend bei solchen Missverständnissen, besonders dann nicht, wenn es sich um ihren Avoué handelt. Wir können gar nicht anders."

„Ich bin mir nicht sicher, ob man es als Missverständnis bezeichnen kann", erwiderte Alain niedergeschlagen. „Aber es gibt nur einen Weg, das herauszufinden. Wie spät ist es?"

„Es ist noch vor der Morgendämmerung", antwortete Sebastien. Er hätte auf die Uhr sehen können, brauchte sie aber nicht, um den Stand der Sonne zu spüren. „Du kannst dich noch etwas länger ausruhen."

Alain schüttelte den Kopf. „Ich habe schon zu viel Zeit vergeudet. Ich muss aufstehen und etwas unternehmen …"

„Dann solltest du jetzt versuchen, Orlando zu erreichen", wies Sebastien ihn an. „Wenn du weißt, wie es ihm geht, hast du einen ersten Anhaltspunkt."

„Sollen wir bei dir bleiben?", fragte Thierry. Er wollte nicht in Alains Privatsphäre eindringen, aber er wollte ihm seine Unterstützung anbieten, falls sie gebraucht wurde.

Alain nickte. „Jedenfalls so lange, bis ich weiß …" Er brachte den Satz nicht zu Ende, weil er seine Angst nicht in Worte fassen wollte. Falls er Orlando über ihre Verbindung nicht erreichen konnte, würde er Thierry so sehr brauchen, wie noch niemals zuvor.

Thierry drückte Alain aufmunternd die Schulter, als der das mentale Schild fallen ließ, mit dem er gestern Nacht im Salle des Cartes seine Verbindung zu Orlando blockiert hatte. Mit angespannter Aufmerksamkeit beobachtete er Alains Gesicht und betete um ein Zeichen der Hoffnung im Blick seines Freundes. Als Alain nach einigen Sekunden erleichtert aufatmete, lächelten sie sich breit an.

„Er ist noch da", flüsterte Alain mit rauer Stimme. Seine Gefühle schnürten ihm fast die Kehle zu. „Er liebt mich noch."

„Natürlich tut er das", erwiderte Sebastien lächelnd. „Er wird dich immer lieben."

Der bittersüße Klang seiner Stimme lenkte Thierrys Aufmerksamkeit von Alain zurück zu seinem eigenen Geliebten. „Ist jetzt alles in Ordnung, Alain?", fragte er. Alain nickte abwesend, vollkommen verloren in seiner mentalen Kommunikation mit Orlando. Thierry stand auf und nahm Sebastien an der Hand. Der Vampir warf noch einen letzten Blick auf Alains Gesicht. Momentan war darin nur ruhige Gelassenheit zu erkennen. Erleichtert folgte er Thierry aus dem Zimmer.

Als sie in der Küche ankamen, ließ Thierry Sebastiens Hand los. „Vielen Dank für deine Hilfe", sagte er leise. „Du hast genau die richtigen Worte gefunden. Ich hätte es wahrscheinlich nicht so gut gekonnt."

Sebastien zuckte mit den Schultern. „Du hättest es schon geschafft. Es ging sowieso nicht so sehr darum, was ich gesagt habe, sondern darum, dass ich seine Gefühle akzeptiert habe. Ich musste ihn nur noch an einige Tatschen erinnern, die er vergessen hatte."

„Oder von denen er nichts wusste. Wie auch immer, ich bin dir dankbar."

„Er bedeutet dir viel", erwiderte Sebastien, als würde das alles erklären. „Deshalb ist er auch mir wichtig."

Thierry fühlte sich durch Sebastiens Worte an seine eigenen Gedanken über Orlando erinnert. „Wir waren so ahnungslos, als wir diese Allianz gegründet haben", überlegte er. „Serrier hat damit eine Revolution ausgelöst, die er sich niemals hätte vorstellen können. Egal, ob der Krieg morgen, in einem Jahr oder erst in zwanzig Jahren vorbei sein wird – unsere Welt wird sich durch die Allianz und die Partnerschaften unwiederbringlich verändert haben. Die neuen Verbindungen zwischen uns sind so intensiv, so persönlich und weitreichend, dass wir nie wieder zu den alten Zuständen zurückkehren können." Er hob den Kopf und sah Sebastien in die Augen. „Am Anfang war die Initiative für die Gleichstellungsgesetze nur ein Mittel zum Zweck. Zumindest in meinen Augen war das der Fall, und den meisten anderen Magiern ging es vermutlich ähnlich. Jetzt ist es mir in vieler Hinsicht ein persönliches Anliegen."

„Du weißt, dass es für uns nicht nur um die Allianz geht", sagte Sebastien stockend. Er erinnerte sich an die zärtlichen Gefühle, die er für Thierry empfunden hatte, als sie sich liebten. Sebastien hatte gedacht, dass es Thierry genauso gehen würde, aber das Gerede über die Allianz ließ ihn wieder unsicher werden und er fürchtete, den Magier falsch verstanden zu haben.

„Natürlich ist es mehr als die Allianz!", rief Thierry. „Ich dachte, das wäre selbstverständlich!"

Sebastien zuckte mit der Schulter. „Es tut gut, ab und zu daran erinnert zu werden. Ich bin seit meiner Umwandlung recht gut darin, Gefühle zu erkennen. Aber manchmal brauche ich Bestätigung, damit ich sicher bin, sie richtig zu interpretieren."

Ein Lächeln zuckte über Thierrys Lippen. „Du interpretierst sie richtig", erklärte er mit Nachdruck. Aus dem Gästezimmer war keinerlei Geräusch zu hören. Thierry nickte Sebastien zu und deutete in Richtung des Wohnzimmers. „Alain hat mich so abgelenkt, dass ich ganz vergessen habe, dir für die letzte Nacht zu danken. Normalerweise bin ich nicht so selbstsüchtig."

„Du musst dich nicht dafür entschuldigen, zu deinem Freund zu stehen", widersprach ihm Sebastien, obwohl er nichts dagegen einzuwenden hatte, wieder im Mittelpunkt von Thierrys Aufmerksamkeit zu stehen. „Bis wir Orlando wieder befreit haben, wird Alain jede Unterstützung brauchen, die wir ihm geben können."

„Ich weiß", stimmte ihm Thierry zu. „Und ich werde alles in meiner Macht stehende tun, um zu helfen. Aber das ist noch lange kein Grund, dich zu vernachlässigen." Sie kamen ins Wohnzimmer, das vom Mondlicht nur spärlich beleuchtet wurde. Thierry setzte sich aufs Sofa und streckte die Hand nach Sebastien aus, der sich zu ihm setzte. Thierry legte die Arme um ihn und sie lehnten sich bequem zurück. „Es ist nicht ganz so gemütlich wie unser Bett, aber wenn wir dorthin zurückgehen, kann ich keine Garantie übernehmen. Und mit Alain im Nebenzimmer …"

Sebastien nickte. „Es wäre mehr als grausam, wenn er uns hören müsste", sagte er verständnisvoll. „Es ist auch schön, hier zu liegen und sich einfach nur zu umarmen." Er schmiegte sich mit dem Gesicht an Thierrys Hals und leckte zärtlich über die Bissspuren der letzten Tage. „Wenn die jemand sieht, wird er denken, ich wäre wie ein Wilder über dich hergefallen."

Thierry schüttelte den Kopf. „Über mich hergefallen bist du vielleicht, aber nicht wie ein Wilder. Du bist viel zu liebevoll für einen Wilden." Er streichelte Sebastien über die Haare. „Aber wenn es dich wirklich stört, bitte ich Alain später, sie zu heilen. Ich selbst bin in solchen Beschwörungen nie sonderlich gut gewesen."

Sebastien dachte kurz nach, bevor er auf Thierrys Vorschlag antwortete. „Unsere Beziehung ist unsere persönliche Angelegenheit. Zumindest sollte sie das sein. An diesen Malen kann sie jeder erkennen, der sich die Mühe macht, hinzusehen. Ich muss gestehen, dass mir der Gedanke nicht unangenehm ist. Doch das ist der Höhlenmensch in mir, den ich normalerweise im Zaum zu halten versuche. Ich will nicht, dass die Menschen dich ansehen und sich fragen, was wir wohl so treiben."

Thierry grinste. „Ich weiß, dass du nicht nur von meinem Hals trinken kannst. Wenn du mich das nächste Mal an einer anderen Stelle beißt, sind die Male nur für uns."

Sebastien stellte sich vor, Thierry von oben bis unten mit kleinen Bissen zu bedecken. Seine Eckzähne wurden länger und sein Schwanz hart vor Verlangen. „Du solltest das nicht sagen, wenn du nicht vorhast, deinen Worten Taten folgen zu lassen", warnte er. „Ich habe nicht genug Selbstbeherrschung für uns beide."

Thierry ging es nicht viel besser. Er ließ den Kopf nach hinten fallen und öffnete den Bademantel, den er sich übergezogen hatte, bevor er Sebastien in Alains Zimmer gefolgt war. Der Anblick seiner glatten, muskulösen Brust war eine unwiderstehliche Versuchung für Sebastien. Er senkte den Kopf und suchte die Stelle, an der Thierrys Herzschlag am stärksten zu spüren war. Dann saugte er sanft an der Haut und biss zu. Seine Zähne drangen in den Muskel ein und fanden Blut.

Es war atemberaubend. Sebastien wusste, dass er nach der letzten Nacht nicht viel trinken konnte, aber er musste Thierrys Geschmack auf der Zunge spüren.

Das Geräusch der Toilettenspülung erschreckte sie. Sie fuhren auseinander wie zwei ertappte Teenager, die beim Schmusen auf der Couch erwischt worden waren. Mit roten Gesichtern sahen sie sich an und brachen in Gelächter aus. „Es ist definitiv mehr als die Allianz", meinte Thierry grinsend. „Alain wird Kaffee brauchen und wir sollten darüber reden, wie wir unsere Suche organisieren. Du weißt wahrscheinlich mehr über die Natur der Verbindung zwischen ihnen, als jeder andere Vampir. Hast du konkrete Ideen?"

„Mehrere sogar", erwiderte Sebastien. „Ich habe in der letzten Nacht darüber nachgedacht, als du noch geschlafen hast. Wir reden darüber, sobald Alain kommt. Ich kann nur sagen, was mit meiner Verbindung zu meinem Avoué möglich gewesen wäre. Aber Alain ist ein Magier und Thibault war nur ein gewöhnlicher Mensch. Es kann sein, dass sich dadurch noch zusätzliche Optionen ergeben, die uns bei der Suche helfen können."

„Dann koche ich jetzt Kaffee. Das einzige, was Alain schneller aus dem Zimmer locken könnte, wäre Orlando selbst. Aber da ich keine Wunder vollbringen kann, werden wir uns mit dem Kaffee begnügen müssen", sagte Thierry bedauernd. Er wünschte wirklich, er könnte mehr tun, um seinem Freund zu helfen.

Alain stand schon unter der Dusche, als er das Brummen der Kaffeemühle hörte. Kurz darauf drang Kaffeeduft durchs Haus. Trotzdem ließ Alain sich Zeit. Das warme Wasser prasselte ihm auf die Schultern und den Rücken. Er schloss die Augen, lehnte sich mit der Stirn an die gekachelte Wand der Duschkabine und ließ sich von den Gefühlen davontragen, die durch seine Verbindung zu Orlando auf ihn einströmten. Zu seiner Erleichterung konnte er keine Schmerzen mehr spüren. Was immer Serrier Orlando auch angetan hatte, es war nur eine kurze Episode gewesen.

Das vorherrschende Gefühl war Einsamkeit, die noch dadurch verstärkt wurde, dass Alain dieses Gefühl mit Orlando teilte. Alain wollte Orlandos Einsamkeit nicht noch verstärken, deshalb versuchte er, seine eigenen Gefühle zu beherrschen. Er hatte es kaum ertragen können, als er heute allein aufgewacht war. Orlando hatte ihm versprochen, dass er nie wieder allein aufwachen müsste, aber Serrier hatte den Vampir gezwungen dieses Versprechen zu brechen. Alain wollte Orlando nicht zeigen, wie sehr ihn das geschmerzt hatte. Er wollte ihm nur zeigen, wie sehr er ihn liebte und vermisste. Und dass sie alles taten, um ihn bald zu finden und zu befreien.

Alain konzentrierte sich und dachte daran zurück, wie sie sich das letzte Mal geliebt hatten, bevor Orlando gefangen genommen wurde. Durch ihre Verbindung schickte er dem Vampir seine ganze Sehnsucht und Liebe. Alain wusste, dass Serrier seine Pläne mit Orlando nicht unbegrenzt lange aufschieben würde, und dieses Wissen konnte er nicht völlig unterdrücken. Was immer der dunkle Magier auch vorhatte, Orlando musste stark sein. Er musste durchhalten und überleben, bis sie ihn finden und befreien konnten. Und sie würden ihn finden. Alain war nicht bereit, eine andere Möglichkeit auch nur in Betracht zu ziehen.

Eine Welle der Liebe und des Begehrens erreichte Alain und gab ihm die Gewissheit, zu Orlando durchgedrungen zu sein. Er konnte nur hoffen, dass es Orlando helfen würde, die nächsten Stunden zu überstehen, bis sie wieder zusammen waren. Alain wollte nicht daran denken, dass es länger dauern könnte. Sie würden Orlando finden, und wenn sie jeden einzelnen Stein in der Stadt umdrehen mussten.

In diesem Augenblick fühlte Alain durch ihre Verbindung einen Anflug von Furcht, der jedoch sofort wieder unterdrückt wurde. Er konzentrierte sich noch stärker und versuchte, einen Eindruck der Umgebung zu gewinnen, in der Orlando sich befand. Aber es gelang ihm nicht. Orlandos Gefühle waren das einzige, was zu ihm durchdrang.

Alain richtete sich auf und drehte das Wasser ab. Dann trocknete er sich ab und zog die Kleidung vom Vortag an, die er zuvor mit einer kurzen Beschwörung notdürftig reinigte. Kaffeeduft führte ihn zu Thierry und Sebastien in die Küche. Alain setzte sich mit versteinerter Miene zu ihnen an den Tisch. Die Furcht und Trauer der vergangenen Nacht hatten Orlando nicht helfen können. Alain wollte sich nicht wieder davon überwältigen lassen. Grußlos nahm er die Tasse Kaffee entgegen, die Thierry ihm reichte. Sie hatten keine Zeit, sich mit Floskeln aufzuhalten. Sie hatten eine Aufgabe zu erfüllen.

„Wir brauchen Ideen", sagte er entschlossen. „Und wir brauchen sie jetzt."

38

Edouard sah sich verstohlen um, aber der Place Pigalle war menschenleer. Er trug ein sperriges Bündel in den Armen, das jedoch – zumindest für ihn – nicht allzu schwer war. Edouard hatte zwar in Erwägung gezogen, die Entsorgung Serrier zu überlassen, aber es handelte sich bei der Leiche nicht um ein x-beliebiges Mädchen, das er auf der Straße aufgegabelt hatte, um sich mit ihr zu vergnügen. Nein, sie war sorgfältig auserwählt worden und ihm lag viel daran, dass seine Botschaft ihren Empfänger erreichte und richtig verstanden wurde.9

Das Sang Froid war geschlossen und die Türen verriegelt. Er schlich sich durch die Schatten zur Schwelle des Haupteingangs. Die Leiche war nackt, der Körper von Wunden übersät. Für einige davon war er selbst verantwortlich, andere stammten von dem Magier, Blanchet. Edouard war es egal. Ihn interessierte nur die Wirkung, die der Anblick auf Bellaiche haben würde. Edouard wollte, dass der Chef de la Cour so viel wie möglich litt, wenn er seine tote Geliebte fand. Deshalb hatte er sie besonders grausam gebissen und vergewaltigt, hatte sich mit Gewalt genommen, was die Hure Bellaiche freiwillig gegeben hatte. Am Anfang war sie noch froh gewesen, Edouard zu sehen. Sie hatte geglaubt, dass ein Vampir ihr helfen würde. Ihr Gesicht hatte gestrahlt und Leben war in ihren Blick zurückgekehrt. Bis er sie das erste Mal gebissen hatte. Edouard hatte in ihrem Blut geschmeckt, wie der Augenblick der Wahrheit kam und sie erkannte, dass es nur noch schlimmer kommen würde.

Die Todesangst hatte ihr Blut besonders süß gemacht.

Dann hatte er ihr die letzten Fetzen ihrer Kleidung vom Leib gerissen und es war noch süßer geworden, als sie verstand und ihr Schicksal akzeptierte. Oh, sie hatte sich immer noch gewehrt, als er in ihr zartes Fleisch biss – in ihre Brüste, Schenkel und Fotze –, aber sie hatte gewusst, wie sinnlos es war. Das war der süßeste Geschmack von allen.

Jeder neue Schmerz, jede neue Demütigung – Bellaiche musste ein Schwächling sein, dieses Potential in ihr nicht genutzt zu haben – hatte Edouard ein Gefühl der Macht vermittelt, das einem Rauschzustand gleichkam. Er hatte sich lange zurückgehalten und nicht zu viel getrunken, um dieses Gefühl möglichst lange genießen und zum Höhepunkt kommen zu können. Keine Körperöffnung hatte er ausgespart, denn er wusste, dass Bellaiche sie sehen würde und sich denken konnte, was ihr widerfahren war. Edouard wollte es ihm so deutlich vor Augen führen, dass Bellaiche sich vorkam, als wäre er Edouards Fängen persönlich ausgeliefert gewesen. Und das war nur ein Vorgeschmack auf Edouards Rache.

Er warf den Körper auf die Schwelle des Sang Froid, wo er von der ersten Person gefunden werden würde, die das Gebäude verließ. Dann hämmerte er mit beiden Fäusten laut an die massive Holztür und verschwand wieder in den Schatten.

JEAN SPRANG auf die Füße, als das Telefon klingelte. Vielleicht war es Alain, der ihm mitteilen wollte, dass sie Orlando endlich gefunden hatten. Der Magier kannte zwar seine Telefonnummer nicht, aber was spielte das schon für eine Rolle? Er konnte sie von einem der anderen Vampire erfahren haben. Jean hatte es so eilig, zum Telefon zu kommen, dass er fast die Tür zum Speiseaufzug aus den Angeln riss. „Âllo?"

„Jean, hier ist Angélique. Du musst zum Sang Froid kommen, bevor die Polizei eintrifft."

„Was ist passiert?", fragte er alarmiert.

„Komm einfach. Schnell." Sie legte auf.

Jean sah mit gerunzelter Stirn auf den Hörer in seiner Hand und drehte sich dann zu Raymond um. „Ich muss gehen. Ich weiß nicht, was Angélique von mir will, aber es hat sich dringend angehört."

„Soll ich mitkommen?", wollte Raymond wissen und stützte sich auf einen Ellbogen. Er hatte es kaum allein bis ins Bett geschafft und war immer noch vollkommen erschöpft. Doch falls Jean ihn brauchte, spielte das keine Rolle.

„Das ist nicht nötig", erwiderte Jean kopfschüttelnd. „Du musst dich erst wieder erholen. Geh ans Telefon, wenn jemand anrufen sollte. Falls es um Orlando geht, richte ihnen aus, dass ich im Sang Froid bin."

„Ich melde mich sofort, falls es Neuigkeiten gibt", versicherte ihm Raymond. „Du musst mich aber auch anrufen, wenn du meine Hilfe brauchst. Egal, aus welchem Grund."

„Das werde ich", versprach Jean, zog sich die Jacke an und ging zur Tür. Dann drehte er sich noch einmal um, kam zum Bett zurück und küsste Raymond auf den Mund. „Ruh dich aus. Wir brauchen deine Kraft und deinen Verstand später noch. Ich will nicht, dass du dich wieder so erschöpfst." Mit diesen Worten verließ er das Zimmer.

„Pass auf dich auf", rief Raymond ihm nach. Jeans liebevoller Kuss ging ihm zu Herzen. „Ich wäre ohne dich verloren", fügte er leise hinzu und starrte auf die schwarzen Brokatvorhänge des Himmelbettes. Es war ihm ein Rätsel, wie schnell der Vampir zum Mittelpunkt seines Lebens geworden war.

Jean lief vorsichtiger und schneller als gewöhnlich durch die verschlungenen Straßen zum Montmartre. Was immer auch passiert war, es musste schlimm sein. Er hatte die unerschütterliche Angélique noch nie so verstört erlebt. Außerdem hatte sie von der Polizei gesprochen, was ebenfalls ein Grund zur Sorge war. Sie konnten jetzt nicht noch einen Mord brauchen. Wenn man Marcel glauben durfte, war es ihnen endlich gelungen, die öffentliche Meinung zu ihren Gunsten zu wenden. Ein weiterer Todesfall, selbst wenn sie alle auf das Konto des einen Gesetzlosen gingen, würde ihren Erfolg wieder gefährden und wäre ein empfindlicher Rückschlag.

Als Jean am Sang Froid ankam, erwartete Angélique ihn mit grimmigem Gesicht vor der Tür. Unter dem Mantel trug sie noch ihr Nachthemd, und obwohl Vampire gegen die Kälte unempfindlich sind, zitterte sie am ganzen Leib. „Was ist los?", fragte er besorgt.

Angélique trat zur Seite und gab den Blick auf einen Körper frei, der auf dem Boden lag und in eine Decke gewickelt war. „Ich wollte mich gerade hinlegen – es war ein anstrengender Tag –, als jemand an die Tür gehämmert hat. Ich wollte wissen, wer so dumm ist, mich nach diesem Tag zu stören. Da habe ich sie gefunden. Ich habe sofort nachgesehen, konnte aber niemanden mehr entdecken."

Jean seufzte. „Hast du die Polizei verständigt? Wir können es ihnen nicht verheimlichen, wenn wir unsere Anerkennung erreichen wollen."

„Ich war mir nicht sicher, was du von mir erwartest", erwiderte sie offen. „Jean, das ist kein normales Opfer des Gesetzlosen."

Jean runzelte fragend die Stirn. „Was meinst du damit?"

Angélique holte tief Luft. Dann kniete sie sich neben die Leiche und sah den Chef de la Cour mit bangem Blick an. Sie kannte Jean schon sehr lange, aber sie wusste nicht, wie er auf diese Enthüllung reagieren würde. Es machte ihr mehr Angst, als sie sich eingestehen wollte. Der Geruch nach Sex und Tod machte es noch schlimmer. Angélique war übel, aber sie riss sich zusammen und zog die Decke zur Seite, damit Jean das Gesicht des Opfers sehen konnte.

Jean wurde fast schwarz vor Augen. Er schwankte und kämpfte ebenfalls gegen seine Übelkeit an. Dann gaben seine Beine nach und er kniete neben Angélique auf dem kalten Boden. „Nein", krächzte er. Als könnte er damit alles ungeschehen machen, hob er die Hand vor die Augen, um Karines Gesicht vor seinem Blick zu verbergen. „Nein. Das muss ein Trick sein. Es kann nicht …"

Sie konnte nicht hier vor Angéliques Tür liegen, leblos und kalt. Sie war in ihrer Wohnung und in Sicherheit. Sie hatte mit ihm Schluss gemacht, aber es ging ihr gut. Sie lag warm und gemütlich mit einem neuen Liebhaber im Bett, mit einem Mann, der ihr mehr geben konnte als der Vampir, auf den sie immer nur vergeblich wartete. Sie war nicht hier. Es war einer von Serriers Tricks, ein Zauber, mit dem er geblendet und geschwächt werden sollte, um die Allianz aufzukündigen. Der Gesetzlose konnte nicht über sie Bescheid wissen, konnte sie nicht entführen, foltern, töten …

Ein Schluchzen entrang sich seiner Kehle. Warme Arme legten sich um ihn und ein üppiger Busen dämpfte seine verzweifelten Schreie. Jean weinte, auch wenn er keine Tränen mehr hatte. Er weinte um die freundliche, großzügige Frau, die Karine gewesen war. Er weinte um ihre unerfüllten Träume, die jetzt niemals wahr werden würden. Karine hatte in ihrem Leben nur einen Fehler begangen – sie hatte sich in einen Mann verliebt, der ihr nicht geben konnte, was sie verdient hatte. Dafür war sie gestorben. Er weinte um ihren sinnlosen Tod.

Angélique hielt ihn fest an sich gedrückt, als die Trauer ihn zu überwältigen drohte. Sie versteckte das Geheimnis seiner Schwäche in ihrem Herzen, bei all den anderen Geheimnissen, die sie zu wahren versprochen hatte. Und während Jean noch um die Frau weinte, die zu ihren Füßen lag, streichelte sie ihm mit sanfter Hand über den Rücken, bis die aufziehende Dämmerung sie unruhig werden ließ. „Wir sollten sie ins Haus bringen", schlug sie leise vor. „Es wird bald hell und die Menschen kommen aus ihren Häusern. Wenn du dich selbst um sie kümmern willst, müssen wir sie vor ihren Blicken verbergen."

Jean nickte, als sie ihn losließ. „Ich weiß, wer für ihren Tod verantwortlich ist. Ich weiß auch, mit wem ich reden muss. Sie verdient eine würdige Bestattung, nicht das Leichenschauhaus und eine Autopsie." Er strich der toten Karine mit zitternden Fingern über die kalten Wangen. „Wirst du mir helfen, sie vorzubereiten?"

„Wenn du es wünschst", sagte Angélique. „Du kannst sie auch hier lassen und ich kümmere mich um alles. Wie du willst." Sie hatte die Spuren der Grausamkeiten gesehen, die der armen Frau vor ihrem Tod zugefügt worden waren. Es war für Jean schon schlimm genug, dass sie tot war. Er musste nicht auch noch erfahren, was vorher mit ihr geschehen war. „Du hast jetzt wichtigere Dinge zu erledigen."

Jean schüttelte den Kopf. „Sie ist meinetwegen gestorben. Es ist das Mindeste, was ich tun kann."

Angélique nickte und erhob sich mit der Anmut, die sie einst im Harem gelernt hatte. Dann trat sie ein Schritt zurück, damit Jean die tote Karine vom Boden aufheben konnte. Jean nahm sie sanft und vorsichtig auf die Arme. Es war fast, als wollte er dadurch die Qualen wieder gutmachen, die sie vor ihrem Tod erlitten hatte.

Angélique öffnete die Tür und winkte ihm zu, ihr vorauszugehen. Der große Empfangsraum wurde von einer einzigen Lampe notdürftig beleuchtet. Angélique zeigte auf eine der Türen, die zu den Schlafzimmern führten. Dann ging sie zur Wäschekammer, um Tücher zu besorgen. Sie wollte Jean etwas Zeit geben, mit der toten Karine allein zu sein. Angélique wusste genau, in welchem Augenblick er sie aus der Decke gewickelt hatte und zum ersten Mal sah. Jeans jammernder Schrei, voller Schrecken und Wut, war unüberhörbar.

„Das haben sie meinetwegen getan", sagte er mit gebrochener Stimme, als Angélique ins Zimmer kam. „Sie haben sie aus ihrer Wohnung oder von der Straße entführt und schlimmer behandelt, als jedes Tier. Und dann haben sie sie getötet. Meinetwegen."

„Nein", widersprach Angélique leise. „Sie haben es getan, weil sie kranke Bastarde sind, die nicht mehr die geringste Menschlichkeit besitzen, egal, ob es Magier oder Vampire waren."

„Er hat eine Grenze überschritten und kann nicht mehr zurück", erklärte Jean mit eiskalter Stimme. „Er ist *extorris*."

Angéliques Augen weiteten sich. *Extorris.* Das bedeutete, dass jeder Vampir, der mit Edouard zu tun hatte, durch die Gesetze der Vampire verpflichtet war, ihn dem Urteil des Cour auszuliefern. Wer sich dieser Pflicht entzog, wurde selbst zum Angeklagten. „Jean?"

„Ohne den Gesetzlosen hätte Serrier sie nicht finden können. Sein Verrat hat es erst ermöglicht, dass ihr das angetan wurde."

„Sie war nicht deine Gefährtin. Du hast sie nie vor dem Cour anerkannt", erinnerte ihn Angélique.

„Und doch ist sie tot, weil sie mich gekannt hat", sagte Jean. „Verbreite die Nachricht. Ich muss die Beerdigung vorbereiten."

Es hörte sich so endgültig an, dass Angélique ihm nicht widersprach. Sie hatte Verständnis für Jeans Entscheidung. Der Gesetzlose verdiente es, vor Gericht gestellt und bestraft zu werden. Was ihr Sorgen machte, war Jeans unsichere rechtliche Grundlage nach den Regeln des Cour. Karine war nur seine Geliebte gewesen und daher vom Cour nicht anerkannt. Wäre sie Jeans offizielle Gefährtin gewesen, hätte Angélique ihn ohne zu zögern unterstützt, denn die Grausamkeit und Unmenschlichkeit von Edouards Tat war nicht zu leugnen. Jean war jedoch so untröstlich, dass Angélique ihre Bedenken in den Hintergrund stellte. Sie hoffte nur, die anderen Mitglieder des Cour würden es genauso sehen. Angélique zog sich zurück und beschloss, noch einen Anruf zu erledigen, bevor sie Jeans Nachricht unter den Vampiren verbreitete. In dieser Situation sollte Jean nicht allein sein.

Nachdem Angélique gegangen war, kniete Jean sich neben Karines Leichnam auf das Bett. Ihre Haare waren feucht von Schweiß und Blut. Auf ihren schmutzigen Wangen waren die Spuren ihrer Tränen zu sehen. Die im Leben so elegante und gepflegte Frau sah aus, wie eine verwahrloste Streunerin. Jean ließ den Blick über ihren geschundenen Körper wandern und stellte fest, dass ihr Gesicht das einzige an ihr war, das die Folterknechte verschont hatten. Jean nahm das feuchte Tuch, das Angélique ihm gebracht hatte, und wischte den Schmutz aus Karines Gesicht. Er wollte sie ein letztes Mal berühren und versuchen, ihr wenigsten einen Teil ihrer Würde wiederzugeben. Dann wusch er ihren Hals, wischte das Blut ab, das aus den zahlreichen Bisswunden gequollen war, die sie getötet hatten. „Es tut mir so leid, Kari", flüsterte er leise, als er mit dem Tuch über ihre Brüste fuhr, die von Schnitt- und Bisswunden bedeckt waren. Seine Augen brannten und er schluchzte erstickt, als er sah, welche Qualen sie gelitten haben musste. Jean war auch nicht immer zärtlich zu ihr gewesen, aber das hier war unvorstellbar. Hätte sie überlebt, wäre sie durch die Narben fürchterlich entstellt worden. Er stand auf, um ins Badezimmer zu gehen und das Tuch auszuspülen. Karine hatte es nicht verdient gehabt, so gequält und ermordet zu werden. Ein Teil der Schnittwunden war schon alt. Die Folter hatte sich offensichtlich über mehrere Tage erstreckt. Während Jean damit beschäftigt gewesen war, Raymond zu verführen und sich in ihn zu verlieben, hatte Karine in den Händen dieser Ungeheuer unsägliche Qualen erlitten und wahrscheinlich vergeblich darauf gehofft, von ihm gerettet zu werden. Aber er hatte nicht einmal gewusst, dass sie verschwunden war.

Jean dachte daran zurück, wie er vor einigen Tagen zu ihrer Wohnung gegangen war und der Blumenstrauß, den er ihr vor die Tür gelegt hatte, immer noch im Hausflur lag. Hatten sie Karine schon entführt, bevor er ihr die Blumen brachte? Er hätte ahnen müssen, dass sie ihn niemals so zurückweisen würde. Er hätte sofort nach ihr suchen sollen. Vielleicht wäre sie dann noch am Leben. Vielleicht wäre auch Orlando jetzt nicht in den Händen der gleichen Monster, die Karine zu Tode gequält hatten.

Mühsam riss er sich aus seiner Verzweiflung, wusch das Tuch aus und kehrte an ihre Seite zurück. Er wusch ihr die Füße, sah die verbrannte Haut und die eitrigen Wunden. Er fluchte leise, als er mit ihren Beinen weitermachte. Er stellte sich die Schmerzen vor, die sie ertragen hatte, und jede ihrer Wunden war wie ein Stich in sein Herz. Die Schnittwunde an ihrem Bein war besonders schlimm, aber noch schlimmer waren die Bisswunden an den Innenseiten ihrer Oberschenkel. Dann musste Jean die Zähne zusammenbeißen, als er die eingetrocknete Mischung aus Blut und einer klebrigen Flüssigkeit zwischen ihren Beinen abwusch. „Wenn ich ihn in die Hände bekomme, wird er diesen Tag nicht überleben", schwor er, als er erkannte, wie unerbittlich sie vergewaltigt worden war. Eine normale Hinrichtung war ein viel zu mildes Schicksal für den Gesetzlosen, aber Jean wollte Karines Andenken nicht besudeln, indem er ihn genauso quälte, wie Karine gequält worden war. Sanft rollte er sie auf den Bauch und hielt erschrocken die Luft an, als er die Spuren der Peitschenhiebe auf ihrem Rücken und ihrem Gesäß sah. Er musste nicht erst nachsehen, um zu wissen, dass der Gesetzlose sie auch hier vergewaltigt hatte.

An der Zimmertür war ein Geräusch zu hören. Jean drehte sich irritiert um, um die Störer wieder zu verjagen.

Angélique öffnete die Tür und ließ Raymond den Vortritt. Der Magier ignorierte Jeans zornige Miene, kam an seine Seite und nahm ihn fest, aber zärtlich in die Arme. Angélique sah mit einem Anflug von Neid zu, wie Jean zu zittern begann und alle Anspannung seinen Körper verließ, als er sich in Raymonds Arme schmiegte und ihm den Kopf auf die Schulter legte. Leise zog sie die Tür hinter sich zu und wünschte, sie hätte eine Chance, ihre Fehler mit David ungeschehen zu machen. Sie könnte jetzt auch ein Paar starke Arme gebrauchen.

„Warum bist du hier?", fragte Jean nach einigen Minuten, ohne den Kopf zu heben oder Raymond loszulassen.

„Angélique hat mich angerufen und gesagt, dass du mich brauchst", erwiderte Raymond, als sei es die selbstverständlichste Sache der Welt.

„Sie haben sie umgebracht", murmelte Jean. „Sie haben sie gefoltert und vergewaltigt und umgebracht." Er hob den Kopf und seine Augen blitzten wütend. „Dafür werden sie bezahlen."

Raymond kannte die Frau nicht, die hinter Jean auf dem Bett lag. Aber er erkannte zumindest teilweise die Handschrift, die sie so zugerichtet hatte. „Blanchet", sagte er angeekelt. „Kein großer Magier, aber ein unübertroffener

Bastard. Ich habe mich immer gefragt, ob er mit dem Sadismus seine Unfähigkeit ausgleichen will."

„Ich will ihn. Ich will seinen Tod."

„Er gehört dir", versprach Raymond, obwohl er vermutete, dass Alain dieses Privileg wahrscheinlich auch für sich beanspruchen würde. „Ich kann dich ablösen und sie mit einer Beschwörung reinigen", bot er an, als er den Schmerz in Jeans Stimme hörte.

Jean schüttelte den Kopf. „Das muss ich selbst tun. Ich muss für sie da sein."

Raymond drückte ihn fester an sich und verhinderte, dass Jean sich aus seiner Umarmung lösen konnte. „Es ist nicht deine Schuld. Blanchet foltert aus reiner Lust. Sie versuchen nur, dich zu verletzen und zu schwächen, um der Allianz zu schaden. Darum ging es auch gestern Nacht auf dem Place Pigalle. Das ist ihr einziges Ziel. Wenn ihr Tod nicht umsonst gewesen sein soll, darfst du sie nicht gewinnen lassen. Darauf musst du dich jetzt konzentrieren, nicht auf ihr Leiden."

„Das werde ich tun", versprach Jean. „Aber erst muss ich mich um sie kümmern. Sie mögen sie aus Lust gefoltert haben, aber sie haben sie ausgewählt, weil sie mir etwas bedeutet hat. Sie war nicht so wichtig, wie sie vielleicht vermutet haben – sie konnte ihnen nichts verraten, was ihnen geholfen hätte –, aber sie ist tot, weil sie meine gelegentliche Geliebte war. Und ich habe mir keine Gedanken über sie gemacht, weil ich mit dir zusammen war. Ich habe es ignoriert. Deswegen ist sie jetzt tot."

„Selbst wenn du davon gewusst hättest, kannst du nicht sicher sein, ob du sie hättest retten können", sagte Raymond. „Wir hätten es natürlich versucht, aber es wäre vermutlich umsonst gewesen."

Jean entzog sich Raymonds Umarmung und sah ihn mit blitzenden Augen an. „Ich bin nach dem Piège-Pouvoir zu ihrer Wohnung gegangen. Ich war so voller Energie und wollte sie besuchen. Die Blumen, die ich ihr einige Tage vorher gebracht hatte, lagen immer noch vor der Tür. Ich dachte, sie hätte mich abweisen wollen. Deshalb habe ich nicht angeklopft, sondern bin zu dir gekommen. Vor unserer Partnerschaft hätte ich nicht so leicht aufgegeben, sondern auf einer Erklärung bestanden. Dann hätte ich bemerkt, dass sie verschwunden ist. Während wir zusammen im Bett waren, ist sie gefoltert worden. Das hatte sie nicht verdient."

Raymond zuckte zusammen, als hätte Jean ihm eine Ohrfeige versetzt. Sie hatten schon oft darüber gesprochen, was die Partnerschaften für die bestehenden Beziehungen der Partner bedeuteten, aber ihm war nicht klar gewesen, dass Jean auch davon betroffen war. „Darüber hast du mir nie etwas gesagt. Wenn ich es gewusst hätte …"

„… hätten wir trotzdem nicht anders gehandelt", unterbrach ihn Jean. „Es ist nicht deine Schuld. Du hast mir nur gegeben, worum ich dich gebeten habe. Als ich Karine das letzte Mal besuchte, haben wir uns gestritten. Sie wollte … mehr, als ich ihr geben konnte. Ich habe ihr immer wieder geraten, mit mir Schluss zu machen. Als ich die verwelkten Blumen gesehen habe, dachte ich, sie hätte meinen

Ratschlag endlich angenommen. Sie hätte es schon vor Jahren tun sollen, nachdem ihr klar wurde, dass ich mich ihr nie verpflichten würde. Ich habe es ihr immer wieder gesagt, wenn wir uns gesehen haben. Sie hat es nie getan. Ich hätte wissen müssen, dass sie es niemals tun würde. Aber ich habe die Blumen als Entschuldigung benutzt, um zu dir zu kommen, anstatt mich mit ihr auszusprechen. Ich habe den leichteren Weg gewählt, weil ich so bekommen habe, was ich wirklich wollte. Ich hätte stattdessen nachsehen sollen, wie es ihr geht." Raymonds Widerstand brach in sich zusammen, als er Jeans gebrochene Stimme hörte. Er zog ihn wieder in die Arme und hielt ihn fest umschlungen.

„Du darfst dir keine Vorwürfe machen. Wir kümmern uns um eine angemessene Bestattung und dann werden wir ihre Mörder stellen."

Jean drehte sich in Raymonds Armen um und sah die tote Karine an. „Nimm deine Magie."

Raymond erfüllte ihm die Bitte. Seine Magie umfloss die tote Frau wie ein Schleier, der den Schmutz und das Blut von ihr abspülte und ihre Wunden heilte. Sie gab Karine im Tod die Würde zurück, die ihr im Leben geraubt worden war. Raymond ließ Jean los und zog eine Decke über sie, um ihre Nacktheit zu verbergen. „Jetzt können wir uns um die Vorbereitung der Bestattung kümmern."

„Ich weiß nicht, was sie sich gewünscht hätte", gab Jean zu. „Sie war nicht katholisch – jedenfalls nicht praktizierend – und ich glaube nicht, dass sie eine kirchliche Beerdigung gewollt hätte."

Raymond sah zwischen Jean und der toten Karine hin und her. „Sie ist gestorben, weil zwischen den Magiern ein Krieg ausgebrochen ist. Wäre es angemessen, sie nach dem Ritual der Magier zu bestatten?"

Der Vorschlag überraschte Jean, aber er gefiel ihm. „Ich glaube, das wäre die perfekte Lösung."

39

ORLANDO HATTE sich schon daran gewöhnt, magisch gefesselt und seiner Bewegungsfähigkeit beraubt zu werden. Dieses Mal wurden ihm echte Handschellen aus Metall angelegt, die seine Hände hinter dem Rücken zusammenhielten. Dann wurde die Beschwörung wieder aufgehoben. „Bist du dir sicher, dass es eine gute Idee ist, Eric?", fragte der glatzköpfige Magier. Er war einer der beiden, die Orlando gestern gefangen genommen hatten. Orlando spitzte die Ohren, als er den bekannten Namen hörte. Das war also der Magier, der zu Serrier übergelaufen war und der Alain nach dem Tod von Henri und Hedwig einen zweiten Schlag versetzt hatte. Orlando müsste den großen Mann eigentlich hassen, aber sowohl Thierry als auch Alain hatten ihm erklärt, wie es zu Erics Verrat gekommen war. Orlando konnte es zwar nicht entschuldigen, aber er konnte versuchen, es zu verstehen.

„Pascal will nicht, dass wir Magie anwenden, weil das die Ergebnisse seiner Experimente beeinflussen könnte", erwiderte Eric. „Die Handschellen sollten genügen. Er ist schließlich kein Supermann."

Orlando zerrte versuchsweise an den Fesseln, konnte die Kette aber nicht zerreißen, weil der Winkel zu ungünstig war, um seine ganze Kraft einzusetzen. Aber er weigerte sich, ihnen seine Furcht zu zeigen. Er wusste, womit er es zu tun hatte. Sie würden jedes Zeichen von Schwäche ausnutzen. Gestern Nacht hatten sie bewiesen, dass sie ihm körperliche Schmerzen zufügen konnten, aber seinem Verstand konnten sie nichts anhaben. Alain würde kommen und ihn befreien, Orlando musste nur lange genug durchhalten. Dann würden die dunklen Magier schon lernen, dass Vampire keine billige Beute waren.

Eric war von der stillen Würde des Vampirs beeindruckt. Er wünschte sich, es gäbe einen Ausweg, um zu verhindern, was jetzt unweigerlich folgen würde. Serrier hatte ihm und Vincent befohlen, den Vampir vorzuführen, weil es an der Zeit war, dessen Schwachpunkte herauszufinden. Eric war sich sicher, dass Serrier absichtlich bis nach Tagesanbruch gewartet hatte, weil er dadurch den Vampir zusätzlich einschüchtern wollte. Der Vampir wirkte allerdings keineswegs verängstigt, als sie den großen Raum betraten, in dem ihn nur die geschlossenen Fensterläden vor den Strahlen der Sonne schützten.

„Willkommen zurück", begrüßte Serrier den Vampir leutselig, nachdem Vincent die Tür hinter ihnen geschlossen hatte. „Ich würde dir gerne die Hand geben, aber mir scheint, deine Hände sind … anderweitig beschäftigt."

Hinter Serrier stand Claude und kicherte über den Witz. Der Vampir verzog keine Miene.

„Ich kenne immer noch nicht deinen Namen", fuhr Serrier fort.

„Dazu gibt es auch keinen Grund", erwiderte Orlando ungerührt. „Ich bin für dich keine Person, sondern nur eine Kreatur der Nacht, die nicht mehr wert ist, als der Dreck unter deinen Füßen."

„Weniger als das", zischte Serrier ihn wütend an. „Im Dreck kann man zumindest noch Nahrungsmittel pflanzen. Aber deine Art ist nur gut dazu, vernichtet zu werden."

Orlando schnaubte verächtlich. „Findest du das nicht auch scheinheilig? Ich habe in all den Jahren meiner Existenz noch nicht ein einziges Mal ein Opfer getötet. Nach dem, was ich gestern Nacht erlebt habe, kannst du das von dir nicht behaupten." Es mochte falsch sein, den Mann noch weiter zu reizen. Vielleicht wäre es klüger gewesen, sich in stoischem Schweigen zu üben. Aber Orlando konnte der Versuchung nicht widerstehen, dem bärtigen Magier einige gezielte Nadelstiche zu versetzen.

„Das reicht!", brüllte Serrier. „Claude, wo sind die Hilfsmittel, die du besorgen solltest?"

Claude kam nach vorne gelaufen und warf einige Gegenstände auf den Tisch. „Hier."

Orlando konnte sich ein Lachen nicht verkneifen, als er das wirre Sammelsurium sah: Knoblauchknollen, Ketten aus Silber, ein Kruzifix, ein hölzerner Pfahl, ein gefülltes Glasfläschchen – Weihwasser vermutlich. „So willst du uns also besiegen?", fragte er spöttisch. „Du bist noch viel dümmer, als ich erwartet habe."

„Pass auf, was du sagst, Vampir", knurrte Vincent, um den Vampir zur Vorsicht zu mahnen. Er wollte nicht, dass Serrier ausrastete und den Mann in einem Wutanfall sofort tötete.

Orlando lachte immer noch leise vor sich hin, hielt sich aber mit weiteren Bemerkungen zurück. Sollte Serrier doch selbst herausfinden, was er mit seinem Waffenarsenal gegen Orlando ausrichten konnte. Das Einzige, was ihm wirklich schaden konnte, war der Holzpfahl. Aber auch damit konnte man einen Vampir nicht vernichten. Orlando hatte es aus eigener Erfahrung gelernt, als er Jean das erste Mal begegnet war.

„Das ist wirklich nicht die klügste Idee."

Die unbekannte Stimme drang durch den Nebel aus Schmerzen und Entschlossenheit, der sich um Orlandos Verstand gelegt hatte. Die Hand, die den Pfahl auf sein eigenes Herz gerichtet hielt, fing zu zittern an. Nach Jahren, Jahrzehnten, nach mindestens einem Jahrhundert des Missbrauchs und der Folter hatte Orlando genug. Er war gebrochen ... an Körper, Seele und Verstand. Nur noch eine leere Hülle war von ihm übrig geblieben, und auch dir würde bald nicht mehr existieren. Orlando war das letzte Mal geschlagen, das letzte Mal gebrandmarkt und vergewaltigt worden. Jetzt musste er nur noch dieser höllischen

Existenz entfliehen und darauf hoffen, dass seine Seele – oder das, was davon übrig war, nicht in alle Ewigkeit verdammt war.

„Diese spezielle Form der Folter kann uns nur vernichten, wenn wir so lange gepfählt bleiben, bis die Sonne aufgeht. Und auch dann sind es die Strahlen der Sonne, die uns töten, nicht der Pfahl. Hier unten gibt es kein Licht, das dich erreichen und deiner Qual eine Ende bereiten könnte, sonst hättest du es vermutlich bestimmt schon versucht."

Orlandos Blick richtete sich auf den unbekannten Vampir, der in der Tür zu seiner Zelle stand. Der Mann hatte schulterlange, braune Haare, die zu einem altmodischen Pferdeschwanz zusammengebunden waren. Einige Strähnen waren dem Band entwischt und umrahmten ein bleiches Gesicht mit strahlenden Augen. Akzent und Betonung der fremden Stimme verrieten eine Vertrautheit mit der französischen Sprache, die Thurloe nie erreichen würde, so sehr er sich dessen auch rühmte. Langsam senkte Orlando den Arm, hielt aber den Pfahl immer noch fest umklammert, weil er ihn als Waffe einsetzen konnte, falls der fremde Vampir im Auftrag seines Schöpfers gekommen war.

„Wer bist du?", flüsterte er mit zitternder Stimme. „Was willst du von mir?" Soweit Orlando wusste, hatte Thurloe noch niemals einem anderen Vampir Zutritt zu seiner Domäne erlaubt. Zumindest hatte Orlando in den fast einhundert Jahren, die er schon diesem Bastard ausgeliefert war, noch niemals einen anderen Vampir zu Gesicht bekommen.

„Mein Name ist Jean. Man könnte sagen, ich bin der Chef der Vampire von Paris", erwiderte der große Mann.

„Paris?", fragte Orlando. „Sind wir in Paris?"

„Ja", antwortete Jean. „Was dachtest du, wo wir wären?"

„Ich weiß es nicht", erwiderte Orlando. „Ich habe vermutet, dass wir in Frankreich sind, weil Thurloe mir Französisch beibringen wollte und ich gefühlt habe, wie wir den Kanal überqueren." Die Erinnerung an diese höllische Reise steckte ihm noch in den Knochen. Er war gefesselt und geknebelt gewesen, hatte sich nicht rühren können. Thurloe hatte ihn in einen hölzernen Sarg gelegt und ihn als einen toten Soldaten ausgegeben, der in seine Heimat überführt wurde. Als der alte Vampir ihn wieder befreit hatte, war Orlando so schwach gewesen, dass er sich nicht mehr rühren konnte. Thurloe hatte ihn gezwungen, Blut zu trinken, um ihn wieder zu beleben. Es war nicht das erste Mal gewesen, dass er Orlando Blut in die Kehle stopfte wie einer Mastgans. „Ich kenne nur diesen Raum und ..." Er brachte es nicht über sich, von dem anderen Raum zu sprechen, in den sein Schöpfer ihn brachte, um ihn zu foltern.

„Wann hast du das letzte Mal getrunken?", fragte der ältere Vampir.

„Er hat mich vor drei oder vier Tagen das letzte Mal dazu gezwungen. Ich verliere manchmal das Zeitgefühl. Es gibt hier kein Fenster. In dem anderen Raum auch nicht, dort wo er ... wo er mit mir spielt."

„Wo er dich foltert", unterbrach ihn Jean. „Nenn die Dinge beim Namen. Und sei versichert, dass es jetzt aufhört. Aber erst musst du trinken. Danach werde ich mich um Thurloe kümmern."

„Um ihn kümmern?", wiederholte Orlando ungläubig. Jean hatte gesagt, er wäre der Chef der Vampire. Hieß das etwa, dass er gekommen war, um ihm endlich Gerechtigkeit widerfahren zu lassen?

„Vampire billigen die Misshandlungen nicht, die er dir zugefügt hat. Du bist ein Vampir, kein Sklave. Mach dir keine Sorgen mehr. Wenn ich mit ihm fertig bin, wird er nie wieder jemanden quälen können. Dich nicht und keinen anderen", versicherte ihm Jean. „Komm jetzt. Ich bringe dich an einen sicheren Ort, wo du ungestört trinken kannst."

Orlando zögerte. Er schwankte zwischen seinem Fluchtinstinkt und dem Bedürfnis nach Rache. „Was wirst du mit ihm tun?"

„Willst du das wirklich wissen?", fragte Jean. „Du wirst frei sein und dich nie wieder vor ihm fürchten müssen."

Orlando dachte über Jeans Worte nach und stellte fest, dass er es sehr wohl wissen wollte. Er wollte es wissen, weil er sich persönlich davon überzeugen wollte, dass der Bastard seine gerechte Strafe bekam. „Ich will dabei sein und dir helfen."

Sie hatten Thurloe hingerichtet, und seit diesem Tag musste Orlando jedes Mal lachen, wenn er einen Pfahl sah. Er schüttelte den Kopf, um sich von seinen Erinnerungen loszureißen und wieder auf Serrier zu konzentrieren. Der dunkle Magier musste durch die Reaktion seines Gefangenen ziemlich verwirrt sein. *Oder wütend*, korrigierte sich Orlando, als Serrier ihn nach hinten stieß und ihm das Kruzifix auf die Haut presste. Orlando beobachtete es amüsiert. Die Hände und Füße des Gekreuzigten drückten sich unangenehm in die Haut, aber von den Verbrennungen, die Serrier wahrscheinlich erwartete, war nichts zu sehen. „Da musst du dir schon etwas Besseres einfallen lassen", kommentierte Orlando lachend.

Draußen im Flur hörte Monique die unbekannte Stimme, die sich über Serrier lustig machte. Sie hatte sich von dem Boot geschlichen, als Antonio im Badezimmer war. Monique hatte nicht länger warten wollen. Sie wollte so schnell wie möglich herausfinden, wo der Vampir gefangen gehalten wurde. Je länger sie wartete, umso größer war die Gefahr, dass sie der Mut wieder verließ. Sie wusste, dass sie nur eine einzige Chance hatte, und die wollte sie nutzen. Im Moment glaubte Antonio ihr und war bereit, sich bei der Milice für sie einzusetzen. Falls er seine Meinung wieder änderte, würde sie Serrier nie entkommen können und mit Sicherheit im Gefängnis landen oder gar ihr Leben verlieren. Sie holte entschlossen Luft und öffnete die Tür. Dann betrat sie so selbstverständlich das Zimmer, als hätte sie jedes Recht dazu.

„Schon zurück, Monique?", fragte Serrier. „Hast du gestern Nacht noch nicht genug bekommen?"

„Sorry", entschuldigte sie sich, aber es hörte sich nicht sehr bedauernd an. „Ich wusste nicht, dass du mich nicht zurückerwartest."

Irgendetwas in ihrem Verhalten – der Klang ihrer Stimme, ihr leichtes Lächeln oder die Art, wie sie dem gefesselten Vampir einen neugierigen Blick zuwarf – musste sie verraten haben. Jedenfalls dachte sie das später, denn als sie sich umdrehte und den Raum wieder verließ, bohrte sich ein Fluch in ihre Wirbelsäule, der sie zu Boden warf. Monique überlegte nicht lange. Sie zog den Stab und transportierte sich aus dem Hauptquartier an einen neutralen Ort, der sie nicht verraten würde, sollte ihr jemand folgen. Sie war zu sehr damit beschäftigt, etwas gegen die Schmerzen zu unternehmen, um effektiv kämpfen zu können. Unter diesen Umständen wollte sie keinesfalls einen von Serriers Leuten unabsichtlich zu Antonio führen.

„Vincent, folge ihr", befahl Serrier. „Bring sie möglichst lebend zurück. Wir brauchen den Vampir noch und Claude hat ein neues Spielzeug verdient. Falls du sie nicht lebend bringen kannst, töte sie, bevor sie uns entwischt."

Vincent verzog keine Miene, als er zu der Stelle ging, von der Monique verschwunden war. Dann folgte er der Spur ihrer Magie.

In einer nahegelegenen Gasse fiel Monique auf die Knie. Ihr Rücken war wie betäubt und die Schmerzen so stark, dass sie sich nicht mehr auf den Beinen halten konnte. Sie wusste, dass sie hier nicht lange bleiben durfte, aber ihr Körper wollte ihr nicht gehorchen. Wenn Antonio sich täuschte und die Milice an ihrer Information über den Vampir nicht interessiert war, hatte sie soeben ihr Todesurteil unterschrieben.

„Monique!"

Monique drehte sich erschrocken um und sah Vincent, der durch die Gasse auf sie zukam. Die Furcht gab ihr neue Kraft und sie besiegte das taube Gefühl im Rücken, erhob sich schwankend auf die Beine und rannte auf die U-Bahn-Haltestelle zu. In der Menschenmenge würde sich ihre magische Spur vielleicht verlieren, sodass Vincent ihr nicht mehr folgen konnte. Sie durfte ihn nicht zu Antonio führen.

Durch die Bewegung verteilte sich die Magie von Serriers Fluch, und mit ihr der Schmerz, über ihren gesamten Körper und wurde schwächer. Sie lief stolpernd die Treppe zum Bahnsteig hinab und sprang über die Drehsperre, ohne auf die Rufe der Kontrolleure Rücksicht zu nehmen. Dann rannte sie um eine Ecke und kam in einen langen Korridor. Mitten aus der Menschenmenge heraus transportierte sie sich an einen anderen Ort. Es war ein gefährliches Manöver, denn sie konnte versehentlich einen unbeteiligten Passanten, der sie zufällig berührte, mitnehmen. Aber für Vincent war es so gut wie unmöglich, ihr weiter zu folgen.

Sobald sie wieder festen Boden unter den Füßen hatte, lief sie weiter, falls ihr Vincent doch gefolgt sein sollte. Danach transportierte sie sich noch viermal kreuz und quer durch die Stadt, bis sie vor Erschöpfung nicht mehr konnte. Ihre letzte Beschwörung führte sie ans Ufer der Seine, direkt an Antonios Bootssteg. Langsam torkelte sie an Bord und lehnte sich schwer an die Reling. In diesem Moment spürte sie zwei starke Arme, die sich von hinten um sie legten und sie stützten. Wie im Reflex wollte sie sich dagegen wehren, als sie Antonios tiefe Stimme hörte.

„Wo bist du gewesen?"

Sie riss erschrocken die Augen auf und starrte auf den Fluss, der im Sonnenlicht glänzte. „Rein!", schrie sie und versuchte, sich in seinen Armen umzudrehen. „Geh rein!"

Antonio sah sie stirnrunzelnd an, dann hob er sie hoch und brachte sie unter Deck. „Wo bist du gewesen?"

„Ich habe deinen Freund gesucht", antwortete sie wahrheitsgemäß. „Ich habe alle Brücken hinter mir abgebrochen und kann nur hoffen, dass du recht gehabt hast und die Milice mir hilft. Jetzt erkläre mir bitte, warum du draußen warst und wie das möglich ist."

Antonio ging auf ihre besorgte Frage nicht ein. „Du hast Orlando gefunden? Wo ist er?"

„In St. Denis", sagte Monique. „Ich verspreche, dass ich dich zu ihm bringe. Aber ich muss mich erst erholen."

Antonio fiel erst jetzt der gepresste Klang ihrer Stimme auf. „Wo hat er dich verletzt?"

„Am Rücken."

Er legte sie vorsichtig aufs Bett und rollte sie auf den Bauch. Dann schob er mit einer Hand ihre Bluse nach oben und streichelte ihr mit der anderen beruhigend über die Hüfte. Antonio durfte sie am Rücken nicht allzu tief beißen, weil er sie sonst ernsthaft verletzen konnte. Er leckte ihr über die Wirbelsäule, bis er unter ihren Brustwirbeln ankam, wo er leicht zubiss. Ihr erleichtertes Stöhnen sagte ihm, dass die Verbindung zwischen ihnen die Schmerzen linderte und es ihr sofort besser ging.

Antonio trank nur wenige Schlucke, weil er von dem letzten Biss noch gesättigt war. Aber er wollte nicht aufhören, solange sie noch Schmerzen hatte. Außerdem brauchten sie Moniques Hilfe, wenn sie Orlando befreien wollten.

Monique schloss die Augen, als seine Zähne ihre Haut durchstießen. Der Schmerz ließ sofort nach. Der Biss und seine Hand auf ihrer Hüfte erregten sie, aber dazu war jetzt nicht der passende Augenblick. Sie musste sich beeilen und die Zeit nutzen. Dass Antonio – aus welchen Gründen auch immer – von dem Tagesrhythmus unabhängig war, den sie immer mit Vampiren verbunden hatte, gab ihnen einen zusätzlichen Zeitgewinn. Sie mussten nicht auf die Nacht warten.

Antonio spürte, wie Monique sich entspannte. Er schloss mit einem zärtlichen Lecken die Wunde und hob den Kopf. Dann legte er sich an ihre Seite und sah ihr in die Augen. „Warum hast du mich heute früh verlassen?"

„Weil ich Serrier kenne", erklärte sie. „Wenn ich zulange gewartet hätte, wäre dein Freund vielleicht nicht mehr an einem Ort gewesen, wo ich ihn finden konnte. Oder er wäre nicht mehr in der Verfassung gewesen, um ihn noch zu retten.

Es war besser, dass ich sofort auf die Suche gegangen bin. Wir müssen uns beeilen. Ich bin sicher, dass Serrier schon Verdacht geschöpft hat, auch wenn er nicht genau weiß, was ich vorhabe. Er hat mir einen seiner Laufburschen nachgeschickt. Bist du wirklich sicher, wenn du bei Tageslicht nach draußen gehst?"

„Nur, wenn ich vorher von deinem Blut getrunken habe", gestand Antonio. „Ich erkläre es dir später. Wenn du recht hast und wir uns beeilen müssen, um Orlando zu helfen, dann sollten wir uns jetzt sofort auf den Weg ins Hauptquartier machen."

Monique nickte, stand auf und zog ihre Bluse über die Bissspuren an ihrem Rücken und auf dem Bauch. „Wenn sie mir nicht glauben, musst du mich töten. Ich möchte lieber durch deinen Biss sterben, als durch Serriers Folter."

„Das darfst du nicht denken", widersprach ihr Antonio. „Selbst wenn Chavinier dir nicht glaubt, wird Jean auf deiner Seite sein. Er würde alles versuchen, um Orlando zu retten. Und wenn wir Erfolg haben, bleibt der Milice nichts anderes übrig, als dir ihren Schutz anzubieten."

Monique konnte nur hoffen, dass Antonio recht behielt.

„ANTONIO?", RIEF Sebastien überrascht, als sie das Hauptquartier der Milice betraten. „Wie kommst du den hierher?"

„Das ist kompliziert zu erklären", antwortete Antonio. „Aber eigentlich spielt es im Moment keine Rolle. Ich muss sofort mit Marcel und Jean reden. Ich habe Informationen über den Aufenthaltsort von Orlando."

Sebastien sah ihn erstaunt an. „Komm mit. Ich habe Jean nicht gesehen, aber Alain wird erleichtert sein, das zu hören. Wie hast du ihn gefunden?"

„Gar nicht", erwiderte Antonio. „Meine Partnerin hat ihn gefunden."

„Deine Partnerin?", kam das Echo von Sebastien.

Antonio nickte, öffnete die Tür und winkte Monique zu, einzutreten. „Meine Partnerin."

Sebastien sah ungläubig zwischen den beiden hin und her. „Das wird in der Tat kompliziert", stellte er dann trocken fest.

„Wahrscheinlich", stimmte ihm Antonio zu. „Aber dieses Mal hat sie wirklich die Seiten gewechselt."

Dazu sagte Sebastien nichts mehr. Antonio hatte das letzte Mal die Wahrheit gesagt, obwohl er erkannt haben musste, dass sie seine Partnerin war. Aber niemand konnte sagen, ob sie ihm auf Dauer vertrauen konnten. Die Verlockung des Blutes war stärker, als sie es vorhergesehen hatten.

Er brachte die beiden zu Marcels Büro und klopfte an. Als der General antwortete, öffnete er die Tür und betrat hinter Antonio und Monique das Zimmer. Sofort zogen die beiden anwesenden Magier ihre Stäbe.

„Sie ist unbewaffnet", sagte Antonio schnell und stellte sich schützend vor Monique. „Sie hat mir Informationen über Orlando gegeben und hofft, dass sie sich damit dieses Mal unseren Schutz verdient hat. Ich habe es überprüft. Ich habe keinen Verrat schmecken können."

„Ich denke, das lassen wir einen anderen Vampir entscheiden", erwiderte Marcel bedächtig. Er hatte sofort erkannt, was Antonios beschützende Reaktion und seine Ankunft bei Tageslicht zu bedeuten hatten. „Wir können es uns nicht erlauben, Orlando oder ein anderes Mitglied der Allianz zu riskieren, nur weil sie vielleicht einen Weg gefunden hat, dich mit ihrem Blut zu betrügen."

Antonio musste sich auf die Zunge beißen, um ihn nicht anzufahren. Er hatte damit gerechnet, dass sie misstrauisch reagieren würden, weil Monique seine Partnerin war. Das änderte jedoch nichts daran, dass er sie und ihr Blut für sich behalten wollte.

„Wir können nicht warten, bis heute Nacht ein Vampir eintrifft, der noch keinen Partner hat", warnte er. „Monique hat mir gesagt, dass Serrier seine Gefangenen häufig verlegt. Außerdem verdächtigt er sie, ihn betrogen zu haben. Es geht um jede Minute."

„Ich werde sie beißen", bot sich Justin mit einem kurzen Blick auf seine Partnerin an. Dann drückte er Catherines Hand in dem stillen Versprechen, sie nicht im Stich zu lassen, nur weil er einem anderen Vampir aushelfen wollte. Sie drückte zurück und ließ ihn los. Justin kam durch das Zimmer auf Monique und Antonio zu. Catherine ließ die mögliche Spionin nicht aus den Augen und hielt den Stab auf sie gerichtet. Bevor sie nicht mehr über die Frau wusste, wollte sie Justins Sicherheit nicht riskieren.

„Es ist alles in Ordnung", versicherte Antonio Monique, als der andere Vampir auf sie zukam. Er musste sich sehr zusammenreißen, um ruhig zu bleiben. Er wollte ihr versprechen, dass niemals wieder ein anderer Vampir sie anrühren würde, aber solange ihre Zuverlässigkeit noch infrage stand, wäre das unvernünftig gewesen. Außerdem wollte Antonio seine eigene Glaubwürdigkeit nicht aufs Spiel setzen. „Lass dich von ihm leicht ins Handgelenk beißen, dann wird er allen bestätigen, was ich schon weiß."

Monique nickte und hielt Justin zögernd ihre Hand hin.

Justin spürte Catherines Blick im Nacken und Antonio beobachtete ihn von vorne. So unbeteiligt wie möglich hob er Moniques Arm an den Mund und biss zu. Er schmeckte sofort die dunkle Magie in ihrem Blut. Sie war wie ein Ölfilm, der sich über alles andere legte und den er auf Dauer niemals ertragen könnte. Aber er schmeckte auch Moniques Bereitschaft, diese Vergangenheit hinter sich zu lassen und ihnen die Wahrheit zu sagen. Er hob den Kopf und suchte nach einem Papierkorb. Dann spuckte er das Blut aus, weil er es nicht schlucken konnte. Justin wollte kein anderes Blut mehr trinken als Catherines, so lange sie lebte. „Sie sagt die Wahrheit."

40

Mitten im Bois de Vincennes am Ufer eines kleinen Teichs knieten sie im Sand, der Magier und der Vampir. Zwischen ihnen auf dem Boden lag, in weiße Tücher gehüllt, die tote Karine. Jean lauschte mit geschlossenen Augen Raymonds rituellem Grabgesang. Der Magier beschwor die Luft zum Atmen, und ein leiser Windhauch wehte über sie hinweg. Er beschwor das Wasser, das Karine salbte und für ihre Rückkehr zu den Elementen reinigte. Dann rief er das Feuer, dessen Flammen über ihren Körper züngelten und ihn in Asche verwandelten. Raymond wünschte sich, dass Thierry hier wäre, um den vierten und letzten Schritt des Rituals zu vollziehen, das die Asche wieder zu Erde werden ließ. Aber sie waren nur zu zweit gekommen, denn Jean wollte nicht, dass noch mehr Menschen an der Bestattung teilnahmen. Also konzentrierte Raymond sich auf die Erde und sie hörte seinen Ruf, öffnete sich und nahm die Asche in ihren Schoß auf. Asche zu Asche, Staub zu Staub.

Stille fiel über die kleine Lichtung. Jean ließ den Frieden der Natur von seiner Seele Besitz ergreifen und ihn in seiner Trauer und seinem Verlust trösten. Er fuhr mit der Hand über den Boden, der Karine verschluckt hatte und in dem sie in Ewigkeit ruhen würde. Ein letzter, leise geflüsterter Gruß kam über seine Lippen, dann senkte er den Kopf und betete. Möge ihre Seele Frieden finden.

Raymond war verstummt, nachdem er das Ritual abgeschlossen hatte. Er kniete auf dem Boden und meditierte, während Jean sich von Karine verabschiedete. Später wollte er Jean trösten und ihm helfen, den Verlust zu überwinden. Aber in diesem Augenblick waren sie weder Geliebte noch Partner. In diesem Augenblick war Raymond der Priester, dessen einzige Aufgabe darin bestand, dem trauernden Hinterbliebenen zur Seite zu stehen.

Jeans Gedanken waren bei den Zeiten, die er mit Karine verbracht hatte, bei den Nächten, in denen er sie besucht hatte und in denen sie ihm ihr Blut und ihren Körper geschenkt hatte. Immer war die Hoffnung mitgeschwungen, dass er ihr mehr geben könnte. Die Erinnerung weckte erneut Jeans Schuldgefühle. Sie waren so stark, wie nie zuvor. Er hatte immer nur von ihr genommen, denn es war einfach und bequem gewesen. Nicht ein einziges Mal hatte er darüber nachgedacht, was sie von ihm brauchen könnte. Sein gebetsmühlenhaft wiederholtes Angebot, dass sie jederzeit mit ihm Schluss machen könnte, hatte nur der Beruhigung seines eigenen Gewissens gedient. Es war eine leere Geste gewesen, mit der er seine Besuche gerechtfertigt hatte, obwohl er ganz genau wusste, dass sie ihn niemals wegschicken und ihm immer wieder ihre Tür öffnen würde. Nur einmal hatte er dieses Wissen ignoriert, weil es ihm so besser gepasst hatte. Und das war ein schwerwiegender Fehler gewesen, der sie das Leben gekostet hatte. „Es tut mir so leid, Karine", flüsterte er. „Ich war nicht der Mann, den du gebraucht hättest. Ich war nicht für dich da, als du mich gebraucht hast. Ich war nur da, wenn ich dich gebraucht habe. Ich habe nicht rechtzeitig erkannt, dass du dafür bezahlen musstest. Ruhe in Frieden, mein Täubchen."

Jean hob den Kopf und suchte Raymonds Blick. Dann nickte er seinem Partner zu und erhob sich vom Boden. „Lass uns gehen. Sie hat ihren Frieden gefunden und ich kann nichts mehr für sie tun. Jetzt müssen wir Orlando finden, sonst werden wir uns bald wieder zu diesem Ritual versammeln."

Sie waren gerade zurück auf dem kleinen Pfad angekommen, der durch den Wald zur Straße führte, als Raymonds Handy zu vibrieren begann. „Payet."

„Ist Jean bei dir?"

„Ja. Warum?"

„Wann könnt ihr hier sein? Wir haben eine Spur von Orlando."

„Einen Moment." Er drehte sich zu Jean um. „Hast du deinen Repère mitgebracht?"

Jean nickte. „Wir sind im Bois de Vincennes", sagte Raymond zu Marcel. „Wenn du jemanden schickst, der Jean abholen kann, sind wir in wenigen Minuten da."

„Was ist los?", wollte Jean wissen, nachdem Raymond das Gespräch beendet hatte.

„Wir wissen, wo Orlando ist."

"SIE SIND im Bois de Vincennes", verkündete Marcel. „Catherine, kannst du Jean von dort abholen, damit wir loslegen können?"

Sie nickte und studierte die Karte, um Jeans genaue Position festzustellen, dann transportierte sie sich zu ihm. Kurz darauf war sie mit Jean zurück und Raymond folgte ihnen eine Sekunde später.

„Was ist passiert?", wollte er sofort wissen.

„Es sieht so aus, als ob Serrier mit seinen Grausamkeiten jetzt auch die eigenen Anhänger entfremdet", erwiderte Marcel und deutete auf Monique, die mit Antonio an der Seite stand. „Monique hat Orlando vor wenigen Stunden gesehen."

„Worauf warten wir dann noch?", rief Jean. „Lass uns aufbrechen!"

„Thierry und Alain rufen alle Magier zusammen, die wir kurzfristig erreichen können. Wir brauchen genug Leute, sonst können wir Orlando nicht befreien und machen alles nur noch schlimmer", mahnte Marcel. „Ich weiß, welche Sorgen du dir um ihn machst. Uns geht es nicht anders. Aber als Monique ihn sah, ging es ihm noch gut. Alain hat regelmäßig mit ihm Kontakt. Sicher, es besteht ein gewisses Risiko, dass Serrier ihn an einen anderen Ort bringt. Aber unvorbereitet in einen Kampf zu gehen, wäre ein weit größeres Risiko."

„Hat Serrier in letzter Zeit seine Schutzschilde modifiziert?“, fragte Raymond Monique, die von Marcel offensichtlich als vertrauenswürdig eingestuft worden war.

„Bis heute früh noch nicht“, antwortete Monique. „Er verlässt sich darauf, dass die Belohnung, die er auf deinen Kopf ausgesetzt hat, dich fernhält.“

„Bis heute hat er damit auch recht gehabt“, stimmte Raymond ihr zu. „Ich kann seine Schutzschilde neutralisieren“, sagte er dann zu Marcel. „Es wird einige Minuten dauern und ihm verraten, dass ich euch begleite. Aber ich kann euch in das Gebäude bringen.“

„Dann müssen wir nur noch warten, bis Thierry und Alain eine Einsatzgruppe organisiert haben“, erwiderte Marcel. „Sie sammeln sich im Salle des Cartes.“

„Lass uns gehen“, drängte Jean. Mit jeder Minute, die verging, wurde sein Bedürfnis stärker, Orlando in Sicherheit zu wissen. Die Erinnerung an Karine und ihre Leiden machte es nur noch schlimmer und Jean verlor langsam die Geduld.

Als sie in den Salle des Cartes kamen, war Thierry gerade dabei, seine Einsatzbefehle zu geben. „Denkt daran, dass es eine Rettungsmission ist“, sagte er zu den versammelten Magiern. „Was immer auch passiert – unser Ziel ist es, Orlando zu befreien. Alain wird die Einheit führen, die nach ihm sucht. Seine Verbindung zu Orlando wird ihm dabei helfen. Der Rest von uns muss Serriers Magier daran hindern, Alain bei seiner Suche aufzuhalten und zu gefährden. Sobald Orlando in Sicherheit ist, werden wir die Lage neu beurteilen. Falls wir Serrier gefangen nehmen oder töten können, werden wir es tun. Sollten seine Leute zu stark sein, werden wir uns zurückziehen und wieder verschwinden. Um Serrier können wir uns auch noch später kümmern, aber wir wissen nicht, ob wir noch eine zweite Chance bekommen, Orlando zu befreien.“

Er drehte sich um und nickte Jean zu. „Ich nehme an, du wirst Alain begleiten wollen.“

„Ja“, bestätigte Jean. „Falls ihr auf den Gesetzlosen trefft, nehmt ihn gefangen, aber vernichtet ihn nicht. Diese Ehre gebührt dem Cour. Er soll für seine Taten vor Gericht stehen.“

Thierry wandte sich der Karte zu und der Ausschnitt änderte sich. Der grob gezeichnete Plan eines größeren Gebäudes wurde sichtbar. „Hier hat Serrier Orlando heute Morgen gefangen gehalten“, erklärte er und zeigte auf den Raum, in dem Monique den Vampir gesehen hatte. „Es ist keine Zelle, also wird er jetzt wahrscheinlich nicht mehr dort sein. Aber es ist sein letzter bekannter Aufenthaltsort, deshalb werden wir unsere Suche dort beginnen.“ Er zeigte den kürzesten Weg zwischen dem Eingang und dem Raum. „Alain wird mit seinem Team diesen Weg nehmen. Catherine, du wirst mit deiner Einheit die rechte Flanke übernehmen, ich werde Alain von links absichern. Wir werden dabei gleichzeitig die angrenzenden Räume nach Orlando durchsuchen.“

„Was ist mit mir?“, fragte Raymond.

„Alain wird Orlando nicht transportieren können", erwiderte Thierry. „Ich schlage vor, dass du diese Aufgabe übernimmst." Er musste nicht erst erwähnen, dass er von Raymond auch erwartete, Alain zu beschützen und von überstürzten Entscheidungen abzuhalten. „Du weißt von uns allen am besten, wie Serrier denkt. Du hast die beste Vorstellung davon, wo wir nach Orlando suchen müssen und welche Fallen uns vielleicht erwarten."

SIE HATTEN überlegt, ob sie mit ihrem Angriff bis zum Einbruch der Dunkelheit warten sollten, aber weder Alain noch Jean waren bereit, Orlando länger als unvermeidlich in Serriers Händen zu lassen. Sie trafen in kleinen Gruppen in der Umgebung der Université Paris 8, dem Campus Vincennes St. Denis, ein. Dann sammelten sie sich um das Gebäude in der Avenue de Stalingrad, wo Monique Orlando zuletzt gesehen hatte. Die Straße war ungewöhnlich ruhig für einen normalen Wochentag. Es machte Thierry etwas nervös, aber daran ließ sich nichts mehr ändern, auch wenn Serrier die Gelegenheit genutzt haben sollte, ihnen nach Moniques Flucht eine Falle zu stellen. Thierry verließ sich auf die Vampire, die ihnen versichert hatten, dass Monique sie mit ihren Informationen nicht absichtlich in eine Falle locken wollte. Er wusste allerdings auch, dass man Serrier nicht unterschätzen durfte.

Als alle ihre Positionen eingenommen hatten, gab er Raymond das Zeichen, mit der Neutralisierung der Schutzschilde um das Gebäude zu beginnen. Währenddessen bereiteten sie sich auf den Gegenangriff der dunklen Magier vor, der unweigerlich kommen würde, sobald Serrier von Raymonds Aktivitäten erfuhr. Aber nichts regte sich.

Thierry runzelte misstrauisch die Stirn. „Bleibt auf euren Positionen", befahl er, während Raymond ungehindert weiterarbeitete. Thierrys Verdacht verstärkte sich, als Raymond den Stab senkte und immer noch keine Reaktion aus dem Gebäude erfolgt war. „Das Haus ist leer", murmelte er Sebastien zu. „Er muss damit gerechnet haben, dass wir kommen. Wahrscheinlich haben sie sich in ein anderes Versteck zurückgezogen."

„Wir müssen trotzdem nachsehen."

„Ich weiß", stimmte Thierry ihm zu. „Aber falls wir Orlando hier noch finden, dann nur als Leiche."

„Alain hätte es bemerkt, wenn Orlando nicht mehr am Leben wäre", erwiderte Sebastien. „Selbst durch die Schutzschilde hätte er den Verlust sofort gespürt."

„Verteilt euch", befahl Thierry den drei Einheiten. „Aber seid vorsichtig. Ich nehme an, dass das Haus von oben bis unten mit Fallen gespickt ist."

„Können wir nicht einfach überprüfen, ob noch jemand in dem Gebäude ist?", wollte Catherine wissen.

„Das funktioniert nur mit den Magiern. Wir können Orlandos Anwesenheit nicht durch Magie erkennen", warf Raymond ein. „Vampire haben keine Aura, durch die wir sie magisch lokalisieren können."

„Aber sie würden ihn doch nicht allein dort zurücklassen, oder?"

Raymond zuckte mit den Schultern. „Warum nicht? Er wäre der perfekte Köder, um uns in das Gebäude zu locken, in dem, wie Thierry gesagt hat, wahrscheinlich Dutzende von Fallen auf uns warten. Wir müssen sehr vorsichtig sein."

„Wir vergeuden unsere Zeit", knurrte Alain. „Lasst uns anfangen."

Sie stürmten die Tür und teilten sich dann in drei Gruppen auf, wie sie es zuvor geplant hatten. So arbeiteten sie sich durch das Gebäude vor, ständig auf der Hut vor Fallen und auf der Suche nach Hinweisen auf Orlandos Aufenthaltsort.

Catherines Einheit übernahm den rechten Gang. Vorsichtig durchsuchten sie Raum um Raum. Hier waren noch vor kurzem Menschen gewesen. Auf den Tischen waren staubfreie Stellen, an denen Gegenstände gelegen hatten, die mitgenommen worden waren. Aber nichts gab ihnen einen Hinweis darauf, wer sich hier aufgehalten hatte und wohin sie verschwunden waren.

Catherine zog eine Tür hinter sich zu und berührte dabei unabsichtlich mit der Schulter den Türrahmen. Ein scharfer Schmerz zuckte ihr durch den Arm und betäubte ihn. Sie fluchte leise. Sofort war Justin an ihrer Seite. „Nichts anfassen", knirschte sie mit zusammengebissenen Zähnen. „Wir müssen erst alles nach Fallen untersuchen." Sie schüttelte den Arm, um den Schmerz zu vertreiben, aber es wurde nur schlimmer. Ihre Finger fühlten sich an, als hätte jemand Nägel hineingeschlagen. „Marie", keuchte sie. „Kannst du meinen Arm betäuben? Ich weiß nicht, was das für ein Fluch war, aber er tut scheußlich weh."

Marie kannte sich mit Heilzaubern aus. Sie fuhr konzentriert mit dem Stab über Catherines Arm und versuchte, die Natur des Fluchs herauszufinden. „Wieso kannst du dich noch auf den Beinen halten?", fragte sie dann. „Ich kann es nicht heilen. Du brauchst einen Mediziner. Ich kann es nur blockieren, damit es sich nicht weiter verbreitet oder noch schmerzhafter wird."

„Mach das", stimmte Catherine Maries Vorschlag zu. „Ich lasse es behandeln, wenn wir wieder im Hauptquartier sind."

Justin hätte sie am liebsten sofort zurückgeschickt. Aber Catherine nahm ihre Verantwortung ernst und würde nicht mitten im Einsatz aufgeben, solange sie durch Maries Erste Hilfe weitermachen konnte. Justin nahm sich dennoch vor, seine Partnerin im Auge zu behalten und bei dem ersten Anzeichen von Schwäche darauf zu bestehen, dass sie sofort ins Hauptquartier zurückkehrte.

Im anderen Flügel des Gebäudes wurden Thierry und seine Leute mit einer anderen Art von Fallen konfrontiert. Die ersten beiden entdeckte er rechtzeitig und neutralisierte sie. Die dritte explodierte ihm ins Gesicht und schleudert ihn nach hinten. Sebastien fing ihn auf. Thierry wehrte sich gegen ihn. Die Falle hatte eine Paranoia ausgelöst, gegen die er offensichtlich machtlos war. Thierry war davon überzeugt, dass er von einem albtraumhaften Monster festgehalten wurde, das ihn in Stücke reißen wollte. So sehr er es auch versuchte, er konnte sich dem Griff dieses Ungeheuers nicht entziehen.

„Thierry, was ist los mit dir?", rief Sebastien besorgt, als er die Reaktion seines Geliebten spürte. „Ich bin es, Sebastien. Was hat der Fluch mit dir angestellt?"

Charlotte kam an ihre Seite gelaufen und enthüllte mit einer Beschwörung die Natur des Fluchs. „Furcht. Es ist ein Furchtzauber", sagte sie, doch ihre Worte drangen nicht zu Thierry durch. „Ich kann nur versuchen, ihn zu mindern. Vielleicht hört Thierry dann, was du zu ihm sagst."

„Versuche es", forderte Sebastien besorgt, während Thierry sich immer noch verzweifelt wehrte. „Ganz ruhig, Thierry", flüsterte er. „Ich bin bei dir. Du bist in Sicherheit. Lass dir von Charlotte helfen."

Charlotte begann mit ihrer Beschwörung. Sie würde Sebastien nicht schaden, aber Thierry hoffentlich helfen.

Nach einigen Minuten hörte Thierry auf, sich gegen Sebastien zu wehren. Er konnte wieder klarer denken und erkannte, dass das Geräusch in seinen Ohren nicht das Knurren eines Monsters war. Es war Sebastiens beruhigende Stimme; die Arme, die ihn umklammert hielten, wollten ihn trösten, nicht zerreißen. „Du kannst jetzt loslassen", sagte er zu Sebastien und seine Stimme hörte sich fast wieder normal an.

Sebastien drückte ihn noch einmal kurz an sich, dann ließ er los. Er wollte Thierry küssen, aber sie waren zur falschen Zeit am falschen Ort.

Alain war mit seiner Einheit im Hauptgang unterwegs und suchte nach dem Zimmer, in dem Monique Orlando gesehen hatte. Er mahnte sich zur Vorsicht, konnte aber seine Ungeduld nicht zügeln. Seine Sehnsucht nach Orlando war stärker als die Stimme der Vernunft. Ohne auf mögliche Fallen zu achten, lief er einfach los. Alain merkte sofort, dass er einen Fluch ausgelöst hatte. Aber da war es auch schon zu spät. Das Gas hüllte ihn ein und benebelte ihm die Sinne.

Er torkelte einige Schritte zurück und schüttelte den Kopf, um gegen die Wirkung des Halluzinogens anzukämpfen. Dann hörte er seinen Namen. „Orlando?", fragte er verwirrt und drehte sich zu der Stimme um. „Wo bist du?"

„Alain!", rief Raymond mit scharfer Stimme, als er erkannte, was mit Alain geschehen war. „Du bist in eine von Serriers Fallen gelaufen. Komm zu uns zurück."

Die Worte drangen nicht mehr bis in Alains Verstand vor. Er wusste nur noch eines – irgendwo hier in der Nähe war Orlando, der nach ihm rief und seine Hilfe brauchte.

Raymond fluchte leise. Er war sicher, dass Serrier mehr als diese eine Falle in dem Flur hinterlassen hatte. „Er wird sich selbst umbringen", flüsterte er Jean zu. „Wir müssen ihn aufhalten."

Mit einer Beschwörung verteilte er das Gas und neutralisierte es, dann lief er Alain nach, der immer noch der Stimme in seinem Kopf folgte und Orlandos Namen rief, ohne auf seine eigene Sicherheit zu achten.

„Merde!", fluchte Raymond, als Alain eine Falle nach der anderen auslöste und sich schreiend vor Schmerz zusammenkrümmte. Aber nichts konnte ihn aufhalten und er rappelte sich jedes Mal wieder auf, um der Stimme in seinem Kopf zu Orlando zu folgen.

Jean konnte es schließlich nicht mehr mitansehen und hielt ihn auf, indem er ihn einfach ansprang und zu Boden warf. Alain wehrte sich verzweifelt. „Was soll das?", fuhr er Jean an. „Warum lässt du mich nicht zu ihm? Orlando hat Schmerzen. Kannst du ihn nicht rufen hören? Oder hast du plötzlich die Seiten gewechselt? Du hast ihn betrogen. Du hast uns alle betrogen!"

„Reiß dich zusammen!", befahl Jean, packte ihn am Kinn und sah ihm eindringlich in die blauen Augen. „Ich will ihn genauso finden wie du. Aber hier ist er nicht mehr."

Die Autorität in Jeans Stimme riss Alain aus seinem Wahn. Als er wieder zu sich kam, sah er den Vampir unglücklich an. „Ich konnte ihn hören. Er hat mich angefleht, ihn zu retten."

„Ich weiß", erwiderte Jean mitfühlend. „Und wir werden ihn retten. Wir werden es irgendwie schaffen. Aber er ist nicht mehr hier."

Alain nickte enttäuscht, als ihm langsam klar wurde, was der Fluch mit ihm angestellt hatte. „Du kannst mich jetzt loslassen. Ich habe mich wieder im Griff und wir müssen noch die restlichen Räume durchsuchen. Vielleicht finden wir eine Spur, die uns bei der Suche weiterhelfen kann."

Jean hatte diesbezüglich keine großen Hoffnungen, doch sie konnten es sich nicht leisten, auch nur die kleinste Kleinigkeit zu übersehen. Er stand auf und hielt Alain die Hand hin, um ihn vom Boden hochzuziehen.

Sie durchsuchten noch drei Räume, dann trafen sie auf die anderen Einheiten. Das letzte Zimmer war nicht viel mehr als eine kleine Kammer. Alain wusste sofort, dass Orlando sich hier aufgehalten hatte. Er sank erschöpft auf die Knie und seine kontrollierte Fassade brach in sich zusammen, als ihm bewusst wurde, wie greifbar nahe sie ihrem Ziel gewesen waren.

Thierry stand in der Tür und sah den Zusammenbruch seines Freundes. Schnell verließ er das Zimmer und zog die Tür hinter sich zu. Dann drehte er sich zu den anderen Magiern um. „Catherine, kehre mit deiner Einheit ins Hauptquartier zurück und berichte Marcel, dass wir nichts gefunden haben. Vielleicht hat die Überläuferin noch Ideen, wo wir weitersuchen können. Charlotte, du sicherst mit den beiden anderen Einheiten das Gebäude. Ich will nicht, dass Serrier es wieder benutzen kann, falls er zurückkommt."

Die beiden Frauen nickten und befolgten seine Befehle. „Ich weiß nicht, wie lange er das noch durchhalten kann", sagte Thierry zu Sebastien, Jean und Raymond. „Ich mache mir große Sorgen um seinen Verstand."

Sebastien nickte zustimmend. „Wir müssen ihn daran erinnern, dass Orlando noch lebt, damit er den Mut nicht verliert. Mehr können wir nicht tun."

„Das ist so verdammt wenig", meinte Thierry resigniert.

In der kleinen Kammer löste Alain die mentale Blockade, die er während des Kampfes aufgerichtet hatte, und suchte den Kontakt zu Orlando. Sofort spürte er die Liebe und das Vertrauen, das sein Geliebter in ihn setzte. Alain schluchzte erstickt, als er an ihr heutiges Versagen dachte. Er wusste nicht, ob Orlandos Vertrauen in sie noch gerechtfertigt war. Aber es blieb ihnen nichts anderes übrig, als es wieder und wieder zu versuchen, bis sie ihn schließlich fanden und befreien konnten.

Orlando musste seine Frustration gespürt haben, denn sofort wurde Alain von einer neuen Welle der Liebe und Zuversicht überschwemmt, die ihn wärmte und tröstete. Er konnte keine Schmerzen spüren und darüber war er froh. Offensichtlich hatten Moniques Flucht und die überstürzte Aufgabe dieses Gebäudes verhindert, dass Serrier Zeit gefunden hatte, sich mit Orlando zu beschäftigen. Alain wusste allerdings auch, dass es nur ein kurzer Aufschub war, den sie dadurch gewonnen hatten. Und vor allem wusste er, dass Orlando bald wieder trinken musste. In Zeiten des Krieges konnten sich die Einschränkungen des Aveu de Sang gefährlich auswirken. Orlando hatte diese Bedenken immer zur Seite gewischt. Jetzt wünschte sich Alain, nicht so leicht nachgegeben zu haben, denn dann hätte Orlando jetzt eine bessere Überlebenschance. Orlando brauchte Blut, um zu heilen und sich wieder zu erholen. Nur so hatte er Thurloes Folterungen überlebt. Jetzt hatte er diese Option nicht mehr. Jetzt konnte er nur noch Alains Blut trinken oder verhungern.

„Es tut mir so leid", flüsterte Alain. „Ich habe dich verurteilt."

ORLANDO WAR überrascht über die Woge der negativen Gefühle, die Alain ausströmte. Er konnte Alains Furcht verstehen und wäre genauso verzweifelt gewesen, wäre ihre Lage umgekehrt. Doch damit wollte er sich nicht aufhalten, denn er hatte Vertrauen in Alain. Noch war ihm nichts passiert und Serriers erbärmliche Versuche, ihn zu schwächen, waren nahezu lächerlich gewesen. Serrier war den unzähligen Vorurteilen und Klischees auf den Leim gegangen, die seit Jahrhunderten über Vampire im Umlauf waren. Diese Legenden und Altweibergeschichten konnten einem Vampir nichts anhaben.

Orlando war nicht so naiv, zu glauben, dass Serrier es dabei belassen würde. Der dunkle Magier wollte diesen Krieg gewinnen, und dazu musste er auch die Vampire ausschalten. Aber das Schlimmste, was er Orlando antun konnte, war, ihn zu vernichten. Alles andere war zu überleben. Er hatte es in den Händen seines Schöpfers überlebt und er würde es auch dieses Mal überleben. Sebastien hatte ihm versichert, dass er mit der Zeit mehrere Wochen überleben konnte, ohne trinken zu müssen. Daran klammerte sich Orlando. Noch war der Aveu de Sang dazu wahrscheinlich nicht stark genug, aber er hatte erst vor einem Tag getrunken und spürte bis jetzt noch nicht den geringsten Hunger. Sie hatten noch Zeit. Orlando war noch nicht bereit, Alain schon wieder zu verlassen. Und falls es wirklich soweit kommen sollte, würde er in dem Bewusstsein sterben, geliebt zu haben und wiedergeliebt worden zu sein. Darauf konzentrierte sich Orlando und streichelte sich über die Brust, um Alain seine Liebe und sein Begehren zu schicken. Sein Magier durfte nicht aufgeben. Langsam aber sicher ließen Alains Frustration und Verzweiflung nach und gaben sich dem Ansturm von Orlandos Gefühlen geschlagen. Orlando stellte sich vor, was sie tun würden, wenn sie endlich wieder vereint waren. Er legte sich keine Grenzen auf und übermittelte jedes Gefühl, jeden Gedanken an Alain, den er über ihre Verbindung zu ihm schicken konnte. Er konnte nur hoffen, dass es genug war.

Verpassen Sie nicht das Finale

Fortsetzung zu *Konflikt des Blutes*
Blutspartnerschaft Band 4

Der Krieg nähert sich seiner entscheidenden Phase und beide Seiten sind bis an ihre Grenzen gefordert. Da gelingt den dunklen Magiern ein vernichtender Schlag, denn sie nehmen Orlando St. Clair gefangen. Am Boden zerstört vor Sorge um seinen entführten Partner, muss Alain befürchten, dass auch Orlandos Befreiung aus den Klauen der dunklen Magier den Vampir nicht mehr retten kann, weil sein Herz und sein Verstand unheilbaren Schaden genommen haben.

Christophe Lombard, der älteste und mächtigste Vampir von Paris, weiß, dass die Allianz an der Schwelle zur Niederlage steht. Er gibt seine selbst gewählte Isolation auf und schließt sich dem Kampf an. Alains abtrünniger Freund Eric Simonet, der zu den dunklen Magiern übergelaufen war, wird vor die Wahl gestellt zwischen Rache und Erlösung. Und Jean, durch Orlandos Schicksal in Wut und Zorn versetzt, muss sich der schwierigsten Entscheidung seiner Existenz stellen, während um ihn herum der alles entscheidende Kampf tobt. Werden sie mit ihren Entscheidungen die Allianz endgültig zerschlagen oder schaffen sie es doch noch, ihre Welt vor dem Untergang zu bewahren?

1

THIERRY SAß am Küchentisch und beobachtete seinen Freund. Er war besorgt. Seit Orlandos Gefangennahme waren noch keine vierundzwanzig Stunden vergangen, aber Alain war körperlich und emotional vollkommen ausgezehrt und am Ende seiner Kräfte. Thierry hatte Angst davor, was mit Alain geschehen würde, sollten aus den Stunden Tage werden. Und noch mehr fürchtete er, dass daraus Wochen werden könnten, denn Orlando konnte nur von Alains Blut trinken und würde nicht so lange überleben.

In Thierrys Kopf überschlugen sich die Gedanken, und alle drehten sich um die eine Frage: Wie konnten sie Orlando so schnell wie möglich finden und befreien? Nachtpatrouillen waren bereits unterwegs und suchten nach ihm in den Verstecken Serriers, die Monique Leclerc, die Überläuferin, ihnen genannt hatte. Aber Monique war ehrlich genug gewesen und hatte sie gewarnt, dass niemand alle Adressen kannte. Serrier gab nur das Nötigste preis, sodass keiner seiner Leute alle Pläne und Verstecke verraten konnte, falls er gefangen genommen wurde oder desertierte. Thierry war sich nicht sicher, wie viel Gewicht sie Moniques Informationen beimessen konnten, aber im Moment war sie ihre beste Quelle. Die anderen dunklen Magier, die ihnen nach der Schlacht am Place Pigalle in die Hände gefallen waren, wussten entweder nichts, oder sie hatten mehr Angst vor Serrier, als vor dem Gefängnis. Thierry konnte ihnen keinen Vorwurf machen. Mit Ausnahme von Raymond hatte jeden, der in der Hoffnung auf ein mildes Urteil der Milice Informationen gab, im Gefängnis ein schrecklicher Tod ereilt. Auch die magischen Schutzschilde um ihre Zellen hatten das nicht verhindern können.

Hilflos sah Thierry zu, wie Alain den Stuhl zurückschob, aufstand und mit verzerrtem Gesicht in der Küche auf und ab lief wie ein Löwe im Käfig. „Du erschöpfst dich nur unnötig und wirst und nicht helfen können, wenn wir Orlando erst gefunden haben", schimpfte Thierry mit seinem Freund, obwohl er wusste, dass Alain nicht auf ihn hören würde.

Er hatte recht.

„Als ob du hier ruhig sitzenbleiben könntest, wenn sie Sebastien entführt hätten", schnappte ihn Alain an.

„Nein, das könnte ich nicht", gab Thierry zu. „Aber dann würdest du hier sitzen und mich ermahnen."

„Ich sollte unterwegs sein und nach ihm suchen", sagte Alain. „Ich habe die beste Chance, ihn zu fühlen, wenn ich in seiner Nähe bin."

„Das mag sein", erwiderte Thierry. „Aber du kannst nicht überall gleichzeitig sein. Es ist besser, du überlässt die Suche den Patrouillen. Ruh dich aus. Unsere Leute sind keine Anfänger. Sie kennen Serriers Tricks."

Alain schüttelte den Kopf, aber Thierry ignorierte ihn. „Du hast seit Orlandos Gefangennahme nicht geschlafen, wenn man von den wenigen Stunden absieht, die ich dich in einen magischen Schlaf versetzt habe. Du kannst nicht so weitermachen. Orlando muss von dir trinken können, wenn wir ihn befreit haben." Thierry ließ keinen Zweifel daran, dass es sich nur um eine Frage der Zeit handeln konnte. Er wollte nicht darüber nachdenken, was aus seinem Freund und Orlando wurde, falls sie es nicht rechtzeitig schafften.

Alain sah ihn unglücklich an. „Du verstehst das nicht", meinte er. „Er kann kein fremdes Blut trinken und sich deshalb nicht richtig erholen, wenn sie ihn foltern." Er suchte nach Worten, um seinen Gedanken und Gefühlen Ausdruck zu verleihen, aber sie entzogen sich jedem logischen Erklärungsversuch. „Er ist meine andere Hälfte, Thierry. Ich habe das Gefühl, als wäre meine Seele entzweigerissen worden. Wenn ich seine Schmerzen spüre, wird es noch schlimmer. Ich kann nicht schlafen, weil er keine Ruhe findet."

Thierry fragte nicht, wie es in nur einem Monat soweit hatte kommen können. Er musste es nicht tun. Er hatte auch seinen Partner gefunden, selbst wenn er nicht Sebastiens Zeichen am Hals trug. Thierry konnte auch Sebastiens Gefühle nicht auf die gleiche Art wahrnehmen, wie Alain Orlandos Emotionen spürte, aber er wusste, dass er genauso den Verstand verlieren würde, sollte Sebastien plötzlich spurlos verschwinden. Aber zurzeit war der Vampir glücklicherweise nur in Orlandos Wohnung, um für Alain saubere Kleidung zu besorgen.

„Doch, ich verstehe es", erwiderte Thierry leise und wurde rot. Es war so viel zwischen ihm und Sebastien geschehen, seit sie sich kennengelernt hatten. Und in der vorigen Nacht hatten sie sich das erste Mal geliebt.

Thierrys verlegenes Eingeständnis war so ungewöhnlich und passte so wenig zu seinem normalen Verhalten, dass es Alain aus seiner larmoyanten Stimmung riss. Es konnte die Sorge um Orlando nicht verdrängen, aber Thierry war seit dreißig Jahren sein bester Freund. Daher konnte Alain trotz der Turbulenzen in seinem eigenen Leben nicht einfach ignorieren, welche Veränderungen über Thierry hereingebrochen waren. „Die Partnerschaft mit Sebastien scheint dir gutzutun. Ich habe dich schon lange nicht mehr so glücklich erlebt."

Thierry lief noch röter an. „Ich habe an dir und Orlando gesehen, wie aufregend es ist, von einem Vampir nicht nur gebissen zu werden, sondern ihn zu lieben. Aber ich hätte nie erwartet, wie wunderbar es ist, seine Zähne im Hals zu spüren, wenn wir … Sorry." Er unterbrach sich, als er den Ausdruck in Alains Gesicht sah. „Das sollte ich nicht sagen."

„Das ist es nicht", erwiderte Alain und konnte seine Gefühle nur mühsam unterdrücken. „Es ist nur … Wir haben nie … Orlando hat mich nie gebissen, wenn wir uns geliebt haben. Er hatte Angst, mich zu verletzen."

„Merde", fluchte Thierry leise. „Es tut mir leid, Alain. Ich sage heute immer nur das Falsche."

„Dazu gibt es nichts zu sagen", sagte Alain mit belegter Stimme. „Er hat mir seine Gründe erklärt und ich muss sie respektieren." Er wandte sich ab, um Thierry nicht zu zeigen, wie sehr ihn die unbedachte Bemerkung schmerzte. Aber er hätte sich denken können, dass er vor Thierry nichts verbergen konnte. Die warme Hand, die sich tröstend auf seine Schulter legte, zeigte es ihm.

„Wir holen ihn zurück", versprach Thierry. „Und dann kannst du ihm das Gegenteil beweisen."

„Das ist das Schlimmste daran", krächzte Alain. „Ich glaube, er hatte seine Meinung schon geändert. Aber wir hatten keine Zeit mehr. Die Nachricht von dem Angriff auf dem Place Pigalle ist dazwischen gekommen und alles hat sich nur noch darum gedreht, was wir dagegen unternehmen können. Und dann ist er entführt worden."

„Dann habt ihr im Büro nicht …?", fing Thierry an.

„Nein. Er hat von mir getrunken und mich dabei mit der Hand zum Orgasmus gebracht. Sich zu lieben ist etwas anderes", erklärte Alain. „Als du gekommen bist, waren wir gerade fertig."

„Es tut mir leid. Wenn ich das gewusst hätte, wäre ich nicht so reingeplatzt", entschuldigte sich Thierry.

Alain zuckte mit den Schultern, konnte seine Gefühle aber nicht verbergen. „Du konntest es nicht wissen, und selbst wenn …Es war der falsche Zeitpunkt. Außerdem war das Büro der falsche Ort für ein so intimes Erlebnis. Ich wünschte nur, wir hätten mehr Zeit gehabt."

„Ihr werdet noch genug Zeit haben", versprach Thierry. „Wir holen ihn zurück und beenden diesen Krieg. Dann habt ihr den Rest deines Lebens Zeit. Daran musst du fest glauben."

„Wie kannst du das versprechen, wenn du mir nicht erlaubst, nach ihm zu suchen!", rief Alain aufgebracht.

„Was könntest du denn mehr tun, als unsere Freunde?", wollte Thierry wissen. „Sag mir nur eine Sache, für die wir dich brauchen und die wir nicht selbst erledigen können. Dann höre ich sofort auf, dich zu belästigen und lasse dich gehen. Nur eine Sache, Alain!"

Alain öffnete den Mund und wollte antworten, aber ihm fiel nichts ein. Die Frustration stand ihm ins Gesicht geschrieben. „Verdammt, Thierry! Ich halte es einfach nicht aus, hier untätig rumzusitzen."

„Du wirst hier auch nicht untätig rumsitzen", erwiderte Thierry entschlossen. „Sobald Sebastien zurückkommt, wirst du eine Dusche nehmen. Danach schläfst du einige Stunden, und wenn ich dich wieder dazu zwingen muss. Wenn ich es recht bedenke, hat die Dusche sogar Zeit bis morgen. Du musst schlafen, sonst bist du uns morgen auch keine große Hilfe. Orlando braucht einen starken Partner, kein Nervenbündel kurz vor dem körperlichen Zusammenbruch."

„Leck mich …", fauchte Alain ihn wütend an und ging zur Tür. „Woher willst du eigentlich wissen, was für mich gut ist? Du hast doch keine Ahnung. Dieses Mal nicht. Ich werde nicht hierbleiben, um mir deine abgedroschenen Phrasen anzuhören. Wenn du mir nicht helfen willst, ihn zu finden, dann gehe ich eben allein auf die Suche."

Es waren verletzende Worte, selbst wenn man Alains psychischen Zustand in Betracht zog. Sie verletzten so sehr, dass Thierry nicht sofort reagieren konnte, weil er sich erst beruhigen musste, um nicht zurückzubrüllen und den Streit eskalieren zu lassen. Aber Alain schien gar keine Antwort zu erwarten. Er hatte auch ohne Thierrys Meinung noch genug zu sagen.

„Bist du etwa eifersüchtig?", schnappte er seinen Freund an und drehte sich zu ihm um, als er die Tür erreichte. „Willst du mir deshalb nicht helfen? Oder wartest du nur darauf, dass Sebastien zurückkommt und du ihn ins Bett zerren kannst? Ist dir das wichtiger, als Orlando zu helfen?"

„Sag das nie wieder", knurrte Thierry, der sein Temperament jetzt nicht mehr beherrschen konnte. „Du weißt genau, dass ich mir gestern Nacht und heute den ganzen Tag über den Arsch aufgerissen habe, um ihn zu finden. Aber ich bin erschöpft und du bist auch hundemüde. Sebastien ist nur deshalb noch in besserer Verfassung, weil er ein Vampir ist. Wir können heute Nacht nichts mehr tun."

„Was ist denn hier los?", fragte Sebastien, der in diesem Augenblick zurückkam.

Alain drehte sich zu ihm um und blitzte ihn wütend an. Aber was immer er auch sagen wollte, es kam ihm nicht mehr über die Lippen. Thierry hatte den Stab gezogen und ihn in Schlaf versetzt. Sebastien reagierte sofort und fing Alain auf, bevor der Magier auf den Boden fallen konnte.

„Du hättest ihn einfach fallen lassen sollen", knurrte Thierry. „Der undankbare Bastard."

Sebastien sah ihn fragend an. „Was ist hier nur passiert?", wiederholte er seine Frage, warf sich Alain über die Schulter und ging zum Gästezimmer. „Ich habe dich Alain gegenüber noch nie so erlebt."

„Leg ihn erst aufs Bett, dann erzähle ich dir alles", erwiderte Thierry, der Alains Anschuldigungen immer noch nicht überwunden hatte.

Im Gästezimmer legte Sebastien den Magier aufs Bett und zog ihm die Schuhe aus, um es ihm bequemer zu machen. Die Tasche mit der sauberen Kleidung, die er aus Orlandos Wohnung geholt hatte, stellte er neben dem Bett ab, wo Alain sie sofort finden konnte, wenn er wieder aufwachte. Dann ging Sebastien in die Küche zurück. „So. Jetzt will ich wissen, was passiert ist."

Thierry seufzte. „Ich habe keine Ahnung. Wir haben uns unterhalten. Natürlich will er weiter nach Orlando suchen, obwohl er vollkommen platt ist. Und er hat nach dir – nach uns – gefragt. Ich hatte noch nie Geheimnisse vor ihm und habe ihm seine Fragen ehrlich beantwortet. Aber irgendwie muss ich einen Nerv getroffen haben. Er hat mich plötzlich angeschrien und mich beschuldigt, ich wollte ihn von Orlando fernhalten, weil ich eifersüchtig auf ihn wäre oder dich wieder ins Bett zerren wollte. Wie kommt er nur auf eine so absurde Idee?"

„Weil er nicht nachgedacht hat", meinte Sebastien. „Er denkt überhaupt nicht mehr. Er hat vor Furcht und Angst den Verstand verloren. Stell dir vor, du müsstest untätig hier sitzen und zusehen, wie Serrier Alain foltert. Du wärst im gleichen Zimmer, aber du könntest nichts sagen und nichts dagegen unternehmen. Du könntest nur mit ihm leiden. Genau das erlebt Alain mit Orlando. Er kann es zwar nicht sehen, aber er spürt Orlandos Schmerzen, als wären es seine eigenen. Und er kann nichts dagegen tun. Er ist vollkommen hilflos, und deshalb sagt er Dinge, die er normalerweise nie sagen würde. Er kann es nicht verhindern. Alain leidet so sehr darunter, dass er nur noch um sich schlägt, egal, wen er dabei trifft. Und er hat keine Hemmungen, diesen Schmutz über dir auszuschütten, weil er im Unterbewussten genau weiß, dass eure Freundschaft es überleben wird."

„Es waren nicht nur die Dinge, die er gesagt hat", überlegte Thierry gelassen. Sebastiens Anwesenheit hatte ihn wieder beruhigt. „Es war der Hass in seiner Stimme. Als wollte er mich absichtlich verletzen."

„Das wollte er wahrscheinlich auch", gab Sebastien zu. „Auf eine verdrehte Art hat er sich nicht mehr so allein gefühlt, weil es dir auch schlecht ging." Sebastien holte tief Luft und dachte an den schwärzesten Tag seines Lebens zurück. „Als Thibault starb, habe ich mit der ganzen Welt gehadert. Die grausame Ironie am Aveu de Sang ist, dass der Avoué nicht umgewandelt werden kann. Sein Partner kann ihn nicht blutleer trinken. In den ersten Jahren unserer Liebe war mir dieses Problem nicht bewusst. Thibault war jung. Ich habe nicht darüber nachgedacht, dass er älter wird und sterben muss. Dann saß ich auf dem Bett und hielt meinen toten Avoué in den Armen. Das erste Mal seit sechzig Jahren war ich wieder allein. Vollkommen allein. Andere Vampire sind gekommen, um mit mir Totenwache zu halten. Ich wollte sie nicht sehen. Ich wollte mit meiner Trauer allein sein. Die Wut über Thibaults Tod hat mich von innen heraus aufgezehrt. Ich habe sie alle angebrüllt, um sie zu verjagen. Die meisten sind wieder gegangen. Nur eine Frau ist bei mir geblieben, hat meine Wut und meinen Hass über sich ergehen lassen, bis ich so erschöpft war, dass mir nichts mehr einfiel. Ich habe sie gefragt, warum sie sich das angetan hat. Sie meinte, wenn ich es nicht losgeworden wäre, hätte es mich um den Verstand gebracht. Sie wollte nicht erleben, wie ein anderer Vampir aus Trauer verrückt wird. Ich habe sie nach dieser Nacht nie wieder gesehen. Sie ist gekommen, um mich zu trösten; danach ist sie wieder gegangen und hat meinen Schmerz mit sich fortgenommen."

„Und was wird jetzt passieren?"

„Ich weiß es nicht", gab Sebastien zu. „Alain ist kein Vampir, sondern die sterbliche Hälfte des Aveu de Sang. Ich kenne keinen Fall, in dem der menschliche Partner den Vampir verloren hat. Ich bin sicher, dass es schon passiert ist, aber ich habe noch nie davon gehört. Orlando ist noch nicht verloren. Er wird vermisst, aber er ist nicht verloren. Alain muss sich an seine Hoffnung klammern. Natürlich macht das die Sache nicht leichter für ihn, denn seine Trauer und seine Hoffnung liegen im Zwiespalt. Ich weiß einfach nicht, was passieren wird."

„Könnte es sein, dass es noch einen anderen Weg gibt, Orlando zu finden? Einen Weg, der uns bisher entgangen ist?", wollte Thierry wissen. „Alain kann ihn spüren. Können wir das irgendwie ausnutzen?"

„Vielleicht", erwiderte Sebastien. „Wenn ich nachts nach Hause gekommen bin, wusste ich immer, ob Thibault da war oder nicht. Ich konnte ihn spüren, auch wenn er nicht zu hören oder zu sehen war. Alain sagt, dass er keine spezifische Richtung erkennen kann, aber vielleicht kann man anhand der Intensität seiner Gefühle das Suchgebiet eingrenzen. Wir sollten es zumindest ausprobieren."

„Wir könnten ein Raster über die Stadt legen und überprüfen, ob die Gefühle in bestimmten Quadranten stärker oder schwächer werden", überlegte Thierry. „Je größer das Gebiet ist, das wir ausschließen können, umso mehr können wir unsere Suche auf die anderen Bereiche konzentrieren."

„Und Alain wäre nicht mehr so frustriert, weil er auf diese Weise seinen Beitrag leisten kann."

„Außerdem müsste er seine Verbindung zu Orlando, auch wenn er im Dienst ist, nicht blockieren, wie Marcel es von ihm verlangt hat", fügte Thierry hinzu. „Es wird ihm helfen, mit seinen Schuldgefühlen fertig zu werden. Vielleicht kann er sich dann auch stärker auf seine Verbindung zu Orlando konzentrieren und uns bessere Hinweise geben."

Sebastien nickte. „Du solltest jetzt aber die Zeit nutzen, um auch einige Stunden zu schlafen. Sobald dein Schlafzauber nachlässt, wird er wieder aufwachen. Dann hält ihn hier nichts mehr zurück, wie wir heute früh gesehen haben."

Thierry lächelte traurig. „Ich habe eine stärkere Beschwörung benutzt als gestern. Aber du hast trotzdem recht." Er reichte Sebastien die Hand. „Ich kann mir gar nicht vorstellen, welche inneren Qualen er leiden muss." Er erschauderte. „Ich bin nicht eifersüchtig auf ihre Beziehung und ich weiß, dass es ihn sehr schmerzt. Aber er hat recht gehabt. Ich bin froh, dass es nicht du bist, der entführt worden ist."

Sebastien nahm Thierrys Hand und sie gingen zusammen ins Schlafzimmer. „Das ist eine vollkommen normale Reaktion. Mir ging es genauso, als Laurent getötet wurde. Ich würde es niemandem wünschen, aber ich war unfassbar erleichtert, dass es nicht dich getroffen hat."

Sie kamen ins Schlafzimmer. Thierry drehte sich zu Sebastien um und zog ihn in die Arme. Sebastien erwiderte die Umarmung. Die Nähe gab ihnen neue Kraft und Zuversicht. Nach einigen Minuten zogen sie sich gegenseitig aus und gingen ins Bett. Sie legten sich auf die Seite und sahen sich an, bis Thierry die Augen zufielen und er einschlief.

ORLANDO WURDE von der Welle der Wut überrascht, die Alain ausstrahlte. Er konnte die Frustration, die Angst und die Trauer seines Avoué verstehen, aber diese

Wut war neu und kam unerwartet. Orlandos Eckzähne wurden länger und seine Nackenhaare sträubten sich bei dem Gedanken, dass jemand seinen Geliebten so erzürnt hatte.

Er versuchte, Alain beruhigende und tröstende Gedanken zu schicken, wollte ihm versichern, dass es ihm gut ging und er ihn liebte. Aber er schien nicht zu Alain durchzudringen. Besorgt stand er auf und ging unruhig in dem kleinen Raum auf und ab. Er wusste nicht, was Alain in diesen Zustand versetzt hatte, konnte nicht zu ihm gehen und ihn in die Arme nehmen. Orlando spürte seine Hilflosigkeit wie einen drückenden Schmerz in der Brust, der ihm den Atem nahm. Wütend rüttelte er an der Tür seiner Zelle, aber das Schloss war so stark und unnachgiebig, wie bei seinem ersten Versuch.

So plötzlich die Wut gekommen war, so plötzlich verschwand sie auch wieder. Orlando wurde von Panik erfasst, bis er erkannte, dass Alain eingeschlafen war. Der Kontrast zwischen der Wut und der Ruhe, die der schlafende Alain ausstrahlte, kam Orlando seltsam vor. Dann erinnerte er sich daran, dass Alain ein Magier war und seine Freunde ebenfalls. Vermutlich hatten Marcel oder Thierry ihn mit einem Schlafzauber belegt, um ihn wieder zu beruhigen.

Orlando entspannte sich und kehrte zu der Pritsche zurück, die das einzige Möbelstück in der kleinen Zelle war. Die dünne Matratze war durchgelegen und die Metallfedern drückten unangenehm in den Rücken. Trotzdem – es hätte schlimmer sein können. Orlando hätte sich auch mit einem Steinfußboden zufriedengeben müssen.

Er sprang auf, als er hörte, dass sich der Schlüssel im Schloss drehte. Wer immer durch die Tür kam, Orlando wollte ihm aufrecht gegenüber treten. Er wollte sich die Möglichkeit nicht entgehen lassen, sich gegen seine Wärter wehren zu können. Die dunklen Magier hatten den Vorteil ihrer Magie, aber körperlich waren sie gegen Orlandos übernatürliche Kräfte machtlos.

In der Tür stand der große Magier, der früher Alains Freund gewesen war. Er hatte seinen Stab in der Hand. „Du bist Eric Simonet, nicht wahr?", fragte Orlando, bevor der Magier ihn binden konnte.

Auf diese Frage war Eric nicht vorbereitet gewesen. „Wieso willst du das wissen?", fragte er zurück.

„Alain hat mir von dir erzählt", antwortete Orlando gelassen. „Er vermisst dich."

Eric runzelte missmutig die Stirn. Darüber wollte er nicht reden. Es machte ihm seine Aufgabe nur noch schwerer. Besonders jetzt. „Das ist lange her", knurrte er.

„Für dich vielleicht. Für Alain nicht."

„Kennst du ihn gut?", wollte Eric wissen. Dieser Vampir hatte auf dem Place Pigalle an Magniers Seite gekämpft, bevor sie ihn entführt hatten.

Orlando beantwortete Erics Frage nicht, weil er nicht lügen wollte. Aber er durfte auch nicht die Wahrheit sagen und dem dunklen Magier dadurch Informationen geben, die Serrier gegen die Milice einsetzen konnte.

Eric schien Orlandos Schweigen als Bestätigung seiner Vermutung zu deuten. „Ich bedauere nur eines", sagte er zu dem Vampir. „Nämlich, dass er und Thierry mich jetzt hassen."

„Das tun sie nicht!", widersprach Orlando spontan. „Sie würden dich jederzeit wieder mit offenen Armen aufnehmen."

„Dazu ist es zu spät. Serrier wartet auf dich."

ALLIANZ
DES BLUTES
ARIEL TACHNA

Blutspartnerschaft Band 1

Können ein verzweifelter Magier und ein verbitterter, desillusionierter Vampir einen Weg finden, Partner zu werden und ihre Welt zu retten?

In einer Welt, in der ein Krieg der Magier tobt, werden Vampire von vielen als minderwertig angesehen, als die stereotypischen Geschöpfe der Nacht, denen die Menschen zum Opfer fallen. Doch der Krieg wird immer bedrohlicher und die Magier wissen, dass sie Hilfe brauchen, um das Geschick zu ihren Gunsten zu wenden. Die dunklen Magier wollen die bestehende Welt auslöschen, und die Stärke der Vampire könnte den Ausschlag geben, um das zu verhindern.

Die Magier gehen das Wagnis ein, den Chef de la Cour der Vampire zu einem geheimen Treffen zu überreden, um ihn von ihrem guten Willen zu überzeugen und seine Unterstützung zu gewinnen. Alain Magnier, ein verzweifelter Magier, und Orlando St. Clair, ein verbitterter, desillusionierter Vampir, treffen sich in Paris auf einem Friedhof. Das Schicksal der Welt hängt vom Ausgang dieses Treffens ab. Werden die Vampire sich dem Kampf gegen die dunklen Magier anschließen und sich mit den Magiern auf eine Partnerschaft einlassen, um den Krieg gemeinsam zu gewinnen?

PAKT DES BLUTES

ARIEL TACHNA

Blutspartnerschaft Band 2

Magier und Vampire haben eine Allianz geschmiedet, die auf Partnerschaften des Blutes und der Magie gründet. Sie hoffen, damit dem Krieg gegen die dunklen Magier eine entscheidende Wendung geben zu können. Einige Partnerschaften sind ebenso erfolgreich, wie die zwischen Alain Magnier und Orlando St. Clair. Auf andere trifft das nicht zu. Es kommt zu Streit, Vorwürfen und sogar offener Feindschaft zwischen den Partnern, obwohl sie durch ein gemeinsames Ziel verbunden sind.

Thierry Dumont ist entschlossen, dem Beispiel seines besten Freundes Alain zu folgen. Er ist mit dem Vampir Sebastien Noyer eine Partnerschaft eingegangen. Obwohl er sich, so kurz nach dem gewaltsamen Tod seiner Frau, in der Nähe des Vampirs – eines Mannes – unbehaglich fühlt. Aber sie stellen fest, dass ihre gemeinsame Verzweiflung die beste Voraussetzung ist, um einen Bund zu schließen. Thierry und Sebastien stellen den Schutz ihres Partners über alles und unterstützen sich vorbehaltlos.

Durch die Erfolge der Allianz bestärkt, beschließen das Oberhaupt der Magier und der Chef de la Cour der Vampire ihr neues Bündnis der Öffentlichkeit bekannt zu machen. Sie erhoffen sich dadurch zusätzliche Unterstützung in ihrem Kampf gegen die dunklen Magier, die das Leben auf der Erde in seiner bisherigen Form zu vernichten drohen. Aber die Allianz erleidet auch Rückschläge, denn die Partnerschaften bringen nicht nur Vorteile mit sich, sondern gefährden auch das magische Gleichgewicht der Erde. Und diese Gefahr könnte sich als größer erweisen, als der Krieg selbst.

Ariel Tachna lebt mit ihrem Ehemann, ihrem Sohn und ihrer Tochter sowie einer Katze in der Nähe von Houston. Bevor sie sich dort niedergelassen hat, hat sie die ganze Welt bereist. Sie hat sich in zwei Länder verliebt: in Frankreich, wo sie ihren Mann kennengelernt hat, und in Indien, wo sie sich eines Tages zu Ruhe setzen möchte. Ariel ist zweisprachig und kann sich in vier weiteren Sprachen verständigen. Sie liebt Sprachen genauso sehr, wie sie das Schreiben liebt.

Besuchen Sie Ariel auf ihrer Website: www.arieltachna.com, bei Facebook: www.facebook.com/ArielTachna, oder schicken Sie ihr eine E-Mail an: arieltachna@gmail.com.

Von Ariel Tachna

Ihre Beiden Väter
Mit Nicki Bennett: Unter die Haut

BLUTSPARTNERSCHAFT
Allianz des Blutes
Pakt des Blutes
Konflikt des Blutes

LANG DOWNS
Dein Stern am Himmel
Hol Dir einen Stern
Die Nacht überdauern
Die Flammen besiegen

Veröffentlicht von Dreamspinner Press
www.dreamspinner-de.com

www.ingramcontent.com/pod-product-compliance
Lightning Source LLC
La Vergne TN
LVHW041113080826
845145LV00007B/1798

* 9 7 8 1 6 4 4 0 5 9 6 9 2 *